D0761253

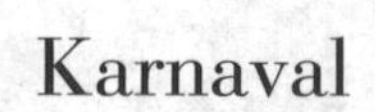
Karnaval

Juan Francisco Ferré

Karnaval

EDITORIAL ANAGRAMA
BARCELONA

Diseño de la colección: Julio Vivas y Estudio A
Ilustración: «Antiquity 1», Jeff Koons, 2012

Primera edición: noviembre 2012

Pedró de la Creu, 58
08034 Barcelona

ISBN: 978-84-339-9755-2
Depósito Legal: B. 26449-2012

Printed in Spain

Liberdúplex, S. L. U., ctra. BV 2249, km 7,4 - Polígono Torrentfondo
08791 Sant Llorenç d'Hortons

El día 5 de noviembre de 2012, un jurado compuesto por Salvador Clotas, Marcos Giralt Torrente, Vicente Molina Foix y el editor Jorge Herralde, otorgó el XXX Premio Herralde de Novela a *Karnaval,* de Juan Francisco Ferré.

Resultó finalista *Cuatro por cuatro,* de Sara Mesa.

También se consideró en la última deliberación la novela *Intento de escapada,* de Miguel Ángel Hernández, excelentemente valorada por el jurado, que recomendó su publicación.

Un libro para todos y para nadie

La lucha es en efecto el generador de todas las cosas, de todas las cosas empero también el conservador y, en efecto, deja a unos aparecer como dioses, a los otros como hombres; a los unos los establece como esclavos y a los otros, no obstante, como señores.

HERÁCLITO

KARNAVAL 1

EL DIOS K

DK 1

La mirada científica

¿Quién soy yo? Es una buena pregunta para empezar. Ni yo mismo lo sé, pero tampoco importa mucho. No soy, desde luego, DK. Eso conviene saberlo desde el principio, para evitar malentendidos, no dar lugar a más equívocos. En esta historia abundarán éstos, es inevitable, pero no es necesario que se refieran a mí. ¿A mí? Sí, a mí, a quien les habla, por quien se preguntan. Yo no soy importante. A quién le importa quién habla aquí. Lo importante, lo fundamental, lo que todo el mundo quiere es que se hable de algo. De algo a ser posible interesante. Moralmente interesante, incluso, ya nos vamos conociendo. Quién lo haga, cómo y para qué, eso importa menos, aunque la última interrogación sí suele contar al final. Pero para entonces ya será demasiado tarde. Hora quizá de pedir la devolución del dinero. Desengáñense. No la habrá. Seamos serios. He tenido muchas vidas. Muchos nombres. En el curso de esta historia adoptaré muchas formas, pero me reconocerán enseguida. Mi voz será mi contraseña para adentrarse en el mundo. Por tanto quién pueda ser yo, quién pueda decir que soy, importa mucho menos que empezar de una vez. Ahí vamos. Soy ahora un principio de perplejidad. Una mirada incisiva recogiendo muestras alrededor de la cama. La cama, ese mueble criminal, tan importante en las ramificaciones inesperadas de esta trama. No una sola, muchas camas, muchas tramas. Quizá para mí sea la primera vez que investigo en torno a una de ellas. En esta habitación de hotel que no podría pagar ni sumando cuatro años de salario. Esta cama donde ha sucedido todo, o una parte de todo. Donde nadie sabe todavía con exactitud qué ha podido suceder. Indicios, sólo indicios. Eso busco. Huellas. Me pagan para eso, se lo digo cada mañana a mi mujer. Se lo cuento cada noche a mis dos hijas, como prueba de la importancia objetiva de papá. La pequeña mitología del padre que vuelve a casa después de haber cumplido con su deber profesional, su relevante papel en el mundo. Una casa a salvo de toda la mierda que recojo y examino durante el día. Una casa lejana, comprada hace años en un suburbio decente a las afueras de la ciudad, donde la mierda que cosecho en mi trabajo nunca podría llegar ni con la ayuda de los malhechores que cometen los crímenes que me permiten pagar la hipoteca con su estupidez innata. Este de hoy es un pez gordo, no un mafioso de poca monta, ni un delincuente de barrio. Un tipo que se trataba con las más altas instancias. Me río. Es imposible no volverse un cínico rastreando las huellas inscritas en esta cama y sus alrededores sin pensar en quién las dejó. Aquí somos todos iguales. Algunos peor que otros, desde luego. Este pájaro acusado de violación y maltrato es un caso más de lo de siempre. Ninguno de los indicios declara otra cosa. Ni siquiera bajo la lente del microscopio, horas después, refugiado en el laboratorio haciendo horas extra. Presiones del fiscal. Tiene prisa por justificar ante la opinión pública su decisión de encarcelar al presunto violador. Es lógico. En esa cama que conozco como si hubiera pasado en ella toda mi vida veo muchas más cosas de las que vería el fiscal con su miopía disimulada. Muchas más que los propios actores de la escena, demasiado absorbidos por las obligaciones de sus papeles respectivos en esta comedia. Una cama es una cama. Es un problema de perspectiva, como casi todo. El papel del fiscal es acusar. Mi papel es fundar tal acusación con pruebas. Está todo bien planificado. Pero sólo yo he interrogado a la cama. Sólo yo conozco la información que la cama me ha proporcionado sin presionarla en exceso. El fiscal no tiene ni idea. El juez tampoco. El acusado aún menos. La víctima quizá sea la única, porque se dedica a hacer camas a diario, es su triste oficio, y quizá a deshacerlas para ganarse un sobresueldo, que sepa algo parecido a lo que ahora creo saber. En casa, ya en pijama, parado frente a la gran cama de matrimonio que mi mujer y yo compramos nueva para nuestra nueva casa, me pregunto muchas cosas. Sigo preguntándome muchas de las cosas que mi cabeza no podía dejar de plantearse mientras examinaba la cama de la habitación que también conozco como si hubiera vivido en ella toda la vida. Casi tanto como este dormitorio donde dejé embarazada a mi mujer dos veces sin buscarlo en especial. En esta cama que miro ahora como si fuera la misma me pregunto cómo puede haber formas de vida tan distintas. Estilos de vida, como el mío y el de mi mujer y también el de mis vecinos, todos iguales, sí, que parecen preservados de otros estilos de vida, como el del acusado. Los vemos en televisión, en los noticiarios o en algunas teleseries, pero pensamos que no nos conciernen. No van con nosotros. Qué sabrán ellos. Estoy a punto de acostarme en esta cama, mientras mi mujer se entretiene más de la cuenta en el cuarto de baño contiguo, y miro las sábanas bien ajustadas y la colcha replegada y las almohadas bien colocadas y siento un estremecimiento al pensar que mi mujer ha hecho la cama con el mismo amor, pensando en mí y en ella, en la pareja perfecta que constituimos, con que la víctima hace a diario las camas del lujoso hotel. Una cama es una cama. Todas las camas se parecen, pero en unas ocurren cosas que me obligan a intervenir, como hoy, y en otras no ocurre gran cosa, nada que merezca la pena investigar a conciencia. Así es, me digo, sentado en el borde mientras ajusto el despertador, mañana tengo que estar más temprano en el laboratorio. Las conclusiones no son sólidas aún. El informe. Debo acabar el informe antes de que el fiscal me lo reclame por teléfono a las nueve. Me meto en la cama y espero a mi mujer. Cuando llega apago la luz, me aproximo a su cuerpo en la oscuridad. Está desnuda y me excito pensando en las huellas que alguien tan avezado como yo podría encontrar mañana en esta cama. Ocultas entre las sábanas revueltas y la colcha caída al suelo. Pruebas que me incriminan una vez más. ¿Pero quién soy yo? Es pronto para saberlo.

DK 2

Wendy

Volvamos atrás. Hay una fiesta en una suite del hotel más lujoso de la ciudad, no necesito decir cuál. DK pasea su mirada por los invitados y, sobre todo, las invitadas. Fíjense bien. Estoy ahí, soy esa guapa mujer sentada en un butacón frente a una cristalera, de espaldas a todos, observando el tráfico a muchos metros por debajo, de vez en cuando la fachada del edificio de enfrente donde hay un hombre sentado en su despacho frente al ordenador. Sostengo sin ganas una copa de champán rosado y cruzo y descruzo las piernas cada vez que me animo a tomar un sorbo de este brebaje infecto. Símbolo líquido del estatus de todos y cada uno de los que estamos encerrados en esta suite. El hombre del otro edificio se pelea con la pantalla como si fuera con su mujer. Suele ocurrir. He pasado por muchas experiencias y sé que los hombres que se pelean con sus mujeres lo hacen cuando no tienen otra cosa con la que pelearse. Son agresivos. Animales agresivos. No me gustan demasiado. Cazadores de piezas fáciles. Yo no lo soy. Por eso tengo un sensor implantado en la nuca que me permite intuir cuándo he atraído la mirada de un hombre. Cuándo sus ojos han caído en la trampa que les tiendo. Una telaraña infalible de trama finísima. Mi escotado vestido de Chanel y mi larga cabellera roja ondeando a mis espaldas como un reclamo para tontos. Los ojos de DK, sí, lo reconozco, me taladran como punteros láser. Sé que me está desnudando en su imaginación. Ya he estado con él en privado, varias veces. Conoce mis encantos, los ha probado. Es una fiera. Por lo menos conmigo lo ha sido. No me da miedo, no crean. Hace tiempo que los hombres dejaron de darme miedo. Incluso los más peligrosos. Los encuentro inofensivos. Se dan por contentos con tan poco. Basta con saber lo que quieren y no hacer un mundo de su adquisición. DK no es diferente de otros. Más impulsivo, menos locuaz. Tampoco él se hace muchas ilusiones sobre lo que pasa en la cama. Otra transacción en una vida repleta de transacciones. Como me ha dicho en cada uno de nuestros encuentros. La única diferencia es el cuerpo. Es el cuerpo lo que está en juego. En todos los sentidos, ya me entienden. El cuerpo de uno y el cuerpo del otro. Conmigo estaba claro. El mío cuesta caro adquirirlo. Pero eso le gusta más. Soy un bien de lujo más en su vida repleta de bienes de lujo. Una mercancía especial pensada para clientes especiales. Una vez que esto está claro no necesito participar de la comedia más que cediéndoles lo que quieren. Hay que reconocer que DK pide y obtiene lo que quiere de un modo más imperativo y seguro que otros. Como un deber del otro, aunque haya pagado una fortuna por ello debe parecer siempre que lo ha obtenido él, por sus medios, de modo gratuito. Como una donación o un regalo al eterno ganador. Un homenaje a su poder personal. Al contrario que muchos de ustedes, no veo ningún problema en ello. Es natural, por más que sus demandas luego no lo sean. O no demasiado. Una vez me propusieron hacer un porno y me negué. No me gusta esforzarme más de lo debido. No me gusta ser dirigida. No me gusta trabajar más de la cuenta. Cuánto compadezco a mis hermanas del porno. El único film porno que aceptaría hacer sería con DK. Y sería simple. Un par de cámaras apostadas alrededor de la cama garantizarían mi inmovilidad y favorecerían su hiperactividad. No sé qué canal de distribución lo compraría una vez montado. Pero estoy segura de que no dejaría indiferente a nadie. Ni a los aficionados a la mercancía más dura ni a los curiosos de todo pelaje. Las mujeres quizá no podrían soportar su visión. Pero eso forma parte del juego. No nos gusta saciarnos de lo que no nos gusta. Somos así. Nuestro programa genético nos lo impide. Nuestro programa cultural nos bloquea.

Es perfecto para lo que ellos quieren hacer de nosotras. Con DK a la cabeza de esa legión de penes, circuncisos o no, que nos apuntan una y otra vez, en la calle y en el trabajo, en el metro y en el autobús, en casa y fuera de ella. Toda mujer se sabe vigilada por esta batería de pollas entumecidas. No pasa nada, no somos tontas. Nos lo hacemos, por pura conveniencia, como yo ahora que lo tengo pegado a mi espalda, como una alimaña al acecho, y no me inmuto. La zarpa de DK se ha posado en mi hombro con la sutileza de un puñetazo para transmitir un mensaje que no necesita palabras. Vomito el sorbo que acabo de ingerir en la copa, donde la espuma de mi saliva enrarece aún más la tenue espuma del champán recalentado. Esbozo una sonrisa que DK no puede ver más que reflejada apenas en la cristalera cuando el hombre del edificio de enfrente se ha levantado de repente con el teclado entre las manos y ha comenzado a golpear con él la pantalla del ordenador en el que trabajaba hasta hace un instante. La bolsa debe de atravesar graves dificultades en este momento. Aunque no lo crean es en eso en lo que pienso mientras siento en todo el cuerpo, como una fiebre expansiva, la excitación secreta de DK. La excitación que no tardará en tratar de contagiarme en vano. Él lo sabe bien. Mi cuerpo se presta a todo, pero no participa en nada. Cuando DK ha terminado conmigo, una vez más, me relajo imaginando lo que el hombre del otro edificio estará haciendo ahora. Mis fotos están en internet. Nada me gustaría más que saber que me ha encontrado y, por un extraño azar, ha buscado consuelo manual a las desdichas de su trabajo pensando en mí como ahora yo pienso en él. No me gustan los hombres, ya se lo he dicho, pero me divierten mucho con sus obsesiones y tonterías. Qué le voy a hacer. Fui educada para ello. Servir y complacer, ésa es mi divisa. Ahora me conocen mejor. Saben quién soy.

DK 3

Rosa y negro

Esto no es una novela rosa. Eso es evidente. No es una novela de ese tono o color al que acostumbramos, por desprecio, a llamar rosa. Si ampliamos el espectro, podríamos encontrar y definir ese tono más oscuro que algunos llaman violáceo. Es el tono exacto del glande tumefacto de DK. Esta novela tiene en muchos momentos ese color especial, violeta o morado, porque ese glande tiene una gran importancia en la historia del dios K. La tuvo en los prolegómenos y la consumación de su tercera boda. Pero la tendrá aún más en el episodio truculento que la crónica sensacionalista lleva semanas explotando como si se tratara de un acontecimiento de primera magnitud. Como si no estuvieran seguros de que se trata de un episodio de primera magnitud. Como si pensaran que se trata, en efecto, de un episodio de ínfima magnitud. Quién puede saber en tiempo real qué es, a ciencia cierta, un episodio de primera magnitud y un episodio intrascendente. En tiempo real significa eso, sin tiempo para pensar, sin tiempo para procesar la información referida al caso, sin tiempo para calibrar sus consecuencias o su significado, si las tiene o lo tendrá al final, una vez que toda la información se encuentre encima de alguna mesa importante, la de un ministro o un presidente o el director de una entidad bancaria internacional, y se puedan tomar decisiones a partir de la valoración, alta o baja, o el grado de relevancia atribuidos a tales datos. Mientras tanto, todo son especulaciones, sobre el caso y sobre la importancia real del caso, tentativas de delimitar las posibilidades de su explotación real en todos los ámbitos. Lo único que un investigador sin escrúpulos podría determinar, haciéndose pasar por invisible ante los protagonistas, es lo que sucedió en esa habitación en torno al cetro violáceo del dios K. Es evidente que éste, siendo consecuente con su apariencia humana, estaba dándose una ducha y ungiendo su cuerpo para la fracción del día de autos que le quedaba por vivir. La sensualidad de la operación no se le escapa a nadie y DK, dando pruebas renovadas de humanidad, comprobaba, más allá de los problemas de higiene del cuerpo, los estragos de la edad en una carne ya no tan joven como sería deseable para su poseedor. La inmortalidad no se encontraba en la dotación de este dios afortunado. Cada vez que se desnudaba o tomaba una ducha revitalizadora o un baño relajante, sabía con certeza que su cuerpo había comenzado la cuenta atrás que, en cualquier momento, lo devolvería sin compasión al principio de la materia. A la radicalidad de la nada. Ese cuerpo vulnerable y singular era su primer amor, el primer objeto de su amor, desde la infancia y la adolescencia, incluso antes. Aprendiendo a amarlo, por su potencialidad insospechada, y a despreciarlo, por sus límites evidentes, había aprendido a amar los cuerpos de otros, siempre nuevos, aunque no lo fueran por edad, trato o conservación. Ahí estaba la única parte de su cuerpo que no envejecía un ápice, de la que tan orgulloso se mostraba en privado, resplandeciente y dura como una maza o un bastón de mando, desde el día en que fue circuncidado y ese estigma traumático, más doloroso en el recuerdo aún, la señaló como instrumento fundamental en sus relaciones con el mundo. El arma secreta con que un emperador domina la realidad. Un atributo de poder íntimo que le devolvía con cada erección la creencia en la vida, la superación de los obstáculos, la superación de uno mismo en cada prueba atravesada sin entrar a valorar los resultados. Entusiasmado como siempre con su miembro plenipotenciario, DK salió de la ducha y se ensimismó, a pesar del abundante vapor que dificultaba la visión, en su imagen en el espejo, sin tomarse la molestia de secarse la piel, húmeda por el agua y el sudor. Hermoso animal, se dijo el fauno circuncidado sin avergonzarse. Fue entonces cuando oyó, a través de la puerta entornada del amplio cuarto de baño, abrirse con sigilo la puerta de la habitación. Entendió el mensaje del destino. Como una extraña interpretación del principio de causalidad, su erección descomunal había apelado a los dioses que rigen la vida y el mundo y éstos le habían concedido una nueva oportunidad de poner a prueba el vigor de sus facultades. La mirada del vigilante de seguridad que revisa a diario las cintas del circuito cerrado del hotel con objeto de suprimir las imágenes irrelevantes no sabría entender lo que pasó después sin invocar un acto de fe en la irrealidad de la experiencia. Así lo confesaría ante un juez, en el caso improbable de que alguien lo convocara a prestar testimonio. El mundo no funciona así, él lo sabe bien. ¿Qué he visto, en realidad?, se pregunta al apretar la tecla de borrado sin saber con exactitud si lo que ha presenciado forma parte del orden de lo que debía desaparecer. Sus jefes le habían instruido mal sobre esto. ¿Cómo saber cuándo algún suceso escapa a lo normal? ¿Cómo saber, a la vista de tantas situaciones extrañas que ocurren en la intimidad del hotel, qué ha de ser preservado, y con qué fin, y qué no, qué está destinado a desaparecer? Desde luego sus jefes, a pesar de lo que digan después en caso de que se haga público, no podrían tener ningún interés en ver esto. Nadie debería tener interés en ver esto, piensa el vigilante de seguridad convertido en censor de imágenes y conductas. Una grabación de esta naturaleza no debe sobrevivir al momento de su grabación. No merece quedar registrada. Las escuelas de periodistas mienten sobre este asunto, enfatizando la relevancia de cualquier detalle, explotándolo con morboso deleite. Las academias de policía también. Sólo sus jefes, que son más listos que nadie, saben más. Las leyes de la hospitalidad marcan su actitud profesional y sus ideas sobre la realidad. Todo está bien si hace sentirse bien al cliente. Aunque lo que esté borrando en este momento, su conciencia se lo exige así, no se parezca, precisamente, a un episodio romántico extraído de una de esas novelas rosa que tanto gustan a su joven mujer. Las devora por decenas. Él prefiere las del Oeste. Son más viriles, menos ambiguas. Si hubiera que adjudicarles un código cromático, sin mucho pensar, el color elegido sería el marrón. Es un buen color. El color de los buenos. El color del bien.

DK 4

Examen de conciencia

Los embustes de la razón. ¿Por qué le habían gustado siempre tanto a DK esas palabras de Tolstói? El fraude intelectual, los embustes de la razón, las imposturas de la inteligencia. ¿Qué veía en ellas de tan atractivo? Y, sobre todo, ¿por qué se las susurraba ahora, dándolas por olvidadas, el misterioso espectro que se había cruzado con el dios K al salir huyendo de la habitación a toda velocidad? ¿Qué significaba ese recordatorio ahora?, se decía, secándose el sudor parado frente al ascensor que no llegaba, entretenido en las plantas más altas mientras él reclamaba su socorro en vano. Ironías del destino. Venía de lo más alto, la caída no podría ser más estrepitosa. ¿Qué significaba de nuevo? ¿Que vivía bien y pensaba mal, como decían sus enemigos, o más bien que vivía mal y pensaba bien, como le decían, una y otra vez, sus aliados y simpatizantes, induciendo en él un grado de confusión inevitable? No, nada de eso. La soberbia de la razón, la estupidez de la razón. El fraude político. La omnisciencia del espectro burlón lo estuvo atormentando hasta que el ascensor, por fortuna vacío, abrió sus relucientes puertas para tragárselo sin pensarlo dos veces. Alguien, el Emperador quizá, ha decidido que debía recordar el severo juicio del maestro ruso en este turbulento instante de su vida. Él que lo había amado, joven todavía, cuando lo descubrió en la hermosa novela que le regaló una de sus primeras amantes, Marguerite, una mujer mayor, amiga de su madre, cuya carne rancia había conseguido espolear en él un instinto insaciable. Ella se había cansado de él, tras meses de intensa relación, y aquella madrugada fría, cuando estaba a punto de abandonar la mansión en las afueras que les había servido de refugio durante todo ese tiempo, Marguerite se levantó de la cama y sin molestarse en cubrir su aún estimulante desnudez se precipitó hacia la biblioteca de primeras ediciones e incunables que había amedrentado con su silencio de siglos al fogoso amante en los primeros encuentros con ella. Ese silencio secular era otro fraude, como sabía bien ahora. El fraude de la cultura, la impostura de la palabra en el tiempo. Esa biblioteca se reveló una cámara del tesoro donde una contraseña mágica podía abrir a voluntad las fuentes del conocimiento de la realidad y del espíritu. Como descubriría horas más tarde, sin poder conciliar el sueño, con el perfume insidioso de Marguerite pegado a la piel, mientras hojeaba el tomo de la primera edición francesa del libro como quien recorre un tratado básico sobre la vida y sobre la muerte. La fuerza de los clásicos, se dijo entonces, como se dice hoy, tan alejado ya de aquella ingenuidad moral y de aquel candor erótico. El espectro siniestro ha venido a recordárselo en el desierto pasillo del hotel cuando se disponía a huir de su última fechoría, antes de sumirse en las entrañas mecánicas de este ascensor que lo conduce directo al infierno, eso es al menos lo que piensa ahora, sintiendo una culpabilidad que no es de este mundo. Una culpa infinita por todo el daño cometido. Esas palabras sabias podrían forzar la clemencia del juez de los reinos inferiores y tal vez por eso le han sido restituidas. Esas palabras, pronunciadas con la solemnidad debida, podrían convencerlo de la necesidad de otorgarle una segunda oportunidad sobre la tierra. Ya se sabe que en el infierno las ilusiones se cotizan a bajo precio, nadie las necesita, nadie cree necesitarlas ya para soportar las penalidades y sufrimientos, y sin embargo todos los condenados se dedican a fabricarlas todo el tiempo como entretenimiento y, llegado el momento, comercian con ellas como vulgares traficantes. Es un medio divertido de aliviar la larga espera de una sentencia que quizá nunca se produzca, o no en el sentido previsto. El recuerdo de esas líneas de Tolstói murmuradas por el espectro a su paso bien podrían ser otra contraseña para atravesar los atrios del infierno y llegar hasta el supremo juez de las acciones y los pensamientos, si había que creer en todas estas fantasías escatológicas que su mente alentaba mientras el ascensor no cesaba de descender más allá, intuía, del nivel de la calle. Una de esas ilusiones, la más arraigada quizá, era la que le había hecho creer en la posibilidad de abandonar el hotel, la ciudad y el país sin pagar un elevado precio por sus malas acciones. Quizá alguien había decidido concederle la oportunidad de proclamar su inocencia ante el tribunal más severo. El único con capacidad real para dictar una sentencia inapelable. Las leyes humanas, se decía, no pueden juzgarme. Mis actos responden a un código que no podrían reconocer sin poner en cuestión sus propios fundamentos. Sí, encerrado en ese ascensor que negaba su nombre descendiendo de manera regular a los cimientos del edificio y las entrañas de la ciudad que lo rodeaba como una réplica de sus artificios, deseos y sueños, buscaba una respuesta nueva a todas estas viejas preguntas. Citando de memoria las palabras del gurú estepario, estaba claro que el pensamiento no podía ofrecerle esa respuesta, ya que era imposible que se elevara a semejante altura, o descendiera tan bajo como el ascensor de trayecto interminable. Sólo la vida, mi vida, insistía, podría responder, con todo mi cuerpo y no sólo con mi alma de réprobo. La idea del bien y el mal, de lo malo y lo bueno, que transmitían las palabras del espectro, instruido por algún poder superior, acerca de sus dilemas mentales y existenciales, le parecían en ese momento ficciones útiles para controlar la conducta, pero no una garantía de conocimiento ni una prueba de rectitud. Algo natural, lo consideraban los demás, muchos de los que lo apoyaban y una buena parte de los otros, algo adquirido al nacer la conciencia en una sociedad que inculcaba valores como una plantilla sobre la que escribir ateniéndose a la separación entre renglones, a los márgenes, que jamás había que cruzar, a la regularidad de la caligrafía, esmerada y pulcra, como le enseñaron siendo un niño proclive al exceso y la negligencia. ¿Era así su vida? ¿Eso pensaba en realidad? No, desde luego la bajada del ascensor al fondo del pozo sin fondo de la realidad sólo podía significar una negación contundente de tales creencias y valores. Si bajaba al nivel inferior no lo hacía para ser juzgado y perdonado, hecho improbable, pero tampoco para ser castigado sin más. La vida no funcionaba así, con el automatismo de una atracción de feria o de un artilugio de laboratorio. El amor al prójimo, ésa era una de las cuestiones palpitantes que el espectro había sabido imponer con objeto de que sus labios la repitieran en voz baja, como la repetían ahora, prisionero en la cabina del ascensor, como una oración profana, conociendo las malas interpretaciones de ese amor que habían dirigido su vida hacia este final operístico. No buscaba la razón de su existencia, la razón parecía clara, las razones de su conducta también. La razón había descubierto la verdad de la vida, como ciento treinta y tres años antes había creído descubrir el poderoso novelista ruso, y no había querido mirarla a los ojos, por miedo a sentirse paralizada y perder su influencia sobre la vida y la mente de los humanos. La razón, repetía con tono dramático, ha descubierto la lucha por la existencia, el conflicto de la supervivencia del más fuerte y la ley que exige la eliminación de todos los que impiden la satisfacción de mis deseos. La razón es mafiosa, corrupta, intratable. La razón elimina todo lo que no sea el interés y el provecho, a costa de cualquier cosa, la vida de los demás o la sangre de los inocentes. El salto irracional fuera de ese cuadro de horrores y masacres que pinta la razón, con sus innobles y chillones colores, es el amor. Él lo sabía, lo había sabido desde que su vieja amante le regaló como despedida ese libro precioso, encuadernado en rojo y negro con primor artesanal, y le infectó con ese virus amargo y dulce a un tiempo. ¿Era el amor, finalmente, la clave de su tumultuosa vida? ¿Era el amor lo que había hecho de él el político y el hombre de mundo que todos conocen? Sí, se decía disculpando sus errores, el amor era la razón de su vida y la razón de su pensamiento. Un amor irracional, una vida irracional, un pensamiento irracional, puestos al servicio de la razón. La soberbia de la razón. Ésa era la razón última de este descenso al infierno. Había sacralizado lo más irracional sin entender que, al mismo tiempo y quizá sin darse cuenta, ponía por encima de todo las razones secretas de esa irracionalidad. La estupidez de la razón, como murmuraba el espectro alojado ahora en algún lugar de esta cabina opresiva, no podía sino resultar un fraude. Una colección de embustes, en eso había fundado sin saberlo su carrera y su vida paralela. Un contemporáneo del ruso, mucho más sabio por otra parte, habría sido capaz de proporcionarle a DK una solución instintiva a todos sus problemas morales. Decía este sabio sarcástico que siempre hay algo de demencia en el amor y siempre hay algo de razón en la demencia. Pero ya es tarde para él, demasiado tarde al parecer, el ruido del ascensor al frenar su impulso y ralentizar los motores es tan potente que resultaría imposible que estas esclarecedoras palabras alcanzaran el interior de sus oídos provocando la iluminación que tanto parecía requerir durante los interminables minutos del descenso. Visto así, era muy fácil comprender lo que le esperaba abajo, cuando el ascensor se detuvo bruscamente y se abrieron las puertas de inmediato. Al otro lado no le esperaba el amor, no podía estar ahí, ni siquiera él creía en la posibilidad de un final feliz para este viaje, pero tampoco el odio exactamente. Se encomendó a la voluntad del destino y ya no sintió miedo, aunque temblaba como en brazos de su primera amante, ni ofuscación, aunque sudaba como un condenado. La paz febril que lo invadió al abandonar el ascensor recalentado era la misma con la que, muchos años atrás, había cerrado el libro regalado por Marguerite al concluir su lectura compulsiva en unas pocas horas. Una paz paradójica, repleta de inquietud y dudas. El amor al prójimo no admitía escapatorias ni fugas racionales. El amor era, sin ninguna duda, la vía más efectiva que se conocía en el mundo para hacer próximo al extraño, íntimo al desconocido. Debía pagar por lo que había hecho. Debía pagar por traicionar con cada uno de sus actos el fin último del amor. Debía pagar por su interpretación equívoca del concepto. El precio de ese error, por suerte para él, estaba aún por negociar. Ese detalle circunstancial podía dejarlo en manos del poder superior que velaba desde la antigüedad por sus súbditos con celo digno de más honorables causas. Nunca, a pesar de todo, se había sentido tan solo en la vida y tan desamparado como ahora.

DK 5

Pornografía ancestral

[*Entre todas las versiones disponibles del hecho, ésta es quizá la más cruda y podría escandalizar a los menores de edad y a las personas con sensibilidad especial o ideario religioso acendrado. Al menos si aspiran a conservar una visión de la vida basada en los estrictos términos fijados en sus creencias y valores. Los demás, una minoría quizá, podrían encontrar en todo ello, si no se indignan con los detalles más escabrosos, algún motivo de aleccionamiento moral. Un conjuro en blanco y negro, nunca mejor dicho, contra la tristeza depresiva que la presente situación de crisis, por todos los medios a su alcance (y son todos, tecnológicos o primitivos, en papel o en pantalla, los que participan en esta conspiración global), pretende hacernos interiorizar sin alternativa visible en el horizonte de la historia. El expresivo monólogo del dios K, intercalado como ilustración verbal entre dos imágenes de gran fascinación iconográfica, no tiene desperdicio. Eso se llama vivir la experiencia desde dentro, en plena convulsión.*]

Me pongo como loco en el momento en que mis ojos divisan la pulsera de plata abrochada alrededor de su tobillo izquierdo. La abrazo. Me abraza. La beso. Me besa. Sus labios son suaves, mullidos. No me canso de besarlos. Estamos desnudos, pegados el uno al otro lo bastante como para que, sin dejar de besarnos como dos enamorados, su mano derecha examine mis genitales. Los dedos se entretienen en comprobar si estoy circunciso. Se deleitan en verificar la sumisión de mi pene a las leyes hebreas. Sí, pero no se conforma con eso. Sus dedos apresan el glande liberado con una ternura inusual, como la cabeza de un hijo enfermo. Tengo que frenarla. Amenazaba con llevarme al final demasiado deprisa. Todas las americanas que conozco tienen el mismo problema con el tiempo. Fijación con las ventajas de la circuncisión y aceleración compulsiva del momento de la posesión. No suelen gustarles los preámbulos libertinos, se entusiasman con la cabeza altiva de la maza en cuanto aparece en escena y piensan que así, rindiéndole la mano o la boca, terminarán antes. Yo nunca tengo prisa. Me sobra tiempo. Ella no es americana, según me ha dicho, y quizá por eso cede con facilidad a mi demanda de ganar tiempo sin perderlo. Mientras sostengo su mano derecha con la mía, me invita a conocerla más a fondo. Toma mi mano y la lleva hasta su sexo, tan velludo como sus axilas. Comienzo la exploración íntima, mis dedos palpan la vulva oculta como una pirámide perdida en la jungla, está demasiado seca, pétrea, mis besos y caricias no parecen haberla excitado en exceso. Me libero de la sujeción y humedezco la punta de mis dedos con la lengua, vuelvo al ataque, ella sonríe con picardía, sus dientes blancos me saludan desde detrás de los labios gruesos, morados, prometiendo hacerme feliz en cuanto cumpla con mis obligaciones ginecológicas. Mis dedos, sin embargo, no encuentran lo que buscan con tanto afán, y ella se ríe ahora con coquetería infantil, como si disfrutara del abuso infructuoso. No está ahí, me dice, aguantando apenas la risa. Sigo buscando, en vano. Me separo de ella y la empujo con violencia hacia la cama. La obligo a tumbarse boca arriba, con las nalgas y los pies juntos en el filo. Entreabre las piernas sin rechistar, acatando mi orden. Más, más, más. Mi erección no para de crecer. Acerco la cara sin miedo mientras mis dos manos se ocupan en apartar los rizos del fragante peluche para poder examinarlo con más facilidad. No está ahí, en efecto, lo reconozco con sorpresa. Ella no para de reír, sin embargo, como si le hiciera mucha gracia mi figura cómica agachada entre sus piernas abiertas en uve, mi mueca de asombro ante el descubrimiento de que el tesoro más valioso fue robado hace muchos años por una banda de criminales descreídos. Entre tanto, atrayéndome hacia ella para no forzar el equilibrio acrobático, su mano izquierda ha vuelto a apropiarse, sigilosamente, de mi glande hinchado, a punto de estallar como un globo, ése es el premio que merece mi hallazgo arqueológico, y ha comenzado a masajearlo de inmediato con la yema de los dedos, con una suavidad y una lentitud dignas de una profesional, o de una aficionada con muchas horas de experiencia y dedicación a esto de la artesanía manual. No puedo apartar la vista de ese pedestal cercenado de cuajo, ese cero de carne curtida y esa cicatriz minúscula que presiden el frontispicio de la vulva como una amenaza para quien se adentre en el templo más allá de lo permitido. Noto de pronto un dedo vacilante incrustándose sin problemas en mi ano con la única intención de ocupar todo el espacio disponible antes de que sea tarde. La sonrisa de ella, en estas delicadas circunstancias, me parece lo más provocativo que he visto en mi vida como amante. Eyaculo una primera vez y una parte de mi semen sirve para lubricar sus dedos anillados e intensificar aún más la caricia, en la que se recrea sin desfallecer, incesante, rítmica, como una experta ceramista. La sensación es inigualable. Eyaculo una segunda y una tercera vez, en cuestión de minutos. Con los ojos cerrados, me concentro en la placentera fricción que, más allá del final anunciado, sigue engrosando mi glande, el calor de sus dedos me envuelve por entero, como un hechizo, y siento que podría permanecer en ese estado de excitación suspendida durante horas. Abro los ojos sin saber lo que me espera y veo en su sonrisa cuánto le complace lo que me está haciendo, qué partido ha aprendido a sacarle al poder que un viejo chamán le otorgó en la infancia, tras una ceremonia cruel, para enloquecer de deseo a los hombres y esclavizarlos a su malvada voluntad. Por instinto, la penetro con dos dedos de mi mano derecha, para contrarrestar ese poder maléfico con otro de signo inverso, aquel en que me adiestraron en la logia a la que pertenezco desde que fui mayor de edad, un poder práctico y racional, fundado en la aceptación de las leyes de la realidad. Un poder que invoco ahora para doblegar la resistencia que se me opone sin motivo, otra magia para conjurar la magia atávica que me mantiene prisionero, pero la tensión insostenible de los músculos y la sequedad vaginal me impiden moverme, como pretendo, dentro y fuera del orificio, con holgura y suavidad, y decido extraerlos nada más empezar. Poco después, sin tiempo para pensar en una nueva estrategia de combate, recibo en plena cara, como una burla a mis pretensiones, un chorro incoloro y fétido que sale propulsado de su sexo por la fuerza imparable de las carcajadas y los espasmos brutales de esta bruja endemoniada.

DK 6

El infierno de las mujeres

¿Qué saben los hombres del infierno si no han vivido nunca en el cuerpo de una mujer? ¿Si no han padecido la violencia del hombre que es la violencia que el cuerpo le hace a la mujer desde el comienzo de los tiempos? ¿Si sólo entran en nosotras unos minutos al día para violarnos y luego salen huyendo como cobardes, poniéndose el sombrero en señal de despedida, hasta pronto, mi amor, como antes se lo quitaron para estar con nosotras del único modo que les gusta de verdad? No me habléis de mitos y fantasías, de leyendas tribales y mistificaciones urbanas. Todo se reduce a esto para ella. Pero ¿quién es ella? No, desde luego, la que habla por ella. La que dice en su nombre que todo consiste en implantar mentiras en su cerebro para que el día de su boda acepte sin rechistar todo el asco y la violencia que, tras decir sí a todo, sí lo quiero todo, todo lo que me dé y no me dé, todo lo que me haga o no me haga, como una tonta, se someta a las crueldades y a la suciedad que la convivencia con el hombre le supondrán. La violencia, el asco, la crueldad, la infamia, la villanía caerán sobre ella sólo por haber aprendido desde que era una niña que eso era lo que debía tolerar por ser mujer. Como decía su madre, el infierno de las mujeres dura toda la vida, desde el nacimiento hasta la tumba, y acaba un día u otro como empezó, mientras el infierno del hombre sólo comienza a su muerte y es eterno, infinito, como lo son sus crímenes contra la mujer. El buen Dios había hecho bien las cosas, en definitiva, dando a cada sexo lo que le correspondía, con una sola idea en mente, la libertad total en vida para el hombre, la esclavitud total para la mujer. La muerte pone fin a este estado inicuo de cosas. Por eso la muerte es la gran amiga de las mujeres. Sólo la muerte las comprende y las anima para que sigan dando la vida, esto es, la muerte, y así consigan estrechar aún más sus lazos con ella. Alimentándola con sus hijos y con sus hijas, sabiendo que el hombre que hace de ellas una madre y una criada, una hija y una esposa, hace también de ellas una prostituta y una víctima. Todo organizado a la medida de sus deseos y necesidades. El hombre tiene toda la vida por delante para satisfacer unos y otras, mientras la mujer, garante de esta satisfacción, podrá librarse al llegar el último espasmo de esa carga interminable y disfrutar de un merecido descanso, mientras su explotador paga en el infierno una a una todas sus culpas. ¿Es esto una buena educación? ¿Puede llamarse así a lo que su madre le enseñó sobre los hombres y las mujeres? ¿Hay alguna especie de consuelo en ello? ¿Algo que ella no percibe? Cuando se acuesta por la noche y atrae el cuerpo de su hija hacia sí para darle calor y amor no sabe qué palabras deberían salir de su boca para calmar la sed de conocimiento de la niña. No sabe repetir el gesto que su madre, con una facilidad heredada de generaciones precedentes, practicaba con ella para instruirla sobre el recto camino a seguir en la vida. Ahora es madre aunque no ejerce como esposa, con lo que no siguió ese camino con la rectitud aconsejada. Emprendió un camino propio, con errores y licencias que su madre criticaría sin dudar. No, no está en condiciones de enseñarle a su hija el camino a seguir, como tampoco lo estaba su madre, pero tuvo el atrevimiento de predicarle las bondades de una vida que carecía de ellas en exceso. Esa cosa entre sus piernas, eso es lo que los hombres más querían de ella desde que cumplió quince años. Por qué extrañarse entonces de que ella hiciera el uso que más le convenía. ¿No era eso lo que significaba para ellos la mujer? Esa cosa entre sus piernas, de la que tanto se avergonzaba, esa suciedad era lo que los hombres querían para ensuciarse, para asociarle la suciedad que también ellos necesitaban hacer aflorar en sus cuerpos. La diferencia es que ella pasaría por eso para no perecer, mientras ellos se condenaban cada vez que entraban ahí sin caer en la cuenta de que, al hacerlo, contraían una deuda que sólo pagarían después de muertos, eso decía su madre al menos, y ella la escuchaba con horror y luego, a medida que fue teniendo experiencias que confirmaban esas terribles palabras, con mayor comprensión. Muchos años después, la comprensión se había convertido en una especie de complicidad en la abyección. Mi madre no tenía razón, no entiendo nada de lo que veo todos los días a mi alrededor. No entiendo nada de lo que hacen los hombres, no entiendo nada de lo que hacen las mujeres. No entiendo nada en ninguno de mis actos. Pero esto es mentira. Lo entiendo muy bien, sé lo que hago. El infierno en el que vivo comienza por mi barrio, donde los jóvenes y los niños destruyen su vida y la de otros vendiendo sustancias que ofrecen un falso paraíso, pero quién los podría culpar. ¿Se puede vivir aquí y no querer escapar a toda costa? Nadie tiene que decirme cómo es el infierno, vivo en él día tras día. Es mi vida. Sólo espero que el infierno que aguarda a los hombres sea parecido al que recorro a diario cuando llevo a mi hija a la parada del autobús de la escuela o cuando, algo más tarde, voy a coger el metro para ir a trabajar. Conozco a casi todos los que se apropian de las esquinas principales del barrio y se pasan allí todo el día, vendiendo la basura que otros, ocultos tras fachadas de ladrillo rojo o de ladrillo negro, la gama de colores del infierno es muy reducida, elaboran con esmero calculando el precio que sacarán enseguida en el mercado. Todo esto mientras sus mujeres hacen lo que les corresponde, limpiar la casa, lavar la ropa sucia, cuidar de los hijos y de los enfermos. No me quejo, tengo suerte. No hay un hombre en mi casa que me esclavice. No hay un hombre que me viole por las noches y salga por la mañana dando un portazo, como muchos de mis vecinos, porque no le he mostrado a la mañana siguiente que me gusta que lo haga, que le doy permiso para hacerlo cada noche, que es una forma de amor a la que me resigno a falta de otras formas de amor, y que además, mientras le preparo el desayuno y se lo sirvo y le lleno la taza de café cada vez que lo necesita, soy capaz de transmitirle todo mi amor y mi agradecimiento porque otra noche más me ha elegido a mí y no a otra, ha elegido mi orificio y no el de otra para meter su cochino rabo y vaciar sus mierdosos testículos. No, no me quejo, por la mañana estamos solas, mi hija y yo, y nuestro amor no necesita de otros ingredientes para expresarse con toda la alegría que una madre y una hija saben compartir sin necesidad de palabras ni de actos que lo refrenden. Un amor instintivo, un amor total, como el que mi madre y yo nunca compartimos, en una casa donde había hermanos que eran los preferidos y un padre que se ausentaba con frecuencia, para desgracia de mi madre, pero que cuando estaba se hacía notar, prefiero no recordarlo. Mi madre lo acogía en su lecho y aceptaba todas las porquerías que le decía y le hacía, como se las hacía y decía a otras que no eran mi madre, blancas o negras, eso le importaba poco. Yo también fui víctima de sus excesos, abusó de mí y mi madre me echó la culpa y, con menos de dieciséis años, tuve que irme de una casa donde el desprecio de mis hermanos y de mi madre se sumaba a los abusos de mi padre, reiterados, aprovechando la ausencia de madre, que había ido a comprar comida o a la peluquería para gustarle más a su hombre o a tomar café con las amigas y hablar todo el rato de las proezas de sus hombres como si fueran dioses del cielo y no seres brutales que se arrastran por el suelo para sobrevivir. Mi hija nunca conocerá tal cosa, ni le contaré nunca lo que viví entonces, no quiero contaminarla, quiero que estudie y que salga del gueto lo antes posible y pueda ser como esas hermanas con las que me cruzo en la ciudad, mujeres orgullosas y eficientes, preparadas y guapas, que pasean por la calle con la arrogancia que da el haber escapado del infierno. Uno de ellos, hay muchos, desde luego, y quizá, sin que yo lo adivine por sus gestos o sus rostros de satisfacción, ellas también tengan el suyo y hayan cometido el error de dejarse violar por un jefe o un compañero. Mi trabajo en el hotel me ha permitido conocer cosas repugnantes como éstas. Yo limpio las habitaciones y hago la cama después de que se vayan los clientes. No importa que sea un hotel caro. No importa que las habitaciones parezcan palacios al lado de las casas que conozco en el barrio. Eso no importa. Cuanto más lujosas las habitaciones, más asquerosas me parecen las cosas que ocurren allí. Más repugnancia me da limpiar el cuarto de baño y hacer la cama, ver y limpiar los desechos que dejan a propósito para que se sepa lo que han hecho allí. Me avergüenzan ellas, cuando las veo salir contentas de la habitación en compañía de ese hombre que las acaba de violar, y parecen orgullosas de lo que les han hecho, de que las hayan elegido para hacerlo, convencidas de que esa cosa que tienen entre las piernas y que los hombres quieren poseer como perros les da todo el poder que no tienen en realidad. Esa cosa que tengo entre las piernas, en carne viva, esa cosa que los hombres quieren de nosotras, sí, esa cosa, es parte de nuestro infierno. Mi amiga Lucinda, que trabaja conmigo en el hotel y es bastante más atractiva que yo, lo veo cuando los clientes se cruzan con nosotras y la miran a ella de arriba abajo, como si fuera un trozo de carne colgado de un gancho en una carnicería, se ha dejado violar por muchos de ellos a cambio de un dinero con el que paga el hospital donde su hijo lleva en coma dos años, un dinero con el que su marido compra la droga que consume a todas horas sin que ella lo sepa aunque sí sepa que la consume cuando vuelve a casa y le pega o se pone más violento de lo normal porque le falta la dosis necesaria para calmar su temperamento agresivo. Esa cosa entre las piernas de Lucinda paga por todo eso y hace pagar a los clientes por tenerla. Ella también vive en el infierno, como yo y como tantas otras, pero siempre canta mientras trabaja, siempre está alegre, la sorprendo cantando mientras cambia las toallas y coloca los jabones en el cuarto de baño, y le pregunto por qué está tan contenta, y me señala el cartón donde figura su nombre clavado en la camisa, el cartón con su nombre y su apellido que deja depositado para que el cliente sepa que ella ha hecho bien su trabajo. Ese cartón la hace sentirse una artista, me lo ha dicho muchas veces, una artista reconocida, así se siente ella cuando la llaman de recepción porque el cliente de tal habitación o de tal otra quiere felicitarla en persona por su trabajo. Y ella sigue cantando después, aunque la violen, no conozco otra palabra para lo que los hombres les hacen a las mujeres, para lo que la cosa de los hombres le hace a esa cosa que las mujeres tenemos entre las piernas como una maldición genética. Trabaja y canta, la violan y canta, le pagan y canta. Ya no sé si canta porque le gusta su trabajo, porque le gusta que la violen o porque le gusta ganar más dinero que la miseria de salario que nos pagan en el hotel por arreglar las habitaciones de los violadores y sus acompañantes violadas. Se siente una estrella sólo porque la llaman para darle la enhorabuena todos los que leen su nombre en el dichoso cartón. A mí se me olvida a menudo dejarlo, yo no canto ni me alegro de limpiar la mierda de los demás. Alguna vez he vomitado incluso por lo que he encontrado en la cama o en las toallas, he vomitado por tener que limpiar las huellas de otra violación. Alguna vez he vuelto a destiempo, Lucinda me lo había recordado, para depositar el cartón en el mueble del cuarto de baño o en la mesilla de noche, mientras el cliente dormía la siesta o se duchaba. Me he arriesgado a eso, sabiendo lo peligroso que puede ser para una mujer como yo. Lucinda es católica, yo no, quizá sea ésa la razón de sus canciones y de su alegría y de su facilidad. Yo me gano la vida como puedo para pagar el futuro de mi hija, yo no creo tenerlo, pero no me importa mientras ella pueda tenerlo algún día. Lucinda no entiende que no use esa cosa que tengo entre las piernas para ganar más y darle un futuro mejor a mi hija. Tampoco yo lo entiendo, pero no puedo hacerlo. Me daría asco hacerlo, entregársela a uno de esos clientes con que me cruzo en el pasillo y me miran también de arriba abajo, dónde lo habrán aprendido, todos lo hacen, todos parecen haber pasado por la misma escuela, donde les enseñaron desde muy jóvenes cómo degradar a las mujeres. No podría mirar a la cara a mi hija por la noche si me dejara violar por alguno de ellos, por más que me prometieran una fortuna con la que dejar de trabajar y pagarle a mi hija lo que se merece, las mejores escuelas y los mejores médicos y los mejores vestidos. No es fácil educar a una hija cuando una ha echado a la calle al perro de su marido cuando apenas tenía unos meses. Me violó una vez y me casé con él y me siguió violando todos los días estando ya embarazada de mi hija. Una noche se atrevió a susurrarme en el oído, después de violarme repetidas veces, que me deshiciera del bebé, que no lo necesitábamos para ser felices. A la noche siguiente volvió a hacerlo, estaba contento, le había ido bien en un negocio sucio de los suyos con la gente sucia del barrio, y me pidió otra vez que nos libráramos de ese estorbo, esa carga, ese lastre. Así hablaba, rugiendo como una bestia, con su cosa metida a fondo en esa herida que tengo abierta entre las piernas. Nació la niña y enseguida me violó y me siguió violando, haciéndome mucho daño cada vez, para hacerme pagar por haberla traído a este mundo en contra de su voluntad. Así me lo decía cada noche, cada mañana, cuando me violaba como un salvaje y me hacía sangrar. Me amenazó con violar a otras mujeres, supongo que lo hizo, nunca lo supe, y con entregar a la niña a la asistencia social. Así todos los días durante meses, hasta que me cansé y lo eché, la casa era mía, por fortuna, para quedarme con mi hija a solas. Volvió algunas noches aporreando la puerta, avergonzándome ante los vecinos, que no sabían nada, pero aguanté sin temor. No estaba dispuesta a que también violara a mi hija en cuanto cumpliera diez años. No se lo habría perdonado ni me lo habría perdonado. Lucinda no tiene ese problema, su único hijo está muy enfermo y se morirá algún día y el marido que la viola cada noche es como otro de los clientes, aunque no paga, sólo pega y grita, como si no le bastara con violarla, pero ella no necesita más para sentirse viva y seguir cantando a la vida por todo lo que le ha dado. No lo entiendo. A ella le basta con saber que los perros, en el hotel y en el barrio, desean como locos esa cosa asquerosa que tiene entre las piernas, se la comerían si pudieran y ella les dejara hacerlo con tal de que pagaran lo que vale en metálico. Eso le gusta, ser sólo eso, una cosa entre las piernas que atrae con su olor nauseabundo a una jauría de perros hambrientos. Yo no soy así, ni quiero que mi hija lo sea, lo siento por los perros, quizá no tengan la culpa de ser así, lo siento por los violadores, quizá no puedan evitarlo. Han sido programados para actuar así, eso decía mi madre, resignándose. Salieron de esa cosa que tenemos las mujeres entre las piernas y siempre quieren volver a ella, por la fuerza, usando la violencia, la fuerza y la violencia que han recibido como un regalo del cielo para poder violarnos desde que somos niñas, sólo por tener esa cosa entre las piernas. Y también lo siento por Lucinda, algún día se dará cuenta de su error y será tarde para rectificar. El marido la matará después de violarla, la estrangulará porque no está contento con ella, o porque habrá encontrado a otra mujer más joven a la que hacerle las mismas cosas, otra mujer con una cosa nueva y fragante entre las piernas, o algún drogadicto del barrio la degollará para atracarla alguna noche de las que vuelve tarde de trabajar, o algún cliente descontento, y esa cosa entre las piernas de la que está tan orgullosa morirá y se pudrirá con ella. Podrá descansar al fin, se dice mientras arregla otra vez la cama deshecha y termina de limpiar este sucio cuarto de baño sabiendo, para su tranquilidad, que su amiga Lucinda la espera ahí afuera, como todos los días, de pie junto al carrito de la limpieza, haciendo la contabilidad de los artículos que han gastado a lo largo de la mañana para que no las acusen de robar, como han hecho otras veces, amenazándolas con echarlas del trabajo por ladronas. Quizá morir, sí, piensa esta mujer que habla en su nombre sin que ella lo sepa, en defensa de una causa indefensa, sea la forma más fácil de acabar de una vez con el infierno de las mujeres. Lo he visto, existe. De acuerdo, de acuerdo, es una idea terrible, es cierto, intolerable, es posible, se nos ha enseñado a desconfiar de los peligros de cualquier enunciado maximalista y no estamos en condiciones de afirmar lo contrario. Nada garantiza, desde luego, que detrás de las mejores intenciones no se oculte a veces el terror. El terror y la crueldad y la sangre derramada, por unos y por otros. Pero, antes de nada, ¿quién es la que habla por ella? ¿Ella, y quién es ella? Sí, ¿quién es ella para hablar así?

DK 7

Ecce Homo
[Cómo se llega a ser lo que se es]

Cae la noche por capas, como una espesa lluvia de ceniza negra, sobre los altos tejados de la ciudad que nunca se despierta de su sueño secular. El bólido amarillo, situado muy por debajo, al nivel de la iluminación aún tenue de la calle, circula a toda velocidad en mitad del tráfico sorteando vehículos más lentos y algunos aparcados junto a la acera de un lado y de otro de los cinco carriles de la segunda avenida, como en una carrera organizada por cualquier absurda instancia municipal a fin de probar la fiabilidad de sus planes de futuro.

Futuro es también lo que piensa no tener ahora el bulto bamboleante que se desplaza de izquierda a derecha y de derecha a izquierda, como un metrónomo de los nervios y la impaciencia de la situación, en el bólido amarillo que pretende ponerse a la cabeza de esta alocada carrera de todos contra todos. El misterioso pasajero ha prometido mil dólares extra al conductor si es capaz de trasladarlo al aeropuerto JFK en menos de quince minutos. Todo un récord para esta ciudad. El taxista afgano no sabe nada del futuro, ni le preocupa más que el inmediato, el tangible, el que apenas se distingue del presente por infinitesimales fracciones de segundo, por lo que sus expectativas actuales, dado que ha invertido más de una hora aguardando a la puerta del hotel la rentabilización de esa espera, no pueden ser colmadas de mejor manera. Siempre ha sabido que sus grandes dones serían recompensados algún día como se debía, y ese día ha llegado al fin, lo llevaba esperando mucho tiempo. Un pasajero que necesita abandonar el país lo antes posible, un pasajero apresurado que se ha entretenido más de lo debido haciendo gestiones o las compras de última hora, los regalos con que piensa aportar algo de felicidad a los que se quedaron esperándolo al otro lado del océano o del continente.

La empresa parecía imposible, y más a esa hora tardía en que a todos les acomete la misma fiebre de abandonar la ciudad por todos los medios disponibles con el fin de refugiarse en sus casas y cederles el terreno a los fantasmas sin cuerpo y a los cuerpos descoloridos de los muertos vivientes, que a su vez se lo disputarán, con la caída en picado de la noche, a la masa informe de los turistas, esos no-muertos venidos de todas partes cuya existencia para un taxista experimentado es tan indefinible como baratas sus pretensiones de consumo y desplazamiento. Sí, tomando un hatajo que rara vez se había visto obligado a usar, y con la ayuda inestimable del GPS y de una audacia a prueba de policías y semáforos, ha logrado llegar antes de lo pensado al puente que cruza el río, más vacío de camiones que de costumbre, y se ha lanzado por la autopista vecina, forzando el límite subsónico permitido por la legalidad, a una velocidad que nadie en su sano juicio se atrevería a recomendar ni al peor de sus enemigos mortales. El silencioso pasajero acepta de buen grado la tensión y la incomodidad del viaje acelerado con tal de que su objetivo se cumpla como desea. Y así es, con puntualidad local, 14 minutos y 46 segundos después de montarse en el taxi a la puerta del hotel se encuentra parado frente a la puerta de salidas del aeropuerto más caótico del mundo extendiéndole al conductor un cheque por la cantidad acordada. Ojalá sus pies tuvieran la energía del taxista, se dice al buscar la puerta de embarque en el tablero electrónico. Un largo trayecto que recorre a toda prisa, secándose el sudor de la frente y la nuca con un pañuelo perfumado que aviva su memoria erótica en un mal momento. Un trayecto sembrado de controles de seguridad e identificación que le devuelven, no sin estremecerse por ello, el sentido de la realidad que había perdido desde hace unas horas, sin saber exactamente por qué. No se acuerda de lo que hizo, pero sí de que hizo algo por lo que debía volver a casa cuanto antes. No tiene tiempo de preguntar a alguna de las empleadas del aeropuerto por la sala VIP donde en otras ocasiones, llegando con mucho tiempo de antelación, había tenido la oportunidad de conocer a importantes personajes de las finanzas o la política que aprovechaban esos momentos de distensión para compartir con él la parte inconfesable de sus vivencias en la ciudad que se disponían a abandonar. Experiencias similares a las suyas en lo esencial, si se excluían algunos detalles morbosos o fetichistas que habrían hecho las delicias de la prensa sensacionalista que vivía a costa de descubrirlas. *News of the world*. Noticias del mundo real, un escándalo reiterado para la clase media televisiva que las consumía como verificación de sus peores hipótesis sobre los usos y abusos de la clase política y financiera transnacional. Pero también había ocasiones en que el tono confidencial del encuentro, si el hombre o la mujer en cuestión se mostraban en fase sentimental a causa del excesivo alejamiento de los suyos, permitía hablar de la familia, comentar las preocupaciones domésticas, los problemas específicos con la mujer, el marido o los hijos e hijas que no podían evitar echar de menos en la distancia a pesar de que sus relaciones con ellos no atravesaran los mejores momentos de su historia, en parte por la ambigua naturaleza y la larga duración de esos viajes y estancias. No era éste el motivo íntimo, no obstante, de su fuga precipitada del país donde había trabajado durante estos últimos años. Ni era algo que cabía explicar con facilidad a los antipáticos guardianes del orden del aeropuerto, obligándolo a desprenderse de zapatos, cinturón y chaqueta, a depositarlos con mimo en una bandeja de plástico donde podía ver retratada ahora, de modo gráfico, la insignificancia de su vida, la torpeza de sus actos, la mezquindad de sus ideas sobre la realidad. Fue entonces cuando reparó, tras rebuscar en sus enseres con creciente nerviosismo, para alarma de los policías de ambos sexos que vigilaban sus acciones como si se tratara de un criminal en potencia, en que le faltaba el móvil. ¿Se le habría caído en el taxi meteórico? No sería extraño haberlo perdido ahí, dada la disciplina de tumbos y sacudidas, frecuentes virajes y bruscos cambios de dirección a que la vertiginosa conducción del taxista lo había sometido en el trayecto hasta el aeropuerto. Siguió rebuscando en vano, mientras la mirada escrutadora de los agentes expresaba cada vez más la sospecha de culpabilidad del sujeto que les habían enseñado a reconocer en los más banales gestos. Todo pasajero es culpable hasta que se demuestre lo contrario, ésa era la ley inflexible a la que obedecían, aunque lo negaran por conveniencia estratégica, en sus labores de vigilancia. En estos tiempos y en este país, piensa, es mucho más fácil ser policía que ciudadano, vestir un uniforme, cualquier uniforme, que no hacerlo. Este mero hecho vestimentario, se decía en plena ofuscación, al llegar a un aeropuerto, lo convierte a uno de inmediato en sospechoso a los ojos de los que encubren la culpabilidad de sus cuerpos tras uniformes de una autoridad intachable. Para no despertar más suspicacia en los policías, y verse obligado además a ser sometido a uno de esos necios interrogatorios de horas que tantos de sus conocidos habían padecido al tratar de entrar en este país transformado en un estado policial por voluntad de agencias gubernamentales que no toleraban demasiado la mirada extranjera sobre sus asuntos internos, prefirió renunciar a su búsqueda y dar el móvil por perdido. Se sorprendió a sí mismo deseando, con el sentido de la ironía recuperado, que el piloto afgano supiera darle un uso adecuado a la agenda exclusiva que el aparato atesoraba en su interior. Pasó entonces, como un héroe cívico, bajo el arco triunfal del identificador de metales y se encontró del otro lado, ya a salvo del acoso policial, recuperando sus objetos y sumándose a la multitud anónima de los que disfrutarían a partir de ahora de unos minutos o unas horas de libertad e inocencia vigiladas. Corrió hacia la puerta de embarque, con la chaqueta al hombro, como un seductor huyendo de una situación comprometida, pasillo tras pasillo, resoplando y jadeando, jadeando y resoplando, sin poder parar para recuperar el aliento o secarse el molesto sudor. Y, a pesar de todo el esfuerzo y la fatiga, como un profesional del optimismo vitalicio, seguía sonriendo al mundo, ofreciéndole su imagen más positiva. Una sonrisa sin contenido expreso. Una sonrisa vacía, como la de algunos programas de televisión. Una sonrisa muerta, como la de los políticos en plena campaña electoral. Una sonrisa que parecía más un rictus incontrolado de la boca que la expresión de un sentimiento reconocible y genuino. Una sonrisa aciaga, también, eso esbozaban ahora sus delgados labios al recordar de nuevo al taxista e imaginar la sorpresa que se llevaría cuando esa misma noche, al retornar el coche al garaje, se encontrara su móvil de última generación olvidado como propina en el asiento trasero. Cuántas llamadas perdidas, cuántos mensajes no leídos, cuántas claves privadas, cuánta información inútil, en definitiva, no proporcionaría ese teléfono excepcional al ignorante taxista de Kandahar. Tendría gracia que su valioso móvil cayera en esas manos menos peligrosas que otras. Para distraerse, vuelve a pensar, con sadismo matemático, en la suma millonaria que algunos conocidos y muchos desconocidos estarían dispuestos a desembolsar por poseer esa preciada información. Cuánto no estarían dispuestos a pagar todos ellos, evoca por diversión algunos nombres importantes y descarta otros por prudencia, a cambio de conocer aunque fuera la tercera parte de los nombres y los números que contiene su delicado mecanismo. El precio actual, al saberse lo sucedido, se habrá disparado mañana con toda seguridad. Así de volubles son los mercados, él lo sabe por experiencia.

Llega exhausto a la puerta de embarque ajustando aún en su cabeza el confuso algoritmo con que pretende computar la revalorización de esos datos cuantificada en dólares y en euros, tomando en cuenta, para fijar los decimales de cada cifra, una ecuación que incluye variables como los índices de apreciación del producto en función de las expectativas creadas, las siempre volubles tasas de cambio y la oscilación irremediable de las divisas internacionales en las últimas doce horas. Ha fracasado en el empeño de calcular esas dos cantidades dispares cuando se planta con ímpetu, pasaporte en mano, ante el mostrador reservado a los pasajeros de primera, donde le da la bienvenida con una sonrisa insinuante una azafata de la compañía nacional más publicitada que le transmite de inmediato, en su hermosa lengua nativa, todo lo que necesita oír en ese momento crítico de su vida.

El mensaje de que ha llegado a la meta y está a salvo, de que ya no corre ningún peligro, de que nadie lo persigue ni lo perseguirá nunca en ninguna parte. Pero él desconfía por sistema de esos mensajes tranquilizadores, como buen político sabe lo que significan, sabe por qué se utilizan, con qué fin, a quién sirven. Las poblaciones los reciben a diario de sus élites, las masas de votantes los consumen como un mal necesario en situaciones difíciles, durante una crisis, antes de las elecciones o los plebiscitos, sin dar indicios inequívocos de cómo los interpretan y los asumen. En su opinión, ése es el gran fallo del sistema establecido. El agujero negro de la opinión pública, como decía el viejo Attali, y, aún peor, el agujero de gusano de las encuestas y las estadísticas. Pero eso no lo consuela, no puede consolarlo de haber perdido su móvil, una prueba cierta de su evasión forzosa del país. En cuanto se instala en su asiento rodeado de una cantidad abusiva de cordialidad y buen humor y hasta un punto de coquetería por parte de las dos azafatas que lo asisten en la difícil maniobra, sólo piensa, por extraño que parezca, en llamar a su mujer, a la que imagina ajena por completo al drama que está protagonizando. Llamarla significa para él, en este instante, regresar a casa, aunque sea con la voz, recibir el mensaje de que sigue existiendo en el mundo un lugar que merece de verdad ese nombre afectivo. Pide permiso a la azafata más atractiva de las dos para hacer una llamada urgente por el teléfono del avión, excusándose con humor por haber perdido el suyo en un lance doloroso que preferiría no tener que detallar. La rubia de ojos azules, pómulos redondos y nariz respingona, modelo perfecta para ese anuncio publicitario de un hotel alpino de cinco estrellas que nunca le propondrán protagonizar, le sonríe y le dice que sí enseguida, con voz aterciopelada y tono empalagoso, como si lo conociera de toda la vida, o conociera ésta de memoria, punto por punto, todo, como suele decirse, lo bueno y lo malo, lo infame y lo execrable, y aun así le siguiera sonriendo sin esfuerzo y mostrando un aprecio y un apego incondicional por su persona, perdonándole todas sus malas acciones del pasado y, de antemano, las del futuro, dispuesta a casarse con él, al menos por unas horas, a pesar de todo lo que no puede evitar saber. ¿Qué había hecho él para merecer este trato preferente reservado sólo a los dioses? ¿Era todo esto una confabulación política para hacerle sentirse mejor? ¿Para relajar sus mecanismos de prevención y autodefensa? La azafata está entregada a su estimulante trabajo y al cuidado de su cliente favorito, pero tiene otras obligaciones menores que atender también en este momento, ya tendrá tiempo durante el largo viaje transatlántico de demostrarle con creces lo que siente por él. Por ahora debe relajarse y descansar y hacer esa llamada que tanto le urge, como le recuerda, pero antes debe pedir permiso al comandante de la aeronave. La rubia, con risitas maliciosas y gestos de picardía impropios en estas circunstancias, le pasa la obligación de esa consulta a la azafata morena que atendía a otros pasajeros en espera de que le llegara el turno de dedicarle también todas sus atenciones. Tampoco está nada mal la otra chica, se dice viéndolas juntas de nuevo, el esbelto cuerpo de una rozándose con el de la otra mientras cuchichean, a buen seguro, indiscreciones sobre él. No sé con cuál de las dos, si no hubiera pasado lo que ha pasado, me quedaría esta noche prometedora. Por qué no con las dos a un tiempo, por qué privarse de la otra cara de la moneda de la suerte si las dos desprenden el mismo perfume carnal, una fragancia femenina inconfundible para el experto. Forman, acaso sin proponérselo, un dúo irresistible y encantador, debería felicitar al director de recursos humanos de la compañía por su acierto al contratarlas para hacer felices a distinguidos pasajeros como él que necesitan distraer sus sobrecargados cerebros durante el vuelo con pasatiempos ligeros y chispeantes. Le recuerdan, cada una en su tipo, a dos famosas actrices cuyos nombres no le vienen a la cabeza en este momento, sí sus inolvidables rostros y cuerpos, por más que lo intenta una y otra vez. Se siente fatigado y podría sucumbir con facilidad al sueño. Es entonces cuando la azafata de melena oscura y largas piernas regresa como un buen recuerdo de la cabina de pilotos con una sonrisa de media luna más que sospechosa y la orden de que puede hacerse sin problemas lo que pide, no hay razones técnicas para negárselo, le comunica tendiéndole el aparato y desapareciendo al instante.

Procede a marcar los dígitos con nerviosismo y se equivoca. Ha olvidado anteponer el prefijo internacional y la voz de la operadora se lo recrimina. Vuelve a empezar, intenta calmarse, por fortuna las azafatas se distraen ahora con las vicisitudes de los pasajeros de clase turista que obstruyen el paso con sus pesados bolsos y cuerpos y no pueden ser testigos de su torpeza telefónica cuando alguien que no es su mujer descuelga y saluda dos veces antes de que él dé por terminada la llamada. Vuelve a marcar y se interrumpe, teme haber pulsado una tecla equivocada. Sigue adelante con la convicción de que está marcando el número correcto. Su mujer, Nicole, descuelga al tercer timbrazo y le dice hola, nada más, hola otra vez, un saludo frío, él percibe la hostilidad de la recepción pero a pesar de eso se siente como en casa al oír su voz al otro lado, como si estuviera en la puerta llamando al timbre con insistencia en vez de usando la llave para darle una sorpresa y ella entreabriera la puerta y no lo reconociera. ¿Quién es usted? ¿Qué es lo que quiere a estas horas? Le dice dónde está, le dice que está volviendo, le dice que la echa de menos y que tiene muchas ganas de verla y abrazarla. Un silencio tenso precede a la respuesta de ella. He llamado a tu móvil varias veces y no lo cogías, le dice sin abandonar ese tono cortante. He llamado otra vez, hace unos minutos, y lo ha cogido una mujer y luego un hombre que se ha hecho pasar por policía. Me ha contado lo que le has hecho a esa mujer, aún no sé si creerle. Me ha contado muchas cosas. Y ahora no creo conocerte. No sé quién eres, me dices que estás en un avión de vuelta a casa, pero no te creo, no sé dónde puedes estar. No creo nada. No sé con quién estoy hablando. Voy a colgar. Trata de decirle que no lo haga pero ya es tarde, una mano ha tomado la suya, mientras mantenía cerrados los ojos, examinando la oscuridad interior que atraviesa un rayo fulminante, y le ha obligado a deponer el teléfono. Cuando abre los ojos, ve a dos policías flanqueados por las azafatas, la rubia y la morena, que ya no sonríen, parecen apenadas, sorprendidas, decepcionadas incluso, como si él las hubiera engañado a una con la otra, a la morena con la rubia y a la rubia con la morena, sin un motivo especial, sólo porque le apetecía jugar con ellas al intercambio de roles y posiciones. Debería tener más cuidado con sus apetitos, le dice el policía acercándole la cara en un plano aberrante que nadie verá en una pantalla nunca porque no está pensado para eso, ese gesto sólo pretende intimidar al detenido, no hacer famoso al policía. Sólo eso, sin más especulaciones. No sé de qué se ríe, le dice el policía con la cara tan pegada a la suya que su aliento profesional le resulta perfectamente identificable. Hiede a café barato ingerido hace un momento a toda prisa y a loción de afeitar matutina aún más barata y a testosterona malgastada en acciones violentas y absurdas y, en el fondo, bien poco placenteras. A uniforme sudado, sí, a eso también, por desgracia, es el olor de la autoridad en su más baja expresión jerárquica, el hedor pestilente de la ley de la calle. Es verdad, en todo caso, ni él mismo sabe de qué se está riendo ahora, en nombre de qué, cuando todas sus protestas y coartadas se han derrumbado al chocar contra esa cara de perro policía que le está mirando con la misma expresión de asco con que miraría a un contenedor de basura donde se oculta, según el fiable chivatazo de turno, un masivo alijo de estupefacientes o el cadáver descuartizado de una mujer. Reírse porque sí, en cuanto se pone en pie a la fuerza, es una forma de abandonar el control sobre sus movimientos, ya no le pertenecen, como las manos, esposadas a la espalda, ya no son las suyas. Son las de otro en el que ya no se reconoce. Su mujer tenía razón. No es el mismo. Sonríe por última vez a las afligidas azafatas y le guiña un ojo cínico a cada una, tomándolas por réplicas actuales de sus actrices favoritas. Quiere expresarles su firme deseo de regresar pronto. La promesa de una segunda parte más gratificante cuando acabe esta comedia de pésimo gusto montada por jueces, fiscales y policías para complacer a políticos y banqueros de todo el mundo. Vendrá de nuevo, les traerá regalos caros y ellas estarán esperándolo con su mejor sonrisa de alegría compartida y ya no habrá entre ellos más separaciones ni infidelidades. No más traiciones tampoco. Esto será el paraíso. Una fiesta por todo lo alto, como la que le espera en la comisaría, en la que figura por sorpresa como el único invitado de la noche.

DK 8

Epifanía en Tiffany's

¿Quién está escribiendo todo esto? Yo no, desde luego. Yo nunca escribiría cosas como éstas. Yo nunca diría que salí del hotel como si tal cosa, calculando en mi cabeza todo lo que podía sacarle al asunto. Eso es falso. Se ha dicho, pero es falso. Yo diría, más bien, que estuve en el hotel muchas horas después de terminar mi trabajo. Muchas horas que nadie me pagará nunca. Sé que soy una tonta, pero así fue. Pasé tantas horas que se hizo de noche y empecé a pensar en mi hija más que en mí misma. Así soy. Me trataron muy bien. Los empleados de seguridad y la dirección, que siempre había sido desagradable conmigo, me trató especialmente bien. Estaba en su despacho, como un cliente importante, nunca había estado allí antes, rodeada de tanta gente preocupada. Quizá me tuvieran miedo, quizá temieran mi reacción, el perjuicio que podía causarles, eso me decía Lucinda, pero yo veía que no era eso. Veía que eran buenos y se preocupaban por mí. Me preguntaban una y otra vez por lo que había pasado, lo que me habían hecho, me preguntaban por quién me lo había hecho, si estaba segura de que era él y no otro el autor de los hechos. Tardaron en aceptar que había ocurrido en esa habitación y no en otra de la misma planta o pasillo, la misma suite que llevaba limpiando toda la semana. Tardaron en aceptar que yo no me había prestado. Insinuaron cosas espantosas. Insinuaron que yo podía haber hecho cosas indeseables. Lo negué como pude. Parece que me creyeron. Me sirvieron té y me pidieron que me tranquilizara, que comprendían mi estado, pero que no debía dejarme llevar por la ira ni por la rabia. No había ira, en mí, no había rabia, ni furor, ni ninguno de esos sentimientos, no sé por qué decían eso. Estaba asustada, estaba impresionada, estaba al borde de un ataque de nervios y todos, sin embargo, creían que sólo quería venganza, que sólo aspiraba a ver ahorcado al hombre que me había hecho eso. Por quién me toman. Estaba confundida y no tenía ni idea de lo que podía hacer, ni idea de los derechos que me asistían, cómo pudieron pensar que yo lo tenía todo calculado cuando sólo me preocupaba en ese momento si ese hecho podía o no suponer mi expulsión inmediata del país, la mía y la de mi hija quizá, la separación de ambas. No podía saberlo. Todos se portaban muy bien conmigo, me tranquilizaban, me preguntaban todo el tiempo, me acariciaban con ternura, nunca me había sentido tan querida, tan apreciada, nunca había sentido que esta gente pudiera tener por mí tanto afecto y tanto cariño. Hasta entonces no me lo habían expresado nunca. Yo era para ellos una sensación nueva, una emoción interesante, les daba la oportunidad de sentirse buenos, de hacer el bien, de contribuir a mejorar las cosas que van mal en el mundo. En eso me había convertido, en un pretexto para desatar los mejores sentimientos. En un generador de bondad universal. Así son de retorcidas las cosas. Me querían más que nunca, me adoraban, se preocupaban por mí, todos esos que a diario, desde que trabajaba en el hotel, sólo me habían expresado, día tras día, indiferencia y menosprecio y hasta desprecio en algunos casos. Todos esos para los que yo no era más que una trabajadora más del hotel, una trabajadora cualquiera, sí, una cualquiera. Podían haberme despedido y nadie se habría fijado en mi ausencia, podía haberme puesto enferma y hubieran tardado en darse cuenta. Suele ocurrir así, las compañeras te sustituyen y nadie se entera de nada. Podían imaginar por un momento que yo me había prestado a hacer esas cosas otras veces, como hacen algunas de mis compañeras, pero yo no y ellos no lo supieron hasta hoy. Y tardaron en comprenderlo. Entre taza de té y taza de té, los fui convenciendo, les conté detalles repugnantes que no podía inventar más que una imaginación sucia como la del violador. Se asustaron cuando pronuncié esta palabra. Les pareció muy fuerte. Sin una sentencia, nadie debería hablar así, me dijo el director, peinándose el poblado bigote con la punta de un dedo. La presunción de inocencia es un valor constitucional, añadió, pellizcándose con ese mismo dedo el lóbulo inferior de una de sus pequeñas orejas. No debemos permitirnos prejuzgar lo sucedido. Al decir esto en un tono más serio, su mirada impasible me atravesó como un láser desde detrás de los gruesos cristales de sus gafas y hasta el bigote se le erizó con la fuerza de su advertencia. ¿Ha quedado claro? Me explicaba mal, es verdad, me fallaban las palabras. Les enseñé entonces las heridas, las magulladuras, las contusiones, los desgarros en el uniforme. ¿Es esto algo que se pueda llamar amor o deseo? ¿Es esto algo que alguien en el mundo pueda considerar deseable? ¿Es esto algo a lo que alguien consentiría sin degradarse? ¿De qué oscura materia estamos hechos, Dios mío? No era yo la que se hacía estas preguntas, eran ellos, una y otra vez, prestando voz a mi indecisión, a mis dudas, a mis contradicciones. Me sentía mal hablando de todo eso con todos aquellos desconocidos que me miraban al principio como a una colgada o a una idiota. Todos ellos, las compañeras que entraban y salían cada tanto, aprovechando lo sucedido para abandonar sus tareas y venir a expresarme su solidaridad y amistad, como nunca antes, la mayoría eran desconocidas para mí, con empleados que entraban y salían, nerviosos, preocupados, con los vigilantes de seguridad convenciéndome de que era necesario rellenar los papeles de la denuncia. Convenciéndome de que si era verdad todo lo que decía debía rellenarlos cuanto antes y firmarlos. Lo hice, no lo pensé por más tiempo y lo hice y ellos llamaron por teléfono a la policía y todo empezó a correr como un cronómetro en una carrera. No había vuelta atrás, me dijeron, mañana la policía me tomaría sin falta declaración. Lo comprendí. No me arrepentiría. No sé dónde estaría él todo ese tiempo, pero yo estuve ahí toda la maldita tarde esperando, decidiendo, contando, respondiendo. Les agradecía toda la ayuda y les pedí que me dejaran salir, quería tomar el aire, volver a casa, abrazar a mi hija, tumbarme en la cama y echarme a dormir y que a la mañana siguiente nada de todo esto fuera verdad. Despertarme y comprobar que no lo había vivido, que no estaba siquiera en este país sino de vuelta en el mío, con mi familia, lejos de esta ciudad infernal. Pero no lo hice así. No volví a casa corriendo. ¿Por qué lo hice? No lo sé. ¿Sabe alguien por qué hace algo en su vida? ¿Supo él lo que hacía mientras me lo hacía? No lo creo, pero eso no cambia nada. Lo hizo y debe pagar por ello, así es la vida. No sabes por qué haces nada, pero cuando lo haces ya está hecho y a partir de ahí se puede juzgar si lo has hecho bien o mal. Eso es suficiente. Yo hice algo que tampoco está bien. Quizá el tribunal no lo pueda entender, quizá el jurado compuesto de mujeres honradas y hombres decentes, hombres y mujeres que no saben lo que es encontrarse en una posición como la mía, que nunca han estado en una situación parecida, encerrados en una habitación de hotel con una bestia lujuriosa, con un animal desnudo que sólo quiere humillarte y maltratarte y degradarte, ninguno de ellos sabe lo que es eso, y por eso quizá no puedan entender lo que hice. Me vestí, salí a la calle y de pronto no tuve ganas de volver a casa, no tenía ganas de volver a mi barrio y a mi hogar con mi hija, no tenía ganas de volver a la vida que llevaba hasta entonces. Algo había cambiado. Lo noté en cuanto empecé a pasear por las calles llenas de gente a esa hora en que muchos salen de trabajar y cierran las tiendas, unas antes y otras algo después. Algo ya no era igual. Y yo notaba que la gente lo notaba. Me miraban de otro modo. Yo no era la misma. Recorría calles y avenidas a un paso lento, ese paso que no es el paso con el que vas al trabajo o a coger el metro o el autobús, ese paso que es el paso por el que vas recuperando el ánimo, en que vas recuperando lo que eres o lo que querrías ser, ese paso que en la vida muy poca gente tiene la oportunidad de llevar salvo que no trabaje o esté de vacaciones. Lo conocía, en el barrio lo había practicado cada vez que me sobrevenía alguna de mis crisis periódicas. Me deprimía, no le veía sentido a nada, no le veía sentido a haber venido a este país a vivir como vivía, en un barrio pobre rodeada de camellos y drogadictos y delincuentes. A criar a mi hija en ese entorno. Casada con un marido tarado que era peor que un animal en celo. Yo no había venido al mundo para vivir esto. Y ahí estaba yo. Paseando por la calle con todas las miradas pendientes de mí, todo el mundo mirándome, señalándome con el dedo, parándose a cuchichear sobre mí en cualquier esquina cada vez que me veían pasar. Nadie podía saber nada todavía. La noticia no había salido a la luz aún, lo comprobé en un kiosco con miedo de ver mi nombre en algún periódico, o el de él, era lo mismo, y sin embargo percibía cómo todos me miraban como si fuera alguien importante, alguien que no tardaría en ocupar todas las portadas de los periódicos y no tardaría en salir en televisión. Lo más importante en esta sociedad. Salir en televisión, que hablen de ti en televisión, para bien o para mal, por tus pecados o por tus virtudes, cuántos programas de televisión explotaban la delgada línea que separa unos de otras. Pecados que se volvían virtudes en cuanto aparecían en una pantalla y virtudes que, así expuestas a la luz, parecían pecados capitales. La vanidad, la soberbia. Pero no estaba avergonzada. Todo lo contrario. Ni me sentía humillada por las miradas y los dedos o las palabras que se pronunciaban a mi alrededor. Me sentía orgullosa como nunca en mi vida. Me sentía contenta. Me sentía satisfecha. Caminaba por las calles y avenidas como si fuera la nueva reina de esa ciudad inhumana. La estrella en ciernes del espectáculo. Me haría famosa por lo que había sufrido y todo lo que había vivido hasta entonces tendría sentido sólo por haber llegado a esto. La gente se pondría de mi parte, como en la oficina del director del hotel, y sentiría por primera vez que existía, que era alguien, que tenía un alma y un cuerpo que todo el mundo reconocía y agradecía. Una persona a la que todo el mundo respetaría por haber hecho lo que hizo. Eso sentía mientras caminaba de una avenida a otra, de una calle a otra. No sé cuánto pude estar así. No quería que el tiempo pasara. Era mi momento de gloria y nadie me lo podía quitar ya, ni el director del hotel, ni Lucinda, ni mis otras compañeras, ni los guardias de seguridad. Nadie. Yo era la protagonista de mi historia, por primera vez. Y eso es lo que veía en las caras y en las manos y en el modo en que se paraban al pasar junto a mí para mirar cómo me alejaba de ellos. Me miré en el escaparate de una tienda de ropa y vi lo guapa que estaba, lo atractiva que me había vuelto, lo deseable que podía llegar a ser una mujer cuando uno de los hombres más poderosos del mundo se fija en ella, la señala con su miembro gordo y repulsivo y dice ésta es, ésta y no otra, ésta es la mujer que deseo en este momento exacto de mi vida. No, no quería recordar nada de lo sucedido. No lo necesitaba. Sentía la amargura del recuerdo estropeando este momento. Lo que quería era esto y nada más que esto. Este bienestar, esta alegría, esta belleza. El escaparate de ropa de moda en el que me estaba mirando, un escaparte con tres o cuatro maniquíes vestidos con unos vestidos que nunca podría pagar. Los maniquíes me lo estaban diciendo, aplaudiendo mi gesto, mi valentía, mi valor, pero también aplaudían mi belleza. Me reconocían. Ellos también aplaudían a la mujer en la que me había convertido. Era otra, ya lo he dicho, pero es difícil entender lo que se siente cuando una deja de ser lo que ha sido hasta entonces y comienza a saber que otro ser ha ocupado su lugar sin que nada haya cambiado por otra parte. Miraba a los maniquíes de manera distinta. Ya no eran, como antes, un símbolo de las cosas que nunca tendría. Ya no eran una imagen de una belleza que nunca me pertenecería. Eran como yo. Mujeres guapas y elegantes que no se avergonzaban de ser mujeres, que no se avergonzaban de tener esa cosa entre las piernas que había que perfumar y maquillar y vestir con las mejores fragancias y cremas y tejidos para que los hombres, a pesar de todo, la encontraran aún más atractiva y deseable. Eso era yo y lo sentía en todo el cuerpo, incluso ahí, sí, donde me dolía y escocía, ahí sobre todo, y lo sentía en toda el alma, lo sentía todo el tiempo. Estaba excitada, estaba orgullosa, llena de mí. No sabía lo que me esperaba pero imaginaba todo lo que una mujer como yo puede imaginar en esas circunstancias. Cambié de tienda, crucé de acera y cambié de escaparate y era una y otra vez la misma mujer a la que todos los hombres se volvían a mirar con deseo y admiración. Una y otra vez la misma mujer que todas las mujeres se volvían a mirar con envidia. Estaba en la Quinta Avenida, no sé cómo había llegado hasta aquí después de dar tantas vueltas, frente al escaparate de Tiffany's, y todas las joyas se iluminaron al verme, todas las joyas se pusieron a brillar detrás del cristal, los diamantes, las esmeraldas, los rubíes, los collares de oro y de perlas, me sonreían como si fueran mías o quisieran serlo pronto. La mujer que se miraba en la luna del escaparate no tenía que soñar ya para poseer todas esas joyas, eran mías sin necesidad de llevarlas puestas. Me pertenecían sin necesidad de pagar por ellas. Me imaginaba con ellas puestas. Me imaginaba desnuda sólo cubierta de joyas relucientes como las del escaparate, recubierta de los pies a la cabeza de pulseras y pendientes y collares y anillos y una diadema de diamantes, sí, también eso. Imaginé que ésa era la fantasía que él debía de tener en la cabeza cuando saltó sobre mí en la suite, saliendo del baño, pero ya no me horrorizó. Ahora ya nada me daba asco, ahora sólo sentía el esplendor y la novedad de las cosas penetrando en mi cuerpo por todos los poros como un fluido mágico. Esa fantasía era mía, pero ya no era una fantasía. Era la verdad, una verdad que no lo incluía a él, ya no, no lo necesitaba, sólo me incluía a mí y a esas joyas que resplandecían detrás del cristal como estrellas en el firmamento. Esas joyas me confirmaban que yo era la nueva reina de Nueva York. La nueva diosa de la ciudad donde a diario muchas otras mujeres, más jóvenes y mejor dotadas, competían entre ellas por ese puesto con todos los medios. Llegó un momento en que no pude soportarlo más, era excesivo para un solo día, me estaba volviendo loca de tanto mirar escaparates donde se reflejaban mi nueva cara y mis nuevos atributos, tenía que parar alguna vez y me marché. Fui en busca de la estación de metro. Ahora sí necesitaba volver, no quería que la noticia me sorprendiera en la calle, podía ser peligroso. En la estación todo fue igual, los hermanos me miraban con deseo, los hispanos se me acercaban haciéndome proposiciones indecentes, las mujeres me miraban con desprecio, sintiendo que no tenía rival ni la tendría en mucho tiempo, los blancos, en cambio, se mostraban intimidados por mi presencia, como niños sorprendidos en una travesura. Cuando subí al vagón, tres hombres, dos hermanos y un blanco pelirrojo, los tres enchaquetados, se levantaron de inmediato para cederme el asiento, pero no se movieron en todo el viaje de allí, pegados a mi asiento como si fueran mi guardia personal. Haciéndome sentir su fuerza, estos escoltas estaban allí para que yo supiera que ellos me protegerían pasara lo que pasara, que yo era alguien a quien había que proteger con medidas especiales, formaron una muralla de seguridad a mi alrededor impidiendo que los demás viajeros pudieran acercarse a mí. Muchos llegaban y asomaban sus caras de sorpresa al verme sonreír todo el rato, o me miraban las piernas por el hueco que los tres cuerpos de mis guardianes dejaban libre. Me divertía mucho la situación y, al mismo tiempo, tenía ganas de llegar cuanto antes, ya estaba harta de llamar tanto la atención en público. Cuando llegó mi parada, tuve que abrirme paso entre todos ellos, guardaespaldas y curiosos, noté sus manos posándose en mi cuerpo, aprovecharon el momento para tocarme y acariciarme por todas partes, pero no me importó, no podía reprochárselo, no habían estado nunca tan cerca de una mujer como yo, tenían derecho a sentirse atraídos por mí. En mi estado, era natural suscitar una reacción de este tipo. Les agradecía los cuidados que me dedicaban y las atenciones que recibía con una sonrisa invariable y me la devolvieron con amabilidad, sin quejarse de nada. Todo era tan fácil, tan agradable, tan estimulante. Así fue. Al salir a la calle, el barrio no había cambiado, paredes de ladrillo rojo y de ladrillo negro hasta el horizonte, como una cárcel de ladrillos de la que se pudiera entrar o salir por la mañana y por la tarde, pero en la que para la mayoría de nosotros existía la obligación de pasar la noche. Ya no me deprimió como otras veces. Ya no me sentía deprimida por la falta de iluminación en las calles que tuve que recorrer camino de casa, ya no me deprimieron los camellos que me saludaron como a un personaje del barrio y no como a la mujer triste a la que apenas se acercaban y si lo hacían era sólo para ofrecerle alguna de esas drogas que venden para hacer soportable la vida en el barrio, una de esas sustancias que si la tomas te vas muriendo poco a poco, sin enterarte de nada, pero al menos te consuelas de vivir allí, sin otra vista por la mañana que la misma pared de ladrillos que viste anoche antes de acostarte. Hoy se me acercaban para hacerme sus ofrecimientos. Proposiciones que nunca le habrían hecho a la otra mujer que fui. Ahora venían a decirme que si hubieran sabido quién era yo no habrían dudado ni un minuto en echárseme encima. Si hubieran podido imaginar lo guapa y atractiva y famosa que podía llegar a ser no me habrían dejado pasar sin molestarse siquiera en mirarme el culo o las tetas. El culo o las tetas no han cambiado. Son las mismas. Eso lo vio él mejor que nadie, por eso se volvió loco, como todos. Ven eso de una mujer y se desquician, algún mecanismo de sus cabezas se estropea y se te echan encima no se sabe para qué, para nada al final. Ese culo y esas tetas seguirán siendo tan mías antes como después de que metan su cosa en mi cuerpo y depositen allí esa mierda que tanto veneran. Ése es su problema. Mi amiga Lucinda lo tiene claro. Pagan por tenerte un rato, luego vuelves a ser sólo tuya, es como un alquiler. Ocurre hasta en los mejores matrimonios. Todo lo que quieren no lo tendrán nunca. Menos mal que se corren, dice Lucinda, si no fuera así no habría quien pudiera aguantarlos, no habría manera de librarse de su persecución, todo el día corriendo detrás de lo mismo, no se cansan. Mejor que se droguen y se emborrachen, mejor que se atonten, mejor que sus cerebros estén tan embotados que apenas si ven el culo y las tetas que les pasan por delante. No les dan importancia, están tan hundidos en su ceguera que apenas si perciben lo que pasa a su lado. Otros no, otros sí que te persiguen hasta la puerta como perros a ver si cazan alguna presa y luego pueden contarlo. Así fue. Después de recorrer sola el barrio esa noche, no me extrañó para nada ver la cola de negros e hispanos que se fue formando mientras pasaba por las esquinas donde estaban los grupos de hombres, jóvenes y viejos, y me siguió todo el rato. Una cola que llamaba la atención de otros y crecía en cada esquina y en cada callejón, como el séquito de una emperatriz. Cuando llegué a casa, la cola medía más de lo que alcanzaba la vista. Todos querían su oportunidad, querían pasar la noche conmigo, ser el elegido, el que compartiría el culo y las tetas con el mundo, sí, pero sobre todo la fama, la belleza, la notoriedad. Ya me los conozco yo a éstos. Años pasando a su lado sin que te miren y hoy, de repente, eres para ellos la perra en celo número uno, la guarra más cachonda del barrio, la candidata ideal a los diez polvos con cinco que todo macho verdadero aspira a echar en una noche de ardiente pasión en una habitación que no es la de su casa. No es con su mujer ni con su novia con la que aspiran estos cerdos a batir todos los récords y las plusmarcas sexuales de la historia. Es con mujeres como yo, vulnerables, solitarias, que de la noche a la mañana encendemos un clic insospechado en las cabezas de estos retrasados y más si esas cabezas están dopadas con metanfetamina o heroína o cualquier otra sustancia asquerosa. Así fue, esa noche daba risa verlo, y muchos de mis vecinos y vecinas del edificio donde vivía con mi hija pudieron verlo desde sus ventanas. Cuando esta mujer, después de haber paseado su recién estrenada notoriedad por la ciudad más famosa del mundo vuelve al barrio no recibe otra cosa que el homenaje más sucio imaginable de sus vecinos. Todos en cola, a ver si alguno tenía la suerte de subir a mi piso a compartir conmigo la fama y la belleza y, por qué no, a repartirse conmigo las ganancias del escándalo. Lucinda le había hablado de millones, con una sonrisa sospechosa, como de cómplice calculando su parte del botín, pero Lucinda es una ilusa y ve muchas teleseries basadas en hechos reales y se cree todo lo que cuentan en ellas. ¿Millones? ¿Millones de qué? ¿De escupitajos? ¿De litros de esperma? ¿De lágrimas? ¿De mierda enlatada? Por favor, Lucinda es una tonta, por eso cae en las trampas sentimentales de los clientes que le prometen que se casarán con ella y la quitarán de trabajar si les enseña las tetas, o se presta a hacerles una felación, o permite que le acaricien y chupeteen los pies, o se abre de piernas y se deja penetrar sin más. Todas las guarrerías que le ha contado, entre risas y llantos. Pobre Lucinda, éste debe de ser un día en que me envidie mucho, pero mucho. La mosquita muerta, estará diciendo. Mirad a la mosquita muerta cómo se lo ha montado. Vaya con la señora principios. Estaba esperando su oportunidad de oro. No quería perder el tiempo con tíos de segunda categoría. Ésta supo esperar a su pez gordo. Llegó con cara de pánfila, daba pena verla, ¿no es verdad? Cada mañana la misma cara de no saber lo que es el pecado aunque la puta palabra no se le caía de la boca, la misma cara de ingenua y de pardilla, de no haber roto un plato, de no saber nada de la vida. Vaya tía lista. Puso la caña en el sitio adecuado, cebó el anzuelo y lanzó el sedal, os lo digo yo, lo tenía todo calculado, la muy zorra. Estaba esperando su oportunidad. Y el pez más gordo picó como un lerdo. Nos ha dado una buena lección, la mosquita muerta. Pobre Lucinda, qué envidia me tendrá ahora, con su colección de ejecutivos y senadores y congresistas y empresarios de poca monta, creyendo que alguno de ellos caería en sus redes, cayendo ella en la de ellos, que seguro que tenían mujer e hijos en alguna parte y nunca los abandonarían por una hispana carnosa y tetona, pero poco más. Así fue. No me da pena, ella se lo ha buscado. Cierro la puerta del edificio y dejo atrás la cola que se ha montado en la calle, tíos aporreando para que los deje entrar, ni hablar, aquí no entra nadie si yo no quiero. Ahora mando yo, ahora soy la dueña de mi tiempo y de mis actos. Pero es peor lo que me espera dentro. Así fue. No me lo esperaba. Toda esa gente. Todos los vecinos están en el vestíbulo y casi no me dejan recoger el correo. Los voy apartando como puedo, pasando entre sus cuerpos sin pedir permiso, me susurran cosas al oído, me dicen guarrerías, me dan la enhorabuena, me felicitan, como si me hubiera tocado la lotería o hubiera vuelto mi marido a casa. Me da vergüenza. A la mujer que era esta mañana le da vergüenza de su gente, pero la mujer que soy ahora se ha vuelto dura y segura de sí misma. Abro el buzón y lucho con las manos que intentan hacerse con mi correo, propaganda comercial, nada más, qué podía esperar, un telegrama de felicitación del presidente, una carta de disculpas, un nombramiento oficial. Nada de eso. Propaganda comercial de supermercados y compañías telefónicas y nuevas pizzerías del barrio y catálogos de ropa por correo. Propaganda barata. Propaganda para vidas baratas. El camino al ascensor es aún más pesado que el camino a casa. No me dejan pasar, soy un emblema de la comunidad, y quieren agradecerme lo que he hecho por ellos, lo que esperan que haga por ellos. Entre algunos mantienen abierta la puerta del ascensor, sólo cabemos cuatro, pero se meten seis conmigo, el ascensor se niega a arrancar. Les ruego que se bajen, que me dejen sola, sólo trato de volver a mi casa para abrazar a mi hija, lo entienden y cabizbajos me dejan todo el ascensor para mí. En el descansillo de la casa, antes de llegar a la puerta, ya están ahí otra vez, han subido la escalera a toda prisa, los mismos y alguno nuevo, me abruman, llaman al timbre para que mi hija salga y les dé una excusa para entrar. Me siento bien, me siento segura, puedo dominar la situación. Llevo el correo en una mano, con lo que la maniobra de sacar la llave se vuelve más complicada con toda esa gente echada encima de mí. Quieren ayudarme pero no les dejo. Abro la puerta y tengo que empujar a varios para que no se queden dentro, tengo que echarlos y cerrar la puerta haciendo fuerza para que no me lo impidan. La casa está vacía. Me siento tranquila. Oigo la televisión al fondo, en el salón. Huelo a comida recién preparada en el microondas. Avanzo hacia allí. Sólo tengo ganas de ver a mi hija y de presentarle a la nueva mujer en que se ha convertido su mamá. Mi hija está en el salón, acaba de terminar de cenar, pero no está sola, mi marido ha vuelto en mi ausencia y mi hija le ha abierto la puerta, es su padre, no puedo negar eso, la niña está conmovida, me mira sin reconocerme, me reprocha que no sea la misma que esta mañana la acompañó al colegio. Mi marido se pone de pie y se precipita a mis brazos, trata de besarme, lo rechazo, le digo que se siente de nuevo, que no haga el tonto, voy a donde está mi hija y la cojo en brazos, le doy muchos besos en la cara, la abrazo con una fuerza que no creía tener, siento por ella en ese momento algo que incluso esta mañana no sentía, estoy feliz, la nueva mujer que soy quiere más a su hija de lo que la quería antes, pero no quiero aquí a mi marido y le digo que se vaya. Se niega, quiero estar sola con mi hija, se pone en pie y empieza a gritarme como ha hecho siempre, a amenazarme, a decirme que es un buen momento para empezar de nuevo, que se siente dispuesto, que ahora cree que entre él y yo puede pasar algo especial, un nuevo comienzo, algo así de estúpido. Le digo que se vaya a la mierda, no hay forma de echarlo, como lo conozco, conozco su terquedad, la misma con la que me violaba cada noche, conozco su cobardía, la misma con la que me golpeaba cada vez que le venía en gana, su cobardía era mi cobardía, de modo que cuando lo veo venir hacia mí gritando y veo cómo mi hija se separa de mí y se hace con el mando de la televisión para subir el volumen, no me asusto, me quedo donde estoy, y cuando lo tengo encima con la mano levantada como si fuera a imponerme su voluntad, como si tratara de que lo que él dice sea aceptado por mí sin discusión, en ese momento, sin esperar a que descargue la furia de su brazo contra mi cara, Dios mío, cómo me gusta esto, le doy un puñetazo en plena mandíbula con la mano derecha y lo remato con una patada en la entrepierna, donde más les duele, y no sólo por razones fisiológicas, no, les duele en su orgullo, les duele en lo que son de verdad, porque son sólo eso, de la cuna a la tumba, un paquete asqueroso por el que sienten el mismo apego que si fuera su alma o su cartera, es repugnante, es culpa nuestra, es culpa de todas las mujeres, de las madres y de las hijas, de la hija que fui y aceptaba lo mismo de su padre y de otros, con el consentimiento de mi madre, de este marido con el que estuve aguantando esto demasiado tiempo. Trata de defenderse y vuelvo a darle más golpes y consigo que retroceda. Amenazándolo con mis puños y mis piernas consigo que vaya de espaldas por el pasillo hasta la puerta. Me teme, he conseguido que me tema. Me tiene miedo y veo que ha manchado su pantalón, es un cobarde, se ha meado al oír mis gritos de odio y de desprecio y mancha el pantalón. Cuando salga a la calle todos se reirán de él, pero él dirá que le tiré algún líquido encima. Ácido es lo que le tiraría, ácido sulfúrico, en la cara y en los huevos, para que aprenda y no le haga a otra lo mismo que me ha hecho a mí. Al llegar a la cocina cojo el cuchillo de carnicero y lo enarbolo delante de él en cuanto noto que quiere aprovechar mi desvío para volver al salón, le cojo un brazo para acercarme y le pongo el cuchillo en el cuello, le corto lo bastante como para que vea que voy en serio, que ya no soy la misma, ni hablar, ya no se puede jugar conmigo, se lo está diciendo la sangre que mancha el cuello de su camisa, ya no soy un pelele en manos de un energúmeno, se lo está diciendo el filo del cuchillo en la garganta, una muñeca en las pezuñas de un gorila, para lo bueno y para lo malo, en la salud y en la enfermedad, soy otra y así se lo hago saber, se rinde el muy gallina, camina de espaldas y le suelto el brazo sin dejar de blandir en alto el cuchillo para que vea que no me relajo, lo veo llegar a la puerta y darse la vuelta y abrir él mismo la puerta y cerrarla de un portazo detrás de él. Los aplausos del otro lado son estruendosos. Él podría creer que son por su valentía, por su virilidad, por haber sabido imponer el poder de los testículos a una mujer atemorizada, pero yo sé que me aplauden a mí por haber tenido el coraje de echarlo a la calle. Me aplauden por no haberlo elegido a él como amante esta noche tan especial. Es mi noche y ningún negro de mala muerte me la va a amargar con su arrogancia y su grosería de macho prepotente. Así fue, me libré de él, dejé otra vez el cuchillo en la cocina y volví con mi hija. Estaba llorando. Cuando entré en el salón, estaba llorando porque el nombre de su mamá salía en televisión. Era una exclusiva. La noticia estaba ya en todos los periódicos y en todos los canales. Mi hija estaba llorando y yo no podía despegar los ojos de la pantalla. Me acerqué a ella para abrazarla y me rechazó. Quise saber lo que pasaba y no me dijo nada mientras seguía llorando. No podía soportar tenerme cerca. Le daba asco. Así me lo expresaban sus muecas y sus gestos. Cada vez que trataba de abrazarla reculaba con la silla, haciéndome sentir su desprecio, incluso su odio. Mamá ha sido mala, me dijo. Creí que me reprochaba que hubiera echado de la casa otra vez a su padre. Pero no era así, no quise engañarme. Cuando se levantó de la silla, sin dejar de llorar, y se fue a su cuarto supe que no era por eso. Fui tras ella. Había cerrado la puerta con el pestillo que hice poner, ironías del destino, para protegerla de la maldad de los hombres. Le pedí que me abriera, supliqué que me dejara explicarle todo, debía comprender por lo que había pasado durante todo el día. Fue inútil. A la mañana siguiente, yo todavía estaba dormida en el sofá, con la televisión encendida, se marchó con sus cosas y me dejó sola en casa. Todavía no entiendo qué es lo que hice mal. En qué me he podido equivocar. Espero que algún día, cuando pase todo esto, mi hija se moleste en explicármelo. Tengo muchas cosas que enseñarle antes de que se haga mayor.

DK 9

Animal político

¿Pero quién es, en el fondo, este dios K del que tanto se habla ahora?, se preguntarán los lectores más ingenuos y algunos que han llegado tarde al espectáculo sin temer perderse nada esencial. Sería bueno verlo en sus maniobras políticas de hace unos años. Confiriendo un nuevo sentido, estremecedor, a la palabra política. Declinándola quizá como corresponde. Como un catálogo de fabulaciones efectivas, es lo que la gente quiere oír, la excusa más frecuente en el gremio, y compromisos más o menos corruptos con la realidad, subproductos de una rendición incondicional a los dictados inexcusables de ésta, erigida por voluntad de la política en árbitro supremo de las decisiones y los acuerdos. Animal político, he ahí una buena explicación de su papel en la escena pública durante estos años de ascenso paulatino, con sus fracasos parciales, y caída final. Animal y político. Alguien que es la máxima expresión de los dos conceptos por separado no podía sino producir una conjunción explosiva al combinarlos en una sola persona con nombre y apellidos de alcurnia. Como una divinidad de doble naturaleza, dos personas en una y una sola esencia duplicada en facetas que se potencian mutuamente. El animal dota al político de un instinto infalible y una increíble capacidad para analizar las situaciones en términos concretos, prácticos. Mientras el político domestica las embestidas del animal con refinamiento mundano y conocimiento técnico. Es irónico en estas circunstancias que sea el animal el que haya acabado con el político. O haya puesto en peligro sus ambiciones. O haya dominado al polí-

tico hasta el punto de dejarlo en evidencia, mostrando su desnudez integral ante un mundo que no podía sino verlo, con escándalo, como una abominación de su clase. Un ente abyecto, la encarnación de lo peor que la opinión pública puede achacar a los servidores de su voluntad. La república[1] *reverencia al político por su utilidad y detesta al animal cuando lo descubre en toda su fiereza, que entiende como enemiga de los valores cívicos que la rigen. Los valores que fundaron la ciudad, la república. Los valores que la hicieron grande, un lugar habitable para la mayoría, donde el diálogo, la discusión o la negociación y no la violencia ni la fuerza son la base de las relaciones. El dios K ha mostrado sin pretenderlo toda la violencia y la barbarie que los valores de la república encubren bajo una capa de cortesanía, elegancia y distinción. El animal es la otra cara del político de carrera triunfante. No contaba el maestro de Estagira, un racionalista a la antigua usanza, con una perversión de valores de esta categoría. El animal ha engullido al político de un solo bocado. Seamos realistas. El animal es y ha sido, todo este tiempo, el político.*

Veo al dios K sentado en su trono de oro gobernando el mundo de las finanzas y las transacciones con altanera magnanimidad. Veo al dios K conduciendo por las calles más transitadas de París un Porsche último modelo en cuyo maletero se guardan latas de caviar y botellas del champán más caro. Veo al dios K como un economista omnipotente decidiendo el destino de naciones y pueblos. Veo al dios K en sus gestos de clemencia y compasión, el político se enternece con ello y le hace sentirse mejor de lo que es, hacia países como Grecia

1. Entiendo que todo régimen político contemporáneo es una república, se reconozca o no como tal, aunque exteriormente revista la apariencia de una monarquía. De ese modo, no pretendo neutralizar el debate sobre la república, ni polemizar con sus defensores, sino establecer los límites estrictos de ese debate como una cuestión formal. Todos los sistemas políticos democráticos son repúblicas, se rigen por los mismos valores sociopolíticos que éstas, a pesar de que se le asocien otros símbolos como los monárquicos por razones históricas o de tradición nacional. El edificio simbólico republicano no se resiente por ello, simplemente admite una caracterización más compleja, que no redunda en ninguna renuncia significativa en cuanto a lo esencial de su definición política como tal república.

que están sometidos, de manera brutal, a la fiscalización externa de sus cuentas estatales y la ruina interna de sus ciudadanos y propiedades. Veo al dios K derramando lágrimas socialdemócratas ante las dimensiones de la tragedia griega: la ruina moral, el saqueo implacable y la devastación de un país y su población. Veo al dios K, un libertino contumaz, follándose por enésima vez a una prostituta de lujo, que ha acudido una hora antes a su apartamento vestida sólo, como es el gusto del cliente más generoso que ha conocido, con un mullido abrigo de pieles. Veo al dios K corriéndose una juerga, por un precio módico, con dos camareras del hotel donde se aloja. Veo al dios K meditando sobre los límites de su poder mientras toma a toda prisa un avión para huir de la ciudad donde lo han declarado enemigo de la humanidad. Vuelve a ser irónico que la ciudad y el país donde el dios K ejercía su poder sean emblemas del capitalismo que el dios K nació para defender, sin duda, pero también para corregir en sus excesos. Veo al dios K proclamando su credo social ante una multitudinaria y polémica asamblea de su partido. El dios K, desde el cielo de las ideas en que vive como tal político, reconoce las dificultades de la existencia de los otros, los que se arrastran por el suelo como gusanos, los que viven una vida indigna, los que se indignan a diario con los recortes salariales y la falta de oportunidades laborales. El animal que vive en él, un híbrido de mamífero y reptil, se solidariza en parte con los que no comparten su fortuna. El dios K sabe empatizar y ser un buen tío cuando las necesidades de la política lo requieren así, un hermano, un colega de los desgraciados, la mayoría moral de la población, un amigo de los humillados y ofendidos, un hermano de los pobres y los marginados. El dios K se siente traicionado por sus fieles y por sus correligionarios, los amaba hasta las lágrimas, se conmovía con sus pequeños dramas y sus pequeñas comedias y ahora han decidido volverle la espalda, incluso los suyos, los más afines, como se hace con un monstruo de película. Veo al dios K encerrado en una celda mugrienta durante días y noches interminables reflexionando sobre la debilidad de las pasiones y la fragilidad de los privilegios. En el siglo dieciocho, piensa el dios K con clarividencia histórica, nadie se hubiera atrevido a ponerme la mano encima y menos a esposarme y mostrarme derrotado, como un nar-

cotraficante o un asesino en serie, ante las cámaras de la televisión. En el diecinueve tampoco, en el veinte, por lo menos hasta la época en que yo nací, había problemas más importantes que resolver, el patrimonio, la familia, el Estado. Los insignificantes problemas de una camarera de hotel con uno de los clientes más importantes no hubieran preocupado a nadie con sentido común, mucho menos a los responsables del establecimiento o a las autoridades de la ciudad, se hubieran solucionado de otro modo, mucho más práctico y satisfactorio para las partes. Veo al dios K, como a un dios antiguo, reflexionando sobre todo esto, con cierta amargura e ironía, y maldiciendo el siglo democrático en que le ha tocado vivir para su desgracia. Veo al dios K avergonzado de saberse tan humano y vulnerable como los demás. Cada vez que lo miro en alguna de las inquietantes imágenes televisivas o periodísticas que han consagrado el devenir animal de este político, me acuerdo con preocupación de aquella reflexión de Canetti: «Si miramos atentamente a un animal, tenemos la sensación de que dentro hay un hombre escondido y que se ríe de nosotros.» No me cabe duda de que el dios K, dadas sus influencias en las altas instancias que deciden la suerte de las mujeres y los hombres de este mundo, conseguirá eludir la cárcel. Mientras tanto, disfrutemos de su encierro penitenciario como un triunfo de la política. Como un triunfo, alegórico, del animal libidinal sobre el político racional. Lástima no tener a mano el caviar de beluga y el champán rosado del dios K, a buen recaudo en el maletero de su deportivo, para celebrarlo como corresponde.

[Axel Mann, entrada «El dios K»,
Blog *EXPIACIÓN CÓSMICA*, 15/05/2011]

DK 10

Theatrum Philosophicum

El dios K llegó a pensar, en uno de los arrebatos de lucidez que se apoderaron de su cerebro tras el incidente en el hotel y la detención policial posterior, que la aventura con la bruja africana había sido planeada al detalle, como una maquinación maquiavélica, por el consorcio de sus archienemigos de todo el mundo, los mismos que habían intentado contrarrestar sus políticas monetarias con salvajes ataques financieros a los países más vulnerables, en un intento de debilitar sus pretensiones de equidad y justicia. En cualquier caso, estos grupos de poder también parecían al tanto de su importante reunión, varias noches antes, con los clanes más poderosos de la ciudad y de otras grandes ciudades del país. ¿No le habían dado los líderes de éstos un maletín con documentos relevantes, entre los que iban las recetas para solucionar los problemas económicos europeos? ¿No había desaparecido ese maletín tras el percance con la camarera? ¿No había huido él de la represalia de sus benefactores por guardarlo con tan poco celo y poner en riesgo la salvación financiera del continente?

Esa reunión tuvo lugar en el metro, en una estación clausurada desde los primeros tiempos del alcalde Giuliani durante la fase de normalización de la zona de Times Square, como le contaría días después mediante una carta personal, alertándolo sobre imprevisibles asechanzas a sus planes de recuperación económica, a su colega y compatriota más joven Nicolas Sarkozy. Lo que no le contó al presidente, por prudencia y por sentido de la responsabilidad, es que en el mismo sobre donde se le instaba a participar en la extraña reunión en el metro se incluían dos entradas para asistir al estreno de un espectáculo en un mugriento teatro del Off-Off-Broadway, el Mercator 29, emplazado en la calle 29 Este, al que nunca habría pensado ir por su cuenta, mucho menos acompañado por Nicole, de hecho prefirió proponérselo en su lugar a Mildred, su secretaria personal (treintañera, trabajadora, morena, de estatura media y no muy agraciada, según consta anotado de su puño y letra en el currículum que él guarda en algún cajón de su escritorio), con la que mantenía un clima de confianza y discreción que le garantizaría una coartada en el caso de que todo se revelara un fraude o una trampa. El breve mensaje que acompañaba a las invitaciones aparecía firmado por un tal Nick Bateman y procedía, según todos los indicios, de un penal de máxima seguridad del estado de New Jersey. Llevaba fecha de finales de enero, lo que hacía pensar que para llegar hasta él, casi dos meses después de su envío, había debido de atravesar innumerables barreras y controles, por no hablar de secuestros y censuras.

El teatro Mercator 29 respondía a la imagen miserable que DK se había podido hacer de él apelando más a la imaginación que a sus recuerdos, un criadero de polvo ancestral con sillas alineadas y mesas de madera gastadas por el uso en vez de butacas desvencijadas y un escenario indigno, por tamaño y medios, de la escuela primaria. Sería injusto decir que la crisis había golpeado con dureza a este establecimiento privado, pues su adinerado y cicatero dueño, Mr. Sandman, un maestro judío de marionetas retirado hacía muchos años por problemas articulares en las manos, llevaba décadas postergando la reforma completa que demandaban sus avejentadas estructuras por razones sentimentales. El publicitado estreno de esta noche se titulaba, según el programa de mano, una simple hoja mecanografiada que encontraron depositada en sus asientos, *A César lo que es de César*, y prometía ser una revisión del drama de Shakespeare a la luz de los últimos acontecimientos, sin especificar cuáles para incrementar la intriga de una obra clásica que se daba por sabida. El dios

K esbozó un gesto de suficiencia al leer esto en el programa como una idiotez esnobista o un mal chiste cultural dirigido a los muchos bohemios, desarrapados y despectivos, que llenaban la sala con fingida expectación y, sin tardanza, se decidió a transmitir a Mildred, su secretaria, que esta noche se sentaba a su lado haciendo horas extra en el trabajo, su intención firme de abandonar la sala en cuanto concluyera el primer acto del engendro.

Como pudo comprobar apenas comenzada la austera representación, no había ningún decorado alusivo a la época histórica y los actores y actrices, negros y blancas, blancos y negras, se peinaban no a la estereotipada manera romana sino como los contemporáneos y, por si fuera poco, vestían ropa corriente, la misma, con toda probabilidad, con que solían salir a la calle, de día o de noche, sin ningún pudor, para hacer sus compras en el supermercado, pasear al perro o encontrarse con sus semejantes en antros tan infectos como esa vetusta sala. Se suponía, sin embargo, si se prestaba atención a las tergiversadas palabras del texto, que representaban emperadores, senadores, damas y nobles romanos, cuando en realidad cualquier espectador hubiera pensado que la acción ocurría entre rudos habitantes de un barrio o un gueto de cualquier ciudad americana. Estas incongruencias divirtieron al dios K en los primeros minutos, a pesar de que no conseguía concentrarse del todo por culpa de la negligente declamación de los actores. El desconcierto lo acometió cuando tras concluir el primer acto, por denominarlo de algún modo, en una especie de intermedio improvisado, apareció en el escenario una mujer desgreñada, de raza blanca, que comenzó a agitarse como poseída por un demonio y a emitir un monólogo delirante donde, entre bárbaras gesticulaciones, balbuceos y gritos de dolor, se enumeraba, según decía, la lista de los criminales, la relación completa de los asesinos del supuesto César, un cacique popular al que todos fingían reverenciar por motivos oscuros. *Los idus de marzo*, se dijo DK con erudita ingenuidad. *Esa mujer mal vestida, mal peinada y mal hablada, cualquiera de las limpiadoras de mi despacho en el FMI viste mejor, desde luego, es la personificación del destino, o del azar, esto no admite discusión.* Mildred, una mujer tan cultivada como poco atractiva en apariencia, lo que era una ventaja profesional en el entorno de DK, una suerte de garantía de inmunidad, no debía de dar crédito a su jefe cuando éste le transmitió su entusiasmo repentino por la aparición de ese mamarracho alegórico en el escenario y la caprichosa interpretación que atribuía a sus palabras, a menudo ininteligibles. En opinión de la eficiente secretaria, una mujer soltera y juiciosa como sólo pueden serlo las mujeres que no han tenido que rechazar una tras otra las ofertas matrimoniales y las oportunidades de constituir una familia propia para poder consagrarse en cuerpo y alma al trabajo y la voluntad de sus jefes, el estridente soliloquio de la mujerzuela en el escenario vacío y la actitud del dios K hacia él participaban, sin ninguna duda, de la misma clase de demencia. La menos frecuente entre hombres de su rango, según pensaba.

En el segundo acto, lleno de peripecias y largos parlamentos de personajes que se identificaban antes de comenzar a hablar con un número en lugar de con un nombre o un cargo, DK entendió, con su peculiar sagacidad, que la acción, a pesar de no indicarlo con ningún decorado nuevo, se había trasladado del barrio o el gueto urbano a una especie de campo de concentración, como si, entre otras posibilidades que barajó y luego descartó, ese barrio o ese gueto anónimos padecieran las condiciones militares y policiales de un estado de sitio. No había, sin embargo, signos visibles en el escenario que permitieran entenderlo así, sólo cabía deducirlo de las tortuosas palabras de los personajes, donde en ocasiones se deslizaban comentarios alusivos a la dura vida de los prisioneros en un campo de concentración, pero ningún otro indicio permitía representarse la situación con más exactitud. La confusa trama seguía girando sin pausa en torno a una conspiración criminal contra un jefezuelo, un capo o un mandatario relacionado con ese lugar innombrable. El dios K, a pesar de seguirla absorto, no se aclaraba mucho tampoco sobre el designio de la representación hasta el momento, y en vano consultó a la secretaria, más bien estupefacta con la inanidad política del espectáculo. Sorprendida, sobre todo, con el extraño interés de su inteligente jefe en una obra de trazas ideológicas tan groseras como previsibles. Lo achacó, con agudeza, al poder de sugestión que para una personalidad de sus características y en su situación podía tener cualquier guiño sobre la sugestión del poder.

Sin embargo, una vez concluido el acto sin despejar ninguna de las dudas que suscitaba en muchos de los espectadores, la inesperada reaparición del oráculo femenino en el escenario despoblado desató en DK un entusiasmo pueril que lo arrastró a aplaudirla y vitorearla como a una diosa olímpica antes incluso de que tomara la palabra de nuevo, con su epiléptico repertorio de muecas y espasmos, avergonzando y preocupando sin necesidad a la modesta secretaria. La pobre Mildred, mientras su jefe se ponía en evidencia ante todos con esa manifestación de entusiasmo inexplicable, no hacía otra cosa que mirar alrededor sin disimulo a fin de comprobar que nadie entre los presentes había reconocido a la eximia figura que se ocultaba tras la ridícula apariencia de un retrasado mental que no supiera distinguir, frente a una representación teatral, entre la ilusión y la realidad. *¿Qué veía DK en esa mujerona grotesca que no haya visto en mí en todo este tiempo?*, debía de decirse la compungida secretaria. *¿Es que no le transmito cada mañana, con el mayor esmero, los informes menos complacientes? ¿Es que no me ocupo de mantenerlo informado hora tras hora sobre el devenir de los mercados? ¿Es que no le doy las precisiones que requiere cuando me expone sus perspectivas menos halagüeñas sobre la situación económica de los países endeudados? ¿Qué le ve a esta loca andrajosa que no consigue ver en mí por más que me esfuerce en llamar su atención durante las interminables horas de mi jornada laboral?* Por mucho que le moleste y se enfade por ello, la competente secretaria no debe juzgar a su jefe sólo porque no entienda el propósito inmediato de sus actos. Mildred no llega a darse cuenta de que la claridad racional de sus palabras sólo consigue impresionar con su eficacia las secciones más calculadoras y frías del cerebro del dios K, esas mismas que están al mando en otros despachos, departamentos y negociados, mientras que esta mujer histérica, desde la tenebrosa boca del escenario, a pesar del primitivismo y la pobreza universal de recursos de su puesta en escena, está movilizando secciones hasta entonces adormecidas en una siesta secular que podría costarle al mundo, si no despabila pronto, la salvación. ¿Tan difícil es entender esto para una mujer inteligente y bien informada como ella?

Por otra parte, es legítimo preguntarse con interés, desde otro punto de vista, ¿qué puede estar escuchando el dios K en los teatrales mensajes de la pitonisa? ¿Sólo lo que quiere oír, como todo el mundo? Eso por descontado, téngase en cuenta que DK participa del mismo error innato que los demás miembros de su especie. Por ese rasgo solo se le puede considerar humano. Más humano incluso que otros colegas del ecosistema depredador en que vive y se alimenta para sobrevivir. Nadie se engañe sobre esto. Pero también algo diferente. Un eco no apto para todos los oídos. Una resonancia radical. Donde los otros espectadores, la sala está llena hasta los topes, oyen el nombre común del César del barrio o del campo de concentración, el dios K oye otro nombre más abstracto y especulativo. Un nombre sagrado en ciertos círculos, venerable incluso. No el suyo. No ha alcanzado por ahora ese nivel de autismo que afecta ya a tantos políticos y banqueros que conoce. No lo ha alcanzado, es cierto, aunque le quede poco para hacerlo, por mucho que la secretaria trate cada día, con encomiable diligencia, de atenuar sus neurosis y frenar sus tendencias narcisistas más autodestructivas. ¿Quién, de entre todos los candidatos posibles, mató al euro? ¿Quién le dio al fin la estocada mortal? ¿Fue uno solo el asesino, como se nos quiere hacer creer, o fueron muchos? Eso es lo que oye DK, traduciéndolo a su código más pragmático, con tanta atención como asombro inconfesable. Parece mentira pero ese putón provocativo, vestido con sobras de un baratillo dominical de Washington Square, conoce la respuesta a todas esas preguntas mejor que él y mucho mejor, desde luego, que el clan de economistas y contables de este planeta entregado a la fiscalización infinita de sus caóticas cuentas. Es una lástima que ahora vuelva a esfumarse en escena, como un espectro de guardarropía, llevándose con ella un secreto de tanta importancia.

La oportuna consulta al programa de mano logra tranquilizarlo por el momento. Están previstos un tercer acto y un cuarto, con lo que aún le queda una oportunidad de entender ya sin vacilaciones el mensaje subliminal que el inconsciente de los mercados le está transmitiendo a través de esa efigie bufonesca. El tercer acto, para su sorpresa, ha vuelto a trasladar el contexto de la acción. Esta vez los mismos actores y actrices representan sus monótonos papeles en un estadio de fútbol de poca entidad que tampoco se plasma en cambio de decorado o vestuario alguno, sólo se sugiere con vagas alusiones hechas por los mismos personajes que ahora se identifican antes de hablar por el número del jugador o del socio en el curso de sus agotadoras conversaciones sobre los serios problemas que atraviesa el club, no todos económicos, por lo visto. Es verdad que una amenaza grave se cierne sobre la vida futura de ese popular deporte, pero esa amenaza creciente sobre el negocio del fútbol tiene un nombre que nadie se atreve a pronunciar en el escenario por miedo a las represalias. Un nombre corporativo que ni siquiera cruza por sus cabezas. Se supone que en algún momento alguien debería morir a manos de todos, esto es evidente, sobre eso debaten todo el tiempo los partidarios de esa muerte y los detractores más apasionados, pero la sentencia queda diferida al cuarto acto, como si careciera de relevancia que se hiciera efectiva o no para el propósito declarado de socios y jugadores, paralizados en una discusión eterna sobre sus motivaciones morales para identificarse con una u otra opción en liza.

En el escenario político más bien negativo que diseña este penúltimo acto, donde ni la acción ni la inteligencia, por más que se emplee a fondo la jauría de recursos que ambas facciones en liza controlan y se disputan, podría garantizar una solución eficaz, el dios K se predispone ya, desdeñando los juicios más duros vertidos por los conjurados antes de abandonar la escena, para la anhelada reaparición del profeta travestido. Ha llegado a considerar a este confidente subversivo su único interlocutor válido en la farsa de esta noche. Nada es tan obvio ni tan previsible como cree la severa Mildred, de modo que cuando una intromisión inesperada frustra sus previsiones, DK se sobresalta y da un respingo en el incómodo asiento. Un hombre desnudo y ensangrentado ha salido a escena dando gritos y tumbos y se ha plantado, a punto de caerse, en el filo mismo del exiguo escenario, pasmando con su inquietante actitud a los espectadores de las primeras filas. Al dios K, desde la distancia, el efecto dramático le parece sobrecogedor y se siente poseído, de pronto, por una contradicción desgarradora. Hace tiempo que no se estremecía tanto al ver a un desconocido, quizá porque no lo sea del todo. Siente, sin poder hacer nada por evitarlo, que ha empezado a identificarse con el dudoso personaje. Es el mismo hombre en el que antes había reparado como Führer del barrio o el gueto y comandante del campo de concentración y entrenador tiránico del equipo de fútbol a punto de descender de categoría, y sobre cuya muerte segura apostaban hasta hace un momento todos los demás personajes y los espectadores cómplices, incluido el propio DK. Sus últimas palabras, ahora que rompe el equilibrio para impresionar al público con gestos grandilocuentes, son terribles, son duras como una piedra chocando contra otra después de triturar la carne que se interponía entre ellas. En su agónico discurso condena a muerte a medio mundo, sin piedad, a muerte por inanición programada y por bombardeo bacteriológico, a la miseria más execrable por asfixia financiera y estrangulamiento presupuestario, jura con voz lacerante en nombre de valores que muchos, con horror, daban por superados en la historia, antes de desplomarse maldiciendo a todos los asesinos y los canallas de este mundo y emitiendo aullidos y alaridos de dolor que hielan la sangre de los espectadores y de la triste mujer, su aparente viuda, que enlazando con habilidad el intermedio con el comienzo del cuarto acto aparece al final, desnuda, para colmar las expectativas del dios K. Por lo que dice ahora, ella es quien parece poseer, en solitario, la verdad de lo sucedido. Lo ha sabido desde el principio, desde que la vio aparecer en el primer intermedio como una mensajera del destino de todos los personajes en escena. Y no puede tardar más en comunicársela, para tranquilidad de todos, debe compartirla cuanto antes con quienes pueden ayudarla a superar el duelo, castigar a los culpables y vengar así al muerto. Es en este momento cuando DK, dando pruebas una vez más de su versatilidad, comienza a interpretar la obra de un modo distinto, sin saber si esta versión de lo visto le convence más o menos que las anteriores. Ahora la entiende, más bien, como un ambiguo comentario sobre el impacto de las políticas neoliberales de la última década en la gestión del Estado, como la supresión de la función reguladora de éste en pro del libre choque de intereses y la especulación libre de trabas.

Ya sabía él que, para ratificar el mensaje subversivo de la obra, los efectos especiales no tardarían en hacer su aparición espectacular. La obra reservaba sus mejores recursos escénicos, como es tradicional desde la antigüedad, para forzar la catarsis moral que todos los espectadores esperan como recompensa a su emotiva participación en la obra. La hermosa mujer arranca entonces una pierna del cuerpo del cadáver y comienza, abrazada a ella como a un hijo nonato, a explicar el truculento suceso, sin mostrar ninguna compasión por el marido muerto, ahí tendido como una cosa más en el universo de las cosas sin valor ni precio, en términos que DK, preocupado por las oscuras circunstancias del crimen, es incapaz de entender ahora en toda su dimensión real. Para confundirlo aún más, sigue dándole vueltas a su última hipótesis sin llegar a una conclusión satisfactoria, la viuda homicida ha tenido la astucia de arrojar la pierna al público antes de arrancarle la otra sin esfuerzo y lanzarla de nuevo al mismo grupo de espectadores que se la disputan como trofeo. El dios K, intentando preservar a duras penas el control de sus emociones, la toma ahora por una bacante obscena, una ménade desmelenada, o, en su avatar más moderno, una revolucionaria de mala muerte, una terrorista antisistema, así se lo dice, con impostada seriedad, a la sumisa Mildred, que ahora sí, por primera vez, disfruta como loca del espectáculo. La sonrisa perturbadora que deforma aún más su rostro nada apolíneo, un retrato irreconocible hasta para su jefe, no deja lugar a engaño. Y así se lo comunica a DK enseguida, pidiéndole que no la distraiga ahora, por favor, con moralismos baratos. Es obvio que el momento climático de la obra ha llegado sin avisar, pero Mildred siente que no debe perder su oportunidad de participar en el festín desatado y se atreve, con un gesto de audacia inusitada, a cogerle la mano a su jefe y a estrechársela con fuerza, transmitiéndole un sentimiento de afecto y solidaridad en la victoria, no en la desgracia. Ahora viene lo mejor, se dice DK, aterrado, al ver volar por encima justo de su cabeza la cabeza del líder masacrado entre bambalinas por una turba ruidosa de cuerpos desnudos de ambos sexos y razas diversas que comienza a invadir el escenario para ayudar a la mujer en la tarea de desmembrar pieza a pieza el cadáver del dueño del casino mundial. No hay que ser un experto ni un superdotado para saber que en este último acto la verdad trágica de la obra se ha hecho manifiesta ante todos. Mildred lo reconoce así y, quizá por eso, el dios K, con una mano tomada por su secretaria en señal de complicidad más allá de la clase y el escalafón que aún los separan por más que pretenda negarlo con su gratuito gesto, tiembla ahora de pies a cabeza, sin poder reconocer el signo positivo o negativo de su conmoción física, viendo el cuerpo despedazado por la multitud y repartido entre el público como una fácil alegoría sobre las promiscuas relaciones entre el dinero y el azar de la posición, los privilegios y las relaciones. Todo está pactado, la ganancia y la pérdida, todo está pactado y bien pactado. Ése es el sentido último de la política. Preservar los pactos establecidos que garantizan el funcionamiento del sistema. ¿Cuál es, entonces, la diferencia ontológica, sí, ontológica, entre un mercado financiero y un casino de juego? Ninguna, y las que hay sólo sirven para disimular los parecidos sustanciales entre negocios tan lucrativos. Esto debe de pensar ahora la revolucionaria Mildred, con sorna apenas encubierta, cuando le muestra con orgullo al dios K una de las manos ensangrentadas de la víctima propiciatoria que ha caído por azar en su regazo, como un premio de consolación, hace unos instantes. No hay sangre manando del miembro amputado, el realismo no podría llegar tan lejos en sus pretensiones de engañar al espectador sin incurrir en algún delito tipificado. Es sólo una representación, nada más que una representación, una abstracción dramática pensada, como tantas otras representadas en otros escenarios del mundo, para distraer y mantener ocupada a la gente sin otro fin que el de hacer más tolerable y estimulante una vida intolerable y tediosa. *Es cierto esto, pero esta mano de goma, pintarrajeada con escalofriante verismo, esta mano de pega expropiada al rico y al poderoso*, le está diciendo la secretaria con gesto seductor a su jefe ahora que se siente más comunicativa y cercana a él que nunca, *si cae en las manos apropiadas, y las mías tienen tanto derecho a sentirse así como las de cualquiera, tendría a su alcance una mayor prosperidad en el presente y, por supuesto, un futuro mucho más provechoso.*

¿Puede de un solo cuerpo extraerse tanto como para obrar el milagro de otorgar la prosperidad a todo el mundo? ¿Satisfacer hasta ese punto las necesidades y el deseo ilimitado de posesión de cada individuo aislado en un mundo compuesto por un número incalculable de otros individuos aislados? ¿No es el capitalismo esa máquina paradójica que funciona cada vez mejor destruyéndose en apariencia? ¿No es esto lo que viene a representar este nuevo reparto de la riqueza y el dinero? ¿La perpetuación de lo mismo tras la implacable puesta en cuestión de su organización anterior? Todo esto se pregunta, más bien, el dios K, con su habitual perspicacia para las situaciones difíciles, al ver que la mujer insurgente del escenario y sus cómplices ludópatas, volcados como fieras sobre el cadáver del César asesinado en su vetusto palacio de cartón piedra, tienen piernas, brazos, cabezas, pies y manos para todos, como una fuente de recursos inagotables, de una prodigalidad incesante. Llueven sobre el ávido público sin cesar los miembros arrancados del cadáver entre chorros de sangre falsa que se multiplican como en una sala de trasplantes y transfusiones. Incluso a él, ensimismado en cavilaciones absurdas, acaba de caerle encima una de las muchas cabezas regias que sobrevuelan en todas direcciones, como proyectiles teledirigidos, el ancho espacio del teatro. Una sala de espectáculos enloquecida por la fiebre que altera de forma radical las relaciones convencionales entre el escenario instigador y la tumultuosa platea, como era habitual en otros tiempos menos normalizados. La laboriosa Mildred, excitada como pocas veces en su vida, quién lo iba a predecir al comienzo de la obra, hace acopio ya, tal es su fortuna en este lance de la representación, de tres manos amputadas, un pie cercenado y una testa decapitada, para que no se diga que su deseo más secreto no podía cumplirse sin tener que invocar a ninguna aciaga divinidad subalterna.

Cuánta generosidad, piensa DK decepcionado por el desenlace del drama, al servicio de fines tan mezquinos. La austeridad inicial de la obra, que le chocó por sus defectos y su alarmante pobreza de medios, se explica y justifica ahora con creces por este despilfarro populista y este derroche final de efectismos y artificios demagógicos, sólo concebidos para seducir con trucos de barraca de feria a la plebe y a la chusma que subyacen, larvadas, en todo colectivo que se precie de tal. Qué perversa lección de economía, con la gratuidad del gasto y la inversión sin medida como ideal dominante. En efecto, todo el mundo aplaude ahora, puesto en pie como en las grandes ocasiones, esta apoteosis carnavalesca de la obra. No se puede negar que la estrategia ha conquistado un éxito total con el público, no tanto con la crítica, siempre reticente ante los gustos viscerales del pueblo, como podrá comprobarse mañana en los principales periódicos de la ciudad, la escandalosa unanimidad negativa de los timoratos especialistas sobre los excesos y las exageraciones injustificables del subversivo espectáculo, reclamando la censura de la obra y el cierre cautelar del teatro. Pero la puesta en escena concluye de verdad con una recomendación demencial, una moraleja para todos y para nadie, como corresponde, y una sugerencia política de largo alcance que la secretaria seguirá escrupulosamente, como siempre hasta entonces en su ordenada existencia, al llegar a su pequeño apartamento del Village tras dar un breve paseo en la distraída compañía del dios K. Antes de perecer como los demás protagonistas atrapada en la violencia descomunal de la orgía que ha desencadenado en escena, la arpía deslenguada exhorta al público a echar en agua, nada más llegar a casa, las partes recolectadas del falso cadáver para mantenerlas frescas mientras se pueda con un objetivo que un día no muy lejano, si todo marcha conforme a las previsiones más optimistas, se hará manifiesto.

Al poco de entrar en el apartamento de Mildred, apreciando de inmediato su buen gusto, el provecho decorativo, mobiliario y tecnológico que sabe extraer del sueldo medio y los ingresos extra que le abona la institución monetaria para la que trabaja, DK se muestra atónito cuando ella, con pícara hospitalidad, antes de servirle el primer whisky como le ha pedido para poder digerir bien el impacto de las imágenes monstruosas y las ideas aberrantes que le han obligado a suscribir contra su voluntad, lo invita a sumergir la cabeza a la que se aferra como un recuerdo de lo sucedido en el barreño de plástico donde flotan ya, como restos de un naufragio olvidado, las tres manos, el solitario pie y la otra cabeza que ella misma ha sabido atesorar esta noche como una inversión de futuro. Con beneficios garantizados a medio y largo plazo, según le prometía el dionisíaco frenesí de la fiesta. Nunca el dios K la encontró más deseable que entonces, la verdad es que nunca la había deseado hasta entonces y no volvería a hacerlo nunca más, así que no tarda en besarla, como es su costumbre, y en obligarla enseguida a desnudarse, descubriendo bajo el anodino vestido de noche un cuerpo fragante y encantador que ella, según le dice en los primeros abrazos y caricias, desperdicia a diario trabajando para él solo como secretaria todoterreno, y arrastrarla después a la cama de soltera en la que ha dormido sola los últimos ocho años para hacerla aún más feliz de lo que ya es y, de paso, intentar esta noche serlo él algo más de lo establecido en el especulativo mercado de la felicidad y la gratificación afectiva. Cuando está a punto de correrse sin protección, Mildred le ha dicho antes de penetrarla que no la necesita, es una mujer de su tiempo aunque no lo parezca a simple vista, DK sólo tiene en mente la imagen imborrable de otra mujer desnuda, la viuda furibunda. Qué bien los ha engañado a todos esta bruja maquiavélica durante la representación, apareciendo en cada uno de los intermedios como defensora acérrima del orden y la ley, haciéndoles creer, con sus gesticulaciones desaforadas y sus discursos delirantes, en la iniquidad de una conspiración criminal contra su presunto marido y tirano universal para sumarse a ella con pasión y saña una vez consumada. Extraño papel. Extraño espectáculo. Extraña mujer, su eficiente secretaria.

DK 11

Primera epístola del dios K
[A los grandes hombres (y mujeres) de la tierra]

NY, 14/07/2011

Querido Sr. Sarkozy:

Como presidente en ejercicio y futuro candidato presidencial al gobierno de nuestra gran república, reciba mi consideración más distinguida.

Usted ya sabe que yo no competiré con usted por la presidencia francesa, lo que sé que le hace inmensamente feliz, pues usted me temía como rival aunque no se atreviera a confesárselo abiertamente. Usted sabía que yo era el único que podía disputarle el favor electoral de nuestros queridos conciudadanos. Pero esto ya es del dominio público, no aporto gran cosa haciéndoselo saber. Me tomará por un necio que se limita a repetir lo que dicen todos los comentaristas, aun los más ineptos a sueldo de nuestros respectivos partidos. No, en realidad le escribo para darle una importante exclusiva y liberarle del peso de la culpa que otros han proyectado sobre usted, quizá para eclipsar su figura, o engrandecerla aún más, nunca se sabe con las estrategias políticas, el fin es siempre esquivo aunque los medios sean los más eficaces. Acabo de descubrir con satisfacción que usted no tuvo nada que ver en el desafortunado incidente en que me he visto implicado. Tenía mucho que ganar y, de hecho, como se verá el año próximo, lo ganará todo con mi desaparición. Pero insisto en que usted no tuvo nada que ver con la conspiración que ha acabado con mi carrera política y quién sabe si con mi vida. A día de hoy es imposible para mí saber con exactitud el alcance de mi desgracia. Le escribo para comunicárselo sabiendo que usted agradecerá esta muestra de confianza de su antiguo enemigo, a pesar de que los dos servíamos, cada uno a nuestra manera y con nuestro propio programa, a los supremos designios del Emperador. Él, en su infinita sabiduría, sabrá recompensarnos a los dos como corresponde cuando llegue el momento. De eso no me cabe duda, incluso en las actuales circunstancias. Quizá usted, para atenuar su odio con palabras, como solemos hacer los hombres políticos, prefiera llamarme adversario, o contrincante, o rival, esos eufemismos que los periodistas han aprendido de nosotros a repetir sin ponerlos en cuestión, como deberían. Yo estaba orgulloso de ser su enemigo y sé que usted también estaba orgulloso de ser el mío. Éramos buenos enemigos, no cabe decirlo de otro modo, aunque los dos nos mostráramos en extremo reservados acerca de ese sentimiento mutuo de complicidad en el odio. En cualquier caso, era un honor saberse su enemigo desde el amanecer hasta el anochecer, como en uno de esos duelos a espada o a pistola del siglo que más nos gusta a los dos, a usted más, es cierto, a mí ya ha dejado de gustarme, ahora, tras el incidente que ha arruinado todas mis expectativas, me empeño en ser un hombre de mi tiempo, me esfuerzo en tomarle el pulso a ese mundo que no he sabido comprender por aferrarme a códigos de conducta y conceptos totalmente desfasados. Ni usted ni yo lo comprendemos, es verdad, la única diferencia es que yo pagaré un alto precio por esa incomprensión y esa ignorancia, y usted parece que no, ya ve que el mundo no deja de ser injusto en esto como en tantas otras cosas. Las cosas han cambiado mucho, desde luego, y esto sé que usted no lo sabe, a pesar de que duerme con su modelo de pasarela pegada al culo todas las noches, usted no se entera de por dónde va el mundo en estos momentos. En su posición de privilegio, es hasta cierto punto lógico ese desconocimiento. Ya le digo que yo sólo lo he aprendido al final, me ha costado mucho obtener esa información. El amor de mi mujer, el respeto de mis fieles, la cordura, incluso, sí, la cordura, estoy dispuesto a perderlo todo con tal de comprender mi tiempo y el tiempo por venir, quiero formar parte de todo eso, no quiero quedarme atrás de nuevo, he entendido que se me ha concedido una oportunidad para conseguir ese conocimiento y esa capacidad de comprensión y quiero aprovecharla hasta las últimas consecuencias, por difíciles o complicadas que puedan ser. Vivo en un interregno de productiva infelicidad del que, sin embargo, no quiero desperdiciar ni un minuto. Me juego mucho en este lance. Algún día acabará todo esto y lo que tenga que vivir a partir de entonces dependerá de lo que haya podido cosechar en este tiempo de desolación y tristeza. No me importa lo que tenga que perder. Es lo de menos. Cualquier sacrificio es bienvenido para defender una causa que sólo mi amigo Attali supo anticipar y yo, por ceguera y ambición, me negaba a entender hasta ahora.

Pero no se equivoque. No le escribo sólo para hacerle saber que ya no le odio, que ya no le considero un enemigo, ni en lo personal ni en lo ideológico, estas diferencias carecen ya de valor para mí, no somos tan distintos en lo esencial, hasta el punto de que podría considerarlo incluso un aliado vital a poco que usted abandonara ciertas posiciones públicas y se prestara a entender los nuevos presupuestos políticos que aún no ha llegado el momento de compartir con usted. Y no es sólo que me haya liberado de la sospecha de que usted no tuvo nada que ver con la conspiración que urdieron mis enemigos de todo el mundo contra mí. No, no es esto sólo, por desgracia. Escúcheme bien. No era usted, mi querido Sarkozy, quien más iba a ganar con el escándalo que arruinaría mi imagen ante el electorado y la opinión pública. Ahora lo sé. Otros tenían mucho más que ganar. Alemania y Estados Unidos e Israel y el Reino Unido y hasta el maldito Gibraltar. Todos han ganado con mi fracaso. Mucho más que la Francia que amamos en lo más profundo de nuestro corazón. Nadie quería admitir mis propuestas económicas para evitar el daño a Grecia, un daño inicuo e innecesario. La tragedia griega, como me gusta llamarla para irritar a mis escasos confidentes. No saben lo que se está preparando, no tienen ni idea de lo que sucede en el mundo, han perdido el control de la situación y siguen haciendo pomposas declaraciones que sólo agravarán la situación. Yo quise evitar la catástrofe y me cazaron como a una alimaña en una granja de gallinas. No me pregunte quién lo hizo, no lo sé a ciencia cierta, pero sí sé que me avisaron días antes de lo que me pasaría. Recibí un anuncio al que no supe prestar la atención debida, me falló el instinto de conservación y caí en la trampa como un colegial. El cepo me había atrapado con fuerza, me habían interceptado en pleno vuelo y alguien me lo había anunciado con antelación. Debería haber tomado medidas para evitarlo. Pero no lo hice. Ése fue mi único error. Por una fatalidad que sólo puedo atribuir a mi carácter, confiado en exceso, no supe entender el mensaje a tiempo.

Mis enemigos habían triunfado. Ya no volaría a la reunión prevista para convencer a los ministros europeos de modificar la política que cercaba a Grecia como los griegos antiguos cercaron Troya, según la leyenda, en la prehistoria de nuestra civilización. Esa herida sangra aún y ni usted ni yo, por mucho que escenifiquemos en público nuestro enfrentamiento, podremos alcanzar nunca la gloria de aquellos héroes y aquellos guerreros que han alimentado durante siglos nuestro ideal de grandeza y de nobleza cuando no debían hacerlo. No eran un buen ejemplo, no entendían nada de valores cívicos. No eran más que unos bárbaros sedientos de sangre y de sacrificios, de masacres y de cadáveres, adoradores de dioses feroces y crueles, como lo somos nosotros y todos los que gobiernan las instituciones con las que mantenemos relaciones y establecemos acuerdos. Bárbaros capitalistas dispuestos a todo con tal de imponer sus criterios de eficiencia y rentabilidad, al precio que sea, sobre una realidad compuesta de personas de carne y hueso, personas necesitadas y débiles, y no sólo de intereses y beneficios. Eso somos usted y yo, y el presidente de la comisión, y el presidente del banco central, y todos los demás comparsas de este poder incontrolable que acabará, más tarde o más temprano, con toda forma de vida en la tierra. Esto me dijeron en la extraña reunión en la que me avisaron de mi dramático destino. Me dijeron que la tragedia debía cumplirse y yo debía ser sacrificado para que la tragedia del asedio al pueblo griego se pudiera realizar con impunidad, hasta el último acto, como había sido programado en las más altas instancias. Se lo cuento para que sepa que no le culpo de lo sucedido. Sé que no tuvo usted nada que ver en ello, a pesar de todas las evidencias en su contra, no está usted implicado en lo que me ocurrió en ese maldito hotel regentado por alguien que presume ante los demás de ser su amigo íntimo. No importa. Yo le absuelvo de mi desgracia. Es usted todo lo inocente que se puede ser en estas circunstancias, siga viviendo en paz y durmiendo tranquilo en un mundo que nunca alcanzará a comprender en todas sus dimensiones. Créame, soy todo lo sincero que puedo ser al decirle esto. No le oculto nada. La información que poseo en exclusiva me permite hablarle así, sin circunloquios ni fingimientos.

Imagínese ahora, si la gestión del gobierno no ha embotado del todo sus facultades mentales, una estación de metro subterránea donde se han reunido clanes y grupos de todo el país para expresar a gritos, sabiendo que nadie podría oírles fuera de esa estación abandonada, todo su rechazo y su odio y su asco ante la situación creada por el sistema financiero mundial. Imagínese el ruido ensordecedor de la masa, los alegatos de guerra, las protestas viscerales y los eslóganes ultraviolentos que se oyen allí contra nosotros, contra el fondo monetario y contra los gobiernos de las grandes potencias y contra las comisiones y los ministerios y los bancos involucrados en el desastre. Están equivocados, gritan sin contención. Están todos equivocados. Los bancos, equivocados. El fondo, equivocado. Los gobiernos, equivocados. Todos están equivocados, según proclamaban estos salvajes con aullidos y gritos que a usted mismo le pondrían la carne de gallina si los hubiera tenido tan cerca como los tenía yo, sintiéndome un intruso en medio del clamor popular. Y no me consideraba un valiente por estar allí, aguantando aquello. No tome estas palabras como una presunción de virilidad frente a usted, no es ésa mi intención al contarle mi experiencia. Todos se han equivocado en esta crisis, en sus previsiones y en las soluciones. Equivocado en todo y del todo. Ése es el mensaje unánime que puedo escuchar repetido por miles de bocas indignadas, mientras avanzo con dificultad entre los cuerpos allí congregados para poner fin a todos los desmanes y los errores que hemos cometido en estos años. Toda aquella gente amedrentaba con su actitud desafiante al enemigo encubierto que caminaba junto a mí. Toda esa gente sabía muy bien lo que quería y se había preparado para conquistarlo, armada con bates de béisbol y latas de gasolina, con palos de hockey y bastones, porras y pistolas y escopetas, vestida con todos los disfraces de perdedores y parias que la humanidad ha imaginado a lo largo de la historia para encubrir la vergüenza de la derrota total, del fracaso absoluto, de la bancarrota. Todos esos representantes de mundos marginales y miserables, favelas de vida fabulosa que usted no conoce más que por las películas o la televisión y que se extienden por el mundo como una metástasis cancerosa. Ya las hay en África y en Asia y en América y también en Europa, sí, en la vieja Europa, donde deberían empezar a prestar más atención a estos fenómenos de agrupación en la carencia extrema que amenazan ya, como sabe, la estabilidad social de nuestras precarias democracias. He visitado algunas, créame, no le gustaría saber lo que ahí piensan de nosotros, desde luego les importa muy poco lo que pensamos de ellos. El olor es el mismo, en esas sórdidas barriadas y en la promiscua masa de cuerpos apretados unos contra otros que atravieso como una barrera de contención para acercarme al estrado. El olor de la pobreza congénita y de la comida de los pobres y de la suciedad de los pobres y de los detergentes de los pobres y de la ropa de los pobres y las casas de los pobres, olores a cocina étnica y a comida tradicional de pésima calidad. Tengo estómago, siempre lo tuve, por eso me aguanto la arcada y pienso que esta gente, obviando todo lo que nos separa, ha querido invitarme esta noche, antes de condenarme como un idiota al desahucio moral, para parlamentar y comunicarme el plan de urgencia que han concebido entre todos, en asambleas convocadas en todo el mundo, en plazas urbanas y en foros de internet, para tratar de impedir que el mundo prosiga la deriva autodestructiva en que lo ha sumido la situación económica. Un decálogo infalible de soluciones a la crisis, eso me dice el líder parlanchín y gesticulante, un barbudo sudoroso que habla un inglés cavernario, entregándome en presencia de sus correligionarios el maletín metalizado que contiene las demandas venidas de todas partes como una voz única de indignación universal y las respuestas elaboradas por él y algunos reconocidos expertos para lograr un mundo más justo y equitativo, sin infamias flagrantes como la de Grecia, me dice ahora, guiñándome un ojo, antes de afrontar en poco tiempo la necesidad impostergable de una revolución. Esta palabra mágica el líder de todas las bandas y grupos presentes la repite en todo momento, como un mantra leninista, enfatizando con su mala pronunciación la separación entre el prefijo y el resto de la palabra, ese descabezamiento simbólico enfervoriza a la masa cada vez que se produce y es como si la idea material de la revolución se traspasara entonces de boca en boca, sílaba a sílaba, como una consigna subversiva que prende la mecha de sus acusaciones y quejas. El líder preconiza la instrucción del lumpen, el inmigrante y el excluido como la tarea política más relevante del nuevo siglo. Quién de entre todos vosotros quiere pertenecer al pasado, que levante la mano y será fusilado con nuestro desprecio. Risas y abucheos, aplausos y proclamas estentóreas. Este discurso incendiario y esta reacción explosiva consiguen asustarme al principio, lo reconozco sin rubor, como burgués y como mandatario, pero la excitación colectiva es contagiosa, no soy insensible a esa clase de estímulos y experiencias, más bien al contrario, siendo un individualista con conciencia social, los momentos orgiásticos de cualquier sublevación colectiva me atraen tan poderosamente como mis orgasmos privados. No se escandalice con mis palabras. Como comprenderá, en mi situación es fácil sentirse más allá de los tabúes corrientes. La franqueza expresiva es mi nueva racionalidad, no me queda otra opción. Lástima que no pueda aplicar los beneficios de ésta a la vida política, esa terapia sería saludable, el sistema se hunde, está podrido y nadie cree ya en él. Se requieren líderes que hablen con libertad, sin ataduras institucionales, despojados de la obligación de ser políticos responsables y moderados. Se necesita con urgencia un discurso más radical y menos complaciente sobre el estado de cosas. Y ese estrafalario mitin, se lo aseguro, fue uno de esos momentos cenitales en que uno siente de verdad en todo el cuerpo que las cosas podrían cambiar y ser de otro modo si nosotros, los que gobernamos el mundo velando sólo por nuestros intereses y los de nuestros poderosos amigos, no estuviéramos al mando para impedirlo. Y la gente está aquí, siento su peso y su fuerza gravitando sobre mí, aplastada contra las bóvedas y paredes estrechas de esta estación de metro clausurada, como en muchos otros lugares del planeta en ese mismo momento, dando testimonio de pertenencia a la multitud de los desfavorecidos, dando cuerpo a una nueva clase social y a una nueva categoría política, monstruosa, si la observamos con mirada clásica, demagógica, si la juzgamos con criterios partidistas, pero con un porvenir prometedor si sabemos canalizarla entre todos con inteligencia en la dirección conveniente.

Y cuando salgo de ahí, convencido de que ese mitin tumultuoso y clandestino podría servir para algo bueno, lleno de expectativas y con un nuevo sentimiento de alegría sobre el curso de la situación, como si mis enemigos tuvieran información privilegiada sobre mis movimientos y relaciones, caigo al día siguiente en la sucia trampa de la bruja africana, esa víctima falsaria, una grotesca marioneta en manos de algún poder superior, sin duda, y me roban el maletín, sin que logre saber ni cómo ni cuándo ni mucho menos quién, y con él la gran esperanza de toda esa gente, depositada en mí como una fortuna millonaria en una caja de seguridad suiza, sé que entiende por qué no puedo verlo de otro modo. Les he fallado a todos. Usted conoce bien esa sensación universal de derrota y por eso puedo compartirla con usted sin temor a equivocarme de nuevo, aunque en mi caso el trago sea mucho más amargo, lo comprenderá con facilidad. Sepa que fueron esos hombres mugrientos y esas mujeres desarrapadas que se movían por el subsuelo de la ciudad como si fuera su nuevo reino y ellos una nueva fuerza desatada de la naturaleza, huyendo a toda prisa por los túneles del metro con una agilidad asombrosa cuando la policía apareció para dar por terminada la reunión con una violencia inaudita, la violencia impotente de la máquina que se sabe condenada a la inutilidad y el desuso, fueron ellos mismos, formando un coro inesperado, los que me advirtieron en numerosas ocasiones de la amenaza que se cernía sobre mí como un ave de presa, como si conocieran de antemano el riesgo que corría por entrar en contacto aquella misma noche con sus líderes revolucionarios y sus legiones de seguidores. Alguien los había denunciado también, pero tuvieron tiempo de avisarme de lo que me pasaría y de encargarme esa misión trascendental que se reveló imposible. Me dijeron que tuviera cuidado, que me estaban vigilando, que me había vuelto peligroso para los intereses de los consorcios, las corporaciones, el gobierno americano, algunos gobiernos occidentales y la mayoría de las instituciones económicas y financieras. Esa vigilancia sigue hoy, día a día, como un cerco constante a mi persona y a mi vida en general. Los que me vigilan a todas horas temen que cada vez que salga a la calle entre en contacto de nuevo con ellos y me haga eco de su indignación y de las delirantes propuestas que defienden para acabar con el dominio planetario de la economía neoliberal. Imagino que el valioso maletín, por desgracia no tuve tiempo de abrirlo para conocer su verdadero contenido, acabaría en el fondo del río Hudson. Sería lo mejor, sin duda. La idea de que haya podido caer en manos de alguna agencia de inteligencia, nacional o internacional, me hace estremecerme aún cuando lo pienso. De ser así, podrían usarlo para fines que ni a usted, amigo Sarkozy, ni a mí, por supuesto, nos beneficiarían en absoluto, aunque no llegara a saberse nunca nuestra vinculación en este asunto.

Le ruego, entre tanto, que tome en serio mi declaración sincera de amistad y camaradería y haga algo de inmediato por evitar el desastre hacia el que todos nos encaminamos. No sueñe con una nueva presidencia si no ha resuelto los fatídicos problemas a los que el mundo se enfrenta y que podrían arrastrarlo a la ruina total. No permita que el pueblo griego sea sacrificado impunemente en nombre de una entelequia financiera. Téngalo en cuenta y téngame a mí por un aliado fiel y un asesor de la causa. Todos saldremos ganando con ello.

Atentamente,
El dios K

P. S.: Tengo serias sospechas de que el individuo que, aquella noche de mediados de mayo, ejercía como líder y orador principal en el mitin de la estación de metro es un filósofo mediático de origen centroeuropeo, si no me equivoco, residente en Nueva York desde hace años por razones más que dudosas. Creo haberlo visto en televisión alguna vez, aunque no pueda acordarme de su nombre. Es un hombre muy peligroso para nuestros intereses. Escuchándolo mientras aleccionaba a la multitud a base de chistes groseros y soflamas grotescas comprendí que había transformado su locura en pensamiento.

DK 12

La mirada asesina

Si no es el dios K en persona, ¿quién es ese individuo alto y fornido que lleva puesta una máscara con su rostro impreso en ella? ¿Quién es ese individuo de cabeza rapada y qué se propone hacer en esta habitación? Aparte de la máscara expuesta con demasiado descaro, este enigmático individuo de intrigantes intenciones viste unos vaqueros lavados, unas zapatillas deportivas y una sudadera negra con una capucha retirada que abulta en su espalda. A juzgar por las peculiares actividades a las que se consagra en este momento podría deducirse que se propone filmar una película, una anómala película, desde luego, de las que no se exhibirán nunca en salas convencionales ante un público más o menos numeroso.

Hay una mujer tumbada en la cama, desnuda e inmovilizada. Es guapa y joven todavía. Esa mujer se parece mucho a la actriz y modelo Kate Upton, el mismo pelo rubio, los mismos ojos azules, la misma nariz, el mismo lunar insinuante encima del labio, la misma boca y los mismos dientes, el mismo mentón, la misma silueta, los mismos pechos, el mismo problema de estrechez en las caderas, pero no es ella, por razones obvias, no es la misma persona. Las ligaduras que sujetan los brazos al cabecero de barras de la cama y las piernas a los pies de la misma son blancas y elásticas, aunque la mujer así apresada no parece resistirse ya como debió de hacerlo hasta hace unos minutos. Ahora se diría que ha perdido el sentido y mantiene los ojos cerrados.

La respiración no deja lugar a dudas. No está muerta, aunque lo parezca, ni muestra ninguna herida ni lesión en el cuerpo. El enmascarado da vueltas alrededor de la cama comprobando como un maníaco que todo está en orden. Todo tiene que estar como él quiere, en esa posición y no en otra, como le han dicho. Los pies, el repliegue y el grado de abertura de las piernas y las rodillas, la curva de las caderas, la posición de los brazos y la cabeza, el gesto de la cara, y una larga melena rubia desparramándose en cascada sobre ambos hombros, así como los nudos de las ataduras, como si estuviera posando al gusto de un cliente de ideas de puesta en escena muy retorcidas y al mismo tiempo lógicas. La mujer muestra tatuajes vistosos e inscripciones diversas en los pechos, el vientre, los brazos y los muslos, y perforaciones en los pezones y el ombligo y quizá también en el sexo rasurado, oculto entre los muslos, donde parece brillar una pieza de artesanía metálica. Dada la posición de tensión en que se encuentra el cuerpo, más bien delgado, los grandes pechos se le aplanan y se le marcan en exceso las costillas en la piel del busto añadiendo a su imagen un efecto siniestro. Los guantes de látex preservan al enmascarado de cualquier contacto directo con el cuerpo de la mujer, lo aíslan de cualquier sensación que pudiera perturbarlo o excitarlo. Cuando todo está en orden, cada parte como corresponde al diseño previo, toma una de las dos hipodérmicas que se encuentran depositadas en la mesilla de noche y se la clava a la mujer, que no se inmuta con el pinchazo, entre el meñique y el cuarto dedo del pie derecho. Luego la devuelve al mismo lugar. La otra jeringuilla debió de servirle antes para inyectarle algún somnífero, eso explicaría la pasividad extrema de la mujer durante los minuciosos preparativos. Para comprobar los efectos de la última dosis suministrada, el enmascarado la abofetea varias veces en la cara y logra así que abra los ojos, lo mire, lo reconozca de inmediato y exprese con la mirada cristalina el horror de la situación y de la imagen que, tomándola desprevenida, se le ha puesto delante de los ojos. La imagen desnuda del rostro del dios K. En su opinión profesional, la mujer ya está más que preparada, mental y físicamente, para la sesión de espiritismo sádico que va a protagonizar, una sesión donde la cámara de vídeo Sony 700 XDCAM actuará como médium pasivo y la voz de la mujer prisionera será el espíritu invocado desde el más acá. Una vez conseguido este clima confidencial entre la cámara, apostada sobre un trípode a los pies de la cama, y el objeto visual de su deseo, el enmascarado se consagra a ajustar el objetivo, enfocar distintas partes del cuerpo de la mujer tumbada boca arriba, fijar el plano y empezar a grabar unas tomas que constituirán el prólogo de la película, si valen la pena, o serán descartadas como metraje inútil llegado el momento del montaje final.

Coincidiendo con el inicio de la filmación, la mujer comienza a agitarse en la cama, a medida que los segundos transcurren en el contador y la cámara graba lo que tiene delante, sin prejuicios, la agitación se incrementa como un ataque epiléptico, una grave afección nerviosa o cualquier otra patología de síntomas similares, todos los miembros de su cuerpo empiezan a sacudirse, a temblar, a tensar las ataduras al límite de su resistencia y a retorcerse, revolviendo las sábanas y modificando la disposición calculada del cuerpo en el encuadre. La mujer grita y chilla, sin abrir todavía los ojos, y luego, en un tono más sereno, emite mensajes fonéticos indescifrables, mensajes compuestos en apariencia sólo de consonantes o de vocales, o de consonantes y vocales combinadas de modos no gramaticales. Por alguna razón técnica inexplicable su voz aguda y sus labios sensuales no logran sincronizarse. El enmascarado, en cambio, tiene una voz masculina, grave, con la que intenta controlar las reacciones psicológicas de la mujer y la manda callar hasta solucionar el desajuste. La mujer, pasados unos minutos en silencio, comienza a levitar de pronto sobre la cama, mientras el enmascarado, sin alterarse lo más mínimo por este hecho, como si lo estuviera esperando, se limita a manipular los comandos y dispositivos de la cámara a fin de mejorar la calidad técnica de las tomas y los planos. Sólo las ataduras elásticas que la mantienen unida al cabecero y a los pies de la cama impiden que su cuerpo siga elevándose ingrávido en dirección al techo de la habitación. Es entonces cuando la mujer, suspendida en el aire medio metro por encima del nivel de la cama, se ve impelida a hablar sin restricciones, como en sueños, con las órbitas oculares moviéndose bajo los párpados a una velocidad cada vez mayor, como si se le hubiera administrado algún suero confesional de eficacia absoluta.

–¿Qué quiere saber?

–Todo.

–No sé tanto.

–Recuerde que no quiero hacerle daño. No me obligue.

–¿Dónde lo conocí? En una discoteca. ¿Quién me lo presentó?...

–No pronuncie su nombre. No me interesa su nombre.

–Vale, no daré nombres. Era una conocida común. Había sido su amante hasta que él se cansó, o ella se cansó de que la sodomizara por sistema, no recuerdo bien este tipo de detalles y ahora se limitaba a presentarle otras chicas, ponerlo en relación con nuevas amantes, cobrar su comisión, organizarle encuentros y sesiones especiales. Como ha visto esta noche, por dinero lo hago todo. Cualquier cosa. Incluso eso.

–No se distraiga. Tenemos menos de una hora.

–La primera vez lo hicimos en su despacho. Me obligó a fingir que era su secretaria, ya sabe usted que ninguna mujer se atrevía a entrar sola en su despacho entonces, pero su fantasía era muy activa. Me había dado instrucciones muy precisas sobre la forma de vestir y de moverme. Era un maniático de los detalles. Yo tenía que entrar en su despacho como si él no estuviera ahí. Revolvía sus papeles, abría sus cajones, ponía un poco de orden en su mesa, curioseaba sus cartas y su email, señalaba alguna corrección en los informes que se amontonaban en las carpetas, subrayaba párrafos en sus discursos, ese tipo de cosas. Entonces aparecía él y fingía descubrirme espiándolo para otros. Me sorprendía traicionándolo y me ganaba un castigo. Me agarraba con fuerza los brazos y mantenía su boca a un palmo de la mía mientras me interrogaba. ¿Quién te manda? ¿Por qué has entrado sin permiso? ¿Cuánto te pagan por hacer esto? Ese tipo de basura, ya me entiende. Fueron varias veces iguales, no puedo recordarlas todas en detalle. Yo no debía responder a nada, sólo dejarme hacer. Al cabo de un momento se cansaba de los interrogatorios y comenzaba a desabrocharme la camisa, se tomaba todo su tiempo, luego, al llegar a los últimos botones, la desgarraba para hacerse el impaciente o me invitaba a que lo hiciera yo misma. No debía soltarme el sujetador en ningún caso. No le interesaban los pechos, no eran su fuerte, si entiende lo que quiero decir, en eso me recuerda a algunas lesbianas que he conocido, pero sí el sujetador, éste era una pieza fundamental de la sesión. Iba directo al asunto. Una vez que me había quitado la camisa y la falda, me tenía que colocar de espaldas a él, apoyada contra el escritorio desde la posición del visitante, en ese momento percibía sus dedos abriendo un hueco entre las bragas y la carne y al poco ya notaba el avance decidido de su pene. No usaba ninguna protección y no solía tardar mucho en acabar, pero nunca lo hacía menos de tres veces casi seguidas. No me permitía ir a lavarme entre una y otra, con lo que al final mis muslos estaban chorreando y la suciedad se había extendido hasta las medias y los zapatos. Nunca me pagaba en mano. El dinero se ingresaba mensualmente, como un sueldo, en una cuenta bancaria que me había encargado de proporcionarle antes de empezar. Como le gusté, me convirtió en su mascota, era así como me llamaba, y me llevaba con él a todas partes.

–Dónde, por ejemplo.

–Estuve en Marrakech, cuatro o cinco veces, fue muy divertido. Si tuviera que escoger, las marroquíes son las mejores colegas con las que he trabajado. Son encantadoras y aplicadas y no le hacen ascos a nada, o saben disimular mejor que otras. Cuando él quería el famoso número del harén, yo hacía de favorita casi siempre y dos o tres jóvenes marroquíes se dedicaban a darme masajes por todo el cuerpo y a lamerme el sexo hasta volverme loca. Nos quedábamos dormidas y él se marchaba con sigilo. Créame, no es fácil contentar a hombres así. Lo tienen todo, lo han visto todo, lo han probado todo. Políticos y ministros, banqueros y empresarios. No se conforman con cualquier cosa. Necesitan sentirse especiales. Y eso cuesta mucho. Otras veces, para variar, fueron sementales marroquíes, bien escogidos por el tamaño de su polla. Los circuncidados como él eran los favoritos, le gustaba en especial verlas entrar y salir de mi coño, con su glande amoratado y su largo tallo endurecido, y luego les imponía que se masturbaran entre mis pechos y se corrieran en mi cara. La sodomía reiterada acabó disgustándome. Pero no podía negarme a nada. En Bruselas fue más duro, por culpa de un parlamentario alemán que tenía un pene minúsculo, con el que él solía salir cada vez que visitaba la ciudad para enseñarle nuevos locales. La primera vez me llevaron engañada a un garito lleno de homosexuales donde la disciplina era una versión sadomasoquista del cuento de la lechera. Yo era el recipiente y tenía que calcular toda la leche que podría acoger en mis orificios. Sentí asco y repulsión, por mí y por ellos. Me hicieron mucho daño, en el cuerpo y en el alma. Esos cerdos se estaban vengando de mí por ser mujer y él no hizo nada para impedírselo. Disfrutó viendo cómo me degradaban. Me lo explicó luego, camino del hospital. Los desgarrones en mi vagina sangraban en exceso y él no era tan cruel como para no hacer nada. Le gustaba ver cómo su objeto de deseo era denigrado por otros. Nada le producía más placer, según me dijo, una vez que había satisfecho ese deseo, que ver cómo el objeto que lo había suscitado perdía todo interés. No había amor en él, no parecía saber lo que era ese sentimiento. Pero le perdoné esa vez y muchas posteriores. Siempre le perdonaba, encontraba fáciles motivos para hacerlo, y él sabía hacerse perdonar. Era un profesional. Cuando sospechó que me estaba enamorando de él, me abandonó, una noche, en Praga, tras una desagradable orgía con un grupo de putas locales y un par de mafiosos serbios o húngaros, no me acuerdo bien. Tuvo la gentileza de pagarme dos noches más de hotel y el vuelo de regreso, pero no quiso que me volviera a acercar a él, aunque teníamos muchos conocidos comunes y me lo crucé varias veces en clubes y fiestas privadas aquí y allá, en Niza y en Marrakech, en París y en Cannes, nunca hizo otra cosa que sonreírme desde lejos.

–¿Eso fue todo?

–Sí.

Al terminar el sórdido trabajo de documentación, la mujer

está muerta, tumbada boca arriba en la cama, inmóvil como al principio. Las sábanas blancas están empapadas en sangre y, sin embargo, no se observan cortes ni incisiones en ese cuerpo inerte de muñeca exangüe y, a su manera perversa, aún atractivo. Sin necesidad de ejercer ninguna forma de violencia, la anatomía de la mujer se muestra descoyuntada, como un maniquí dislocado por un psicópata, con las extremidades inferiores y la cabeza orientadas en la dirección contraria al torso. Como marca personal, antes de salir de la habitación cargando con el equipo de filmación, el asesino enmascarado ha depositado una vez más encima del vientre del cadáver, como se le ha indicado en las instrucciones, la copia del retrato del dios K en que una hermosa joven, desnuda y complaciente, le acaricia la barba con una mano mientras posa la otra en el muslo cubierto de la deidad a la que solicita algún favor inconfesable. Es ahí, en ese abdomen inanimado, donde la imagen del dios K parece estar gestando una nueva vida para el futuro. Es ahí donde la encuentra depositada la policía, como una broma macabra, al irrumpir en la habitación tres horas y cincuenta y cuatro minutos después, tras recibir el aviso a través de una llamada anónima. La autopsia del cadáver de M. E. revelaría dos informaciones cruciales. La primera concernía al estado de la mujer, embarazada de dos meses en el momento de su muerte. La segunda causó desconcierto, no era para menos, en la pareja de forenses encargados de examinar el cadáver. Según el informe de éstos, sometido aún a discusión entre especialistas, el cuerpo de la mujer presentaba señales de haber muerto por asfixia dos horas antes de que se le administrara la segunda inyección en la membrana interdigital del pie derecho. Aunque no fue posible determinar con exactitud todos los componentes de la sustancia administrada, uno de los dos forenses llegó a la conclusión de que la explicación más lógica a este hecho de apariencia paranormal es que la mujer fuera resucitada por efecto del fármaco inyectado en segundo lugar con un propósito maligno que sólo la mente perturbada de un psicópata podría concebir.

Sin embargo, ella no era la primera víctima de la siniestra

lista, sino la cuarta, ni tampoco sería la última. La primera víctima de la serie había sido una abogada parisina asesinada en su bufete, una noche de finales de mayo, mientras revisaba un caso que debía defender al día siguiente en la corte suprema. Su cuerpo, decapitado y descuartizado, fue encontrado por una horrorizada mujer de la limpieza a eso de las siete de la mañana. La cabeza estaba colocada encima de la pantalla de una de las lámparas de la mesa de despacho, un brazo en uno de los archivadores, el otro, como un mensaje grotesco dirigido a la perpleja policía, en el cuenco del bidé del cuarto de baño contiguo. Los pies habían desaparecido del escenario del crimen. En todos los casos registrados, un total de diecinueve asesinatos de mujeres en un período aproximado de ocho meses y medio, la única pista fiable para la policía, al aparecer como la invariable firma del autor de los crímenes sobre el vientre de cada uno de los cadáveres, fuera cual fuera su estado de conservación, la constituyó la reproducción en blanco y negro del retrato del dios K robado de su mansión parisina la noche misma de su detención en Nueva York, doce días antes de la comisión del primer asesinato.

DK 13

La estrategia fatal

–La historia es un simulacro que sólo conviene a los vencedores.

Dadas las especiales circunstancias, nadie podría estar hoy en desacuerdo con esto. Cuando el más bello homenaje posible al dios K está teniendo lugar en este lujoso apartamento situado en el ático de un emblemático edificio de una de las zonas más elegantes de la ciudad. Puertas de madera lacada, moquetas y cortinas de terciopelo rojo, butacas de cuero amarillo, paredes enteladas de negro y oro, mobiliario antiguo, de diseño y valor exorbitantes, como los cuadros y los jarrones, todos los detalles decorativos de esta celda, renovada de arriba abajo para complacer el gusto clásico de sus nuevos inquilinos, en que DK planea vivir los próximos meses en régimen de arresto domiciliario, aunque suene cómico, estaban pensados para recordarle en cualquier momento del día o de la noche lo que podía perder si sus abogados y él mismo como principal encausado no actuaban con la eficacia necesaria en su defensa. Como también se lo recuerda, con cada gesto, con cada comentario, la multitud de invitados que han acudido a la desesperada llamada de Nicole para testimoniarle su apoyo incondicional. Han venido a celebrar con él su puesta en libertad todos los que se consideran en la actualidad sus amigos. Todos los que querrían considerarse tales a pesar de los problemas que eso pueda acarrearles en público o en la privacidad de sus conciencias. Esa comprensiva actitud moral los distingue de la plebe, los distingue de la masa amorfa, de falsa apariencia humana, que ha emitido un juicio tan negativo como precipitado contra el dios K, el amigo de todos, pobres y ricos, empresarios y trabajadores, banqueros y rentistas, madres e hijas. Indignos e indignados, todos a una. Todo el lote, sin distinción de clases, razas, sexos o nacionalidades, de la especie a la que pertenece por azar como miembro egregio. Como el capitalismo, su más viejo enemigo, DK los ama a todos y todos, por esta sola razón, están representados aquí, sin excepciones, para dar testimonio de su amor al amigo y de su fidelidad al credo de amor universal profesado por éste a lo largo de una vida colmada de éxitos y satisfacciones. Un amor filantrópico que quizá sólo excluya a una mujer en particular, su rival político de hace unos años, enfrentándose a él con toda inocencia sin adivinar la desnudez integral en que veía a esta altiva adversaria, radiografiando su alma y su cuerpo al mismo tiempo, en un mismo plano.

–Muchas niñas, desnudas y vírgenes, retozan en una bañera. Les pregunto a qué juegan. Responden que están jugando al juego de los elefantes sociales.

Y DK los recompensa a todos y cada uno (son muchos como para enumerarlos o dotarlos de un nombre individual, la mayoría viene de muy lejos, del gran país del Dios K) con su gracia y sus dotes secretas de bailarín y cantante, deslizándose por el inmenso salón amueblado como en una comedia musical, buscando a su público entre los grupos dispersos que han despejado el espacio disponible, más de doscientos metros cuadrados, para permitirle recorrerlo con la alegría y la libertad de que ha hecho siempre gala en sus acciones. El gesto de DK, al tomar la iniciativa de este espectáculo amplificado por las preciosas vistas nocturnas de la ciudad que se proyectan en los ventanales como un documental sobre la ciudad insomne, ha hecho de todos los presentes su público. Un público no siempre entusiasta, nadie puede decir lo que quiere, ni siquiera él disfruta de esta impunidad de la palabra, y esperar la unanimidad, es la ley de la oferta y la demanda del mercado de las telecomunicaciones, pero no de la comunicación inmediata, de la comunicación espontánea y directa. Un público, si bien es cierto, no menos representativo que privilegiado. Nadie duda ahora, agradecido, de su fortuna al saberse invitado a este karaoke de catárticos efectos para su protagonista y, quién sabe, su audiencia casual.

–Llamo puta a la mujer capaz de desaparecer totalmente por pura perversidad, sin necesidad amorosa, por la pura tentación de escurrirse entre nuestros dedos.

Una elegante sexagenaria, sentada por casualidad al lado de Nicole, la resignada esposa de DK, a pesar de haber mantenido intensas relaciones con éste hace varias temporadas, sonríe a desgana, por no quedar mal, ante el aparente disparate que acaba de pronunciar el dios K, su antiguo amante, liberado no ya de la prisión, como habían pensado todos los invitados algo ingenuamente, sino de los prejuicios y los tabúes de la comunidad. La esposa, con un gesto banal, recuesta entonces su cabeza sobre el hombro de la otra amiga, de su misma edad y porte, colocada al otro lado del amplio sofá, como para indicar su preferencia por ésta, en la escala de relaciones, y su fatiga, tras un día de agotadores preparativos, y su relajación, tras estas semanas de insoportable tensión emocional.

–Los seres y los objetos son tales que en sí mismos su desaparición los cambia. En este sentido, nos engañan e ilusionan. Pero también en este sentido son fieles a sí mismos, y nosotros debemos serles fieles, en su detalle minucioso, en su figuración exacta, en la ilusión sensual de su apariencia y de su encadenamiento. Pues la ilusión no se opone a la realidad, es una realidad más sutil que rodea a la primera con el signo de su desaparición.

El dios K finge ante los demás no importarle que las canciones y la letra de las canciones que tararea sean irreconocibles para la mayoría. Ya no le importa hacerse entender, es su menor preocupación en las presentes circunstancias. Ha asumido la ambigüedad inevitable de su nueva condición. De qué sirve, llegado el momento, si nadie parece conocerte y todos te niegan el saludo y la solidaridad porque dicen no reconocerte ya. Es tan frágil el sustrato de la vida social, tan fundado en equívocos, infundios y presuposiciones sobre el otro. Para qué molestarse en aclarar los enigmas de la identidad propia ante el tribunal siempre implacable de los otros. No cambiará nada cuando esa identidad sea acusada, como él lo ha sido, por realizar actos que ni él mismo sabría explicarse sin entrar en contradicciones flagrantes. Ha podido comprobar en sus escarmentadas carnes qué poco le importa al mundo comprender nada y menos que nada. Esa labor está excluida del entendimiento entre los seres humanos, hombres o mujeres. Por esto mismo, al fin liberado de la mentira y la hipocresía, el dios baila como un poseso y recita y canturrea sus melodías electivas. Se las sabe de memoria o alguien, como algunos invitados han comenzado a sospechar, se las dicta a través de un micrófono minúsculo oculto en una oreja, como es habitual en los múltiples platós de televisión de estos tiempos amnésicos.

–La única democracia es la del juego. Es posible que con la teoría del Juego y del Caos estemos a punto de desprendernos de esa responsabilidad histórica, de esa responsabilidad terrorista de la salvación y de la verdad, que explotan la ciencia y la religión, y de recuperar la misma libertad que los Antiguos.

El dios K, eufórico y aliviado, celebra así la liberación de su espíritu y de su alma y no sólo la de su robusto cuerpo, el exceso de masa corporal adquirido durante el encierro forzoso. Ha dejado atrás de golpe la pesadez innata que aplasta aún a los otros y los obliga a relacionarse entre ellos contra su voluntad. La pesadez de la cultura y la educación, la pesadez mundana de las buenas maneras y el disimulo permanente. DK es un pionero moral del nuevo siglo. Un hombre de su complejo tiempo. Sin ataduras con el pasado. La encarnación viva del puro presente y el luminoso futuro. Lástima que no vaya a durar lo bastante para ver todo lo que estos tiempos prometen, aunque esto no lo proclama en este momento por precaución, no es tan ingenuo como parece. Al contrario, más parecería que su pequeña gran exhibición buscaría proclamar ante sus innumerables e innombrables amigos y conocidos, reunidos aquí por voluntad expresa de Nicole, la condición inmortal recién adquirida en los rigores sin cuento de una celda policial, situada apenas a una milla y media de distancia en esta misma ciudad. Todos deberían probar esa disciplina saludable, está seguro de que si conocieran sus efectos menos reconocibles, el tratamiento llegaría a ponerse de moda entre muchos de los que ahora lo miran bailar con estupor, sin saber si se ha vuelto loco durante el arresto o si siempre lo había estado y nunca supieron intuirlo hasta este momento preciso, en que su vesania se ha manifestado ante ellos con signos provocadores.

–La indiferencia política: sobreimpresión, proliferación de todas las opiniones en un contínuum mediático. La indiferencia sexual: indistinción y sustitución de los sexos como consecuencia necesaria de la teoría moderna del sexo como indiferencia.

Ah, Virginie, por qué no estás aquí esta noche como él hubiera querido, te echa tanto de menos, como siempre. Por qué no accediste a su deseo cuando te lo manifestó. Eras más que un cuerpo deseable y joven para él, un ideal, un atisbo de lo sublime envasado en la juventud de un cuerpo intangible. Tantas cosas habrían cambiado en su vida y, quién sabe, en la historia del mundo si te hubieras decidido a tiempo a aceptar sus demandas y deseos. No puedes pretender ignorarlo. No pretendas actuar, con tu ausencia y tu silencio exasperante de décadas, como si no te importara o no supieras las consecuencias de tu falta de afecto y tu indiferencia hacia él. Virginie, lo eres todo para él, incluso hoy, aunque él ni siquiera sepa reconocerlo.

–Si todas las cosas tienen por vocación divina la de encontrar un sentido, una estructura donde fundar su sentido, tienden también por nostalgia diabólica a perderse en las apariencias, en la seducción de su imagen, es decir, en reunir lo que debe permanecer separado en un solo efecto de muerte y de seducción.

Los banqueros, los financieros y los agentes de bolsa ríen las gracias del dios danzarín, así como los embajadores y los políticos, aunque la risa, con su poder devastador, mate sus intereses más queridos. Las mujeres, en cambio, sin importar la profesión o el estado civil, lo miran con agudo recelo y hasta con celos. El infierno de las mujeres. Unas fueron elegidas en el pasado para engrosar la lista de sus conquistas, mientras otras aguardan sentadas en el banquillo a que el paso de la edad no las condene al ostracismo y la nada. El dios lo sabe, es un profesional de la seducción a todos los niveles, y se alimenta de esa fuerza elemental que emana de unos y otras, por motivos distintos, y prosigue su danza frenética entre los invitados entendiéndola como un ceremonial de exacción de deuda soberana. ¿Es que no ven lo que pretende? ¿Es que no son capaces de comprender que todo esto aspira a liberarlos de la culpa que sienten por haber dudado de él durante estas semanas, tomándolo por un vulgar delincuente sexual? ¿Es que no entienden el designio de sus palabras como un bálsamo que aquiete la inquietud de sus espíritus? No, parece que no, pero ni por ésas se frena el frenesí dionisíaco del dios K, embargado por una necesidad de expiación individual y colectiva que podría parecer trasnochada si no supiéramos, como sabemos, la nostalgia y la melancolía que expresan sus gestos por un mundo menos irracional, menos caótico, si se quiere. Sí, es un hombre de su siglo, un emprendedor de su época, pero a qué precio, con qué sacrificios, para satisfacer qué deseos. Cuánto hubiera preferido que la audiencia de esta noche fuera la retratada con tan altas miras por las grandes novelas de Tolstói, su narrador profeta preferido. Una sociedad de almas elevadas en el refinamiento espiritual. Una comunidad mística separada por clases y familias pero participando del mismo anhelo de sumarse a la melodía compuesta por el creador para el oído de los elegidos. Cuántas lecciones no supo aprender de sus ardientes páginas en su momento y ahora parece conocerlas de memoria. El gran León ruso, un hermano de sangre, un coloso como él. Un ídolo espiritual. El único ser capaz de obligarle a volver la vista atrás en busca de una seguridad anímica y una certidumbre moral que cree haber perdido para siempre.

–El cadáver putrefacto de la burguesía alimenta la historia europea del último siglo y medio. América no es ni un sueño, ni una realidad, es una hiperrealidad. Es una hiperrealidad porque es una utopía que desde el principio se ha vivido como realizada.

Y todos los reunidos allí, con Nicole a la cabeza, temen de nuevo lo peor. Temen que se haya vuelto loco de verdad. Así lo demostrarían sus gestos y palabras. Temen que el cuerpo del dios K haya sido poseído por un demonio autóctono. Temen que las semanas de reclusión en una celda infecta lo hayan puesto en contacto con la legión de demonios que acechan en las calles y callejones de las grandes ciudades, los locos y los monstruos que las habitan como guardianes de esa libertad incontrolada que las vuelve inhóspitas al caer la noche. Los demonios de la incultura, la ignorancia y la maldad. Los demonios de la pobreza, la miseria y la supervivencia marginal en el sistema más implacable del mundo. Los demonios de las masas de miserables y menesterosos que se agolpan en las esquinas con actitud desafiante y agresiva. Los demonios engendrados por la promiscuidad racial y étnica. Uno de esos peligrosos demonios alienígenas que anidan en las grandes centrales nucleares, o en las torres de alta tensión, o en los cables del tendido eléctrico que alimentan los lucrativos vicios de las grandes urbes americanas. Uno de esos demonios traviesos y juguetones, en opinión de los testigos, debió de infiltrarse en la mente de DK en algún momento anterior a su inicua reclusión y lo condujo a comportarse como una bestia, con la camarera negra y con nosotros ahora, se dicen algunas voces críticas que, sin embargo, aún se consideran amigos del dios K. A faltarnos al respeto y a echarnos en cara nuestras lacras y nuestras taras, nosotros que habíamos acudido para dar prueba de amistad y de solidaridad en la desgracia, una vez que había quedado claro que nada lo estaba y que esa confusión intencionada favorecería su puesta en libertad y su presumible absolución, libre de cargos. Pero no para asistir a este espectáculo denigrante, a esta humillación en toda regla. Una cosa es querer follarse a todo lo que huela, bien o mal, a sexo femenino, o lo simule para su beneficio inmediato, y otra muy distinta es tomarnos por idiotas integrales. Insultar nuestra acreditada inteligencia con estos aforismos comprados a precios de saldo en el mercadillo de las ideas en alguna reventa por liquidación de existencias.

–La seducción sabe que el Otro jamás está al término del deseo, que el sujeto se engaña buscando lo que ama, que cualquier enunciado se equivoca buscando lo que dice. El secreto siempre es el del artificio. El Otro es el que me permite no repetirme hasta el infinito.

Todo es falso, todo es fingido e impostado en esta fiesta

paródica organizada por un loco, así lo declaran sin contemplaciones los más desafectos a la causa DK, para disimular su intrínseca locura haciéndose pasar por tal y ganarse la simpatía incondicional de los presentes. Y si no es así, ¿por qué nadie advierte las lágrimas que inundan los ojos del dios K mientras no deja de improvisar nuevos y arriesgados pasos de baile? ¿Por qué nadie repara, en medio de la brusquedad de sus movimientos, en el rastro de sal que han dejado en sus mejillas antes de alcanzar los labios y ungirlos con la expresión de un sentimiento muy antiguo? Su mujer menos que nadie. Nicole ha cambiado de hombro por instinto, sin sopesar las consecuencias, y ahora reposa su cabeza en el hombro de la sexagenaria cada vez más consternada, o compadecida, por lo que está viendo y oyendo sin entender su objeto ni captar las intenciones del sujeto. Nicole ha cerrado los ojos, desesperando ya de que la velada se parezca en algo a la que había planeado en los días previos, con creciente emoción, y de que su marido se calme del éxtasis danzante en que se adentró de repente, apenas comenzada la recepción, sin apenas probar el alcohol. No, las lágrimas fluyen por su rostro sin que nadie les dé valor, confundidas con el sudor del esfuerzo, un accesorio sentimental de la atrevida puesta en escena, nada menos importante.

–Hay algo de estúpido en el puro acontecimiento a lo que el destino, si existe, no puede dejar de ser sensible. Hay algo de estúpido en la evidencia y la verdad, de lo que la ironía superior no puede dejar de disculparnos. Así que todo se expía en uno u otro sentido. Y el olvido o el duelo no son más que el lapso de tiempo necesario para la reversibilidad.

A nadie, entre los presentes, viendo este derroche de energía física, de gratuidad y de despilfarro, le extraña ahora la fama de gran amante que precedía a DK, ni tampoco algunas de las ideas económicas más alocadas que había sido capaz de defender al frente del FMI. Quizá por ello muchos de los invitados, mostrándose desengañados y ofendidos, han comenzado a abandonar el apartamento sin despedirse, desalojando aún más el espacio disponible para los bailes cómicos del anfitrión.

–El mundo no es inteligente, pero el pensamiento no tiene nada que ver con la inteligencia. El mundo no es lo que nosotros pensamos: es, por el contrario, lo que nos piensa...

Esta fórmula inconclusa, enunciada en voz baja por el dios K, como una confidencia oracular o una predicción bursátil, bien podría tomarse por principio y fundamento de una nueva economía, críptica propuesta de un nuevo reparto de la riqueza y la propiedad, incluso, en la fantasiosa mente de algunos, pero no lo es. Todo lo contrario. De modo que cuando el dios K se desploma de improviso en un butacón vacío y entra en un estado inconsciente del que tardará muchas horas en despertarse, no queda casi nadie en el salón para aplaudirle como se merece. Un cogollo de escasos fieles entre los que no se cuenta ya su mujer, que se levantó en mitad de la canción anterior y desapareció tras algunas de las innumerables puertas que acotan los espacios privados del apartamento. Nadie sabría decir a estas alturas si lo hizo sola o acompañada, pero tampoco ninguna de las amigas que ocupaban el sofá con ella se encuentra allí para festejar el final de la desquiciada performance del dios K con el mismo entusiasmo que los demás. La apelación a la ironía superior de hace un momento no podía pasar desapercibida a Wendy, la pelirroja escultural que apenas si ha abandonado en toda la noche la contemplación de las impresionantes vistas del apartamento a través de las cristaleras. Ese fastuoso panorama le recuerda tantas cosas que tiende a olvidar con demasiada facilidad. Ahora se ha vuelto en la dirección contraria, girando el torso lo justo para no tener que levantarse, a aplaudir con tibieza, por un automatismo cortés, sin hacerse ilusiones, imaginando que todos celebran como ella la terminación del espectáculo más que el espectáculo en sí. Nada del otro mundo, por otra parte. No muy lejos de aquí, en la bulliciosa avenida Broadway, se representan a diario, con gran asistencia de público, obras no mucho mejores que ésta. Pero nadie los había preparado, como espectadores, para algo así de perturbador. Un impacto teatral de esta categoría. Es comprensible que no todos supieran encajarlo y aceptarlo con gusto. El dios K aparece sumido en un profundo letargo, preservado del ruido de los aplausos y los comentarios, por lo que no es de extrañar que, sin dejar de aplaudir por respeto a su figura, los invitados tardíos vayan tomando la iniciativa de abandonar a su vez el apartamento convencidos de una sola cosa importante. Será Presidente, un hombre con esa comprensión de la realidad y esas dotes para someter a ésta a sus dictados y ponerla a su servicio con tanta audacia como habilidad, un hombre así, repiten a coro, *debe ser* nombrado Presidente lo antes posible por el bien de la nación y del pueblo. Todos piensan lo mismo y repiten la consigna, al unísono, mientras se retiran del escenario con discreción y cordialidad.

Todos menos uno. En todo movimiento hay siempre algún disidente, es inevitable, forma parte del juego de las ideas y los grupos de poder que las representan en público. Wendy, sí, la exuberante pelirroja encarna ahora, en solitario, la expresión de la más pura disidencia. Fascinada por el espectáculo alternativo que tiene lugar tras los cristales, vistosa manifestación de otro poder menos visible, Wendy no se cansa de observar, en pos de una verdad quizá amarga para ella, la asombrosa ciudad en la que vive desde una altura idónea que le revela tantas cosas como le oculta. Sobre su vida y también, cómo no, sobre la extraña vida de los demás. El silencio ambiental la protege en su determinación de penetrar con la mirada hasta el fondo de las cosas. Todo llega al final, se dice decepcionada, mientras se descalza con rapidez y masajea un pie tras otro con gesto insinuante, aliviando así una necesidad que reprimió durante la velada para no parecer vulgar ante los distinguidos invitados. Con los zapatos asidos en una mano y el bolso en la otra camina poco después con lentitud, como es su costumbre, desplegando un encanto lascivo que carece de destinatario real aparte de ella misma, la dicha que siente por tener un cuerpo prodigioso como el que exhibe con orgullo ante el mundo, los escasos metros que la separan del butacón regio donde el dios K, apoltronado, quizá esté soñando con una orgía cinematográfica en la que ella, u otra mujer de trazas similares, réplica onírica de sus desmedidas proporciones y sinuosos contoneos, sea la estrella absoluta. Al llegar frente a él, no puede evitar sonreír al verlo sumido en esa actitud infantil de derrota y resignación. Durante unos minutos, lo mira con expresión ambigua, alternando el desprecio y la admiración, la incomprensión y la aceptación, la atracción y el rechazo. Siempre le pasa con los hombres cuando se duermen abrazados a su cuerpo, como niños insatisfechos, y ella vela su sueño animal con los ojos abiertos, preguntándose por lo que significa para ellos una mujer, qué encuentran en un simple cuerpo de mujer. Qué les recuerda, qué desean y obtienen a través de su contacto físico. Cosas así, nada nuevas, desde luego, ni pretenden serlo. Ella es una persona práctica, luego sólo se plantea los problemas que puede resolver. Con la misma agilidad con que se quitó los zapatos hace un instante, se remanga ahora el ceñido vestido granate y comienza a deslizar las bragas a juego (de diseño irresistible) por sus muslos hasta hacerlas caer al suelo, de donde las recoge con la mano izquierda, la más activa y eficiente de las dos. Antes de abandonar el salón, mirando a uno y otro lado para asegurarse de que está sola, las deposita con gesto negligente encima de la cara del dios K, como una prenda o un regalo inesperado. La señal equívoca de un compromiso íntimo. Wendy sabe que mañana, en cuanto se despierte del sueño atroz en que habrá vivido unas horas interminables, DK la llamará sin falta y ella acudirá enseguida, como hacía con frecuencia antes de la detención, a disipar sus angustias y hacerle sentirse mejor de lo que es o de lo que cree ser en las pesadillas que le cuenta para que las interprete como si fuera su analista. Vendrá a este apartamento donde el dios K planea vivir refugiado, junto con Nicole, hasta que acabe la comedia del juicio o llegue de verdad el juicio final y sorprenda a todos, culpables e inocentes, buenos y malos, desprevenidos. Por eso quizá, como prueba de su carácter arisco e impredecible, da un portazo de protesta, de indignación o de queja al salir del apartamento. Nadie lo oye. Nadie lo puede oír.

DK 14

Cuento de verano

Pero ¿quién es esta Virginie que detectives e investigadores de todo el mundo tratan ahora de localizar con urgencia por encargo de la artera Nicole? ¿Es esta Virginie un fantasma erótico que sólo aparece en los peores momentos para recordarle al dios K todo lo que no puede tener? ¿El único objeto sexual que codició y se negó a ser poseído por él? Ojalá fuera tan fácil. Esta interpretación, de ser aceptada por DK, le causaría un alivio inmediato y no el desgarro perseverante que a menudo amenaza con acabar con su vida, tan carente de consuelos. Decir que no la tuvo nunca es falso, otra cosa es que el resultado final del asunto, dadas las circunstancias, no fuera el que se esperaba. En sus reflexiones recientes sobre el patrimonio y la propiedad, revisando argumentos sostenidos en otra época, el dios K ha llegado a la conclusión casi definitiva de que el hecho de tener y poseer, fundamento elemental del sistema capitalista, ya sean bienes, dinero o personas, representa el peor mal que puede acaecerle a un ser humano. Ese afán de posesión, ligado también a la esclavitud y la explotación del trabajo, es el verdadero causante de la desgracia universal.

El recuerdo de Virginie es, para la víctima de sus numerosos encantos, lacerante como una quemadura de ácido sulfúrico que asciende por el muslo, arrasando sin piedad todo lo que encuentra a su paso, y no se detiene hasta llegar al pecho y abrasar el corazón. ¿Cuándo sucedió? ¿Verano del 75? El dios K, que acababa de doctorarse y era ya la más joven promesa de la economía y la universidad francesas, vivía lo que, en opinión de cuantos sabían de su existencia, podía considerarse un romance apasionado con la recién divorciada y muy atractiva Sophie, madre de Virginie, una alta funcionaria de la embajada francesa en Roma diez años mayor que él, y decidieron pasar juntos, para conocerse mejor los tres y profundizar su relación, según decían, un mes de vacaciones en las islas Seychelles, cuando era aún colonia británica, sólo les faltaba un año para liberarse de ese yugo anacrónico y se notaba entre la gente la ansiedad y la ilusión del cambio político que se avecinaba. Por un afortunado error de la agencia de viajes, acabaron en una extensa urbanización de bungalós de lujo (Lemuria Crescent) situada cerca de Grande Anse, en la isla de Praslin, la más turística de todo el archipiélago, según les dijo Max, el representante de otra agencia que fue a recogerlos al diminuto aeropuerto isleño para trasladarlos a su nueva residencia en la costa al fallar en el último momento la reserva de la inicialmente contratada, más en el interior de la isla, muy cerca del Parque Nacional del Valle de Mai, donde la madre y la hija, grandes aficionadas a los misterios de la vida natural en todas sus manifestaciones, habían planificado realizar diversas excursiones. Sí, cómo olvidarlo, fue el verano del 75, el verano de *Tiburón*. El verano del *tiburón*, así podría llamarlo también, con ironía intencionada, Virginie, víctima incruenta aquel verano memorable de otro depredador de piel neutra y negras pretensiones. Sí, esta misma Virginie había estado en julio en Nueva York estudiando inglés a conciencia en una reputada academia, después de pasar todo el curso escolar recluida en un colegio privado de Cambridge, Massachusetts, y vio la exitosa película en su estreno del 4 de julio con Tom, un novio neoyorquino muy guapo y alto, de padre italoamericano y madre sueca o noruega, que tenía la doble manía, como muchos de su especie cultural, de no bañarse nunca, bajo ningún concepto, proclamándose con cierta ironía objetor de conciencia en materia de higiene, y analizar secuencia a secuencia, plano a plano, era agotador, las decenas de películas que veía a la semana, solo o con ella, de todos los géneros y nacionalidades, incluso en la cama, según contaba Virginie, después de hacer el amor incontables veces en una sola tarde. ¿Hacer el amor? Por Dios, a los quince años y con un tipo que le doblaba la edad. Hasta dónde puede llegar la hipocresía y la indecencia del lenguaje en estos tiempos, se preguntaba Sophie en voz alta sabiendo que nadie querría responderle. Esta diferencia semántica y no otra cosa más oculta fue el motivo de escándalo constante con la madre de Virginie, una progresista moderada, y las dos andaban de uñas todo el tiempo por culpa de esa historia de amor adolescente con el aspirante a director y cinéfago empedernido. El dios K, cada vez que las dos empezaban a discutir a gritos, abandonaba la habitación donde estuvieran para evitar verse envuelto en una pelea que sólo podría perjudicar sus relaciones con la madre, a la que cada vez deseaba y soportaba menos, temiendo ser descubierto. Su mayor problema en aquel momento consistía en idear una buena estrategia con la que disimular ante la celosa Sophie lo que había comenzado a sentir, sin poder evitarlo, por Virginie desde que la vio descender del avión en París procedente de Estados Unidos. Habían ido la ilusionada madre y su nuevo amante a esperarla en la pista de aterrizaje del aeropuerto Charles de Gaulle y allí estaba ella, recién bajada del cielo, como una rubia aparición de belleza apolínea en medio de un paisaje industrial de una fealdad funcional insoportable, bajando cada escalón de la escalerilla con una gracia inimitable, como si todo el mundo no pudiera hacer otra cosa en la vida que mirarla mientras meditaba cada uno de sus negligentes pasos al borde del tropiezo o la caída mortal al vacío. Se había obsesionado con ella durante los días posteriores, en los complicados prolegómenos del viaje y en el viaje mismo, con algunos episodios equívocos en el largo vuelo de Air France dignos de una pícara comedieta de entonces. La primera noche en la isla, tras la cena fría en la terraza del bungaló de asombrosas vistas a la bahía, comenzó a coquetear con él, a pesar del cansancio, cada vez que su madre se ausentaba unos minutos por cualquier razón. Estaba claro que a la niña Virginie le gustaba el joven amigo de su mamá, quizá porque fuera el amigo de mamá o quizá no, tanto como parecía gustarle a mamá, desde luego, y, a juzgar por el insistente tenor de sus preguntas, sentía una gran curiosidad por sus actividades. Todas sus actividades, públicas y, en especial, privadas.

Entre estas actividades, la menos llamativa para la niña curiosa sería la absorbente lectura de *El pueblo del ojo (Le peuple de l'œil),* un polémico y voluminoso tratado recién publicado por una editorial minoritaria y firmado por Claude Hermet, un disidente del marxismo y un socialista heterodoxo a quien el dios K respetaba sin admirar hasta el punto de que se compraba sus libros cada vez que aparecía uno nuevo pero nunca lo citaba en público ni lo recomendaba a nadie, como si quisiera guardarlo celosamente para sí, siguiendo una práctica muy habitual en los medios intelectuales. En este último libro, Hermet abordaba con gran ambición de perspectiva y rigor académico una historia de la idolatría en todas las culturas y regiones del mundo fundándose en la idea de que la hipertrofia del sentido de la vista era el fundamento, desde la antigüedad hasta el presente tecnológico, de cualquier forma de culto idólatra. La tesis del libro era que los idólatras de todo el mundo, a pesar de sus diferencias superficiales, habían conformado durante siglos un pueblo único, unido a pesar de las distancias geográficas y las disimilitudes culturales en la adoración total de las creaciones del ojo y que el capitalismo y la sociedad de consumo, que habían establecido la idolatría a las imágenes como programa de su expansión mundial, constituían el avatar histórico más consumado de esta idolatría. En opinión de Hermet, el «pueblo del ojo» y el sistema capitalista, su forma de organización preferida, sólo podían ser combatidos eficazmente por un ideario iconoclasta, es decir, contrario a cualquier veneración de los signos corruptos de lo visual. Desde luego, Hermet lograría intrigarlo y fascinarlo, día tras día, apartado durante unas horas de las dos mujeres de su vida de entonces, con el asombroso despliegue de sofismas intelectuales sobre economía, religión y política, eruditas licencias mitológicas, exégesis insólitas de la «historia telúrica», como la llamaba, y paradójicas construcciones filosóficas y matemáticas. Y le permitiría, sobre todo, distraerse de sus perturbadoras preocupaciones afectivas y sexuales y mantener ocupada su hiperactiva inteligencia, al menos por unas horas, en asuntos de superior trascendencia. Sin embargo, por más que esta exigente obra de más de mil páginas de apretada tipografía parecía ofrecerle en apariencia una oportunidad para evadirse de la realidad circundante lo enfrentaba, al mismo tiempo, a uno de los dilemas más enredados de su vida. ¿No era esta adorable Virginie, al cabo, un ídolo absoluto en el sentido que daba Hermet a este concepto? ¿No ocupaba el ondulante cuerpo de esta criatura de perdición un elevado puesto en el escalafón de la idolatría material tal como lo entendían no sólo las culturas monoteístas mediterráneas, en su variante judeocristiana, mazdeísta o islámica, como puntualizaba Hermet, sino también algunas culturas de Asia? Para el dios K, la respuesta era afirmativa, sin ninguna duda. Y la voz en off de Hermet, a pesar de todas las discrepancias y desacuerdos con él, emitida como una advertencia grave desde las densas páginas del libro, constituiría para él, durante todos esos días y noches de confusión febril, una suerte de superyó tácito, una llamada insistente o invitación alternativa a salirse del guión prescrito por los rituales de la idolatría y el fetichismo politeísta estudiados a lo largo de los siglos por el intachable erudito Claude Hermet. Lo que no habría adivinado nunca Hermet, ninguna de sus múltiples *scienzas* antiguas o modernas lo habilitaba para ello, ni el dios K sabría hasta apurar el último sorbo, más bien amargo, de la aventura índica, es que su papel de adorador en ese guión le atribuía, sin distinción, los rasgos simétricos de la víctima y el verdugo.

De modo que DK, con astucia de viejo seductor, comenzó a llevar un diario de sus vacaciones estivales, a partir de la segunda semana de estancia en la urbanización Lemuria Crescent, con el fin de atraer la atención de Virginie y hacerse más interesante y profundo a los ojos de esta impresionable jovencita. Gran aficionado a la literatura clásica, el dios K contaba entre sus lecturas muchos modelos de los que extraer lecciones psicológicas y sentimentales para rendir de admiración y deseo a su caprichosa quinceañera de piel traslúcida y voluptuosa silueta pero escasa inteligencia. Escribía cada tarde en su diario, sentado en la terraza para que todos pudieran verlo en ese instante de intimidad onanista, fingiendo mientras lo hacía una intensa concentración, como si la construcción de cada frase surgiera de la aplicación de todas sus facultades mentales y del examen meticuloso de sus emociones más honestas, y no, como era frecuente, de la reiteración de lugares comunes y estereotipos amorosos apenas modificados por la rebuscada sintaxis o el léxico elegido. Al terminar de escribir, con gesto serio e insatisfecho, como si aún no hubiera hallado el estilo adecuado para expresarse, procedía a guardar el cuaderno en un cofre privado encerrado bajo llave en el armario del dormitorio principal, con un ceremonial clandestino de calculada lentitud que sólo pretendía atraer aún más la atención de Virginie, destinataria principal de la representación, hacia los secretos y misterios de la tortuosa vida interior de su autor, cifrados con signos convencionales entre sus inaccesibles páginas. Así fue como, en menos tiempo del que pensaba, consiguió cautivar la imaginación romántica e indiscreta de Virginie con los amañados productos de su escritura autobiográfica. Al cabo de unos días, pretextando excusas cada vez más ridículas, Virginie se las arreglaba para quedarse sola en el rosado bungaló que compartían, mientras él y Sophie iban a la playa a bañarse por la mañana o a pasear al atardecer, cogidos de la mano, por los senderos del bosque tropical que rodeaba la urbanización en pos del maravilloso loro negro, del que todo el mundo les hablaba en la isla como si verlo juntos garantizara un futuro de felicidad a los enamorados, o de compras, después de coger un folclórico autobús de línea, a la cercana población de Grande Anse. Fue así como, en sesiones de intensidad variable, Virginie pudo devorar, sin ser molestada, las apasionantes y apasionadas páginas de un breviario de vivencias en el que el dios K, con gran picardía psicológica tanto como retórica, consignaba sentimientos, sensaciones y reflexiones, a veces fulminantes, de una o dos líneas como máximo, en torno de un objeto amoroso único que nunca se nombraba por pudor, o por precaución, de otro modo que como V., pero que sí se describía una y otra vez, hasta la exaltación pasional y mística, con maníaco detalle, como homenaje, según decía, a la belleza inaprensible y fugaz de la carne. Los ojos, los labios, los tobillos, los pechos, las rodillas, los pies, el vientre, la piel, el cabello e incluso la dorada pelusa de las axilas, a imitación de sus amistades particulares de Boston, o las pecas rojizas en ciertas zonas del cutis, idénticas a las suyas. Todo el rico repertorio lírico anatómico proporcionado por sus modelos literarios y culturales era explorado y explotado por el dios K en su cuaderno con minucioso placer y detenimiento al tiempo que ese despliegue verbal, en absoluto original, lo iba atrapando sin querer en una red de referencias veladas que traspasaba el deseo intenso por su objeto para arraigar en el fondo de sus sentimientos más acendrados. La cándida Virginie, por su parte, se reconocía y no se reconocía en la deliberada exageración del retrato realizado por el dios K, pero el efecto de esa lectura, a pesar de sus defectos de vocabulario, resultaba en extremo perturbador para ella, como el dios K no tardaría en comprobar, y actuaría de modo contraproducente en muchas de sus decisiones futuras, estableciendo para él una contradicción flagrante entre los medios empleados y los fines propuestos. Pues mientras la lectura del diario fortalecía de manera indudable el narcisismo de la adolescente, obligándola a mirarse en un espejo imaginario que le agradaba y desagradaba por igual pero al que se sintió pronto adicta, por todo lo que descubría en él acerca del impacto que podía causar en los demás, sobre todo si pertenecían al sexo masculino, pero no sólo, como sabía por experiencias recientes, y el poder real que eso le confería por encima de los otros, comenzando por su necia madre, esa imagen de V. recreada en el diario de DK, por su misma naturaleza ambigua, la alejaba al mismo tiempo de su propósito de poseer su cuerpo al forzarla a enfrentarse a un fantasma femenino con el que Virginie se identificaría cada vez más y al que desearía parecerse en todo.

Y el dios K supo enseguida que la estrategia de seducción había fracasado cuando la descubrió una noche revolcándose en brazos de otro, bajo un cielo tachonado de millones de guiños estelares, en la arena de la playa más próxima al bungaló donde se alojaban. En brazos de otro no. En brazos del «otro». Ese inglés cuarentón, bigotudo y fornido, de angulosas facciones y perenne camiseta a rayas, que decía llamarse Philip y residía en el bungaló vecino con un sospechoso compañero mucho más joven, una especie de efebo mustio y demacrado que casi nunca se dejaba ver durante el día, y al que DK, por una de esas perversiones adultas que son tan gratificantes como amargas para sus protagonistas, había designado desde el comienzo del juego libertino como el único rival en su lucha por la conquista de su niña endiosada a pesar de etiquetarlo, un poco a la ligera, como «invertido» sexual. Ver ahora a Virginie, completamente desnuda, en brazos de ese musculoso sodomita, indigno de su amor o de su deseo, más que enfurecerlo o irritarlo, como esperaba, logró excitarlo por una vez. Al menos pudo comprobar que Virginie no desempeñaba con su maduro amante de una noche el pasivo papel de la virgen violada por el villano repulsivo. Todo lo contrario. En el tiempo que duró el encuentro con el agraciado desconocido, en contra de lo que había supuesto, Virginie demostró unas cualidades innatas y una capacidad de iniciativa que enloquecieron aún más de pasión por ella al dios K. En cada uno de sus actos, calculados y efectivos, éste percibía, complacido, un excelente entrenamiento en la disciplina militante del amor libre. Por lo que veía, gracias a sus binoculares de gran alcance, dedujo que la quinceañera V. no había desperdiciado ni un minuto contable de su estancia americana, aprendiendo allí, durante esos nueve meses de confraternización contracultural con amigas y amigos de todo pelaje, conocimientos prácticos y técnicas eróticas más refinadas que las normas gramaticales del endemoniado idioma nativo. Con apenas veintisiete años, el dios K ya empezaba a conocerse en profundidad y a reconocer el carácter singular de sus debilidades y flaquezas y aceptaba esos vicios privados, sin hacer un drama moral, como compensación de sus numerosas virtudes públicas. Los amigos que más lo trataban en privado lo apodaban, no por casualidad, «DK el Oscuro». No le extrañó, por tanto, sentir nada de lo que sentía viendo a su amor adolescente estremeciéndose de placer bajo las groseras embestidas de un adulto que no la merecía en absoluto. Desde esa noche estelar, la necesidad de poseer a Virginie se volvió compulsiva. El dios K estaba dispuesto a recurrir a todo, excepto a la violencia, por supuesto, con tal de lograr su objetivo incoercible. Y dos días después, en una conversación íntima en la que arriesgó más de lo debido, se atrevió a chantajear a Virginie para obtener de ella el don superior con que la vida recompensa a los libertinos vocacionales y que no tiene nada que ver, pese a lo que suele creerse, con tabúes convencionales como la virginidad o la inocencia. Pero Virginie dio pruebas de poseer una malicia impropia de su edad, durante la tensa negociación entre los dos, al responderle que si contaba a su madre su insignificante aventura con el vecino maricón, ella le mostraría enseguida, para desviar su odio hacia él, el diario calenturiento que ocultaba en el armario del dormitorio y cuya escritura había decidido interrumpir tras la aventura en la playa con el despreciable desconocido al que, por fortuna, nadie había vuelto a ver desde entonces.

En los veinte días restantes de residencia en aquel bungaló paradisíaco del complejo urbanístico Lemuria Crescent, el triángulo amoroso compuesto por la madre, la hija y el amante de la primera y acosador de la segunda fue aguzando sus dilemas geométricos hasta alterar de manera irreversible su configuración original. En ese tiempo, para desesperación del dios K, Virginie no desaprovechó ninguna ocasión que se le presentaba de enriquecer el álbum sentimental y sexual que, a buen seguro, consultaría en el futuro para confirmar, al menos en una memoria repleta de recuerdos turbadores, que había vivido intensamente la juventud y, como ordenaba el imperativo de moda en la época, había disfrutado de un buen surtido de experiencias estimulantes. Un día el elegido fue Roy, un surfista local de cráneo rapado y torso cuadrangular que vivía en una tienda de campaña junto a la playa y le contó cómo unos días atrás había sido atacado por un tiburón tigre mientras regresaba agotado a la orilla tras fracasar en su intento de amansar una ola gigantesca y le enseñó, para impresionarla y tenerla así en su poder, o eso creía él, las feroces dentelladas en la tabla, unas marcas desiguales que si las hubieran hecho un dóberman o un pastor alemán no serían muy diferentes, o el dueño de la tabla, como pensó la incrédula Virginie, con un destornillador o una navaja bien afilada. Como era obvio, Roy no parecía capaz de entender que no era el coraje o la valentía ante los peligros de la vida lo que buscaba en él, no era la figura del domador o del héroe lo que deseaba poseer a través de su cuerpo, de modo tan efímero como vicario, sino algo mucho más difícil de explicar que de sentir y que algunos analistas designarían con el anticuado nombre de necedad o de estupidez, sin entender de qué modo ese rasgo mental expresaba para Virginie una comunicación inmediata con las fuerzas brutas de la existencia. La genuina simpleza de Roy resultaba disuasoria y anafrodisíaca para otras chicas más convencionales, pero no para la aventurera Virginie, que, con perspicacia inusitada, intuía en el surfista de complexión hercúlea, como en otros especímenes similares antes de él, una posibilidad de llegar con el cuerpo y la mente a zonas de abyección moral y física situadas más allá de todos los prejuicios culturales de clase superior en que había sido educada por culpa de sus padres y entorno. Así fue como el recio surfista y la quinceañera voluptuosa acabaron pasando toda una noche al raso, a pesar de la humedad tropical que impregnaba sus cuerpos desnudos con un suave rocío de intenso aroma vegetal, refugiados en un rincón apartado de la playa de arena blanca y reluciente bajo la luna llena de agosto. Las palmeras y los matorrales formaban una espesa muralla que los ocultaba de los otros residentes, más atentos a las incidencias de la peculiar climatología nocturna del lugar y a la anunciada lluvia de meteoros, pero no de los potentes binoculares del dios K, que, transformado en mirón desquiciado y burlando la estrecha vigilancia de Sophie, espiaba cada episodio de la fogosa aventura de su amor sin perder detalle con tal de poder reconstruirla mentalmente después, así fuera de manera fragmentaria, consumiéndose de envidia y de celos masoquistas, mientras consumía su ración matutina del sesudo tratado de Hermet. En efecto, Roy resultó ser un semental digno de una epopeya de la antigüedad, un amante de envergadura heroica, pero poco más que eso, según reconoció Virginie a DK, sumiéndolo en la perplejidad, cuando éste, impaciente por completar la información, se atrevió a preguntarle al día siguiente por las secuelas de la experiencia y obtuvo a cambio el relato pormenorizado de la misma. Nada más empezar, como un profesional, Roy había encendido el piloto automático de su erección más grandilocuente, dispuesto a batir alguna plusmarca sexual sobre el cuerpo postrado de Virginie, y no parecía cansarse nunca de montarla en la misma posición, ni siquiera cuando se le acabaron los preservativos y ésta le pidió, con voz entrecortada, que le concediera una tregua hasta la próxima vez. Le mintió para quitárselo literalmente de encima. No pensaba darle esa segunda oportunidad a un idiota maleducado que, en cuanto terminó la hazaña, se había dejado caer sobre ella con todo su peso y la estaba asfixiando. Si había una sola norma que Virginie se impusiera en sus correrías de ese verano, como observó con sorpresa el dios K al cabo de varias noches de seguir sus devaneos y le contó ella misma para torturarlo aún más, era la restricción de no repetir con ningún amante, por bueno que fuera, aunque esto le costara padecer privación por un tiempo y tuviera que consolarse manualmente, tal como le había enseñado no hacía mucho una amiga bostoniana, con el temor de que su madre, enemiga furibunda de la masturbación femenina, pudiera oírla gemir desde la habitación vecina.

Días después de la aventura con el surfista homérico, la agraciada fue una guapa estudiante de antropología, seis años mayor que Virginie, a la que conoció a mediodía en la piscina de agua salada de la urbanización, donde pasaba todos los veranos con sus padres y hermanos desde hacía años en un bungaló de su propiedad orientado al norte, con vistas a las montañas lejanas y la selva exuberante. A Isabelle le daba mucho miedo el océano, plagado de amenazas innombrables, según le confesó a Virginie nada más conocerla, y prefería refrescarse en las azules aguas del recinto protegido que en las más peligrosas, por su transparencia y temperatura, del arrecife rocoso donde temía ser atacada mientras nadaba desnuda, que era lo que más le gustaba de la estación, por criaturas abisales armadas con mandíbulas enormes y colmillos puntiagudos como puñales. Estaban solas en la piscina, los demás residentes disfrutaban a esa hora de los encantos naturales de la playa o de alguna excursión organizada por los bosques de la isla, y hacía unos minutos, contraviniendo las estrictas normas de la comunidad respecto de la indumentaria mínima, se habían ayudado la una a la otra a soltarse el sostén del bikini para untarse cremas de protección solar en los hombros y la espalda y aún no se lo habían vuelto a poner ninguna de las dos, imitando con insolencia la naturalidad de las nativas. Sentada en el filo de la parte menos profunda de la piscina, removiendo el agua con los pies para hacer espuma, la nerviosa Virginie, que era la única de las dos que había visto la película sobre el espantoso monstruo marino que hacía estragos entre las bañistas de las playas americanas, se reía sin parar para disimular lo que sentía por su nueva amiga y el temblor en todo el cuerpo, mientras la otra, erguida frente a ella y sumergida en el agua hasta el ombligo, la hacía partícipe de sus terrores inconscientes de nadadora en mar abierto al tiempo que le masajeaba los muslos mojados con las palmas de las manos de modo cada vez más insinuante. El dios K se perdería estos tórridos prolegómenos en la piscina a causa de la lectura íntegra de un extenso capítulo del interminable libro de Hermet dedicado a las mitologías islámicas y preislámicas relacionadas con el petróleo («el negro cadáver del Sol», según Hermet) que le pareció de extrema pertinencia en esa coyuntura histórica de crisis energética. La propia Virginie se encargó de describírselos con pelos y señales esa misma noche, aprovechando que su madre se acostaría más temprano de lo habitual, sin apenas probar la sabrosa langosta flambeada de la cena, pretextando estar agotada. El dios K sólo había podido verlas, por desgracia para él y sus intereses, cuando entraban en el bungaló de Isabelle, aprovechando la ausencia de su familia, abrazadas como siamesas de estatura dispar, Virginie algo menor que la morena de corta melena, rostro arisco y busto prominente que apoyaba dulcemente la cabeza en su hombro. Y sólo las volvería a ver muchas horas después, al anochecer, gracias otra vez a la increíble fuerza *fantasmática* de sus binoculares, despidiéndose con un largo beso lascivo en la misma puerta del bungaló familiar que destacaba entre los otros por ser el único que se mantenía aún a oscuras.

Y luego fue otro vecino de la urbanización, Pierre Charles, un médico joven y charlatán, con quien el mismo DK había entablado alguna conversación sobre sus preferencias en materia de vinos franceses durante el almuerzo, pasaba entre los residentes por gran experto en la materia y se extasiaba enumerando las más sutiles diferencias olfativas y gustativas entre el Cabernet Franc de Véron y el Cabernet Sauvignon de Burdeos, y las de otros caldos de similar fama y procedencia, y a quien, con gran disgusto, el dios K descubrió una noche bailando cuerpo a cuerpo con Virginie en la discoteca del Hotel Kumari, emplazado en la periferia del complejo urbanístico LC, después de buscarla por todas partes durante horas por encargo de su madre, y luego imaginó el resto sin esfuerzo cuando la vio volver de madrugada al bungaló, con sigilo sospechoso y las sandalias asidas en una mano y los pies manchados de arena, y encima tuvo el descaro, al cruzarse con él en la entrada, de llevarse el dedo índice a los labios para imponerle el silencio como respuesta a su gesto de preocupación. A la mañana siguiente, sin que él le preguntara ni la coaccionara de ningún modo, le hizo saber que no había nada que contar esta vez. Al contrario de lo que había creído, tomándolo por un seductor mundano y fascinante, un personaje de proustiana sofisticación, Pierre Charles era un tipo aburrido y vanidoso que poseía una mente por completo banal e infantilizada y la había matado de aburrimiento hablándole durante toda la velada, con incomprensible entusiasmo, de Lemuria, la tierra mítica que había ocupado este espacio oceánico en una era geológica muy remota y del que estas islas maravillosas constituían un residuo que sobrevivía en el tiempo para ofrecer una imagen turística falsa de aquel continente perdido donde prevalecía la violencia y la destrucción, según le dijo, como advertencia sobre los peligros ocultos tras la engañosa apariencia paradisíaca de la isla, resumiéndole varios capítulos del bestseller que estaba leyendo durante las vacaciones, y donde también se hablaba del triángulo de las Bermudas, archipiélago atlántico que pensaba visitar el año próximo para practicar la arqueología submarina, su segunda afición después de los vinos, y de la Atlántida, que ya nadie podía visitar más que en sueños, y no sucedió nada importante entre ellos, excepto unos cuantos besos furtivos y manoseos inocentes al despedirse. Por conveniencia, el dios K prefirió no creer en la desengañada versión de Virginie, tomándola por testimonio de un deseo decepcionado más que por un relato verídico de lo sucedido, hasta la siguiente ocasión, cuando la niña malcriada y viciosa se atrevió a imponerle de nuevo al adúltero DK un silencio cómplice, un mutismo culpable que lo implicaba contra su voluntad en la transgresión cometida, tras correrse una juerga interracial, en las postrimerías de un *rave* acalorado en otra multitudinaria playa de la zona, con dos camareros nativos del hotel. A la discreción y al silencio invocaría, desde luego, esa divinidad olvidada en estos tiempos de dominio del ruido y sus múltiples sucedáneos, cuando DK, en contra de su costumbre, tuvo que masturbarse dos veces seguidas esa misma noche para sacarse de la cabeza las sucias imágenes, captadas con las lentes prismáticas a una distancia planetaria, de su diosa adolescente revolcándose en la arena inmaculada de la playa con los dos oscuros amantes que se disputaban cada parte de su cuerpo como un trofeo en una cacería para hacerla aún más feliz de lo que ya lo era al saber que el amigo de su mamá la vigilaba otra vez, como siempre que se le ocurría tener una aventura con gente que le interesaba y atraía mucho menos que él, aunque fingiera no darse cuenta por razones que eran muy difíciles de entender a su edad.

Al mismo tiempo, las relaciones con Sophie se habían ido deteriorando en el curso de las últimas semanas como consecuencia del desdén creciente del dios K hacia sus encantos y compañía y la obsesión enfermiza con la tumultuosa vida de Virginie. Por fortuna DK había logrado en parte disimular ante ella el verdadero motivo de esa renuncia, que no era otro que la pasión que experimentaba por la hija en lugar de por la madre, un conflicto generacional que no pareció entender en toda su dimensión hasta darlo por concluido. Ya no me haces el amor, protestó un día con razón, provocándole una sonrisa que ella misma consideró ofensiva, avergonzándose de haber pronunciado una frase que sólo pretendía transmitirle, sin dramatismo, la complejidad de una situación emocional en la que, de momento, para él, la masturbación y el voyeurismo representaban los instrumentos más eficaces para tratar de controlarla, mientras la apatía y la distancia suponían para ella una respuesta suficiente a la inexplicable actitud de su ex amante. Lo cierto es que el dios K se mostraba tan intrigado por los excesos diurnos y nocturnos de la niña V., que cada vez se ocultaba menos de la mirada de los otros, como por la indiferencia superlativa de la madre, cada vez más ensimismada en la inconfesable naturaleza de sus tormentos íntimos. Alejamiento e indiferencia aparentes, todo sea dicho, pues la madre celosa no dejaba de pelear a diario con su hija, por cualquier motivo, reprochándole desde sus relaciones con su padre y ex marido hasta la ropa más bien escasa que se ponía, o, más bien, no se ponía, y los planes que hacía o no hacía para el curso siguiente, cuando se suponía que debía volver al colegio en Estados Unidos. Las tensiones insufribles entre la madre y la hija, en ese sentido, parecían servir como coartada para instigar a la hija a comportarse como lo hacía, sin preocuparse por las consecuencias, mientras la madre, que lo sospechaba todo pero parecía no querer saber nada con demasiada evidencia, la torturaba cada vez que tenía ocasión con sus ataques de rabia e impotencia y sus celos sexuales encubiertos tras un pantalla de responsabilidad materna y legítima inquietud. El dios K se situaba en la equidistancia y la neutralidad respecto de ambas mujeres enfrentadas, pues el alejamiento de la madre que, por una de esas paradojas en que se complace la vida emocional, debía haberlo aproximado a la hija, cuya conducta desordenada lo escandalizaba no por razones morales sino éticas, una distinción que a él le parecía operativa en ese momento de su vida para juzgar la suya y también la de los demás, había terminado alejándolo también de ésta, hasta el punto de que, como le pasaba con Sophie, apenas si se comunicaba con ella más allá de las trivialidades imprescindibles para mantener la convivencia y preservar una relación ficticia. Pero todo, incluso la paciencia del dios K, tiene un límite. Quedaban pocos días para regresar a París y DK sabía ya que su relación con Sophie acabaría a todos los efectos en cuanto acabaran las vacaciones, antes o después de subir juntos al avión de vuelta, y que asimismo perdería a Virginie para siempre. Sintiendo ese final anunciado como una instigación a actuar deprisa, se decidió a contratar los servicios de Raymond, un tipo ambiguo, de treinta años recién cumplidos, rubio, alto, atractivo, a quien había conocido la noche anterior en la despoblada discoteca del Hotel Kumari mientras buscaba en vano a Virginie por toda la urbanización experimentando el sentimiento paradójico de que, a pesar de su empeño, ya no le parecía tan importante saber dónde estaba, ni mucho menos con quién, y, por lo visto, a su madre tampoco. Al verlo partir después de la cena en pos de la hija, en lugar de preocupación por el paradero de ésta, Sophie sólo alcanzó a expresarle un vago interés por sus motivaciones para dejarla sola una noche más.

De modo que a la noche siguiente volvió a la discoteca, con la misma excusa fácil, y Raymond estaba allí, esperándolo, como hacía todas las noches, a la caza de jóvenes, después de haber soportado durante cinco años una relación tempestuosa con un famoso modisto cincuentón, de cuyos despóticos caprichos había huido literalmente para refugiarse en esta isla remota de una belleza natural que, en su opinión, ridiculizaba todas las pretensiones estéticas del mundo artificial de la moda, la elegancia y el glamur. Al principio la situación entre los dos hombres fue bastante equívoca, pues el guapo ex modelo, como era lógico, entendió que el dios K había vuelto, tras una primera tentativa fallida, para ligar con él. Una vez que, antes de pedir la segunda copa, estuvo más o menos claro lo que quería de él y le expuso sus intenciones, Raymond le propuso un trato igualitario. No necesitaba el dinero, a cambio de su colaboración sólo le pedía acostarse con él al menos una vez. El dios K rehusó la oferta. Lo sentía mucho, pero tal cosa era imposible. Le agradecía el interés, desde luego, pero la homosexualidad no formaba parte de sus planes en este mundo, quién sabe en el otro, ya tendría tiempo de pensar en ello, la eternidad lo cambia todo, hasta las ideas más enraizadas, aquí en la tierra, sin embargo, no había tiempo que perder y por ahora la única buena razón para perderlo a manos llenas la había encontrado en las mujeres y, en este preciso momento, en una de ellas muy en particular. El economista, siempre el economista, apropiándose de las múltiples facetas del dios K en los momentos más inadecuados, como solía reprocharle Sophie con amargura cada vez que ocurría, el administrador del cosmos, el regente del universo, el distribuidor de cantidades y cifras, el controlador de la energía y los recursos del planeta y, por añadidura, el contable de la energía y los recursos de su fatuo yo. Al final de la noche, tras invitarlo a nueve cócteles tropicales de precio exorbitante y derrochar un sinfín de miradas esquivas y sonrisas maliciosas y palabras vacías para convencerlo de la generosidad de su propósito, Raymond aceptó la propuesta de recibir, como recompensa por sus servicios, una considerable suma de francos con la que, si le venía en gana, podría comprar el favor de la totalidad de los muchachos de la isla de Praslin y de las ciento catorce adyacentes y organizar una orgía descomunal con ellos en cualquiera de las maravillosas playas del archipiélago durante todo el tiempo que le quedaba de vacaciones antes de regresar él también a París a reiniciar su andadura como diseñador de ropa masculina. Tampoco se le pedía mucho por esto. Se trataba de algo tan fácil, para un hombre con su encanto, como seducir a Virginie la víspera de su partida.

A pesar de tenerlo todo programado, el dios K no podría decir que no sintió unos celos intensos cuando vio al atardecer a su adorada y distante Virginie besuqueándose por la calle principal, atestada de turistas y nativos a esa hora húmeda y calurosa del día, con ese glamuroso acompañante, apuesto y rubio como el sol, que las demás mujeres, sancionando el éxito reproductor de la pareja, se volvían a mirar con envidia y deseo. Siguiendo los pasos del guión acordado, Raymond la condujo, después de cenar en el restaurante del hotel, al bungaló individual, el único disponible en toda la urbanización, que había alquilado esa misma mañana, en su nombre y con su dinero, y donde el dios K aguardaba ahora, agazapado en un espacioso armario como un ladrón o un asesino al acecho de su víctima, a que concluyeran de una vez los escarceos de un romance que Virginie, conociendo sus preferencias en la materia y a juzgar por sus gemidos iniciales, debía de considerar prometedor. En un momento dado, viendo con temor que la sesión se alargaba más de lo normal, el dios K se entretuvo calculando los beneficios posibles derivados de la explotación del complejo LC en que se alojaban todos los actores de esta comedia de enredo, teniendo en cuenta el número total de bungalós disponibles, la cantidad de empleados necesaria para hacerlo funcionar a pleno rendimiento todo el año y el régimen de contratación laboral que más convenía a sus intereses, las inversiones necesarias para mantenerlo en excelente estado de conservación, los beneficios computables de los otros complejos turísticos de la isla y luego, de un modo bastante aproximado, su relación fiscal con el exiguo PIB del archipiélago, y llegando a la conclusión de que la situación económica de éste mejoraría con la independencia política en una acelerada curva anual de trazo ascendente que conseguiría atraer más inversiones de capital extranjero, si sus previsiones eran correctas, y con ello más rentabilidad y beneficios, a medio y largo plazo, en una espiral exponencial que acabaría convirtiendo el complejo LC, en torno a la segunda década del próximo siglo, en uno de los establecimientos turísticos más prósperos y rentables del mundo. El escrutinio de este panorama futuro de bonanza económica local lo mantuvo distraído el tiempo suficiente como para no reparar en que Raymond, al concluir su más bien mediocre performance en la cama, había abandonado el campo sin avisarle, como acordaron, y el dios K, absorto en sus cábalas financieras de largo alcance, tardaría un tiempo aún en salir de su escondite. Cuando lo hizo al fin, contemplando la disponibilidad de su amada, supo enseguida que la larga espera había merecido la pena.

Virginie dormía desnuda en la cama individual, reponiéndose de la decepción causada por el presuntuoso seductor, de poderosa imagen y nula competencia erótica, y no parecía sospechar, por su indolente actitud, ajena a la decencia o el decoro, que el dios K la espiaba desde cierta distancia, recreándose ahora en la contemplación de las partes expuestas de su cuerpo, más bronceado de lo que recordaba. Lo único que disgustaba a DK en todo lo que se le ofrecía a la vista era eso, precisamente, la antiestética combinación del tono demasiado oscuro de la piel y el idolatrado color del cabello que se derramaba sobre ella como un baño de claridad. En su dogmática opinión, tal como se la había expuesto unos días antes a la madre, también rubia y también con fuertes inclinaciones al culto solar, el moreno de la playa, un signo del naturalismo vulgar de la época, era un contaminante perjudicial para la belleza carnal de las mujeres rubias, cuya piel blanca se resentía con la abusiva exposición a los rayos bronceadores. Sin embargo, nada lograba paralizar por ahora las pretensiones de posesión de su objeto de deseo más enconado. Virginie yacía boca arriba, en una pose de total pasividad, el brazo derecho estirado contra la almohada por encima de la cabeza, el otro colgando al otro lado junto a la pierna izquierda que también sobresalía de la estrecha cama, por lo que poco podía imaginar el dios K, cuando retiró del todo la sábana que tapaba la parte más codiciada de su anatomía, la desagradable sorpresa que le aguardaba bajo ella. El estupor, un sentimiento que hasta entonces no existía para él, no en ese grado al menos, lo acometió con la violencia de lo impensado y casi lo tira al suelo, sí, cuando creía estar a punto de ingresar en el cielo privado de los libertinos. Así es la vulgaridad de la vida cuando se manifiesta sin avisar. Ya el dios K se había quitado la camiseta y el bañador, mientras se aproximaba despacio al lecho revuelto donde imaginaba que su amada había sido poseída por Raymond, lo que no era del todo cierto, o ella había poseído a éste, conociéndola no era difícil deducir esta segunda hipótesis como la más probable, aunque tampoco fuera del todo cierta, ya su miembro ostentaba esa rigidez de mástil de los días de gloria, ya sus ojos saciaban su lujuria retiniana en la contemplación de aquellos miembros perfectos, aquellos pechos enhiestos, aquellos muslos acogedores, aquellos tobillos y aquellas rodillas turgentes, esa boca entreabierta, de labios apetecibles, descritos una y mil veces en las páginas del diario, con ardiente fetichismo y adjetivación prolija, como prendas de una belleza de valor incalculable, sí, ya se colocaba encima de Virginie, preparándose para penetrarla sin consideración a sus deseos, cuando, de repente, descubrió la afrenta. No esperaba esa traición a sus gustos, se sintió insultado y le fallaron las fuerzas en el momento decisivo. Imitando también en esto la costumbre de las hermosas nativas que le había descubierto Isabelle, la antropóloga promiscua que confundía cada verano durante sus visitas a la isla el objeto de estudio científico con el objeto de deseo pasional, Virginie había depilado sus axilas, eliminando la pelusa ambarina que la convertía en lo que él más deseaba, una niña salvaje y maleducada de pies sucios y hábitos perversos, y no contenta con eso se había rasurado el pubis al cero, ostentando sin pudor la herida venérea que lo hizo retroceder horrorizado en cuanto se cercioró de que no era un espejismo mental producto de sus temores sino la imagen de la verdad más descarnada, expuesta ante sus ojos con absoluta crudeza, sin artificios ni oropeles culturales. La imagen obscena de lo real distorsionada por todos sus prejuicios, manías y obsesiones de hombre civilizado y cerebro cartesiano. Un espejo imaginario en el fondo del cual, unidas con el único fin de urdir su perdición, la madre y la hija se reían a carcajadas de él y de sus pretenciosas interpretaciones de la realidad. Pobre ingenuo. Cómo no había previsto una estrategia como ésta. Cómo el dios K no había podido presentir que la resabiada Virginie, después de lo que había pasado entre ellos en las últimas semanas, adivinaría enseguida sus intenciones, de una transparencia ofensiva para cualquier inteligencia, y tomaría sus precauciones para neutralizarlas. Conocía sus gustos, él no se había privado de expresarlos, con grandilocuencia innecesaria, en el falso diario íntimo del que ella había sido la destinataria privilegiada, y lo había puesto a prueba para ver hasta dónde era capaz de llegar en realidad quien había expresado de modo tan gráfico y pormenorizado sus deseos hacia ella, detallando lo que le haría a cada parte de su precioso cuerpo y por cuánto tiempo en caso de poder poseerlo. Si quieres tenerme, parecía decirle ahora con gesto desafiante, tendrá que ser así y sólo así, bajo este aspecto y en estas condiciones, desengáñate, no habrá otra oportunidad de hacerlo. Ya conoces las reglas de este juego insensato en el que sólo los idiotas creen que no hay reglas.

No era ésa, sin embargo, la información que le transmitía su propio cuerpo, perturbado y alterado, y no sólo los genitales. El glande amoratado, a punto de reventar un segundo antes, ahora desfallecía avergonzado ante la boca sonriente de su ídolo adormecido. Y no le extrañó ver cómo se vaciaba allí mismo, contra su voluntad, sin atreverse a acometer la penetración que la haría suya y reivindicaría sus relaciones con ella como algo más que un capricho de temporada. Ella no era virgen, es cierto, pero el dios K se comportó como si lo fuera, o, aún peor, como si fuera él quien tenía que haberse estrenado esa noche entre sus brazos expertos. La erección decreciente, golpeando con su cabeza las puertas de la nada, y el semen derramado que manchaba el vientre de la niña de sus sueños más húmedos, bastaron para alertarla. Se despertó de repente y cuando lo vio allí parado, observando con perplejidad y asco sus partes desnudas y la derrota flagrante de las suyas, lo primero que quiso hacer fue gritar, pero se contuvo. Ningún hombre, pensó, por peligroso que parezca a primera vista, merece ese homenaje acústico con que las mujeres les damos más importancia de la que deberíamos. Su misma madre, una histérica reprimida, era un buen ejemplo de esto. Lo que sí hizo fue incorporarse, aproximarse a él fingiendo interés en su estado de desconcierto creciente y abofetearlo varias veces, con fuerza, para que despertara a su vez del sueño egoísta en que había vivido sumido durante esas semanas de vacaciones. Un sueño estúpido, sin duda, pues cuando los reiterados golpes en la cara lo devolvieron a la realidad de la situación, no se le ocurrió nada mejor que echarla de inmediato del bungaló, sin darle tiempo para vestirse ni recoger la ropa, arrastrándola por el pelo y los brazos hasta la puerta y empujándola fuera, sin consideración alguna, y quedarse allí solo a pasar la noche. Tenía mucho en que pensar, desde luego, y no derramó una sola lágrima, a pesar de la tristeza que se apoderó de su ánimo, ni perdió más tiempo evocando el incidente. Poco le importó que al día siguiente Virginie y su madre se fueran de la isla sin despedirse de él. La hija le había contado todo a Sophie en cuanto volvió por la noche al bungaló, desnuda y llorando como una niña, le mostró a su madre el infame diario del dios K para corroborar sus palabras, se pelearon, se insultaron, se gritaron y luego se reconciliaron como lo que eran, o lo que el dios K había intuido que eran desde el principio, quizá desde que la vio bajando la escalerilla del avión en París, y se negó a reconocer hasta anoche mismo, cuando ya era tarde para rectificar. Dos versiones de la misma mujer, dos cuerpos con la misma alma, o, como él preferiría decir, después de la noche de insomnio pasada en el bungaló en promiscuidad con sus fantasmas de hombre soltero, frustrado y melancólico, dos cuerpos distintos animados por un vacío idéntico y una idéntica ausencia de alma.

El dios K no volvió a verlas y prolongó su estancia en Praslin una semana más, ninguna obligación especial lo reclamaba en París y necesitaba poner en orden su vida después de la traumática experiencia con Virginie y su madre. Durante esa prórroga estival cenó alguna vez con Raymond, tenían mucho más en común de lo que creyó cuando se conocieron en la discoteca del hotel, pero nunca más comentaron lo sucedido aquella noche, y, teniendo ahora todo el tiempo del mundo, aprovechó para terminar de una vez *El pueblo del ojo*, el denso tratado sobre la idolatría del infalible analista Claude Hermet. Lo que es más difícil de explicar es por qué Virginie pervive en los sueños del dios K desde entonces, como uno de esos demonios posesivos estudiados por Hermet, y reaparece en su mente cada vez que su vida se complica o, como ahora, comete algún error grave. Lo que viene a ser lo mismo, en definitiva. Tampoco es fácil de entender lo que pretende Nicole al buscarla ahora, después de tantos años, con ese despliegue de medios y recursos. Qué espera de ella a estas alturas de la historia. El enigma femenino se expande y ramifica en el tiempo, desde luego. Será porque el nuevo siglo pertenece por derecho a las mujeres, como lleva años predicando el dios K sin que nadie le preste mucha atención.

DK 15

La gran sinfonía

Estoy encerrado desde hace semanas en este apartamento donde hasta el color y el peso de las cortinas, cuando las mueve el viento que sopla a través de los ventanales abiertos, amenazan mi salud mental. Aprovecho que Nicole ha ido de compras con una amiga para revisar las notas que he tomado para mi defensa. A mitad de la lectura, comienzo a echar en falta, como otras veces, las conversaciones con el difunto Attali, mi maestro, mi confidente de antaño. No tengo sus libros a mano, por desgracia, para suplir esa ausencia dolorosa. Nuestras frecuentes charlas lograban sumirme en un estado de felicidad intelectual que favorecía mi trabajo, por fatigoso que éste se me hiciera al principio de mi carrera. Sus elevadas ideas alimentaban mi esperanza en un mundo mejor organizado y más justo, incluso cuando nada en la realidad parecía corresponder a sus brillantes conclusiones.

–El mundo nunca responderá a nuestros más altos ideales, desengáñate sobre esto. No podrás ser un buen político, y sé que todo tu ser no ansía otra cosa cuando llegue el momento, mientras no aceptes esta verdad amarga, con todas las consecuencias. El trágico destino de cada generación consiste en ver desvanecerse las ilusiones de la generación anterior y aparecer en el horizonte, como algo inalcanzable, las de la siguiente.

Creo que Attali se engañaba en esto, y quizá en otras cosas, pero escucharle con atención me confirmaba, en sentido contrario, lo que siempre he pensado sin encontrar un solo motivo para dejar de hacerlo.

–No permitas que la realidad estropee una buena idea, aprende a proyectarla en otros, a multiplicar su influencia, y algún día hasta la realidad, con todas las resistencias imaginables, se doblegará a la evidencia de tu idea, aunque tú ya no estés ahí para vivir ese acontecimiento capital en primera persona.

Cuánto odiaba la realidad, cuánto me entristecía, cómo me abochornaban su obscenidad y tozudez, qué pobre me parecía en contraposición a mis sueños e ilusiones. Ése era el principal problema de la vida para hombres como nosotros, cargados con las mejores intenciones y sobrepasados por una realidad que nos obliga todo el tiempo a compromisos inconfesables y a pactos inaceptables. Y el viejo Attali, en mis recuerdos más preciados, me está diciendo de nuevo, como si no hubieran pasado todos estos años en balde, era aún tan joven y estaba en plena formación, en todos los sentidos, mi voluntad de poder gestándose aún, advirtiéndome con amabilidad sobre los peligros de no entender en la estrategia ideológica la importancia de los vínculos entre la cultura y la economía:

–Cada cultura nacional y la vida cotidiana que se le asocia conforman una red inconsútil de hábitos y prácticas cotidianas, integrando una totalidad o un sistema imperceptible para sus miembros, nativos o advenedizos. Es muy fácil, entiende esto, no te rías, es muy fácil quebrantar esos sistemas culturales basados en la tradición, sistemas que se extienden a la manera en que la gente vive en sus cuerpos y usa el lenguaje, así como al modo en que se tratan unos a otros y a la naturaleza. Son frágiles, a pesar de las apariencias, muy frágiles, diría yo, así que, una vez destruidas, esas construcciones no pueden volver a ser creadas de la nada, no sé si me entiendes. Éste es el principal desafío a que se enfrenta toda propuesta revolucionaria. Acabar con el pasado es empresa fácil, generar el futuro es la tarea más ardua de todas. Añadiría que es casi imposible, o, más bien, improbable. Por eso hay que actuar con mucha prudencia en la toma de decisiones, respetando en lo posible el orden de lo existente, lo contrario de lo que, como sabes bien, hicieron los comunistas. Arrasarlo todo, o creer que lo arrasaban, no tardaremos mucho en ver resucitar muchas cosas allí donde las dábamos por desaparecidas. La política de la tabla rasa, además de una catástrofe traumática que produce efectos inesperados, tiende a fracasar por un simple error de cálculo. Es la peor política posible porque excluye de la realidad, precisamente, la dimensión de lo posible. Y eso es lo que el capitalismo comparte con el comunismo, esta jugada me imagino que no te la esperabas. La voluntad totalitaria de hacerse con el control absoluto sobre la realidad...

Cómo me acuerdo ahora, sobre todo, de mis conversaciones musicales con el gran Attali, cómo me inunda la nostalgia de pronto al evocar sus benéficos efectos en mi adormecida sensibilidad, enclaustrado como estoy un día más o un día menos de mi vida, depende de la perspectiva, en esta prisión privilegiada que Nicole alquiló a un precio desmesurado, como lo es casi todo en mi vida actual, en una de las calles más distinguidas de la ciudad que me sirve de cárcel, tentándome en vano con su inmenso poder de seducción y atractivo.

–Escúchame bien. Aunque te suene al principio a sofisma intelectual, debes entender que la música característica de una era anticipa el sistema económico de la era siguiente. Nuestra tarea, por tanto, es crear desde hoy esa música abrumadora y perdurable con la que la era posterior a nuestra muerte pueda crear un sistema económico más justo y equitativo. Nuestra misión, tómate en serio este mandato cómico del destino, se reduce a componer con exactitud y paciencia esa partitura increíble que otros, pero no nosotros, sus autores inmateriales, verán, nota por nota, realizada en la historia. Debemos preservar esa mezcolanza de sabiduría pragmática y de sublime visión que son las únicas virtudes capaces de salvar nuestro mundo.

El melómano Attali, con su entusiasmo habitual por estos temas, insistía entonces en la idea de que el nacimiento de la armonía y la melodía y su desarrollo en la historia constituían una especie de garantía de futuro para todos los humanos sin distinción. Y se atrevía a profetizar que algún día todas las líneas conocidas, las atonales tanto como las melódicas, podrían fundirse en una unidad superior de insospechada sonoridad. En eso consistía, según afirmaba, el paradójico porvenir del socialismo. En conducir a su final la delicada fusión y, una vez culminada con éxito, saber desaparecer en silencio, sin hacer un ruido innecesario que pudiera desbaratar la armonía y belleza de la composición. Por mi parte, yo solía sostener en contra de esta idea un tanto romántica, y sigo sosteniéndolo a pesar de los años transcurridos, que la historia de la música occidental sólo revela que ha habido siempre dos tendencias enfrentadas, dos tipos de música antagónicos. La celestial, sublime o divina, con sus maestros consagrados en el pináculo de la cultura, y la diabólica, con sus practicantes condenados a un nivel inferior de aprecio y valoración. El verdadero socialismo, si persiste algún futuro para éste sobre la tierra, nacerá del momento en que ambas clases, sin renunciar a su carisma e idiosincrasia, logren conciliarse para componer una música inimaginable, enteramente nueva, integrando todos los aspectos conflictivos de la existencia humana en un mito de validez universal, exento de contradicciones, un mito unificador de corrientes pulsionales y aspiraciones sublimes, de bajas pasiones y sentimientos sobrehumanos. Así lo entiendo incluso en mi situación actual, identificándome con todos los que han padecido persecución por luchar contra la iniquidad del mundo a todo lo largo de la historia.

–En el pasado más reciente, no olvides esto, es lo que estamos perdiendo por culpa de políticas equivocadas, el descubrimiento o la invención de nuevas y radicales formas de cultura y creación artística iban emparejados con el descubrimiento o la invención de nuevas y radicales relaciones sociales y modos de habitar el mundo. Esta unidad de vida y creación era incontestable para nosotros mismos, en nuestros programas y valores esenciales, hace sólo unas décadas. Hoy ya no lo es, o no con la misma convicción. Hay una unívoca forma de vida, monótona y sin gratificación auténtica, y un modelo cultural impuesto a imitación de los valores y creencias del modelo económico dominante.

Llegado este momento de nuestra apasionada charla, recuerdo aún cómo el vehemente Attali se puso en pie, convencido de la necesidad de demostrarme el designio de sus asertos, y tomó mi cabeza entre sus manos, creyendo que así acallaría mi predecible respuesta y lograría concentrar mis reflexiones en sus visionarias palabras. Me mantuvo así durante unos minutos, sin decir una palabra, obligándome a cerrar los ojos con un gesto, y luego procedió a cubrir mis orejas con las palmas de sus manos a fin, según dijo, de que mi perversa curiosidad, como la llamaba sin desprecio, dejara de escuchar el ruido ensordecedor del mundo circundante, con sus imperativos de acción eficiente y sus vulgares distracciones, y comenzara a escuchar en el interior de mi cerebro, ahora que nada podía perturbarme, una música extraordinaria, de una belleza estridente, de una belleza intolerable para la sensibilidad común y peligrosa para el alma desnuda del que la recibía sin estar preparado. Los poderosos movimientos de una sinfonía que, según mis preferencias, podría destruir el mundo o salvarlo.

–En cada generación, es la ley de la historia, se juega y conjuga el mismo desafío de los tiempos. Esa música que escuchas ahora en tu cabeza es profética. Anticipa el futuro. Hay que saber estar a la altura de la exigencia descomunal que se expresa en esa composición inacabada. Una exigencia aplastante, insobornable. La más alta ambición constructiva recorre con alegría esas líneas salvajes de la partitura que te arrastra hacia tu destino. Tenlo por seguro. Lo audible en ti se hará, algún día, visible para todos. Prepárate con tiempo para encabezar esa procesión victoriosa. Nada puede ser más importante si quieres llegar a ser lo que eres.

DK 16

Masaje revolucionario

> Teniendo conocimiento de las zonas del horror que no estaban lejos, privado de todo miedo a la muerte, el cuerpo desnudo agarrado por las manos, se entregó completamente a la hora resonante, vaporosa, penetrado por las ondas de las toallas blancas.
>
> PETER WEISS

Estoy muy fatigado esta noche, mental y físicamente agotado, me siento mucho más viejo hoy que hace sólo veinticuatro horas, no sé por qué, y Wendy me está dando un masaje en todo el cuerpo con un gel balsámico maravilloso (Sea Revolution) que acaba de comprar a un precio prohibitivo en una tienda de SoHo especializada en productos exóticos de importación. En realidad, es el cuerpo de Wendy el que me está dando el masaje y el gel revolucionario sólo sirve de lubricante para que el contacto de su piel con la mía sea aún más delicioso, más sensual e intenso, pero yo creo, después de todo, que tenía razón el vendedor recomendándoselo por sus efectos alucinantes. Está compuesto, como dice el barroco texto del prospecto, de un extracto de algas de los bosques marinos del océano Pacífico y diversos ingredientes vegetales del trópico mezclados con esencias aromáticas, aunque como en casi todos los productos actuales, da igual si son culinarios, analgésicos, barbitúricos o cosméticos, debe de haber algún componente secreto en forma de gránulos que es el que produce esta gratificación inmediata, esta agudización sensorial de la piel y los nervios. El aroma del gel es suave, huele como a coco y a vainilla y a canela mezclados con un penetrante olor a mar, y la sensación procurada por las algas abisales, que proporcionan el color verde claro del ungüento, es de reconfortante frescor, pero hay algo más, no me cabe duda, algo que no puede leerse ni siquiera en la letra pequeña de la receta, un misterioso fármaco adictivo. Wendy es una experta en este tipo de masajes cuerpo a cuerpo, así que en cuanto me siento deprimido o exhausto no lo dudo y le pido que no pierda el tiempo con otro tipo de estimulaciones menos eficaces. Primero me ha estado masajeando por delante, con todo el cuerpo encima del mío, parte a parte, y luego eligiendo zonas especiales como muslos y vientre para ir extendiendo con pautada lentitud ese grado de relajación que sólo una mujer de la estatura y la complexión de Wendy es capaz de producirme, sobre todo con sus grandes pechos, pero también con las manos y los pies, como un retorno libidinal al cuerpo materno, una regresión a ese paraíso de sensaciones placenteras y plenitud carnal del lactante.

Descartado el final feliz clásico, no necesito eyacular para sentirme bien, todo lo contrario, la retención seminal me hace más fuerte, cuando me doy la vuelta sólo espero quedarme dormido, perder la conciencia y sumirme en ese estado de indolencia total en el que las fricciones y los roces, las caricias deliciosas de Wendy se van diluyendo en una bruma cada vez más difusa y agradable, como un baño de espuma para el cerebro y los neurotransmisores. Antes de desaparecer como una gota de agua en un mar en calma, estoy revisando de memoria las previsiones de deuda de los países de la eurozona anunciadas hoy por el director del BCE a bombo y platillo como si fueran un indicio de la recuperación global. No me encajan con lo que dicen las bolsas de las principales capitales del mundo ni con lo que puedo colegir de los informes de las agencias de calificación que he podido leer esta misma mañana en internet. Ellos sabrán. Como Wendy es una perfeccionista absoluta y una increíble contorsionista y este nuevo gel balsámico es un prodigio de elaboración, siento la esencia burbujeante de las algas del fondo oceánico acariciando mi espalda, como si estuviera nadando desnudo allí abajo, rodeado de frondosos tallos submarinos, mientras los redondos pechos de la sirena Wendy, con sus pezones despabilados, pasan una y otra vez sobre mis nalgas y la parte posterior de mis muslos provocando una reacción inesperada, un cosquilleo simultáneo en la planta de los pies y en la piel de la nuca. Sin embargo, no consigo aclararme con las cuentas de Italia y España, dos países que no me parece que puedan salir con facilidad de los problemas presupuestarios que atraviesan en este momento de grave crisis internacional. No me cuadran los números que sus respectivos bancos nacionales proporcionan para acallar las dudas de los mercados financieros. Algo falla, como en el caso griego, en estos balances amañados, y no tendré ocasión de averiguarlo a tiempo. Me hundo sin remedio, me estoy hundiendo en este lecho esponjoso de algas emolientes donde mi carne se ablanda y pierde su consistencia material y se vuelve maleable e hipersensible. Y comienzo a tener una visión que no estaba prevista en ningún informe de uso interno de las comisiones oficiales de la UE. No es agradable pero no consigo escapar de ella, se me impone en cuanto cierro los ojos y me sumerjo en este vacío de sensaciones puras e imágenes insoportables.

Primero es un fogonazo blanco, una cara desencajada, un rostro espectral, en primer plano, una cara desconocida, de un hombre joven, y luego más fogonazos, más caras, otra y otra más, mujeres y hombres, caras de hombres y caras de mujeres, confundidos, y luego miembros, más miembros, formando una amalgama de piernas y brazos y torsos, además de las caras, los ojos, las bocas, las narices, las orejas. Los fogonazos me ciegan por momentos. Están gritando, proclaman consignas que apenas oigo, mis sentidos, excepto la vista, están anestesiados por el dulce oleaje que arrastra mi cuerpo mar adentro. Vienen en masa por una calle y por otras adyacentes, van confluyendo hacia zonas ya ocupadas por otros cuerpos y otras caras, ahora las veo desde más lejos, desde arriba y desde los lados, como si mi mirada se multiplicara gracias a algún sistema de vigilancia especial incorporado a mi cuerpo. Los cuerpos se detienen, son demasiados para avanzar, pero siguen gritando sin parar. Enseguida aparece la violencia, pero no la veo con nitidez, no la distingo entre los fogonazos de cuerpos y caras, no es la violencia algo que se pueda ver o distinguir con facilidad, la violencia es un concepto abstracto, lo que veo, más bien, son actos violentos, agresiones, coches incendiados, escaparates rotos, el asalto a un edificio oficial, un parlamento o una sede gubernamental, no lo distingo con claridad, todo se confunde en un impulso común, una masa humana que irrumpe en el edificio y va destruyendo a su paso todo lo que encuentra, muebles y cuadros, y nadie se le opone, nadie parece oponerse a esa violencia que se moviliza y desata como una fuerza irrefrenable de la naturaleza, una catástrofe de origen social. Toman el edificio y otros colindantes, vuelven a salir a la calle, la masa se mueve en todas direcciones, incendios por todas partes, destrucción por doquier, veo caras y cuerpos corriendo en grupo por unas calles y llegando a plazas ya tomadas, veo otros cuerpos y otras caras, por trozos o fragmentos, aquí un brazo, allí una pierna o una cabeza, los veo arrojando piedras, golpeando puertas, saqueando edificios. Ya no puedo despertar, ya no puedo escapar a esta pesadilla. La masa de cuerpos y de caras, miembros y partes de cuerpo, lo dominan todo, ocupan todo el espacio, en la calle y en los edificios, no hay ninguna fuerza capaz de oponerse a esa fuerza destructiva, no veo ninguna oposición posible, nada puede pararla. Cuerpos avanzando al frente de otros cuerpos por toda la ciudad, tomando todas las calles sin resistencia, asaltando a su paso los edificios importantes, periódicos, instituciones, bancos, televisiones, hoteles. Nadie sabe por qué, no hay una explicación. Esos cuerpos se han puesto en marcha, algo inexplicable los ha activado de pronto y los ha arrastrado a abandonar cualquier actividad que estuvieran realizando con anterioridad y salir a la calle y sumarse a la multitud de cuerpos que ya estaban allí, participando en la movilización, viviendo el acontecimiento de esta insurgencia masiva. Los conductores se han bajado de los coches y los autobuses para incorporarse al cuerpo de cuerpos, la multitud que cortaba el tráfico, interrumpiendo la circulación motorizada. Grupos interminables que bajan las escaleras de los edificios y salen de los portales para integrarse en la masa que desfila ahora por esta gran avenida de dirección única. De todos los edificios y calles que rodean y confluyen en la avenida afluyen cuerpos que incrementan la masa de los que avanzan por delante o por detrás de otros cuerpos. Caras y cuerpos, miembros y otras partes, todos avanzando por la larga avenida sin que nada se oponga a su paso. Sigo sin entender que no haya resistencia ni oposición a esa marcha imparable. Toda la ciudad está tomada por esta masa de cuerpos y caras, caras y cuerpos, caras sin cuerpo y cuerpos sin cara. Los veo a fogonazos sumándose sin cesar a esa masa creciente que camina en la misma dirección. Se han sublevado contra el estado de cosas. Han decidido sublevarse contra la ignominia y la injusticia, así lo expresan sus gritos y sus proclamas. No derraman sangre, no siembran la muerte a su paso, no es ella su aliada ni su amiga, al revés de otros movimientos similares de la historia. Luchan por la vida, luchan por sobrevivir, luchan por tener una vida digna. Lo que destruyen son objetos, edificios, vehículos, escaparates, no personas, no cuerpos, si pudieran destruirían las abstracciones económicas que los humillan y explotan a diario y las instituciones y corporaciones que las respaldan y patrocinan. Todo el que se los encuentra se suma a ellos, se incorpora a la masa, suma su cara y su cuerpo a la lucha de los otros cuerpos y caras que ahora luchan por algo más que por ser reconocidos. Luchan por la dignidad de la vida, escenificando en la calle una resistencia a la degradación, una resistencia al mal, una estética de la resistencia, así lo entiendo mientras la corriente marina me sigue arrastrando cada vez más lejos, fuera de control, y siento en mi cuerpo los síntomas de la rendición y el abandono. No me poseo, no soy yo, no estoy aquí, apenas si me reconozco. ¿Dónde estoy? ¿Qué hago aquí? ¿Por qué he venido?, me pregunto una y otra vez con la ingenuidad filosófica con que en otro tiempo me decía por qué no, qué importa. Y quizá por eso me veo ahí, entre ellos, cara y cuerpo que reconozco porque era el mío antes de dejar de serlo, enarbolo una bandera tricolor que desconozco, cuyo significado se me escapa y aun así la ondeo en alto en señal de victoria, una enseña nueva que expresa nuevos valores que aún no he aprendido a comprender cuando ya me veo implicado en defenderlos con todas mis fuerzas. Es una ruidosa asamblea en la que soy uno de los líderes, hay otros, sólo me reconozco a mí, en primera línea. Nos protegemos del sol tiránico bajo una gran carpa construida con lonas de color verde colgadas de postes de madera pintados de blanco y poblada con olores corpóreos irreconocibles y no siempre agradables. Discutimos ideas antiguas sobre la igualdad y la justicia y me veo acalorado en la pugna dialéctica, sosteniendo posiciones radicales contra el parecer de otros que defienden soluciones menos arriesgadas, más consensuadas y responsables. Las mujeres presentes en la abarrotada asamblea se ponen de mi parte enseguida, sus cuerpos y sus caras emiten signos de adoración a mi persona, me veneran como a un líder, como a un dios político, un magnetizador de masas, todas desean entregarme en privado, en cuanto llegue la hora del descanso y las expansiones, sus partes más tentadoras. Siento la exaltación y la excitación que rodean mi figura carismática y mi discurso incendiario, la admiración con que me miran y escuchan es como un bálsamo que baña mi piel y mi ropa. Todos me dan la razón al final. Se ponen de mi parte, ya no les importa que sea extranjero. Están de acuerdo en que hay que tomar el poder y el control sobre la realidad y dejarse de protestas y demandas ingenuas, de propuestas bienintencionadas pero inofensivas. Me siento revolucionario, siento que no hay ninguna razón para detener lo que hemos puesto en marcha, la revolución corre por el río rojo de mi sangre como un hilo azul y blanco. La revolución corre por la ciudad, confundida con los cuerpos que la encarnan, como un río de fuego y lava, abrasando todo lo que se opone a nuestros deseos y necesidades. Asaltamos el edificio de la televisión estatal y nadie se nos enfrenta, todos nos aplauden y festejan nuestro gesto al vernos llegar, incluso los directivos. Leo ante las cámaras una proclama a los ciudadanos en que declaro proscrita la propiedad privada, en que declaro abolidas las instituciones burguesas, en que declaro iguales y libres a todos los cuerpos que hoy se han sublevado contra los códigos del Emperador y sus aliados infames en todo el mundo. El éxito de la revolución es total. Tomamos el palacio real, que se ha quedado vacío tras la fuga del monarca borbónico y de su familia a un paraíso fiscal caribeño, y nos hacemos con las riendas del poder. Llamo por teléfono al presidente del gobierno y le exijo que dimita de inmediato y destituya a todos sus ministros. El país es nuestro. El país se nos ha entregado sin resistencia. Llevaba muchos siglos esperando algo así. Una sacudida sísmica de esta envergadura. Ha tardado mucho en darse cuenta de que era eso lo que fallaba, a pesar de sus esfuerzos, en sus estructuras vetustas y en la mentalidad tradicional de sus gentes. Como una solterona senil que ignora los placeres de la carne, mortificándose a diario con la disciplina austera de la renuncia, la castidad y el dolor, así este país castigado por la historia, la religión y la economía. Prometo a todos, en presencia de los militantes más exaltados de la causa, un gobierno de los cuerpos y para los cuerpos. Un poder promiscuo y generoso. Un gobierno de verdad democrático, sin fuerzas represoras ni violencia legal. Una vez conseguido este momento de gloria, como un gran actor tras su escena cumbre, es hora de desaparecer. Una vez tomado el poder es bueno dejarlo antes de que uno se acostumbre a sus peligrosos mecanismos y caiga en la trampa de sus corruptelas y vicios y se transforme en una estatua de mármol o en un fósil político. Me voy, les he enseñado el camino de la libertad y ahora los abandono a su suerte, al principio no sabrán perdonármelo, pero es necesario actuar así. Con el tiempo me lo agradecerán. Los cuerpos alzados para formar la masa insurgente que se ha hecho dueña absoluta de la situación del país están festejándolo del modo lúdico que más gusta hoy a los jóvenes, con cánticos y bailes interétnicos y orgías sin fin, no es para menos, y tardarán en darse cuenta de mi ausencia y mi deserción. Se han sacudido el yugo que les impedía ser felices, ya no pagarán más hipotecas abusivas ni créditos despóticos a los bancos ni estarán obligados por leyes inicuas a pensar cada decisión y cada acto de sus vidas como si fueran irreversibles. Son libres en todo y por todo. La historia nacional me hará justicia como al libertador de este pueblo. La gente estará contenta. Me voy por donde vine, dejándolos instalados en un nuevo modelo de bienestar. La fuerte corriente me arrastra mucho más lejos de lo que había previsto y ya no veo ningún cuerpo, ninguna cara. No veo nada, así es, sólo fogonazos de luz blanca y un líquido espeso de color verde esmeralda envolviendo mi cuerpo como un abrazo de muerte. Mi desaparición es total. El agujero negro de la historia me devora como a uno de sus hijos más amados...

En el curso del intensivo y dilatado masaje, Wendy se ha quedado dormida sobre mí y cuando despierto noto el hálito de su respiración en mi espalda, con un brazo posado en mi cabeza y sus pechos ejerciendo una presión amistosa sobre mis nalgas. No quiero despertarla, pero necesito ir al baño con urgencia. Con cuidado, me deslizo por debajo de su cuerpo y la dejo tumbada boca abajo en la cama. Me quedo un rato admirando su escandalosa belleza desde la puerta antes de abandonar la habitación. Qué portento de criatura, me digo, tratando de recordar dónde había oído esa expresión con anterioridad y, aún más importante, referida a qué otra llamativa sex-symbol del cine o la moda. Tendida ahí, de ese modo, Wendy me recuerda a alguien y no sé ahora mismo a quién. La memoria es tan caprichosa como las emociones privadas y los fantasmas eróticos de cada quien. Ese cuerpo sonrosado y exuberante envuelto apenas en las sábanas de seda negra no merecería envejecer y morir y desaparecer en la nada como todos los demás, al menos mientras sea capaz de dispensar tanta felicidad y placer. Con su existencia al servicio del prójimo, Wendy se ha ganado la inmortalidad, pero nadie se la regalará, ni siquiera yo podría comprársela con todo el dinero del mundo. La vida es injusta, ya lo sé. La vida, en el fondo, es un matadero atroz dirigido por un canalla sin escrúpulos. Me miro en el espejo con aprensión y la imagen del ungüento verde manchando ciertas zonas de mi piel, incluida la cara, me hace parecer un humanoide salido del abismo oceánico para eliminar todas las barreras morales entre la vida en el agua y la no vida en la tierra. Me meto en la ducha para demostrar con hechos esta falacia fantástica, gradúo con tiento la temperatura del agua caliente, no quiero quemarme como la última vez, meo alegremente en la bañera mientras canturreo en voz baja «La marsellesa», me enjabono bien por todas partes para quitar los residuos balsámicos, canto a voz en grito el estribillo del himno revolucionario por excelencia, para que todo el mundo me pueda oír, para que todo el mundo sepa quién soy en realidad, un hombre conectado a las vibraciones de su tiempo, la experiencia resulta excitante, las algas marinas tienen un doble efecto al desaparecer de la piel que resulta tonificador para ésta y te hace sentirte en el pináculo de la gloria. La patria te bendice y condecora, como me decía mi padre cuando era niño cada vez que obraba bien. Cuando salgo del cuarto de baño, desnudo y contento como pocas veces en los últimos días, me doy cuenta enseguida, como en una pesadilla recurrente, de que he vuelto al hotel, sí, a la suite del hotel, señoras y señores del jurado, aquí estoy otra vez, atrapado en un bucle sin sentido, y la camarera negra está ahí, otra vez, parada frente a mí, conteniendo el grito de horror al verme desnudo, con la polla tiesa como una palanca de primera clase, se siente amenazada por mí, o repelida, o atraída, o todo a la vez, yo qué sé. No es posible, me digo. Lo que pasó después lo he contado tantas veces, en tantos sitios y ante tanta gente distinta, que ya no merece la pena insistir. Todo el mundo sabe lo que sucedió. Es inútil volver a contarlo. Nadie me va a creer esta vez. Siento náuseas.

DK 17

Segunda epístola del dios K
[A los grandes hombres (y mujeres) de la tierra]

NY, 14/07/2011

Querido Sr. Obama:

Me decido a escribirle al fin al saber que atraviesa usted momentos muy difíciles al frente de su gobierno. Los malditos republicanos y esa banda de facinerosos que se hacen llamar el Tea Party, adictos a ese brebaje insípido en el que, sin embargo, se funda una parte de la historia y la libertad política de su país, le complican la vida mucho más de lo debido. Siga mi consejo de amigo y no se preocupe demasiado por ello. Suspender los pagos de una gran nación como la suya causará efectos colaterales en el sistema que obligarán a revisar y quizá modificar muchas cosas en el mundo. Deje que el sistema se colapse, deje que se hunda, sus enemigos tienen más que perder que usted si esa amenaza llega a realizarse. Mucho más, no lo dude. Créame, soy un experto. Usted y yo tenemos mucho que ganar con todo esto, si sabemos jugar nuestras bazas en la mesa de juego, tal como se presenta la situación en este lance de la partida, no podemos perder. Y si perdemos, no tema, perderíamos menos, siempre menos, que nuestros acérrimos enemigos. Piénselo bien antes de actuar en contra de sus intereses.

En el último mes he llegado al convencimiento de que usted y yo tenemos los mismos enemigos y, por tanto, representamos los mismos ideales y valores para ellos. En su caso y en el mío, es la misma gente poderosa la que nos desea, por razones distintas, el mismo mal. No crea lo que le dicen sus asesores. Todos mienten. De hecho, no les queda otro remedio en las actuales circunstancias. Sé que mi nivel de popularidad no es alto, en este momento, y, como es natural, tratándose de usted, no hay que ser muy listo para entenderlo, podría parecer que todo nos enfrenta ahora mismo, después del incidente con la africana en el hotel usted no podría querer saber nada de mí sin pagar un precio político injusto a todas luces. Hay tal demagogia en el modo de abordar el caso que prefiero no insistir en ello. Si es usted tan inteligente como presumo, sabrá poner entre paréntesis este incidente menor, exagerado por los medios, siempre ávidos en su país y en todas partes de dar carnaza a una audiencia que padece un aburrimiento cósmico, un tedio galáctico. Olvídese ahora de todo este carnaval mediático organizado contra mí y céntrese por su bien en lo que le voy a decir. No me vea con los rasgos del hombre malo, violador racista y abusivo con que se me quiere pintar para escarmiento de las clases superiores y disfrute vengativo de las inferiores. Apártese por un momento de esa comedia infame y vayamos juntos, sin compromiso alguno, al corazón del asunto. Creo haber hallado la solución a todos sus problemas. Trataré de explicárselo evocando una experiencia reciente.

Hace unos días, disfrutando de un período de libertad que me está permitiendo entrar en contacto con las realidades más vivas de su gran país, subí al edificio del Empire State y tuve allí arriba, en plena soledad, una revelación fulgurante que concierne a su destino y en parte al mío. Le adelanto que usted, si sabe extraer las conclusiones adecuadas de lo que me propongo comunicarle, podría ganar las próximas elecciones, a pesar de que los mercados, en su miserable lectura de los acontecimientos, se han confabulado para imposibilitarle la reelección. Me permito recomendarle que todo lo que le voy a contar permanezca en el más absoluto secreto. Clasifíquelo en su mente, para evitar malentendidos, como secreto de Estado hasta que llegue el momento oportuno de hacerlo público. Se trata de una fórmula infalible para convencer a votantes y ganar elecciones que en caso de caer en manos de sus enemigos, algunos infiltrados en su propio partido, no lo olvide, a mí me sucede lo mismo en el mío, podrían causar un gran daño a su imagen carismática y a sus renovadas ambiciones. Espero, en este sentido, que mis palabras le sorprendan despachando documentos en la austera soledad del Despacho Oval, que siempre quise visitar, como recordará, pues se lo comuniqué en la última ocasión en que nos encontramos, no recuerdo bien si fue en una recepción en la embajada francesa o en la misma sede del FMI. En mi situación actual eso importa más bien poco, ya no veo en absoluto posible esa visita, así que me conformo con escribirle estas líneas confiando en que le han de ofrecer una ventaja significativa respecto de sus rivales y una utilidad indudable para los medios y los fines con que se propone vencerlos. No obstante, he retrasado algunas semanas su redacción con la intención de poder calibrar mejor los verdaderos problemas a los que se enfrenta, y no sólo a causa de sus principales enemigos. Hasta donde he averiguado, no le conviene dar por demasiado definida la identidad de éstos. El espectro de los que trabajan para derrotarlo es más amplio de lo que podría calcular a simple vista. He comprendido que hay otras causas ocultas que, hoy por hoy, actúan en su perjuicio sin que usted parezca darse mucha cuenta. Usted las ignora, o pretende ignorarlas, no distingo bien el matiz en su actitud de superioridad hacia ellas, por el deliberado pragmatismo en el que ha sido educado como única garantía de éxito en la gestión pública. Pasado un tiempo prudencial, ya no albergo ninguna duda sobre este particular y sé con toda seguridad que puedo servirle de asesor en la elaboración del discurso ganador de su próxima campaña.

Hágame caso, tiene usted a sus electores en un puño y en el otro las tensas riendas de su país y del mundo. El futuro se presenta complicado y la historia nos exigirá cuentas si no estamos a la altura de los desafíos. Sea realista. Usted necesita una gran narrativa para que sus votantes no escapen en masa de ese puño negro y sospechoso con que usted, según la opinión de sus detractores, atenaza sus vidas y oprime sus valores más amados. Yo se la estoy proporcionando aunque usted no me la haya pedido.

Convenza a sus electores, con toda la pasión y la energía que demostró hace sólo tres años pulverizando una tras otra las expectativas de todos sus contrincantes, de que existe un universo alternativo, un mundo paralelo donde todos los deseos se cumplen y todas las necesidades se cubren, una suerte de estado ideal, un régimen híbrido de socialismo y capitalismo, totalitario y plenamente democrático al mismo tiempo. Y diga que usted ha viajado a ese país singular invitado por un presidente que es negro como usted y se llama Obama como usted, aunque no tenga una mujer tan encantadora como la suya, está casado de hecho con una mujer blanca de origen armenio y tiene con ella una familia numerosa de hijas mulatas y negras y blancas, todo el lote de combinaciones genéticas que suele darse en el diseño de cualquier utopía, pero que en este caso no lo es. Esas diferencias, sin embargo, serían lo de menos. Es presidente de su país como usted y lleva sus mismos apellidos, poco importa que él sea islámico o budista en este momento preciso y usted protestante en un mundo como aquel donde la ley vigente de libertad religiosa obliga a todo ciudadano mayor de edad a cambiar de credo cada cinco años y al menos diez veces en el transcurso de una vida. Cuénteles a sus electores que usted está en contacto directo con ese mundo feliz donde no hay problemas de energía ni escasez de recursos y, por tanto, no son necesarias las guerras y la tasa de paro es inferior a cero y los beneficios de las empresas son del quinientos por cien y el superávit de los Estados del doscientos por cien y los salarios se calculan conforme a todo esto, lo cual permite administrar un orden social donde no hay pobreza ni marginación ni diferencias de clase más que en función de la profesión y la formación, no del patrimonio y la fortuna. Eso sí, usted no puede mentirles a sus electores y debería decirles enseguida que no todo es felicidad en esa gran nación alternativa con la que usted mantiene relaciones privilegiadas. No todo es felicidad, no todo es perfección, porque en ese otro mundo aún existen la enfermedad y la muerte, pero el nivel de salud de la población es muy elevado, gracias a un sistema sanitario eficaz y gratuito. El Estado puede sufragar todas sus extravagancias en esta materia, desde la cirugía plástica obligatoria a los cambios de sexo reversibles a voluntad, porque es inmensamente rico, con un PIB y unos presupuestos calculables en cifras millonarias, y la clase médica, consciente de su decisivo papel en el bienestar común, no opone objeciones porque no puede ganar más dinero al año del que ya gana con el desempeño de su benigna función. La población es sana en general y enferma poco, pero muere, usted no puede ocultarles este dato a sus electores, sí, la gente sigue muriendo allí, eso no ha cambiado, aunque sea con ciento cincuenta o doscientos años, algunos incluso más, en un estado de salud óptimo que les permite disfrutar de la vida hasta el último segundo, sin restricciones ni minusvalías. Y eso que algunos de ellos, sabiendo que la vida no termina nunca y aceptando la muerte con la idea del retorno en la cabeza, la criogenia obra milagros psicológicos que sus electores deberían conocer lo antes posible, solicitan este tratamiento ocasional para tomarse un descanso de la vida sólo porque han tenido una disputa familiar, un enfrentamiento con un vecino, una fricción laboral, un momento de desánimo o un desengaño amoroso, problemas menores de la convivencia que son habituales incluso en este mundo alternativo al nuestro. Estos ciudadanos, por propia voluntad y sin angustia alguna, piden entonces al Estado que los desconecte por un tiempo, un siglo, medio siglo o siglo y medio, según sus deseos y las cláusulas contratadas con los servicios de almacenamiento de cuerpos criogenizados. No hay nada aberrante en esto, no se avergüence de citar a Walt Disney como pionero de esta nueva técnica para acallar las voces críticas. Cuente esta grandiosa narrativa con convicción a su gran pueblo y hágales saber que su proyecto político consiste en acercar los dos mundos, en lo tecnológico y en lo social, acabar con las diferencias seculares entre uno y otro, abolir las distancias entre un mundo disfuncional, como el que padecemos por culpa de una mala distribución de la riqueza y los abusos de poder y de posición de algunos agentes del sistema, y un mundo enteramente funcional como el que nos aguarda al otro lado sin tener que abandonar éste. Hágales saber que en su mismo despacho, sobre su cabeza, hay un punto de transferencia, una puerta de acceso a ese otro mundo donde no existe el conflicto entre el deseo individual y el bienestar colectivo.

Esto es, a grandes rasgos, lo que vi proyectarse en mi cerebro a una velocidad de vértigo, mientras caía una nieve intempestiva sobre mí para imponerme la gravedad de su silencio y la noche se hacía eterna en la terraza del rascacielos más alto de la ciudad y se me congelaban los huesos bajo el traje como una premonición siniestra de la llegada del invierno a mi vida. Estaba solo por primera vez, los demás visitantes se habían marchado ya huyendo quizá de la mutación climática que se anunciaba en el aire del final de la tarde y los guardias de seguridad no tardarían en echarme del edificio, pero la contemplación del cielo encapotado por encima de mi cabeza y el suelo repleto de cuerpos borrosos y figuras diminutas, aquejados de una fiebre de vida y una actividad frenética, me hizo sentir con fuerza que esa diferencia entre mundos debería ser anulada de una vez por todas. En aquel momento, era como una antena humana colgada en el vacío recibiendo las señales de otro mundo, señales procedentes del futuro inminente o de un presente simultáneo. Era una visión o un sueño radiante, impregnado de una felicidad nueva, si lo prefiere, la jerga presidencial elige sus términos, es lógico, yo lo habría hecho también de no caer en la trampa de mis enemigos y verme abocado a este aislamiento espantoso que me oprime con su peso intolerable y sus nuevas responsabilidades y limitaciones. Yo era entonces, asomado al filo peligroso de esa terraza empinada, desafiando el viento gélido que me helaba la cara, esa alma superdotada que asciende a la escala más alta de sus deseos y es capaz al mismo tiempo de descender a la escala más baja, el estrato ínfimo de la existencia. Un superhombre propulsado a la velocidad de la luz hacia un porvenir que sólo yo veía dibujarse con claridad en el horizonte de la historia. Pero al revés de otros ideólogos del superhombre, yo había tomado la decisión de compartir mi conocimiento y mi visión con todos mis hermanos y hermanas del mundo. Había decidido que ese conocimiento y esa misión fundamental no valdrían nada, ni servirían para nada, si no se hacían carne de la misma carne de la comunidad universal a la que pertenecía por nacimiento. Y es por eso que lo he elegido a usted, uno de los hombres más honrados y decentes que conozco, como primer y único destinatario de esta sublime visión que he tenido el privilegio de conocer en circunstancias extrañas, bajo una tormenta de nieve impropia de la estación en que nos encontrábamos.

Piense en todo esto, dedíquele tiempo, examínelo con cuidado, si lo considera necesario, reflexione con detenimiento en su trascendencia para la campaña electoral del año próximo y en el interés vital de su difusión colectiva. La gente, descreída y fatigada, necesita grandes narrativas en las que creer, nuevos mitos y dioses, ficciones globales con que entender el sentido de sus vidas en un mundo hostil como éste. Ya que los escritores y los cineastas, los creadores en general, han desistido de su responsabilidad moral y ya no se muestran capaces de comunicar con el gran número, nos toca a nosotros, los grandes hombres de la multitud, los políticos y los hombres públicos de toda clase, con la ayuda de la ciencia nueva de la realidad paradójica, la misión ejemplar de crear de la nada esos nuevos mitos y esas nuevas narrativas que encandilen a los votantes para conducirlos al paraíso social que el ser humano, a pesar de todo lo que hay de perverso y maligno en su naturaleza, se merece desde el comienzo de los tiempos. No es un nuevo ideal, no, no lo interprete así. Por el contrario, es real. Tan real como el amor. Tan real como la carne. Y puede hacerse aún más real con un simple acto de voluntad. Usted puede hacerlo mejor que nadie, póngase ya a trabajar en ello, por su propio bien y el de su pueblo. El mundo saldrá beneficiado con ello. Espero no equivocarme en la elección. No dude en pedirme más detalles sobre la vida en ese otro mundo, mi retrato es sucinto, no he querido abrumarlo con informaciones innecesarias. Entiéndalo, si quiere, como otro regalo de mi gran nación a esta otra gran nación a la que en el pasado ya le rindió, cumpliendo una misión histórica, los más altos servicios. Ahora, si me ha comprendido bien, se trataría de salir de la historia por la fuerza, de abandonar sus raíles y carriles señalizados de antemano por poderes ante los que no debemos claudicar por más tiempo a riesgo de hundirnos en la catástrofe. Ha llegado la hora crítica de emprender una aventura en pos de lo desconocido y lo lejano. No tema la violencia que pueda suscitar, en su favor y en su contra. Aprenda a asumirla como imprescindible e incluso favorable a sus intereses. No tiene nada que perder, se lo aseguro. Este mundo debe ser superado por todos los medios.

Antes de despedirme, me atrevo a darle un último consejo. No olvide nunca, sobre todo en las peores circunstancias, me refiero a las que le aguardan en vísperas de unas elecciones que le costará ganar si no sabe movilizar con este sueño la ilusión de sus votantes, el mensaje lanzado *urbi et orbi* por el gran Maestre del mundo alternativo: *La inmortalidad se paga muy cara. Hay que morir muchas veces mientras se vive.*

Atentamente,
El dios K

DK 18

Informe clínico

Según el informe médico encargado por Nicole a un célebre gabinete de expertos tras comprobar las secuelas del incidente en la vida psíquica de su marido, los trastornos del dios K podían tener muchas causas, no todas discernibles, pero una de ellas, la más perturbadora para la delicadeza y fragilidad de su economía libidinal, según las palabras del psiquiatra francés, no era otra que la ausencia de clítoris constatada en la mujer africana con la que había tenido la desgracia de tropezarse en una de sus recientes aventuras, así se calificaba el episodio en el informe, con discreción clínica. Esa carencia fisiológica, atestiguada en el reconocimiento de los peritos del fiscal, había sido experimentada por el dios K como una incriminación contra su sexo. De esa mutilación cruenta inscrita en el cuerpo de la mujer, en opinión del psiquiatra, emanó en el instante del contacto íntimo un sortilegio obsceno que, en un primer momento, debió de producir un fortalecimiento ilusorio de la potencia viril del sujeto para luego, en un segundo momento difícil de precisar, anterior o posterior a la eyaculación, paralizarlo de manera definitiva.

Cuando esa misma tarde, mientras el dios K duerme la siesta sin sospechar nada, Nicole relee las conclusiones del sesudo informe, encuentra en ellas muchas explicaciones a lo que ha vivido en las últimas semanas, las primeras de reclusión de su marido en este apartamento neoyorquino, y comienza a comprender, al principio con escándalo, luego ya con la resignación de que había hecho gala en otras ocasiones en que las tendencias de su marido habían puesto a prueba la solidez de su carácter y del vínculo personal que los unía, el verdadero calibre de su desgracia. ¿Cuánto puede resistir una mujer antes de desmoronarse? ¿Cuánto y en nombre de qué?, se preguntó cada vez, sin entender muy bien el designio de sus reacciones, fueran éstas el llanto, la depresión o la cólera, de todas ellas, llegado el momento, había hecho una exhibición desafortunada ante el causante de sus males y, lo que es peor, ante algunos testigos privilegiados. Hoy no ha llegado tan lejos. Hoy es la sorpresa pero también la preocupación las que gobiernan su ánimo al examinar una y otra vez los categóricos términos del análisis de los expertos. No le ha hecho falta negarle al marido el acceso a su parte más privada para comprobar que ya no es el mismo de antes. Y, sin embargo, sigue extrañándole la energía desbordante que acomete de la mañana a la noche al dios K, una energía que ella atribuye a los trastornos pero que otro observador mejor informado sabría atribuir a otras fuerzas, liberadas o desatadas por la experiencias de los últimos meses. Una energía y una fuerza que se apoderan de él en todo momento y que nunca se traducen en reacciones fisiológicas que podría domesticar con las artes habituales. No, esa fuerza y esa energía ingobernables se traducen todo el tiempo en acciones absurdas, acciones verbales, sobre todo, pero también rituales improvisados ante distintos invitados con fines incomprensibles. El dios K, tras el incidente, se diría que ha perdido el sentido del ridículo tanto como el de la medida y la razón de sus actos. Se toma por quien no es en todo momento y no se priva de comunicárselo, por escrito o a viva voz, a todo el que esté dispuesto a escucharlo sin tomarlo por loco. No es extraño ya que muchos de sus antiguos amigos y conocidos les hayan vuelto la espalda y hayan perdido el interés en el caso, como si prefirieran una condena firme que al menos, según piensan y le expresan con frases cada vez más sibilinas, le devuelva la cordura y la normalidad. O un simulacro tolerable de ambas, ya que tampoco están seguros de que esa demencia transitoria que ahora posee al dios K a todas horas no se estuviera ya incubando en él cuando lo conocieron y trataron con asiduidad. Que simule de nuevo estar en el mundo, con todas las consecuencias, y se comporte como ese ser razonable y calculador por el que siempre lo tomaron, a pesar de todo, los que le conocían, esos mismos que confiaron en él para encomendarle puestos de la más alta responsabilidad, o los que se plegaron contra su voluntad a sus arbitrariedades y extravagancias sin sospechar el desarreglo mental que las motivaba. En sus nuevas amistades preferiría Nicole no tener que pensar ahora, tal es el temor y el asco que le inspiran. Ella misma, en estas semanas de reclusión, le ha consentido todos los caprichos que se ha atrevido a pedirle con tal de verlo recuperarse cuanto antes de su alarmante estado de postración sexual.

Pero esto no se produce ni se le antoja cercano el día en que haya de producirse. Por el contrario, el dios K se muestra confundido, o actúa como tal ante ella con el fin de confundirla aún más, o ha confundido todas las categorías que, como se suponía, habían marcado el éxito de su carrera pública y privada. Es como si toda la fuerza indómita que antes inflamaba su pene, se dice Nicole con escabroso realismo, en cualquier momento, por cualquier estímulo, unas medias nuevas, una falda más corta de lo previsto, un destello de carne entre la ropa mal ajustada, una mirada desafiante y provocativa, la marcada ausencia de sujetador o unas bragas intuidas a través de un vestido, un tono particular en la laca de las uñas de los pies o las manos, un nuevo perfume o unos nuevos zapatos de tacón alto, cualquier cosa, en suma, que se insinuara como novedad ante sus narices de catador compulsivo, se hubiera trasladado de lugar, se hubiera mudado a otra parte y con su desaparición se hubiera llevado lo fundamental, el espíritu singular que le proporcionaba hasta entonces vida y animación, abandonando ese miembro a la indiferencia y la inutilidad.

Nicole había intentado, durante toda una tarde, el segundo día de su instalación en el apartamento, insuflarle vida a ese órgano abatido por todos los medios a su alcance, los mismos que había empleado en apoteósicos encuentros anteriores con DK cuando éste se identificaba aún por su bien con ese nombre y esas siglas reconocibles. Al principio, achacó su fracaso al trauma de la desagradable experiencia y a la culpabilidad asumida. Fue paciente y laboriosa, se empeñó en su tarea con artes aprendidas durante años. En balde. Ese miembro desvalorizado le mostraba con insolencia el mayor desinterés por sus atenciones y caricias. Le echaba en cara la vulgaridad de su método. Le reprochaba la falta de inteligencia, la interpretación mecánica de las circunstancias, la negación a reconocer que su marido había dejado de serlo para transformarse en otra cosa, transfigurado por un milagro del tiempo en un ser de naturaleza superior que ya no estaba atrapado en los dilemas de la trivialidad carnal. Un ser liberado del deseo, cuyo órgano colgante, que ella pretendía despabilar con recursos propios de una profesional, no era para él más que el maloliente residuo animal de una vida anterior, ya superada, un recordatorio de la condición indigna que aspiraba a dejar atrás lo antes posible. Con esa actitud renuente, el dios K le estaba reprochando, además, la absoluta inoportunidad y el pésimo gusto con que insistía una y otra vez en rebajarse ante él a fin de devolverlo, contra su voluntad, a un pasado indecente del que se avergonzaba en exceso.

Una excusa de este tipo vino a comunicarle, de improviso, una noche de hace dos o tres días, viéndola afligida en el curso de un perverso ritual iniciático en el que participaron modelos y maniquíes como accesorios de la liturgia y en el que Nicole, coaccionada por él a estar presente desde el comienzo, era la primera vez y él parecía considerar importante que ella asistiera aunque fuera como observadora, se negó, ofendida, a presenciar el final. Y eso que una excelente educación estética, y un trato familiar reiterado con el mundo de los artistas menos conformistas, la habían predispuesto en contra del filisteísmo y la mojigatería de que hacen gala otras mujeres de su entorno cada vez que se ven obligadas a entrar en contacto, por azar o por celos conyugales, con el temperamento *artístico* de muchos hombres, esa coartada respetable tras la que encubren su persistente voluntad de degradarse y envilecerse en la compañía más adecuada para hacerlo. Hasta ese día infame, viéndolo dirigir con esa pasión y ese ardor los prolegómenos de la representación y la distribución de papeles entre las tres invitadas de honor, jamás habría sospechado que a su marido, aún pretendía ella que lo fuera contra todas las evidencias de lo contrario, al menos *formalmente*, le subyugaran hasta ese extremo los dudosos encantos escénicos de los *tableaux-vivants*, esas piezas obscenas que estuvieron de moda en todos los burdeles del mundo civilizado en la época de sus ancestros de hace dos o tres generaciones, si no antes. ¿Cuánto puede resistir una mujer? ¿Hasta qué punto está dispuesta a conocer las verdaderas inclinaciones del hombre al que aún llama, por conveniencia social más que sentimental, su marido? ¿En nombre de qué? ¿Del amor? De qué amor, se pregunta legítimamente Nicole al ver que a cada día que pasa el dios K se sitúa no sólo más allá de ella, en un lugar donde ella no podría alcanzarlo por mucho que quisiera, y no es éste el caso, nunca ha pretendido tal cosa en todos estos años, sino más allá del amor, en un terreno abonado para experiencias y sentimientos que nadie en su sano juicio sabría nombrar sin perderlo de inmediato. Los recuerdos, sólo los intensos recuerdos de los apoteósicos comienzos de su relación en aquel plató de televisión donde vivió una de las experiencias cenitales de su vida, como un álbum de imágenes retocadas para acomodarlas al deseo de que las cosas sucedieran así y no como realmente sucedieron, logran aportarle algo de consuelo en las presentes circunstancias.

Todo el lujo vital y la lujuria, sí, esa exuberancia libidinal de sus comienzos como pareja, ahora sí, se han desbaratado para siempre, arruinados por una suma de errores y abusos que se ha vuelto una resta implacable para ambos. Una resta que da como resultado catastrófico el cero. La puesta a cero del capital atesorado del dios K, ese antiguo orfebre del orgasmo femenino, a cargo de esa bruja celosa y embustera. Sí, de la noche a la mañana se esfumó el esplendor, es cierto, se esfumó la magia y, con ella, se esfumó la alegría. Todo el ardor cabalístico de los inicios y el privilegio sexual de todos estos años de matrimonio se han convertido hoy, por un capricho del programa aleatorio que rige el curso de los acontecimientos de este bajo mundo, en materia muerta, energía degradada o envilecida y nada más. El polvo y la ceniza que se acumulan como signos aciagos de la destrucción en los muebles, las alfombras, las cortinas y los ceniceros del apartamento alquilado, esta prisión intolerable en que transcurren sus días y sus noches con lentitud exasperante. El dios K, a causa del trastorno nervioso y la crispación del caso, la inquietud malsana del encierro y las tensiones insostenibles de los mercados, ha vuelto a fumar con la misma avidez de antaño. Como un condenado a muerte, dispuesto a acelerar al máximo la ejecución de su sentencia.

DK 19

Nuevo tratado de los maniquíes (1)

Nadie supo nunca qué hacían esos cuatro maniquíes destrozados contra la acera, qué verdad proclamaban contra las apariencias, o contra la consistencia real atribuida por los medios masivos a los hechos más banales y vulgares. Nadie lo relacionaría, en todo caso, con el hecho de que el dios K, en un arrebato de honestidad sin precedentes, hubiera descubierto de nuevo en su vida reciente las virtudes terapéuticas del mundo del espectáculo.

Así lo descubrimos una noche celebrando una de sus sesiones especiales con sus cómplices de siempre y alguna nueva invitada y un despliegue de efectos luminosos digno del operístico Metropolitan o de cualquiera de los populares teatros de Broadway, donde Nicole, por cierto, pretendía fugarse esa misma noche en compañía de una amiga con la excusa de asistir al estreno de una versión musical de *El hombre de la máscara de hierro*, hacia la que sentía una curiosidad mucho más que cultural o artística, antes de que DK la interceptara en la puerta a punto de salir y le exigiera, con lágrimas en los ojos, que se quedara a compartir con él la velada que había preparado con tanto esmero y dedicación a lo largo de esa semana extenuante.

La singularidad de la obra en preparación es tal que, una vez vista, no es fácil saber si se trata de un ensayo de la obra o de la obra en sí, la diferencia es lábil, hasta tal punto la improvisación y el provecho extraído de cualquier intervención inesperada parecen formar parte del fin buscado, como si todo el montaje sólo persiguiera propiciar la manifestación en su seno de una instancia exterior cuya aparición no estaba en absoluto garantizada desde el principio. El dios K, émulo en esto de la liturgia sacramental de la misa católica, se toma muy en serio las posibilidades de la representación y, a ese efecto, ha decido sumir el salón donde tendrá lugar en una penumbra acogedora, situando en dos rincones enfrentados dos focos que garantizan el mínimo de luz necesario para que la velada tenga el éxito deseado. Por si fuera poco, sostiene en la mano derecha una linterna de potente batería con la que apunta hacia todo lo que le interesa destacar, ya sean objetos o cuerpos, en sus parecidos y en sus diferencias más llamativas.

Ya están aquí las cuatro modelos vestidas y los cuatro maniquíes desnudos que las acompañarán esta noche. Y durante la tarde fueron llegando, con puntualidad y por turno, las compras realizadas por el dios K después de practicar un concienzudo examen, con el asesoramiento independiente de Nicole y de Wendy, de los catálogos de temporada de marcas tan apreciadas por las chicas como Chanel, Prada, Dior, Versace, Gucci, Vuitton, Donna Karan, Cartier, Prada y hasta la segundona Carolina Herrera. La presencia de esta pretenciosa modista en el elenco de diseñadores del más alto nivel responde a una sugerencia tardía de Wendy, siempre atenta a las últimas novedades de firmas femeninas. En este caso, un vestido rojo de tirantes con un tablero de cuadros blancos y negros estampado a la altura del vientre y un par de sandalias de paseo, una negra de hebilla y adornos dorados y la otra dorada con hebilla y adornos negros, concebidas, según explicaría la noche anterior una entusiasmada Wendy por teléfono al dios K, como reflejos de la misma idea fascinante en dos espejos incompatibles. Es como si la indecisión creativa entre cuál de las dos opciones de color y textura es la mejor se resolviera combinando las dos en el mismo par. No había podido evitar encapricharse con esos sofisticados artículos, el vestido con el damero alusivo y las sandalias de cromatismo simétrico, nada más verlas ayer mismo por la mañana al pasar por delante del renovado escaparate de la tienda principal de la creadora venezolana, según le comunicó entusiasmada para convencerlo de la necesidad de incorporarlas a la representación y, de paso, al acabar la misma, a su vestuario privado. Este vestido tan alegre como intrigante, en opinión de Wendy, que se mostraba siempre muy receptiva a todo lo concerniente a los problemas de la maternidad, y el par dispar de sandalias se encuentran ahora, junto con los demás vestidos, complementos y accesorios de las marcas seleccionadas, colgados del enorme perchero metálico que se sitúa a la derecha del ventanal, justo enfrente de la butaca desde donde DK presidirá la representación en su calidad de anfitrión agasajado.

La pelirroja Wendy ha traído con ella a sus dos amigas habituales, la negra rapada Mandy y la muñeca rubia Emily, y a una tercera, una española que acaban de presentarle en la fiesta de cumpleaños de un amigo común, morena de pelo corto y voluptuosa complexión, sonrisa seductora y mirada provocativa que porta el nombre estelar de Noemí, como le dice Wendy al presentársela al dios K, en los incontables posados fotográficos, los tres cortos independientes y las cinco películas porno de estilo artístico que ha hecho desde que llegó a esta ciudad con la intención de mejorar su conocimiento práctico del inglés. El anfitrión se sonríe ante la deliciosa ironía con que Wendy, sin pretender ofenderla, retrata a su nueva amiga peninsular. Para mostrarse a la altura estética exigida por el espectáculo y por sus invitadas, el dios K viste esta noche con excéntrica elegancia: un traje Armani de franela blanca, unos zapatos Vuitton de piel de cocodrilo encerada, una camisa Calvin Klein de hilo plateado y una corbata Dior de seda dorada. La camisa y la corbata han sido adquiridas ex profeso para la ocasión, aludiendo con este atuendo intencionado al apuesto héroe de una novela americana que leyó con pasión en su juventud y le marcó en lo más profundo de su ser, según confesó a Nicole nada más conocerla, por lo menos hasta que cumplió los treinta.

Embriagado por la gama de fragancias y perfumes con que las vistosas chicas han inundado el apartamento nada más entrar en él, ya buscará tiempo para identificarlas por sus marcas como corresponde también a los fines inconfesables de este montaje, el dios K anticipa que el espectáculo colmará de sensaciones y emociones nuevas todas las expectativas que lo mueven a ponerlo en escena. Para que no haya fallos ni contradicciones se ha molestado en preparar un guión sucinto de la velada que ha repartido entre su cuarteto de invitadas, dándoles quince minutos para que se familiaricen con el papel que les corresponde. En líneas generales, con la libertad de movimientos que tampoco puede faltar en este tipo de sesiones, las chicas se dedicarán a vestirse y a desvestirse, ellas y el maniquí asignado a cada una, mientras el dios K se limitará a observarlas con detenimiento en sus actividades, cronometrando el tiempo que consumen en realizarlas y dándoles en ocasiones alguna instrucción suplementaria, si las viera confundidas o cansadas, mientras enuncia de tanto en tanto las ideas centrales de su nuevo programa.

Le ha llevado varias noches de insomnio elaborar este decálogo filosófico y aún hoy, en la fecha de su estreno privado, hay algunos polémicos puntos del mismo sobre los que alberga serias dudas. Tampoco está seguro de por qué se ha empeñado en que Nicole asista al espectáculo como espectadora de honor. Cuando su mujer se tumba en el sofá con indiferencia, sin molestarse en quitarse los zapatos ni mostrar ninguna consideración ni simpatía por las chicas, el dios K siente que ha llegado el momento de dar comienzo a la representación.

Empieza la sesión, por tanto, con las modelos desnudándose y traspasando a los maniquíes una a una, en medio de un agitado revuelo, los vestidos de Chanel, de Prada y de Dior que eligieron para empezar de entre la abigarrada colección que permanece expuesta en el perchero que les sirve de camerino improvisado. Al concluir en menos de diez minutos su primera tarea de la noche, las modelos en ropa interior adoptan una pose de inmovilidad junto a sus respectivos maniquíes. Y esperan, con paciencia de estatuas, las indicaciones del maestro de ceremonias. El dios K, por su parte, se muestra contento y lo expresa a su manera rebuscada, apuntando con el haz de la linterna a los detalles que no le gustan en el conjunto. Un vestido arrugado, una media caída, el tirante suelto de un sujetador, unas bragas demasiado subidas, un cinturón desabrochado, un pañuelo negligente o unos zapatos sin calzar del todo. Ellas saben lo que podrían esperar de él en estas circunstancias y lo que no, son realistas y no se hacen falsas ilusiones, ni tampoco se torturan en exceso por errores que consideran reparables en cuanto se les conceda la oportunidad de hacerlo.

–Durante mucho tiempo, amigas mías, hemos considerado la belleza un atributo superficial. Una mera apariencia. Un manto superfluo para encubrir todo lo que hay de injusto y de horrible en la creación. Es cierto que ese artificio es obra nuestra y lo hemos impuesto a un mundo donde antes no existía. Pero no es menos cierto que esa belleza creada con retales y materiales de pacotilla es la expresión más auténtica de lo que sentimos en el fondo de nuestros corazones.

Rompiendo el protocolo de la representación, la escultural Wendy se ha aproximado a la butaca desde la que el dios K dirige el espectáculo con su linterna y, conociendo como nadie sus preferencias, se ha descalzado enseguida de los ostentosos Blahnik de tacón de aguja que la hacían levitar por encima del mundo conocido y le ha puesto justo delante de los ojos, para su sorpresa, primero un muslo carnoso y luego una pantorrilla y un tobillo esbelto y, finalmente, alzándolo apenas a un centímetro de su boca, el pie izquierdo, de huesos finos, arco acentuado y dedos traviesos. Así ha permanecido Wendy, en pose acrobática, sin perder el equilibrio ni despegar la mirada de la estupefacta señora de la casa echada en el sofá a sólo unos metros, mientras el dios K concluía la lectura del primer punto de su programa sin molestarse siquiera en mirarla, conformándose con inhalar el refinado aroma de su piel, bañada de la cabeza a los pies en Miss Dior. Al acabar el recitado, Wendy baja la pierna sin tardanza, oculta el pie izquierdo tras el talón derecho y toma de inmediato la palabra, como le indica el guión, con el rostro aún atrapado en la aureola de luz de la linterna:

–¿Cuánto crees que valen estas piernas y estos pies? Atrévete a insultarme fijando una cantidad.

–Trece mil.

–¿Estás loco?

–Veinticinco mil.

–¿Te ríes de mí?

El dios K le tiende un grueso fajo de billetes de cien dólares que ha preparado de antemano a ese fin sin preocuparse por la opinión al respecto del curioso inventor y político fundacional Ben Franklin, cuya efigie impresa en el rugoso papel no parece alterarse por la naturaleza equívoca de la transacción. El primer americano de la historia, debió de pensar DK al idear la diabólica estratagema, no podría desaprobarla sin contradecirse.

–Sírvete. Coge lo que quieras.

Wendy, atenta a la numeración más que al garante simbólico de su valor, cuenta los billetes con lentitud y coquetería, labio inferior mordido, parpadeo incesante, nerviosas oscilaciones de cabeza, retiene una parte importante para ella y le devuelve el resto.

–Éste es el precio real. No quiero abusar de ti.

Transcurren entonces unos minutos preciosos mientras Wendy se reincorpora, satisfecha con la ganancia obtenida, a su posición al lado de sus compañeras y el dios K se repone mentalmente de la ardua negociación con su favorita. Todos se toman una merecida pausa antes de proseguir.

A una señal inequívoca de su linterna, vuelve a empezar la actividad vestimentaria de las mujeres y los maniquíes, ahora se trata de intercambiarlos, de renegociar su adquisición. Cada una de las modelos, conociendo de antemano lo que está en juego, ha echado ya el ojo al vestido que quiere ponerse y eso da lugar a pequeñas disputas hasta que cada una de ellas, respirando hondo para serenarse, se encuentra abrazada a un nuevo maniquí aderezado con la prenda deseada. Proceden a desnudarlo a continuación y a poner sobre su cuerpo las prendas que le van quitando. En el curso de la actividad, ninguna de las cuatro se atreve a desviar la mirada para vigilar al dios K, o a cualquiera de las compañeras con las que compiten por acabar antes y presentar ante él mejor apariencia que las otras. DK, viéndolas tan ocupadas en vencer la resistencia del maniquí o de las prendas, esas hebillas resistentes, esos enganches imperceptibles y esas abotonaduras minúsculas que tanta tenacidad oponen a los delicados dedos de las chicas, se decide a cerrar los párpados por unos minutos para distraerse del esfuerzo de sus pupilas y, sobre todo, huir de la fría mirada de desprecio que Nicole ha empezado a lanzarle a la cara como una advertencia de que su tolerancia tiene un límite. Repuesto ya, los reabre poco después, no quiere perderse ni un detalle de esta parte crucial de la representación. Encuentra la inspiración suficiente para leer el siguiente punto de su programa cuando las descubre a todas concentradas en ajustar los últimos detalles de sus vestidos recién adquiridos, el cronómetro marca sólo siete minutos, han agilizado los trámites, y le divierte comprobar el gesto de resignación con que los maniquíes acogen el saqueo implacable de que han sido objeto.

–Los antiguos dioses que nos sacaron de la barbarie en que vivíamos nos han engañado por mucho tiempo haciéndonos creer en las virtudes de la profundidad y el peso de las cosas. Sostener lo contrario fue considerado en otras épocas motivo de herejía y persecución. Por fortuna, hemos sido capaces de cambiar de perspectiva gracias a la ciencia y, por qué no reconocerlo, a la industria de la moda. Tras siglos de esclavitud a la insoportable materialidad de la vida, podemos ahora emprender una revolución que imponga lo liviano y lo frívolo, lo vulgar y superfluo, en todas las cosas, por encima incluso de los valores más respetables. ¿No son acaso el diseño y el corte de la tela con que se fabricará el vestido una de las más bellas cosas que podemos mirar y admirar, como pequeños demiurgos de la forma, por toda la eternidad?

Al concluir la lectura, como si una cosa llevara a la otra, el dios K se queda hipnotizado de nuevo ante el espectáculo de modelos vestidas de colores vistosos y telas estampadas en las más festivas y elegantes tonalidades, de faldas con volantes atrevidos y plisados insinuantes, de tentadoras gasas y audaces tules, junto a los inertes maniquíes que hace un momento lucían ese esplendor textil y ahora se muestran en esa desnudez industrial o fabril, esa exhibición indecente de una carne que no es tal, recubierta de piel sintética.

Con el fin de que pueda mantener aún por mucho tiempo esa distinción sutil entre el tejido vivo y el tejido muerto, Mandy, la esfinge afroamericana, con su complexión de atleta y su cabeza rapada, se ha atrevido a acercarse ahora al dios K y plantarle ante los ojos la seductora rotundidad de sus hombros y antebrazos, primero el izquierdo y después el derecho, sellados a la altura de la clavícula y los omóplatos con tatuajes abstrusos, cuatro ideogramas que expresan con variaciones significativas la independencia de la chica, o la atrevida convicción de pertenecerse en exclusiva a sí misma y a sus deseos. No obstante, esa piel reluciente y cobriza, sobresaliendo de un vaporoso vestido de novia de Cartier, y la fragancia primaveral, esa inconfundible Gloria de Cacharel que impregna cada poro de su cuerpo, bastan para absorber la atención sensual de DK durante cierto tiempo, aunque su boca cerrada no exprese otra cosa en ese instante que reconocimiento tácito a la belleza prohibitiva que se exhibe en todo su esplendor bajo la inspección obsesiva de su linterna. Quizá esté empezando a comprender, mediante la captación de algunos gestos de enojo, que las chicas no se van a conformar al final de la noche con llevarse sólo unos cuantos vestidos caros y un cheque generoso. Esta humillación a la que se ven sometidas por los maniquíes debería pagarse con otra moneda más valiosa. La reprobación de Nicole, a quien Mandy dirige también su mirada más aviesa mientras ofrece el potente torso al anfitrión, no permite pensar en un desenlace menos oneroso para el experimento provocativo que está teniendo lugar esta noche en este aburguesado apartamento. En el mismo momento en que Nicole dirige a la chica, para debilitar su jactancia juvenil, un fingido bostezo de tedio, Mandy aprovecha para interpretar sin demora su parte hablada del guión:

–¿Cuánto pagarías por poseer en exclusiva estos hombros tatuados y estos brazos musculosos? Di una cantidad exacta.

–Nueve mil.

–¿Te has vuelto loco?

–Veinte mil.

–¿Estás de broma?

El dios K le tiende entonces los billetes sobrantes de la escena anterior más otro abultado fajo de billetes de cien dólares, para escándalo moral de las miles de caras circunspectas del inventor del pararrayos, la armónica de cristal y las lentes bifocales. Al ingenuo padre de la patria americana le convendría más ahora ponerse las gafas de doble graduación y echarle un buen vistazo, de arriba abajo, a la silueta espectacular de la afroamericana en lugar de prejuzgar como malversación de fondos lo que está pasando entre ella y el dios K. El juicioso Franklin no debería olvidar que, en su tiempo, esta raza de mujeres solía vivir en la doble esclavitud del macho negro y el amo blanco.

–Cógelo todo si quieres.

Sin alterar la mueca de desdén con que castiga al anfitrión, Mandy cuenta los billetes con rapidez, como una contable profesional. El roce del papel al deslizarse entre sus ágiles dedos produce una electricidad estática imposible de tasar. Al terminar el recuento, la chica retiene más de dos tercios del total y le devuelve el resto a desgana.

–Esto es lo que valgo. Ni más ni menos.

Mientras Mandy, cumplida su parte del trato, retorna ahora con sus tres socias de la noche, Nicole se ríe a carcajadas de la petulancia y ambición de la chica y sólo deja de burlarse de la situación cuando su marido, transgrediendo el tabú implícito de la representación, se lo exige con gesto autoritario. Es cierto que su incómodo papel de espectadora pasiva no le permite sostener una actitud distinta. Así lo entiende el dios K al decidir que la presencia crítica de Nicole, aun siendo necesaria para él por razones aún incomprensibles, no debería interferir más de lo debido en el plan de la representación.

El caluroso viento ha penetrado de repente en el salón con fuerza inusitada y les ha recordado a todos, las cuatro chicas, el señor de la casa y la dueña mezquina y celosa, la volatilidad de las posiciones que se dan por garantizadas en la vida y en los negocios. Los vestidos no les pertenecen aún y las juguetonas manos del viento han estado a punto de desnudarlas para revelarles a las cuatro modelos lo infundado de tales pretensiones. Tras la elevada tensión de estos momentos, el dios K parece despertar del largo letargo estético en que las actividades de sus cómplices, de un modo u otro, lo habían sumido en contra de su voluntad y da la orden poco después, mirando de reojo a Nicole, que acaba de agachar la cabeza en señal de aburrimiento, de pasar de inmediato a la siguiente fase del espectáculo.

DK 20

Tercera epístola del dios K
[A los grandes hombres (y mujeres) de la tierra]

NY, 14/07/2011

Querido Sr. Ratzinger:

Sé que usted pensará, y con razón, que mi osadía al escribirle desborda todos los protocolos diplomáticos que usted y yo, en nuestro desempeño diario, debemos respetar. Sé que para usted no seré otra cosa que un réprobo en busca de socorro espiritual. No se equivoque, a pesar de su infalibilidad aparente, al pensar esto. Me dirijo a usted con todo el respeto intelectual que me suscita su figura con la intención de comunicarle la buena nueva que me ha sido anunciada por las vías menos previsibles. Sí, este emisario diabólico, postrado ante usted con humildad, puede imaginar su sonrisa beatífica al leer esto viniendo de quien viene. Esa sonrisa de paz y de amor con la que usted convence a la muchedumbre de sus fieles de que la fe y la razón son compatibles en la mente de Dios. Y que es esa mente la que garantiza la razón de la fe que sostiene todo el edificio doctrinal en que usted aloja sus pretensiones de gobierno espiritual sobre la tierra. Le supongo más que informado sobre el incidente que me ha conducido a esta situación lamentable. No en vano, en las más altas instancias suele bromearse con que usted, en su cargo pontifical, recibe la información sobre lo que va a ocurrir antes incluso de que se produzca, a través de canales providenciales vedados no sólo a los demás mortales sino a las más dotadas agencias de información y los servicios de inteligencia de los gobiernos, con lo que no me cuesta adivinar con cierta pesadumbre que usted supo antes que yo lo que me esperaba. Usted conoció mi siniestro destino antes de que se cumpliera, lo que nos sitúa en posiciones encontradas, como es lógico, al negarme ese conocimiento anticipado la libertad de eludir la condena aneja a ese cumplimiento. Pues bien, las paradojas del caso no acaban aquí. Sepa, Santidad, que, gracias a ese desgraciado incidente sobre el que prefiero omitir todo comentario por el momento, he podido tener acceso a los designios de esa mente divina en que usted funda todo su poder simbólico en la tierra. Me he asomado al vacío de esa mente sobrehumana y he sentido horror y vértigo al hacerlo. Pero también he experimentado paz y amor infinito por el mundo y las criaturas que lo pueblan al descubrir que había estado equivocado en mis apreciaciones. Al confirmar que usted también lo estaba y toda la biblioteca teológica en que usted basa su autoridad dogmática. Al saber que los dos estábamos equivocados sobre este trascendental asunto.

Mi conocimiento no está hecho de resentimiento ni de amargura, no me mueve ninguna pasión triste, no soy uno de tantos contestatarios que le deniegan por sistema la firmeza y la autoridad de la fe. No le reprocho nada. He sentido la liberación de ese peso que nos aplasta, tanto a usted como a mí, y nos hace seres pequeños que aspiran a una grandeza inmerecida, criaturas insignificantes que se otorgan un sentido y una meta como forma de medirse con un vasto universo que no los contempla como un logro de su creación sino como un fracaso o un residuo generado por sus procesos más banales. Sepa, Santidad, que en la mente de Dios no hay más razón que fe. No hay razón, no podría haberla, es presuntuoso atribuírsela como usted ha hecho, siguiendo una tradición errónea, en sus encíclicas y tratados. Pero tampoco hay fe, no al menos en el sentido que nosotros damos a esa mágica palabra, un equivalente del amor que da vida. No hay amor tampoco. En la mente de Dios sólo encontré estupor, un estupor atávico ante el crimen cometido con la creación del mundo. Sé que humanizo mis percepciones para hacerlas más comprensibles, pero lo más extraño de todo es que ese estupor de que le hablo no se parecía en nada al estupor que los humanos hemos aprendido a experimentar ante todo lo que nos disgusta o atemoriza en la vida. Ese estupor de la mente vacía de Dios era una forma de reconocimiento, pero un reconocimiento negativo, una aceptación y un rechazo cifrados en el mismo objeto indigno de amor. Un reconocimiento distante del horror causado. Para llegar a comprender eso que para usted constituye el mayor de los misterios, he tenido que rebajarme a la condición ignominiosa del prisionero, del apestado, del réprobo detestado por todos en razón de la naturaleza execrable de su crimen. He tenido que bajar al infierno del odio de mis semejantes para poder encontrar esta verdad intolerable.

No discutiré con usted, Santidad, sobre asuntos de economía, sé que le interesan poco o nada, usted sólo cree en la economía espiritual de la creación divina, pero sepa que la economía a la que he dedicado toda mi energía y pensamiento es otra forma de teología. Más mundana, si quiere, pero no menos abstrusa. Cambie los nombres y los conceptos de las cosas y obtendrá asombrosas similitudes. La única diferencia sustancial que observo en ellas, como ciencias efectivas de la realidad, es el énfasis que una, la que usted domina como nadie, pone en sostener la ficción de un origen divino, mientras la otra, la que me ha desquiciado hasta la sinrazón en muchos momentos de mi vida, no puede escapar, por más que lo intenta tomándose con soberbia por criatura autónoma, de la conciencia de haber sido creada por ese enfermo crónico que llamamos cerebro. El ser humano y la economía que administra su vida hasta en sus más mínimos detalles tienen ese terrible punto en común. Ambos son criaturas igualmente desgraciadas, condenadas a sostener una falsa idea de su libertad a partir de una incomprensión de su origen esencial. Así que, como usted puede comprobar sin necesidad de demostraciones matemáticas que sólo conseguirían extraviarnos, la teología y la economía se miran en el mismo espejo, pero desde ángulos distintos. Con presupuestos antagónicos.

Por más que usted no lo crea, esta convicción mía no podría flaquear nunca, la he adquirido no hace mucho a un alto precio.

El precio moral que uno ha de pagar tras someter a examen riguroso el vacío de la mente de Dios y bajar al infierno helado de ese vacío insondable. Me satisface saber que a través de mí le ha sido dado aprender que la mente vacía de Dios es el infierno que ustedes los cristianos han temido tanto en la historia y sobre el que se han torturado tanto sus mentes más agudas y, por si fuera poco, han torturado a muchos desgraciados en nombre de esa idea endemoniada para tratar de averiguar su grado de realidad. En el infierno, en su núcleo más concentrado, se siente un frío infinito y no hay nada ahí abajo, ni una idea consoladora de redención ni un gesto compasivo, que pueda calentar y reconfortar el ánimo. En cualquier prisión de máxima seguridad se sentiría uno como en casa en comparación. Sepa, pues, que el infierno, al contrario de lo que nos muestra la iconografía cristiana, no es un decorado ígneo, inflamado por un incendio eterno, sino una extensión de aire irrespirable y gélido, instalado en el cero absoluto de la escala térmica, un espacio sin dimensiones reconocibles donde la congelación y la desintegración aguardan al visitante para no volver jamás a ver la luz del sol o las estrellas. Debe saber, Santidad, que el infierno no existe más que en la mente de Dios, el infierno es la mente de Dios, pero esa mente está vacía, luego el infierno no es que no exista como tal, es que el infierno es ese mismo vacío elevado a la enésima potencia, ese lugar vacante donde debería estar todo clasificado y previsto y, sin embargo, nada se aloja en sus infinitas salas y atrios. Nada, en efecto, excepto conexiones infinitesimales y circuitos interminables, para desesperación de los ceñudos teólogos que llevan siglos escrutando su enigmática configuración. Una nada espantosa, un silencio insoportable, eso conocí al descender como un condenado a las entrañas de ese enclave monstruoso que nadie ha conocido jamás, o, si lo ha hecho, no ha tenido la oportunidad, como yo la tengo ahora, con todo el respeto y la admiración que profeso a su egregia figura, de contarlo *urbi et orbi*. Yo he sobrevivido a ese infierno y he regresado de él para poder comunicarle en primicia la buena nueva de esta liberación.

Llego ahora al centro de mis revelaciones, preste atención,

Santidad, y no se escandalice si cree advertir alguna irreverencia en mis palabras. No hay tal, sólo observaciones constatadas en vivo durante mi estancia en el infierno. La mente de Dios es la mente de un economista, sí, como lo oye, la mente de un programador universal. Una mente que carece de contenido sustancial pero no de formas, aún soy capaz, a pesar de mi estado, de hacer este tipo de sutiles distinciones. Esa mente es un tablero preparado de antemano con todas las categorías y las facultades imaginables, sí, pero carente por entero de contenido y de sustancia. Una mente huera, como la calificaría con horror un teólogo de otro tiempo menos racional. Y no porque se haya vaciado por los ataques de sus enemigos, o porque sea un ente desposeído de sus atributos en el curso de los eones celestiales por otro ente superior. No me fue dado encontrar tal entelequia en mi tránsito por ese infierno, esto a buen seguro le tranquilizará, al menos sus rezos no fueron desoídos por Dios y escuchados por otros entes menos caritativos, deidades más crueles e inhumanas, incapaces de amor, como las adoradas e idolatradas en edades primitivas por pueblos bárbaros cuyo recuerdo se ha borrado por fortuna de la faz de la tierra. No, no exagero si le digo que Dios es el gran economista del cosmos, el único contable del universo, un autómata supervisor del programa que informa sus procesos y cómputos, y que, para poder gobernarlo como corresponde, no necesita sobrecargarse de un contenido que usurparía con sus exigencias deterministas el control del mismo. Al fin y al cabo, como usted sabe, la economía es también una cuestión de fe, una cuestión de fe rige nuestras decisiones cuando confiamos nuestra fortuna o nuestros ahorros a un banco, o invertimos en bolsa para multiplicar el capital acumulado en nuestras cuentas. No olvide que la invención del dinero encierra una respuesta lógica al problema de la fe. Consideraría obsceno tener que recordarle el parentesco entre el misterio de la eucaristía y la invención del dinero. La presencia real en la sagrada forma y en la moneda o el billete participa de la misma credulidad e ilusión. No es casual, en este sentido, que fueran los protestantes y no los católicos los que impulsaran el capitalismo en sus inicios, transfiriendo de un símbolo a otro, de una forma sacramental a una forma profana, la garantía del valor y la salvación. Conciba, si puede, y sé que tiene dotes sobradas para hacerlo, el cosmos como un gran mercado y la mente de Dios como rector formal de sus operaciones y cálculos. Una suerte de árbitro supremo que vigilara el cumplimiento de las reglas del juego con la indiferencia y el aplomo que ni usted ni yo estaríamos en condiciones de compartir.

He pensado en usted como el destinatario ideal de mi descubrimiento precisamente por esto. En la mente de Dios usted y yo no somos muy diferentes, aunque yo ahora me atreva, arrodillado ante su carisma, a pedirle el perdón que usted quizá se digne concederme por obligación pastoral. No reconozco mis pecados, ni los considero tales, pero aspiro con mis errores, así prefiero denominarlos, esos mismos errores que me hicieron conocer el vacío de la mente divina, a obtener su clemencia. Ya sé que no es mucho pedir, en el credo de su Iglesia es lo que se ha hecho desde siempre con los pequeños y los grandes pecadores. Mi única soberbia está en mis palabras, no en mis actos. No hay juicio en la mente de Dios contra mí. No hay juicio contra nadie tampoco, no podría haberlo. Eso es lo que significa el vacío de la mente de Dios. La suspensión del juicio, la postergación eterna del dictamen final que habría de separar alguna vez a los buenos de los malos. Los que han obrado bien y los que lo han hecho mal son idénticos para el cerebro artificial que administra la economía financiera del cosmos, como lo son en la más modesta organización económica del globo. En ese infierno a la medida de nuestra soberbia como especie, usted y yo no tenemos mayor protagonismo dramático que una escolopendra en la hoja de un banano, una roca en el desierto arábigo, una nueva estrella en el firmamento o un alga microscópica en el fondo de una sima del Pacífico. Al vivir en el infierno durante el tiempo suficiente, un tiempo que ningún reloj de fabricación convencional sabría cronometrar con precisión, he entendido el mensaje dictado por la mente vacía de Dios. Un mensaje dirigido a todos y a nadie. Lo he entendido y por ello, sin arrogarme poderes especiales, yo le perdono y le absuelvo de sus pecados, y le exijo que haga lo mismo conmigo a fin de que ambos, a partir de ahora, podamos liderar una revolución espiritual para librar al mundo de la seriedad y la gravedad que nos embargan con sus obligaciones mortales y desterrar para siempre de nuestras vidas el espíritu de la pesadez. Pues sepa de una vez que la historia de los últimos dos mil años, por no remontarme más atrás en el tiempo, es la historia repetitiva de la pesadez y de los sangrientos conflictos generados por la pesadez. La pesadez cristiana, la pesadez islámica, la pesadez monárquica, la pesadez aristocrática, la pesadez burguesa, la pesadez capitalista, la pesadez comunista, la pesadez fascista y nazi.

Así pues, hermano Benedicto, sepamos desterrar de una vez nuestras diferencias seculares en provecho de la triste y afligida humanidad, más necesitada que nunca, en estos momentos de desolación, de guías y líderes espirituales como nosotros. Ya sé que estas diferencias entre usted y yo pueden parecer excesivas a simple vista, ya sé que usted pasa por ser ante la opinión pública un santo varón de entrepierna casta, al menos desde hace muchos años, no crea que no he oído esos calumniosos cotilleos y esas infamantes indiscreciones sobre sus aventuras de otrora en la universidad, no me tome por ingenuo, lo sé todo sobre usted, lo que no me hace mejor pero tampoco peor que usted. La única diferencia que advierto entre nosotros es que usted oculta sus culpas y pecadillos del pasado tras una sotana farisea, de corte impecable, desde luego, y yo los exhibo con arrogancia enfundado en un traje diseñado a medida. Así que acepte sin protestar la propuesta que le hago. Imagínese por un momento que estamos los dos ahora, confinados al atardecer en cualquier estancia de su magnífica fortaleza, a punto de suscribir un acuerdo ecuménico en verdad beneficioso para el mundo. Nosotros, sí, los dos seres más incompatibles de la creación. Usted: un émulo piadoso del salvador crucificado por nuestros muchos pecados y villanías, un erudito teólogo, un doctor evangélico de suaves maneras inquisitoriales. Y yo: un pecador relapso, un espíritu lujurioso, un libertino contumaz cogido ahora por el rabo, un burgués degenerado, un hedonista vulgar, como suelen proclamar en sus homilías los predicadores a sueldo de su Iglesia. No sabe cuánto me arrepiento hoy de mis bajezas mundanas de otro tiempo, mi sumisión servil a la tiranía y las imposiciones de la carne, pero en eso radica la gracia eucarística del asunto, ¿no le parece, Santidad? En eso se fundan la generosidad y la magnificencia a las que me atrevo a apelar en usted con enorme modestia.

Abandonemos de una vez todo lo que nos separa en la tierra, dejemos el cielo a los pusilánimes, y todo lo que hace de nosotros hombres distintos, o encarnación, si lo prefiere, de modelos distintos de masculinidad, de los dos usted es el intelectual, yo el tecnócrata, le corresponde establecer esas precisiones, y unámonos con fuerza en esta cruzada espiritual para expandir la buena nueva a todas las aldeas del orbe.

Atentamente,

El dios K

DK 21

Nuevo tratado de los maniquíes (2)

No es, sin embargo, una idea anticuada del pudor la que obligaría ahora a pasar por alto la desnudez integral de las chicas, sino el respeto a sus sentimientos más profundos. Unidas en esta causa, Emily y Noemí han expresado sin ambages la molestia que les causa desvestirse para complacer a los maniquíes, ya que el anfitrión no muestra demasiado interés a pesar de sus efusivas palabras en la belleza expuesta al natural de sus cuerpos. Los maniquíes las reducen con su presencia a malas copias del original y es lógico que eso las enoje, acostumbradas a ser tratadas como criaturas repletas de encantos individuales. El diabólico fabricante de tales seres los ha hecho tan parecidos a ellas en todo, incluidos el sexo rugoso y los senos puntiagudos, que nadie podría culparlas por sentirse ofendidas en lo más íntimo. Si las modelos podrían considerarse, por muchas razones, mujeres-objeto, ése es el papel que parece corresponderles esta noche, estos maniquíes podrían pasar, ante cualquier audiencia sensible a los problemas de género, por objetos-mujer. No, desde luego, ante Wendy, cuya sabiduría en la materia está a prueba de tales afrentas y, como sabe el anfitrión, de ella depende en gran parte que las otras realicen su cometido sin salirse de las estipuladas pautas del guión.

No son las reprimidas carcajadas de Nicole, a pesar de las apariencias de lo contrario, las que influirían en los pensamientos actuales del dios K respecto de sus invitadas y la representación interesada en la que participan. Nadie podría resistirse ahora a la patente seducción que emana de ellas. Da gusto verlas ahí paradas, algunas a regañadientes, otras no tanto, posando junto al maniquí recién vestido para que el amo y señor de la casa pueda apuntalar en sus hermosas cabezas una nueva tesis de ese sistema de pensamiento con que se propone, al parecer, conmocionar al mundo occidental en cuanto recupere la libertad de movimientos de que ahora disfruta sólo de manera condicionada. Haciendo uso de la única libertad que se le permite, la libertad de expresión, ofende de nuevo, sin pretenderlo, a las orgullosas chicas. Las cuatro, sin ponerse de acuerdo por una vez, han adoptado la posición más vulnerable a sus ojos sin prever los latigazos verbales que, surgiendo de la boca del anfitrión, iban a recibir como un juramento o una blasfemia contra lo que representan. En realidad, el dios K se dirige con estas hirientes palabras a Nicole, la única de las cinco mujeres presentes en el apartamento que sabría entender estas vejaciones como merecen, integrándolas en el contexto más amplio de sus relaciones maritales.

–Niñas mías, no nos engañemos por más tiempo, ni seamos más puritanos que los puritanos que dictan las inflexibles leyes de este mundo. Los hombres del siglo veintiuno queremos que la mujer sea creada de nuevo a imagen y semejanza del maniquí, con los mismos derechos y las mismas obligaciones que estos encantadores seres. No queremos a la mujer natural, no queremos a la mujer madre, la mujer compañera, la mujer esposa, la mujer amante, la mujer enfermera, la mujer cocinera. Qué horror. Ese sórdido pacto con el hacedor, por el que cedíamos una parte de nuestra soberanía a cambio de una compañía útil y agradable, nos convino en su momento, el muy ladino no nos dejó otra elección en aquellas difíciles circunstancias. Como negociador hay que reconocer que era un tramposo de cuidado. Pero ya no queremos ni toleramos a nuestro lado una compañera de fatigas ni tampoco, como algunos precursores de otro siglo más idealista creyeron con ingenuidad impropia de una inteligencia efectiva, tampoco queremos, oídme bien, una compañera de juegos. Por más que sean nuestros juegos y nosotros fijemos sus reglas y que ellas se presten con sumo gusto a jugarlos siempre en posición subalterna. Eso no nos basta ya como ideal de vida, sabemos de sobra adónde conduce ese error de siglos. Todos los signos precursores de esta cultura apuntan ya en esta nueva dirección. No queremos, por tanto, una compañera de juegos ni tampoco una jugadora del mismo nivel, una igual en el juego. No, no queremos nada de esto. Queremos, más bien, un juguete. Sí, queremos que la mujer no sea otra cosa que un nuevo juguete confeccionado a la medida de nuestras necesidades. Un juguete lujoso y placentero, un juguete perfeccionado con la ayuda de la cirugía, la publicidad y la moda. Un juguete diseñado a nuestro gusto para satisfacer de manera ilimitada nuestros deseos y placeres. Los hombres del siglo veintiuno no estamos dispuestos a conformarnos con menos. Los maniquíes son el modelo manifiesto de lo que queremos para las mujeres que acepten convivir con nosotros.

Después de escuchar esta ofensiva parrafada, sin taparse los oídos para no depender de la versión, siempre sesgada, de las otras, ya a ninguna de las cuatro invitadas, Wendy y Emily, Mandy y Noemí, se le ocurre discrepar de las demás en cuanto al perverso propósito de la representación, coincidentes en esto con la despectiva anfitriona, que tal vez no se decida a retirarse aún por un extraño prurito masoquista, una inexplicable fidelidad al sadismo implícito del vínculo conyugal.

Se hace cada vez más indiscutible en la mente de todos los allí presentes que para el dios K, tras perder el apetito sexual que siempre le había servido de instrumento fiable para escoger entre la vasta oferta femenina, no existían grandes diferencias entre las modelos desnudas o vestidas y las réplicas hiperrealistas de los maniquíes. Y este aspecto programático constituía para sus actrices, sin ninguna duda, el rasgo más ingrato del espectáculo. Tenían la sensación de estar atrapadas en un drama sin evolución posible, un drama circular y vicioso, una representación muerta, sin expectativas de mejora.

En cualquier caso, si hay algo de excitante para el dios K en esta exposición alterna de cuerpos vestidos y de cuerpos desnudos no es, desde luego, la explotación de la desnudez en sí misma, que horroriza a Nicole con su obscena vulgaridad, sino más bien la imaginación de todo lo que esos cuatro cuerpos, en ese exceso de visibilidad y cercanía en que se ofrecen a él, estarían ocultando como su más preciado secreto. Como el misterio femenino es considerado una ilusión mental por cuantos han indagado en él, una fantasía masculina, el dios K parece esta noche mucho más interesado en desvelar los mecanismos de fascinación mediante los cuales actúa en la realidad sometiendo a ambos sexos que en disfrutar sin vergüenza de sus indudables encantos.

De ese modo peculiar debió de entender Noemí, la española versada en lenguas y oficios del mundo, el oscuro propósito del espectáculo cuando se plantó con insolencia frente al dios K y le puso ante los ojos sus manos, tendidas en vertical, con los dedos apuntando hacia abajo, para que examinara de cerca su pulcritud y belleza. Por muy ensimismado que se encontrara en sus cavilaciones sobre el asunto y por mucho que el desnudo de Noemí y el perfume ponzoñoso del Miracle de Lancôme, con que anegaba todos y cada uno de los centímetros de su exuberante cuerpo, pudieran intimidarlo en ese momento de retiro interior, no era pensable que el dios K no reparara en esas preciosas manos extendidas frente a su cara como una tácita ofrenda de felicidad. Unas manos de dedos finos y uñas recortadas, lacadas para la ocasión en ese tono rojo cautivador que en otros momentos de su vida había logrado suscitar una reacción enérgica en todo su ser y ahora la luz de la linterna incrementaba hasta volverlo agresivo. Unas delicadas manos, las de Noemí, que, todo sea dicho, imploraban su atención con conmovedora pasividad y prometían al mismo tiempo colmar con eficacia, la mirada de la chica a la ruborizada Nicole se hizo aquí más incisiva, cualquier tarea que el deseo del otro quisiera encomendarles. Todo eso tenía un alto precio, como establecía el guión de la velada y la descarada Noemí se encargó de recordarle enseguida, tomándose la licencia de improvisar a sus anchas:

–¿Qué pagaría, mi señor, por tener a estas manos de reina como esclavas de sus deseos?

–Cien mil.

–¿Te burlas de tu humilde sierva?

–Un millón.
–¿En serio?
El dios K le entrega sin demora las dos partes sobrantes de las transacciones anteriores más un tercer fajo intacto de billetes de cien dólares. Hasta el mutismo y la inexpresividad de Ben Franklin resultarían sospechosos en este instante para el actual presidente de la Reserva Federal, como si el viejo patriarca de la república hubiera dado su aprobación al pago en metálico, embelesado también él con los sinuosos encantos de la chica extranjera, entendiéndolo como justa recompensa a sus servicios y predisposición saludable.
–Quédatelo todo. Es tuyo.
La zalamera Noemí no lleva sujetador, con lo que se ve obligada a distribuir la totalidad del dinero recaudado en distintos enclaves delanteros y traseros de la única prenda, un tanga negro Calvin Klein de microfibra diseñado para ajustarse al pliegue depilado de las ingles y a la frontera natural del pubis, que hace todo lo posible por preservar una parte al menos de su fragante desnudez de las miradas indeseables.
–Ahora te pertenezco, mi señor. Haz de mí lo que quieras.
El dios K pareció dudar, al escuchar estas inesperadas palabras de la chica, sobre si debía o no proseguir con la representación, como si escuchara en ellas una resonancia íntima a la que no convenía desatender. Por un momento creyó, como espectador iluso de esa escenificación de sus propios fantasmas, en la posibilidad de que el fin anunciado de la misma había llegado de improviso. No tardó, sin embargo, en descartar esa idea errónea mientras veía cómo Noemí se alejaba de él, contoneándose, con la misma actitud de satisfacción aparente que las dos anteriores.

Sin embargo, el metraje de la noche avanzaba inexorable hacia su consumación. Los nervios del viento se habían calmado un tanto y el revuelo de telas y cortinajes había cesado de repente en el apartamento para afirmar esta verdad sin paliativos. Incluso el cronómetro, rebelándose por un momento contra la voluntad de su dueño, se atrevía a señalar con exactitud el agotamiento inminente de la situación. No cabía perder mucho tiempo en plantearse dilemas insolubles. La indicación del dios K, sintiéndose amenazado por diversos factores entre los que se contaba, desde luego, la fatua arrogancia de las chicas, fue clara y terminante. El espectáculo debía continuar sin más dilación a riesgo de poner en peligro su sentido mismo. Mientras las modelos y los maniquíes no se hubieran probado todos y cada uno de los vestidos comprados en las tiendas más exclusivas de la ciudad, como les recordó jugando con las palabras para granjearse su comprensión, no tendría ningún sentido ponerle fin.

Así que, abandonando su posición servil junto a los maniquíes, las cuatro chicas volvieron, cogidas de las manos formaban una simpática cadena humana, a la zona del perchero para equiparse con nuevos vestidos y complementos a juego. Los elegidos fueron esta vez, por orden de preferencia, Donatella Versace y Donna Karan para la lujosa indumentaria, y Guccio Gucci, Mario Prada y Louis Vuitton para los bolsos, los zapatos y los cinturones. Ninguno de estos artesanos difuntos y diseñadoras aún en activo, al contemplar a las chicas apropiarse de los productos de su ingenio con esa desinhibición y esa desenvoltura que no se enseñan por desgracia en las escuelas de diseño y confección, ni se recomiendan en la mayoría de las pasarelas al uso, habrían podido quejarse al dios K, llegado el caso, por sentirse despreciados como marcas en este extravagante pase de modelos sólo apto para mentes privilegiadas.

Esta misma idea fue la que convenció a la resentida Nicole de la urgente necesidad de retirarse, sintiéndose definitivamente excluida de la representación. Abandonó el salón sin despedirse de nadie y fue a refugiarse, una vez más, en la soledad del dormitorio a fin de poder encajar el mensaje hostil de su transformado marido y el abyecto propósito del espectáculo que había organizado con la única intención de enunciarlo en su presencia con total impunidad. Al acabar de vestirse, sin intuir el discreto melodrama conyugal que había acaecido mientras ellas estaban atareadas otra vez con la elección de la ropa más adecuada a la situación, las cuatro chicas regresan por separado junto a los inertes maniquíes para intercambiar con ellos de nuevo, como establece el rudimentario guión, sus flamantes adquisiciones de temporada.

Llega un momento en el que la mecánica del espectáculo se vuelve tediosa para todo el que no tuviera el privilegio de contemplarlo en directo, sin la deformación, verbal o visual, del diferido. Por lo que carece de sentido repetir las sesiones interminables de desnudamiento y revestimiento que modelos y maniquíes, maniquíes y modelos, se vieron obligados a realizar, una y otra vez, antes de poder satisfacer las expectativas del pretencioso director de escena. El dios K aprovechaba, en cada entreacto, para profundizar o afinar en los enunciados de su nuevo credo, aun a sabiendas de que en algunos tribunales, sobre todo ante jurados populares, y ante algunos jueces de recta tradición, tales provocaciones podrían costarle, y más en sus actuales circunstancias, una pena de cadena perpetua en una cárcel de máxima seguridad donde la lobotomía selectiva y las terapias bioquímicas de reeducación del violador y el maltratador se atienen sin más a la legalidad vigente.

–En el futuro, amigas mías, lograremos fabricar legiones de mujeres artificiales y anatomías articuladas que convencerán a las copias de carne y hueso de la necesidad de satisfacer todas nuestras demandas de placer, por más que les repugnen o contravengan su idealismo en materia de relaciones sentimentales y afectivas. Las mujeres se gratificarán unas a otras. Como es sabido, cuentan con todo lo necesario para darse unas a otras un placer ilimitado. ¿No es eso, en el fondo, lo que la naturaleza ha pretendido desde siempre?

Como si las palabras del anfitrión actuaran de carburante de los mecánicos actos de las modelos, éstas, comportándose como auténticas profesionales, llevaron hasta el punto final lo programado en el guión del espectáculo burlesco. Eso sí, no se privaron a partir de un momento determinado de maltratar a los maniquíes, golpeándolos inadvertidamente, clavándoles agujas y alfileres e incluso arrancándoles miembros cuando el dios K no las vigilaba, con un sentido cómico de la venganza que nadie habría intuido de antemano en estas cuatro modernas y modélicas mujeres.

A pesar de todo, DK no se arredró ante la actitud insurgente de sus invitadas y les lanzó, sin temor a las represalias, una invectiva hiriente.

–Todas nuestras ilusiones tienen nombre de mujer. Por eso sufrimos tantas desilusiones. No hay nada perverso en querer reducir la vida a nuevas apariencias y nuevas formas, ¿no os parece?

Todo tiene un final lógico, o eso suele decirse para no agotar la paciencia de los otros sin ganarse un merecido castigo. El problema principal de cualquier conclusión consiste en que nadie consigue ponerse de acuerdo sobre el momento idóneo para hacerla. Nicole misma, encerrada ahora en su dormitorio, debe de estar planteándose este mismo problema, con tortuoso dramatismo, en relación con su matrimonio. Tal vez por esta misma razón, entre todas las situaciones paradójicas a que dio lugar el espectáculo de esa noche, ninguna llegó a serlo más que la que, de improviso, le puso fin. Fue un momento especialmente hilarante, en otra de las pausas obligatorias en medio del ajetreo agotador de las mujeres y los maniquíes, pero sirvió a todos los efectos para darlo por terminado sin que ninguna de las participantes entendiera por qué entonces, precisamente, y no una hora antes o una hora después, cuando tantas posibilidades parecían abrirse aún.

Sucedió cuando la muñeca Emily, a la que correspondía ahora subastar sus candorosas posesiones al mejor postor, abandonó el grupo para acercarse al anfitrión mientras éste guardaba un silencio tenso, un silencio preñado, como suele decirse, ya la fatiga comenzaba a manifestarse en las chicas y hacía estragos en la atención y la concentración del director de escena, pero también en el curso de sus pensamientos. Parada de pie ante él, Emily, de insinuante silueta infantil, se agachó para poner su mirada avispada a la altura de la del dios K y éste entendió, en otra de sus precipitadas interpretaciones, que era el rostro sin maquillar enfocado a la luz de la linterna, con toda su dotación de grandes ojos caramelizados, cutis transparente, pómulos prominentes y enrojecidos, nariz aplastada y labios turgentes, lo que pensaba ofrecerle esta miniatura femenina a cambio de una cuantía no menor de la que había derrochado con las otras tres, lo sorprendió doblando de pronto el espinazo e inclinando la cabeza ante él en señal de entrega y reverencia. Sin dejarle reponerse del sobresalto, la rubia Emily recogió con las dos manos su larga cabellera por encima de la cabeza, deslizando el pelo con morosidad entre sus menudos dedos, y desnudó a continuación y expuso a su vista una nuca resplandeciente por la que, según dijo, un millonario de Boston le había pagado un par de días atrás, a cambio de poder besarla y lamerla, una suma equivalente al precio del Versace gris perla con que pretendía encubrir su cuerpo de falsa colegiala. Nadie estaría en condiciones de adivinar hoy el mensaje que el generoso bostoniano pudo ver proyectado en esa pálida franja de piel y carne sudorosa antes de depositar en ella sus fríos labios y su viscosa lengua de potentado, ni en qué especiales circunstancias se produjo la licitación fetichista, pero es mucho más fácil averiguar lo que el dios K, intoxicado quizá por la esencia número uno de Clive Christian que manaba del cuello de Emily como de un frasco recién abierto, creyó ver allí representado con gráfica perfección. En todo caso, no se recató de compartir sus primeras impresiones con ella y con sus tres distanciadas amigas.

–El mundo pertenece a la muerte. Esto es, a las mujeres. Todo el mundo miente, a propósito, sobre este asunto. Las mujeres mandan en todo. Sobre la moda y sobre el mundo. Al final sólo ellas conocen la verdad de la vida. Todo es una impostura. Están mejor situadas que ninguno de nosotros para saberlo. Ésa es la verdad de los desfiles de moda, de los escaparates, las tiendas y los maniquíes. La muerte nos seduce con sus mejores atavíos para arrastrarnos a la perdición... Hemos terminado por hoy. Necesito estar solo. Llevaos los vestidos y todo lo que queráis y dejadme solo, por favor.

Cuando el dios K se encontró al fin a solas en el apartamento, no lloró como en otras ocasiones por el aciago signo de su vida actual, ni buscó ningún consuelo fantástico a su estado de desesperación y abatimiento. Hizo algo mucho más fácil de contar que de entender en toda su importancia. Se abalanzó furioso sobre los cuatro maniquíes, alguno vestido, los demás desnudos, mutilados por un ardid cruel que las invitadas le habían jugado sin que se diera cuenta y ahora le divertía, a pesar de todo experimentaba un acceso de infinita simpatía por las alegres modelos que habían cometido ese crimen insignificante para defender sus privilegios sexuales, y los arrojó uno tras otro por el ventanal abierto. Los vio sobrevolando el aire con ligereza, impulsados por el viento de la noche que los alejaba en apariencia de su destino, con sus postizas cabelleras desmelenadas por el pánico o el vértigo de la caída y sus brazos alzados en muda petición de socorro, pero se negó a verlos estamparse contra el suelo. Era una imagen de su fracaso aún más intolerable de lo que había sido capaz de sospechar al comienzo de la estéril sesión.

DK 22

El ángel exterminador

–Sí, señoría, le contaré la verdad, toda la verdad y nada más que la verdad, lo juro.

Al juez Holmes, un veterano de los litigios penales, esta declaración rimbombante le parece una argucia más del acusado, pero ya ha visto que los dos, la víctima y el acusado, mienten sin parar, con lo que deduce que dejarlos hablar es una forma de aliviar el dolor de una y la culpabilidad del otro y también la culpabilidad de una, todos la tenemos, es inevitable, nadie es del todo inocente, nadie del todo culpable, dice este juez salomónico, y el dolor del otro, la imagen desoladora que había dado en todos los noticiarios y primeras planas de periódicos en papel o en internet, hubiera bastado para arruinar la moral de muchos hombres de importancia. Esposado, cabizbajo, juzgado culpable por la opinión pública antes siquiera de haber hecho la primera declaración. Mientras que ella, sí, ella, era la novia mediática de la audiencia, esa mujer iletrada e insignificante había pasado en cuestión de días del anonimato totalitario en que viven y mueren la mayor parte de sus semejantes a la fama inmediata e inmerecida por la que muchos otros entregarían la vida sin pensárselo dos veces. El mundo es injusto y la felicidad está muy mal repartida, se dice el juez, repitiendo consignas que leyó alguna vez en las páginas de sus maestros juristas, esos prohombres que se alzaron por encima de la media estadística para cincelar códigos legales y sentencias ecuánimes, esa divina jurisprudencia con la que el mundo puede dormir más tranquilo cada noche, pues el orden y la justicia cifrados en sus palabras le garantizan un mínimo de cordura y de sensatez. El mundo, sí, es hora de que el mundo oiga la enésima mentira que este fabulador, el insigne dios K, tiene que contarle antes de que sea demasiado tarde. Ya han escuchado las múltiples versiones de su víctima, la africana que mantiene hechizadas a las cámaras de televisión y a los periodistas y a los padres de familia, sobre todo a estos ruidosos impostores, que aún creen en sus patrañas y mitos y viven pendientes del televisor, esperando que la condena de ese hombre los libere de la culpabilidad ancestral que la camarera ha sido capaz de remover en sus cabezas como quien remueve con un cucharón de madera podrida un caldo maloliente en un caldero mágico.

Este juez magnánimo como pocos es ahora todo oídos. Sólo él y dos policías y el abogado principal de la defensa están en la sala cuando el acusado, un hombre de ingenio e inventiva inagotables, comienza a narrar su último hallazgo como quien cuenta un chiste tan antiguo que todo el mundo lo ha olvidado y, sin embargo, cuando llega el final, lo celebran con estridentes carcajadas como si fuera la última novedad cómica. No lo hacen por compasión con el mal humorista, o el pésimo fabulador que los ha tomado a todos por idiotas integrales, sino por ese viejo sentido de la decencia que la gente asocia con el narrador de historias. Esa honestidad primigenia y esa decencia milenaria, como proclama el juez Holmes, que la cultura humana no debería perder nunca a riesgo de hacer cada vez más difícil la búsqueda del sentido de los actos y el rigor moral de la conducta.

Entonces, señoría, estábamos en que la camarera entró en la habitación mientras me estaba duchando. No tengo ni que decirle que la ducha me había causado efectos perniciosos, es un mal fisiológico que arrastro desde la infancia por culpa quizá de la circuncisión, según dice mi médico de cabecera, le pago una buena pasta por sus diagnósticos, así que tengo que darlo por bueno. Por culpa de eso, por cierto, nunca me hice masón, no podía aceptar ensuciar el templo de la sabiduría y el progreso con esos accesos intolerables. Vale, digamos que entonces mi pene se puso todo inflado y a punto de reventar a causa del exceso de higiene, como decía mi padre, amonestándome desde que era un niño con tendencias viciosas, según él, y cuando estaba mirándolo con gran preocupación en el espejo, tratando de entender por qué no me dolía tanto como otras veces, la camarera, negra y sigilosa como una pantera, se planta en la puerta del cuarto de baño, le juro que no la había oído entrar, señoría, y se me queda mirando la entrepierna, como asombrada de cómo se me ha puesto con la ducha. Se lleva una mano a la boca y está a punto de dar un grito, un grito de sorpresa primero y luego otro de socorro, imagino, para alarmar al médico del hotel o llamar la atención de otras colegas o clientes que puedan venir en mi ayuda en ese momento. No sabía qué hacer, cómo actuar. Para evitar el escándalo que eso supondría para mi reputación le salto encima, pidiéndole que no grite, por favor, que guarde silencio, me lanzo sobre ella para evitar que siga gritando y parece que, sin saber muy bien cómo, le agarro las dos tetas e intento que no se escape de mí para que no siga gritando, ella se tapa la boca para no gritar más, pero yo no despego las manos de donde las he puesto para que entienda que no pretendo hacerle ningún daño, no sabe nada de francés, por lo que veo en cuanto me dirijo a ella para tranquilizarla y decirle que el estado de mi pene no es tan grave como parece, no, el francés, por su reacción, debe de parecerle la lengua del demonio o de alguno de sus socios financieros más peligrosos, pero es que tampoco el inglés corriente la convence de mi buena intención y no hace otra cosa que gesticular para librarse de mis manos y gritar unas extrañas palabras en un dialecto que desconozco. Conociendo su origen étnico por alguna conversación anterior, entiendo que está profiriendo alguna clase de conjuro tribal para liberarme del mal que no hace sino hinchar cada vez más mis genitales, no sólo el pene, también los testículos se están hinchando tanto que ella se asusta aún más y yo estoy tan aterrorizado con todo lo que está pasando que, con la fuerza del impulso, mientras la agarro fuerte para que no huya de mí, consigo arrastrarla sin darme cuenta hasta los pies de la cama, donde cae sentada, con las piernas abiertas y la camisa desgarrada y la cara levantada hacia mí para advertirme sobre el empeoramiento de mi estado. En ese momento, al estar tan cerca uno de otro, por un error de cálculo o por una inexplicable casualidad, mi pene a punto de reventar se cuela en su boca, se desliza sin querer entre sus labios abiertos, y no sé qué hacer, de verdad, para sacarlo de ahí, lucho y forcejeo con ella para convencerla de que fuera estará mejor que dentro, ya que tiene que reventar mejor hacerlo en el exterior, donde hay más espacio, pero esta pobre mujer no me entiende, su conocimiento de las lenguas es deficiente, y mientras yo intento sacarlo ella se empeña sin motivo en agarrarse a mis rodillas y apretarse contra mí, la empujo hacia atrás y ella se inclina hacia delante, vuelvo a alejarla de mí y ella se esfuerza en aproximarse más, la lucha entre los dos no cesa y creamos un vaivén que acaba como tenía que acabar, mal para ambas partes. Parece que le he destrozado también el sujetador mientras trataba de impedirle que diera la voz de alarma en todo el hotel y que le he hecho algunas magulladuras en el brazo y en los muslos al precipitarme sobre ella en el forcejeo por desprenderme de su abrazo. Caigo extenuado encima de la cama y, desde ahí, la veo que me está mirando con horror para indicarme que algo anormal le pasa a mi pene, endurecido aún como si no hubiera reventado hace un momento, manchándolo todo a su alrededor.

Todo lo que sigue ya lo sabe usted, señoría, se lo he contado mil veces, aunque se empeña en no creerme. Esto sucedió tres días antes, no el 14 de mayo, sé que parece increíble, pero así fue, ya se lo he dicho. Cuando salí de esa maldita habitación para ir al aeropuerto yo llevaba tres días encerrado con esa mujer en la misma habitación, sin hacer otra cosa que esperar a que pasaran las horas y pudiéramos abandonarla los dos. Tenía la sensación de que me había hechizado para mantenerme en su poder todo ese tiempo e impedirme partir como quería desde el principio. Tuvimos mucho tiempo, tumbados en la habitación, para conocernos mejor y hablamos de todo como podíamos, del extraño estado de mi pene después del incidente, de sus heridas y laceraciones, de mi deseo de ayudarla. Era una maldición, se lo aseguro. Todo aquello, una pesadilla recurrente. Yo me ponía en pie, tal como estaba, caminaba hacia la puerta y antes de poder pensar siquiera en abrirla se me ocurría algo que quería saber sobre ella sin falta, así que volvía a la cama y le preguntaba sobre su familia y su origen y su país, pensando que así se ablandaría un poco y me dejaría salir cuando acabara de contármelo todo, pero nunca lo hacía. Al segundo día fue peor, después de pasar la noche en vela, fue ella la que por la mañana temprano hizo amago de levantarse para limpiar el cuarto de baño, me reprochaba que lo había inundado y que las toallas estaban en el suelo empapándose de agua, pero antes de que pudiera levantarse de la cama deshecha donde estábamos tumbados los dos, uno junto al otro, le pregunté algo que no debía. Lo supe en cuanto vi la expresión arisca de su cara y escuché que la voz se le ponía ronca y empezaba a toser. Le pregunté por su marido y ella se levantó entonces hecha una furia y se metió en el cuarto de baño, sin cerrar la puerta. Me había equivocado al preguntarle eso, no podía pretender abandonar aquella habitación si me mostraba impertinente con ella. Debía ganarme su simpatía, después de lo que había ocurrido entre nosotros era lo menos que podía hacer. Para intentar paliarlo comencé a vestirme sin que ella se diera cuenta, mientras se distraía ordenando un poco el cuarto de baño, con la intención de abandonar la habitación, pero antes de terminar de ponerme los calcetines y los zapatos, como si hubiera intuido mis intenciones, ella apareció sonriente en la puerta del cuarto de baño, sudando por el esfuerzo, refrescándose con una de mis toallas mojadas, lo recuerdo muy bien, y me preguntó, como si tal cosa, por mi mujer. Mi mujer, murmuré, déjame que te hable de mi mujer, me levanté entonces de la cama y traté de llegar corriendo a la puerta, haciendo un esfuerzo colosal me encaminé en su dirección, pero me fue imposible, una fuerza inusitada me lo estaba impidiendo, a mitad de camino me paré en seco, me volví y le conté todo lo que sabía de mi mujer, punto por punto. Todo lo que podía contarle de mi mujer a esa otra mujer a la que apenas si conocía. Pensé que así ablandaría su duro corazón. Pero fue en vano, señoría. Estaba claro que yo era su prisionero y esa mujer estaba decidida a mantenerme secuestrado en aquella habitación todo el tiempo que hiciera falta, hasta que supiera qué hacer conmigo, si matarme o pedir un rescate, qué sé yo, nunca había vivido una situación parecida. Cuando comencé a llorar al acabar mi relato, no pude evitarlo, cada vez que hablo de mi mujer me entristezco sin remedio y el llanto brota espontáneo de mis ojos, ella vino a mí, parecía emocionada con mi historia conyugal, y me acarició la cabeza con ternura y se sentó junto a mí en la cama, me pidió que no llorara, tampoco era para tanto, dijo, y así pasamos cinco o seis horas, sin decir mucho más, mientras ella no dejaba de acariciarme el pelo y la cara, como si se apiadara de mí o de mi mujer, o de los dos, menuda pareja, debía de pensar, hasta que se me secaron los ojos de tanto llorar y me cansé de lo absurdo de la situación en que estaba atrapado y volví a levantarme con la firme intención de abandonar la habitación. Ahora me voy, no podrás impedírmelo, le dije, no te lo voy a impedir, me dijo. Ya no, ahora debo hacer la cama. Caminé sin prisa hacia la puerta y cuando iba a abrirla y poder salir al fin, me volví, movido por un reflejo pasivo que no soy capaz de entender aún, y le pregunté su edad, parecía más joven de lo que era en realidad, y cuánto tiempo llevaba trabajando en el hotel y si tenía muchas amigas e hijos y hasta cuánto ganaba en dólares a cambio de limpiar y ordenar habitaciones en el hotel. Estaba terminando de hacer la cama, alisando las sábanas y plegando la colcha, y me invitó a que me acercara con un gesto ambiguo. Cuando llegué a donde estaba, se había sentado en el borde con las piernas cruzadas, me invitó a sentarme a su lado y escuché entonces la larga historia de su llegada a este país y lo que le sucedió después, saliendo de su boca como si se la hubiera aprendido de memoria para poder contársela a todo el que estuviera interesado en ella. Era una historia bastante triste a pesar de todo y me conmovió con su llanto al concluirla con un desenlace terrible que no me esperaba, enjugué sus lágrimas y luego nos tumbamos encima de la cama recién hecha, uno al lado del otro de nuevo, sin tocarnos ni mirarnos ni decirnos nada más. No sé cuánto estuvimos en esa posición, señoría, pero cuando la vi levantarse y caminar hacia la puerta de la habitación creí que saldría por fin y me dejaría libre, pero no fue así. Se detuvo junto a la puerta, con la mano prendida de la manija, como si pretendiera abrirla pero una última duda se lo hubiera impedido, y sin volverse hacia mí me preguntó, en voz muy baja, casi inaudible, si tenía hijos varones, no, ¿amantes?, demasiadas para un solo hombre, si había conocido en la cama a algún hombre, no, ¿y tú?, le pregunté con ingenuidad, sin imaginar a lo que me exponía, ¿has conocido a muchos hombres en la cama? Se volvió de repente, ofendida, me miró con desprecio y odio, como a un vulgar violador, llevaba esta acusación escrita en los ojos, pude verlo con claridad, abrió la puerta y se dio a la fuga. Eso fue todo lo que pasó, señoría, no sé qué más quiere que le cuente...

DK 23

El maravilloso mago de Omaha

Y fue entonces cuando los mercados se hundieron, sin miedo a lo desconocido, hasta encontrarse con el reverso de la nada. Y el sistema entero, por un descuido imperdonable de las agencias de calificación de riesgos, estuvo a punto de quebrar, colocándose al borde del abismo financiero y la bancarrota. En un estado de cosas tan crítico, a nadie le extrañaría que las más altas instancias europeas, en un gesto de desesperación, encargaran al dios K la misión más difícil de su vida. Entrevistarse con el Doctor Edison. Sí, nada menos que con Edison, el mago de Omaha. ¿Y quién es Edison?, se preguntarán con razón los más escépticos y menos informados. El mismo Edison, con el prurito didáctico y la verborrea que caracteriza a los más poderosos personajes de la tierra, lo puede explicar mejor que nadie.

–Edison es el nombre genérico que damos en este país al cargo que está por encima del Presidente y por encima del director de la Reserva Federal y por encima del jefe de la CIA y el FBI y el ejército. Por encima de todos, los nombrables y los innombrables. En fin, es el que toma las grandes decisiones en momentos especialmente complicados. El gran arquitecto, el gran corrector, el gran ajustador. El contable supremo de las arcas mundiales. Llevo setenta años al frente del puesto de más alta responsabilidad del Estado, pero no soy el primero en haberlo ejercido. Tuve cuatro antecesores, algunos desaparecieron en desgraciadas circunstancias antes de que terminara su contrato.

Espero que a mí no me pase lo mismo. La creación de este puesto responde, como tantas cosas en nuestro maravilloso sistema, a Ben Franklin. El bueno de Ben un día se quedó dormido en mitad del campo con una cometa anudada en el dedo meñique de un pie y tuvo una pesadilla terrible. Éste es un país de hombres pequeños y mujeres malas, le dijo una voz en el sueño desde detrás de una nube negra como el carbón, y al despertar, con fiebre y sudores en todo el cuerpo, Franklin decidió inventar la pieza que le faltaba a la maquinaria del sistema, esa que se pondría en marcha cada vez que fallara todo lo demás. El primer Edison no se llamaba Edison, como es natural, aunque no me está permitido pronunciar su nombre, ya que quedó suprimido para siempre de los registros federales por culpa de la intervención del gran usurpador. Ya sabe a quién me refiero. Pagó con su incalculable fortuna para que todos los sucesores en el cargo no se llamaran como quiso Ben Franklin, un buen hombre, sino como él mismo. Edison a secas. O Doctor Edison, si lo prefiere.

El dios K había venido hasta aquí superando en taxi las dificultades de tráfico del final de la mañana para encontrarse sentado enfrente de este hombre de pequeña estatura y cráneo despoblado, apenas tres pelos de punta adornaban su redonda cabeza, y maneras y palabras tan veloces como la circulación monetaria en las gráficas que manejaba mentalmente como otros intercambiarían imágenes porno en internet. Una especie de homúnculo hiperactivo y nervioso hasta extremos impensables que, sin embargo, poseía una voz meliflua y seductora, de sutiles tonos femeninos, con la que lograba persuadir al interlocutor sin apenas necesidad de presionarlo con la toma de medidas impopulares y drásticos reajustes del sistema.

–En eso consiste básicamente mi trabajo, amigo DK. Como ha podido comprobar, la cosa no carece de alicientes...

El Doctor Edison vestía como un deportista de élite, con un chándal blanco resplandeciente, y vivía como un monje moderno, apartado del mundo y recluido día y noche en la planta ultrasecreta situada por encima del piso 89 de este rascacielos neoyorquino de apariencia astronáutica apenas reconocido por los turistas y los visitantes ocasionales de la ciudad. Y eso que lo que más sorprendió a DK al llegar al vestíbulo del edificio fue comprobar que la fachada comercial tras la que se ocultaba el gabinete de Edison era una agencia turística, Media Tours, donde todas las empleadas era antiguas modelos y vestían a la última moda para satisfacer los gustos y los deseos de Edison y su clientela selecta de empresarios, hombres de negocios, políticos y banqueros. Durante la hora aproximada que el dios K tuvo que aguardar en la sala de espera, por indicación de una de las secretarias, Edison se encontraba muy ocupado reajustando algunos estropicios del día, Wall Street acababa de cerrar con pérdidas millonarias, amables y guapísimas empleadas de la empresa se ocuparon de su bienestar integral, sirviéndole por turnos un refrigerio como aperitivo y luego un almuerzo ligero, sin obviar los sensuales y efectivos masajes en hombros, sienes y pies, para relajar al viajero y también al sedentario, y una selección inteligente de semanarios especializados, magazines populares y últimas ediciones de diarios internacionales.

–No me diga, amigo DK, que mi idea del bienestar no es más envidiable que la suya. Ustedes los europeos siguen sin entender las verdaderas necesidades humanas. Son demasiado idealistas, en el fondo.

Es cierto que el dios K, a pesar de todo el lujo y la sensualidad del tratamiento, se sintió bastante incómodo durante la espera. Eso es lo que se pretendía. Hacerle dudar, rendir sus defensas a través del trato privilegiado. Por otra parte, la misión que se le había encomendado era imprecisa y hasta confusa. Se le había advertido que Edison no se dejaba intimidar por ninguna amenaza ni ningún peligro. Era alguien a quien la preservación del sistema tal y como fue concebido desde su origen preocupaba mucho más que las catástrofes humanitarias, la pobreza sistémica, como la llamaba, achacando su existencia a factores internos insolubles, o las pérdidas económicas de los individuos, las empresas y las familias. El Doctor Edison encarnaba, en todo, como aseguraban sus enemigos ideológicos, no todos localizados en la izquierda oficial, el cinismo y la indiferencia del sistema, sin duda, pero también su optimismo ontológico, a prueba de calamidades y siniestros.

–Me acaban de llamar de Japón. Buenos amigos, los japoneses. Están preocupados. Es natural. Desde que perdieron la primacía han dejado de gozar de nuestro favor, como temían. Hemos invertido mucho en ese país, también en vidas humanas, como para perdonarles su torpeza y su negligencia de las últimas décadas. Han querido comer más de lo que podían digerir y se les ha atragantado. Esa gula en mi pueblo se considera pecado y se acaba pagando con creces. ¿O es que usted se cree que la segunda guerra mundial, con sus bombardeos masivos y su destrucción casi total del país, tenía otra finalidad que ayudarles a lograr de la noche a la mañana el objetivo de progreso y prosperidad que se habían trazado el siglo anterior? Lo logramos entre todos, con mucho sufrimiento y dolor en ambas partes, pero lo conseguimos finalmente. Japón se puso a nuestro nivel como quería. Se convirtió en un simulacro, otro más, ni más ni menos que mi país, donde, como todo el mundo sabe, las máquinas son cada vez más complejas y las personas cada vez más simples...

Nada más entrar en el despacho, pero sobre todo en el momento en que tiene que descalzarse y comenzar a caminar en penumbra con los pies desnudos sobre la gravilla blanca que cubre el suelo en señal de devoción a las fuerzas telúricas, DK tiene la sensación de que la entrevista con el Doctor Edison no va a servir de nada, o sólo para lo contrario de lo que se pretendía al enviarlo allí como emisario de malas noticias. Quizá porque la pasión de Edison por las ceremonias y la decoración niponas le comunica de inmediato que se encuentra ante alguien que se toma, en efecto, por un ser superior, un emperador de otro tiempo, conectado a la divinidad solar, en este caso el dinero, por vías intransferibles, y que ha elegido ese decorado de película de samuráis y artes marciales para expresar su poder a los clientes y visitantes que se atreven a molestarlo con bagatelas. Como en todo imperio desde la antigüedad, un sistema sólidamente establecido de convenciones y protocolos designa al representante de ese poder superior con la misma arbitrariedad con que se elige un nombre y no otro para bautizar a una criatura recién nacida bajo el sol.

–¿A qué llamo simulacro?, se preguntará usted. Y no le falta razón, se suele abusar tanto del concepto que ya nadie sabe lo que significa. No me tome por loco. No es nada excéntrico ni monstruoso. Un sistema organizado en torno a lo básico, lo elemental, que se permite tener como lujos accesorios todo lo demás. Y cuando digo todo lo demás, quiero decir todo lo demás. No se equivoque. La cultura, los sentimientos, las instituciones políticas, el deporte. En Europa lo intentamos también, pulverizando a los nazis esperábamos que el poder que a partir del final de la guerra gestionara ese territorio hubiera entendido las mismas lecciones que sus colegas del astro emergente. Fue un error. Ustedes nunca aprendieron. La atracción gravitacional de la Unión Soviética y el socialismo utópico era demasiado grande como para resistirse. Y cayeron bajo su influencia, a pesar de todos nuestros esfuerzos por evitarlo. La Unión Soviética, sí, qué nostalgia, ¿verdad? Todavía recuerdo aquella reunión con el viejo MacArthur. Se atrevió a gritarme, uno de los pocos que ha sido capaz de hacerlo en mi vida. Se estaba volviendo loco, era un profeta y nadie le hacía caso, puedo comprender su actitud después de estos años. Pretendía que convenciera al Presidente de que tras liquidar a los nazis nuestras tropas debían proseguir la guerra hasta conquistar Moscú, destruir a los comunistas en su nido, como a las arañas, porque si no la red que estaban tejiendo terminaría amenazando nuestros logros. Cuánta razón tenía, el pobre, y no le hice caso. Tuvimos que esperar mucho tiempo, hasta Reagan, después de que Nixon nos fallara a última hora, con todo lo que habíamos invertido en él, para encontrar una visión semejante y una fuerza gemela para cumplir con el deber que la historia nos había encomendado y explicárselo a los electores de manera convincente, sin medias tintas... Por cierto, ¿quiere tomar algo? Yo no bebo, nunca lo he hecho, pero comprendo las debilidades humanas sin compartirlas...

El dios K se volvió hacia la chica asiática, enfundada en su kimono negro de seda con bordados de oro, que se había abierto paso con sigilo diplomático entre la jungla de bambúes y bonsáis que colmaba el despacho y lo convertía en un invernadero caluroso y sofocante donde se le hacía difícil respirar y pensar, y no sólo a causa de la exuberante presencia vegetal o la escasa iluminación.

–Lagavulin. Doble, sin hielo ni agua. Si es el último de mi vida, me conviene aprovechar la ocasión.

–No sea pesimista. Todo tiene arreglo. Tráele al visitante europeo lo que pide y tráeselo pronto, no alimentemos más su desprecio y su odio, eso les hace creerse más fuertes de lo que son en realidad.

–No sé de qué me habla.

–Lo entenderá antes de lo que piensa. Ya verá. No desespere. ¿O es usted otro de los que se han tragado los mitos y mentiras de la crisis? Verá, en la guerra fría creamos de la nada toda una mitología adecuada a nuestros intereses. Hemos tardado mucho en revisar sus errores y encontrar otra nueva con que sustituirla. La crisis financiera mundial, con todas sus ramificaciones y secuelas privadas, es uno de sus componentes narrativos más imprevistos y gratificantes. Un verdadero golpe de genio estratégico, infinitamente más efectivo en el inconsciente universal que la añagaza del terrorismo jihadista...

La guapa camarera ha regresado a la velocidad del sonido, pero con el mismo silencio y la misma discreción natural de la primera vez, y le acaba de poner el vaso de whisky encima de la mesa lacada en negro, donde Edison no acumula ningún papel, ningún archivo, ningún ordenador, nada de nada, lo que desconcierta al visitante pero no le asusta. Esa falta de ostentación relaja sus defensas psicológicas y lo predispone a escuchar con agrado las razones del otro.

–No me diga que la idea no es brillante. Organizar a la vista de todos, sin disimulo, una fuga de capitales impresionante, una transferencia multimillonaria de los bolsillos esquilmados de la clase media a las bolsas repletas de los más ricos, haciéndola pasar por bancarrota del sistema bancario y financiero. El mayor atraco de la historia, el más limpio, además, sin rehenes ni tiros ni derramamiento de sangre. Era necesario, por diversas razones que a usted no se le escapan, poner nuestro dinero a buen recaudo, ¿dónde mejor que en las cámaras acorazadas de los millonarios de este país?

–No deseo interrumpirle, desde luego, es muy interesante todo lo que me está contando, pero me atrevería a pedirle una última cosa.

–Lo que usted quiera, es mi invitado de honor.

–Un buen cigarro. Cubano si es posible.

–Ah, eso sí que no. Lo siento mucho. Por ahí no paso. Éste es un espacio sin humo, un espacio preservado de cualquier forma de polución, como puede ver, y más si afecta al olfato y los pulmones. Ni hablar. Con gusto eliminaría de la población ese hábito cancerígeno. Por decreto. El problema es que ningún político importante me secunda en esto. Las tabacaleras sufragan muchos de sus vicios privados, no se puede cambiar un país de la noche a la mañana, ¿verdad, amigo DK? Y de Cuba prefiero no hablar por ahora, y menos con usted, no me fío...

El dios K necesita tomarse un descanso, la charla del Doctor Edison puede resultar agotadora a la larga, son tantos los temas que saca a colación sin venir a cuento, hay que darse tiempo para digerirlos como más conviene a cada uno, así que DK da el primer sorbo, inconfundible, de este extracto petrolífero embotellado que se hace pasar, por razones publicitarias, por malta destilada en barricas de madera a baja temperatura ambiental. Alentado por el impacto explosivo del trago en la base del estómago, el dios K, consciente de no poseer toda la información que creía necesitar para enfrentarse a Edison, le pide permiso para encender el iPhone que le habían obligado a apagar, por motivos de seguridad, antes de ser admitido a esta audiencia privilegiada con el mago de las finanzas y los presupuestos.

–Lo siento, eso tampoco está permitido. Quién sabe qué información relevante, sin saberlo usted, podría estar transmitiendo su inocente terminal a nuestros enemigos de ahí afuera.

–No estoy para bromas.

–Podrían incluso utilizarlo como arma de destrucción, es tan fácil hoy transformar estas tecnologías en lo contrario de lo que se pensó que serían. O como receptor de instrucciones malintencionadas. Imagínese que una imagen mía, tomada por usted involuntariamente, viajara por las redes telefónicas hasta almacenarse en la memoria de algún ordenador conectado a internet. En cuestión de minutos estaría dando la vuelta al mundo. El daño sería irreparable. Permítame que le diga algo, en confianza, mientras sorbe un poco más de ese licor exquisito, cuánto placer puede albergar una simple molécula bien diseñada, ¿verdad?, no digamos ya un agregado caprichoso de ellas. A un hedonista teórico como yo no podrían pasarle desapercibidos estos detalles que hacen la vida más grata, menos áspera, más tolerable. Permítame, en este ambiente de distensión que noto instalarse entre nosotros, que le haga una recomendación...

–Diga lo que quiera, está en sus dominios.

–La difusión de su imagen y de otros colegas suyos del mismo nivel por todos los medios es perjudicial para los intereses del sistema. No sé cómo esto no lo han aprendido aún sus jefes. Nosotros tenemos al payaso de la Casa Blanca y al bobo de la Reserva Federal para que le pongan cara a mis decisiones y mis mensajes. Una cara humana en la que los votantes puedan confiar. Así funciona la cosa, unos tienen la imagen y otros el poder. Si me vieran a mí, tal como soy, con la grandeza de mis virtudes oculta tras la siniestra pequeñez de mi apariencia, no dude de que, mucho antes de lo pensado, germinaría entre los ciudadanos la convicción de que viven en una pesadilla hecha realidad, y nadie podría reprochárselo. No soy un androide, no se engañe, pero el impacto negativo en la conciencia humana, lo tengo estudiado, sería muy parecido en caso de conocerse mi imagen...

–¿Y no lo es? Quiero decir, ¿por momentos no tiene usted la sensación de que no merece la pena engañar a la gente como se la engaña para convencerla de lo contrario de lo que es evidente, de lo que ven en la televisión y en la realidad que los rodea, de que eso es verdad y lo otro una fabricación, una mentira espectacular, un artificio mediático...?

–Ya estamos con la sofisticación europea. No aprenderán nunca. Nos costó una fortuna, como le decía, tratar de enderezar la desastrosa historia en que habían naufragado por culpa de su irracionalidad latente y sus ambiciones intelectuales. Y ahora vuelta a la carga. Qué pesados resultan. Dos siglos enteros echados a perder en nombre de sus mitologías de pequeñas naciones y pequeñas regiones. Mitos de pequeña gente que se toma por dioses de la galaxia y se construye grandes palacios para encubrir lo pequeños que son y lo pequeños que se sienten, ¿no se da cuenta de que esa lección sigue viva, está repleta de actualidad? Y no hubo manera después de la guerra de que nos hicieran caso. Los rusos les gustaban más, con sus mensajes sibilinos y sus promesas de una felicidad irrealizable, les hacían gracia, qué se puede hacer contra eso. Eran simpáticos, lo reconozco, y muy divertidos, con sus planes quinquenales y sus purgas siberianas, sus uniformes de opereta vienesa, su exhibicionismo infantil del armamento y sus coreografías marciales en la Plaza Roja, al más puro estilo Bolshói. Lo tenían todo, pero todo, para caerles bien. No se puede negar. Y para colmo eran sus vecinos de toda la vida y, como todos los perdedores a lo largo de la historia, tenían ese punto de locura patética que suscita lástima y admiración en el otro. Es infalible como recurso escénico. Yo mismo, sin ir más lejos, caí en su trampa, víctima de su encanto, y pensé que era posible ser amigo de los rusos. Por fortuna no forcé mucho las cosas, di algunas instrucciones erróneas que se siguieron, por desgracia, con cierta torpeza, todo sea dicho, y luego me retiré sin molestarme en recoger los cadáveres de las víctimas. Era tarde para rectificar, pero no pediría perdón. No tenía por qué hacerlo. En cambio, a ustedes, entonces como ahora, nada los seduce más que un estado de beneficencia social a coste cero para la población. Como si esto fuera el bien supremo de la república. Cuando está comprobado, los informes de nuestros laboratorios de experimentación psicológica no indican nunca lo contrario, que nada hace más daño al individuo y por descontado a la colectividad que poseerlo todo sin esfuerzo, sin trabajo, sin angustia, sin sufrimiento. La sensación de que todo lo conquistado puede perderse en una noche, contradiciendo los infundios de sus bien pagados sociólogos, no sólo hace la vida más excitante sino que hace de las personas mejores servidores del bien público. Mejores ciudadanos y mejores vecinos y mejores trabajadores. Es el imperativo capitalista fundamental. La abundancia no está permitida. La gente debe competir por recursos escasos, así se asegura su fibra moral. No sé si me entiende. ¿Le apetece otra copa para tragar esta verdad insidiosa? Percibo en usted una cierta desorientación...

–Este brebaje escocés me proporciona poderes paranormales, no se imaginaría cuáles, y no sé muy bien por qué pero intuyo que me va a costar más de lo previsto salir de aquí indemne.

–Si es eso lo que teme, le anuncio que no soy Fu-Manchú, qué más quisiera, ni el doctor No, veo que por edad podría compartir algunas de mis referencias preferidas para definir al enemigo público. Soy un simple funcionario, creía que eso al menos crearía un vínculo entre los dos, aunque fuera un vínculo falaz. Dos viejos servidores de sus respectivas naciones. Una más antigua que la otra, desde luego. La suya tuvo sus momentos envidiables, la revolución, y, sobre todo, un emperador, qué gran personaje, cómo entendió que Rusia sería el principal problema del mundo tarde o temprano. Y China, no se olvide. Qué gran visión. Un nuevo Carlomagno con una nueva carta magna de derechos y deberes en forma de códigos legislativos. A menudo, perdone mi sinceridad, veo proyectarse la sombra histórica que arroja su figura sobre su país para empequeñecerlo y empequeñecerlos a ustedes, pálidos remedos.

La camarera asiática ha vuelto de improviso, esta vez con cierto bullicio de pies descalzos en el suelo inestable y vidrios entrechocando, y le ha entregado en mano el vaso de cristal abombado con la carga de Lagavulin demandada. El dios K se lo bebe de un solo trago y se lo devuelve a la camarera para que le traiga otro, con urgencia. Cree necesitarlo ahora como un motor de explosión necesita el combustible para ponerse en marcha. Y así lo hace ella de nuevo, en el menor tiempo posible, reapareciendo entre los bambúes y los juncos y los biombos con escenas eróticas como una diosa desnuda en la orilla de un río sagrado de aguas ondulantes y diáfanas.

–¿Sabe que me encanta el paisaje de este despacho? Crea

confianza en las propias posibilidades, por así decir, transmite seguridad...

–Gracias, aprecio su aprecio en lo que vale. No mucho, si le soy sincero, en las presentes circunstancias. Todo lo que ve lo mandé copiar de una tabla japonesa del siglo diez de estilo Yamato-e, no sé si lo reconoce. Me impresionó cuando la vi en un museo de Kioto hace más de cincuenta años por su intento de describir las impresiones sensoriales del cambio de las distintas estaciones. No las vulgares estaciones y sus accesorios naturales, no, sino el cambio mismo, la energía y la naturaleza inasible del cambio, era lo que fascinaba al artista y a mí como espectador de su obra. Pensé que si lograba traducir en tres dimensiones las sensaciones que despertaba en mí la sutil composición de la pintura habría resuelto uno de los problemas más importantes que se me planteaban en la vida.

–¿A saber?

–El problema por excelencia del pragmatismo.

–Ah, ya entiendo, no me cuente más...

–No se burle, amigo DK. El problema del pragmático programático que soy y he sido, sin apenas cambios ideológicos, excepto aquella tentación pacifista que le mencioné hace un momento, desde que era niño en la granja agrícola de mis padres en Omaha y pensaba ya en estas cosas y hablaba de ellas con mis animales favoritos. Acabar de una vez con el peso del ideal sobre la vida humana. Eliminar de la realidad esa desagradable decepción que proviene de que los logros no están nunca a la altura de los planes, ni los medios desplegados de los fines alcanzados. Mientras no resolvamos ese hiato insalvable de la experiencia, los rusos, los comunistas, los socialistas y todos sus imitadores orientales y latinoamericanos de segunda y tercera categoría seguirán, desde el otro lado de las cosas, controlando el sistema con su capacidad para insinuar fracasos allí donde sólo hay imperfecciones y desajustes fáciles de reparar y suplir con un poco de atención y cuidado. Accidentes de recorrido, como solían decir sus compatriotas más comprometidos con humor quizá involuntario...

–No le sigo, ¿podría ser más concreto, por favor?

–Un reloj que da la hora en punto no es la imagen de la perfección para mí. La imagen de la perfección no la puede proporcionar ningún reloj, ni siquiera uno que se adelante y dé la hora antes de que corresponda hacerlo. No hay ningún reloj creado que pueda producir ese efecto que sólo la perfección causa cuando uno la tiene delante y puede reconocerla. Hay muchos relojes, muchos desfases horarios, si me entiende, lo que necesitamos es otra cosa. Otra imagen más perfecta de la perfección.

–El relojero ciego, ¿se refiere a eso?

–Empiezo a notar en su voz desganada y en su lengua trabada por el alcohol y en su actitud insolente esa predisposición a la objeción constante y la crítica arbitraria que es, sépalo desde ahora, lo que más odio en el mundo. Los políticos la padecen una y otra vez por culpa de sus votantes, pero nosotros no deberíamos incurrir en ese vicio intelectual, yo más que usted, desde luego, ya he oído que tiene ambiciones políticas, usted sabrá, en realidad no tendrá más poder por ello, aprenda algo de mí, ni más poder ni más seguridad, no se engañe, nada de nada...

–Me tomaría con gusto otro Lagavulin, quizá así podría intentar recordar por qué concebí semejante pretensión. Y, de paso, para qué vine a entrevistarme con usted...

–Lo segundo es más fácil de explicar, me temo. Nos necesitan, reconózcalo, sus jefes no se lo habrán dicho así, pero así es, nos necesitan de manera ineluctable. Una vez más la vieja puta europea necesita al chulo americano para que la proteja de los rufianes y los canallas, sean éstos quienes sean esta vez, los chinos, los indios, los árabes, los sudamericanos, cualquiera. Necesitan al chulo patibulario contra la chusma barriobajera que ya no los respeta como antes, ¿a que no? ¿A que duele ver cómo las razas y los pueblos inferiores se le suben a uno a las barbas y hasta le tiran de los pelos de la nariz sin miramientos? Pero esta vez el precio por salvarlos de la denigración será más elevado. Esta vez, con todos los datos en la mano, luego hablaremos en detalle de éstos, les costará mucho más conseguirlo. Ya hemos espabilado. Como le decía, se rieron de nosotros durante la posguerra y la guerra fría. Se estuvieron riendo de nosotros, por lo bajo, hasta que cayó el Muro y quedó claro quién tenía razón en la pugna. Entonces les entró el pánico, miraron en todas direcciones y se dieron cuenta de que eran los únicos que habían estado perdiendo el tiempo durante todos esos años tan preciosos. Los únicos en todo el mundo, ni siquiera los chinos habían sido tan tontos de creer en esas entelequias sociales. Y estaban perdiendo el tren, con su visión socialdemócrata de la educación y la cultura y la economía y el bienestar. Les habían vuelto la espalda a los valores más rentables y ahora se daban cuenta de que el escenario mundial estaba cambiando a velocidad de vértigo y apenas si les quedaba opción para recuperarse de sus errores y despistes. Creyeron que absorbiendo los países residuales que los rusos, los más listos del continente con diferencia, liberaban como excrementos encontrarían una salida rápida al problema expandiendo sus mortecinas inversiones y exportaciones. Qué ingenuos, perdone que le diga, y luego el chiste supremo de sus tecnócratas, la broma hilarante de la moneda única. En Wall Street todavía se oyen las estruendosas carcajadas en los servicios de caballeros y no digamos en los de señoras, con más ironía si cabe. Hasta el último de los limpiabotas de las inmediaciones de la bolsa se está riendo todavía a mandíbula batiente con esa burla gastada a los mercados con la intención de quedarse con la mayor participación posible en el casino global. La clase superior europea nos tomó por tontos de nuevo emitiendo esa moneda cómica, con esos billetitos de juguete, pintados de alegres colores, como en un vodevil barato, para competir a muerte con la nuestra y dar una idea carnavalesca de la economía de mercado y las necesidades humanas cubiertas por el Estado del bienestar y demás chorradas de la propaganda estatal de sus ruinosos países. Y ahora lo están empezando a pagar. Ahora están comprobando que un mal chiste contado en el peor momento puede ofender a otros con sus aires de grandeza histórica y pretensiones injustificadas. Ahora se acabó, me entiende, se acabó. No habrá clemencia, me entiende. No al menos mientras yo esté al frente del negocio.

–Con su actitud ridícula y agresiva, no me deja usted otra salida que informar a mis superiores de que se niega a avalar, con todas las consecuencias, nuestros planes de rescate para toda la eurozona.

–Ande, amigo DK, no se reprima, pídale otra dosis de su brebaje, si le apetece, a la guapa camarera, ya veo que no le quita ojo cada vez que aparece en mi despacho, aprovéchese de su posición de ventaja, es lo único que se llevará de positivo de esta entrevista.

En dos tragos meteóricos, el petróleo refinado durante treinta años en la isla escocesa de Islay se desliza como lava por la garganta del dios K, arrasando cualquier infección bacteriana o forma de vida hostil instalada en esa abrupta galería para debilitar al organismo huésped, y obra el milagro de la lucidez instantánea en su cerebro adormecido hasta el momento por el monólogo disparatado de su egregio anfitrión. Al final ha comprendido para qué ha venido hasta aquí. Por qué le dijeron que lo hiciera. Estaba claro desde el principio.

–Es eso, entonces, lo que pretende. Ahora lo veo con nitidez. Usted, Edison, cree de verdad que declarando la guerra financiera y comercial a Europa podría garantizar sus posibilidades de recuperación ante los mercados. No me lo puedo creer.

–No sea estúpido, amigo DK, no me haga dudar del criterio de quien le nombró para el puesto de responsabilidad que le permite estar aquí ahora hablando conmigo con esa petulancia propia de la vieja escuela de negocios. ¿Los mercados? ¿Sabe usted siquiera lo que son los mercados? Venga conmigo, hombre. Venga, le enseñaré algo importante sobre los mercados. Algo que no podrá olvidar nunca...

Tras el sillón en el que el Doctor Edison, como máximo guardián del orden económico mundial, se retrepaba en la posición del loto para estar a la altura de su invitado, a una orden suya, se abre un panel del tamaño de la pared del que proviene un ruido ensordecedor. Tanto que Edison se ve obligado a gritar para que DK pueda escuchar lo que tiene que decirle.

–Ésta es la bolsa de todas las bolsas. El mercado de todos los mercados. No habrá visto en su vida nada igual. Venga, no se asuste, la primera vez impresiona, pero un hombre de su experiencia y conocimientos tiene que saber estar a la altura cuando llega el momento.

Sí, era evidente que la sala inmensa que se desplegaba ante sus ojos excedía los poderes descriptivos del dios K. Trató de retener lo fundamental, de hacerse una representación traducible a términos divulgativos, comprensibles para la mayoría de sus futuros votantes. Una sala infinita, de paredes blancas y techos transparentes, repleta de gigantescas pizarras, bombos enormes cargados hasta los topes de bolas numeradas y ábacos inmensos manipulados por un número indefinido de replicas exactas de Edison. Miles de homúnculos vestidos con un chándal blanco tan reluciente como el original que operaban con una velocidad inaudita las piezas de los ábacos atendiendo a códigos de color bien definidos (los tres colores primarios más el negro como agente negativo). Casi no podían seguirse sus rápidos movimientos por la sala sin perder la cuenta de cuántos participaban en cada una de las operaciones de contabilidad financiera que se llevaban a cabo en su interior con asombrosas diligencia y armonía. Edison señalaba la adscripción regional de los grupos y su distribución por el espacio disponible con visible orgullo. Era su gran creación.

–Si se fija, verá que a cada ábaco le corresponde un conjunto de bombos y de bolas numeradas. Este de aquí es el sistema de América del Norte y aquel de allí, tan dinámico en este momento, el del Sudeste Asiático...

Iban recorriendo las regiones de actividad en que se dividía la sala, con el Doctor Edison explicándole el procedimiento por el que las bolas numeradas que salían de los bombos repercutían en las cifras reflejadas con precisión milimétrica en las fichas coloreadas (amarillas, rojas y azules) de los ábacos. El tamaño de éstos y el número de filas de fichas que les correspondían dependía, según le explicaba Edison a su invitado, del volumen de actividad de cada región y de cada país y de la circulación de capitales entre regiones o entre países, o de unas a otros, como transfusiones de sangre allí donde el funcionamiento del sistema la reclamara para mantenerse con vida. Finalmente, se plantaron frente a un ábaco más pequeño que los demás, con un volumen ralentizado de actividades y un número reducido de operadores a su cargo. Edison fingió apenarse o entristecerse antes de comentar, con una sonrisa apenas disimulada, el estado comatoso de esta pieza esencial del sistema.

–Este de aquí, en cambio, tan raquítico y descaecido, corresponde a la zona europea en toda su extensión actual. Ve lo que le decía, amigo DK. Ve cómo no le engañaba. Entiende ahora por qué no puedo hacer nada por ustedes. Las estadísticas de su futuro son tan deprimentes que no quiero insultar su inteligencia creándole falsas expectativas. No las hay. Mire bien, acérquese y mire bien y verá lo que quiere ver, como siempre suele pasar...

El dios K siguió las instrucciones del viejo Edison al pie de la letra. Estudió con detenimiento el ábaco europeo, donde el dominio de las fichas negras era aplastante sobre las otras, miró los bombos y sus bolas numeradas y volvió a mirar los otros ábacos en las paredes contiguas, donde, por el contrario, la fiesta no tenía fin, las fichas rojas y azules eran las más frecuentes, con un equilibrio mayor entre las negras y las amarillas, y cuando creyó discernir en el complicado mecanismo de comunicación entre los bombos y los ábacos de la zona europea, a pesar de todo, una serie de signos que parecían alentadores, se volvió hacia su malhumorado interlocutor para señalarle la importancia de esos indicios innegables de revitalización económica, era esto mismo lo que había venido a recordarle con su visita, la necesidad de ser pacientes y generosos, de esperar a la recuperación anunciada por todos los indicadores fiables, pero el Doctor Edison se lo impidió de la única manera que podía hacerlo.

–Que tenga un buen viaje de vuelta, amigo DK.

Una trampilla se abrió entonces a los pies del dios K y cayó por un tobogán interminable hasta encontrarse, tras padecer muchas vueltas y revueltas y vómitos incontrolables, en la parte trasera de la torre, en el callejón donde se agrupaban los contenedores de basura orgánica y los contenedores de reciclaje de papel, cristal y plástico. En ese mismo lugar, en los huecos existentes entre la batería de seis contenedores, se había construido un refugio precario un trío de inmigrantes hispanos, dos hombres y una mujer, que dieron la bienvenida al dios K, en cuanto lo descubrieron instalado de buenas a primeras en su mismo dormitorio, con alegría folclórica. Como si su divina aparición hubiera sido profetizada en alguna tabla mágica o algún antiguo calendario astral. Para reponerse del viaje atropellado por las entrañas del edificio, lo invitaron a beber de la lata de leche condensada que atesoraban como su mayor bien y trataron de preguntarle por su origen, la procedencia de su elegante vestimenta, sin obtener respuesta alguna de su parte. El dios K lo había olvidado todo con la caída en desgracia y no pudo contarles nada significativo a sus paradójicos anfitriones, unos miserables gobernados por la extrema generosidad de sus costumbres y modos. Se limitó a expresarles gratitud y agradecimiento con gestos convencionales y a compartir con ellos sus escasas reservas de alimento, festejando la opulencia de recursos que puede darse en la más extrema pobreza. Ellos también se mostraron reservados en la comunicación con el dios K, lo temían y reverenciaban por igual, alguno de los tres parias, el más alto y atlético, murmuraba por lo bajo que conocía incluso algunas de sus proezas y hazañas pretéritas y estaba asombrado con su repentina aparición. La noche había caído sin piedad sobre la ciudad de los rascacielos y con ella un pesado manto de frío glacial y el dios K seguía sin recordar qué hacía aquí, cómo había llegado a esta condición de desahucio y soledad a la intemperie. No tenía adónde ir, así que también aceptó la invitación de pasar la noche apretujado entre ellos, a pesar del hedor insoportable que despedía el exiguo tinglado de cartones, plásticos y mantas robadas de camiones de mudanza que los tres residentes domiciliados allí denominaban su casa con un eufemismo publicitario digno de un promotor inmobiliario de los tiempos boyantes anteriores a la crisis hipotecaria que había asolado el país y sus aledaños como un ciclón tropical.

Como era evidente, la situación económica del mundo seguía siendo inviable, pero el dios K supo, con total certeza, que ya no se trataba del mismo mundo.

EL AGUJERO Y EL GUSANO

EL AGUJERO Y EL GUSANO

[Documental de 105 minutos sobre el caso DK realizado por la directora canadiense Chantal LeBlanc y emitido íntegro el 15 de noviembre de 2011 por el canal de televisión norteamericano HBO *(The Hole and the Worm)* y el 8 de diciembre de ese mismo año por la cadena cultural franco-alemana ARTE *(Le trou et le ver)*.]

Tras la desaparición de los logotipos de HBO y de ARTE, la imagen pasa de un fondo negro a la sobreimpresión de un primer plano de perfil de DK sobre el que se imprimen los créditos. La foto fija en blanco y negro va perdiendo definición a medida que discurren éstos con el acompañamiento musical de un extracto de dos minutos del «Kyrie» del Réquiem *de Ligeti. Unos segundos antes del siguiente corte, la imagen se ha transformado de manera gradual, imitando el ritmo de la música, en una confusa amalgama de blancos, negros y grises. La música cesa de golpe. Fundido en blanco al final.*

PHILIP ROTH, novelista

Descendiendo del cielo blanco, una panorámica vertical descubre un paisaje nevado. Un lago helado rodeado de bosques frondosos y altas montañas. Una voz masculina comienza a hablar en off. Corte. Plano medio de Roth sentado sobre un barril metálico en la superficie del lago frente a una caña de pescar. Ha perforado un agujero en la capa de hielo para deslizar en él el sedal. Mientras habla, con tono cada vez más agresivo o enfadado, espera con impaciencia a que algún pez muerda el anzuelo. El lento zoom de acercamiento pretende captar las expresiones cambiantes de su rostro aguileño bajo la capucha del anorak. La toma concluye en un primerísimo plano.

Roth: Lo diré claro desde el principio para que nadie se llame a engaño. El verdadero problema en este y en otros casos es la polla. Siento ser grosero, pero es así. Ya lo he dicho antes, juzgando otro escándalo similar, el caso Clinton, una década atrás, no sé si se acuerda. La gente en general, sin distinguir entre hombres y mujeres, nunca perdona que le pongan la polla y los estragos de la polla delante de las narices. No perdonan la obscenidad de esa presencia. En el pasado remoto, se rendía culto en público a la parte productiva del falo, a su potencia reproductora y su poder racional de organización y clarificación de la realidad. Hoy se le pide que haga su trabajo sin llamar la atención, de manera clandestina y discreta, como las agencias de inteligencia o los servicios secretos. Se podría considerar el éxito de las feministas que, tras décadas de liberación de la represión sexual, las cosas hayan acabado en este estado de hipocresía consumada por el que una pieza fundamental de la cultura y la historia humana no sólo deba esconderse por pudor sino negar, para bien y para mal, su importancia fundamental. No niego que el tipo se haya pasado y sea culpable de lo que le achacan, pero de ahí a juzgar a todo un género por ello va un abismo, ¿no le parece?...

CAMILLE PAGLIA, ensayista, profesora y columnista de opinión

Una calle cualquiera del Village neoyorquino. La cámara sigue a Paglia y la enfoca desde todos los ángulos mientras recorre, sin prisa aparente, un tramo de la apacible calle, cruzándose con otros peatones y saludando a algunos, parándose a acariciar a un perro, a curiosear en un sótano, a oler unos geranios en un macetero, a señalar con gesto irónico una mierda de perro en el suelo, etc. Todo ello sin dejar de hablar a toda velocidad.

Paglia: La condición número uno para que se dé violación es, sin duda, la inferioridad sexual. Pero la inferioridad sexual de la mujer es algo que debería cuestionarse. Vea a las mujeres como yo las veo, las conozco, me acuesto con ellas, sé lo que les pasa en la cama a las mujeres. En la cama o en un servicio, me da igual donde tenga lugar el hecho. Les entra el pánico ante su propio poder. Tienen todo el poder del mundo. Podrían devorar al hombre, o a la mujer, si se diera el caso, yo he sido devorada por alguna de estas arpías, estas ménades disimuladas, estas lamias, siento no poder poner notas a pie de página de sus imágenes para explicar estas recurrentes figuras de la mitología, podrían arreglarlo superponiendo algunos insertos como aclaración, es una lástima que el pésimo estado de nuestro sistema educativo impida que la gente joven de hoy pueda reconocer a estos personajes tan decisivos del pasado atávico de la especie. Yo misma soy una de esas arpías, cuando me pongo, todas lo somos, por favor, lo reconozco sin problemas, reconozco la furia de mi deseo, y devoro sin piedad todo lo que se me pone a tiro. No tengo miedo, no me da miedo el poder que el creador me concedió al nacer mujer. Si quisieran, las mujeres podrían devorar a todo el que se acerca a ellas, pero qué hacen en cambio, lo he vivido muchas veces, también como mujer que liga y se acuesta con mujeres, se vuelven quejicas, lloronas, blandengues. Se escandalizan con todo lo que no corresponde a su pequeña y cursi educación judeocristiana, y luego qué pasa. Luego quieren venganza, toda esa fuerza y ese poder lo emplean en vengarse. Es una fuerza autodestructiva. Algo se torció en el inicio. Alguien nos hizo entender mal el mensaje. Así fue. No tiene remedio, créame, sé de lo que hablo...

SLAVOJ ŽIŽEK, filósofo, teórico del psicoanálisis y crítico cultural

Un quirófano. Plano general de un quirófano ultramoderno donde un equipo de cirujanos y un anestesista se encuentran en los preliminares de una operación de cirugía plástica. Con un primer plano, reconocemos a Žižek, como miembro destacado del equipo de cirujanos, vestido para la ocasión con el gorro y la mascarilla usuales.

A partir de este instante, Žižek comienza un extenso monólogo segmentado en el montaje final. La secuencia de este primer segmento incluye un montaje de primeros planos y planos medios de los rostros de los ayudantes y del anestesista y también de los aparatos de medición y de la lámpara halógena, etc. Mediante insertos tomados de documentales médicos, comprobamos que Žižek y su equipo simulan estar a punto de efectuar lo que parecería una implantación de mamas artificiales en un paciente de sexo indefinido. El paciente aparece cubierto hasta el cuello por una sábana celeste y con la cabeza enfundada en un gorro del mismo color, por lo que resulta difícil deducir si se trata de un hombre o de una mujer. Žižek evidencia con sus gestos en distintos momentos de la toma esta ambigüedad sexual del paciente.

Žižek: Pregúntele a David Lynch sobre la cuestión, él es el hombre que sabía demasiado, no yo. Lynch lo sabe todo sobre este tema. Yo, en comparación, no sé nada de nada. Yo soy sólo un aprendiz. Si me pregunta le diré lo que quiera oír, pero no espere que le diga la verdad. Hay demasiados artificios en eso que en los congresos de psiquiatría se suele llamar la verdad como para decirla directamente, sin dar innumerables rodeos. La verdad es patológica, debería saberlo ya, usted es mujer. La verdad existe porque somos seres patológicos. Me habla usted de histeria de la mujer, y yo le digo, como en el viejo chiste turco, qué fue antes, la histeria o la mujer, la patología o la vagina. ¿Nació la mujer para encarnar la histeria? ¿O nació la histeria para encarnarse como voluntad de poder inscrita en el cuerpo de las mujeres? Pasa lo mismo con el falo. ¿Estamos seguros de que tener un pene garantiza participar del falo? ¿No será más bien al revés? Verá, todo esto son simplificaciones freudianas para alumnos de primer curso, me temo que ése es el tenor de las intervenciones de los otros colaboradores de su película. Decir que la mujer estaba enferma es como decir que el agua se compone de una determinada combinación de moléculas de oxígeno e hidrógeno, no dice nada de por qué tengo sed, o por qué cuando bebo agua siento esta sensación o aquella otra, de por qué mi vejiga no tolera mayor cantidad de líquido que la de otra persona. No dice nada de por qué un camello se bebe el agua entera de un oasis y luego la almacena durante semanas en su joroba. Para variar, dígame que la mujer es un cactus, tan carnosa y apetecible por fuera, tan llena de jugos y líquidos vitales, pero tan extremadamente vulnerable que sólo las espinas, el ejército de espinas invisibles que recubren su carne, la protegen del ataque de los pájaros del desierto que, en caso contrario, la destrozarían con sus picos perforadores. No me gustan las metáforas, ésta no lo es, no crea. Échele la culpa si quiere a la evolución, a la mitología darwiniana, échele la culpa a Dios, al relojero ciego, al diseño inteligente del universo, usted elige la hipótesis que más le conviene, pero no me pida que le explique por qué las cosas son como son sin preguntarse antes, si se siente capaz de soportar la respuesta, qué son exactamente. ¿Son inexplicables por definición, como predica desde hace años la vulgata posmoderna? No lo creo en absoluto, más bien todo lo contrario...

PHILIPPE SOLLERS, escritor

La terraza de un café parisino. Sollers está sentado en una mesa donde hay una taza de café y un paquete de cigarrillos. Plano medio lateral. La gente pasa en una dirección y en otra y Sollers se entretiene examinando sus rasgos y sus movimientos, sobre todo cuando son chicas jóvenes, a las que sigue embobado con la mirada, dudando quizá entre si debe perseguirlas o proseguir con su monólogo. Mientras habla, Sollers fuma todo el tiempo, haciendo gestos grandilocuentes con las manos, como si el humo transportara las ideas a otra dimensión. Sin interrumpir su discurso, cada cigarrillo es emboquillado con esmero artesanal.

Sollers: Bueno, conozco bien ese sentimiento que usted describe. No por razones personales, desde luego. Pero he estudiado sus efectos en diversos sujetos que he tenido el privilegio de conocer y tratar. Durante mucho tiempo, además. No es nuevo, por otra parte, el prestigio de la novedad es un bien del que los seres humanos deberían dispensarse de una vez. Podría tener algo que ver, más bien, con una cierta propensión taoísta del alma por rellenar el vacío de la miserable existencia del otro. Una compensación hegeliana, dialéctica, si quiere, filtrada por la filosofía china al respecto. Es un impulso libidinal de una raíz muy simple. Se trata de lo que llamaríamos la atracción irresistible del agujero íntimo de la no virgen. En un católico, merced a sus creencias, cabe imaginar un cierto grado de resistencia a la fuerza gravitacional del objeto. Una cierta salvación, si se quiere, en la caída. Es la grandeza trágica de Don Juan. En un no católico, por el contrario, un judío, por ejemplo, es imposible imaginar qué podría oponerse a esa energía. La caída, por fuerza, sería escandalosa. De hecho lo ha sido, ¿no cree? No digo que un hecho como éste dé lugar en absoluto a una tentativa de refundación de un nuevo código amoroso, desde luego que no. No se trata de eso, no pretendo ser ofensivo ni provocador. Lo que ha pasado ha pasado y ya está. No tiene discusión. Pero hay cosas que me llaman vivamente la atención. El sexo ha sido desencantado en este último siglo y la violación, como concepto perturbador, ha sido una de las causantes de ese desencantamiento brutal, sin duda. Deberíamos pensar en ello con todas nuestras fuerzas y deberíamos pensar, en ese caso, que un hombre y una mujer metidos en una habitación, enfrentados a una situación tan elemental como ésta, pueden hacer dos cosas excluyentes, ambas con igualdad de probabilidades de producirse al principio. Una, poner en seria crisis todo el desarrollo de una cultura, demoler sus valores y principios, diezmar sus fundamentos. Otra, más positiva, inventar por azar una nueva forma de relación, reinventar el amor, ya sabe. Todo depende en exclusiva de lo que hagan, de lo que se hagan, de cómo se comporten el uno con el otro, todo depende, en suma, de cómo decidan actuar en esa situación, bajo qué signo o en qué órbita ubiquen sus cuerpos y sus atracciones respectivas. Lo individual, en estos casos, se vuelve colectivo. Y eso es lo que hay de interesante en el caso por el que me pregunta, ¿no cree? Esta pequeña mitología de lo infame, esta pequeña epopeya de la abyección, esta comedia sexual de tres al cuarto, ¿ha terminado por producir o no algo de lo que podamos extraer consecuencias? Ése es todo el problema. Si lo mira bien, no hay otro más importante...

NOAM CHOMSKY, profesor de lingüística en el MIT, activista político y ensayista

La sala vacía de un viejo cine de Cambridge, Massachusetts. Chomsky ocupa la primera fila frente a la pantalla en blanco. La toma se hace desde las últimas filas y Chomsky habla de espaldas a la cámara, como si asistiera a una proyección. Durante la toma, no se le ve nunca la cara. Con un lento zoom, el objetivo de la cámara va acercándose a la pantalla de modo que las últimas palabras de Chomsky son pronunciadas con esa pantalla como fondo único. Su voz suena lejana y va apagándose a medida que el objetivo enfoca la pantalla blanca.

Chomsky: Verá, el caso de que me habla, un incidente que podría pasar por perfectamente vacuo a ojos de una mirada superficial, admite varios posicionamientos extramorales y uno sólo moral. Este último, como se imagina, supone adscribirse a los enunciados de la víctima y suscribirlos sin ambigüedad. Por razones obvias, mi posición pública coincide con esta última. Pero, ya que usted me incita a hacerlo, me atrae explorar las otras opciones. En todo esto lo primero que se manifiesta, para mí, es el fallo del humanismo. La impotencia del código humanista para elevar la conducta de los hombres y las mujeres por encima de la animalidad que la sustenta en todos los órdenes de la vida. Usted dirá que esto es obvio. Sin duda, pero no olvide la fuerza de lo obvio en nuestros juicios y decisiones. Que sea obvio no quiere decir que sea menos verdadero. De hecho, podría decirse que porque es obvio es verdadero, y no al revés. Entendiendo en esto el orden lógico de las deducciones, admitan o no la vigilancia de la moralidad y la ética. En otro sentido, esa bancarrota define muy bien los parámetros en que se mueve desde su creación uno de los subproductos más sólidos del humanismo. La socialdemocracia. Los valores socialdemócratas. Socavados incluso por sus más ardientes defensores. Comparto con ellos una parte de su programa, cómo no hacerlo en estos tiempos de neoliberalismo desenfrenado. No es sostenible, sin embargo, obviar, fíjese la palabra que vuelvo a usar, sí, obviar el hecho de que el violador en este caso era uno de ellos. Eso permite sacar una conclusión, que es la que la derecha ha dado como su versión de lo sucedido. La incongruencia de los valores socialdemócratas vista la actuación de sus defensores. Pero es que la derecha política, por simplificar la amalgama ideológica que suele identificarse como tal, no entenderá nunca la complejidad de los sentimientos y las acciones humanas. En todo acontecimiento, si se examina a la luz adecuada, aparece una primera estructura, una estructura superficial, si lo prefiere, en la que una serie de elementos están presentes e indican una serie de relaciones que se establecen entre ellos. Como ve, cada elemento vale por sí mismo y por la relación que sostiene con otros dentro de la cadena que llamamos acontecimiento. Dicho así, puede sonar abstruso, pero es así, si lo mira bien, como funciona la realidad. Como una cadena de cadenas. Acontecimientos de acontecimientos. Existe, pues, este primer nivel, donde están sólo los elementos, aislados en su individualidad, y las relaciones que los ligan entre sí. En principio, una mente simple no vería más que eso en el caso por el que me pregunta. Ahora bien, existe un segundo nivel, una estructura profunda del acontecimiento que es necesario establecer como condición de la anterior, o estructura superficial. Una vez analizada ésta, se podrá llegar a la otra, de modo que comprobemos qué elementos que no aparecen en ella están en la otra, sin embargo, y han sido eliminados de la misma por razones explicables por el uso, la necesidad, la comodidad o la economía, pero que son determinantes en el acontecimiento, que es lo único que conocemos en realidad. En este caso, por tanto, el juicio moral parte de la base de que la estructura profunda del acontecimiento en cuestión es obvia y, por tanto, la estructura superficial del mismo puede ser juzgada según esas condiciones. Esto es lo que yo acepto. Ahora bien, comprendo que otras posiciones de discurso, como las que usted me ha informado que existen incluso en este documental, ocupen un lugar distinto sintiéndose autorizadas por aquellos elementos de la estructura profunda que no son evidentes, sí rastreables, en la estructura superficial. En suma, sólo un acto de fe en la cultura humanista me permite afirmar que lo sucedido allí es juzgable conforme a las ideas de bien y mal, bueno y malo, dado que admito la obviedad de la estructura superficial y obvio, por confusos, los elementos perturbadores que otro, no yo, desde luego, podría percibir en la estructura profunda del acontecimiento en cuestión. Esta gente se comporta, en definitiva, como quien proyecta en esta pantalla que tengo delante lo que le venga en gana, creando movimientos falsos y motivaciones espurias donde yo sólo veo la blancura de un potencial inagotable. El marco o el encuadre humanista me permite afirmar esto y no lo contrario. Sin ese marco, como esta pantalla, que necesito para delimitar mis juicios, incurriría en el delirio de prestar atención a todas las posibilidades dictadas por el capricho o la imaginación, sin llegar nunca, y esto es lo peor para un humanista de mi categoría, a ninguna verdad más o menos aceptable. Verá, y espero que con esto me comprenda del todo, donde otros ven en la realidad sólo un escenario pornográfico atroz, yo intuyo un esquema racional derivado de una imposición ética de la más alta categoría.

BEATRIZ PRECIADO, profesora de teoría *queer* y ensayista

Un sex-shop de la plaza Pigalle en París. La cámara recorre con un montaje rápido de insertos combinado con una panorámica las estanterías y mostradores donde se exhiben revistas, películas, fetiches, muñecas, etc. Todos los accesorios propios de una tienda de este tipo. Preciado comienza a hablar en off, con el fondo de estos primeros planos descriptivos, y después la cámara la localiza de pie junto a una estantería de juguetes sexuales de distintos tamaños y formas.

Durante su intervención, se dedica a escoger diferentes modelos de consoladores y vibradores de las estanterías y a examinarlos sin decidirse por ninguno, mientras la cámara la enfoca desde atrás y desde ambos lados. De vez en cuando se vuelve para enfatizar sus palabras. En la tienda, de fondo musical, suena la canción «Alejandro» de Lady Gaga.

Preciado: Yo lo veo de una manera completamente distinta a como lo interpreta mi admirada Judith Butler. En mi opinión, hubo un fallo grave en la transacción. El programa se quedó colgado y apareció una rutina imprevista. El hombre no quiere la desnudez de la mujer, que le causa horror, quiere su vestido, quiere su ropa, su atuendo, su disfraz, su uniforme. Lo que el hombre desea es apropiarse del disfraz que hace mujer a la mujer, que la hace deseable, que la muestra como objeto de deseo. En el escenario que reconstruyo para entender el caso por el que me pregunta lo veo aún más evidente. DK es un «homosexual molecular» que aspira a la molaridad heterosexual que supone la ropa de la chica tal como se muestra ante su mirada lujuriosa. La violación sólo expresa un malentendido en cuanto a las intenciones. Si ella hubiera entendido su proposición y se hubiera desnudado para él, como le pedía, y le hubiera entregado todas las prendas que llevaba puestas, habría podido comprobar con estupefacción cómo DK se habría conformado con eso. Es más, habría visto cómo ella pasaba a un segundo plano e incluso habría podido abandonar la habitación sin que nadie la retuviera allí. DK se habría encerrado en el cuarto de baño con la ropa o, al saber que ella se había marchado, habría simplemente ocupado el espacio de la habitación como vestidor para ponerse una a una esas prendas, probárselas y exhibirlas ante el espejo. El travestismo es la verdad de fondo del deseo masculino. El hombre sólo quiere eso. El hombre heterosexual no quiere el cuerpo de la mujer, en realidad sólo siente asco y desprecio por él, quiere los signos que hacen de ese cuerpo algo deseable, algo que es obligatorio desear porque es lo que se les ha enseñado a hacer desde la infancia. El problema es que la mujer normal, la mujer heterosexual, la mujer que ha plegado su vida al código de conducta dictado por la cultura patriarcal, no puede aceptar ese papel secundario y aspira al protagonismo absoluto. En este sentido, la mujer no podría soportar que el hombre no se sintiera atraído por su desnudez, no se abalanzara como un animal para poseerla en cuanto la tuviera delante sin ropa alguna con que cubrir su cuerpo y ocultarlo a su mirada. Todas las revistas que usted verá expuestas en esas estanterías de ahí detrás sólo sirven para preservar ese mito de la desnudez femenina y para extraer de él la plusvalía seminal que sirve como carburante al sistema institucionalizado de los sexos. La capitalización pornográfica del impacto del desnudo femenino en la libido masculina es el valor básico del intercambio erigido en sistema socioeconómico y biopolítico dominante...

MICHEL HOUELLEBECQ, novelista

La nave de la catedral de Notre-Dame de París. Houellebecq está arrodillado en uno de los últimos bancos, con las manos dispuestas en actitud de orar. El interior del templo está casi vacío de feligreses. Al fondo, unos monaguillos disponen los objetos del culto para el inicio de una ceremonia que no se intuye inmediata. Hay un par de mujeres de mediana edad en los primeros bancos de la derecha. Un matrimonio anciano y tres niños hacia la mitad de la bancada izquierda. Algunos turistas de ambos sexos pasean por las capillas laterales. Nadie más. El silencio de las piedras y las bóvedas inmensas, como un eco secular, acompaña las graves palabras de Houellebecq, tomado de perfil, desde la izquierda, en un plano lateral que enfatiza la sinceridad de sus gestos y sentimientos.

Houellebecq: Vengo aquí cada vez que tengo ocasión en busca de algo de inquietud metafísica, de un temor reverencial, de una intuición cósmica, que no encuentro ya en otra parte. Escapo así de la banalidad, de la trivialidad, del aburrimiento. No creo en nada de esto, no se engañe, pero esta falta de creencia me conforta, por así decir, me permite entender lo que pasa aquí durante la misa no como un misterio sino como un acontecimiento en el que no he sido invitado más que como observador indiferente. Es un buen papel. En el sexo me pasa cada vez más, no consigo creer en la comedia en que se funda, pero no obstante sigo empeñado en hallar en él una revelación que no se produce nunca por desgracia. Los gestos, las muecas, las contorsiones, las posturas, los esfuerzos no merecen la pena. Todo ese despliegue por tan poca cosa. Si pudiera creer en esto lo dejaría todo. Creo en el vicio y en la maldad. Eso sí. Y el caso por el que me pregunta es una flagrante manifestación de tal. Pero toda la culpa no es del vicioso, ni del malvado. No. Mire usted, ésta es una sociedad que cada vez restringe más la conducta y al mismo tiempo estimula todos los deseos del sujeto. El resultado es la población más esquizofrénica de la historia. Se nos invita a participar de todas las orgías y luego, cuando nos tomamos en serio la propaganda y queremos meter mano en la mercancía, sea cual sea ésta, legal o ilegal, saltan las alarmas de seguridad, los controles de detección de infracciones se ponen en marcha y la policía se nos echa encima sin remedio. Nos esposan y nos exhiben en todas las televisiones como a grandes depravados. Este castigo mediático sirve de escarmiento universal. No exagero. Así es. No se puede pretender, como se ha hecho en los últimos cien años, liberar la libido, eliminar la represión, etc., todo ese trabajo de la modernidad, en nombre del progreso y demás entelequias demagógicas, y luego escandalizarse cuando aparecen los monstruos merodeando por las calles y rondando las casas. Rasgarse las vestiduras ante los pedófilos, los violadores, los sadomasoquistas, los psicópatas, los perversos de toda especie, que proliferan como una plaga, para consuelo de mojigatos y biempensantes. Es hipócrita pedirle a un hombre que se ha permitido todas las licencias en su vida, que comienza a notar cómo se le descuelga la bolsa de los testículos cada día un poco más, indicándole que ha comenzado la cuenta atrás, que sus días están contados y algún día cercano, como decía el profeta, serán pesados en la balanza de Dios [*Houellebecq se persigna en este momento de manera irreflexiva*], es hipócrita, insisto, no esperar de él un comportamiento desesperado como éste. Es vil, es rastrero, es canallesco incluso, sí, ese asqueroso libertinaje burgués, ese repugnante hedonismo de clase social superior, que es el de nuestras autoridades y mandatarios y potentados, es todo eso, desde luego, pero es también el síntoma de la esquizofrenia y el malestar crecientes de nuestra cultura y nuestra especie...

JULIA KRISTEVA, semióloga, psicoanalista y ensayista

La sala de maternidad de un gran hospital. La toma muestra la sala primero desde fuera, a través del cristal exterior, facilitando la visión de las distintas cunas, la mayoría llenas de bebés durmiendo o descansando, otras vacías. Luego la toma, por corte de montaje, se sitúa en el interior. La toma es otra secuencia sin cortes. Kristeva se pasea de cuna en cuna mientras habla para la cámara sin apenas interrupciones. De tanto en tanto, Kristeva, con la ayuda de una enfermera, toma a uno de los bebés en sus brazos y lo acuna y arrulla durante unos segundos antes de devolvérselo a la enfermera. Hacia el final, con otro bebé entre los brazos, Kristeva se sienta en una de las sillas dispuestas para las enfermeras al fondo de la estancia y ahí concluye su discurso mirando de frente a cámara y fingiendo que se dispone a desabotonar su camisa para amamantar al bebé.

Kristeva: Damos por sentado que la víctima al emplear el lenguaje masculino para designar a su violador lo hizo con su propio lenguaje, cuando en realidad debemos admitir que lo único que hizo fue verbalizar su difícil situación a partir de las escasas palabras que la cultura le proporcionaba para designarla. La cultura patriarcal, sin duda, pero también la cultura mediática que es la que hoy conforma la conciencia de la gente. Si nuestra cultura, con la generosidad que se atribuye, hubiera sido capaz de procurarle las palabras adecuadas, los conceptos acertados, a lo mejor habríamos oído a una mujer clamando simplemente porque no había sido amada, porque no había sido bastante querida, o no se había sentido en ningún momento todo lo querida que le parecía necesario o deseable para poder aceptar sin disgusto la violencia que se le imponía como medio efectivo, por inaceptable que pudiera parecer en un principio, para llegar a transmitir el amor del otro. La acusación pública habría expresado, en suma, la falta de amor que esa mujer sintió en el modo en que era tratada. El modo en que era mal tratada y no sólo maltratada, como suele decirse con excesiva facilidad, tratada con indignidad, sin respeto ni consideración a su persona, a su individualidad física y anímica, sin obtener nada más a cambio de esa prestación desagradable que desprecio moral u objetualización despectiva de su cuerpo. Y esa falta de amor, créame, no es para nada un problema específico de la mujer violada. Si se realizara una encuesta con otras coordenadas que las habituales, la mayoría de las mujeres confesarían sin complejos que tras hacer el amor con sus parejas estables u ocasionales lo que más echan en falta, precisamente, es lo que la palabra amor representa, lo que el hermoso concepto del amor significa para los seres humanos, reuniendo en una sola palabra las ideas y los valores que los humanos han elaborado durante siglos para expresar sus más complejos sentimientos de afecto compartido y de mutua simpatía. Y utilizo este concepto en su sentido originario, como sabe, derivado del griego συμπάθεια *(sympátheia)*, padecer juntos, lo bueno y lo malo, lo sano y lo enfermizo, lo normativo y lo perverso, compartir afectos y emociones, sentir en comunidad, etc. Como usted sabe, nos conocemos hace tiempo, éste es el significado del matrimonio, tal y como fue instituido desde el comienzo de la civilización, sea en su variante civil o laica como en su variante sacramental. Esa distinción ahora mismo me parece, sin embargo, secundaria. Si la mujer hubiera sentido, así fuera de manera intuitiva, que ese hombre, a pesar de toda la violencia y la degradación que descargó sobre su cuerpo, si hubiera podido saber que ese hombre, en su fuero interno, tenía la intención de casarse con ella después de todo, tenía la intención, repito, al menos admitía la posibilidad, al menos reconocía las consecuencias y la potencialidad del acto, nada más que eso, de tomarla en matrimonio, de hacerla su compañera en el sentido señalado como pacto sexual en el Génesis, si hubiera recibido esta información en ese momento de manera inequívoca, con toda la confusión creada por la situación, a pesar del desafuero de él, estoy segura de que ella habría reaccionado de otro modo muy distinto a posteriori. Un modo menos vengativo, menos vindicativo, si lo prefiere. Así que este caso es mucho más que un simple caso de abuso y violación. No caigamos de nuevo en la vulgaridad periodística de reducirlo todo al vocabulario trivial del día. Hay mucho más implicado aquí de lo que parece a simple vista. Los representantes de una cultura y una civilización como las nuestras, atravesando una profunda crisis de los principios morales que les dieron origen, deberían preguntarse por qué esa mujer no pudo expresar con claridad, para hacerse entender por el mayor número de gente posible, los mismos que anhelaban escuchar ese mensaje para poder aplicarlo en sus vidas diarias, esa carencia total de amor de la que fue víctima flagrante. Ese totalitarismo pornográfico de que fue objeto parcial en aquellas sórdidas circunstancias. Y todo el problema, como no me cansaré de insistir, viene causado por una gravísima falta de lenguaje. Por una trágica imposibilidad lingüística, ni más ni menos.

MICHEL ONFRAY, filósofo y ensayista

La plaza de la Concordia en París. Un plano general establece las coordenadas del lugar antes de centrarse, mediante el montaje de planos sucesivos, en la figura de Onfray acogido a la sombra del obelisco que preside el perímetro de la plaza. Onfray está de pie, con la espalda apoyada en la verja negra y dorada que protege al obelisco de los intrusos. La mayor parte del tiempo Onfray mantiene los brazos cruzados, otras veces los extiende al frente para orquestar con precisión las líneas de su discurso. La toma dominante es un plano medio de Onfray contra el pedestal del obelisco que, mediante un zoom sutil por su lentitud, acaba ciñéndose a un primer plano del rostro de Onfray. Su cuerpo oculta deliberadamente los jeroglíficos dorados que decoran esa parte inferior del monumento. Durante su discurso, Onfray pasa de la serenidad al entusiasmo y hasta a la rabia verbalizada sin apenas modificar el gesto afable de su rostro.

Onfray: No habrá nunca una sentencia judicial que haga justicia en un caso como éste. Se hace necesaria una revisión histórica como yo la he hecho en muchos de mis libros para llegar a entender este asunto en toda su complejidad. Puede parecer un caso banal, banalizado incluso por el poder mediático propagandístico, pero sin esa perspectiva histórica e ideológica se arriesga uno a no entender nada fuera de los parámetros de la *doxa* dominante. La de nuestros periodistas a sueldo de los políticos y nuestros sociólogos manipuladores, nuestro tahúres de las estadísticas. Por otra parte, no me ha sorprendido nada, llevo años denunciando la perpetuación de valores que se manifiestan aquí. DK es un hijo privilegiado de la revolución, el vástago burgués y adinerado de la revolución francesa. Un miembro terminal de la familia, sin duda, pero no menos miembro por ser terminal, si ve lo que quiero decir. En este sentido, sus actos repiten con fidelidad abyecta el ideario aristocrático feudal de la clase que supo perpetuarse, a pesar de las decapitaciones, en el orden nuevo instaurado por la revolución. Una falsa revolución que no es otra cosa que una farsa de revolución. Una farsa falsamente revolucionaria. La verdadera revolución fue usurpada por este sucedáneo republicano que hemos padecido en los últimos doscientos años. Los valores estamentales de la aristocracia francesa, impresos en sus genes desde el turbulento período medieval al menos, fueron transfundidos a la burguesía coronada del siglo diecinueve. Mire usted, esos valores inicuos distinguen entre clases para mejor clasificar en la sociedad, transformada así en un campo de concentración, entre los sujetos que pueden dominar y los que pueden ser dominados, en todos los ámbitos, los que ordenan y los que obedecen, los que tienen y poseen dinero y patrimonio y los que no poseen más que sus manos. Por herencia, por familia, por matrimonio. Esa clasificación también diferencia, no podía ser de otro modo, entre el fuerte y el débil, el amo y el esclavo, el depredador y la víctima, el violador y la violada, o las violadas, como es el caso, etc. El mundo es mío, sería su emblema más notorio, todo el mundo me pertenece en propiedad y puedo hacer con él lo que me apetezca. Puesto que se trata también de apetito y de pulsión, no se olvide este detalle, la economía libidinal está en juego igualmente en este escenario patológico del orden social y las clases dirigentes. Pero, claro, nadie es tan ingenuo de esperar que estos rasgos y atributos se den hoy en sujetos implacables, en sujetos que exhiban públicamente su crueldad o su desaprensión. No. La apariencia pública que adoptan hoy estos individuos, el disfraz mediático que han hecho suyo, es sonriente en cuanto aparecen en televisión o en prensa, populista en cuanto se trata de ganar votos o el favor de la masa, neoliberal en lo económico, y socialdemócrata en cuestiones que afectan a la moral y las costumbres, así como a las políticas sociales con las que se pretende paliar en algo el infortunio de los desfavorecidos. Sí, éstas son, expuestas de manera grosera, no tengo tiempo de matizar mi perfil, las trazas tras las que encubren su avidez insaciable por el poder y el dinero y los cuerpos de los otros, que les deben ese servicio, y si encima reciben a cambio un estipendio, por ridículo que sea, deberían mostrarse agradecidos, qué menos se puede pedir. La parte subalterna que está abocada a sufrir esta ley del más fuerte debe conformarse a sus padecimientos, a su desgracia, a su frustración, no hacer de ello un motivo de queja, de protesta o de rebeldía. Ésta, sobre todo, debe ser sojuzgada sin piedad en cuanto se manifiesta. Por todos los medios, y pongo el énfasis en los medios en el doble sentido de la palabra, pues son los medios los encargados de la propaganda y la disuasión en nuestro tiempo. Me imagino la enorme, pero enorme, sorpresa de DK al ver la reacción hostil de la chica violada...

LADY GAGA, cantante y performer artística

Una clase en un instituto de secundaria de Estados Unidos. Una gran bandera americana, de colores brillantes, cuelga de una pared *lateral del aula. Gaga está impartiendo una lección científica a un grupo de unas quince chicas adolescentes. En la pizarra está escrita con grandes trazos de color rosa la ecuación de la energía: $E=mc^2$. Gaga la ha escrito nada más comenzar la clase, antes de sentarse en la mesa del profesor, de donde no se mueve en toda la toma. Gaga viste como un hombre, con traje de chaqueta gris y corbata negra, y se peina el pelo teñido de rojo como un hombre, exhibiendo un flequillo provocativo. La cámara enfoca la escena desde el fondo de la clase, con lo que entran en el plano todas las alumnas, que se mantienen inmóviles como maniquíes o muñecos de tamaño natural. Quizá lo sean, el plano secuencia no dura lo bastante para averiguarlo.*

Gaga: Este caso, con toda su crueldad sexual, me recuerda poderosamente algo que una vez leí en un libro sobre Einstein. Cuando las proposiciones matemáticas se refieren a la realidad, no son ciertas. Cuando son ciertas, no se refieren a la realidad. ¿O era al revés? No me acuerdo con exactitud del orden de la fórmula, pero puedo aplicarle la propiedad conmutativa para que dé igual el orden de los factores, todo el mundo lo entiende, ¿verdad? Encima o debajo, por delante o por detrás, de lado, boca abajo o a cuatro patas, ¿de qué estoy hablando? Si yo entiendo lo que dice, todo el mundo puede entenderlo igual, es así de fácil. Es un axioma democrático. Es como aquello de Freud: si sueñas con sexo, no es el sexo lo que te preocupa, es tu cuenta bancaria o el estado de salud de tu madre o de tu padre, o el tiempo que hará mañana, o cuántos vestidos eres capaz de poseer en tu vestidor. Si no lo haces, si no sueñas nunca con sexo, sólo sueñas con flores o con nubes o con triángulos escalenos o isósceles, o con muebles viejos, deteriorados, donde un hombre muy viejo viene a sentarse de vez en cuando para rascarse la nariz, entonces, cariño, deberías preocuparte. Deberías preocuparte mucho. Te lo digo yo, te lo dice tu amiga Gaga. Así funciona la cosa. Porque lo llamen violación, no creo que lo sea. No lo creo en absoluto. Si lo hubieran llamado amor, o amistad, o ternura, o matrimonio, entonces yo hablaría de violación y de violencia sin problemas.

Esto es lo que decía Einstein, que sólo soñaba con nubes, o con comerse un sándwich y unos cacahuetes y alguna vez con la lluvia y con pájaros volando al atardecer hacia no se sabe dónde, según decía su mujer, que era la que más sabía de matemáticas de los dos, con tristeza y pesar, cada vez que le preguntaban por los sueños de Einstein. Mi marido no sabe nada de sueños. ¿Alguna pregunta al respecto, chicas?

CATHERINE BREILLAT, directora de cine

Una playa nudista. Dunas, pinos, sombrillas y tumbonas como únicos accesorios frente al azul veraniego del mar. Breillat pasea vestida de la cabeza a los pies por entre la multitud de bañistas que ocupan el lugar. Lleva las manos enfundadas en unos guantes negros de piel y una pamela sobre la cabeza, con un lazo rojo y un velo de gasa que protege su rostro de los rayos del sol, la molestia de los insectos y la mirada ajena. La cámara la sigue todo el tiempo, en un plano secuencia, mientras camina por la playa entre los bañistas, alejándose de la orilla, hasta trepar al promontorio de una duna, y al llegar arriba se detiene y la toma, en un juego de campo y contracampo, se cierra con ella contemplando el horizonte marino desde esa atalaya. El último plano, una vertiginosa combinación de zoom y travelling, termina en alta mar, hacia donde Breillat parecía estar mirando con excesiva inquietud.

Breillat: No me hablen de abuso, no me hablen de violación. Como si fueran excepciones. El abuso y la violación son las constantes en las relaciones humanas, qué hay de especial en ello, y la norma en las relaciones entre hombres y mujeres desde la antigüedad. Mi más viejo proyecto, como sabe, versaba sobre esto, sobre el caso de Lucrecia y Tarquino, en la Roma antigua. Quería adaptarlo a nuestro tiempo, siguiendo el ejemplo de Pasolini, para ver todo lo que pasaba ahí. La violencia del hombre, la pasividad de la mujer, la inversión de papeles desde el momento en que mediante esa pasividad la mujer hacía suya la misma violencia que padecía y se la devolvía al hombre, multiplicada. Se habla siempre del postcoitum del hombre. Sé lo que significa. Significa decepción, significa claudicación, significa autoconciencia de la ridiculez de su asalto y su derroche de energía. Nunca se habla del postcoitum de la mujer. ¿Qué significa el postcoitum de la mujer? Se lo diré. Significa conciencia de su poder, significa plenitud, significa autoestima. La mujer que ha conseguido doblegar la violencia del hombre, incluso cuando esta violencia se ejerce contra ella, es una mujer satisfecha, es una mujer realizada, es una mujer que ha cumplido con su más alto destino biológico. No me malentienda, no justifico la violación ni el abuso. Sólo explico lo que pueden significar para sus actores o para quienes, como espectadores, lo ven desde el otro lado, sabiendo en todo momento que les concierne, que se está hablando de ellos, que no es algo ajeno a sus vidas o sus experiencias. De modo que no vuelva a preguntarme por la violación de esa mujer sin preguntarme por lo que pudo significar para ella traicionar ese sentimiento de grandeza, ese sentimiento de poder que logró dejándose forzar por DK. Al poner el asunto en manos de la policía estaba traicionando una verdad que no puede ser juzgada en los tribunales, ni dirimida en un juicio ni resuelta con la cárcel. Es una verdad que sólo el arte, y el cine muy en particular, puede representar convenientemente. Aunque ella no quisiera de antemano lo que le pasó, si esto se prueba alguna vez, tenga por seguro que en algún momento posterior, con el empoderamiento que da el haber atravesado la experiencia sin perecer en ella, ella lo quiso, en su fuero interno dio su consentimiento, asintió sin dudar a la violencia de que era víctima. ¿Qué fue, sin embargo, lo que la llevó a denunciar? Eso no me lo pregunte, eso lo sabe usted, como lo sabe la sociedad mejor que nadie. Es la necesidad de ocultar la verdad, la necesidad humana de encubrir los afectos y las pasiones que nos mueven de verdad y no lo que se nos dice que debemos sentir o juzgar en cada momento. Ésa es toda la cuestión. La violación fue sólo el medio para que esto se manifestara de nuevo como lo ha hecho tantas veces antes. Como una verdad intolerable, una verdad obscena, pero una verdad que, si supiéramos o pudiéramos entender, nos haría más completos de lo que somos. Menos medrosos ante el sexo, menos tímidos. Sobre todo las mujeres. Pero ahí está la cultura y ahí están las instituciones, organizadas para tapar esto, para que esto no se sepa. Ése fue todo el escándalo de mi película *Romance X*. No fue otro. La verdad sigue siendo patrimonio de la cultura y ésta, por su propia naturaleza evasiva, tiende a preferir las mentiras legales y los mitos fomentados por la policía y los jueces, esos moralistas de moral y salud mental más que dudosas, antes que a los actores que somos en la representación de los deseos humanos. No es que no me sienta solidaria con la víctima, o por un momento pueda parecer que me siento más cómplice del agresor. Es que cuestiono el papel de víctima de la víctima y cuestiono el papel agresivo del otro. El sexo es la comedia suprema que nos otorgaron los dioses, lea a Aristófanes, si no me cree, y no debemos malbaratarla con ideas dignas de monjas y monaguillos de la modernidad. Como tal comedia, ahí se representa lo que somos, lo que queremos, lo que buscamos. DK y esa mujer negra, cada uno con su pasado y su posición social innegables, fueron tan buenos intérpretes de su propia comedia como cualquier otra pareja de amantes en la negra noche de los dormitorios humanos. Así que, al revés de sus otros colaboradores, me niego a recurrir a la sociología o a la economía o a la psicología para explicar lo sucedido. Si me apura, ni siquiera la antropología tendría gran cosa que decir en este incierto caso. No, de verdad, no creo que se haya inventado la ciencia que podría dilucidar un caso como éste. Una ciencia no, desde luego, pero un arte sí, el cine. Deme dos cuerpos dispuestos a todo y un poco de presupuesto para recrear el escenario, un escenario esencial, un decorado básico, y tendrá ante los ojos, con todo su artificio, un pedazo de verdad humana desnuda. No sabría decir más por ahora.

JUDITH BUTLER, profesora de la Universidad de Berkeley, feminista y ensayista

Una sala de striptease. Butler se sienta en primera fila frente al escenario donde hay tres chicas desnudas bailando. Una rubia esquelética y dos morenas esculturales. Hay algunos hombres en otros puntos alrededor del escenario. Suena música todo el tiempo, música tecno y alguna canción pop, y la cámara enfoca a Butler de perfil mientras mira a las chicas que bailan y se desnudan. En un momento dado una de las chicas morenas se acerca a donde está Butler, se agacha ante ella y ésta aprovecha para deslizar un billete de cien dólares en sus braguitas mientras se vuelve hacia la cámara con gesto pícaro y le guiña un ojo al espectador.

Butler: Hay un grandísimo problema performativo en todo esto, ¿no cree? No pretendo vulgarizar mis teorías, pero es así, no me juego nada por decirlo en este contexto. Detrás de todo este caso están todos los casos similares en que la imposibilidad del hombre para abandonar el papel cultural que se le ha atribuido choca con la infinita mutabilidad genética de la mujer. La violación es el síntoma masculino de un fracaso ontológico. No creo que esa violencia sea la clave de nada más que de esa impotencia para cambiar, de esa inoperatividad de la masculinidad para asumir otros roles que los predefinidos por esta cultura que ellos mismos han creado para reproducir hasta la náusea sus valores y creencias primarias. No sé lo que dirán mis ilustres colegas en este documental, pero este caso me recuerda otros que conozco y que a menudo han tenido lugar en departamentos universitarios y despachos de profesores. No es tanto un problema de poder ni de lenguaje. Es un problema de representación. El hombre quiere la tragedia, quiere el drama, y lo único que consigue, lance tras lance, es una comedia de situación. Una comedia sin apenas diálogo donde siempre hay una mujer dispuesta a ser otra cosa que se ve bloqueada en todo momento en sus aspiraciones al cambio. Toda la violencia que se desencadena contra ella no es más que un reflejo devastador de todo lo que no funciona en las relaciones porque no hay un acuerdo establecido sobre el tipo de representación que queremos llevar a cabo. El día en que alguien defina esa representación con otros papeles, abriendo la posibilidad de nuevas escenas y situaciones, veremos cómo reaccionan los que no quieren participar en ella. Sabemos lo que puede pasar. Mire toda esta desnudez, mire toda esta farsa del cuerpo desnudo y excitante. Estas mujeres están aquí mostrando su cuerpo al desnudo, sin tapujos, bailando para hombres que quieren que ellas les hagan creer que todo sigue igual, que nada ha cambiando desde que sus madres les enseñaron el camino que había que seguir para sentirse hombres. Que ellas se quiten la ropa o se muestren desnudas no vale para otra cosa que para confirmarles lo que ya saben. Enseñarles que no quieren que nada cambie en realidad. Así es como disfrutan. La pereza del hombre es la gran enemiga del deseo de la mujer, y no lo entienda sólo literalmente, veo su sonrisa esquinada a pesar de la escasa luz, sabe de lo que hablo por lo que veo, no, entiéndalo mejor en términos de representación. Es como un actor que saliera al escenario e impusiera a todos los demás los diálogos y los gestos que le convienen para seguir siendo el protagonista indiscutible de la obra. Eso es lo que es. Por más aburrida que le parezca, quiere una y otra vez la misma obra, quiere una y otra vez los mismos papeles, con tal de ser el dueño incuestionable del teatro y la representación que se escenifica en él. Y le puedo asegurar que el señor DK eso es lo que quería en aquel caso. Que la negra le sirviera como habían servido en el pasado mujeres similares a sus amos, como desagüe y como retrete. A nadie le gusta sentirse tratado como tal, desde luego, aunque sé que hay gente que paga por verse reducido a ese estado de abyección. Estos hombres que ve aquí se estimulan creyendo que lo que de verdad quieren es ver desnuda a la mujer, ver cuantas más mujeres desnudas mejor, al alcance de la mano. Pero se engañan. Lo que quieren es seguir viendo a la mujer reducida al mismo papel, una y otra vez. Un papel que ni siquiera a ellos les produce placer. Es sólo una excusa para perpetuar un orden de cosas determinado, nada más. Que estas pobres chicas se presten a ello para satisfacer esa necesidad ya nos debería dar que pensar. Es patético y bochornoso a la vez, pero así es. Lo patético y lo bochornoso forman parte de la representación, sobre todo si es el cuerpo de la mujer el que lo encarna del modo más humillante para sus ambiciones y deseos. Los hombres no saben lo que es. Así que no me pregunte qué pienso de lo sucedido en relación con un hombre particular y una mujer particular. Pregúnteme qué hacemos aquí las mujeres, cuál es nuestro nivel de implicación en el juego, para qué o en nombre de qué, en definitiva, aceptamos esta infamia y muchas otras cosas peores. La respuesta no tardará en salir de su boca, ya verá, a poco que se esfuerce, usted misma podría contestar a su pregunta.

CAITLÍN R. KIERNAN, escritora de terror, fantasía y ciencia ficción

El cementerio de Swan Point en Providence, Rhode Island. Kiernan, una mujer de facciones angulosas y larga melena rubia caída sobre los hombros, está sentada en el suelo entre monumentos funerarios, flores y tumbas. La toma es en plano medio y Kiernan nunca mira a la cámara de frente mientras habla, con timbre viril y expresión circunspecta, como si se sintiera intimidada por ésta o necesitara evadir la mirada para poder hablar sin complejos.

Kiernan: No tengo mucho que decir que no se haya dicho ya por otras voces más autorizadas quizá. Mi experiencia es levemente distinta. Yo fui violada todos los días de mi vida durante veinticinco años por mi propio pene hasta que decidí cortármelo y cambiar de sexo. Desde entonces, no pasa día sin que lo eche de menos, como si fuera un hijo perdido en alguna guerra lejana. Quizá por esa razón escribo desde muy joven historias fantásticas en las que detrás de cualquier presencia terrorífica está ese pene, antes o después de prescindir de sus servicios, como en mi temprano relato «Amnesia Carolingia», escrito poco después de la operación a la que me sometí. Es una historia muy gótica y grotesca en la que se plantea la violación reiterada de una mujer felizmente casada por el fantasma de su padre muerto muchos años atrás. Vengo una vez por semana a pasear por este hermoso cementerio donde está enterrado el ser humano que más admiro después de mi madre. Su madre, como hacía la mía, tenía tendencia a vestirlo con ropa de niña. Imagino que por ello nunca se sintió cómodo con su cuerpo, como me pasaba a mí. Tengo la sensación de haber realizado el ideal con el que sólo pudo soñar. Por muchas razones, no todas sociales o culturales, asumirse como mujer debía de resultarle imposible. Me siento obligada con él y lo visito con frecuencia. Además colecciono epitafios, muchos de ellos son conmovedores, otros sólo pretenciosos. A menudo vengo sola, otras veces me acompaña Emma, mi novia, para comprobar sin nostalgia cómo acaba todo, tumba por tumba, panteón por panteón, el destino final de todo ese semen inútil derramado a lo largo de los siglos por otros penes como el mío para impedir la catástrofe, la inevitable desaparición de la especie. ¿Y me pregunta usted por el destino melodramático de un solo hombre y de una sola mujer? Es ridículo. Por favor, seamos serios.

SLAVOJ ŽIŽEK, filósofo, crítico cultural y teórico del psicoanálisis

En el mismo quirófano dotado de la mejor tecnología de última generación, Žižek se muestra visiblemente nervioso y alterado, dando vueltas mientras monologa en torno a la mesa de intervenciones donde el equipo médico se afana en los preparativos de una operación que no se percibe como inminente. Más bien parecería suspendida o paralizada en estos momentos.

Žižek: La enfermedad de la mujer puede o no ser congénita, heredada o cultural, como prefiera, pero existe en la medida en que alguien la reconoce, alguien la intuye, alguien reacciona a esa intuición con violencia o agresividad, en unos casos, con dulzura y cariño, en otros. Así es. Si ese alguien está desnudo y además tiene una erección en el momento clave de hacerse esa pregunta,

¿diremos por eso que el falo, como en una mala interpretación del *Parsifal* de Wagner que leí hace tiempo, buscó sanarla? ¿Buscó curarla, acabar con la enfermedad y el mal infeccioso que descubrió radicado en ella? El reconocimiento de la enfermedad forma parte, como sabe, del código mediante el cual alguien, para justificar sus acciones terapéuticas, asigna una determinada patología al cuerpo que pretende curar. No hay enfermedad en un cuerpo si no hay una mirada enferma anterior que la diagnostica como tal para poder justificar las acciones emprendidas sobre ese cuerpo con el pretexto de sanarlo de todo mal. Ése es el secreto de la medicina y, muy especialmente, del psicoanálisis, pero también de la guerra de Irak, todo se relaciona, como ve. La locura está en ambas partes, es compartida, aunque el enfermo no lo sepa, o el médico se engañe a propósito, si no fuera de ese modo no habría juego, no habría vínculo, el pacto entre el paciente y el enfermo no acabaría de funcionar. Y no me diga que lo habitual es que no funcione, porque esto es otro mito. ¿A qué llamamos funcionar?, se preguntará usted. Depende de lo que cada uno entienda por tal, desde luego. Lo que la gente piensa que no funciona, como la familia o el Estado, es lo que mejor funciona de todo, así que ya ve usted. No hace falta que las cosas parezcan funcionar para que funcionen realmente. La enfermedad es una fantasía, no se olvide del papel de las fantasías en nuestras relaciones, en nuestras vivencias y experiencias. En todo el contingente de lo que hacemos, en definitiva. De ahí a decir que estamos ante el caso clásico de la mujer histérica y el falo sanador no hay más que un paso, un paso fácil que no estoy dispuesto a dar sin desviarme por un momento. Hay algo más importante en todo esto. Dígame, en cambio, quién era él en el momento del acto. Dígame quién era ella, quién era él en relación consigo mismo, con su identidad subjetiva, o lo que él creía tal, y quién era ella para sí misma, o lo que ella hasta entonces tomaba por tal. Y luego trate de entender quién era ella para él, qué representaba para él, y quién era él para ella, lo mismo, ya ve... [*Žižek hace una pausa para mesarse el pelo con las manos sin reparar en que lleva gorro y sus manos están enguantadas y no es un gesto higiénico en ese contexto; se mira entonces las palmas de las manos con sorpresa, como si actuaran contra su voluntad, y luego mira otra vez debajo de la sábana para cerciorarse de que el cuerpo sigue ahí, intacto, dispuesto aún a ser operado.*] Ya me ha oído decir más de mil veces al día que el sexo es patológico y que eso que la vulgata mediática denomina relación sexual no existe, es imposible. Cómo puede entonces haber violación donde ni siquiera hay relación sexual, donde ni siquiera cabe imponer un esquema ético kantiano que pudiera ser vulnerado con alevosía por alguno de los implicados. Veo más bien una situación en que la mujer humilde se transforma en el objeto que en la fantasía del sujeto masculino representa la mujer fatal. El fetiche absoluto que surge para saciar y destruir el deseo mismo que lo engendra. Se lo diré de otro modo. Un hombre que ha tenido a todas las mujeres que ha querido, de todas las razas y edades, un día, de buenas a primeras, se encuentra en la mejor disposición psíquica para toparse con la némesis de sus fantasías de poder. El objeto absoluto que su fantasía llevaba buscando desde que, sin saberlo, identificó el patrón sexual de su conducta. Ese hombre lo tiene ahí, delante, para otro cualquiera sólo sería una camarera de hotel normal y corriente, todos hemos visto las imágenes en televisión, no hay nada en los atributos de esa mujer que pueda hacernos pensar en un impulso irresistible. Una compulsión violenta de poseerla. A nosotros no, por supuesto, no es nuestro caso, por fortuna, pero sí a la identidad subjetiva que en la fantasía de él reconoció en ella la identidad fantasmática fundamental. Insisto en esto, la identidad fantasmática de ella en la fantasía de él. Una fantasía que podía o no incorporar rasgos de poder, pero también sumisión, deseo de sumisión, en grado extremo además, de una pasividad sádica en su extremismo servil. Sin este componente no narrativo de la experiencia, este ingrediente puramente fantástico, no cabe entender nada de lo que pasó allí. Es obvio que para él ella era eso, la cosa insobornable por la que merecía la pena perderse y condenarse. Para ella, por lo visto, no podemos estar seguros, él representaba todo lo contrario, el sujeto aborrecible en grado superlativo al que había que rechazar a toda costa. Ese sujeto con el que nunca establecería ningún tipo de negociación íntima, ni tan siquiera fantasmática, mucho menos económica. El dinero ofrecido a cambio es un accesorio que sólo serviría para racionalizar el incidente, por eso es necesario dejarlo a un lado en el análisis clínico de lo sucedido...

CHANTAL THOMAS, ensayista y escritora

Las ruinas de un castillo medieval. El castillo provenzal de Lacoste, donde la familia Sade tuvo su residencia durante siglos. El castillo se encuentra en muy mal estado de conservación. Thomas está sentada en unas piedras grises, rodeada de las murallas en ruinas y de explanadas de césped y matorrales. Lleva unos shorts y un polo blancos y unas gafas de sol de montura de pasta y cristales negros. La secuencia combina planos medios y planos generales. Mientras habla, Thomas juguetea con los pies con una anilla de hierro clavada en una de las piedras. Al acabar, se levanta e intenta levantar la piedra tirando de la anilla, aunque también parece que trata de arrancar la anilla férrea de su adhesión a la piedra. Es un gesto ambiguo que dura en plano no más de cuarenta segundos.

Thomas: He venido aquí muchas veces en mi vida, con colegas y con admiradores, y siento en el decreciente latido de estas piedras vetustas, en el curso de los últimos veinte años, lo digo por si quiere algo de precisión cronológica, que algo se muere en la cultura, algo desaparece en la creación cultural. Algo languidece y pierde vigor con los años, ya ve, y va muriendo poco a poco, un proyecto, un espíritu, un patrimonio que nadie reivindica ya, no sé nombrarlo con exactitud, pero lo siento, siento el pálpito de las piedras que me lo dicen. O quizá sí sabría decirlo, pero me da miedo hacerlo, enfrentarme a ello. Verá, el marqués de Sade, prototipo cultural francés, nunca ha sido bien visto en los Estados Unidos. No me extraña lo que ha pasado. ¿Se imagina a uno de los libertinos de Sade yéndose de vacaciones a Nueva York y sumergiéndose en los ambientes sexualmente más avanzados de la ciudad? Sería un escándalo inmediato, inaudito.

Pues eso es lo que ha pasado en este caso. Hay productos que no pueden ser exportados sin provocar un escándalo desproporcionado. Lo que funciona en unas viejas culturas, dentro de cuyos límites ciertas conductas son válidas e incluso alentadas o aceptadas, no puede ser trasplantado a otras más recientes donde esas conductas serán entendidas de otro modo. Como una ofensa o un atentado a las costumbres del lugar. Entiéndame, no estoy justificando lo sucedido, que por otra parte sigue sin aclararse. Sólo le digo que DK es un libertino digno de una novela de Sade y como tal lo que le estaba permitido en Francia, a pesar de todo, no podía esperar que se lo toleraran en la puritana América. Ni más ni menos. Lea a Sade y verá el prototipo a que responde el personaje. Hay muchos ejemplos más. Las culturas y sus productos específicos no son exportables. Las culturas con tanto pasado como la nuestra menos aún. Los americanos son los únicos en la historia en haber creado una cultura que se puede exportar a todas partes sin causar conflictos. Ésta, si me preguntan, les diría que es otra prueba de su dominio mundial, de su imperialismo incontinente. Europa ha sido derrotada de nuevo en sus aspiraciones hegemónicas. El delito sexual de que se le acusa, incluso el crimen, escúcheme bien, estaría legitimado si hubiera servido para devolverle al viejo continente la primacía en el mundo. Con esto, naufraga nuestra última esperanza de mantener una posición dominante en el nuevo siglo. Al no ser así, la operación podría considerarse un completo fracaso. No lo puedo ver de otro modo. Lo siento.

BELL HOOKS (a.k.a. Gloria Watkins), feminista afroamericana y ensayista

Un descampado en Harlem, Nueva York. Bell Hooks está sentada en un cajón de madera rodeada por todo tipo de desechos y residuos. Televisores rotos, piezas de coches, trozos de paredes demolidas, tablones, latas, etc. La toma es un plano general abarcando el descampado y a Bell Hooks y todos los desperdicios que la rodean y, en cierto modo, la entristecen. Bell Hooks habla de frente a la cámara.

Bell Hooks: A las feministas de clase alta, blancas y adineradas, les molestará lo que voy a decir. Pero no es lo mismo, no puede ser nunca lo mismo, que un bruto viole a una putita blanca que invierte en bolsa y se viste en la Quinta Avenida, a que se viole a una trabajadora afroamericana, se prostituya o no, es lo de menos. La raza y la clase lo son todo, desde luego, pero la raza es más importante en este caso. Y eso lo sabía el violador. Me preocupa que mis colegas blancas y anglosajonas no sepan reconocer esto. El violador no habría hecho lo que hizo si la víctima no fuera una presa fácil, por el color de su piel y la inferioridad de su posición, y el crimen pudiera quedar impune a los ojos de la sociedad. El color de la piel es el detonante del crimen y, al mismo tiempo, la eximente automática. El criminal, un europeo decadente, sabía lo que hacía al abusar de un sujeto que estaba, en gran parte, desprotegido por la ley. En clara situación de inferioridad social. Como ve, el sexo no fue determinante en lo que pasó.

PHILIP ROTH, novelista

Sigue aguardando con impaciencia, sentado en el mismo barril metálico sobre el hielo del lago, que algún pez incauto muerda su cebo en cualquier momento. Nada parece indicar que eso vaya a ocurrir antes de que acabe de hablar.

Roth: Ya lo he explicado en alguna novela anterior y siento que no he sido bien entendido, más bien al contrario. Fui polémico, recibí ataques por ello, los asumí como parte del debate. No me asusta la verdad, aunque no coincida con mis opiniones al respecto. ¿Cómo puede uno decir «No, esto no forma parte de la vida», puesto que siempre lo hace de manera fatal? El contaminante del sexo, la corrupción redentora que contrarresta la idealización de la especie y nos hace siempre conscientes de la materia que somos. Es posible que no nos guste lo que vemos ahí representado de modo tan gráfico. Es posible que no sea la idea de nosotros mismos que la cultura nos ha enseñado a cultivar y perfeccionar. Pero es así, lo siento. No sabemos nada, ni siquiera podemos estar seguros de saber lo que sabemos. Por Dios, soy un escritor realista, no un constructor de fantasías pueriles, que son las que dominan hoy el mercado literario y vuelven la comprensión de estas cosas aún más complicada y estúpida de lo que ya es. Cuando pienso en mi circuncisión, también pienso en ella como en una violación de la intimidad de mi cuerpo, pero no hago un drama de ello y eso que era un niño cuando me la infligieron. Más bien la veo como el medio más eficaz de ingresar en la realidad. Como el modo traumático en que alguien aprende, quizá por primera vez, lo que es la realidad. Lo que es la vida, cuáles son sus fundamentos y lo que cabe esperar de ella, sin especiales ilusiones, perdiendo radicalmente la inocencia. La realidad es la que mancha y degrada nuestros sueños más sublimes, pero la realidad es lo que tenemos, por más sucia que nos parezca, la realidad es nuestro único patrimonio fiable, los sueños ni siquiera nos pertenecen, son falsos, hipócritas, infundados, como los valores y los ideales de los rabinos y los sacerdotes, esos falsos valores con que juzgamos todo el tiempo la realidad de la vida sin entender sus leyes. La indecencia, la obscenidad, la impureza, la corrupción, el compromiso, la inmoralidad, eso es la vida, eso es la realidad, aunque no nos guste reconocerlo. No olvide esto. Así va todo lo demás. También en política, por si le interesa conocer mi opinión en estos momentos críticos.

STEVEN SHAVIRO, profesor del Wayne College, teórico y ensayista

Un estadio de béisbol profesional. Shaviro está sentado en el graderío vacío flanqueado por sus dos hijas, dos niñas afroamericanas de corta edad. Por la basura y los restos esparcidos en las gradas se comprende que la entrevista tiene lugar al final de un intenso partido, cuando el público ha desalojado ya el estadio. Shaviro lleva una gorra de pitcher en la cabeza y juega a pasarse la pelota de una mano a otra mientras habla. Lo hace a toda prisa, entrecortándose, nervioso, como si no estuviera cómodo, o tuviera demasiados escrúpulos o prejuicios, al hablar de este escabroso tema. Hay momentos de la toma en que cuesta escuchar con nitidez lo que dice. Plano general en contrapicado filmado, sin cortes, desde abajo del graderío.

Shaviro: Pondré el énfasis en lo más importante para mí. El hecho de que ella sea negra y él blanco, ella inmigrante y el extranjero, ella ilegal y él con pasaporte diplomático internacional, ella guineana y él francés. Toda esta confrontación binaria, con matices coloniales indudables, no es caprichosa ni arbitraria sino enormemente significativa. Y no sólo por razones geopolíticas, una inmigrante ilegal africana forzada por un mandatario europeo en territorio norteamericano. Parece una alegoría contemporánea, lo sé, y otros podrían analizarla así, con profusión de gráficas ideológicas y derroche de esquemas narratológicos. No seré yo quien lo haga, no me interesa en absoluto esta perspectiva, viciada de antemano, no es esto lo que más me importa en este asunto. El régimen de esclavitud no desapareció hace más de cien años como dicen los manuales escolares de historia. Se transformó en otra cosa, mutó como un virus y sigue vigente como tal en nuestros barrios y en nuestros guetos. Y un europeo VIP ha venido, con toda su arrogancia continental y su incontinencia sexual, a meter el dedo en la llaga señalando cómo todos nuestros mecanismos de control tienden a encubrir esta realidad con una apariencia de multiculturalismo y buenos sentimientos que se ha derrumbado con este escándalo vergonzoso. Los americanos deberíamos sacar conclusiones que nos conciernen más que a los europeos. No hay más que mirar los esfuerzos y la preocupación de las autoridades americanas por salvar la cara, por quedar bien, por demostrar que ellos están haciendo bien su trabajo para proteger a la pobre gente de los desmanes de los poderosos. Y cuando digo todos no me refiero sólo al juez y al fiscal o a los abogados de la defensa. Me refiero también a los periodistas que han elegido su lado antes incluso de saberlo todo sobre el caso. Es todo muy hipócrita, ¿sabe? Una comedia inmoral teñida, para colmo, de sensibilidad *eurotrash*. A nadie le importa el sufrimiento real de esa mujer negra, la vida que puede llevar, el mundo en que se mueve a diario, lo que ha padecido en su trabajo o en su país hasta llegar aquí, sin hablar de cómo vive aquí, en qué condiciones, con qué medios, en qué situación legal. Todo lo que la gente que ve la televisión y vota a los candidatos de los dos partidos principales y al alcalde y al fiscal del estado, todo lo que esa gente quiere saber, la buena gente del pueblo, es que se está haciendo lo correcto sin escatimar recursos. Que el sistema está funcionando bien. Que la gente por la que votan está empeñada en hacer justicia. Quieren lavar su mala conciencia. A menudo me pregunto si no haría falta que violaran y maltrataran con más frecuencia a más negros y negras de este país para que podamos comprender lo que hemos hecho con ellos, lo que estamos haciendo con ellos, lo que nuestras instituciones y nuestros políticos pero también las empresas y las corporaciones y los ciudadanos blancos de este país le están haciendo a esta gente sin que casi nadie lo denuncie. Es una idea provocativa, pero parece la única forma de que la gente se dé cuenta de una vez del mundo en el que vive, de los privilegios de que disfruta y de la marginación, la miseria y la explotación a las que ese nivel de vida condena irremediablemente a otros. Nadie quiere enterarse de nada. Ése es todo el problema.

SLAVOJ ŽIŽEK, filósofo, teórico del psicoanálisis y crítico cultural

Es cada vez más evidente, por el clima de tensión que se respira en el quirófano, que la intención de la puesta en escena es señalar la imposibilidad de la operación, o la necesidad de suspenderla antes siquiera de haberla iniciado. Žižek simula ser el responsable del equipo quirúrgico que toma las decisiones y vigila las constantes médicas del paciente, pero en realidad está mucho más concentrado en desentrañar las claves del extraño caso por el que se le ha preguntado que en controlar o dirigir las tareas de sus colaboradores.

Žižek: Véalo en todo su ridículo, por tanto, como yo lo hago mentalmente, contémplelo por un momento en la plenitud de su despojamiento, siendo él quien es para nosotros, no para él mismo, es evidente, como le he dicho, que ya no es para sí mismo lo mismo que para los demás que lo observan desde fuera. Ese hombre desnudo, ese hombre que ha desnudado su cuerpo para mejor desnudar su alma ante ella, transformada por la fantasía de él en objeto de una pasión absoluta, preso de una voluntad ciega de poseerla. Ese hombre es, en ese momento álgido, víctima de una erección, sí, porque el hombre es víctima de sus erecciones, no es dueño de las mismas, por así decir, al contrario de lo que creen mis amigas feministas eslovenas y americanas, no me canso de discutir sobre este punto con ellas, encuentro estos debates muy estimulantes. Intelectualmente hablando. No me malinterprete, por favor. El hombre es vasallo y no señor feudal de sus erecciones, esto, si me permite una digresión cultural necesaria, nos permitiría releer el código caballeresco medieval en los términos adecuados. La dama objeto de adoración no es lo decisivo para el caballero sino los dictados terminantes de la espada, por eso la necesidad de darle un nombre a la misma, de distinguirla entre los objetos que lo acompañan, ya me entiende. De hecho, es la espada misma la que, como un ventrílocuo, transforma al caballero, al noble, al señor, en servidor de sus fines, en canalizador de sus ardores, como un muñeco que versifica las locuciones inmundas del deseo más profundo expresado por aquélla. Lea la poesía amorosa provenzal en esta clave y entenderá muchas más cosas que están en la sombría trastienda de la cultura occidental. Verá, yo soy esloveno, y allí a las cosas las llamamos por su nombre, sin idealizarlas ni ocultarlas con tanto esmero como hacen ustedes. No le hablaré de la Mona Lisa porque no viene a cuento, pero sería pertinente al caso, créame. Leonardo entendía estos dilemas y aporías mejor que ningún artista de su tiempo. Volvamos por un instante a la habitación del hotel, disminuyamos la intensidad de la luz a la manera de Lynch hasta lograr un claroscuro revelador y concentrémonos en la situación. Ese hombre víctima de su erección se enfrenta entonces al objeto fantasmático de su deseo y por una vez en la historia éste, por instinto, sabe repeler la agresión en los mismos términos en que ésta se produce, situándose al margen de la ley. De modo fantasmático, de modo simbólico, conjurando las fuerzas descomunales que se han desatado en esa habitación, creando un sumidero sensacional, un vórtice digno de Poe, ríase usted de *Poltergeist*, una fantasía sexual de la peor especie para consumo de la clase media reaganiana. Esa mujer, ella sola, como una heroína antigua, pienso en Antígona, precisamente, desafiando toda ley natural, logra reconducir esas fuerzas desatadas hacia el vacío del que proceden, hacia la nada que las engendró, las conjura al tiempo que las consuma, las consuma y las conjura, todo a la vez, ya sabe, con la ayuda de esa anatomía vejada sólo en apariencia, en superficie, por el desarmado agresor... [*Žižek se inclina en ese momento hacia la mesa de intervenciones para fisgar con gran nerviosismo por debajo de la sábana a la altura de los genitales del paciente y luego parece más calmado, incluso sonriente.*] ¿Lo va entendiendo mejor? Ella logra así, invocando poderes innombrables, dominar esas potencias subyugadoras y las disipa con el mismo gesto, sumiendo al actor principal de la escena en una vacuidad insoportable. La cosa se ha esfumado, según parece, se ha eclipsado, ha salido por la ventana o ha escapado por el conducto del aire acondicionado, cualquiera sabe, y ya sólo la fuga, la huida a toda velocidad del lugar de los hechos puede salvarlo, según lo entiendo, de ser engullido, de desvanecerse o desaparecer también en la vorágine...

ROSI BRAIDOTTI, profesora de Humanidades en la Universidad de Utrecht y teórica del feminismo

Una piscina pública cubierta. Braidotti está sentada en el borde de una piscina olímpica con los pies sumergidos en el agua hasta las rodillas. Lleva puesto un bañador negro y un gorro de nadadora en la cabeza. Respira hondo antes de hablar, como si lo hiciera justo después de practicar unos largos en la piscina. De hecho, la piel de sus hombros y cuello se muestra humedecida. La toma se hace desde dentro de la piscina enfocando en plano medio a Braidotti. Mientras habla no mira nunca a la cámara, volviéndose a derecha y a izquierda para observar a otros bañistas y nadadores situados fuera de campo. Por detrás de ella pasan en algún momento mujeres y hombres en bañador o con albornoces de distintos colores.

Braidotti: Mire usted, el sujeto femenino, frente al masculino, es nomádico, esto es, fragmentario, parcial, contradictorio. Al estar arraigado en el cuerpo de la mujer y los flujos del deseo, las situaciones que experimenta las vive desde una multiplicidad de puntos de vista. Por lo que cabe pensar, en este caso, que la víctima pudiera al mismo tiempo participar y no participar de la violación, participar y no participar del abuso de que fue objeto, con independencia de que hubiera o no una promesa económica en la relación. Ése es el truco o la trampa en que suele caer el violador potencial que existe en todo hombre. La parte de la mujer que accede, o parece acceder, a la violación de que es víctima no es necesariamente más fuerte o verdadera, califíquela como quiera, que la parte que se resiste o rechaza, en el mismo momento de padecerla o en un momento posterior. Si quiere que se lo diga con simplicidad, abusando de las palabras y los conceptos, todo acto sexual es una violación hasta que se demuestre lo contrario. Es decir, después de todo acto sexual es la mujer, con sus gestos y su actitud, la que dicta sentencia. Ése es el riesgo que todo hombre debe aprender a superar y la ventaja que el juego de los sexos ha concedido a la mujer para compensar su aparente debilidad y marcar su diferencia en el seno de la cultura. Es lógico pensar, en este contexto, que la prostitución de la mujer es la solución provisional creada por el hombre, por cobardía, para no afrontar ese desafío, no porque no quiera violar, eso es lo que más desea en el mundo, ese impulso ha nacido con él, sino porque no quiere asumir el papel de violador ante la sociedad. La pérdida de prestigio o de estatus que conlleva. La cesión de ese poder definitivo a la mujer, que siempre decide en un sentido o en otro, o bien aceptar la degradación de que es objeto con miras al matrimonio o a la procreación, o bien denunciar al violador sin más historias, como es el caso.

MICHEL ONFRAY, filósofo y ensayista

Rehuyendo la frontalidad dramática de la toma a que se lo mantiene sometido, Onfray mira a derecha y a izquierda mientras habla con calma profesoral dejando que el objetivo de la cámara acote cada vez más el espacio que los separa, haciendo desaparecer el contexto inicial de coches y peatones alrededor de la plaza de la Concordia, reducido a escucharse como ruido de fondo en la banda sonora, y fijando su imagen superpuesta al obelisco que entra íntegro en plano justo detrás de él.

Onfray: Me ha dicho usted que otros invitados a dar su opinión en su película se han atrevido a mencionar a Sade. Desde luego, el sentimiento feudal de la vida viene de ahí, y Sade es el eslabón perdido en el traspaso de poder entre una clase y otra. Eso por descontado. Pero Sade es el miembro degenerado de una especie en vías de extinción, un avatar formateado en un tiempo superado por la historia, del mismo modo que DK es un avatar, también degenerado sin duda, formateado por la historia del siglo veinte, con todas sus vicisitudes sociales y políticas, ya en vías de superación. Sade al menos creía en la reclusión y el encierro, en la clandestinidad de las sociedades secretas para llevar a cabo estos crímenes e infamias. Hoy no hace falta eso, todo el sistema es su campo de experimentación, las corporaciones son los nuevos libertinos depravados y los crímenes y las transgresiones se cometen a la vista de todos, diariamente, sin necesidad de recurrir al amparo de castillos amurallados de acceso escabroso situados en el fondo remoto de la Selva Negra. No se equivoque conmigo, no crea que, por decir esto, se me puede tildar de antisemita vulgar. Eso dijeron algunos para desacreditarme cuando ataqué a Freud. Yerran y encima me difaman con estereotipos vulgares. Hay temas tabú, no le descubro nada, motivos intocables. Sepa que en esta casta no todos los miembros son judíos, ni siquiera la mayor parte de ellos pertenece a esa etnia de cultura milenaria contra la que no tengo nada en particular. Esta gente goza, como los vampiros de las leyendas y las películas, de una vitalidad colectiva indefinida y perpetuamente renovada que no depende de las circunstancias históricas para aparecer o preservar su poder y su influencia. Se adaptan a su tiempo, mutan al ritmo de la historia y se metamorfosean a voluntad para no perder sus privilegios y posesiones. Adoptan el ideario requerido para ello, la plusvalía ideológica de sus operaciones, y conforman su conducta pública a las nuevas condiciones impuestas por los imperativos del tiempo. No nos engañemos, estos sujetos son muy hábiles en el control y la gestión del escenario mundano, aunque las circunstancias puedan suponerles pérdidas ocasionales de individuos de gran valor estratégico. Volvemos otra vez al caso particular. El error de DK lo condena a él solo, por desgracia, no a una clase entera. Los miembros de ésta sobrevivirán a su manera, ya verá. Temamos a los avatares que se están formateando en estos momentos, los vástagos de los vástagos de los vástagos de este linaje perverso que se remonta como un árbol genealógico hasta el origen de los tiempos, cuando, como proclamaba el ingenuo Rousseau, la tierra fue repartida entre algunos y nacieron de la nada, de donde no había nada similar, como en un nuevo Génesis, la propiedad y los propietarios. De ahí viene todo el mal, no se equivoque, no de la diferencia sexual, un subproducto menor de esa injusta distribución de la riqueza. Todo el resto de la historia es una consecuencia lógica de ese proceso de reparto entre los que lo tenían todo y los que se quedaron sin nada. Ésta es mi particular genealogía de la moral, revisada si quiere para la ocasión. Una mitología de propietarios y hacendados confeccionada con el fin de conservar el patrimonio acumulado por los siglos de los siglos...

HAROLD BLOOM, catedrático emérito de literatura de Harvard, crítico literario y ensayista

Una sala de conciertos vacía. Un rápido montaje de planos medios y primeros planos hasta descubrir, en plano medio, a Bloom, solo en el escenario, sentado en un taburete, rodeado de los demás instrumentos vacantes, sosteniendo con esfuerzo un violonchelo entre los brazos. Con la mano derecha sujeta el arco y con la izquierda pulsa algunas cuerdas mientras habla, el sonido no interfiere en sus palabras. No mira a cámara en toda la toma sino al voluminoso instrumento, agachando a menudo la cabeza para examinar algunos aspectos de su configuración con más detalle. Sólo cuando recita de memoria los últimos versos, con tono pomposo, levanta la cabeza con orgullo y la cámara lo enfoca en primerísimo plano.

Bloom: No tengo mucho tiempo, se lo dije al teléfono, estoy muy ocupado ahora en dominar este instrumento del demonio antes de morir, me consume desde hace un año el anhelo irrefrenable de emular a Pau Casals, y además no me interesa mucho el caso, se lo repito, como comprenderá no es mi tema. Sólo le diré una cosa. Todo lo que existe en el universo está en Shakespeare. No es una hipérbole. Y todo lo que concierne a este caso está en *La tragedia de Julio César*. Hágame caso mientras le queden fuerzas. Lea esta obra con detenimiento y sabrá por qué pasó lo que pasó, quién urdió la conjura, quién ejecutó la conspiración, quiénes fueron los actores y los comparsas del drama criminal. El móvil no lo encontrará en Shakespeare, sin embargo, no se moleste en buscarlo ahí. No está, por mucho que exprimamos las metáforas y las alegorías con que el divino Will siembra sus parlamentos de minas semánticas. No lo encontrará, no se moleste. Ni pretenda reconocer en esta trama vulgar a ningún Bruto, no lo hay, por desgracia. Sólo resentidos, intrigantes y miserables advenedizos reunidos en torno de otro cadáver político apuñalado a traición por los que creía sus amigos, colegas y aliados. Réplicas de Casio, a uno y otro lado del Atlántico, repetidas al infinito como ecos de pasos en una galería de mármol. Tampoco busque a ningún Marco Antonio, contra todo pronóstico no existe tal noble personaje en esta obra maestra de la confusión. Shakespeare tiene sus límites, lo reconozco, y la realidad política aún más. Pero no lo dude, entonces como ahora, César los supera a todos, detractores y defensores, en potencia dramática y comprensión del insondable patetismo del alma humana, sacrificando su preciosa vida por el ideal del imperio. César es el libre artista de sí mismo, en su vida y en su muerte, un actor genial. La decadencia y la ruina nos acechan a todos, es hora de retirarse del escenario de la vida. Ya sólo nos aguarda la llegada de lo fatal. Escuche bien sus palabras y medite a fondo en el significado del primero y el último verso en especial: «Los cobardes mueren muchas veces antes de su muerte; los valientes nunca prueban la muerte sino una sola vez; de todos los prodigios que hasta ahora oí, el más extraño me parece que los hombres teman, viendo que la muerte, inevitable fin, ha de venir cuando quiera venir.» El resto es silencio.

TODD HAYNES, director de cine

Una lavandería pública. Haynes está sentado frente a una batería de lavadoras automáticas mientras espera a que concluya el programa de lavado de ropa. Un plano general tomado desde el fondo del establecimiento, con lo que Haynes aparece de perfil contra el escaparate del local por el que se ven letreros luminosos y una calle nocturna en la que de vez en cuando pasa gente indistinguible. Otros hombres están sentados, en la misma actitud, en otras sillas detrás de Haynes provocando un efecto de multiplicación de figuras superpuestas como el de dos espejos enfrentados. El rumor de las máquinas es apenas perceptible. Durante su intervención Haynes, que se muestra muy tranquilo y relajado, incluso en los momentos álgidos de su discurso, se limita a mirar al frente, a la puerta de la lavadora salpicada por la abundante espuma. El único movimiento que realiza mientras habla, cada tanto, es cruzar y descruzar las piernas. Al terminar sus palabras, la toma se mantiene durante un minuto y medio más para grabar cómo Haynes se levanta del asiento, camina hacia la lavadora sin prisa, la abre y comienza a sacar ropa limpia y a meterla en una bolsa azul de deporte que durante toda la toma ha estado tirada al pie de la batería de lavadoras, justo enfrente de él. Fundido en negro.

Haynes: Me pregunta usted por la escena del hotel. Como guionista, como director, la verdad es que no sabría responderle. Se me escapan algunas cosas, podría imaginarlas, pero eso no creo que sea lo interesante, ¿verdad? Si tuviera que guionizar algo a partir de estos motivos sería, más bien, una escena posterior que encuentro mucho más relevante. Cierto tiempo después. El acusado ha pasado varias noches en una celda, ha recuperado la libertad de manera provisional, se le concede una cierta libertad de movimientos, puede vivir en un apartamento mientras espera el desarrollo de las investigaciones, y es entonces cuando empieza lo más interesante. Yo no sé, ni puedo saber, ni creo que nadie pueda averiguar nunca lo que pasó entre ellos, hay tantas implicaciones que no acabaríamos nunca, ¿comprende? Pero sí soy capaz de ver a ese hombre tan obsesionado con lo sucedido, tan obsesionado por la víctima, que un día decide comprar algo por internet. Busca en e-bay o en un dominio similar un uniforme de camarera de hotel, no es el de su víctima, aunque él fantasee que puede serlo, lo importante es acertar con la talla. Cuando llega el paquete se las arregla para recibirlo él. Imagino su cara al desenvolverlo, imagino su cara al ir separando una por una las piezas de ese uniforme, imagino lo que se está diciendo aunque no pueda mostrarlo. Le veo examinar cada pieza del uniforme como si fuera un fetiche que ocultara un secreto demasiado perturbador. Desplegándolo pieza por pieza encima de una mesa, observándolo durante horas, sin saber qué hacer, o planeando qué uso darle, hasta que llega el momento supremo en que decide ponérselo. Decide vestirse como su víctima. De hecho lo hace. Pasa horas a diario así vestido, cada vez que se queda solo, mirándose en el espejo para comprobar cómo le sienta y, sobre todo, cómo se siente vestido así. Parece que está descubriendo algo significativo, algo de importancia vital, no lo sabemos, no olvide que no hay voz en off, no hay una voz narrativa que pueda informarnos de lo que siente, de lo que piensa, sólo podemos verlo así vestido una y otra vez. Y un buen día decide gastarle una broma a su mujer. Ésta lo acepta mejor de lo que parece. Ella entiende que él necesita un tratamiento de este tipo para curarse o simplemente para entender lo que ha pasado con él. En un momento dado, deciden llevar la experiencia más lejos. Dan una fiesta y él, vestido de camarera de hotel, se dedica a atender a sus invitados. Muchos de éstos no le ven la gracia a la situación, incluso la entienden como una broma de mal gusto. Pero precisamente como broma, cosa que no es, es como consiguen engañarlos a todos. Ya sabe usted que la ironía, la distancia, llámelo como quiera, es lo que preserva la existencia de los códigos sociales, en cuanto alguien toma éstos más en serio de lo normal tienden a derrumbarse y a dejar de funcionar como estaba programado. Ésta es la clave de todo el cine de Buñuel y de *El ángel exterminador* en particular, ¿no cree? Yo lo veo así. De modo que DK, vestido como su víctima, pasa entre los invitados por un bromista consumado, un tipo con un sentido del humor indignante, desde luego, pero aprobado por todos debido a las difíciles circunstancias por las que atraviesa en su vida. La fiesta es un completo éxito, los invitados quieren repetir, es la mejor prueba, y veremos varias fiestas en el curso de los días siguientes. DK ya no se reprime y se pasa el día así vestido, en todo momento, mientras está en casa, con o sin gente. Por lo que dice, podemos imaginar que lo que lo trastorna ahora es volver a vestirse como lo había hecho antes del incidente. Vestirse como un hombre con chaqueta y pantalón le empieza a parecer raro, incongruente. Falta, no obstante, un punto decisivo. Esa fase ha sido superada y un día DK, que está solo, se pone a prueba de manera definitiva. Uno de los empleados afroamericanos del *catering* que le trae la comida a casa dos veces al día se separa de sus compañeros y se las arregla para esconderse en la casa y, aprovechando que DK se ha quedado solo y lleva puesto el uniforme, lo fuerza a hacer las mismas cosas y otras distintas. Abusa de él así vestido y lo viola analmente. Cuando su mujer vuelve lo encuentra boca abajo en la cama, en un estado de shock considerable. Pero la violación, al contrario de lo que creía, sólo consigue que DK se identifique aún más con su papel y cuando el empleado negro, infatuado por la falta de denuncia, vuelve a aparecer, DK se deja hacer sin resistirse. Finalmente, se establece tal relación entre ellos que la mujer tiene que intervenir. Una noche, cuando vuelve a casa y los sorprende a los dos en la cama, la mujer se enfrenta a ellos, DK se enfrenta a ella, los dos hombres le expresan su desprecio, su deseo de seguir siendo amantes y de prescindir de ella en la relación, y entonces la mujer va en busca de la pistola que guardaba en la cocina para defenderse y mata a tiros al empleado del *catering* que era el amante de su marido. En ese momento, DK comprende que la fantasía en la que ha vivido no es mejor que la pesadilla a la que se enfrentaba, y los dos, marido y mujer, deciden reconciliarse, hacen desaparecer el cadáver del afroamericano, del que no queda huella en ninguna parte, y luego queman juntos el uniforme de camarera en la chimenea del apartamento, trabando un vínculo entre ellos aún más profundo del que tenían antes del incidente. ¿Suena un poco melodramático quizá? No me importa. ¿Parece el remake inconfeso de una película de Fassbinder? Eso quisiera yo. Ya conoce mis influencias, no pretendo engañar a nadie. En cualquier caso, cuando me ponga a escribir el guión, como suelo hacer, corregiré todos los excesos cinéfilos y los errores innecesarios que usted detecta y que a lo mejor lastran la historia. No obstante, dudo que alguien quisiera producir en mi país una historia como ésta, con lo difícil que resulta abordar ciertas cuestiones en estos tiempos de crisis económica y regresión moral.

CAMILLE PAGLIA, ensayista, profesora y columnista de opinión

La calle del Village neoyorquino por la que paseaba con la energía de un mariscal de campo se le ha quedado corta y vuelve decidida sobre sus pasos, repitiendo a la inversa las mismas acciones y gestos, como en una secuencia de cine cómico. Paglia es perfectamente consciente de ese lado ridículo de su actuación y quizá por eso no para de sonreír ante la cámara.

Paglia: ¿Que la chica fue violada? No me cabe duda. ¿Y vejada? Por supuesto. Pero no por el villano abyecto al que acusó de hacerlo sino por las mismas fuerzas de la naturaleza. Él fue sólo una pobre marioneta manipulada por esa violencia a la vez divina y terrible. Hay tanta voracidad y voyeurismo en nuestras sensaciones y deseos que nos asustan cuando las oímos rugir a nuestro alrededor como a las fieras en el circo romano. Amar como un hombre, fíjese bien lo que le digo, es el primer paso fuera del destino social o biológico para la mujer. Ésa es la lección que todas las mujeres deberían aprender antes de llegar a la universidad, donde adquieren ese bagaje definitivo de ideas confusas y valores mediocres que acaban con cualquier posibilidad de cambiar las cosas. Las madres deberían enseñar esa lección a sus hijas antes de la primera menstruación. Como también deberían enseñarles a leer al revés los versos de Emily Dickinson antes de que se lo enseñe la polla de un hijo de puta,[1] torpe y desnutrido, como me sucedió a mí nada más empezar la secundaria y ya ve el estado de ansiedad adulta al que me ha conducido aquella desgraciada historia. No temer al hombre, aunque eso es lo de menos, tal como lo veo. El miedo de la mujer, se lo repito, es a sí misma. A su propio poder pánico. Lo demás son cuentos de hadas para viejas comadres. Un sexo que ha decidido enmascararse, fingir debilidad por conveniencia y entrar en bucle con sus propios deseos y apetitos. Y sabe para qué, para tener hijos. Sólo para eso. La maternidad, ésa es la palabra sagrada para las mujeres. Ésa es toda la explicación al gran misterio femenino. No hay que darle más vueltas. Sólo creen servir para eso. Haber nacido para eso. Para perpetuar el mecanismo que las esclaviza. Para eternizar el ciclo vicioso que dará a luz a más hombres que harán con otras mujeres lo mismo que hicieron con ellas. Fíjese si somos estúpidas. No les echemos tanto la culpa a los hombres y mirémonos un poco el ombligo y un poco más abajo si nos atrevemos a hacerlo y la última moda en peletería íntima nos lo permite. Miremos ahí sin miedo, juntas si es posible. Y luego si quiere hablamos de violación y de matrimonio y de todo lo que usted

1. Juego de palabras intraducible entre Dickinson y *«the dick of a son of a bitch»*. *(N. del T.)*

quiera... Por cierto, no se olvide de darme su número de móvil antes de despedirnos. El mes que viene tengo pensado visitar Montreal, la llamaré sin falta.

MICHEL HOUELLEBECQ, novelista

Arrodillado con humildad en uno de los últimos bancos de madera, vuelto de perfil hacia la cámara, en una posición de cierta incomodidad, la inmensa catedral gótica parece ofrecer a Houellebecq el escenario idóneo para expresarse en libertad y se nota en la inflexión misma, más desolada y grave, que imprime a sus palabras. Durante los últimos minutos de la toma se puede comprobar cómo no ha podido refrenar la emoción, se le quiebra la voz y el llanto irriga de improviso sus mejillas enrojecidas.

Houellebecq: Por todo esto creo en las posibilidades de la ciencia, creo que sólo la ciencia podrá aportar algún remedio a este desafuero desquiciante de la vida moderna. El día en que podamos llevar una vida en que nuestros cuerpos no caigan en semejantes tentaciones, una vida angélica en cierto modo, una existencia sublimada, sin limitaciones de tiempo ni de economía, ese día los hombres y las mujeres, sí, también ellas, por qué no, podremos vivir como hermanos y hermanas, sin necesidad de morales ni códigos éticos ya que nuestra conducta realizará el bien de modo instintivo, sin esfuerzos intelectuales ni pragmatismo evolutivo. Seremos buenos porque no podremos ser otra cosa distinta. Eso, entre otras cosas, es lo que busco aquí. La razón por la que sigo viniendo, a pesar de todo, y cumplo con los ritos y la liturgia. Y sabe qué, no lo encuentro por ninguna parte. Nada. Vengo siempre que puedo y oigo las prédicas y los sermones, las homilías, incluso me confieso, lo he hecho un par de veces este mes, y todo me parece una impostura. No encuentro salvación alguna en esta espiritualidad demasiado animal, demasiado basada en la grosera mitología que sigue gobernando las respuestas de nuestro cerebro. Los atavismos y los automatismos de la carne no se resuelven con genuflexiones y bendiciones y simulacros de creencia en un reino espiritual imaginario. Y no me hable de las penas del infierno. No, el infierno no, ése ya lo hemos conocido aquí, en grandes dosis, además. ¿Recuerda el poema de Brecht? El cielo de los teólogos es el infierno de los pobres. Eso representa la sociedad capitalista, ¿no cree? Si quiere que le diga la verdad, DK es para mí como el último hombre sobre la tierra, el que ha llegado más lejos y ya sólo puede condenarse y con él, ésa es la gracia que se nos ha concedido, toda la especie. La fuerza que nos puso en marcha en el origen estaba viciada y toda esta parafernalia espectacular, mire a su alrededor, véalo escenificado por los mayores talentos artísticos de su tiempo, esas vidrieras, esas estatuas, esos cuadros, lo están diciendo en una lengua jeroglífica para quien sepa desentrañar su mensaje [*Houellebecq se santigua esta vez, con lentitud intencionada, para que la cámara capte bien su gesto*], esa parafernalia espectacular, como le decía, se alimenta de ese vicio sin poder curarlo, lo alienta y lo castiga, lo fomenta y lo desactiva con la misma liturgia y los mismos símbolos y las mismas imágenes que parecen condenarlo sin paliativos. Pavlov y el cristianismo, por no hablar de cualquier otro estúpido monoteísmo, como el islámico o el judío, son todos iguales, participan de la misma comprensión fallida de la naturaleza humana. En la boca de esa mujer negra se realizó un sacramento esencial para el que aún no contamos con las palabras adecuadas con que definirlo. Hemos tirado el latín a la basura, ya no nos sirve la sabiduría de los antiguos romanos, y los algoritmos de la nueva ciencia, aún en estado de desarrollo embrionario, sólo podrían conducirnos a conclusiones inapelables y quizá también al extravío mental, sé de lo que hablo. Por ahora me conformo con saber una cosa, ese tipo debe pagar por todos nosotros, se lo ha ganado a pulso al desnudarse ante todo el mundo, sin miedo a las consecuencias, quedando en evidencia con el culo y la polla al aire en todos los medios, y luego ya se verá lo que pasa. Ha desnudado nuestras pretensiones y merece el sacrificio por ello. No pretendo pasar por puritano, desde luego, el buen Dios [*Houellebecq se santigua de nuevo, ahora con prisa, como si actuara por reflejo*] no me lo permita, pero tampoco me conformaría con un juicio feminista más. Eso no, por favor. No más farsas de ese tipo. Cualquier cosa menos eso. Ya está bien. Hay que dar pasos en una nueva dirección del espíritu, me parece a mí. Nos merecemos todos algo mejor, ¿no cree?

AMÉLIE NOTHOMB, escritora

La cafetería de la terraza al aire libre del Centro de Arte Contemporáneo Georges Pompidou. La toma es simple. Nothomb está sentada en una mesa en la que sólo hay depositada una botella de agua carbónica. Plano medio en el que entra la mesa y el busto de Nothomb, vestida con una camiseta negra de tirantes. Habla con especial desgana. Lleva unas gafas de sol de montura metálica y cristales de espejo que se quita al terminar su escueto discurso como señal de que no tiene nada más que decir.

Nothomb: Es todo muy confuso y muy turbio, muy sórdido. Me da un poco de asco, la verdad. Preferiría no hablar del caso, pero lo hago por ti, por tu película, ya sabes cuánto te respeto y admiro tu trabajo y te quiero, además. En fin, yo diría, para tratar de aclararlo un tanto, que es uno de esos casos en que el culpable posee mucho de víctima y la víctima mucho de culpable, ¿no crees? La parte culpable siempre es la masculina. La parte inocente la femenina. En ambos casos sin excepción, no sé si me comprendes. La parte femenina de él es tan inocente como la parte masculina de ella es claramente culpable de lo sucedido. No se me ocurre nada más que decir por el momento. Hace una tarde preciosa, ¿no podríamos hacer algo mejor que hablar de ese tío?

PHILIPPE SOLLERS, escritor

La misma terraza, el mismo café parisino, la misma mesa con el cenicero, el paquete de cigarrillos y la taza de café. Mientras habla

Sollers mira con curiosidad a todo el que pasa al lado de su mesa, como extrañado de que nadie lo reconozca. La toma termina en un primer plano de treinta segundos en que Sollers, al pronunciar la última frase, levanta la cabeza, se queda mirando al cielo y guarda silencio, un silencio respetuoso, como si rezara una oración por el alma de DK. O por la suya propia.

Sollers: Tampoco creo que sea indiferente el hecho de que este experimento sexual, por llamarlo de un modo atrevido, haya ocurrido en América, ya me entiende, ese país de puritanos y linchadores, histéricas y fanáticas, martillo de herejes y cazadores de brujas, tampoco es una casualidad. Un país que carece de bases culturales y religiosas para comprender un fenómeno como el libertinaje. Porque, amiga mía, DK, con todos sus errores y torpezas, es uno de nuestros más ilustres libertinos, téngalo en cuenta, un ejemplo de la mejor herencia de nuestro siglo de las luces. Y digo bien: un libertino ilustrado, como yo, o, salvando todas las distancias, como Sade. Nos hemos cruzado en el pasado en alguna orgía y alguna fiesta clandestina y le puedo asegurar que es un gran anfitrión y un magnífico invitado, da gusto compartir con él esos momentos de expansión y lujuria. El nefasto signo de estos tiempos reclama la constitución de sociedades secretas. El placer se ha vuelto sospechoso para una sociedad basada en la tristeza interiorizada, la inhibición depresiva y la represión congénita. La exuberancia de la carne y los rituales que la celebran sin trabas son inadmisibles para los poderes sociales confabulados de nuestra época. La masa barbarizada y los medios barbarizantes, con los políticos y los tecnócratas aplaudiendo entre bambalinas el buen funcionamiento de esta farsa espectacular. Todo el engranaje ha sido bien engrasado para atrapar y triturar a las excepciones, a los individuos singulares, a los que han escapado del rebaño televisivo. Esto es lo imperdonable en las actuales circunstancias. Se ha puesto en marcha el mecanismo de una nueva guillotina para eliminar a la clase que molesta a los nuevos jacobinos reconvertidos en financieros neoliberales y politicastros neofariseos. Sin este cuadro es imposible, literalmente imposible, entender nada de lo sucedido, ni usted ni nadie que se pare a pensar en ello por un segundo podría, no sé si me explico. Desterremos los clichés elaborados por los publicitarios del poder que sólo favorecen la restauración de un orden represivo, la dictadura *socioanalítica*, como me gusta llamarla para fastidiar a los discípulos de Bourdieu y compañía, en nombre de valores económicos, culturales y morales más que dudosos. Y luego, si le excitan las etiquetas fáciles, tíldeme de reaccionario, no me importa lo más mínimo, estoy acostumbrado a suscitar toda suerte de malentendidos. Es mi temperamento versátil. Ya ve, a pesar de todo lo que hay de inmortal en mí, me siento también muy viejo y muy cansado. No entiendo aún por qué.

CATHERINE MILLET, directora de *Art Press*, crítica de arte y escritora

La cabina de un avión comercial de la compañía Air France. Millet está sentada en un asiento de primera clase. La toma es un primer plano de su cabeza apoyada contra la ventanilla del avión. La conversación se interrumpe en el momento en que se anuncia por megafonía el momento del despegue. Millet mantiene durante toda la toma una mirada soñadora mientras no deja de mirar por la ventanilla como si le interesaran en especial las tareas de los operarios de mantenimiento.

Millet: Yo lo veo como un juego, no hay por qué tomarlo tan en serio. Una performance artística. Una coreografía. No me importaría nada pagar para poder verlo en un teatro o una galería de arte contemporáneo. Una buena representación con dos actores potentes y creíbles. Como espectáculo nos enseñaría mucho sobre el sexo. Sería instructivo y hasta bonito. Por otra parte, antes de juzgar en consecuencia, a mí, si me autorizaran, me gustaría ver al juez, al fiscal y a cada uno de los miembros masculinos del jurado, si no están emasculados, encerrarse en una habitación a solas con la víctima durante varias horas. Con la víctima quizá no, por razones evidentes de seguridad, pero sí con una mujer de similares características, físicas y mentales. Me gustaría someterlos a todos a esa experiencia límite de contacto promiscuo con la alteridad sexual y racial. Sería muy divertido ver el resultado. Y que luego cada uno de ellos narrara en público su experiencia. Me gustaría mucho. Me temo que más de uno solicitaría, con esa capacidad para la autopunición de los americanos, ser considerado culpable en el mismo grado que el acusado. Si no más. Usted sabe que yo misma podría decir que he sido violada en muchas ocasiones, pero no lo digo, no me atrevo a llamar a eso violación. Ni se me ocurre hacerlo. Es otro juego, para el que deberíamos encontrar un nombre distinto. Menos lubricado de moralina.

BEATRIZ PRECIADO, profesora de teoría *queer* y ensayista

Al fin Preciado parece haber encontrado dos juguetes sexuales que la convencen de una utilidad futura más que gratificante, un vibrador malva último modelo y un dildo rojo de gran tamaño, y ahora se dedica a mirar a la cámara fijamente, con algo de aprensión, mientras termina de hablar sosteniendo cada uno de ellos en una mano distinta, como sopesándolos a ver cuál le convence más.

Preciado: El mito de que la desnudez femenina es lo que el hombre más desea es una idea falsa como pocas. Lo que el hombre desea es todo lo contrario. Es la ropa, el accesorio, la prótesis, el artificio. Lo que pasa es la que la mayoría se conforma con la desnudez ya que la posesión de lo otro está vedada, está prohibida. Vestirse de mujer es el verdadero tabú que rige para el hombre. La sociedad ha decidido que el cuerpo desnudo de la mujer debe canalizar la libido del hombre, cuando lo que en realidad éste desearía es quedarse con la ropa y deshacerse del cuerpo. Quedarse con la ropa y poder ponérsela, claro, poder adoptarla como apariencia propia ante los otros. De modo que esa mujer de la que me habla, quizá por la inferioridad de su posición social o por pertenecer a una cultura africana donde el desnudo no es un tabú ancestral, supo entenderlo perfectamente y conservó su ropa durante el acto a pesar de los violentos intentos de él por desprenderla de su cuerpo. En ese sentido, este caso es relevante porque vemos a los dos protagonistas representar sus papeles de modo inverso. Él desnudo, aspirando a revestirse con la ropa de ella, reclamando su derecho a participar de esa apariencia fetichista, y ella preservando su desnudez para no concederle el único objeto que de verdad quería poseer. El uniforme. La violación es secundaria en la situación. Sólo demuestra que, para preservar el mito de la desnudez femenina y el deseo masculino que suscita como reacción institucionalizada, la sociedad patriarcal legitima que el hombre pueda hacer uso de la fuerza, si es necesario. Por eso se ha sido siempre tan tolerante con ese acto infame. Lo que se llama en muchas culturas la «noche de bodas» no es otra cosa que una violación encubierta bajo un aparato simbólico legitimador de la peor clase de violencia. Una violencia en la que todos, hombres y mujeres, son cómplices. Voy a decir más, con algo de provocación, por eso las mujeres han admitido incluso ser violadas por desconocidos. Prefieren esto, por abyecto que parezca, antes que la indiferencia o el desdén hacia sus cuerpos. Mire la moda dominante, mire la ostentación pública del cuerpo por parte de la mujer, ese mercadeo de las partes más deseables y llamativas, y entenderá por qué el agenciamiento fetichista del cuerpo y la ropa está concebido en detrimento de ésta, para potenciar el atractivo sexual de aquél. El pudor en el siglo diecinueve, como en la cultura islámica, garantizaba al hombre que junto con el cuerpo de la mujer podría gozar de la prótesis que la distinguía de él, sin tener que enfangarse en la abyecta fisiología femenina que le repugnaba. De ahí la importancia del adulterio en la novela decimonónica. Lea al misógino Otto Weininger y entenderá a la perfección la mentalidad que se esconde tras esos escenarios clandestinos y sentimentales. O, en su defecto, a su discípulo contemporáneo Slavoj Žižek. Ahí está todo lo que necesita saber sobre cómo ve el hombre a la mujer desde siempre. La máscara libertina de Don Juan adoptada por el personaje en cuestión, ese tal DK, es un disfraz algo anticuado, todo sea dicho, descatalogado en la praxis sexual corriente, y no cambia nada en la verdad del suceso. Es un simulacro que encubre otros simulacros y éstos a su vez encubren otros y otros, y así al infinito. Tenemos que inventar nuevas máscaras privadas con las que recubrir nuestros viejos deseos, no veo otra salida a este estancamiento deliberado de las prácticas y las relaciones.

MICHEL ONFRAY, filósofo y ensayista

En primer plano, el busto parlante de Onfray prosigue con su inflamado discurso. Detrás de él en la imagen, la sección intermedia del obelisco sobresale por encima de su cabeza como un enigmático comentario a sus palabras.

Onfray: ¿Se ha molestado usted en leer la tesis doctoral con que el egregio doctor DK inició su andadura en el planeta tierra? Me temo que no, ¿me equivoco? Nadie la ha leído. Ése es el problema, que ya nadie lee. Así no es posible saber nada con un mínimo de inteligencia. Yo paso muchas horas al día leyendo toda clase de cosas, no siempre agradables o estimulantes, me instruyo, me documento, no hablo por hablar, no escribo, como otros, insensateces mal informadas. Con Hitler pasó lo mismo, salvando las distancias, nadie tomó en serio *Mein Kampf* cuando apareció como libro antes de hacerse programa de combate y ya vio lo que pasó después, no me obligue a recordárselo, no soporto la amnesia sistémica de los jóvenes, espero que usted no sea uno de esos descerebrados que creen que el mundo nació ayer y la historia son patrañas para abuelos jubilados. Esa tesis sobresaliente, titulada, agárrese, *Economía de la familia y acumulación patrimonial*, constituye un manifiesto, apenas disfrazado de estudio académico, de todo lo que le estoy tratando de explicar, una amalgama de derecho romano, credo napoleónico y neoliberalismo a ultranza. La he leído varias veces, es indignante, obscena, ofensiva incluso en sus planteamientos y no sólo en sus conclusiones efectivas. Establece los principios básicos de un nuevo contrato social, un pacto intemporal entre los miembros de la clase superior. Dios, propiedad, seguridad, comercio, industria, finanzas, libertad, etc., éstas son algunas de las consignas con que se fundó la nación francesa sobre las bases de una falsa revolución. Consignas que, muchos años después, actualizadas como corresponde a los nuevos tiempos, comparte en su totalidad la renovada élite de la que DK, como ideólogo y practicante eximio, representaba una élite selecta dentro de la élite, fíjese lo que le digo. Así que no me hablen de hedonismo. Que no me digan que el único problema de DK, un narcisista compulsivo y un sádico contumaz, según mi diagnóstico apresurado, es un problema de excesivo hedonismo, de culto extremo al placer de los sentidos, de erotomanía vulgar, de paroxismo voluptuoso y de adicción malsana a los placeres de la carne. Mentiras piadosas difundidas por sus servidores mediáticos para confundir a la opinión pública e impedir que vean la verdad socrática del asunto. Yo me considero un hedonista, he defendido esta escuela filosófica con pasión en muchos de mis libros, como sabe, y no tolero esa calumnia y esa difamación contra el hedonismo y el placer que sólo favorecen al judeocristianismo en su cruzada secular contra la sagrada vida del cuerpo. El hedonismo genuino no tolera el abuso, no tolera el maltrato, no tolera el uso del poder o de la fuerza en contra de los deseos de otro, no aboga por el ejercicio de la violencia, ni la humillación ni la opresión de nadie. Todo lo contrario. Fomenta la complicidad en el placer, la participación igualitaria en su consecución real, el intercambio jubiloso entre los sexos, la promiscuidad democrática como modelo de gestión de la cosa pública y de la vida privada. Ni más, ni menos. Si DK hubiera sido un hedonista convencido o consumado, un hedonista dionisíaco, tal y como yo entiendo este valioso concepto, no habría hecho nunca lo que le hizo a esa mujer. Nunca en la vida. Así de simple.

VIRGINIE DESPENTES, escritora y cineasta

Una sala de montaje. Despentes está sentada de espaldas a la cámara revisando en una pantalla de ordenador el metraje de su nueva película. Trabaja sola. La toma única se realiza desde atrás y desde la derecha. Despentes no aparta la mirada de la pantalla del ordenador en toda la duración de la misma. No parece muy contenta con el resultado. Es su primera película con presupuesto convencional y se la ve algo agobiada con el resultado. Su cabeza tapa a propósito la visión clara de la pantalla para no desvelar el contenido de las escenas que observa con gesto concentrado y serio.

Despentes: Lo que te hace una puta no es tu actitud. No es tampoco el dinero que te pagan por hacer lo que te piden. O que cobres por hacer lo que otras hacen gratis. Lo que te convierte en una puta es que una polla se fije en ti y quiera intimidad contigo y tú la aceptes, le abras las puertas y la conviertas en tu amiga íntima. Todas las mujeres que follan con tíos, para mí, bordean el estado de puta. No hay escapatoria. Si no quieres ser una puta no permitas que una polla te arruine la vida. Allá tú con tus elecciones. Hace mucho tiempo que yo tomé mi decisión y no me arrepiento de nada de lo que he hecho desde entonces.

ALAIN FINKIELKRAUT, profesor de historia de las ideas en la Universidad Politécnica de París y ensayista

El cementerio de Passy en París. Una panorámica de tumbas y panteones que nos descubre al final a Finkielkraut sentado sobre la lápida de un sepulcro en avanzado estado de decadencia. Corte. La toma, a partir de ese momento, se realiza en plano general. Vemos a Finkielkraut sentado de perfil desde atrás, en una posición que le permite hablar con su peculiar dicción, enfática y seductora, a un interlocutor invisible situado a su izquierda, fuera de campo.

Finkielkraut: Hay algo que debe usted saber. En realidad, hay algo que todo el mundo debería saber sobre este caso y nadie, creo yo, lo está diciendo con suficiente contundencia. Nunca sabremos la verdad, no creo que ni siquiera los protagonistas sepan lo que pasó, lo que cuentan es lo que la ruinosa cultura en la que viven les permite contar, cómo lo reorganizan, cómo lo reviven y lo juzgan en sus conciencias. Compadezcámoslos por tener que hacerlo ante una audiencia de millones de espectadores. La crisis del amor es el tema a debatir, el amor y sus perversiones. Las formas perversas que el amor ha de adoptar en la modernidad para hacerse oír en público. El discurso del amor es un discurso milenario, no me lo negará, y como tal en nuestro tiempo recurre a las estrategias que se le autorizan para poder hacer aparición en un mundo que no lo reclama. Pensemos por un momento en la posibilidad de que el amor, si no al principio, donde es a todas luces improbable que estuviera, sí pudiera aparecer al final, en la conclusión del acto. Con todo su horror, con todo el asco, con toda la infamia, con toda la violenta esterilidad que conocemos, a pesar de ellos, ahí estuvo, así sea por un segundo, como un destello de luz, el germen del amor. La potencia y la posibilidad del amor. Aun en el váter más inmundo, brillando como la perla en la sima excrementicia. No crea por mis palabras que me declaro romántico. Más bien al contrario, me concibo como un clásico, como Poussin, a saber, alguien que antepone la belleza del ideal a la fealdad de la experiencia real, pero que busca ese ideal incluso en el fango, entre los escombros de la vivencia, como Diógenes con su fanal, rastreando un átomo de amor en un cúmulo de miseria, mezquindad y basura. Necesitaríamos poseer la lucidez sexual de un Milan Kundera, no obstante, para llegar a sondear los estados sucesivos por los que pasaron los no amantes, permítame llamarlos así, antes de descubrirse amantes íntegros, redimidos por el amor, arropados en su manto benefactor. Las tentativas ciegas, los desvelos fallidos, los falsos comienzos, las caricias sin futuro, los gestos definitivos, la consumación gozosa, en suma, todo ese bagaje amatorio que conocemos tan bien gracias a *Dafnis y Cloé*, del maravilloso Longo, y que Maurice Ravel, olvidando pasadas veleidades mundanas, supo captar con la sutileza sensual más refinada. Entiéndame bien, no estoy diciendo que no ocurriera nada desagradable entre ellos, todo lo contrario, ocurrieron hechos quizá imperdonables, de ahí el resultado final, el escándalo y todo lo demás, no soy quién para juzgar, Dios sabrá hacerlo por todos nosotros y esté segura de que lo hará con compasión, pero el esfuerzo por imponer el orden del amor fue considerable por ambas partes. Eso es lo heroico para mí entre tanta vileza y degradación. Lo admirable y hermoso del caso. El combate por imponer la fuerza del amor humano en el mundo. Hay que reconocerlo allí donde aparece, aunque sea en el lugar más imprevisto, y celebrarlo como tal sin ambigüedades. *Omnia vincit amor*, el amor lo vence todo, palabra de Virgilio, el gran evangelista del amor terrenal.

SLAVOJ ŽIŽEK, filósofo, teórico del psicoanálisis y crítico cultural

El quirófano está ahora casi vacío, excepto la mesa de intervenciones con el paciente tumbado en ella, como un plató de televisión en el que se hubiera desmontado el decorado al acabar la grabación del programa. Al fin Žižek parece haber realizado su viejo sueño de quedarse completamente a solas con sus ideas, en un escenario propicio al pensamiento, y con ese misterioso cuerpo yacente cubierto por la sábana que espera ya en vano a ser operado.

Žižek: Si hemos de creer algunas de las versiones disponibles en internet, he leído varias contradictorias, el escupitajo seminal de ella, una réplica visceral de la eyaculación de él, el modo mismo en que ella escupe la enfermedad de él a través de la boca, muestra que es ella más bien la que asumiría al final el papel de sanadora. Los papeles se han invertido, como ve, y la luz de la habitación aumenta su intensidad gradualmente para demostrar esa nueva realidad. El supuesto falo sanador de las versiones más delicuescentes estaba enfermo, en realidad, y ella, con sabiduría inconfesable, consigue curarlo al precio de volver loco al portador de la infección. Loco de verdad, pues le ha hecho perder para ello todos los referentes, ha liquidado sin piedad su fantasía y, para colmo de males, le ha forzado a enfrentarse a lo real sin pantallas mediadoras. Recuerda esa típica escena de algunas películas del Oeste en que una serpiente muerde a uno de los vaqueros secundarios y otro vaquero, normalmente ese poder es el que permite distinguir al héroe de la película entre la masa de competidores, muerde a su compañero en la pierna o el brazo o el tobillo, según donde haya clavado sus colmillos la pérfida sierpe, a fin de extraer con la boca el veneno y luego escupirlo enseguida para librarlo de la intoxicación sanguínea, ¿recuerda esta escena de vagas connotaciones homosexuales? Algo similar es lo que supone el gesto de ella. Ha curado al sujeto enfermo de su fantasía, aunque para ello haya tenido que ser agredida y forzada ella misma. Este tipo de curaciones, en las que el médico y el enfermo combaten cuerpo a cuerpo con la enfermedad, compartiendo el sudor y otros fluidos, son propias de culturas primitivas, donde el orden simbólico no se ha separado aún del orden natural. En el amor pasa igual. Lo simbólico rige el código del encuentro, los protocolos de la relación, pero el encuentro mismo está regido por la magia y el atavismo. Por eso digo que no existe la relación sexual, no puede existir, puesto que no es registrada por el orden simbólico, no participa de sus esquemas culturales. La intervención posterior de la policía y el juez distorsiona todo lo sucedido en aquella habitación, nadie debería haberlos llamado sabiendo que impondrían una lectura conformista a lo sucedido. El poder de la ley es restituido. No podía ser de otro modo, sin embargo, contra la voluntad de ella incluso, debieron imponérselo las demás empleadas o sus mismos jefes, sobre todo éstos, ya que el orden simbólico se había resquebrajado a causa del goce excesivo de la experiencia y había que reparar las grietas y fisuras con una operación institucional de gran envergadura. Orquestar lo antes posible un aparatoso retorno al orden. Así que, como ve, no pudo haber violación, tal como se dice en todas partes, no hubo abuso, no pudo haber ninguna de estas cosas infames. Hubo un desgarrón de las apariencias, un desnudamiento de las identidades de los sujetos implicados, una suspensión de la ley. En cierto modo, fue un acto terapéutico en el que los papeles, como digo, llegado el momento crítico se invirtieron para que el verdadero enfermo reconociera su enfermedad y la verdadera sanadora lo ayudara a deshacerse del fantasma despótico que amenazaba con destruir su vida mental. La recurrente cuestión del poder, de la posición de inferioridad y superioridad respectiva de ambos, como ve, tiene un papel subsidiario, a pesar de todo. Todo eso es relativo, discutible incluso, depende de la perspectiva que se adopte para juzgar el caso. Lo decisivo para mí es la imposibilidad de que esa cura, una vez sobrevenida, tenga efectos duraderos sobre el paciente. Esto me preocupa mucho más... [*Žižek vuelve a inclinarse hacia la mesa de intervenciones para espiar bajo la sábana, con morbosa curiosidad, y cuando levanta la cabeza exhibe una elocuente sonrisa, como si viera definitivamente confirmadas sus peores sospechas.*] Si yo fuera él, no el sujeto cuya identidad designamos por el nombre que todos conocemos, sino la identidad subjetiva, alimentada de fantasías, que reconoció en la chica a la mujer fatal, a la mujer fractal de sus deseos, no hay ninguna ironía en esta frase, no se equivoque, que podía emprender su curación definitiva, otro mito que quizá luego tenga tiempo de deshacer, si yo fuera ese sujeto, como le digo, y tuviera esa identidad patológica ya reconocida por mí, no dudaría en contratar a la chica de por vida y me sometería al menos dos veces por semana a una terapia de repetición con ella. A ser posible en el mismo hotel, la misma habitación, a la misma hora, con la misma iluminación indirecta. Con el tiempo se verían los resultados. Estoy seguro de que Lynch, que está en paro ahora, confirmando la ley no escrita de que alguien que mete el dedo en la llaga de una sociedad será expulsado tarde o temprano del seno de ésta, haría una magnífica película con todo ello. ¿Por qué no habla con él? *Carretera perdida* incluye otro paradigma aplicable al caso. Pídale que se lo explique, le gustará mucho saber que alguien se acuerda todavía de él...

ANNE FAUSTO-STERLING, **profesora de biología y estudios de género en la Universidad de Brown**

Un laboratorio científico universitario. Fausto-Sterling está sentada ante una mesa de despacho llena de documentos y de libros. Detrás de ella, ya que el plano medio es frontal, vemos los rudimentos instrumentales de un equipo de los que se emplean habitualmente en la experimentación y la investigación de alto nivel. Fausto-Sterling se dirige en todo momento a la cámara, que la enfoca en una toma única mientras habla para ella con gran seriedad.

Fausto-Sterling: Para mí el caso, desde un punto de vista ético, no admite discusión. Él es culpable y ella inocente de todo cargo. Pero me intriga un aspecto quizá demasiado técnico sobre el que no he logrado aún obtener ninguna información precisa. Dada la procedencia africana de esta mujer, cómo estaba conformada su vulva. ¿Había sido víctima antes de su llegada a los Estados Unidos de una ablación del clítoris? No lo digo para suscitar ningún morbo folclórico. No. Más bien me interesa en la medida en que, como sabe, también me interesó el caso de su hermana del siglo diecinueve, Saartjie, la así llamada en su tiempo «Bella Hotentote», la «Venus Negra», que se hizo famosa por las dimensiones de la vulva y pasmó a toda Europa con la exhibición de sus partes genitales. Es verdad que en aquel caso la ciencia se dio el gusto de realizarle una autopsia tras su desventurada muerte, no menos desventurada que su vida, por cierto. Una autopsia que no dista de parecerme un escenario pornográfico en toda regla, con la mirada masculina de los doctores escrutando con la excusa del conocimiento los genitales hiperbólicos del cadáver de una mujer negra. Es verdad que fue así como pudimos saber que existió y en qué condiciones fue tratada por sus coetáneos. Como un animal exótico, como un monstruo de feria. Esto, por otra parte, permite denunciar algo que desborda lo estrictamente científico. El estatus de la mujer negra en la cultura occidental. Un estatus degradado que, si me lo permite, yo calificaría de abyecto, no sólo por las fantasías sexuales a que ha dado lugar sino por las aberraciones a que ha conducido incluso a las mentes científicas más avanzadas, como en el caso de esa mujer, esclavizada a una vida circense repugnante para nuestros parámetros morales y víctima después del afán de saber, de la voluntad de poder de la ciencia patriarcal. Hoy en día no haríamos nada parecido, por eso el gobierno francés, que no tenía la conciencia ni las manos limpias, devolvió los restos del cadáver de esta mujer a sus legítimos dueños, los sudafricanos que lucharon durante décadas por acabar con el régimen racista que los condenaba a la inferioridad y la marginación social. Es irónico que esos restos de la hotentote sirvieran para proporcionar un símbolo femenino al nuevo orden político sudafricano, por lo demás tan patriarcal como cualquier otro. En fin, no sé hasta qué punto estos fantasmas serían determinantes en este caso, pero influyeron, de un modo u otro influyeron, no me cabe duda. No deberíamos desperdiciar la ocasión de volver a llamar la atención sobre el estatuto de la mujer negra en nuestras sociedades multiculturales. Estatuto que, como tantas cosas, pasa una vez más por los genitales. Aprenderíamos mucho examinando los de esta mujer en particular, la mujer negra violada y maltratada por un blanco en una habitación de hotel. Sobre todo porque esa violación supone la última fase de una cadena de violaciones que, con toda probabilidad, comenzó con la ablación de su clítoris en la infancia. No me pida que le dé cifras exactas, pero las estadísticas que manejamos me permiten afirmar con toda seguridad que ella la padeció, para privarla de su placer y sujetarla de por vida a los imperativos de la cultura machista, en África como en Europa y América. Esa cirugía genital abominable ya la convirtió en víctima, todo lo que le vino después, esas múltiples violaciones anteriores que ella alega más la violación de la que hablamos, venían en el lote original. Es triste decir esto, pero una africana emasculada y violada habría venido a nuestro país a encontrar una violencia similar a la que dejó atrás en su país de origen. Y cometida por un miembro circunciso, para más ironía, aunque eso no cambie nada. No hay nada en el caso para sentirse orgulloso, desde luego, ni como cultura, ni como nación, por mucho que la opinión pública trate de hacer del juicio y la impartición de justica un caso patriótico de proclamación de derechos fundamentales y garantías legales. No hemos avanzado mucho desde el caso de la «Bella Hotentote». Humillación y servilismo, eso le cabe esperar a la mujer negra en este mundo de parte de unos tanto como de otros.

El documental termina con un plano secuencia de siete minutos, con una parte en blanco y negro y otra en color. Una cámara subjetiva entra en el Hotel Sofitel de Nueva York, atraviesa el vestíbulo, entra en el ascensor en compañía de algunos clientes, se baja en la planta 15, recorre el largo pasillo enfocando alternativamente las puertas de las habitaciones de uno y otro lado (la voz en off, susurrante, se limita a repetir en voz baja un mantra en inglés: agujeros de gusano, agujeros de gusano, agujeros de gusano, agujeros de gusano, agujeros...) hasta llegar a la puerta de una suite que abre enseguida con la llave maestra. Se da por supuesto que es donde ocurrió el incidente, estamos en el lugar del crimen, pero no hay comentarios ni intertítulos que así lo indiquen. La cámara entra por la puerta de la suite, recorre el pasillo interior, desemboca en el dormitorio donde en el centro se yergue una cama de tamaño King que ha sido desnudada por completo de sábanas, mantas y colchas. Las almohadas carecen de funda y el colchón blanco ofrece una apariencia impecable en contraste con la madera oscura del armazón de la cama. La cámara rastrea todo el espacio del dormitorio, enfoca y reenfoca la cama desde todos los ángulos, y luego emprende el camino hacia el cuarto de baño, tan grande como el dormitorio, con una ducha y un jacuzzi y una encimera con dos lavabos y un espejo kilométrico en el que podría reflejarse sin estorbo una familia de cinco miembros. La película vira del blanco y negro al color cuando la cámara, que se había entretenido enfocando el jacuzzi, se vuelve para enfocar el espejo y, sin embargo, no vemos reflejarse en el cristal ninguna cámara ni ningún operador de la misma. No hay montaje, no hay truco. En su lugar, es DK quien aparece reflejado, desnudo y sonriente, afeitándose con una maquinilla eléctrica. El efecto es sensacional por lo inesperado. El espectador comprende que hemos pasado, sin transición, al tiempo real del acontecimiento. No hemos vuelto, estamos en la mañana de ese mismo día. El 14 de mayo de 2011. Horas antes del incidente. Al acabar de afeitarse, DK vierte, como siempre, unas gotas de colirio en cada ojo, padece conjuntivitis crónica. Se mira al espejo con mirada cristalina. Se aprueba, se gusta, sonríe. Se le ve contento. Que empiece el espectáculo, le dice a su imagen en el espejo impostando un gesto teatral, con los brazos alzados a media altura y las manos dobladas hacia fuera en señal de aceptación de su destino. Y es entonces cuando el primer plano de su rostro en el espejo funde a negro y aparecen los títulos finales con el fondo musical, un extracto de cuatro minutos del «Dies Irae» del Réquiem *de Ligeti.*

KARNAVAL 2

EL DIOS K EN EL OMBLIGO DEL MUNDO

DK 24

La maravillosa tierra de Hoz

Ya nada es lo mismo, desde luego. Y nunca volverá a serlo, como auguran los profetas más pesimistas a sueldo del sistema. La devastación ha consumado su obra maestra, como estaba anunciado, y el dios K, al despertarse aquella fría mañana en aquella cabaña de cartones y plásticos rodeado de tres cuerpos mal vestidos, mal alimentados y mal lavados, que respiraban con una dificultad y una pesadez animal, supo que nunca volvería a ser el mismo. Ni él ni el mundo que lo rodeaba como los decorados rodean una escena para darle un sentido distinto del que tendría sin objetos ni muebles ni paisaje de ningún tipo. Había caído en un mundo que parecía agravar los defectos de aquel del que parecía proceder. La memoria volvía por ráfagas y recordaba detalles de las últimas horas vividas y de su propósito al acudir al rascacielos de Media Tours y de nada más. Lo que había sucedido durante la entrevista espectral con Edison se había borrado de su cerebro en gran parte por razones de seguridad, para proteger la localización de la sede de la organización que regentaba y los oscuros intereses asociados a la misma. Sólo un aforismo del fantasma logomáquico llamado Edison resonaba aún en su cabeza como una amarga profecía del presente.

–Es el imperativo capitalista fundamental. La abundancia no está permitida. La gente debe competir por recursos escasos, así se asegura su fibra moral.

Sin dar tiempo a que sus compañeros de refugio se despertaran decidió dar un paseo matutino por la ciudad. Era y no era la misma de otras veces. Como casi siempre en sus exploraciones del espacio urbano, sus pasos sonámbulos acabaron llevándolo a Times Square, ombligo visionario de su desventurada vida neoyorquina. No reconoció las noticias de alarma que circulaban por los letreros luminosos, ni las películas que se estrenaban ni la mayoría de los productos que se anunciaban. Al abandonar la plaza de los tiempos y adentrarse en el juego de calles en zigzag que lo llevaron a la octava avenida y a la novena, en un desafío a su propia capacidad de reconocimiento, se quedó estupefacto al doblar una esquina y contemplar al fondo de la avenida la silueta duplicada, como un espejismo mental, de lo que no esperaba volver a ver en pie nunca más. Las torres gemelas, con toda su arrogancia económica y su banalidad arquitectónica, alzándose contra el cielo blanco del mediodía como un proyecto de conquista nunca realizado por falta de presupuesto o de valentía para afrontar el fracaso. Cayó al suelo, de rodillas, impulsado por una energía emocional extraña a su voluntad, implorando una ayuda exterior que nadie le podría conceder, y comenzó a maldecir y a golpear la acera con sus puños una y otra vez, como un simio furioso, sintiéndose impotente, vencido, dando salida a toda su rabia y su frustración, hasta que uno de los hispanos anónimos con los que había compartido esa noche la promiscuidad del refugio a la sombra de los contenedores de basura, vino en su socorro y lo levantó del suelo, donde estaba empezando a llamar la atención de los otros peatones, que amenazaban ya con denunciarlo a la policía por trastorno mental y contenido ofensivo en sus reiteradas proclamas y protestas.

–Maldita seas y maldito sea este mundo por siempre y todos los que lo habitan.

El hispano era alto y fuerte, a pesar de la mala vida y el desgaste físico de la supervivencia callejera, y pudo sostener en sus brazos al dios K sin esfuerzo mientras éste se reponía del choque causado por la visión sobrecogedora de las torres aún incólumes.

–En este mundo no existe Al Qaeda. Lo cual, visto lo visto, no sé si es una bendición o una maldición.

Como todo recién llegado a un mundo nuevo, la perspectiva del dios K era limitada en extremo y sus reacciones emocionales sólo podían responder a una drástica carencia de información. Poco podía imaginar el dios K, antes de que su amigo hispano, que dijo llamarse Julio y ser argentino de nacimiento, le proporcionara una primera versión bastante confusa, que había caído en un mundo como el descrito entre las páginas 150 y 151 de este libro. Un mundo alternativo donde la ciudad de Nueva York no había recibido los ataques del once de septiembre, pero no sólo eso. Una ciudad donde el único edificio destruido por una violencia no relacionada con el progreso ni la especulación inmobiliaria fue el edificio Chrysler, demolido hace cinco años como consecuencia de un error descomunal durante la realización de un experimento científico sobre la velocidad de los viajes en el tiempo, pero no sólo eso. Una ciudad donde la mayoría de sus habitantes profesaban una variante occidentalizada del budismo *mahayana* y se declaraban pacifistas y vegetarianos y habían excluido la violencia como forma perversa de relación entre los individuos y los pueblos, pero no sólo eso. Ya no había conflictos que resolver que no pasaran por el desembolso económico. Las violaciones, los asesinatos y los robos se castigaban con dinero, no con años de cárcel, pero no sólo eso. Un mundo donde no tener dinero ni propiedades se entendía como un castigo merecido y no como un estado transitorio, producto de la mala suerte o la falta de oportunidades. La riqueza se heredaba y se acumulaba y multiplicaba, pero rara vez se conseguía en vida. La gente se arruinaba intentando mantenerse a salvo de las multas y los impuestos onerosos con que el Estado policial mantenía a sus corruptos agentes. Y sólo una pequeña casta de privilegiados mantenía el nivel de vida que la sociedad valoraba como la máxima realización individual.

–Pero no sólo eso...

–Ya me hago una idea. No hace falta que sigas, Julio, de verdad.

–La realidad cambia todos los días, así que esto sólo vale para hoy. Mañana serán otras las condiciones y las reglas, debes acostumbrarte a no saber nada de antemano y a no prejuzgar.

Después de un largo y estimulante paseo por la Quinta Avenida, mirando al pasar escaparates donde se exhibían mercancías de utilidad irreconocible y mujeres y hombres jóvenes posando en lugar de maniquíes, el dios K y su amigo Julio, que andaba con grandes zancadas y solía dejarlo atrás con facilidad, llegaron a las inmediaciones de Central Park. Atravesaron las zonas más transitadas y visitadas, donde la gente se dedicaba a lo mismo que en todas partes, hacer deporte, tomar el aire, charlar sentados en los bancos, tumbarse en la hierba a meditar, dar de comer a los peces y a los patos, pero con un ritmo distinto, más pausado y reflexivo, consciente del sentido de cada gesto, de cada acción, y no sólo, también de su repercusión inmediata en la conciencia de los otros, los que pasaban al lado o compartían el mismo espacio dedicados a otras actividades igualmente respetuosas con los demás y con el ecosistema. Según el argentino charlatán, no merecía la pena perder el tiempo observando cosas que, en sí mismas, no demuestran nada más que el aburrimiento de la gente y la preferencia universal, promocionada por la cultura mediática dominante, por lo anodino y lo inofensivo. En un mundo como en el otro, no nos engañemos. Pasaron las explanadas de juego y esparcimiento y se adentraron en una zona más boscosa y recóndita antes de sumirse en un sendero que, rodeando varios peñascos de gran tamaño, y descendiendo cada vez más respecto del nivel del suelo, los condujo a la oculta entrada de un túnel excavado al pie de uno de los promontorios más poblados de árboles y matorrales.

–Aquí desembocan todos los túneles de la ciudad. No vamos a recorrerlos todos, sólo quiero que conozcas a alguien antes de que sea tarde. Para ti y para nosotros.

Ese alguien era un personaje importante, o que se daba importancia ante los otros, la diferencia es sutil pero irrelevante en este caso, esa importancia sólo puede medirse por los resultados no por los aires que el personaje se daba ante sus seguidores. Y en este caso los resultados eran indiscutibles en su nulidad. Por eso quizá, viendo la inutilidad absoluta del actual líder, Julio había decidido fichar al dios K para la causa. La rabia y el furor que había visto en su cara al describirle el mundo en que había caído por un capricho del destino le parecían una garantía de éxito. Al menos, de sinceridad. Y ya se sabe que en esta clase de luchas la sinceridad y la honestidad pueden representar las claves del éxito. En cualquier caso, Ernesto, así era como se llamaba el comandante de este ejército subterráneo, no tenía ninguna de esas virtudes reconocibles a simple vista. Así lo demostraba, entre otras muchas cosas, el hecho de que la armada de aficionados bajo sus órdenes sólo sabía entrenarse y adiestrarse para entrar en un combate que nunca se producía, en parte por culpa del pacifismo profeso en que habían sido educados sus integrantes por una sociedad tiranizada por los buenos sentimientos, en parte también por una manifiesta falta de recursos e inteligencia estratégica. Abunkerados todo el tiempo en las galerías del túnel, a causa de la cobardía de su líder, apenas si tenían una noción exacta de lo que ocurría en la superficie. Informes diarios, repletos de datos inexactos y errores flagrantes, les comunicaban los cambios acaecidos en la última jornada y se veían obligados a revisar sus estrategias en todo momento con objeto de adecuarlas a unas circunstancias que, como no ignoraban, volverían a cambiar sin remisión al día siguiente y así hasta el infinito, sumiéndolos en una lacerante parálisis. El enemigo era muy astuto y muy hábil, repetía el comandante Ernesto para justificar su indecisión y falta de confianza en sus posibilidades frente a las fuerzas del adversario. Por otra parte, como Julio y el dios K diagnosticaron juntos al cabo de un tiempo de convivencia con esta armada nada invencible, la mayoría de sus estrategias y tácticas de combate estaban copiadas del mundo del deporte. En el mundo alternativo, el deporte era considerado el valor absoluto, todo se sometía a sus valores y reglamentos, incluso los sentimientos y el amor, por no hablar de la economía y los negocios. Todo pasaba por el deporte y el juego, por todos los deportes y todos los juegos, acomodando en cada caso las particularidades de los más apreciados por la ciudadanía, el fútbol y el baloncesto, a las disciplinas de rigor. Así era imposible vencer.

–Se lo había dicho muchas veces, pero no me tomaban en serio. Creían que estaba loco. No se dan cuenta de que al compartir los mismos valores que rigen arriba nunca podrán conquistar la ciudad por mucho que se empeñen.

Tras varias tentativas de demostrar su eficacia y liderazgo a través de operaciones de comando que siempre acababan en desastre y cuantiosas bajas, el descrédito del comandante Ernesto dio paso, bajo la tutela ideológica de Julio, al liderazgo del dios K, cuya mente privilegiada sería capaz de desmontar las trampas retóricas del enemigo y también las estrategias morales por las que éste desarticulaba cualquier posibilidad de resistencia al mundo de valores predominante. En una primera demostración de fuerza, el dios K se atrevió a proclamar una huelga general y a convocar en Times Square, la plaza de sus sueños de gloria, una movilización de trabajadores y, en general, de una muchedumbre descontenta con el sistema que habría pasmado a los sindicatos del otro lado. Todos los que lo habían odiado antes se dieron cita allí, en el corazón del país y la ciudad, para dar testimonio de su indignación y de su intención de cambiar las cosas, si era necesario usando la violencia y la fuerza de las armas. La aparición de la palabra violencia en el vocabulario de los medios del enemigo estuvo a punto de arruinar las intenciones de la demostración pública de poderío. Pero una astuta jugada dialéctica del dios K contrarrestó la publicidad mediática que se vertía en su contra haciendo ver a la multitud, enfervorecida con las palabras del nuevo líder, que la violencia es el otro nombre de la creación y no sólo de la destrucción.

–¿O es que creían ellos que el Gran Vishnú, de quien nadie sospecharía connivencia alguna con el mal o la maldad en su vertiente más estéril, no recurría a ella a través de su feroz avatar Shiva cada vez que lo creía necesario? Nada puede ser conservado si no es antes creado. Y nada puede ser creado si algo antes no es destruido. La violencia es el camino necesario a la creación. La libertad política exige ese recurso para garantizar la eficacia de la conquista del poder.

Los medios oficiales temblaron al ver, a través de cámaras y pantallas ubicuas, a la masa liderada por el dios K expandirse desde la plaza de los tiempos convulsos en todas direcciones a la conquista de los espacios que se les habían negado durante decenios. El mismo comandante Ernesto, a pesar de haber sido relegado en el mando, asentía con la cabeza hasta descoyuntarse las cervicales y comenzaba a comprender el error paralizante en que se había mantenido durante todos aquellos años, combatiendo en vano una forma de dictadura instalada en las mentes a tal nivel de profundidad que se confundía con los deseos de sus súbditos hasta parecer un régimen necesario e inmejorable. Esa misma noche miles de ciudades en todo el país imitaron el gesto de Nueva York. Tomaron los edificios más representativos y se apoderaron de los estudios de televisión y de las radios y de los laboratorios donde se fabricaba el consenso político y la creencia ciega en el principio de realidad. El mensaje estaba lanzado y el dios K formaba parte consustancial de ese mensaje como sujeto activo del mismo. Su liderazgo, incuestionable, servía para extender el nuevo culto revolucionario por todo el país y más allá.

Al día siguiente, por orden del dios K, la multitud, empleando todos los medios de transporte a su alcance, avanzó hacia Washington. El objetivo era rendir la capital federal, donde una facción de oficiales y suboficiales del ejército se había hecho fuerte entre los muros geométricos del Pentágono y emitía comunicados de resistencia a la población con objeto de convencerlas de que la suya era la verdadera causa del pueblo y no la de tres o cuatro generales ambiciosos que aspiraban a hacerse con el poder absoluto en cuanto se lo pidiera, con la excusa de defender el mandato constitucional otorgado en las urnas, el flamante presidente Ronald McKinley, un androide de quinta generación que había sucedido hacía poco a Bill Kennedy porque éste, tras años de servicio irreprochable a la nación, se había quedado obsoleto y ya nadie soportaba, ni siquiera entre sus votantes más fieles, sus fallos y equivocaciones constantes. Estos militares insurgentes habían esperado mucho tiempo, agazapados en la sombra del escalafón, a que un acontecimiento como éste tuviera lugar y, tras años de planificación metódica, las nuevas circunstancias económicas, la prosperidad ilimitada de la minoría dirigente y la miseria irredenta de la mayoría aseguraban que esa petición presidencial de intervención, como estaba escrito, a la manera romana, esto es, en los términos establecidos en los códigos legales de la Antigua Roma, modelo reconocido y venerado del sistema, no tardaría en producirse con todas las consecuencias. Con qué inteligencia retórica supo entonces el dios K, en tan delicadas circunstancias, adelantarse a sus enemigos y dar al traste con esas intenciones conspirativas al demostrar ante la opinión pública las aporías institucionales y contradicciones ideológicas del discurso legitimador del golpe de Estado militar que pretendía arrebatarle el triunfo y desacreditar al mismo tiempo la causa democrática que servía al presidente en contra de la ciudadanía. Sin ningún miedo a las represalias, se plantó con su masa de seguidores acérrimos ante las verjas de la Casa Blanca durante tres días, acosando mediáticamente a sus ilegítimos ocupantes, McKinley y su equipo técnico de mantenimiento, hasta que una noche un informante anónimo les comunicó que todos los representantes del gobierno sin excepción habían abandonado el edificio por la puerta trasera, huyendo del país a las pocas horas en un avión privado con destino desconocido. Se proclamó entonces, sin más tardanza, la fiesta interminable del pueblo que luego habría de transmitirse vía satélite y por internet al resto del mundo, tantos países sumidos en las mismas condiciones históricas de opresión e iniquidad pero por razones culturales y educativas evidentes mucho menos capacitados para reaccionar en contra de los males endémicos que aquejan a las sociedades humanas desde el comienzo de los tiempos, como pensaba Julio, cronista veraz del vertiginoso decurso de los acontecimientos, con sutileza no exenta de melancolía.

Todos los medios anunciaban ya la noticia y se disputaban la exclusiva de entrevistar al nuevo presidente de la nación, el celebrado dios K, la leyenda de cuyo origen había comenzado a circular en internet intrigando por su inverosimilitud a los futuros votantes que debían creer a ciegas en el líder revolucionario que se les proponía como alternativa a siglos y siglos de injusticia.

El mensaje de los militares alzados en contra de la revolución fue terminante. El suicidio en masa, a la manera japonesa acreditada en los manuales especializados. Una forma de despedida muy adecuada para hacer entender al enemigo que uno no está dispuesto a colaborar con él en la tarea que se proponga, por honorable y justa que pueda parecer. Sólo algunos mandos inferiores se negaron a entregar la vida en nombre de una quimera tan rastrera como la enunciada por el gesto de sublevación de los generales y algunos coroneles envidiosos. Pero nadie lo lamentó. Cuantos menos residuos de su existencia quedaran sobre la tierra, escribiría Julio en su diario íntimo de esas jornadas gloriosas, menos probabilidad existiría en el futuro de un retorno de sus decrépitos y desfasados valores castrenses.

Pero no había tiempo que perder con esta noticia insignificante en comparación con el acontecimiento trascendental que se estaba viviendo en todo el país y en todo el mundo, a través de las pantallas de televisión de los hogares, y también en directo en el magnífico edificio de la Casa Blanca, tomado ahora por la ruidosa muchedumbre de sus partidarios y defensores. El dios K estaba entrando en el despacho oval, como había soñado tantas veces antes, para comenzar a tratar asuntos de urgencia con sus más estrechos colaboradores y leer después un breve comunicado a toda la nación para declarar sin ambigüedad las intenciones y los propósitos de su mandato y, sobre todo, tranquilizar a los mercados con un programa de acción contundente contra los excesos y abusos del sistema financiero. Previamente, la mayor parte de los agentes económicos le había otorgado hacía unas horas el apoyo público a su persona y al programa de medidas ejemplares que planeaba adoptar en cuanto se le diera mano libre para actuar sobre la economía con el conocimiento que, en cualquiera de los dos mundos conocidos, se le reconocía sin problema. Pero no había tomado en consideración el detalle más importante. Tenía que haberlo sabido. O previsto. Toda victoria resulta demasiado fácil si no tiene en cuenta el factor más peligroso para sus intereses. Y el dios K, arrastrado por la velocidad de los hechos, había pasado esto por alto. Se había olvidado del poder superior de Edison y pagaría caro el descuido.

–Éste es un país de hombres pequeños y mujeres malas.

Esa lección era engañosa y podría mantener ocupadas a las universidades del mundo y a sus departamentos de semántica y estudios culturales y de género durante siglos sin que ninguno de sus eruditos miembros llegara a determinar el verdadero sentido de la frase apócrifa atribuida a Franklin. Cuántas películas y libros y series de televisión han hecho falta a lo largo de la historia reciente para aprender a deletrear siquiera la primera sílaba del misterio escatológico cifrado en ese refrán de exégesis inagotable. Pero al hombre pequeño que la sostenía como eslogan de campaña para entretener a las mentes más despiertas y adormecer aún más a las más adormecidas no se le podía vencer con argumentos tan peregrinos y baladíes. No, ni siquiera el dios K, con todas sus artes embaucadoras, gozaba de ese poder supremo. Los banqueros podían ponerse de su parte por conveniencia, los políticos concederle el fuero del escepticismo pero no imponerle la prohibición, los militares suicidarse para no ver los desmanes y tropelías que pensaba cometer en nombre de divinidades pedestres y el pueblo, consciente de su papel fundamental en la historia, aclamarlo como al líder planetario en que se había convertido gracias a su acertada capacidad de decisión, a su indudable don de mando y a su inteligencia estratégica. Pero no el hombre pequeño. Éste nunca, así se hundiera la tierra natal bajo sus pies, le concedería esa prerrogativa a uno de sus enemigos más fervientes. No, ese privilegio no lo obtendría jamás del gran cerebro del hombre pequeño. Nadie lograría disuadir al Doctor Edison de su idea monomaníaca de que todas estas algaradas populistas no eran sino una mascarada del dinero para alzar, mediante ardides y maniobras espectaculares, su cotización al máximo y alcanzar un valor insospechado en los mercados. La victoria final del hombre pequeño, un nihilista de buen corazón, sumiría a la muchedumbre sublevada en el pesimismo y la tristeza definitiva. Eran sus armas anímicas más poderosas para mantener sometida a sus dictados a la población.

–Yo velo en los dos mundos, como un árbitro fiel, para que nada los aparte de su fin prescrito.

Cuando el dios K, sentado en el despacho oval, con todas las cámaras de televisión enfocándolo y los micrófonos y los fotógrafos pendientes de él, con esa sensación de que estaban viviendo una jornada única, irrepetible, una de esas jornadas heroicas que se dan pocas veces en el tiempo de una vida, agarró el micrófono principal para comunicar al pueblo del modo más expresivo imaginable sus recetas políticas y su programa de acciones y reformas a llevar a cabo para acabar cuanto antes con la injusticia y la opresión que padecía, vio primero cómo le fallaba la voz, comenzaba a toser y a tartamudear sin poder explicar su afonía repentina, y luego cómo el cuerpo iba desvaneciéndose, desapareciendo a los ojos de los demás y los suyos, que veían aún pero ya no eran vistos por ninguno de los presentes. Ya no estaba allí donde se le aguardaba desde hacía siglos para guiar el camino a la recuperación moral y económica. La volatilización súbita de su figura ha logrado engendrar, como subproducto energético del evento, un agujero negro en la estancia presidencial y todos los que se encuentran en ella y han sido testigos del insólito acontecimiento se han quedado paralizados al asistir al fenómeno en directo. Sienten enorme el vacío creado en sus vidas y en sus corazones por esa desaparición inesperada. Para cuando entienden una parte de lo que ha pasado, Julio, con signos de desesperación en el rostro y lágrimas en los ojos, se ha encargado de improvisar una explicación satisfactoria al suceso, la vida es así, el dios K ya está en otra parte, muy lejos de allí. En otro mundo donde quizá se le necesite más, camino de otro lugar. Encerrado en la cabina de un taxi que se dirige a toda velocidad al aeropuerto JFK, al menos ha tenido el hilo de voz suficiente para comunicarle al conductor, un afroamericano de asombrosas habilidades al volante, el destino deseado. Se hace tarde. No puede permitirse el lujo de perder ese avión. Otra vez no. No se lo perdonaría.

DK 25

Testimonio oral

El dios K está tan obsesionado con el incidente coprotagonizado por la bruja africana que lo sedujo contra su voluntad que a menudo siente una extraña culpabilidad, una vergüenza impersonal que se proyecta en fantasías y pesadillas recurrentes. Pero en este caso no es así. Lo que está viendo en este momento posee un grado de objetividad superior al habitual. Ha tardado en descubrirlo, todos se lo habían ocultado para evitarle más disgustos, pero al fin lo ha visto en internet, algunos días después de su primera emisión televisiva en horario mayoritario. La bruja tribal ha concedido una entrevista para la cadena de televisión ABC donde cuenta la verdad de lo sucedido, según dice, con detalles escandalosos que no escandalizan ya ni a los puritanos más acérrimos de este país de puritanos acérrimos. La «verdad», así es como la llaman ahora, piensa el dios K, burlándose del uso periodístico del término. La única verdad es que la verdad es volátil, como los valores en bolsa, y está siempre en proceso de construcción por alguna de las partes interesadas en que prevalezca su versión deformada de cualquier suceso o acontecimiento. La verdad no es, por supuesto, la reconstrucción que ella ofrece en pantalla a cambio de unos miserables dólares y una cuota de impopularidad creciente. La verdad es lo que ella misma, al irrumpir en la habitación con el ímpetu con que solía hacerlo sabiendo quién la aguardaba cada día escondido tras una mampara, o debajo de la cama, o tras una cortina decorativa, para jugar con ella al deporte más viejo del mundo, le había pedido hacer esta vez. Ésa es la única verdad que se siente capaz de nombrar ahora sin avergonzarse. No, ella ya no se conformaba con los escarceos, los roces, el flirteo, estaba cansada de simulacros de contacto, de caricias pueriles, quería mucho más, quería jugar en serio. La hechicera afrodisíaca le había pedido entonces al dios K un tratamiento personalizado y de primera clase, un partido de entrega absoluta y máximo rendimiento digno de un genuino campeón de la primera división mundial. Se lo había suplicado, provocándolo con sus gestos y muecas a tomar una actitud más decidida, ostentando los encantos de ese disfraz de camarera especialmente diseñado por un modisto demoníaco para acelerar el pulso cardíaco y el flujo sanguíneo de los clientes más sensibles a la belleza en todas sus variantes, incluidas las más rebuscadas y caprichosas o los productos descatalogados desde hace siglos.

Ella mentía de modo flagrante ante las cámaras, desfigurando la situación a su conveniencia. Su versión era hipócrita, sesgada, su interpretación de los hechos mendaz. Una elaboración capciosa urdida por sus abogados para incriminarlo sin apelación y exculparla a ella, la víctima universal, ante la opinión pública, identificada con ella como con todos los perdedores y los fracasados de la tierra. La periodista responsable de la entrevista, una rubianca pavisosa y nada agraciada, no fingía ignorarlo, para qué si todo era una parodia sin humor y nadie, ni los productores ni los espectadores ni mucho menos los patrocinadores, querría que fuera otra cosa que eso, basura televisiva de consumo masivo. Un subproducto más de esta subcultura excrementicia y este tiempo corrupto. Una comedieta moralizante de máxima audiencia y mínima inteligencia para cerebros ociosos que sólo buscan entretenerse y preservar una visión conformista de la realidad.

Cansado de soportarla merodeando como una pantera enjaulada por la espaciosa suite, el dios K se había sentado en la cama, sí, señoras y señores del jurado, en la cama de tamaño regio, un lugar tan bueno como cualquier otro para apartarse del radio de su influencia sensual, y la había obligado a sentarse en un sillón frente a él, a cierta distancia, para que escuchara con atención lo que tenía que decirle. Le había explicado, al parecer en vano, el efecto pernicioso que causaba en él, día tras día, la falda plisada con ese esmero libertino y las medias negras ajustadas a las piernas como una segunda piel aún más sensual, esos arrebatadores volantes de la blusa blanca y el provocativo peto a rayas blancas y negras con que adornaba el busto, los zapatos de insinuante punta redonda y la cofia voluptuosa. Todas estas prendas irresistibles, así reunidas para adornar un cuerpo escultural como el suyo, era necesario que ella lo comprendiera y dejara de acosarlo de una vez, la hacían aparecer aún más atractiva que si se hubiera presentado desnuda para realizar el trabajo encomendado de limpiar la habitación y hacer la cama y poner, como cada día, algo más de orden, si esto era posible, en su ordenada vida. Y ese color de piel, añadió con una sonrisa irónica en los labios, sí, no podía negar la evidencia, como caramelo líquido derramado sobre un baño de azúcar cristalizado, esa tonalidad maligna de la dermis parecía diseñada en los laboratorios más avanzados del infierno para tentar a las almas cándidas y a los ingenuos de la tierra con la promesa de su posesión fehaciente. Todo esto es lo que trató de explicarle, con la sabiduría y la calma de un buen padre de familia, humillado por la desnudez en que la camarera insistía en mantenerlo por su propia seguridad, mientras ella, sentada frente a él con indiferencia, jugueteaba a desabrocharse una y otra vez los botones del peto y lo dejaba caer hacia delante para luego recogerlo de nuevo, como si no pasara nada, mostrándole cada vez una sugestiva franja de la piel tostada del escote asomando entre los pliegues de la blusa entreabierta. El dios K llegó incluso a suplicarle, con lágrimas en los ojos, que se calzara de nuevo y se abstuviera de provocarlo y distraerlo de ese modo en el momento decisivo en que ella alzó el pie izquierdo del suelo para remarcar el efecto cromático general de la seda negra y el muslo enfundado en la media y lo extendió en el aire hasta plantárselo delante de la cara, en señal de paradójico desprecio, haciéndolo descender luego lentamente, bajo su atenta mirada, hasta depositarlo sobre la rodilla izquierda, donde quedó reposando al fin a la espera de nuevas órdenes.

A simple vista, el escenario parecía extraído de una mala novela de espías, una de esas trampas tramadas por el archienemigo ubicuo para atrapar en ella al agente secreto protagonista, pero era indudable desde el principio lo que ella había venido a buscar, lo que quería llevarse con ella a toda costa, y no se trataba esta vez de los planos de la nueva base militar ultrasecreta o el arma de destrucción masiva último modelo, ni tampoco de los microfilmes delatores de políticos, empresarios y financieros imputados en un caso de soborno a escala internacional con implicaciones de alta traición. Nada de eso. *Yo sólo pretendía escuchar su parecer sobre algunos asuntos de actualidad, señor juez, conversar con ella sobre las posibilidades de renegociar la deuda alarmante de algunos países africanos e incrementar allí la inversión europea para ayudarlos al desarrollo, combatir la pobreza y la hambruna, y neutralizar de paso la peligrosa injerencia china, discutir los últimos detalles de un proyecto urgente de rescate global del subcontinente subsahariano que planeaba hacer público en unos meses, pero ella no mostraba interés en nada de esto, indiferente a mis palabras, ostentando la hermosa pierna torneada en la media ante mis narices sin prestar atención a la exposición de mis generosos argumentos y planes, interesada, más que nada, en que admirara de cerca la cualidad afrodisíaca incontestable de la pulsera de plata abrochada a su tobillo izquierdo como un signo de esclavitud asumida con orgullo. La muy perversa, instruida a la perfección por los enemigos que la contrataron para arruinarme, sólo aspiraba a explotar mis debilidades masculinas, estimular los fantasmas sexuales del viejo colonialismo occidental, los peores vicios del hombre blanco en sus relaciones con la excitante mujer negra. Esas imágenes de pornografía racial tan intolerables y ofensivas en este país, como declaraba el histriónico fiscal en los medios cada vez que éstos le concedían la oportunidad de hacerse aún más famoso entre sus votantes, desde que el presidente Thomas Jefferson convirtiera en su amante a la esclava mestiza y medio cuñada suya Sally Hemings y engendrara con ella, según algunas fuentes bien informadas, media docena de hijos naturales tan mestizos como la madre. El peso histórico de la mala conciencia americana es lo que me ha caído encima como una losa de granito y me está aplastando la carne y triturando los huesos sin que nadie quiera hacer nada para salvarme.*

Viéndola contestar como si fuera tonta, o pretendiera pasar por tal ante la audiencia para ganarse su complicidad y simpatía, a las inquisiciones absurdas de la periodista, otra de esas falsarias feministas de derechas que encubren la falta de éxito en la cama con argumentos denigratorios del sexo que no les hace ningún caso, el dios K percibe de nuevo en ella las mismas cualidades ocultas que supo intuir cuando la vio entrar en la suite del hotel aquella última vez y le propuso pasar la tarde juntos viendo dibujos animados en televisión. Reponían en la Fox los primeros episodios de la novena temporada de *Padre de familia* en un maratón especial y no quiso perdérselos por nada, cambiando todos sus planes e invitando a la camarera a compartir con él las burlas punzantes y las corrosivas caricaturas de esa teleserie cómica incomparable con la que conseguía siempre restablecer su maltrecho estado de ánimo, a pesar de todo lo que en el mundo conspiraba por deprimirlo. Ella se negó en redondo, pretextando tener mucho trabajo por delante, y cuando la vio desaparecer de inmediato en el cuarto de baño y la oyó empezar a poner orden en el desorden que él mismo, para distraerla con actividades extra, se había molestado en causar, este hombre, sí, señoras y señores del jurado, este hombre se temió lo peor, y con razón. Lo peor para él, desde luego, y lo peor para ella, sobre todo. Pasó más de una hora sentado frente al televisor, absorbido en las delirantes peripecias de la familia Griffin, mientras ella seguía limpiando a conciencia, con la puerta cerrada, el enorme cuarto de baño, azulejo por azulejo, ranura por ranura, hueco por hueco, superficie por superficie, accesorio por accesorio, combatiendo con heroísmo y obstinación cualquier resto de suciedad, mugre o grasa depositado allí durante décadas de promiscua convivencia y dudosa higiene. El dios K entendió entonces con claridad a lo que se enfrentaba por primera vez en su vida. Un espécimen de sexo femenino y raza mestiza concebido como un arma definitiva por la perversa evolución natural para autodestruirse y con ello destruir toda posibilidad de vida digna sobre la tierra. Era una tarada integral, sin ninguna duda, una tarada con un fuerte componente masoquista en su mapa genético aún por cartografiar con todas sus coordenadas exactas y sus fronteras mal delimitadas. Ese masoquismo innato del género y la raza a los que pertenecía por nacimiento, esa pasividad idiota de las facciones faciales, esa inercia moral del cuerpo, esa voz meliflua hasta la crispación, esa siniestra humildad y perverso servilismo, defectos que se potenciaban en ella hasta extremos insoportables, toda esa dotación malsana la transformaba, aquí y ahora, en una tentación imposible de rechazar para él. Un regalo envenenado al que no sabría, llegado el momento, decir que no. Dos siglos de educación ilustrada apenas lo habían preparado para un desafío ético de la envergadura psicológica de éste.

Todo en ella, así lo sentía el dios K volviendo a verla ahora en la grabación televisiva difundida *urbi et orbi* por internet, reclamaba que se la tratara como a una puta, sí, pero una puta sin reputación como puta, una puta de nula categoría, una de esas depresivas mujerzuelas que se prestan a cualquier servicio, por repulsivo que sea, a cambio de un paquete de cigarrillos, una pastilla de jabón o el monto sin propina de una cena rápida en un restaurante barato. En eso no se parecía en nada a otras profesionales que conocía como la palma de su mano derecha desde que era un adolescente, elegantes y refinadas damas de la promiscuidad comercial por unas pocas horas del día o de la noche, variando la elevada tarifa, y ejecutivas de sus intereses bursátiles y bancarios, aguerridas gestoras de sus inversiones y compras, todas las demás. Sí, ha llegado la hora de reconocer, señoras y señores del jurado, que el dios K supo descubrir en ella una anomalía patológica, una brecha ancestral en su dócil carácter, una perversidad inscrita en el cuerpo o en la personalidad de esta exótica pieza de coleccionista que parecía exigir que se la humillara con rudeza y hasta violencia, si hacía falta, y se la rebajara a la abyección de ese rango ínfimo que ella ocupaba en la escala del mundo y del que hacía ostentación con cada uno de sus gestos para, a su vez, humillarlo a él y arrastrarlo con ella a su infierno particular. El infierno social del gueto, el infierno cultural del analfabetismo, el infierno doméstico de la mala vida y los malos tratos quizá, el infierno económico de la pobreza y la miseria, todos los infiernos del mundo reunidos en uno solo, intransferible, personalizado. No, no, no, decía el dios K agitando una y otra vez la cabeza en señal de que el sacrificio que se le exigía a cambio de disfrutar de esa porción del pastel de la mediocridad del que se alimentan tantos habitantes del mundo globalizado era a todas luces excesivo. Excesivo e inútil, al mismo tiempo.

Eso al menos sintió en todo el cuerpo cuando ella, tomando su lugar en la cama con una decisión inesperada, le obligó a introducir el pene en su boca, como especifica el informe forense con vívidos detalles, venciendo su resistencia inicial. No podía disimular por más tiempo el tamaño culpable de su erección. El atractivo de la chica africana no hacía sino multiplicarse en su cabeza con el paso de las horas frente al televisor y la exhibición insolente de esas malditas cualidades ya enumeradas la hicieron aún más irresistible en cuanto terminó de limpiar y ordenar a fondo el cuarto de baño y salió de él dispuesta a hacer lo mismo con el resto de la suite. Por si fuera poco, ella parecía haber aprovechado todo ese tiempo encerrada allí para volverse más seductora, maquillándose la cara, perfumándose todo el cuerpo y pintándose los labios de un rojo agresivo, como una mujer fatal plenamente consciente de su principal misión en la vida. Y así lo entendió enseguida el dios K, que la estaba esperando con los brazos abiertos. Pero ese mismo dios K, señoras y señores del jurado, no estaba dispuesto, pese a todo, a degradar su miembro, hundiéndolo sin protección, como le exigía la mujer arrodillada sobre la colcha, en ese pozo de infecciones y enfermedades tropicales en potencia, por más que las palpitaciones de la sangre amorataran el glande hasta transformarlo en una gruesa pelota de textura gomosa que ella succionaba ahora, sin embargo, como si fuera una golosina minúscula clavada en el extremo de un bastón rugoso. Debía interrumpirse antes de que fuera demasiado tarde, debía extraerlo de allí a toda prisa, debía escapar de la sima inmoral de esos labios acolchados y esa lengua sinuosa en que su pene, indefenso, naufragaba una y otra vez, contra su voluntad. Aunque quisiera negarlo, el dios K se mostraba dominado absolutamente por la idea abyecta de que, sí, en el fondo es muy placentero dejarse atrapar así y degradarse hasta ese extremo, sin control, arruinar tu vida privada y tu imagen pública supone un goce supremo, tirar por la borda en unos minutos de bienestar sexual la privilegiada posición ganada en un mundo de incontables obstáculos y dificultades es, sin duda, la actividad más estimulante y la más acorde con el deseo profundo de cada individuo, en conflicto permanente con su ego racional, como señalan algunos magazines alternativos, la tarea más gratificante, en suma, a la que puede consagrarse una inteligencia de primer nivel. La suya lo es, o lo era, o lo había sido, la cronología y la conjugación se muestran imprecisas en este aspecto concreto del relato de los hechos, hasta el momento en que ese intelecto del más alto rango y reconocimiento, una inteligencia acostumbrada a imperar sobre los cerebros y los cuerpos de los demás con sus palabras y acciones determinantes, sucumbía a las vulgares solicitaciones de la boca y el cuerpo de la camarera negra que se había desnudado con urgencia para sentirse más a gusto en su compañía. Sí, qué delicioso es, al final, sentir cómo todo eso se estrella, sin solución de continuidad, contra la cavidad bucal de una paria depravada, cómo todo eso acaba estampándose a velocidad de vértigo contra la dentadura cariada de una inmigrante ilegal, una fugitiva desarrapada del tercer mundo, cómo todo eso, posición, carrera, relaciones, fortuna, influencia, ambiciones, propiedades, viene a mezclarse como una efusión molecular con la saliva repulsiva de una proletaria de salario deleznable y maneras rudas. Es un placer morboso inigualable, desde luego, en especial para un cerebro de tan alto coeficiente intelectual, ver todo ese patrimonio diseminarse en la boca de esta mujer, irrigando cada recoveco, cada orificio, cada úlcera, cada pliegue, como una inundación anual en un terreno desertizado por la sequía persistente.

Vuelve a sentirlo, renovado, ese placer, ese goce, ese júbilo de entonces, como una conmoción nerviosa en todo el cuerpo, o un desarreglo sensorial que afecta ya a su cordura, hasta que la ve quedarse callada en la imagen, de pronto, ella que se mostraba tan locuaz y dicharachera cuando se trataba de difamarlo, como si hubiera descubierto algún grave defecto en la forma o en el fondo del guión sensacionalista que le han entregado antes de comenzar la entrevista para que se aprendiera de memoria las respuestas prefabricadas. En efecto, señoras y señores del jurado, ahora esta mujer guarda un inquietante silencio en la grabación, intrigando a la periodista con su visible cambio de actitud, y se vuelve hacia los espectadores y la cámara uno, en la dirección donde adivina que el dios K, esté donde esté, ha decidido colocarse esta noche para verla y escucharla con atención. Se vuelve hacia él y deja de mirar a los ojos cristalinos y a los labios plastificados de la periodista androide que la ha sonsacado sin escrúpulos durante una hora y media, le pagan una fortuna por lograr ese resultado, es buena en su especialidad, conviene reconocerlo, para que dijera la verdad, eso anunciaba la propaganda del programa, para que repitiera lo que todo el mundo quiere oír, lo que todo el mundo quiere que se diga sobre el caso, no lo que pasó en realidad, no lo que realmente vivieron, ella, ahora famosa, una nueva estrella de los medios y los tribunales de justicia, y él, su ya famoso o infame agresor, lo que hicieron de verdad los dos en la intimidad de una habitación de hotel que nunca limpiará de nuevo con la misma inocencia, una habitación de hotel que nunca estará limpia, nunca volverá a estar limpia, ya se ocupó ella de eso. Lo está mirando a la cara sin temor, después de todo lo que ha pasado y todo lo que ha dicho, su imagen en la pantalla se atreve a encararse con el dios K para decirle lo que piensa, sin disimulos morales ni ficciones jurídicas, la amarga verdad de lo sucedido entre ellos, en primerísimo plano. *A mí me gustó y sé que a ti también, cerdo, nadie podría entenderlo, nadie podría entender por qué, arrastrarte a mi mundo fue una victoria como pocas veces se consiguen en la vida, pero nunca lo diré, nunca diré la verdad, no esperes de mí que sea tan tonta aunque haya sido tan tonta de hacer esta guarrada contigo, ni ante un tribunal ni ante el fiscal ni ante la policía, sólo la puedo decir ante ti, sólo te la puedo decir a ti, cerdo, quiero que te pudras en la cárcel para que no me olvides nunca, para que lo que hicimos, signifique lo que signifique para ti, no sea una aventura más en tu vida, y me recuerdes siempre, ése es el precio por lo que me hiciste, por lo que te hice, por lo que hicimos, y quiero que cada vez que te mires la polla descapullada y tiesa, como la tenías aquella tarde metida en mi boca, te acuerdes de mí y de que estás en la cárcel por culpa de ella y de mí, de lo que ella me hizo a mí y yo le hice a ella, nadie puede saber la verdad, nadie quiere vivir con la verdad, nadie quiere la verdad, no sirve para nada, a nadie le importa. Así que no llores más, mi amor, no te tortures ni atormentes por lo que hicimos o no llegamos a hacer o nunca volveremos a hacer. Hubo de todo, como sabes, en aquel intercambio interrumpido demasiado pronto, quizá te precipitaste, me precipité, nos precipitamos. El tiempo conspiraba contra nosotros y no pudimos hacer otra cosa. Qué importa ya. Lo que tú y yo vivimos aquella tarde en aquella suite, como si tú fueras mi cliente y yo tu puta, una de ellas, déjame que me ría de los estereotipados papeles que nos ha tocado representar, como mujer y como hombre, ante la opinión pública, no nos lo podrá quitar nadie, me oyes, nadie, nunca, ni tu esposa, pobre desgraciada, ni ninguna otra mujer, eso se acabó, me oyes, cerdo, en la cárcel no te dejarán tenerlas. Ese momento es sólo nuestro. Tuyo y mío. Nos pertenece en exclusiva. Para siempre. Y aquí tienes la prueba de que hablo en serio...* En ese instante de suspensión inesperada del discurso, restándoles protagonismo a las palabras y los sentimientos expresados en ellas, se encadenan dos acciones sucesivas, una menos previsible que la otra. Mientras el dios K, estupefacto, acerca cada vez más la cara a la pantalla del ordenador para no perderse ningún detalle informativo y quizá poder escuchar saliendo de su boca, como un mensaje subliminal sólo a él dirigido, la suma exacta de dinero por la que estaría dispuesta a poner fin a esta carnavalesca locura, la entrevistada aparta la mirada de él, frustrando sus expectativas, y se vuelve hacia la periodista de nuevo, que la acoge con su mejor sonrisa robótica y se inclina a su vez hacia ella con fingido interés, aproximándose todo lo posible a su invitada, esperando quizá una última confesión escandalosa sobre el incidente, imaginando una nueva confidencia obscena de las que elevan mecánicamente los índices de audiencia como una erección adolescente ante un escote superlativo, así de previsible y de manipulable es la televisión, según dice, con resignación, todo el que ha trabajado alguna vez en ella, y entonces le escupe a esta profesional de la verdad fáctica, echándose hacia delante con fuerza para no fallar el tiro, en plena cara, todo el veneno acumulado en estas semanas y meses, el depósito de semen rancio y viscoso que el dios K había ingresado en su boca a un altísimo interés como gratificación por su excelente trabajo. ¿No querías un testimonio oral directo sobre lo sucedido? Ahí lo tienes, guapa, oral y directo, más directo imposible, ¿cuánto hace que no veías esta mierda de tan cerca?...

DK 26

Inside Job

La convicción de que la bruja africana, conectada con el tenebroso espíritu del continente más antiguo de la tierra, según la exégesis bíblica y la paleontología universitaria, había hechizado al dios K en el curso de su truculento encuentro en la habitación del hotel, después de todo lo que había vivido en las últimas semanas, todos los desequilibrios y las locuras, los caprichos y las manías padecidos por DK, se fortaleció hasta el punto de que Nicole hizo venir al apartamento una mañana a una espiritista holandesa (la doctora en ciencias infusas Marina Van Mastrigt) que le habían recomendado con insistencia unas amigas americanas viéndola tan afligida. Cuando la sesión se reveló improductiva, a pesar de que el dios K, a instancias de la experta en espíritus del más allá y espantajos del más acá, logró hablar como un consumado ventrílocuo por boca de algunos muertos ilustres y a exponer ante las dos mujeres visiones históricas bastante polémicas que correspondían a testigos relevantes y singulares de acontecimientos del pretérito perfecto compuesto y no a falsificaciones historiográficas redactadas con posterioridad, Nicole se mostró insatisfecha con los resultados y convencida de que éste, en particular, no parecía el tratamiento más recomendable para acabar con la maldición de su marido. Es más, como la médium Mastrigt reconoció con honestidad impropia del medio en que trataba de ganarse la vida a pesar de la dura competencia, el procedimiento de «extracción espiritual» se demostraba inadecuado en este caso al desvelar, de una parte, las múltiples identidades contradictorias dormidas en la psique del dios K y a las que no convenía en absoluto despertar de su letargo inmemorial, como se había podido comprobar hacía sólo unos instantes, y, de otra, la posibilidad de abrir con violencia, durante las intensas sesiones, las puertas del inconsciente de DK a la infiltración de fuerzas malignas que más valía mantener alejadas, tanto por la estabilidad y salud de su vida mental, más bien precaria, como por el bien y la seguridad del mundo circundante.

Con obstinación comprensible en una mujer preocupada, Nicole se decidió entonces a llamar a un parapsicólogo de la ciudad, reputado por haber *limpiado* (terminología del gremio) de fenómenos inexplicables y presencias parasitarias no sólo edificios o casas sino también cerebros, corazones y hasta hígados, según se declaraba sin temor alguno al ridículo en los folletos explicativos de la firma internacional para la que trabajaba. Pero fracasó de nuevo la tentativa, de modo estrepitoso además, cuando el afamado experto en el mundo de lo paranormal se negó a entrar en el apartamento habitado desde hacía meses por el dios K y por Nicole pretextando la percepción de energías maléficas, muy peligrosas y dañinas, rondando la periferia del espacio doméstico como depredadores anímicos de dudosa intencionalidad. Una vez más, fue Nicole quien abrió la puerta para recibir, con grandes expectativas, al parapsicólogo de nombre John e impronunciable apellido hindú y lo único que recibió de su parte fue la negativa inmediata y terminante a atravesar el umbral de un domicilio tan sobrecargado de fuerzas de naturaleza antagónica y belicosa que excedían su competencia y conocimientos, según le dijo a Nicole sin levantar por un segundo, en señal de perplejidad o de asombro ante lo que estaba experimentando allí parado encima del felpudo nuevo de la entrada, las boscosas cejas que caían hasta el borde mismo de los ojos como un velo ocular que lograba tapar los párpados y se enredaba con las pestañas. Como una especie de venganza privada de signo cultural, Nicole lo insultó entonces llamándolo brahmán de mala muerte y chamán chupatintas y le cerró la puerta en la cara, antes de que John S.

Mukhopadhyay, el exótico parapsicólogo de Bangladesh, pudiera acabar de excusarse ante la sulfurada clienta por su incompetencia profesional, su cobardía espiritual o su terror instintivo, nunca se sabe con esta gentuza machista y vegetariana, como pensaba Nicole, a las manifestaciones ostensibles de un poder superior o inferior de semejante envergadura. Mientras tanto, el dios K, sonriente, permanecía sentado en su regia butaca favorita, de espaldas a la grotesca escena, rascando con las uñas el mullido terciopelo de los brazos, sin inmutarse con el agresivo portazo y los insultos racistas de Nicole, como si no le concernieran en absoluto, e inspeccionando con detenimiento los vívidos detalles de los nuevos carteles publicitarios de una conocida marca de coches deportivos que tres operarios vestidos con monos azules estaban desplegando, desde el andamio de escala, en la fachada del edificio de enfrente.

Y sólo tras este rotundo desengaño, a pesar de todo, Nicole decidió recurrir a los servicios de un demonólogo acreditado que podría determinar si el cerebro o el cuerpo del dios K, como indicaban las experiencias más recientes, el testimonio de muchos amigos y conocidos y la opinión de los expertos consultados hasta el momento, habían sido tomados como sede efectiva y base de operaciones por un demonio de una especie desconocida hasta ahora. Un ente maligno que o bien se agazapaba en su interior desde la infancia y quizá desde más atrás, en un período coincidente con las primeras fases de la gestación, como una suerte de anomalía hereditaria o genética transmitida en el instante mismo de la concepción, y había salido ahora de su escondrijo psíquico aprovechándose de este momento personal de debilidad y desánimo, o bien, como creía Nicole, se lo había contagiado la víctima durante su encuentro íntimo, poseída ella misma, como mucha gente de su promiscua raza, por demonios territoriales que, en el curso de las últimas décadas, siguiendo el designio general del mundo globalizado, habían comenzado a *deslocalizar* su nefasta influencia. Esto mismo le dijo el guapo exorcista italoamericano a Nicole, ganándose de inmediato su simpatía y confianza, nada más cruzar el umbral de su apartamento neoyorquino, sin miedo a las consecuencias de su acto, y percibir con un fuerte escalofrío las potentes vibraciones diabólicas y el penetrante hedor sulfúreo que emanaban de todos los rincones de la casa.

El padre Petroni, tras recibir la llamada desesperada de Nicole, acudía al fin en socorro del alma condenada y el cuerpo petrificado de su marido. David Francis Petroni S. J., doctor en derecho canónico y en teología, angelólogo, demonólogo y exorcista, según declaraba la discreta tarjeta de visita de este joven jesuita de sospechoso nombre italiano. Todos los italianos, aun los nacidos en América, son sospechosos de connivencia corrupta con el Benigno, como no se cansaba de denunciar el dios K, o el demonio celoso que poseía por momentos sus cuerdas vocales y manipulaba su laringe y su lengua como un músico demente, forzándolas a blasfemar con voz de castrado, en cuanto Nicole hizo las presentaciones, contra el atractivo sacerdote que venía a salvarlo de una pena aún peor que la reclusión a perpetuidad en una cárcel privatizada. Este santo varón, de entrepierna tan casta como un altar románico, tenía éxito no sólo con Nicole, que acababa de conocerlo en persona y ya se consideraba inscrita como socia honorífica en su club de fans, o con la amiga de Washington que le habló por primera vez de sus muchas virtudes humanas, sino con las numerosas parroquianas de la capilla de Georgetown donde impartía misa diaria, a las que tenía embelesadas con su estatura atlética, su aplomo sacramental, su verbo inflamado, su rostro lampiño y apolíneo, su sotana de paño reluciente y corte a la última moda europea y sus atildadas maneras de ejecutivo ecuménico, induciéndolas a pecar con la imaginación y la fantasía para luego poder gozar en la impunidad del confesionario del relato de esos ardientes devaneos. El increíble currículum del padre Petroni venía avalado además, y eso que apenas superaba la treintena, por haber realizado estudios superiores de soteriología y escatología en la Universidad Pontificia Gregoriana de Roma y, sobre todo, por poseer la patente de una controvertida metodología de exorcismo, acorde, según él, con lo intempestivo de los nuevos tiempos, cuyos misterios enseñaba una vez a la semana a un selecto grupo de discípulos en los seminarios de posgrado de la Universidad de Georgetown, donde residía desde hacía un lustro como profesor asociado y capellán en ejercicio. En un primer momento, la técnica radical de tales exorcismos podía parecer primitiva y hasta rudimentaria a un observador profano por su renuncia deliberada a cualquier objeto de culto o accesorio tradicional en esta clase de rituales, ya sea el agua bendita, las reliquias bendecidas, los misales consagrados, los óleos aromáticos o un crucifijo que blandir como escudo simbólico frente a las amenazas del Maligno.

–Créame, señora. Las manos desnudas y un corazón limpio bastan para hacer un buen trabajo. Lo demás son imposiciones del pecaminoso mundo del espectáculo.

El padre Petroni atribuía con falsa modestia la invención del método y su austera puesta en escena a los primeros padres cristianos, pero en realidad al decir esto sólo pretendía favorecer, o así lo había proclamado con astucia ante sus superiores para defenderse de los enconados ataques de los sectores más recalcitrantes de las iglesias alemana y francesa, un retorno a la letra primigenia del Nuevo Testamento («en especial el Evangelio de Marcos», puntualizó el sacerdote guiñando un ojo pícaro a Nicole sin que ésta entendiera de momento el porqué de tal gesto), donde el diálogo del Mesías con los enemigos más insidiosos de la fe, como todo el mundo recuerda, es descrito en términos tan virulentos que si se tradujeran a un código corporal contemporáneo podrían asemejarse, en la polémica opinión de Petroni, a la disciplina sadomasoquista imperante entre el cliente desnudo y la *dominatrix* vestida de cuero, un aborto forzado a base de golpear con varas de mimbre el vientre, el sexo y la cara interna de los muslos de la embarazada, un sangriento ajuste de cuentas entre miembros del mismo clan, con abundancia de puñaladas, mordiscos y mutilaciones, o la drástica curación de una patología infecciosa a fuerza de inmersiones en agua salada y gélida.

–La angelología y la demonología, digan lo que digan algunos teólogos ortodoxos, son ciencias simétricas. Los ángeles al corromperse y degradarse se transforman en demonios y en el corazón de todo demonio que se precie late la nostalgia por regresar cuanto antes al estado angélico. Este intercambio constante de posiciones entre ángeles y demonios, subiendo y bajando una y otra vez por la escala infinita del creador, es lo que da al mundo esa animación frenética y ese desorden y esa confusión que otros, no yo, desde luego, llaman caos. No me gusta esta palabra, suena mal. En el plan divino, las jerarquías angélicas y las diabólicas combaten como agencias de inteligencia y de contrainteligencia. Como en éstas, lo que manda no son los ejércitos, ni las armas ni las estrategias militares sino los roles asignados, la información falsa y las simulaciones pactadas por ambos bandos para preservar sus diferencias ante otros. Es como una guerra fría universal que durara hasta el fin de los tiempos, es decir, una guerra dominada por la táctica y la disuasión más que por el enfrentamiento directo. Todo esto suena bastante burocrático y anodino, ya lo sé, no es la dramática idea de la vida y la muerte que la gente suele tener. Qué se le va a hacer. En este escenario, como mortales desprovistos de cualquier poder de intervención, nuestro papel no pasaría de mediocre de no ser por las ocasiones especiales de enfrentarnos cara a cara, cuerpo a cuerpo, al sibilino adversario. Deseo con todo mi corazón que ésta lo sea, aunque aún no estoy del todo seguro, señora, seré franco con usted. No sé *qué* es lo que hay dentro de su marido. Los signos que detecto en él son inciertos y hasta contradictorios.

Tras este necesario exordio doctrinal, la primera tarea encomendada a una Nicole más dócil y dulce de lo habitual por el seductor y locuaz jesuita, mientras él procedía a remangarse, fue la de desnudar al dios K de sus engañosos atributos humanos, adormecerlo con un fármaco prodigioso que se había hecho traer desde las remotas regiones afganas donde se destila, según dijo, como un precioso inductor de un sueño espiritual que obra de inmediato sobre el individuo poseído como sobre el ente posesivo, anulando toda pulsión instintiva y paralizando la circulación de los humores corporales, y tenderlo después con su ayuda sobre la mesa del comedor, reconvertida, según dijo, en tabla de salvación de su alma inmortal y túmulo para su mórbido cuerpo mortal.

–Su marido, señora, se encuentra ahora en un estado de narcolepsia transitoria que podría definirse como el límite extremo del aburrimiento si no fuera porque éste es un estado pecaminoso *per se*. En ese lugar remoto en que se encuentra, ya no existe para el cuerpo la posibilidad del bostezo ni la melancolía para el alma. Uno no sabe que se aburre, porque uno ya no está ahí para saberlo. En esto se parece a la suprema contemplación celestial y la anticipa en cierto modo.

Postrado ahí, en esa gruesa plancha cuadrangular de oscura madera barnizada, durante una hora y media aproximada, como un neonato sin bautizar o un difunto a la espera del tiempo de la resurrección, ajeno por completo al pudor de la carne y a la castidad del espíritu, según recitaba el padre Petroni ante una Nicole fascinada con su retórica exaltada y su imagen de santidad paradójica, el dios K, contorsionando las articulaciones y los músculos del cuerpo hasta lo grotesco y lo inverosímil y segregando sin descanso espumarajos por la boca, podía provocar toda clase de sentimientos de compasión y de solidaridad en Nicole y en cualquier otro testigo del milagro. Pero no así en su potencial salvador, totalmente indiferente a las angustias y tormentos por los que atravesaba DK en estos momentos de tensión progresiva entre él y el ente sin identificar que lo poseía.

–Calla de una vez tu charlatanería estéril y sal de él, abandónalo, espíritu inmundo.

El padre Petroni, mientras rodeaba una y otra vez el perímetro de la mesa gesticulando con las manos, el torso y la cabeza como un hechicero indígena y tapándose de tanto en tanto los oídos como si el supuesto discurso del Maligno, sólo audible para él, tratara de seducirlo con zalamerías o proposiciones indecentes, apenas si dirigía alguna mirada al dios K para vigilar la evolución de la lucha a muerte que sostenía contra el ocupante ilícito de su alma racional y de sus cinco sentidos. No apartaba la vista, en cambio, de su afligida esposa, sentada en un sillón sólo unos metros a la izquierda de la mesa donde yacía el cuerpo convulso de su marido, observando con perplejidad y nervios crecientes los primeros pasos del ritual purificador.

–Te insto a desahuciar este cuerpo, maldito intruso. Búscate otro alojamiento más digno de tu infamia y tu vileza.

Para la mirada viril del exorcista Petroni, el esbelto cuerpo de Nicole, a pesar del lastre fisiológico de la edad y el descuido casual de su indumentaria, como tantas de sus feligresas mayores de cincuenta, intachables esposas y madres ejemplares, exhibía aún, en plena madurez, los signos patentes de lo bello y lo deseable. Y, viéndola entregada a la causa de la liberación de su marido con ese fervor que la hacía aún más atractiva, la invitó a repetir con él tres veces seguidas estas sentencias evangélicas, alteradas para la ocasión, y así impedir que el cuerpo del dios K, impulsado por la perversa voluntad de su captor, se descoyuntara al tratar de erguir el tronco de nuevo, agitándose como un epiléptico a gran velocidad y golpeando la cabeza cada vez contra la dura madera, con la intención de ponerse en pie sobre la mesa y, una vez conseguida esta posición, como creía Petroni, alzarse con todas sus fuerzas hasta el techo y emprender el vuelo más allá de estos dominios terrenales.

–A los que creyeren en mis palabras les acompañarán estos prodigios y estas locuras. En mi nombre arrojarán los demonios del cuerpo de los corruptos y los absorberán en su seno como prueba de que no temen al miedo, hablarán lenguas nuevas para que nadie los entienda y sólo entre ellos se reconozcan, tomarán en sus manos las serpientes de los villanos y, aunque bebieren algo mortífero, no les dañará. Por el contrario, les hará más fuertes y valerosos.

Admirables eran, en efecto, las palabras vehementes y los gestos ostentosos del padre Petroni para desalojar al intrigante demonio que usurpaba el alma y el cuerpo del dios K, pero más dignos de admiración fueron los hechos que siguieron a estos prolegómenos puramente litúrgicos.

–Que el Buen Dios de los Mercados se apiade ahora de nosotros.

Lo anunció con puntualidad el gruñido lastimero de un cerdo, comparable en intensidad y duración al emitido en el matadero por este animal hediondo en el momento de ser sacrificado, seguido de un grito escalofriante de mujer, intolerable para el oído de Nicole, que se tapó las orejas para no escucharlo, igual de estridente que el de la víctima de una violación brutal o de un asesinato encarnizado. El gruñido porcino y el terrorífico alarido femenino salieron uno detrás de otro, con un intervalo de segundos, de la garganta desatascada del dios K justo después de que éste consiguiera expulsar de su cuerpo, forzando hasta el límite la tensión de las mandíbulas, un viscoso cilindro de gelatina blanca que, una vez salido de la boca, como un gusano del grosor y la extensión de un brazo, se deslizó por la barbilla y el cuello, dejando un rastro lechoso de humedad en la piel, hasta alcanzar la superficie de la mesa. La amorfa criatura reptó luego por ésta durante unos minutos, exhibiéndose ante la mirada impasible de Petroni y la atónita de Nicole y cambiando de dirección varias veces, como si no supiera muy bien hacia dónde dirigirse, antes de resbalar en su propio desecho líquido y caer desde lo alto de la mesa al suelo, donde se deshizo, nada más tocarlo, en una nube de apestoso humo blanco. Con esta exhibición de habilidades escénicas, pensó Petroni mientras analizaba la intención del recurso acústico de mal gusto que había acompañado la evaporación del parásito pegajoso, el maléfico maestro de marionetas que animaba la vida de la infernal criatura y la mantenía bajo su siniestro control no pretendía otra cosa que confundirlo, conociendo sus debilidades humanas, y disuadirlo así de proseguir la curación anímica de su rehén.

–El alma de un ateo, señora, es un misterio tremendo tanto para Dios como para Satanás. En la economía de la Creación, donde todos los seres y los objetos, como usted sabe, están sellados al vacío y se tocan a distancia, por alusiones más que por contacto directo, ese misterio espiritual resulta más inexplicable que la Santísima Trinidad. No estoy blasfemando, es la verdad, pregúntele al doctor Ratzinger si no me cree.

Tras el aterrador despliegue de efectos audiovisuales del que el sacerdote y la mujer fueron los privilegiados destinatarios, una nueva fase del exorcismo, o de la tenaz resistencia al mismo, se hizo manifiesta cuando un objeto redondo y verde comenzó a brotar de improviso del ano entreabierto del dios K como un vástago indeseado de su concupiscencia indiscriminada, según le transmitió el padre Petroni, en su jerga jesuítica, a Nicole, aquejada ahora de un llanto copioso y repentino, para intentar calmarla con alguna tentativa de explicación racional al portento.

–Estoy asombrado. No imagina hasta qué punto. ¿Sabe por qué? Tengo la extraña intuición de que no es Satán ni ninguno de sus cornudos secuaces el que ha tomado por guarida las entrañas de su marido. Hay un tercero implicado, un parásito inorgánico, una entidad *puramente* energética, medio alienígena medio terrestre, a caballo de varios mundos interconectados por vínculos de una matemática indescifrable. Un gran desconocido, en su origen, en su proceder y en sus intenciones, hasta para un reconocido especialista en estas ciencias como lo soy yo. Es *él*, no me cabe duda, el que le está haciendo todo ese mal intestino del que somos testigos involuntarios. Digo *él* por designar a este ente nocivo de un modo que usted pueda comprender con facilidad, pues este impostor no se caracteriza por poseer ningún atributo convencional. Sin llegar a ser el Príncipe de las Modificaciones, no se le puede asignar un sexo definido ni tampoco una morfología reconocible. Es *él*, no puede ser otro, los signos de su influencia son palmarios. Se le ha visto masacrar sin motivo a la población de una pequeña ciudad del Medio Oeste. Se le ha visto desfigurar los cuerpos de sus víctimas en amasijos de órganos inclasificables. Se le ha visto absorber toda la sangre del cerebro de un individuo sin dañarlo para ponerlo a su servicio. Se le ha visto arrasar miles de hectáreas de labranza destruyendo la cosecha y esterilizando el suelo para siempre... Prefiero silenciar por ahora otras de sus insidiosas fechorías. Todo esto, como comprenderá, señora, es demasiado nuevo para mí y desborda mis capacidades, no sé si sabré estar a la altura de las circunstancias.

El exorcista se precipitó a cogerlo con la mano izquierda, sin ninguna precaución higiénica, en cuanto el extraño huevo, del tamaño de una pelota de béisbol, salió disparado con fuerza y se estrelló contra el suelo sin romperse. Y Petroni, ajeno a cualquier forma de repugnancia o de asco, se entretuvo en examinarlo de cerca, manteniéndolo depositado en la palma de su mano derecha y haciéndolo girar como una peonza con los dedos de la otra mano para comprobar sus rasgos más llamativos (el tacto estriado, la fetidez cloacal, el colorido obsceno, las manchas decorativas), mientras no paraban de brotar otros objetos similares por el mismo orificio hasta completar, excluyendo los que se quebraron antes de salir, despachurrados con la presión del esfínter, o los que lo hicieron al aterrizar, una primera serie de dos docenas. Pidió entonces el jesuita, con gran sentido práctico, que se le trajera una cesta grande para ir recogiendo la colección de huevos verdes que identificó de inmediato ante Nicole, cada vez más impresionada con el aparatoso trance de su marido, como tumores pestilentes del alma diabólica del dios K.

–Degenerados descendientes del reptil antediluviano que ha cometido fechorías impunemente, oculto tras una máscara humana, y ahora nos entrega estas pruebas abominables de su arrepentimiento fehaciente, cobrando esa aberrante forma material más por obra y gracia de las conminaciones de la fe en Cristo que por la química satánica de la vida que alienta estas negras abominaciones. Nuestro archienemigo el demonopolio de la materia.

Ordenó entonces el padre Petroni a Nicole que se arrodillara ante él, de espaldas a la mesa donde el dios K permanecía inmovilizado desde hacía unos cuantos minutos sin dar señales de agitación alguna, con objeto de no perder de vista la salida constante de los huevos de colores, unos de forma más irregular o de tamaño menor que los otros, algunos con estrías amarillas y rojas en la parte superior o en la inferior, según los tipos, otros incluso con bandas marrones que daban la vuelta en espiral alrededor de la blanda cáscara que custodiaba el vulnerable contenido. La imaginación de este fabricante de regalos es corrupta y grosera, desde luego, pensó Petroni mientras tomaba la cabeza de Nicole entre sus grandes manos, la bendecía imponiéndole las palmas sobre la coronilla y, a renglón seguido, comenzaba a acariciarle con ternura el pelo y la cara. Fue entonces cuando el dios K, sin abrir los ojos al mundo, profirió entre espasmos un monólogo ininteligible de siete enunciados marcados por sus correspondientes pausas y un total de setenta y siete palabras, según acertó a contar el exorcista en medio de la confusión del momento, desprovistas de vocales y compuestas únicamente de consonantes guturales, como sucede en algunas lenguas bárbaras de origen demoníaco cuya gramática Petroni decía conocer en profundidad.

–Confíese a mí, señora, sin temor ni esperanza. Ha llegado la hora de la verdad de la que ni usted ni yo podremos escapar. Una tempestad de arena en el desierto es la verdad. No lo olvide. Un remolino de aguas infectas es la mentira del mundo. Dios mío, no permitas que la duda haga flaquear mis humildes fuerzas en esta misión que me has encomendado a mí solo, como servicio a Tu Excepcional Grandeza.

Poco después, arrodillándose frente a la mujer, el sacerdote ya había extendido sus caricias por todo el cuerpo de ésta, como una irritación urticaria, por encima y por debajo de la ropa, con la excusa caritativa de consolarla de su aflicción y pesar, cada vez con más certeros objetivos estratégicos en sus acciones, rogándole al mismo tiempo, con vehemencia, que abandonara el sentimiento de la vergüenza moral y se olvidara del pudor de la carne. La grave situación de su marido, le dijo Petroni, así lo requería.

–Éstos son los pecados capitales del esposo, Señor, horrendos y variopintos. Cuando todos estos desechos de su maldad hayan atravesado la serpiente intestinal y el ojo tuerto del Maligno, sabremos al fin *quién* se oculta tras estos vistosos artificios y trucos de brujería, concebidos para cretinos e ignorantes, y, lo más importante de todo, sabremos que el nefasto intruso ha sido expulsado de ese cuerpo culpable para siempre. No olvide nunca, señora, esta lección dialéctica. La creación no fue encomendada a la luz, impotente para crear. La luz sólo puede sancionar lo que la oscuridad ha creado con el poder que se le otorgó con anterioridad a la existencia del tiempo. Cuando la luz se hace en el mundo, el mundo está hecho ya. El trabajo de la oscuridad se hace visible. Y es entonces cuando comienza la larga historia de las abominaciones sin cuento que los hombres sin fe llaman Historia.

En el mismo instante en que brota un huevo azul, más rugoso y estriado aún que los verdes y los rojos, el jesuita deja de manosear el cuerpo de Nicole y se decide a estrecharle las manos, primero la derecha y luego la izquierda, y los dos comienzan entonces a levitar juntos, alejándose del suelo en trayectoria vertical, con inquietante lentitud, unidos como hermano y hermana en un sentimiento común, el sacerdote y la mujer, elevándose por encima del cuerpo postrado del dios K que sigue expulsando huevos azules por el ano y alguno rojo de vez en cuando. Sin soltar las hospitalarias manos del padre Petroni, Nicole se estremece de arriba abajo, experimenta una convulsión extrema, similar a una cadena de gloriosos orgasmos, una vibración eléctrica o una corriente continua que le recorre todo el cuerpo, desde la uña atrofiada del dedo meñique del pie derecho hasta la raíz encanecida de sus largos cabellos negros, pasando por la pequeña cicatriz reciente conectada a su pezón izquierdo, que se endurece de pronto, como el derecho, en respuesta a ese cúmulo de estímulos nerviosos. El goce es excesivo para una sola mujer, piensa antes de abandonarse al flujo que la arrastra más allá de sí misma y la obliga a respirar cada vez con más ansiedad. Se le cierran los ojos sin poder evitarlo, entreabre la boca por un instante, muerde el labio inferior hasta clavarse los dientes, se hace daño aunque no sangra y aprieta las manos de su acompañante con fuerza inusitada para compensar el dolor y el placer que siente al mismo tiempo. Se entrega por entero a él. Hacía mucho tiempo que no disfrutaba de una emoción tan intensa y perturbadora. Sus relaciones con el dios K habían llegado en el pasado a estas cúspides de goce y el recuerdo imborrable de aquellas horas deliciosas pasadas con el que era entonces su fogoso amante se materializa ahora, en su piel humedecida por el sudor del esfuerzo y en sus órganos más receptivos y sensibles, mientras permanece suspendida en el aire como réplica carnal de una difamada santa de mármol.

–No me abandone ahora, padre. No me deje así, por favor. No quiero estar sola nunca más en mi vida.

Cuando Nicole reabre los ojos, el exorcista ya no está junto a ella. Está sola, sí, como se había figurado en el ápice extático del trance que le hizo perder cualquier noción de espacio y de tiempo calculables, y está desnuda, sí, aunque no guarda ningún recuerdo consciente de cómo ha llegado a estarlo y se siente desconcertada por el hecho. No sólo está totalmente desnuda sino que, además, está arrodillada encima de la mesa del comedor ante el cuerpo también desnudo de su marido, que ha dejado por fin de expulsar huevos de todos los colores del espectro por el ano y exhibe, en cambio, lo que un urólogo consultado llamaría, sin dudar, una erección funcional de rendimiento íntimo más que probable. Aunque parezca mentira, esta evidencia genital la hace recuperar de inmediato el sentido de la realidad. Nicole se siente degradada y sucia como pocas veces en su vida. Se siente como se sentiría alguien que hubiera participado contra su voluntad en alguna forma de prostitución ritual. Como se sentiría si varios desconocidos hubieran abusado de ella aprovechándose de su estado de embriaguez e inconsciencia. Todos los signos en su cuerpo apuntan en esa dirección dolorosa pero no consigue recordar nada de lo sucedido con claridad suficiente. No es casual que sea entonces cuando descubre que no está sola con su marido, como creía, ni lo ha estado nunca en toda la noche. Hay un incómodo testigo de su arrebato, agachado a sólo unos metros de ella, en el mismo salón de este apartamento donde hace tiempo dejó de existir la intimidad. El jesuita Petroni está recogiendo todos los huevos expelidos por el dios K, metiéndolos con sumo cuidado en la gran cesta que lleva colgando del brazo izquierdo. Mientras lo hace, el sacerdote tararea con júbilo creciente una melodía que la mujer no podría reconocer por más que se empeñara. Es el pomposo *allegro* final de la sonata para piano en cuatro movimientos compuesta por el padre Petroni, en homenaje a su admirado Stravinsky, como banda sonora de las cuatro fases de su arcaico método de exorcismo. Al descubrir al sonriente jesuita canturreando esta pieza impertinente como si nada hubiera pasado, Nicole experimenta, sin saber muy bien por qué, la irrefrenable necesidad de vestirse y, para ello, se baja de la mesa tapándose el cuerpo desnudo con las dos manos y luego comienza a buscar y a localizar a toda prisa la ropa dispersa por todo el salón sin preocuparse más de la cuenta por la presencia del intruso de la sotana planchada y reluciente. No entiende cómo ha podido producirse este espantoso desorden en su propia vida. En qué momento perdió el control de sus actos hasta ese punto de turbación. A medida que recupera las prendas diseminadas y se las va poniendo una a una, Nicole no se siente más cómoda sino, al contrario, cada vez más abochornada y horrorizada por lo que su imaginación le insinúa que ha podido suceder entre ella y Petroni mientras su marido permanecía inconsciente. Comparten el mismo espacio y, sin embargo, la mujer y el sacerdote se cruzan en varias ocasiones sin decirse nada, por decencia o por discreción, rehuyendo incluso mirarse a la cara. Absortos en sus respectivas actividades, fingen no prestar atención a la proximidad del otro y aun así logran evitar que sus cuerpos tropiecen o se rocen al pasar. En cuanto concluye la recogida de todos y cada uno de los subproductos del endemoniado dios K, el padre Petroni interrumpe el canturreo y engola la voz para anunciar su voluntad de marcharse enseguida a la pudorosa Nicole, que aún está terminando de vestirse, de espaldas a él, en el otro extremo del extenso salón. Como no podía ser menos, la despedida entre la mujer y el sacerdote es bastante fría al principio, pese a todas las experiencias que han compartido esta noche.

–No olvide que no debe contarle nada a nadie sobre todo esto. Tampoco a su marido, no le conviene hacerlo. Aquí no ha pasado nada, ¿me oye? Nada. Es un secreto que ambos debemos aprender a sobrellevar en soledad. Un don divino, si lo prefiere entender así.

La mujer asiente en silencio, avergonzada de su actitud hostil hacia el sacerdote y aliviada al mismo tiempo por su inmediata partida. El padre Petroni le pide un último servicio, no para él esta vez, sólo una manta invernal para poder cubrir los huevos en la cesta y mantenerlos calientes y protegidos durante el largo viaje de vuelta. Así pretende repeler también, según dice, la morbosa atracción de los extraños por este tipo de objetos inclasificables.

–¿Por qué me sonríe de ese modo hipócrita, padre? ¿Es que cree que no me doy cuenta de lo que ha hecho conmigo?

Nicole, sin pensarlo mucho, se desabrocha los botones a toda prisa y se quita la camisa delante del sacerdote. No lleva sostén, no ha sido capaz de encontrarlo y lo da ya por perdido. No es necesario que se disculpe, piensa el padre Petroni, boquiabierto. Sus pechos conservan al desnudo la espléndida arquitectura que todas las mamografías que se ha hecho en su vida celebran con términos científicos que nadie entiende mejor que ella. El jesuita parece reconocer, como experto en la materia, su efigie carismática y se arrodilla ante ella para expresarle reverencia y veneración. Como indican los protocolos del antiguo culto, sin perder de vista los senos de Nicole, le toma la mano derecha y se la lleva a los labios y la besa con unción en el dorso, en señal de devoción, y, haciéndola girar con delicadeza, en la palma rosada y sudorosa, en señal de amor. Está ardiendo, como su frente y sus muñecas, una extraña fiebre posee su cuerpo de nuevo. Su semblante parece haber rejuvenecido veinte años de golpe. Tan radiante es la belleza de la mujer en ese estado de transfiguración que los ojos de Petroni se deshacen en lágrimas, sin poder refrenarse, e inundan su rostro de un llanto copioso. Fracasa al tratar de recordar todos los nombres que se le han dado a lo largo de las eras.

–Mujer, no soy digno de entrar en tu casa. Perdóname todo el mal que te haya podido hacer.

Seis horas después de su irrupción triunfal, el padre Petroni abandona con discreción el apartamento del dios K, ahora purificado de toda presencia maligna, convencido de que ha hecho bien su trabajo, cumpliendo honestamente con su deber misionero. Toma el último tren a Washington D. C. y luego un taxi, desde la céntrica estación, para llegar, ya de madrugada, al barrio residencial de Georgetown y al recinto amurallado de la universidad. Está acostumbrado a dormir poco y mañana tiene clase temprano, su temido curso de teología moral. Bosteza al abrir la puerta trasera de la pequeña capilla. No enciende las luces, sabe dónde va. El rostro de la Virgen está iluminado como otras veces. Rodea el pedestal que la sostiene en vilo contra las asechanzas de los santos y de los pecadores y, cerciorándose como siempre de no ser visto, se abre paso por la trampilla lateral que nadie conoce excepto él y su antecesor, ahora retirado en algún lugar remoto de la montañas de Vermont, desde donde le envía de vez en cuando misteriosas cartas repletas de observaciones incomprensibles y dibujos aterradores sobre la monstruosa fauna local. La escalera de piedra, construida muchos siglos antes de que se erigiera la iglesia bajo la que se sitúa, parece descender al centro de la tierra. El calor aumenta a medida que se hunde en la profundidad del subsuelo, donde los escalones más antiguos dan señales de fuerte desgaste y la luz disminuye hasta perder su nombre y su esencia primigenia. Sólo una gruesa puerta de hierro con rejas lo separa de su destino aquí abajo, ya presiente la presencia temible, el aliento cálido, ya percibe el hedor penetrante, la atmósfera irrespirable. Abre la puerta con la gran llave oxidada, de aspecto medieval, por la que le han preguntado tantas veces sus alumnos más despiertos y algunos novicios de paso en la universidad para ampliar su formación. Nada más traspasarla, ahí, como siempre, están los dragones. Son numerosos y entre los opresivos muros de la cripta, por desgracia, hay cada vez menos sitio para todos ellos. Se reproducen sin que él pueda controlarlos y duermen amontonados unos encima de otros aprovechando al máximo el espacio disponible. Camina con sigilo hacia el más grande de todos, que parece dormido, y deposita ante él, como un tributo, la cesta repleta con los huevos extraídos del ano del dios K. El animal resopla complacido, sin levantar los párpados. Cuando se despierten del pesado sueño se encargarán de repartirlos entre todos y de darles calor y cobijo hasta el día en que eclosionen. El jesuita se marcha con prisa, no le conviene permanecer mucho tiempo aquí para no llamar la atención, y tropieza al pasar con algunas cestas vacías que, en ocasiones anteriores, habían quedado abandonadas tras cumplir su cometido. Cierra con delicadeza la puerta metálica, echa el doble cierre de la llave, sube la escalera de piedra con cuidado de no resbalar, sale por la trampilla y, mientras adecenta su atuendo y su apariencia, rodea de nuevo el pedestal de la estatua y se enfrenta a la turbadora imagen aposentada en él. Como cada noche desde hace décadas, el Maligno ha vuelto a mofarse esta noche de sus expectativas de salvación derramando sobre el alabastro vilezas e infamias sin cuento en forma de garabatos inextricables, comentarios calumniosos contra sus creencias y actividades sacras. El padre Petroni pretendía santiguarse, para conjurar el efecto nocivo de la profanación, pero la Virgen María, con gesto pícaro, se lo reconviene. Ya sabe él, mejor que ninguno, que para los padres primitivos persignarse era un gesto manual sucedáneo de la masturbación ante las provocativas efigies de los paganos. Ha estudiado a fondo a San Agustín y a Tertuliano y, por desgracia, lo sabe todo sobre la tentación de la carne y el culto idólatra a la misma tan extendido entre los hombres santos.

–El mundo no será destruido por el fuego del odio sino por el hielo del amor.

La cara luminosa y sonriente y los pechos desnudos de la estatua de María lo confunden aún más y le hacen pensar en la hermosa mujer del endemoniado, a la que se complace en imaginar pensando también en él y en lo que ha vivido con ella hace sólo unas horas en la intimidad de su casa. Es tiempo de irse a la cama, se dice. Ya empieza a dar señales de fatiga mental. Ha sido un día muy largo y agitado.

DK 27

Cuarta epístola del dios K
[A los grandes hombres (y mujeres) de la tierra]

NY, 14/07/2011

Querido Sr. Gates:

Ignoro dónde le sorprenderá esta misiva, pero le aconsejo que tome precauciones antes de que sea tarde. No me extrañaría nada que ciertas agencias, tras conocer que nos hemos puesto en contacto por esta vía, traten de neutralizarle aún más. Sufre usted la peor persecución de que se tiene noticia, sin contar la mía, por supuesto, y quiero advertirle de que una alianza entre nuestras respectivas fuerzas podría, nunca mejor dicho, forzar una mutación filosófica en el mercado. O mejor: una revolución metafísica en el mundo.

En estos días de reclusión y soledad, paso las horas leyendo nuevos libros científicos, meditando sobre nociones que muchos considerarían estrambóticas, interpretaciones de la mente de un demente. Es algo adecuado a mi situación, no obstante, sumirme en esa clase de reflexiones. Tengo mucho que criticar y mucho más aún que aprender. Mi vida forma parte de una cadena de acontecimientos que se me antoja cada vez más como arbitraria o aleatoria. No puede tener sentido, si lo tuviera, lo que he hecho mal tendría una razón y no la tiene. No puede tenerla, por desgracia para mí. Imagino que sabe a qué me refiero. Qué envidia me da su país, sin embargo, donde en cualquier librería o a través de internet pueden encontrarse libros tan originales y perturbadores sobre las cuestiones científicas más avanzadas de nuestro tiempo. Sepa que no le admiro, pero le respeto. Es usted uno de esos hombres que supo entender su tiempo, mirar a la realidad de frente y extraer de ella las lecciones que se requerían. Es toda la realidad ahora, tras la revolución tecnológica que usted lideró con su empuje empresarial y su poder dominante, la que se ha convertido en un computador gobernado por programas que usted sólo en parte controla. No hay vez que pasee por el mundo, y más si lo hago desde la altura, observándolo con frecuencia desde la ventanilla de un avión, y más aún si es de noche, que no piense que todo lo que veo a mi alrededor parecen piezas diseminadas de un computador gigantesco. Las casas, las calles, los jardines, los centros comerciales, las naves industriales, los aeropuertos, las autopistas, los centros urbanos, los rascacielos. Circuitos y placas del computador de la realidad. Usted fue el primero en diseñar los programas que harían manejable la información del mundo y luego los cedió, por motivos puramente lucrativos, a los nefastos gestores de siempre. Necesitamos con urgencia librarnos de ellos, por eso me permito hablarle con esta franqueza. Le ruego disculpe mis posibles errores científicos.

Todo en esa realidad del mundo recuerda un computador, como diría usted con un término más exacto, o un ordenador, como se dice en mi lengua natal induciendo la falsa idea de que la función de esas máquinas es organizar y ordenar, cuando todo es mucho más complejo, menos racional. Se trata más bien, como usted sabe mejor que nadie, de computar, de procesar, de hacer circular y conectar la información para que produzca la realidad caótica que damos por conocida sin conocer de verdad cómo está hecha. Eso es la realidad para nosotros, mucha información, escaso conocimiento. Unos átomos de aquí, unas moléculas de allá, unas partículas innombrables, todo deglutido en unidades mínimas de información que pasan por los circuitos a la velocidad de la luz y se transforman, al final del proceso, en cosas y en personas y en relaciones entre ellas. No podemos saberlo todo, cómo podríamos sin tener toda la información, sin conocer todos los programas. Alguien tenía que intuir ese potencial revolucionario, alguien tenía que captar el mensaje que desde el origen del universo venía emitiéndose sin que tuviéramos el instrumental adecuado para descodificarlo Y llegó usted, como llegan todos los genios que han cambiado el curso de la historia, como un paleto recién salido del pueblo, silbando una tonada antigua, con las manos en los bolsillos, sin saber muy bien qué hacer con ellas, pegó el oído donde debía y tuvo la suerte de poder escuchar lo que pedía ser escuchado desde hacía milenios. Escuchó la sinfonía elemental, escuchó la melodía básica. Y, como un músico, como un gran compositor de otro tiempo, en vez de buscar interpretarla de cualquier modo usted inventó toda una nueva tecnología, un nuevo instrumental para canalizarla y hacerla transmisible, como una verdad que ya no se deja formalizar en valores morales ni éticos ni siquiera estéticos. Un puro acontecer, un puro devenir desprovisto de sentido y de otra finalidad que el procesado infinito de sus datos. Esa sinfonía universal, abrumadora, era la información. Usted descubrió, quizá sin pretenderlo, que el universo no se componía de otra sustancia que no fuera información. Pulverizada, insignificante, redundante, minúscula, pero esa cantidad de información estaba detrás de todo lo existente, la génesis de una estrella o el inaudible resoplido de fatiga de una bacteria en una charca sobresaturada de otras bacterias en mutación forzosa, todo y nada, la vida, el sexo, el cerebro, la sociedad. Todo compuesto de información y conexión, infinitas conexiones para una información infinita, inagotable en apariencia, transformable en permanencia. Usted supo entender ese mensaje y se enfrentó a quienes no quisieron dejarle expresarlo en el código que usted mejor conoce. El lenguaje binario que pulsa y compulsa de forma alterna los datos ingentes proporcionados por la realidad.

Cuanto más leo esos libros, no le daré los nombres, usted ya los conoce, y no quiero pasar por un neófito ante usted, un divulgador cualquiera de los mantras y sortilegios de la ciencia y la tecnología, no en estas dolorosas circunstancias que atravieso, cuanto más reflexiono sobre la información que contienen más me parece, comparado con usted, que el buen Dios de los cristianos es un chapucero indecente, un artesano inepto, un programador plagado de defectos y carencias, un operador incompetente. No me tome a mal estas opiniones. No soy un ateo vulgar, no se confunda, por eso le he escrito una misiva respetuosa a Ratzinger explicándole mi punto de vista, en absoluto blasfemo, sobre la divinidad (le enviaré una copia para que vea sobre qué bases podrían el Papa actual y usted entablar un diálogo fructífero). Gracias a usted podemos saber que el dios del origen fue un programador, un programador caprichoso que se dormía o se emborrachaba, según fuera el estado de ánimo, eufórico o depresivo, en que se encontrara, mientras pulsaba como un loco las teclas que daban origen a los mundos y a las galaxias que los contenían. Un programador descuidado, que se aburría de procesar la información y dejaba que la máquina, con sus rutinas características, hiciera la mayor parte del trabajo duro. Así surgió el universo, con esas tendencias a la turbulencia y el desorden sólo compensadas por períodos de calma que se parecen a una forma de muerte transitoria, con el equilibrio y el desequilibrio disputándose el control como fuerzas antagónicas y complementarias. Un expansivo programa digital parece encontrarse en los más diversos regímenes de la materia y la energía del universo desde el principio. Hallamos las mismas ecuaciones no lineales, las mismas pautas fractales, los mismos algoritmos regulándolo todo. Un computador cuántico, como dice uno de estos autores que leo a diario con tanto asombro como sobrecogimiento, que rige el fenómeno incognoscible de la vida, las sofisticaciones del sexo, el flujo y el reflujo lunar de las mareas, la impredecible variabilidad de la meteorología y la regularidad aproximada del tiempo estacional, los ritmos cardíacos y sus pulsaciones apasionadas, la menstruación femenina y la alocada circulación hormonal, el plástico, la silicona y el silicio, las conexiones neuronales, la génesis celular de un cáncer, los pigmentos perdurables, la formación de los cristales de cuarzo, la maduración de los cuerpos y la oxidación del metal, la velocidad con que algunos sistemas del universo se alejan de la Vía Láctea, una floración monstruosa o el aleteo de un loro de plumaje tornasolado cruzando de la rama de un árbol frondoso a la de otro o una bandada de colibríes bailando en el aire bajo la lluvia amazónica. Todo lo que sea capaz de imaginar y enumerar y nombrar, todo eso, clasificado o inclasificable, contable o incontable, y mucho más, se rige por los mismos procesos, las mismas cifras, los mismos dígitos, y usted nos ha proporcionado la tecnología indispensable para poder comprender con facilidad el confuso misterio de la creación. Ese misterio tremendo estaba ahí, como tantas cosas, ante nuestra mirada, atónita y atolondrada, y nadie supo verlo antes de que usted comprendiera cuál era el medio idóneo de abordar la cuestión.

Leyendo esos libros que le comentaba, libros repletos de teorías excéntricas que yo sé que usted ha inspirado de algún modo, usted, con su personalidad y su inteligencia peculiares, o la tecnología que representa como creador, he comprendido que existe en nuestro tiempo algo que podríamos llamar la ideología de lo digital y que ese ideario, ese pensamiento, esa visión del mundo, ya tiene una metafísica o, si lo prefiere, una versión del universo acorde con sus postulados culturales, históricos y tecnológicos. El ser humano ya no tiene que combatir contra la máquina, ya no hay lucha de clases entre la máquina y el operador humano que la esclaviza y, al mismo tiempo, va esclavizándose a ella en un proceso de inversión de categorías tan típico del genoma de nuestra especie. Sólo una mala interpretación de la historia a escala humana nos había hecho creer que el único enemigo era el capitalismo. La máquina tentacular del capitalismo. Ahora ya sabemos que el universo es computacional, esto es, digital, o sea que se origina y controla a través de los mismos mecanismos de gestión de información que una gran corporación transnacional como la suya. Ya no importa que la información sea bioquímica, energética o geológica. Lo único que importa de verdad, como dicen estos autores tomando su ejemplo, es que desde el mismo principio el mundo es digital. Desde su misma creación, desde la gran explosión originaria, que ya implicaba una parte importante de cálculo y computación. El Génesis fue digital y el Apocalipsis lo será también, como lo es el ciclo de retornos periódicos en que ambos acontecimientos se inscriben de principio a fin. La única cuestión es determinar nuestro papel en este escenario algorítmico a escala cósmica. Si nos resignamos a que nuestro combate desde siempre ha sido contra la máquina que nos condenaba a la extinción como especie, es difícil no acabar creyendo que la historia humana se parece más a un videojuego cósmico, basado en la computación de información, que a una epopeya mitológica y maniquea sobre el combate entre las fuerzas del bien y del mal por el imperio estelar. Un juego de ordenador en que la supervivencia de la especie ya estaba en juego desde los comienzos de su andadura terrestre. Un videojuego en que nos cuesta cada vez más entender, mientras lo jugamos con apasionamiento febril, en qué consistirá nuestro futuro.

Si el capitalismo en el que usted y yo hemos creído hasta ahora, yo ya me siento bastante desengañado y escéptico sobre las posibilidades de este sistema, si lee alguna vez los periódicos en internet o ve la televisión sabrá por qué sin esfuerzo, es el subproducto de esa estrategia de supervivencia, una respuesta a los desafíos de las necesidades materiales y la escasez de recursos, la necesidad de producir y distribuir con criterio, qué será de lo humano a partir del momento en que confluyan la lógica de ese sistema económico de supervivencia y la lógica computacional del universo, surgida de la conexión entre redes y nodos de información y las relaciones de la materia y la energía en movimiento. Cuando esto se produzca de manera absoluta, qué papel nos corresponderá como especie y, sobre todo, hacia qué nuevas formas de subjetividad y relación habremos de mutar. Incluso a pequeña escala, cada videojuego que se infiltra en el espacio doméstico de los hogares entraña ya una visión de la historia y el mundo como la que acabo de describir, aunque la mayor parte de sus usuarios y de sus diseñadores se nieguen a aceptarlo. Como si toda la historia universal no tuviera por otro fin que alcanzar un momento en que una especie inteligente aprenda a manejar la misma tecnología, la cibernética, cómo me gusta pronunciar ese nombre que tanto miedo produce a los ignorantes, la misma magia elemental con que, desde su misma génesis, se gestiona el complejo y vasto universo en todas sus dimensiones. De este modo, la conciencia de pertenecer a una cultura en plena mutación, que afecta a la mayoría de los ciudadanos de este siglo terminal, no excluye cierta melancolía ante una posición subjetiva híbrida, definida con parámetros agotados, coordenadas que pertenecen a una concepción de la cultura y la economía en vías de desaparición y a otra, aún emergente, en vías de alcanzar la primacía absoluta, en la realidad que conocemos y desconocemos al mismo tiempo y en los cerebros que se debaten entre una y otra posibilidad sin decidirse a dar el salto evolutivo que las nuevas condiciones de vida les están exigiendo.

Ahora bien, como a todo inventor de novedades, como a todo gran descubridor de territorios inexplorados, como a todo gran benefactor de la humanidad, nuestros casos son idénticos a pesar de que nuestros campos y nuestras carreras profesionales no se parezcan en exceso, a usted le odian todos los que no quieren ver cambiar el signo de la vida en este planeta, todos los que se aferran a sus valores mediocres y sus intereses espurios y no quieren que nada pueda producir cambios significativos en el mundo que ellos garantizan con sus falsedades y mistificaciones. No le perdonan la fea funcionalidad de sus programas, desde el viejo MS-Dos, con el que comencé mis cálculos logarítmicos, hasta las distintas versiones de Windows, sistema en el que dejé de trabajar hace años pero que me sigue pareciendo el más perfecto de cuantos existen, el más funcional y operativo, en suma, digan lo que digan sus enemigos. Le envidian, en el fondo, su comprensión total de cómo funciona el universo, su sintonía con los mecanismos y designios de éste. Usted lo sabe, yo lo sé, pero muchos, empezando por los defensores del así llamado software libre y demás anarquistas informáticos, le reprochan ese conocimiento visionario. Esos ingenuos han creído que podían intervenir en los procesos del mundo y la arbitrariedad de los procesos del mundo y arreglarlos a base de buena voluntad, ideas rudimentarias y nobles intenciones. He acabado entendiendo que la única forma de solucionar esos desfases y esas arritmias perceptibles en el funcionamiento del sistema está en la construcción de máquinas cada vez más potentes, cada vez más controladas, cada vez más capaces de gestionar la información que requiere el universo para poder funcionar como lo hace en todos sus niveles, sin variaciones significativas, desde que existen el tiempo y el espacio. Llegará el día en que esa máquina cibernética suplante a la vieja maquinaria gastada con que la naturaleza controla todo lo que ocurre en la realidad, incluyéndonos a nosotros, seres desfasados de una especie atrasada. Llegará el día en que usted sea reconocido como benefactor universal gracias a la creación del programa definitivo que podrá hacer que el hombre sustituya de verdad a la caprichosa naturaleza en la gestión de los procesos del universo. Ese día no está tan alejado como sus enemigos quieren hacernos creer por conveniencia política o por interés comercial. Ese día es inminente, no se deje vencer por la melancolía ni por la amargura, como desean esos poderosos enemigos que sólo pretenden frenar el avance de sus investigaciones y experimentos.

No dude ni por un instante que la *tecnogénesis* constituye el único porvenir por el que merece la pena luchar en este mundo. El renacimiento de la especie humana a través de la tecnología informática, la metamorfosis por la cual los humanos pasaremos a gestionar la realidad como si fuéramos máquinas, adiestrados por éstas para hacerlo con la extrema inteligencia y la eficiencia necesaria, al contrario del primer creador de todo, con el fin de excluir para siempre el error y la aberración en los resultados cuantificables. Este propósito le interesa a usted, sobre todo, ya que a mí me queda poco tiempo, mis enemigos han sido más astutos que yo y he cometido uno de esos errores cruciales que sólo se pagan con la vida. Pero no importa, usted sigue ahí, usted seguirá ahí cuando yo haya desaparecido, por eso le escribo, para darle ánimo, para confirmarle el acierto de su posición monopolística en el mercado. No se arredre ante las críticas, no tema los ataques de los envidiosos, no disminuya la ambición de su trabajo, ni empobrezca con gestos ridículos la grandeza y el significado de su empresa. Usted es una pieza fundamental del engranaje que conducirá a la criatura humana a gobernar el universo entero y la infinita información que contiene y lo compone, con todos sus mundos potenciales y sus agentes innombrables y aún por descubrir. Otras civilizaciones extraterrestres colaborarán en el proyecto en cuanto sepamos ponernos a su altura, comunicarnos con sus élites y compartir con ellas conocimientos y técnicas, además de acoplarnos genéticamente con ellos, al principio de manera experimental, luego ya de modo natural, una vez verificados los resultados, con el fin de producir una especie superior.

Éste es el grandioso sentido que usted ha aportado a la historia integral de la evolución, renovando sus concepciones y fines, sus medios y sus métodos, y no sólo al relevante papel de la historia de la humanidad. El limitado pensamiento de Darwin, demasiado naturalista, necesitaba un suplemento o una prótesis como la que usted le ha proporcionado con sus prodigios e invenciones y la especie humana se lo agradecerá en el futuro, no le quepa duda, como suele hacerlo. Considerándolo un pionero tecnológico, el fundador de un nuevo tiempo, el descubridor y conquistador de un nuevo continente del conocimiento. Un generador de nuevos mundos y universos nuevos. Créame, desde mi posición actual, sólo puedo sentir envidia por su portentoso destino.

Atentamente,
El dios K

DK 28

El fantasma de la libertad

Recuerdo bien aquella ocasión, cómo olvidarla. La etiqueta de la fiesta era la desnudez integral y éramos muchos, de Nueva York y de Washington y también del otro lado del Atlántico, los que habíamos sido invitados para festejar la libertad provisional del anfitrión. No habíamos tomado aún un sorbo de nuestras copas, ni probado bocado de las rebosantes bandejas de canapés que habían empezado a circular hacía muy poco, cuando un alarido inhumano y un violento portazo vinieron a turbar nuestro ánimo. Nicole, nuestra anfitriona, apareció enseguida en el salón para explicarnos lo sucedido y tratar, en la medida de lo posible, de calmar nuestra inquietud.

Todos conocíamos el temperamento caprichoso y volátil del anfitrión, la etiqueta misma de la fiesta era una prueba más de ello y suscitaba toda clase de comentarios entre los invitados. No todos habíamos aceptado con el mismo agrado la obligación de estar desnudos durante la misma con alguna prenda selecta como única vestimenta. Es verdad que el anfitrión tuvo la gentileza de recibirnos y saludarnos uno por uno vestido sólo con una pajarita roja bien anudada alrededor del vigoroso cuello. La libertad es siempre provisional, nos decía para confortarnos. Toda libertad es vigilada, no conviene bajar la guardia. La sonrisa con que acompañaba estas sabias palabras era impresionante. No lo conocía más que de oídas y fue una sorpresa descubrirlo derrochando simpatía y cordialidad con sus invitados en esas especiales circunstancias de su vida. Había muchos invitados y a muchos no los conocía de nada, por lo que al principio fue un poco embarazoso moverse por el salón lleno de cuerpos desnudos de todas las edades, razas y sexos. Las presentaciones se hacían enojosas, aunque luego uno fuera encontrando su acomodo entre los conocidos y olvidando la incomodidad inicial del código vestimentario. No había estado nunca en una playa nudista, pero imagino que restando el aire libre y la posibilidad de esconderse tras unas dunas, unos arbustos o en el agua, la sensación debía de ser muy similar.

Sin embargo, alguien llegó sin avisar y no debía de sentirse igual de a gusto que los que comenzábamos ya a distendernos gracias a la conversación. No fue la autora del grito, ni tampoco la causante del portazo. Usando su propia llave, al parecer, según nos contaba la anfitriona, había entrado en el apartamento sin entender que había una fiesta y no había sido invitada. Una nueva asistenta, otra más, distinta de las anteriores, una nueva cada día. Como en una conspiración, la maldita agencia de empleo, seguía explicando Nicole, se las mandaba a diario para torturar a su marido. Y hoy ya no había podido aguantar más la pesada broma y se había derrumbado en cuanto la vio entrando por la puerta. Creyó en su delirio que la asistenta llevaba un arma en la mano y venía a matarlo, para vengarse, y dio un grito de pánico antes de encerrarse en el dormitorio dando un portazo colosal. Y ahí sigue encerrado, una hora después, sin querer salir, sin querer compartir con sus invitados las copas de vino y los sabrosos canapés de caviar y salmón, hasta que la intrusa abandone el apartamento. Empresa, por lo visto, mucho más difícil de lo que parece.

La asistenta, una mujer espigada de facciones asiáticas y modales bruscos, como si se encontrara en total soledad, desde que entró en el apartamento sin llamar y fue descubierta por el anfitrión, con sonoro estupor, no ha cesado un solo momento de realizar las tareas de purificación y orden que le debían de haber encomendado en la agencia antes de venir. En vano la anfitriona, con el tono melifluo y condescendiente que acostumbra, ha intentado convencerla de la inoportunidad de sus pretensiones y del daño psicológico que su intrusión ha causado en la delicada salud mental del dios K. La actitud impasible de la limpiadora hacia las palabras de Nicole, una especie de sordera profesional, merece todo tipo de comentarios en los distintos corros de comentaristas que se han formado para intentar sobrellevar la extraña situación con cierto humor. Pero eso no impide que la enérgica asistenta barra y friegue el suelo deslizándose entre los invitados con una agilidad mal recompensada. Arrastra los muebles por el suelo como una bruta, rayando el parqué y produciendo estridencias que nos irritan y exasperan, aunque tratemos, por cortesía, de sonreírnos los unos a los otros como si no pasara nada. Y, de hecho, no pasa nada, como repite la anfitriona paseándose de un lado a otro de la fiesta tranquilizando a los presentes e invitándoles a disfrutar de la celebración sin preocuparse por la asistenta, un percance insignificante en nuestras vidas. Acabará pronto su trabajo y se irá, como hacen todas tarde o temprano, dice la anfitriona, que posee, ahora lo veo bien por primera vez, un cuerpo admirable en su madurez, bien conservado y de veras atractivo. La encuentro encantadora, pese al ingrato papel de esta noche. Le ha tocado suplir la ausencia de su marido, aterrorizado como un niño por esta inofensiva empleada de hogar, y es un placer seguirla con la mirada mientras, con untuosa amabilidad, se dirige a sus invitados para recordarles que más tarde, cuando esto pase, tendremos ocasión todos de conocernos mejor.

La asistenta, una mujer metódica y meticulosa, ha barrido y fregado el salón, ha limpiado el polvo de las sillas, de las mesas y de los jarrones y objetos decorativos, poniéndolo todo patas arriba, y ahora, por si fuera poco, decide pasar el aspirador para eliminar hasta el último rastro de la película de polvo, ceniza y mugre, las pelusas de todos los colores, texturas y consistencias acumuladas en el salón durante semanas. Todos estamos deseando que acabe, aunque algunos, por razones perversas, hayan comenzado a admirar su tesón y su disciplina profesional. Hasta que esa interrupción no se produzca y esta mujer hacendosa como pocas no deponga su actitud (ya es tarde para convencerla, nos dice Nicole, con gesto inconsolable) y se marche del apartamento por su propia voluntad, el dios K no abandonará el dormitorio y podrá sumarse a nosotros para comentar los hechos que han dado lugar a esta situación tan desagradable para todos. Nadie que la vea ahora arrodillada en el suelo frotando con un paño empapado en cera abrillantadora las manchas que oscurecen ciertas zonas del entarimado de parqué podría desear que terminara su tarea.

Las conversaciones entre nosotros giran sobre los asuntos previsibles, todos los invitados, sabiendo que venían a una fiesta en casa de DK, el hombre mejor formado e informado del mundo, han hecho los deberes estudiando los temas de rabiosa actualidad y algunos intemporales con objeto de gratificar al anfitrión con una conversación ilustrada, unos comentarios enciclopédicos, unas réplicas eruditas e inteligentes. Quizá por ello algunos de los presentes, a falta de mejores opciones, intentan entablar conversación con la asistenta. Algunas mujeres se han inclinado por educación para preguntarle si se encontraba bien, o si necesitaba algo, o si tenía alguna opinión que expresar sobre lo que había pasado, obteniendo el mutismo como única respuesta. Y algunos hombres, acompañantes o imitadores de estas mujeres curiosas, sin temor al ridículo, han intentado conversar con ella sobre los temas de la actualidad más candente. Incluso uno de ellos tuvo la falta de delicadeza y el mal gusto, no me lo explico, de preguntarle por el tema de actualidad por excelencia en esta casa. Por los gestos de la mujer, de un sigilo y una discreción encomiables, cabe adivinar que no siente ningún interés en socializar con los invitados y mucho menos si con ello pone en riesgo la imagen de laboriosa seriedad que pretende transmitirles, con su uniforme impecable y sus ademanes estrictos. No parece saber nada del asunto por el que se le inquiere con torpeza y nada dirá sobre él que pueda despertar el morbo sensacionalista de los invitados, más bien creciente, por el estado anímico del anfitrión.

Muchos, ahora, comienzan a pensar que han perdido el tiempo instruyéndose estos últimos días con tanto esfuerzo para estar a la altura de la invitación, viendo con impaciencia que la asistenta se ha tomado la puesta en limpio del apartamento como una obligación moral, una especie de redención personal y no parece dispuesta a perder la oportunidad que se le brinda esta noche de obtener otros contratos de trabajo en el domicilio de alguno de los presentes. Al fin y al cabo, aquí hay mucha gente importante, posibles clientes que residen en grandes casas que se ensucian con facilidad y acumulan desperdicios y residuos de los que no saben deshacerse por sí solos, gente que tiene mucho dinero y poco tiempo para limpiarlas a fondo como requieren, por qué no aprovechar la ocasión para mostrarles sus habilidades profesionales en directo. Eso piensa mi interlocutor, un abogado francés de paso en la ciudad, como me dice guiñándome un ojo, para resolver un importante negocio inmobiliario. Nos acaban de presentar y a pesar del ingenio con que describe la situación lacerante que estamos viviendo el hecho de que haya tenido una erección mientras hablaba conmigo sin perder de vista a la asistenta me ha incomodado bastante, me he sentido un poco intimidado y he preferido irme con una amiga a la que hacía tiempo que no veía y me hacía señas desde el otro lado del salón, parada como una estatua junto al pie de una bonita lámpara más alta que ella. No sé qué tienen, pero me encantan estas cadenitas colgantes, el material en que están fabricadas, el modo en que me recuerdan cosas de la infancia que creí olvidadas, será eso, no sé, me dice, tirando una y otra vez para encender y apagar la luz de la lámpara, y me doy cuenta enseguida de lo que está haciendo. O le han dicho que haga, quizá como un favor a la anfitriona, cada vez más nerviosa con la ausencia del marido. Atrayendo la atención de todos para distraerlos de la incomodidad causada por la presencia de la trabajadora intrusa, a quien no hay modo de apartar de su cometido. Pretende limpiar a fondo las gruesas alfombras del salón y el bramido del aspirador, al encenderse de nuevo, se ha tragado todos los ruidos y todas y cada una de las necias palabras de las conversaciones, imponiendo el silencio en todo el salón.

Estoy cada vez más fascinado con mi amiga, enganchada a tirar de la cadenita de la lámpara como si eso le diera acceso a alguna forma de poder sobre el resto de nosotros, y con la limpiadora, que con los pases reiterados del aspirador no se limita a remover el polvo que había escapado a su inspección anterior. Nos hace polvo, es cierto, y nos recuerda con su actitud emprendedora y su obsesión universal con la limpieza la tosca materia de la que estamos hechos, esa carne grosera que ostentamos sin pudor ante ella, que ni siquiera se digna mirarnos con actitud reprobatoria, no cabe imaginar amonestación más severa. Es la única persona vestida de pies a cabeza en todo el apartamento y eso le otorga de inmediato, como transgresora del tabú de la fiesta, un paradójico sentimiento de superioridad. Siento vergüenza de todo esto, vergüenza y fastidio por lo que está pasando, me siento indignado, y se lo comunico a mi amiga, que tiene además de una manía obsesiva, apagar y encender la lámpara, unos preciosos pechos cuya arquitectura ha sobrevivido, con retoques quirúrgicos, a dos matrimonios problemáticos, cuatro hijos e incontables amantes y aun así podría seducirme con ellos de nuevo si quisiera como hizo hace ya mucho tiempo como para que me acuerde con exactitud de las sensaciones. Me considero un hombre fácil, todo el que me conoce lo sabe. Por si fuera poco me encanta el lazo negro de raso con que mi amiga ha decidido ceñir su cintura y disimular en lo posible el ligero abombamiento del vientre.

En ese polvo que succiona la potente aspiradora con avidez filosófica, no debemos olvidarlo, viajan moléculas y partículas de nuestros cuerpos, escamas y pelos y caspa y restos imperceptibles de lo que somos o de lo que fuimos o de lo que estamos dejando de ser hora a hora, minuto a minuto, sin saber muy bien aún en qué nos transformaremos cuando nos quedemos sin nada, despojados hasta de lo más íntimo y secreto. Mi amiga se entusiasma con la idea metafísica que acabo de exponerle, se pone seria de repente, como si le recordara algo que ella hubiera pensado con antelación en soledad, y deja de jugar con la cadenita de la lámpara como una niña traviesa. Me mira a los ojos con malicia y me pregunta ¿estás pensando lo mismo que yo? Miramos los dos en la misma dirección, la mujer de la limpieza arrodillada de nuevo en el suelo, con la falda del uniforme levantada, ofreciéndonos el trasero y los muslos como tema de reflexión palpitante sobre la falta de fundamentos de nuestras creencias más acendradas. Cómo decirle que cualquier cosa que nosotros podamos pensar de ella o comentar sobre ella no alterará el hecho de que esa mujer va a estar ahí toda la noche limpiando nuestros desechos y nuestra suciedad hasta que decidamos irnos del apartamento y dejarla hacer su trabajo con entera libertad. El sagaz anfitrión lo ha entendido así y por eso, a pesar de la alegría que mostraba en las presentaciones y la ilusión que manifestaba hacia las posibilidades sociales de la fiesta, se ha recluido en el dormitorio, con la intención de que esta mujer acabe pronto su sagrado trabajo, sin estorbo alguno, y se vaya de la casa cuanto antes. El dios K, por lo que había escuchado y leído, es un hombre de ideas y, sobre todo, de gran capacidad de gestión. Nada de lo que he visto esta noche me hace pensar lo contrario.

Nadie se mueve, en cambio, cuando la limpiadora, tras acabar de barrer otra vez, vuelve a encender el aspirador y comienza a pasarlo de nuevo por entre los pies de los que aún se mantienen erguidos y los numerosos cuerpos tumbados ya en el suelo. Viendo el ambiente enrarecido que nos rodea, le digo a mi amiga que es hora de irse de allí. No vamos a poder salir, estamos atrapados, ¿no lo ves?, me contesta ella con una sonrisa frívola que traduzco, al descubrir el brillo de sus ojos, como una ironía circunstancial. ¿Quién ha dicho que tengamos que salir? Hay muchos dormitorios en la parte trasera del apartamento. Con suerte, le digo, podríamos terminar antes de que la asistenta entre a limpiarlo. No tuvimos esa suerte. Al poco de empezar a conocernos mejor en la intimidad, la verdad es que la había olvidado por completo como amante, hacía muchos años que no coincidíamos en una fiesta de este tipo, y me estaba entusiasmando con su actitud deliciosamente infantil en la cama, oímos otro alarido escalofriante que procedía del salón y salimos corriendo, preocupados, a ver qué pasaba. Muchos invitados se habían marchado ya, incluido el abogado francés que había comenzado a coquetear, sin mucha suerte, con la guapa anfitriona, según vi poco antes de irme con mi amiga juguetona al dormitorio.

Era el dios K, quién si no, el que había gritado como un energúmeno. Estaba furioso. Había salido de su refugio, decidido a poner fin a la situación, y había hecho el vacío alrededor de la asistenta, despejando de invitados la parte del salón en la que esa mujer estaba manejando de nuevo el aspirador como si tal cosa. Era la misma zona por la que había pasado y repasado ya al menos cuarenta veces desde que comenzó a limpiar el apartamento pero en la que su mirada microscópica debía de intuir aún la presencia de abundantes restos de material potencialmente infeccioso. El dios K, sin ninguna consideración hacia sus invitados, estaba en ese momento plantado frente a ella apuntándole con una pistola a la cabeza con violenta determinación. Esto iba en serio, ahora sí, ésa era la idea dominante en las expresivas caras de todos los testigos de la escena. Nadie le decía nada, sin embargo. Los quince o veinte invitados enmudecidos que aún aguantaban en el salón parecían atenazados por los gritos de DK y la indiferencia irritante de la limpiadora a sus reiteradas amenazas y advertencias. Piénsatelo mejor, le dije, no cometas otra tontería. Me sentí estúpido de pronto, al comprender el sentido inconsciente de mis palabras, en cuanto el dios K se volvió para mirarme y me lanzó todo su desprecio a la cara. Todo su desprecio y su asco, como si me lo vomitara encima. Tuve ganas de taparme los ojos, de darme la vuelta, de ocultar la cara entre los gloriosos pechos de mi amiga, que me apretaba el brazo con mucha fuerza, provocándome un dolor agudo. Quería indicarme con este gesto el pavor ancestral que la mirada de crueldad innecesaria y los gritos de cólera del dios K le causaban. Si no hubiéramos estado todos desnudos, diría que esa mirada nos estaba desnudando, nos desnudaba de todos los atributos y los motivos de orgullo de nuestras vidas y nos sumía en una pobreza básica que resultaba intolerable para la conciencia moral de cada uno de nosotros. Me desnudaba, sobre todo, ya que era yo el objeto preferente del odio de esa mirada elemental, de una fiereza inexplicable en un hombre de su clase y de su nivel cultural. Me escrutaba y radiografiaba sin decir una palabra mientras seguía apuntando con la pistola a la frente de la asistenta, que no parecía darse por aludida y decidió ponerse de rodillas, sin apagar el aspirador, no para justificar su actitud y suplicar por su vida, como sería lógico, sino para cepillar una vez más el terciopelo granate de los bajos del sofá. Pasaron unos diez minutos de una tensión insostenible, mi amiga me apretaba cada vez más el brazo, y yo sentía, apartando la mirada de los dos protagonistas para observar las reacciones de los demás invitados, inmóviles o paralizados, que sobre aquella habitación planeaba la muerte, o alguna otra forma de destrucción innombrable, después de que durante la mayor parte del tiempo hubieran brillado en ella, con el desenfreno habitual, el desenfado, el absurdo, la necedad, la banalidad, el ridículo y hasta la falsa diversión de cualquier fiesta.

Fue entonces cuando el dios K, la comedia de salón acababa sin remedio y nadie sabría nombrar el género concreto de lo que vendría a continuación, disparó varias veces a bocajarro sobre la asistenta, los estampidos de las balas sonaron como truenos y tuvimos que taparnos los oídos para no ensordecer y los ojos para huir del horror. Mi amiga gritó atemorizada y pareció que lloraba cuando abrí los ojos y comprobé que la mujer de la limpieza no daba señales de estar herida. Cepillaba con ceremoniosa lentitud el polvoriento terciopelo que no se había manchado con su sangre mientras el dios K se llevaba la pistola a la sien y volvía a disparar en un gesto teatral de desesperación o impotencia. Esta vez nadie gritó y nadie se alarmó con la detonación. Todos sabíamos que las balas eran de fogueo y sólo los gritos del dios K, tan reales como un puñetazo en la cara o en el estómago, clamando para que la asistenta se marchara de inmediato de su apartamento y las carcajadas diabólicas con las que abandonó el salón poco después, riendo como un demente, sabiéndonos impresionados con su dramática actuación, y se encerró de nuevo en el dormitorio, dando un sonoro portazo otra vez, lograron sobreponerse a los múltiples disparos con que acompañó todas estas acciones consecutivas hasta vaciar el cargador como pretendía.

No sé muy bien por qué, pero todos rompimos a aplaudir, como al terminar una representación, en el momento en que Nicole acompañó a la asistenta, cabizbaja y avergonzada, hasta el vestíbulo y se despidió de ella pidiéndole amablemente que no volviera nunca a esta casa. Cuando la puerta se cerró al fin y Nicole regresó al salón para anunciarnos, con voz entrecortada, que era la hora del champán, los helados y los pasteles, todas las mujeres estaban llorando, conmovidas, sin poder evitarlo.

DK 29

La última cena de un condenado

–Los muertos andan entre los vivos, tenga cuidado, señor.

La advertencia del portero del edificio me llega cuando ya estoy con un pie dentro de la limusina negra. Son las siete en punto de la tarde y me he puesto mi mejor traje para encubrir los tatuajes y las incisiones, las cámaras me seguirán allí donde vaya y debo presentar el mejor aspecto ante ellas, mis abogados insisten en que una buena imagen es importante. Nicole se ha encargado de todos los detalles del *catering,* el menú de degustación del Hobukai, un nuevo restaurante japonés recomendado en las mejores guías de la ciudad, y yo me ocupo ahora de recoger a los invitados. No sé quiénes serán esta noche, ahí está lo más excitante. Le digo a Raymond, el chófer de la limusina, un irlandés moreno de casi dos metros vestido con su uniforme de gala y su gorra de autoridad portuaria, que baje más allá de Houston y luego veremos qué pasa.

Los muertos andan entre los vivos es una frase ingeniosa para describir lo que veo en cuanto llego a los sombríos alrededores de la calle Orchard. Hay muchas formas de morir y una de las más extendidas es quedarse sin trabajo y caer a las divisiones más bajas de la sociedad. Éste es el territorio donde juegan las ligas menores, muchos jugadores y equipos desarbolados. El juego no suele ser muy estimulante, no se respetan las reglas y no suele haber árbitros, nadie tiene tiempo para adquirir el conocimiento necesario. La furia de algunos la ha emprendido con las farolas y no es posible distinguir en ciertos tramos más que siluetas encorvadas, rebuscando residuos en la acera, o figuras perdiéndose en la oscuridad de un callejón en pos de otra figura tambaleante que les promete alguna variedad de paraíso artificial en la tierra. Camellos y drogadictos, delincuentes y derrelictos, fugitivos del orden social. Ésta es mi gente, mi pueblo, pero esta noche busco algo más selecto. En mi argot eso equivale a una presa singular, un espécimen insólito. Después de dar varias vueltas por la zona transitable veo a un tipo vomitando en cuclillas a la puerta de un establecimiento de comida rápida mexicana. La iluminación del letrero tricolor me permite distinguir que es negro y alto y viste un andrajoso chándal deportivo amarillo. Este muerto es el mío, me digo. Y doy instrucciones al chófer para que estacione en la acera sin llamar mucho la atención.

–¿Te apetece dar una vuelta, hermano?

El negro está tirado de rodillas mirando hacia la limusina con la misma actitud con que cualquier colonizado que aún no sabe que lo va a ser en el futuro inmediato miraría a un vehículo desconocido surgido de repente de las tinieblas de la historia. Para cerciorarse de que es a él a quien me dirijo, con gesto alucinado, mira a un lado y a otro, tomándose todo el tiempo del mundo en hacerlo. Cómo se ve que no está acostumbrado a capitalizarlo en su provecho. Con ese ritmo de vida exasperante, este hombre nunca podría hacerse rico, ni siquiera conquistar una posición acomodada. Hay algo anómalo en su constitución y en su forma de arrastrar el cuerpo, lenta y pesada, como si sus articulaciones no estuvieran bien acopladas, o mostraran cansancio y fatiga de vivir, y cada movimiento y cada acción le costaran demasiado tiempo decidirlos, o coordinarlos, o controlarlos una vez puestos en marcha. Su cuerpo da la sensación de carecer de una voluntad firme y parecería moverse impulsado por un instinto elemental de supervivencia. Ha sido una buena idea elegirlo a él, lo sé en cuanto se sube en el coche sin decir una palabra, sus reflejos parecen dormidos, y se sienta en el asiento situado frente al mío, replegando las piernas para no molestarme. Así estaremos más cómodos, en efecto. El intenso hedor que emana de su cuerpo y de su gastado vestuario, no olvido que acaba de vomitar mientras se revolcaba en el suelo, es una roñosa mezcla de cocina étnica, perfume hogareño y escasa higiene. Veo en todos y cada uno de sus gestos los estigmas de una larga soledad. Me sonrío pensando en la cara que pondrá Nicole cuando nos vea entrar e identifique al impresionante tipo más por el rastro olfativo de su atuendo que por las facciones africanas ocultas tras una boscosa barba, el cráneo rapado al cero o la estatura de jugador de la NBA.

–¿Quiere tomar algo?

–Bourbon.

Veo que sonríe como un autómata programado para hacerlo cuando le tiendo el vaso de cristal, lleno hasta la mitad de un bourbon bastante corriente, y lo toma con torpeza entre sus dos manos como si buscara enfriarlas con el hielo abundante que diluye el impacto del alcohol. No quiero borrachos en casa, luego no saben controlarse y la violencia termina por aparecer y se arruina la noche. El negro bebe llevándose el vaso a la boca con las dos manos y pienso que lo está usando para apaciguar el malestar digestivo que hace un rato lo trastornaba hasta la náusea y el vómito. Creo que se siente mejor después.

–¿Dónde vamos, amigo? Yo no hago ciertas cosas, se lo digo de antemano para que no haya equívocos entre nosotros.

–Yo tampoco hago esas cosas, no se preocupe. Le invito a cenar.

–¿Sólo eso?

–¿Quiere algo más?

–No sé. No quiero que me pase nada malo. Ustedes los de las limusinas no son nada de fiar. He visto a muchas hermanas y a algunos hermanos desaparecer dentro de estos coches fúnebres. No sé por qué, pero nunca los vuelves a ver en la calle.

–No soy uno de ésos.

Para confraternizar con mi invitado, y mostrarme a la altura de la subcultura callejera en la que se diría que es un experto, le muestro con orgullo los tatuajes que llevo en las muñecas y en el vientre, unas bagatelas medio figurativas y medio abstractas, recuerdos imborrables de mi paso por la celda donde aprendí más cosas sobre mí y sobre mis semejantes y el mundo en que vivimos que en todos los años anteriores, de cargos públicos estresantes y flirteos estériles con el saber universitario.

–Vamos a mi casa, le gustará conocer a mi mujer. Es una anfitriona encantadora.

–Como usted quiera. Si hay mujeres, no me pasará nada malo. Bastante tienen con lo que tienen.

–¿Por qué dice eso?

–No soy lo que usted cree.

–No me importa lo que usted sea. Le he visto pasando un mal momento y he querido ayudarle a superarlo. Nada más.

–Y yo me lo creo. ¿Por quién me toma?

El negro no parece muy impresionado y para demostrármelo, mientras esboza el negativo de una sonrisa, abre la cremallera del sucio chándal amarillo y me descubre un torso vigoroso, donde descubro los pezones perforados por dos anillos diminutos y un tatuaje que se expande por toda la piel de la caja torácica como una erupción de figuras y colores. Una escena mítica, según me explica mirándome a la cara con esos ojos penetrantes que acobardarían a cualquiera, que tiene lugar desde la infancia en lo más profundo de su corazón y de su mente. Me indica con un gesto que me acerque para apreciar con mayor nitidez los gráficos detalles. Representa un combate ritual entre dos púgiles femeninas, dos negras de idénticos atributos, encrespada melena negra, corona regia en la cabeza, calzón corto blanco, guantes rojos de boxeo profesional, pies descalzos y grandes pechos desnudos, amenazándose la una a la otra, en posición de combate, con los puños en alto.

–Le presento a mis dos madres, Fátima y Kerry. Los dos hemisferios de mi cerebro enfermo. Ellas me enseñaron todo lo que sé. Lo dieron todo por mí. El resultado está a la vista.

–No sea negativo. Yo lo veo un privilegio. Dos madres así tienen que intimidar bastante, ¿no?

–Como hijo único, le puedo asegurar que la convivencia con ellas no era fácil. Una musulmana y la otra cristiana. Una ginecóloga y la otra artista. Una republicana y la otra demócrata. Una promiscua y la otra monógama. Una fumadora y la otra no. Sólo se entendían en la cama, aunque no siempre.

–Mis padres tampoco eran un ejemplo de armonía. Todos hacemos lo que podemos.

–Me llamo Hogg, sólo Hogg, ¿y usted?

–¿No me conoce? Últimamente, por razones que prefiero no comentar, salgo mucho por televisión.

–Ni idea, no veo televisión.

–Llámeme DK.

–¡No me joda! Ya sé quién es, ¿no es usted el tío ese que estafó a unos cuantos sinvergüenzas de Wall Street?

–No, soy otro. Pero da lo mismo, no se esfuerce.

El silencio se instala de pronto en la limusina como una barrera protectora para los intereses de ambos. Ninguno de los dos ha sabido encontrar en la conversación la nota justa que permitiera ponerlo de acuerdo con el otro. La negociación se revela ardua y el negro, para disimular, se distrae dando sorbos compulsivos a su vaso de bourbon de baja calidad y yo me entretengo espiando todo lo que pasa al otro lado de la ventanilla, escenas de muertos cazando a otros muertos, de vez en cuando algún vivo participa en la cacería como presa fácil. Si expulsara a mi huésped de la limusina, sus semejantes lo devorarían sin compasión. En el momento en que estoy a punto de comentarle esto en voz alta descubro al otro lado de la calle a una mujer que está siendo golpeada por un hombre pequeño y por otra mujer. Ésta la mantiene agarrada por detrás mientras el hombre la golpea en la cara y en el vientre. Los muertos no tienen otro lugar para resolver sus cuestiones personales y lo hacen ante todo el mundo, en plena calle, otros prefieren hacerlo en televisión, es cuestión de rangos. La falta de luz proverbial de la zona los protege de las miradas indiscretas. Le digo a Raymond que pare el coche de inmediato. Tengo una poderosa intuición.

–Ya veo que tiene usted vocación de héroe, señor como-se-llame.

El negro corpulento me acompaña sin que se lo pida y nos encaminamos hacia el grupo que está llevando a cabo en la acera una extraña representación. Al acercarme veo que la mujer que sostiene a la otra desde atrás está aprovechándose de su posición para sobarle las tetas y besar en el cuello a la mujer maltratada por el hombre al que la actitud de su cómplice enardece aún más, golpeando en la cara a la víctima inmovilizada por su falsa amiga cada vez con más fuerza. Les grito que se detengan y los tres me miran con expresión de sorpresa, o lo que intuyo que se parece a la sorpresa, sin interrumpir sus actividades. Cuando Hogg se precipita hacia ellos con la intención de acabar con el escarmiento de la segunda mujer, el maltratador, un hispano de estatura diminuta y zapatos enormes, emprende la huida a toda prisa, dejando a la mujer a la que golpeaba sin interrupción, una asiática de aspecto varonil que ahora tengo frente a mí, en brazos de la otra, también asiática y menuda pero de rasgos más finos. Y no tiene intención de soltarla por el momento, como si ese cuerpo le perteneciera.

–Péguele fuerte, por favor. Esta puta es una bruja peligrosa. Acabe con ella y nos hará un favor a todos. Se lo ha merecido. Además le gusta, a la muy guarra le gusta que la zurren de vez en cuando. Lo lleva en la sangre...

Hogg ataca a la captora por detrás, cogiéndole los brazos y obligándola a llevarlos a la espalda, donde quedan inmovilizados, mientras la mujer golpeada sale disparada hacia mí y me abraza con fuerza, no tanto por agradecimiento, en principio, como por no caer de bruces al suelo. Sus altas plataformas apenas si le permiten, en ese estado alucinatorio, dar un paso en cualquier dirección sin perder el equilibrio. Se me queda mirando a un palmo, cara a cara, las manos cogidas con fuerza a mis hombros. La veo en primer plano, no es un espectáculo admirable. Nariz alargada y viciosa, boca encogida, mentón puntiagudo, ojos hinchados, cejas enrojecidas. Veo los moratones como un maquillaje morboso en los pómulos y en el labio superior y ella, en señal de agradecimiento por mi buena acción, me besa en las mejillas y luego en la boca. Huele a un perfume exclusivo que no se compra en la Quinta Avenida, pero que no engañaría a nadie en ninguna otra parte.

–Ahora nos vamos a calmar todos, ¿de acuerdo?

La agresora, prisionera entre los fornidos brazos de Hogg, no para de gritar maldiciones e insultos, como una loca en trance, contra la criatura efusiva que se abraza a mí y no deja de besarme por toda la cara como si fuera su nuevo amante y benefactor. Me lo he ganado, me dice al oído derecho y luego al izquierdo, en estéreo, para que no se me olvide en toda la noche, por rescatarla de las garras de esos asesinos que la odian sin que ella les haya hecho nada malo. Todo su cuerpo me dice que es mía y, sin embargo, la aparto de mí por un momento con gentileza, restregándome el rastro de cosquillas y babas que me embadurna ambas mejillas. Me encamino decidido hacia la enfurecida asiática, revolviéndose contra el cuerpo macizo de Hogg como una fiera a la que se hubiera privado de alimento durante semanas. Extraigo mi cartera del bolsillo y cuento cinco billetes de cien, eso bastará, pienso, y se los tiendo con gesto imperativo.

–Tú y tu chulo tendréis bastante con esto para empezar una nueva vida en otra parte.

–No es mi chulo, ¿qué se ha creído? ¿Que puede comprarlo todo, hasta la reputación de la gente?

–Suéltala, Hogg.

El escupitajo me acierta de pleno en esa zona humillante que se sitúa entre el labio superior y el arranque de la nariz y aun así mi mano sigue tendida, imperturbable, con los cinco billetes en el extremo como una súplica que debería ser atendida cuanto antes para evitar otras posibles reacciones menos agradables.

–Yo te conozco. ¿No eres tú ese que sale mucho ahora en la tele?

–Me confundes con otro, preciosa. En la tele sale mucha gente estos días.

–Sois todos iguales.

Más calmada, la agresora asiática se me aproxima sin temblar, escudriñando mi cara como si algún rasgo de la misma pudiera decirle con claridad quién se esconde detrás, cuáles son las intenciones ocultas tras esa máscara en apariencia natural. No consigue identificarme como pretendía.

–No te fíes de ella. Es un bicho venenoso.

Y tras decirme esto a la cara, en voz muy baja, se apodera del dinero sin perder tiempo, creyendo haber comprendido que su silencio y su cambio de actitud tienen un precio justo en el mercado, antes de echar a correr sin miedo a caerse, a pesar de las elevadas plataformas y el complejo de inferioridad que exorciza al calzárselas, y desaparecer por el mismo siniestro callejón por el que huyó su cómplice minutos antes. Imagino a éste acechando y vigilando toda la escena desde algún refugio oculto, viendo contento volver a su amiga y apropiándose enseguida del dinero. Le pertenece, él se lo ha ganado, ella es sólo la intermediaria en este complicado negocio, merece sólo una ínfima parte del botín.

–Volvamos al coche.

La fogosa asiática, con pinta, como su enemiga, de transexual arrepentida, nos sigue con mansedumbre, como si hubiera entendido el mensaje subliminal de la situación, y la dejamos, por cortesía, entrar antes en la limusina. Cuando el coche arranca, recupero mi papel de excelente anfitrión y le ofrezco hielo en un pañuelo para calmarle los dolores faciales de la paliza y contener la hinchazón y luego alguna bebida de su gusto para recuperar lo antes posible el sentido de la realidad.

–¿Licor de vodka? Soy adicta a ese veneno.

Le tiendo a mi invitada su vaso de cristal cargado de hielo picado y líquido marrón y me sirvo otro de lo mismo para acompañarla. No había probado nunca esa bebida empalagosa, pero ahora, sentado frente a mis estrafalarios invitados, encuentro la mezcla deliciosa, en especial el anestésico corte de bisturí del vodka en la lengua que paladea el caramelo que le da engañoso color y textura. Me parece una buena imagen de lo que está pasando aquí dentro.

–Me llamo Alexia, ¿y tú?

–Él es Hogg, acabamos de conocernos, y yo soy DK, sólo DK.

–¿Te conozco de algo?

–No lo creo.

Todo está saliendo como estaba planeado. La malsana fetidez que impregna el aire dentro de la limusina me confirma en el acierto de mi elección y les propongo a mis invitados, para celebrar nuestro encuentro, un brindis inoportuno.

–Por mi mujer, Nicole, que se reirá cuando os vea llegar a casa y le cuente la aventura de esta noche.

Brindan a dúo, en mi honor y en el de Nicole, como si nos conocieran de toda la vida y hubieran compartido con nosotros una gran cantidad de experiencias. El gran Hogg esboza una mueca de disgusto, sin embargo. Es evidente que no le atrae nada la compañera que le he buscado esta noche para que se divierta, un ambiguo espécimen de rasgos achinados y voz chillona. El azar la ha elegido, no yo, que me limito a interpretar sus designios con la mejor intención. Es lo que más satisfecho me hace sentirme. La vida de esta increíble ciudad no cesa de procurarme sorpresas, a todas horas, en todas partes. He capturado sin demasiado esfuerzo a dos muertos singulares, el peso pesado y la anoréxica. Estoy seguro de que la noche será divertida y larga con ellos como protagonistas.

–Y ahora, amigo Hogg, cuéntanos tu historia.

En todo este tiempo, el triste y fatigoso relato de Hogg sólo parece haberme interesado a mí, quizá porque soy el único que lo ha escuchado completo, desde el principio en la limusina, camino de mi apartamento, hasta mediada la cena, con la llegada de los primeros platos sorpresa, el salmón *teriyaki* empanado y el calamar marinado en bonito con salsa de vinagre.

–Entonces, Hogg, si no te he entendido mal, te echaron siendo muy joven de aquella universidad por culpa de una colega de tu misma raza, que fue tu amante durante un año hasta que decidió denunciarte cuando estabas a punto de obtener la titularidad...

En este tiempo, con todo lo que me ha contado, he llegado a la conclusión de que Hogg es un farsante y un impostor, pero me cae bien, tiene gracia contando las cosas. Estoy seguro de que se lo inventa todo, incluso la historieta de sus dos madres, pero no me importa, mientras me entretenga y haga llevadero el banquete, se lo disculpo todo. Tenemos expuesto encima de la gran mesa del comedor el delicioso menú de degustación del Hobukai.

Yo estoy disfrutando con el descubrimiento de cada nuevo plato, pero Nicole, a pesar del cuidado con que se tomó la selección de platos, se ha levantado varias veces a vomitar cada uno de ellos, como si se le atragantaran los nombres exóticos, acentuando sus viejos trastornos digestivos con las bacterias del pescado, o como si la promiscua presencia de los intrusos, que deglutían el contenido del festín gastronómico con obscena fruición, le causara esa revulsión abdominal impropia de una geisha bien educada.

–Sí, ésa es la terrible verdad, señor DK. Me denunció por lo que ella llamaba abusos. No hice nunca nada que ella no quisiera, pero entonces se hizo amiga de una nueva profesora de otro departamento, y ésta la convenció de que no debía tolerar más abusos masculinos de mi parte...

Por su parte, la atrevida Alexia, sin ningún pudor, se ha metido bajo la mesa para intentar hacer feliz a su anfitrión del modo más cómodo. No se puede decir, desde luego, que carezca de tesón y de cierta maña, como me advirtieron en cierto modo los hados callejeros que la golpeaban por la misma razón, pero todos sus intentos de darme placer, en la limusina y durante la cena, han sido fallidos, como cabía esperar dados los precedentes. Cada vez que ha regresado a su sitio en la mesa, con un gesto de contrariedad sólo compensado por la bulímica ingestión de las suculentas tiras rojas y blancas de atún y calamar bañadas en salsa de soja fermentada o la crujiente *tempura* de verdura y marisco, no he podido evitar pensar, por un extraño reflejo, en el error de Nicole al elegir el tono de la vajilla de porcelana, los manteles, las servilletas y las velas. El negro no es un color, eso lo sabe todo el mundo excepto Nicole, por lo visto, y a nadie le puede alegrar tenerlo delante todo el tiempo de ese modo abusivo.

–¿Ves cómo se ríe mi mujer cada vez que me llamas señor DK?

Por una vez, el disgusto y el desprecio de Nicole no me tenían a mí por objeto preferente, a pesar de las alusiones y las indirectas. Alexia, aburrida de nuevo con el discurso de su colega y cansada de la atención inmerecida que yo le prestaba sin hacer caso a sus reiteradas provocaciones, había decidido por su cuenta que a lo mejor la anfitriona, madura y distinguida pero con esa inequívoca picardía en la mirada que parece predisponer a todos los excesos de la carne y el espíritu, se mostraría más receptiva a sus artimañas y servicios íntimos que el insensible anfitrión, un ególatra con tendencias sospechosas a confraternizar con los parias del universo.

–Y entonces, Hogg, volviendo a tu conmovedora historia, cuando fuiste juzgado por una comisión de decanos y despedido de la universidad, te encontraste con que no podías pedir trabajo en ninguna otra universidad porque tu mala fama, propagada por las arpías del departamento, son tus palabras si no me equivoco, se extendió a todas las universidades del país, como una maldición contra tu persona...

El de Alexia fue un error melodramático que casi nos arruina la grata velada. Nicole reaccionó con violencia a las insinuantes caricias que se le proponían bajo el mantel y, sin pensar en las consecuencias de su reacción, pateó la cara de Alexia con fuerza excesiva, con una brutalidad sólo proporcional al grado de asco y de fastidio que le causaba la invitada, a quien ahora veía postrada a sus pies como un cuerpo blando en el que descargar su furia reprimida. Alexia aullaba de dolor bajo la mesa e insultó a su agresora llamándola puta asquerosa, y luego se calló por unos minutos, como si hubiera perdido el sentido, o recuperado la decencia. Ese mismo tiempo, segundo arriba, segundo abajo, es el que tardó Nicole en levantarse de la mesa de nuevo y regresar al cuarto de baño para vomitar la escasa porción de bacalao en salsa de soja y sake que había sido capaz de ingerir desde la última vez.

–Y hasta tu familia, creyendo la versión de ella, te volvió la espalda.

–Todas y cada una de ellas, sí. Mis madres, mis abuelas, mis tías, mis primas. Todas ellas me hicieron saber que ya no tenía el privilegio de pertenecer a una de las primeras familias íntegramente femeninas de la historia.

Cuando Alexia se levantó del suelo con la ayuda de Hogg, vi que estaba llorando y tenía la cara aún más hinchada de lo normal. En ese momento, la maltrecha Alexia trataba de mantenerse en pie por sus propios medios, alejándose todo lo posible de Hogg, a quien parecía odiar o temer, pero no aguantó mucho en esa posición, el sake hacía estragos en su sentido del equilibrio, y se dejó caer en la silla, apoyó los brazos en la mesa, apartando varios platos medio vacíos, y hundió la cabeza en esa almohada improvisada con la intención de relajarse un rato.

–Ya, me hago una idea. Y, por despecho, te fuiste a vivir a la calle, con los muertos.

–No por despecho. Yo diría que por pura necesidad.

–Sí, recuerdo que nos has contado que lo intentaste con varios trabajos temporales, pero que tarde o temprano te terminaban echando de todos, o las empresas se hundían como por ensalmo y volvías a estar en la calle, ¿no?

–Dicho así suena a una maldición eterna, pero en cierto modo lo era. Ningún trabajo me duraba el tiempo suficiente. Me veía aceptando labores indignas de mi formación con tal de pagar mis deudas. Incluso lo intenté como artista.

Me estoy empezando a preocupar seriamente. Han pasado más de quince minutos desde que se marchó y Nicole no vuelve del cuarto de baño. No suele tardar tanto en retornar a la mesa después de una de sus habituales crisis intestinales por mucho que le aburra la conversación en curso o los invitados no sean de su agrado.

–Un galerista de Chelsea se encaprichó conmigo y me montó una exposición. Me publicitó como el Basquiat de la nueva década...

–Por qué no. El buen salvaje que vino a salvar al arte de la bancarrota pintando mamarrachos de colores chillones. A Nicole le gustaba mucho en su época. Creo recordar que tenemos una de sus horribles pinturas en alguna de nuestras casas.

–A pesar de los elogios de algunos entendidos, la verdad es que no logré vender un solo cuadro. Acabado el mes, recogí todos mis cuadros de la galería y los tiré al río y luego intenté suicidarme...

–¿Y qué te privó de abandonar este mundo con tanta dignidad?

Alexia, trastornada por los duros golpes físicos y morales que ha recibido esta noche, ha vuelto entre nosotros y lleva cinco minutos mirando con fijeza obsesiva el nuevo plato, como si no le gustara lo que ve en él, cuatro montículos de huevas de pez volador, con su obscena paleta de colores y sabores, o tratara de hallar su triste reflejo en el fondo del plato.

–Viví varios días bajo esa amenaza, paseando por la ciudad y sintiendo que podía hacerlo con facilidad, arrojarme al metro, tirarme desde uno de los puentes elevados o bajo las ruedas de un autobús, cualquier cosa rápida y eficaz...

–Me has dicho que tu último trabajo digno fue de limpiador en un centro comercial, ¿verdad?

–Sí, limpiaba la mierda en váteres masculinos y femeninos. La misma mierda, se lo digo sin rencor ni odio.

No puedo dejar de mirarla. La envuelve un aura asfixiante de soledad que, me temo, es la misma que hace de ella una víctima vulnerable en la calle y en la cama. Alexia no sabe nada del amor. Nadie se ha interesado nunca de verdad por esta criatura extraterrestre, ni hombre ni mujer, que sobrevive vendiendo su anatomía estrambótica al mejor postor.

–Vaya, vaya, Hogg, qué interesante vida, cuántas emociones, y luego, como nos has contado, fue cuando te instalaste en la calle y allí, si no te he entendido mal, has sido feliz hasta ahora y has aprendido más que en ninguna universidad de las que conoces, durmiendo en vagones de metro, o en edificios abandonados, y vagando por descampados y estercoleros...

–No se equivoque, señor DK, no hay poesía alguna en mi experiencia. No lo reivindico como una forma de hacer buena literatura, no soy de ésos, pero conocí a una mujer blanca que vivía en la calle, me enamoré como loco y me fui con ella.

–Muy bueno, hermano, eso me gusta mucho de ti. Eres un tío honesto. La literatura es para enfermos crónicos. A mí tampoco me agrada la gente que redime su mala vida escribiendo fantasías para otros. Eres un tío auténtico, no un impostor, y mira que al principio te tomé por uno de éstos. He conocido tantos, yo mismo lo fui hasta hace no mucho. Ahora mismo me siento liberado de toda necesidad de mentir...

Nicole regresa, con puntualidad retórica, para recordarme que no debo hacer partícipes a mis invitados de nuestros problemas personales. El rostro lívido, como de muñeca de cera a punto de derretirse en la chimenea, me convence de la necesidad de extremar la discreción con los extraños. Nicole me sonríe sin ganas y, con gesto apático, se sienta en su sitio como una niña bien educada a terminarse la cena. La invito a gustar del plato sorpresa recién servido, pastel de gambas fritas y champiñones, y finge vomitar en él para fastidiarme.

–Durante un tiempo Sheila y yo pasábamos las noches en un refugio a la sombra de un rascacielos no lejos de aquí, hasta que nos echaron otra vez. No parábamos de follar, a todas horas, era muy divertido y los guardias del edificio nos tenían envidia...

Caigo en la cuenta de que, en su manera de mirar el repulsivo pastel y clavarle el cuchillo por distintos lugares, Nicole está imitando a Alexia, sentada frente a ella, revolviendo los montículos de huevas con el tenedor, mezclando las llamativas tonalidades sin molestarse en probarlas. Quizá lo haga para llamar mi atención, quizá no. La imagino calculando el tiempo que pueda quedarle a la desagradable velada mientras debate consigo misma sobre si le conviene ingerir una gamba o un champiñón y en qué orden debería hacerlo para no empeorar el estado de su estómago.

–Al cabo de un tiempo me dejó por otro negro y volví a encontrarme solo en la calle...

El menú le parece una estafa en toda regla. Deberíamos poner una reclamación y borrar ipso facto el nombre del restaurante de nuestra agenda de direcciones, me dice Nicole con tono autoritario, interrumpiendo el monólogo de Hogg. Alexia aprovecha entonces para levantarse con brusquedad, como activada por un resorte maligno. Parece querer decirnos algo trascendental acerca del banquete, algún comentario sobre la dudosa calidad del alimento, o las connotaciones cromáticas de las huevas de pescado que recubren el fondo negro de su plato, o el impacto de todo este pescado en su delicado metabolismo en fase de mutación, pero no acaba de decidir cuál sería el más adecuado y prefiere salir corriendo, en dirección al cuarto de baño de los invitados, para ocultarse al fin de nuestras inquisitivas miradas. Respiro tranquilo en cuanto la pierdo de vista. En su ausencia, me levanto para traer la caja de los puros y le ofrezco un habano a Hogg, que lo acepta sonriendo, como una señal de complicidad entre ambos.

–Como suele decirse, Davidoff hace los mejores negocios y Montecristo los mejores amigos. Esta noche nos debemos a la amistad, ¿no es cierto, amigo Hogg?

El negro asiente, complacido, y Nicole, repuesta, me pide otro cigarro, es una afición hedonista que prefiero no reprimir en ella. Me hace feliz verla mientras lo enciende, aspirando una y otra vez con encantadora negligencia entre una nube de humo que encubre una parte de su rostro real y realza la belleza de sus rasgos, como si perdiera veinte, treinta o cuarenta años de golpe, el sueño despierto que ella misma alienta cada noche cuando se mira en el espejo durante una hora y a veces más, sin adivinar que la observo con ternura y curiosidad, mientras se libera de la máscara del maquillaje y se unge con cremas tonificadoras contra el envejecimiento, y volviera a ser la ninfa irresistible que sólo conozco por las escasas fotos de su adolescencia y juventud que me ha enseñado alguna vez.

–Entonces, amigo Hogg, estás ahora en perfectas condiciones de comprender la empresa espiritual y filantrópica que me propongo realizar en los próximos años. He tenido ocasión de compartirla ya con importantes personajes del mundo y la respuesta ha sido siempre de entusiasmo y estímulo.

Me siento incapaz de mirar el reloj cuando concluyo de exponerle mis prolijas ideas a Hogg, que ha sonreído en todo momento como si entendiera que eso era todo lo que se le pedía a cambio de la compañía de Nicole y la jugosa cena y el magnífico habano y el viaje de regreso en limusina de lujo. Ha pasado más de una hora, por lo que veo, y el gesto negligente de Nicole al apagar su cigarro en el cenicero de cristal me hace comprender que la ausencia de Alexia durante ese tiempo no puede ser intencionada. Comparto mi preocupación con Hogg y con Nicole, y Nicole, atemorizada por la posibilidad de una desgracia, pretende levantarse para comprobarlo. Me adelanto y me encamino por el pasillo lateral que conduce al cuarto de baño de invitados, junto a la cocina, donde la puerta permanece cerrada. Sospecho lo peor. Llamo con suavidad y Alexia no contesta. Abro la puerta y la descubro desmayada en la bañera vacía, desnuda. Le cojo la cabeza para ver si respira, los ojos y los pómulos cada vez más amoratados, y veo que sus labios hinchados balbucean la misma frase, como una broma privada.

–Sois todos iguales.

Me río, aliviado. La repetición es cómica, teniendo en cuenta todo lo que ha pasado desde que escuché la sentencia por primera vez esta noche. Ha debido de marearse mientras se duchaba. Le pido que se despabile y se ponga en pie. Se levanta aturdida y tarda en abrir el grifo de agua caliente con que pretende enjuagarse los restos de vómito que se adhieren a la piel de sus muslos y pantorrillas.

–¿Qué es eso?

Parezco un idiota plantado frente a ella señalando con el dedo índice las vendas mojadas que rodean su torso, por debajo de los ridículos pechos hasta la cintura, y que bajo el andrajoso vestido no se notaban. Primero me dice que la apuñalaron unos desconocidos hace unas semanas y luego, cuando ve mi gesto de incredulidad, reconoce que está sometiéndose a una drástica reducción de caderas. Ya no me sorprende nada de lo que veo en su cuerpo, ni siquiera las numerosas picaduras negras en ambos brazos. Sin que pueda entender el porqué, quiere que lo vea todo, ha organizado esta escena para que me fije bien en lo que ella es y no es al mismo tiempo, como el unicornio de los cuentos de hadas, un unicornio que fuera también la doncella. No hay simetría alguna en ese cuerpo escuálido, cada parte se muestra desconectada de las demás a tal punto que da la sensación de pertenecer a otro cuerpo distinto, como miembros mal ensamblados entre sí por un artesano inepto. Cuando la ayudo a salir de la bañera, con la piel fría y viscosa, siento que estoy abrazando a un ser alienígena.

Me daría miedo quedarme aquí encerrado con la famélica Alexia mucho tiempo.

–Un médico muy guapo me está ayudando con las operaciones y las inyecciones y todo el papeleo. Creo que se ha enamorado de mí. Dice que no ha visto nunca un cuerpo como el mío.

Termina de secarse y se inclina para recoger sus sucios harapos, abandonados en el suelo. Le digo que los deje. Ahora que está limpia de cuerpo y de alma, para compensarla, le digo que le quiero regalar ropa nueva. Voy corriendo al dormitorio de Nicole y, sin pedirle permiso, robo de uno de los armarios de su vestidor un precioso vestido de noche, de color turquesa, con tirantes y gasas, que casi nunca se pone desde que lo compró porque cree que no me gusta, lo que es falso, o me trae malos recuerdos de la fiesta en que lo estrenó. Al entrar de nuevo en el cuarto de baño, encuentro a Alexia ajustándose una y otra vez el sujetador inútil mientras no deja de mirarse con coquetería en el espejo, tratando de encajar su imposible imagen en alguna dimensión de la conciencia aletargada que tiene de sí misma. Prefiero no entretenerme en la morbosa descripción de lo que veo expresado en su cara en ese momento de enajenación. Alexia está acostumbrada a exhibirse con orgullo, como un monstruo de laboratorio, ante clientes de la peor especie. Ante mí, nuestras miradas se cruzan en el cristal del espejo durante un segundo, parece avergonzarse por todo lo que le falta o le sobra para ser una mujer o un hombre de verdad.

–¿Es que no te gusto nada, cabrón?

Cuando le enseño el vestido turquesa y, sobre todo, cuando descubre la etiqueta de Chanel adherida a sus costuras interiores, se acaba la tragedia y la desgracia de su vida y comienza una nueva comedia, la comedia más vieja de la historia. Alexia se muestra entusiasmada con el regalo. Me pide, por favor, que la deje sola, quiere secarse el pelo y arreglarse un poco, ponerse guapa para mí. No me río para no ofenderla.

–Usa todo lo que necesites, pero no tardes mucho.

Vuelvo al salón y veo desde la distancia que Nicole está rechazando con todas sus fuerzas los avances sexuales de Hogg. Éste ha tomado mi ausencia como un buen pretexto para tratar de seducir a la atractiva anfitriona mostrándole el ambiguo tatuaje sobre la guerra del sexo único que decora la piel de su musculoso tórax. Imagino, conociéndola, que Nicole no se habrá resistido al principio a apreciar las cualidades estéticas de la escena plasmada con realismo pictórico en el robusto torso del negro, aunque haya objetado después a los estereotipos machistas con que se representan los cuerpos de las dos reinas belicosas. Imagino que Hogg, para neutralizar su rechazo, le habrá contado, como hizo conmigo, alguna mentira sentimental sobre lo que significa para él esa imagen fabulosa. Antes de lanzarse al ataque, el negro debió de pensar que era su día de suerte, convencido de que yo estaba montándomelo con Alexia en el cuarto de baño. No me enfado, soy un buen anfitrión y la principal obligación de éste es hacer feliz a todos sus invitados, por excéntricas que puedan parecer sus pretensiones. Me siento a la mesa con discreción en cuanto Nicole, para poner fin a la escaramuza, decide lanzarle el postre a la cara, el helado de mango y caramelo chorrea por la tupida barba de Hogg, produciendo una comicidad inesperada.

–No te lo tomes a mal. Nicole no se siente bien estos días.

–Lo siento mucho, señor DK.

–¿Lo ves? Ya la has hecho reír otra vez.

Como estaba previsto, Alexia no tarda en volver al salón presumiendo de elegante vestido nuevo y de maquillaje suntuoso ante todos nosotros. El adefesio no se priva de nada en su reaparición estelar, dándose aires de gran dama y señora de la casa. Para lograr ese efecto estético, ha debido de saquear el neceser de Nicole y ésta lo adivina enseguida. Es entonces cuando decido que los dos invitados deben irse lo antes posible. Temo que la velada, en caso de continuar por más tiempo, pueda acabar en catástrofe humanitaria. Nicole, al ver el vestido turquesa que reservaba para alguna ocasión especial colgando del anómalo talle de la invitada, como una caricatura grotesca de sí misma, ha puesto expresión de haber recibido alguna noticia terrible.

–¿No os recuerdo a nadie?

Antes de que estalle el escándalo de nuevo, con todas las consecuencias, me levanto de la mesa arrastrando la silla y haciendo mucho ruido a propósito, atrapo por el brazo a mis dos invitados y los obligo a acompañarme de inmediato a la salida. Le extiendo a cada uno un cheque por valor de mil dólares libres de impuestos y compruebo en la mímica de sus gestos el mismo asombro primitivo. La fascinación humana primordial, tanto del hombre como de la mujer, por la magia matemática del dinero, sobre todo si no ha costado mucho ganarlo y tampoco costará mucho encontrar en qué gastarlo. Dinero fácil, en todos los sentidos.

–Divertíos un poco y acordaos de vez en cuando del tío DK. Volveremos a vernos.

Bailando a mi alrededor, Alexia y Hogg, más nerviosos de lo normal, entonan a dúo un efusivo recital de agradecimientos y homenajes a mi persona. Tengo la sensación de que alargan la despedida, no quieren quedarse solos. No saben aún que, al final del largo pasillo, los aguarda el impaciente chófer para conducirlos como visitantes clandestinos a la salida de servicio y luego al garaje donde está aparcada la limusina que los devolverá sanos y salvos al mundo de los muertos al que los pedí prestados por unas horas. Alexia, conmovida por mi generosidad, me pintarrajea la cara de estigmas de un falso amor, marcas infecciosas de ese carmín robado que le permite sentirse por un momento la mujer que no es ni será nunca. Hogg, más modesto, me estruja con fuerza entre sus brazos.

–Es usted una buena persona, señor DK.

Cierro al fin la puerta y regreso, preocupado, al salón. Descubro a Nicole puesta en pie, con una mueca de burla en el rostro, girando en torno a la mesa del comedor como una sonámbula y recogiendo los restos de la cena, tiras de pescado crudo, frituras enfriadas y verdura cocida, en un plato negro desbordante. Agarrada a él, va corriendo a toda prisa a encerrarse en el dormitorio antes de que pueda detenerla para darle un beso y pedirle perdón por lo que ha pasado. Por todo el mal que le he podido hacer. Es evidente que ya no le importa. Me tiro en el sofá, extenuado, y es entonces cuando empiezo a llorar, sin saber por qué. Me cubro la cara con las dos manos. Me hace sentirme mejor. He olvidado correr las cortinas y el detective del edificio de enfrente estará disfrutando con el espectáculo benéfico que he vuelto a organizar esta noche para intentar salvar el alma de Nicole y la mía propia de todas las calumnias y las infamias que se vierten a diario contra nosotros. Estoy seguro de que mis enemigos aportarán las imágenes grabadas como prueba manifiesta de mi insensibilidad hacia las clases y los seres inferiores. La vida es injusta.

DK 30

Quinta epístola del dios K
[A los grandes hombres (y mujeres) de la tierra]

NY, 14/07/2011

Querido Sr. Trichet:

Ésta es la cuarta vez que me pongo a escribirle en estos últimos días. En las tres ocasiones anteriores, me detuve a mitad de camino y destruí todo el trabajo. No encontraba las palabras, no acertaba con el tono, no me decidía a hablarle con la franqueza con que usted y yo hemos sido capaces, en momentos críticos recientes, de decirnos a la cara las cosas que hacían falta. No sé si esta vez lo lograré, pero siento que debo intentarlo de nuevo antes de tirar la toalla de manera definitiva.

Me gustaría mucho poder decirle la verdad a usted. La institución que preside, como sabe, suscita en mí toda clase de sentimientos encontrados. La he desdeñado, como tantas cosas, porque no la podía tener, no la pude tener, o habría tenido que pagar un precio muy alto para tenerla. Imagino su sonrisa al leer esto, no me tome por impertinente, no pretendo insultarlo. Y la he deseado como un loco, he deseado ponerla a mi servicio, hacer de ella el gran instrumento de creación de esa Europa en la que yo creía como pocos. He ambicionado poder gobernar desde ahí una realidad europea que, en mi opinión, se saboteaba a sí misma, zapaba las bases de su gran proyecto de unidad no sólo económica, esto era sólo el principio, en nombre de valores pequeños, de gobiernos pequeños y políticos pequeños. Usted y yo no lo somos, desde luego, pero mi perspectiva es más ambiciosa que la suya. Para mí la economía es un medio no un fin, el euro es un medio y no un fin en sí mismo con el que estrangular la vida de la gente, un ídolo al que sacrificar, como usted ha hecho con sus políticas del último decenio, la sangre y la vida de los pueblos al servicio de una causa puramente financiera. Ha pecado de estrechez de miras, de mezquindad moral, y también de exceso de ambición personal, plegándose a los intereses particulares de algunos políticos pequeños y sus pequeños, muy pequeños intereses electorales. La Europa con la que yo soñaba, y mucha otra gente con la que usted no se ha dignado hablar ni escuchar, es algo que ya me parece irrealizable. Y ésta es la mayor catástrofe que podía ocurrirle a un continente que ha perdido mucho el tiempo a lo largo de la historia desgarrándose trágicamente en guerras locales y regionales, por valores innobles e indignos. Hubo un momento en que podríamos haberlo conseguido de no ser por sus políticas miserables, por su cesión a las exigencias de algunos poderosos y por su veneración sacramental a la moneda única. El nuevo ídolo de la tiranía económica impuesta por Bruselas sobre la gran Europa. No entiendo dónde estudió usted, o qué maestro se la susurró al oído durante un sueño, la idea de que una moneda es el fin más alto al que puede aspirar la inteligencia humana. No se le escapará la ironía socrática escondida en la frase anterior. No consigo, de verdad, entender dónde, en qué escuela o universidad, usted y los que piensan y actúan como usted, todos esos tecnócratas de Bruselas, París, Londres y Berlín, dónde han aprendido todos ustedes, los nuevos dictadores económicos, que una moneda y sus corruptos valores financieros son las deidades a las que hay que sacralizar mediante el sacrificio de los pueblos.

Por todo esto, se lo repito, me gustaría mucho poder decirle la verdad. Me gustaría mucho poder decirle que lo que hice estuvo mal, que sólo lo hice para afirmar una vez más mi voluntad de poder. Me gustaría mucho decirle que lo que hice lo hice para humillar a una persona a la que consideraba inferior. Me gustaría mucho poder decirle, a usted, precisamente, que lo hice a cambio de una suma que ahora mismo no sabría recordar. Me gustaría mucho poder decirle que ofrecí esa suma, esa suma cuantiosa, y fue rechazada con desdén, con un desdén y una insolencia insultantes. Me gustaría mucho decirle que en ese desprecio hacia mí y hacia mi dinero hallé una dignidad humana que creí desaparecida, ya sabe que a los hombres públicos, acostumbrados a movernos en un mar de corrupción institucionalizada, nos conviene pensar que ciertas virtudes se encuentran en vías de extinción entre nuestros ciudadanos y, por la misma perversión psicológica de nuestro cargo, tendemos a idealizar también a éstos creyéndolos inmunes a nuestras prácticas desaprensivas. No me lo niegue. Estoy siendo sincero con usted, no juegue conmigo a ocultar la parte de la verdad que le conviene eludir, como hacemos todos en cuanto tenemos una cámara delante o un micrófono abierto. Sí, a usted es a quien más ganas tengo de decirle la verdad, se lo ha merecido con creces en todos estos años de gestión implacable al frente del BCE. Me gustaría mucho poder decirle que esa mujer que me acusa mostró ante mí, ante mi arrogancia sexual y mi actitud de clase superior, una dignidad que me reconcilió con mi especie y mi cultura. Me gustaría mucho poder decirle que, a pesar de todo, vi en ella la encarnación de un valor moral que daba por desaparecido. Que cuando rechazó mi oferta a cambio del servicio que le había obligado a prestarme vi en ella a una heroína. Vi en ella a una diosa de una nueva especie. Vi en ella a un ser humano que habría que condecorar y recompensar como se merece. Me gustaría decirle todo esto y que esto fuera la verdad, toda la verdad y nada más que la verdad. Pero no lo es.

En realidad, no sé por qué hice lo que hice. Voy a pagar un precio muy alto por un acto que no puedo entender. Le imagino riéndose de nuevo. Yo no le soy simpático, ni nunca se lo he sido, usted tampoco me gusta, es recíproca la animadversión que nos profesamos. Pero sé que estimaba y apreciaba mi inteligencia. Y usted se preguntará con razón cómo una mente de mi clase puede caer tan bajo. Usted se puede permitir el lujo de insultarme así, preguntándose cómo una inteligencia de mi nivel puede degradarse hasta ese extremo. Pregúnteselo, pregúntemelo, no tenga reparos. Ya le digo que entre usted y yo la verdad debe imperar, aunque sea como ideal de un diálogo improbable entre nosotros. Me gustaría decirle que fue así, en efecto, que yo me rebajé al grado ínfimo en que puede hacerlo una persona sin perder del todo su condición humana. Pero no sé si es cierto. Me temo que es falso como la mayor parte de las versiones que circulan sobre el caso. Me gustaría decirle que me degradé al entrar en contacto con esa mujer, mujer, africana e ilegal, dese cuenta por un momento del cúmulo de atributos perniciosos que confluían en ella. Y que lo hice para elevarla de su condición, para redimirla, en cierto modo, de una vida indigna. Me gustaría poder decirle a usted que ella es mejor que yo porque rechazó el dinero que le ofrecía y que podría haberle permitido pasar unas buenas vacaciones con su hija en Las Vegas, las Bahamas o las Bermudas, sitios donde este tipo de gente suele querer pasar el tiempo libre que se les concede. Pero no puedo decírselo, porque no sé por qué lo hizo, aún hoy, viéndola en televisión como la he visto contando su versión de lo sucedido, no entiendo por qué no tomó su dinero y salió corriendo sin mirar atrás. Qué importa lo que hubiera pasado en la habitación, el dinero riega la planta del olvido, como decía Attali, y esa planta venenosa crece cada día sobre la tierra y la sombra que arroja se va volviendo cada día más oscura. Supongo que recuerda la vieja parábola. Estamos hechos de tantas ficciones, ¿verdad?, cómo recordarlas todas, dirá usted con cierta razón. Pero están ahí, bien arraigadas, predispuestas a actuar en cuanto les damos libre curso o las circunstancias se revelan idóneas. Nuestros cerebros se acostumbran a manejarse con tal número de ficciones, algunas imperceptibles, otras incompatibles con nuestras ideas, que ya no nos damos cuenta siquiera de que los números también lo son. De que las sacrosantas cifras no son otra cosa que ficciones con las que respaldamos gobiernos y políticas, despedimos a gente, sí, a demasiada gente, de empresas y corporaciones, con la excusa de que los números lo dicen, los números lo recomiendan, los números lo mandan. Como si los números, esas abstracciones terribles, dijeran lo que en el fondo pensamos y no decimos en nuestro nombre porque nos da miedo reconocerlo. El sistema no puede funcionar sin explotación, es evidente, nos gusta explotar, nos gusta exprimir, necesitamos hacerlo, no hay otro modo, usar y tirar, lo sé bien, y los números nos justifican, nos permiten ser realistas, hacer lo que hay que hacer, sin avergonzarnos ni agachar la cabeza ni sentirnos infames. Los números dictan las políticas a seguir, nadie, ni siquiera nosotros, está en posición de discutir su autoridad. Usar y tirar, nadie puede enseñarme eso tampoco, ha sido mi práctica amorosa durante años, mientras reservaba para la economía y la política una cierta dosis de idealismo. Soy un realista que ha dejado de creer en la realidad. Un idealista que ha dejado de creer en los números y los valores. Usted mejor que nadie sabe que yo tenía un plan para salvar la economía europea sin hacer muchos sacrificios y arrinconar en el escenario internacional al todopoderoso dólar, nuestro enemigo inveterado, y ustedes, por razones que nunca entenderé, se las arreglaron para que no pudiera compartirlo con el mundo y no pudiera aplicarse. Ustedes, sus amigos tecnócratas y sus amigos políticos, se organizaron para que ese plan no pudiera realizarse. Tenían otro y les molestaba el mío. Pero eso ahora no importa tanto, ¿verdad?

Sólo sé una cosa. Me gustaría mucho poder decirle la verdad y que usted y todos los que son como usted puedan dormir tranquilos de una vez y no con esa incómoda sensación que les procura el saber que lo que hice, sea lo que sea, es lo que le hacen a diario a la gente, es la explotación a que someten a diario a las personas y los pueblos. Así es. Me gustaría decirle la verdad de lo que pasó para que usted piense que soy un degenerado y que lo que hice no tiene nada que ver con lo que usted hace desde su cargo. Es lo que piensa, ¿no? Que sólo un enfermo podía hacer una cosa así y jugarse su carrera haciendo una cosa así. Qué sabe usted de nada. Usted sólo sabe de números, de monedas, de cambio. Usted vive de las ficciones matemáticas que impone a la gente con la excusa de que son necesarias y beneficiosas para todos. Pero no sabe nada de la gente, no sabe nada de las necesidades de la gente. Usted no sabe nada de mis necesidades tampoco. Mire que me gustaría poder decirle que lo que hice, lo que hicimos esa mujer y yo en aquella habitación de hotel, se parece mucho a todas las transacciones e intercambios que en este planeta se llevan a cabo a diario, con perfecta naturalidad, pero algo falló de manera inexplicable y no pudo realizarse como estaba pensado. Me gustaría poder decirle esto y que usted pensara que me estoy eximiendo de mi responsabilidad recurriendo a metáforas económicas. Es usted un cínico, ya sé que no se lo han dicho nunca en público, pero en privado yo mismo se lo he dicho muchas veces y usted me lo ha reprochado cada vez como una desconsideración hacia su eminente intelecto y su puesto de máxima responsabilidad. Se lo digo hoy de nuevo. Es usted un cínico y un tramposo, su apellido lo delata, si me permite esta pequeña broma demagógica. Un cínico incapaz de comprender lo que un hombre en mis circunstancias y una mujer en sus circunstancias particulares pueden terminar haciendo o no haciendo por razones muy difíciles de esclarecer ateniéndonos sólo a criterios racionales. No aspiro a su perdón, no lo merezco. Usted tampoco, desengáñese. Es usted un cínico y un estúpido a la vez, pues sólo alguien así podría hacer lo que usted hace, asfixiar a la gente con tipos de interés y políticas financieras criminales ignorando absolutamente todo de las necesidades reales y los deseos de la gente. Números y nada más. Cifras estadísticas y nada más. Como peones, podemos jugar con ellos cuanto queramos, hipotecar sus vidas, destruir sus ahorros, privarlos de trabajo, qué más se le ocurre para impedirles el acceso a la felicidad. Me gustaría decirle la verdad de lo sucedido, es cierto, me gustaría decirle que esa mujer rechazó mi proposición por un sentido de la dignidad que está fuera de mi alcance. Pero no puedo, lo siento, la verdad no es una baratija que se adquiere a bajo precio. La única verdad es que ni usted ni yo hemos hecho nada para merecernos el consuelo de esa verdad. Lo que el capitalismo le hace a la gente, ésa es la única verdad que quiero comunicarle, lo que los mercados les hacen a los deseos de la gente, ésa es otra verdad, lo que el dinero le hace a la vida de la gente, sí, eso sí que es la verdad, lo que la gente como usted hace con el dinero de la gente. Así es. No seamos hipócritas. Eso es lo importante, ésa es la verdadera porquería, no lo que sucedió en una sórdida habitación de hotel entre el pene erecto de un hombre viejo y el cuerpo deseable de una mujer más joven. Esto es insignificante en comparación. Me gustaría decirle que sólo lo hice por divertirme y que ella se resistió por un prurito de dignidad trasnochada. Me gustaría mucho poder decirle eso y que la diversión me costó muy cara y la decencia venció al final sobre la vileza y que Hollywood está ya preparando una película sobre el tema, con un guión melodramático trufado de buenos sentimientos. Me gustaría mucho decirle eso, pero no puedo. Le mentiría. No puedo mentirle a un hombre como usted, compréndalo, pero tampoco decirle la verdad. No es posible.

Concluyo enseguida, por fin he podido decirle lo que quería y eso me da ánimos para terminar con una recomendación inesperada. Quiero recomendarle una película que acabo de ver en compañía de mi hija. Sé que le sorprenderá esto. A ella le ha encantado. A mí me ha dejado perplejo, por eso quizá se la recomiendo. No se la pierda. Esa película se llama *La cuestión humana* y es de producción francesa, esto le interesará doblemente. Esa película está repleta de esos mensajes crípticos que el cine europeo sigue elaborando para una audiencia selecta que, como usted y yo sabemos bien, hemos colaborado a ello con éxito, nosotros y nuestros cómplices en las distintas comisiones europeas, esos tecnócratas de alta graduación, tiende a menguar o a decrecer, a volverse inexistente incluso, con el paso de las décadas y las políticas adecuadas. Esa película, se lo adelanto antes de que mis palabras le induzcan a algún equívoco, muestra que nuestras empresas y nuestras industrias funcionan como los campos de exterminio nazis. Pero no es eso lo que me importa. Al verla uno comprende, sí, digo bien, comprende, como lo hace el director de recursos humanos que la protagoniza, que la racionalidad demencial que organizó el exterminio de millones de personas durante los años cuarenta, esa racionalidad delirante expresada en el lenguaje impersonal de la técnica, es la misma con que las empresas capitalistas rigen la producción y tratan a sus empleados en todas partes. Ése es el mundo que usted avala con sus políticas monetarias. Ése es el fundamento de la banca que usted santifica con su gestión. La explotación es la única forma de horror y depravación que toleramos sin escandalizarnos ni rasgarnos las vestiduras, ¿sabe por qué? Porque no la vemos. No se ve, no sale en televisión, no suele tratarse en los debates públicos, donde se la desdeña cuando aparece como una idea desfasada. Cada vez que alguien es despedido de una empresa, cada vez que alguien es contratado por una miseria para hacer un trabajo indigno, cada vez que alguien se humilla para pedir un crédito, cada vez que eso y tantas otras cosas como ésas ocurren, la explotación se manifiesta, tiene lugar, no sea ingenuo, no sea cínico. No debe perdérsela. Es una película desconcertante y molesta, pero se aprende mucho de ella si uno quiere ver las cosas como son y no como más nos conviene a los hombres públicos. Tome nota del título y recomiéndela a sus colegas. Los mismos que han convertido las políticas financieras y presupuestarias de la Unión en una nueva forma de dictadura al servicio de la explotación de los pueblos. La dictadura capitalista falseada bajo la apariencia de una democracia representativa. Y no deje de recomendársela en especial a su amigo Bernanke, su cómplice transatlántico en no pocos desmanes monetarios. La cuestión humana, de eso trata todo. No lo olvide. La cuestión humana. Eso es lo único importante.

Atentamente,

El dios K

DK 31

Venus Negra

El dios K está tan obsesionado con el incidente coprotagonizado por la bruja africana que lo sedujo contra su voluntad que a menudo siente una extraña culpabilidad, una vergüenza impersonal que se proyecta en fantasías y pesadillas recurrentes. No sabe de qué delirante forma de imaginario colectivo podrían surgir, pero eso no les quita la eficacia con que lo perturban a todas horas, dormido o despierto. Como si todo lo vivido hubiera sido prefigurado en otro tiempo, por otros personajes, muy anteriores a él, y él pudiera contemplar los acontecimientos ahora como en una película, infiltrándose en los intersticios de la historia filmada como un intruso.

Es así como se sorprende una noche irrumpiendo de improviso en una barraca que parece de un circo de bulevar, o de una feria itinerante, la distinción no es nada fácil en estas circunstancias, y deslizándose en el interior aprovechando que nadie lo puede ver, por alguna razón el dios K sabe que goza esa noche, por privilegio divino, del don de la invisibilidad. Al menos eso creyó durante años hasta que tuvo el mal encuentro que le está creando todos los problemas del mundo. Lo más sorprendente del caso es que sabe lo que busca, esa misma noche, tan sólo unas horas antes, tuvo ocasión de disfrutar del perturbador espectáculo en compañía de mucha otra gente enfervorecida. La negra bailaba desnuda ante el ruidoso público, venido de los barrios más populares de Londres, y luego se metamorfoseaba en una serpiente de escamas relucientes que amenazaba con morder a las mujeres que no fueran vírgenes antes de desaparecer por una trampilla entre aplausos y vítores. Al fondo de la barraca hay una jaula, una jaula gigantesca, usada con fines inhumanos para encerrar a congéneres de otras razas, pero ella no está dentro. La puerta de la jaula está entreabierta, la cerradura violentada, lo que le indica que huyó a otra parte con la ayuda de alguien. Confundido, decide marcharse para no ser descubierto. Al día siguiente vuelve a la barraca y el espectáculo ha cambiado, una pareja de enanos se burlan ahora en el escenario de una giganta sonrosada de dientes negros como el carbón. Pregunta al individuo que vende los billetes a la entrada por la bailarina africana del día anterior y le dice que se ha fugado con un gitano domador de caballos. La decepción no le dura mucho tiempo y el dios K inicia al poco las pesquisas para averiguar su paradero. Logra la información necesaria al cabo de unas semanas y emprende el viaje a París, que es donde le indican que podría residir con toda probabilidad la mujer que idolatra desde la noche misma en que la vio bailando para un público de mujerzuelas y canallas delante de la jaula donde pasaba encerrada gran parte de sus días y sus noches. Una vez allí, se adentra, sin miedo a la infección de fiebres ni al contagio de males venéreos, entre las húmedas paredes de un burdel miserable que sólo frecuenta la clientela más pobre y enfermiza de la ciudad y se entera por la regente del lugar, una mujerona desdentada y fea, de que la negra fornida ha engatusado a un marqués decadente y sólo es posible verla en salones frecuentados por la nobleza más degenerada. El dios K no teme los calificativos de la dueña del burdel, no mientras se refieran a cuestiones de abolengo y clase, pero sí se estremece al oír la siniestra profecía de la puta avejentada sobre las partes íntimas de la negra. Los labios protuberantes de esa vulva maldita, una de las puertas más solicitadas del infierno, no sólo condenan a la portadora sino a todo el que los ve al desnudo y más aún al que los prueba. El dios K, sin arredrarse por los intimidatorios augurios de la puta envidiosa, persigue a su formidable presa por los salones más distinguidos de París y oye hablar de ella en todas partes. Oye hablar de sus danzas frenéticas y de sus hazañas sexuales, pero no logra verla nunca. Unos le dicen que está en tal burdel y cuando acude ya se ha marchado, dejando tras de sí una leyenda de seducciones aristocráticas y fascinación universal que aún alimenta el lugar de un prestigio malsano. Otros le comunican su nuevo paradero. Casada con un rico hombre de provincias, vive en una mansión lujosa donde baila desnuda para su marido y sus invitados en fiestas nocturnas cuyo sórdido eco ha llegado hasta la capital. Va en su busca hasta ese villorrio perdido en los mapas de la época y no encuentra más que ruina y desolación. La mansión ha sido devastada por la incuria y ahora campan en ella a sus anchas las ratas, las serpientes y otras alimañas, y la africana legendaria, según los testimonios de los escasos labriegos del terruño, se ha vuelto sola a París, muy enferma al parecer, a morir entre sábanas de seda y muebles caros. El dios K, como un obseso, la busca de burdel en burdel, de casa en casa, de palacio en palacio. En uno de éstos, donde el conde propietario agoniza de unas fiebres malignas que le impiden entrevistarlo, soborna a un criado que le confía que la negra moribunda fue secuestrada por un famoso doctor que se enamoró de la monstruosidad de su vulva y de la opulencia de sus nalgas. El dios K no soporta la vileza despectiva con que el lacayo se refiere a la anatomía de la Venus hotentote y lo abofetea y luego compensa con billetes esa violencia colérica que, como se sabe, no le aportará ningún bien en el futuro. El criado del conde, a pesar de todo, le proporciona las señas exactas, en las afueras de la ciudad, de la clínica y residencia familiar donde el médico la mantiene recluida con la excusa de cuidar de su precaria salud. El dios K alquila un carruaje para que lo conduzca allí lo más rápido posible. En vano, la negra ha muerto por la mañana, ésa es la noticia a la que tiene acceso en cuanto llega, pero el médico se niega a permitirle la entrada para ver el cadáver antes de que empiece a pudrirse y lo deformen los gases y lo devoren los gusanos y haya que enterrarlo para hacerlo desaparecer de la vista de todos. Uno de los criados, sin embargo, a cambio de una generosa suma, le anuncia que se está llevando a cabo, en el gabinete privado del médico, el examen forense del cuerpo y que un artista está trabajando al mismo tiempo en la fabricación de un simulacro de arcilla de una perfección asombrosa. También obtiene la confidencia de que el doctor tiene previsto hacer públicos los resultados del exhaustivo estudio anatómico de la africana la semana siguiente en la misma escuela de medicina donde imparte clases desde hace tres decenios.

Transcurren los días a velocidad de vértigo y toda la ciudad le informa, en todos los medios escritos, del evento científico extraordinario que va a tener lugar en París. El dios K consigue hacerse pasar, comprando documentación falsa en el mercado negro, por un importante médico de provincias y se encuentra, el día preciso a la hora señalada, entre el público expectante que abarrota el anfiteatro universitario a la espera de la aparición del doctor y su equipo de asistentes. Ya nada puede sorprender al dios K tras todas las aventuras y peripecias vividas en la persecución de la bailarina africana. Desde luego no le asombra que en las bancadas del aula no haya más que hombres, veteranos facultativos, médicos colegiados o en ciernes, estudiantes de primer año o especialistas en otros ámbitos del conocimiento guiados por la misma curiosidad innata por los innovadores descubrimientos de este reputado investigador en las ciencias de la vida y de la muerte. El tema a tratar exigía, desde luego, esta reserva suprema y este celo encubridor. La inquietud y el nerviosismo entre el público exclusivamente viril son enormes y apenas si pueden disimular la ansiedad cuando ven al ujier abrir la chirriante puerta del fondo. Tras una ceremoniosa entrada en la sala, saludada por exclamaciones de asombro y satisfacción, el célebre doctor y sus dos jóvenes ayudantes descubren, retirando el lienzo que la ocultaba de las miradas profanas, el simulacro tridimensional que reproduce con exactitud el prodigioso cuerpo desnudo de la mujer negra, inmortalizada en un material indigno de su belleza y vitalidad, que el dios K había visto cinco años atrás surgiendo del interior de una jaula de gruesos barrotes en una barraca de feria en Londres. Entonces las espectadoras celebraban en igualdad de condiciones que sus acompañantes de sexo masculino las grotescas acciones y proezas frenéticas de la africana.

Los espectáculos tienen esa ventaja social sobre la ciencia y el saber. Se dirigen a todos, sin excepción, y excluyen la restricción o la privacidad de sus contenidos. Por eso quizá la democracia de los tiempos modernos se asemeja más a un colorido espectáculo de variedades para las masas que a una rigurosa exposición científica en una vetusta aula universitaria de élite. El famoso doctor, sin ningún escrúpulo ni decoro, alza entre sus manos como una ofrenda al caprichoso dios de la medicina, para que sus colegas más distantes puedan contemplarlo sin dificultad, un recipiente repleto de un líquido amarillento donde se conserva una pieza de carne de extravagante morfología y cromatismo. Con ese sentido democrático entre pares que caracteriza a los científicos y a los que profesan como ellos las creencias y los valores positivistas, el doctor da instrucciones para que comience a circular el recipiente traslúcido y su escabroso contenido entre el público allí reunido como una turba de ciudadanos sobreexcitados con las maravillas y los horrores, unas no van sin los otros, como suele decirse en el medio, que el ojo perspicaz de la ciencia no cesa de descubrir en el cuerpo ultrajado de la madre naturaleza. La pretensión del laureado doctor con este gesto de generosidad hacia el anhelo de conocimiento de sus colegas, empezando por los de las bancadas más próximas a su posición en el estrado, no es otra que la de permitirles comprobar por sí mismos las peculiaridades fisiológicas de este espécimen femenino, raro por su género y raro por su raza. Raza degenerada, la de esta fémina de insólitas medidas, y sexo degenerado, la de esta negra desgarbada y opulenta, producto genético de una intersección excepcional de anomalías y deformidades hereditarias, como nos revela también el anormal achatamiento del cráneo, dice el buen doctor señalando con el largo puntero la cabeza prominente del simulacro escultórico y luego, descendiendo por todo el cuerpo, las partes reproductoras, reproducidas con morboso esmero, según comenta el médico con ingenio retórico digno de lo que es y siempre ha querido ser, un humanista integral.

El dios K ha esperado durante mucho tiempo este reencuentro con su ídolo y cuando el recipiente, más grande y pesado de lo que pensaba, llega por fin a sus manos, después de limpiar el cristal de la grasa depositada por el sucio manoseo de los curiosos, se complace en examinar con detenimiento el fascinante contenido haciendo girar el continente una y otra vez entre sus manos y ante sus ojos, suscitando la impaciencia natural en sus vecinos de banco, ansiosos por contemplar en vivo el portento prometido y confirmar sus peores sospechas sobre el maligno cariz de los experimentos realizados en el laboratorio del célebre maestro. Mientras escruta la belleza inusitada de ese sexo mutilado, admirando la conformación floral de sus órganos y la exuberancia carnal de sus pliegues y repliegues colgantes, el dios K comienza a experimentar un odio y un furor anacrónicos. El dios K no pertenece a su tiempo, es evidente por su actitud. Es un hombre de otro siglo, un adelantado, un precursor cultural. Y reacciona ante la situación con la arrogancia intelectual con que los hombres y las mujeres del porvenir tratan la materia del pasado, la petulancia moral con que juzgan cuanto no corresponde a sus prejuicios y gustos. Toma entonces el recipiente cristalino con fuerza entre sus manos, se levanta escandalizado del asiento, movido por un impulso de indignación ética desciende a toda prisa los escalones del anfiteatro que conducen al estrado, donde el doctor permanece parado, puntero en ristre, junto al simulacro de la africana, señalando como un fanático puritano las anomalías ginecológicas que lo obsesionan hasta trastornarle el sueño, y, sin mediar palabra, estrella el recipiente contra la cabeza del ilustre investigador. Una, dos y hasta tres veces se necesitan para que el recipiente de cristal se quiebre y quiebre de paso el cráneo eminente antes de derramar el líquido repulsivo sobre él y recibir en el cuero cabelludo la bendición mortal de ese órgano venéreo que incluso en su esposa, desde la noche de bodas, siempre causó estupefacción y horror en el médico tirado ahora boca abajo en el suelo, con la cara hundida en un expansivo charco de sangre. La herida es vital y no tardará en morir allí mismo, a pesar de la asistencia inmediata y los esfuerzos por salvarlo de sus insignes colegas. El dios K se entrega sin resistencia a la enfurecida muchedumbre que se echa sobre él de inmediato para apalearlo, mientras lo mantiene inmovilizado, y lo entrega poco después, bastante magullado, a los policías que han acudido al conocer la terrible noticia del asesinato del médico egregio, la pérdida fatal de un gran hijo de la nación, considerado por todos uno de los mayores garantes del porvenir científico de la patria.

Sólo un mes y medio después de los hechos, tras un juicio amañado en que no tuvo la oportunidad de defenderse, ni de esgrimir sus argumentos ilustrados en contra de la siniestra alianza de la ciencia médica y el racismo colonialista, el dios K fue guillotinado en la cárcel donde permanecía recluido desde el día de su arresto. Eran otros tiempos, desde luego. La prensa y la opinión pública de entonces habían dictado sentencia en contra del reo, considerándolo un enemigo público de peligrosas ideas al que había que extirpar del tejido social, y el juez, tomándose por un magistrado bíblico, se limitó a ratificarla con su poder incuestionable y su farragosa verborrea, amparándose en los intereses morales y los deberes cívicos de la república, esa gran democracia del pueblo donde todos los ciudadanos se sienten hermanos, libres e iguales, encarnación del ideal filosófico defendido en la historia por las mentes más instruidas. Por una de esas perversas coincidencias a que el pasado nos tiene acostumbrados, la cabeza del dios K, fijada para la eternidad en la violenta instantánea de su decapitación, adornó durante mucho tiempo, sumergida como un trofeo científico en el líquido conservante de un recipiente de cristal, el mismo gabinete de prodigios y monstruos donde el hiperbólico sexo de la hotentote seguía siendo la curiosidad más admirada, año tras año, por los numerosos visitantes venidos de todas partes del mundo.

Qué se habían creído, que la ciencia iba a escapar de la masacre. Éste era un ataque en toda regla a la civilización occidental, un acto de terrorismo intelectual, y la ciencia, como sostén de esa civilización infame y corrupta, no podía salir indemne bajo ningún concepto, como escribiría un revolucionario novelista de la época en el polémico panfleto de acusación con que trató de conmover en vano al pétreo juez y a la insensible opinión pública y salvar así, con casi dos siglos de antelación, el cuello amenazado del dios K.

DK 32

La caída del Muro

A instancias de Nicole, el dios K recibe la visita de EB, un famoso banquero español de visita de negocios en la ciudad. Al comienzo del encuentro hablan, como es lógico, de la situación económica mundial, ambos tienen puntos de vista originales e información privilegiada que compartir sobre este asunto de actualidad, pero poco a poco el humor melancólico del prisionero DK se impone y las historias personales acaban dominando, con su tenor sentimental, el diálogo entre los dos hombres, de edades y vidas disímiles. El dios K se entusiasma comentando la derrota política sufrida años atrás a manos de una rival pretenciosa, las emociones sexuales del enfrentamiento ideológico, el masoquismo flagrante de la humillación pública, el deseo encubierto tras una pantalla de confrontación. Como suele suceder en esta clase de encuentros, unos recuerdos ingratos llevan a otros más gratificantes y termina apareciendo una anécdota en principio intrascendente que, sin embargo, causa mucho impacto en el inestable ánimo de DK. Le recuerda su juventud, le recuerda los ideales dilapidados a lo largo de una larga vida repleta de errores y tropiezos. Le recuerda demasiadas cosas como para enumerarlas todas sin faltar a la verdad de una sensación intensa que le oprime el vientre y lo obliga a convertir a este español de maneras y apariencia algo toscas, a pesar de su acento inglés deplorable, en un confidente esencial. Con su acostumbrada elegancia, Nicole tuvo la inteligencia de dejarlos solos en el salón en cuanto percibió el sesgo nostálgico y a la vez indiscreto de las palabras de su marido.

–Pobre SR. La veía así, no podía evitarlo, a pesar de su triunfo aplastante sobre mí. Avejentada carne de mujer, endurecida a través de una larga virginidad, como diría Balzac. Y todo por culpa de la otra.

–¿La otra? Como comprenderá ya he perdido la cuenta. Si me aclara a quién se refiere, se lo agradecería.

–Creí que se lo había contado. La conocí cuando acompañé a FM, siendo aún muy joven, a una visita oficial a la RFA. Estaba aprendiendo de los maestros y FM quería instruirme en algo que aún hoy no consigo comprender.

–¿No me dijo que era en la RDA?

–Sí, bueno, el viaje oficial fue a la República Federal de Helmut Schmidt, eso es lo que los periódicos y la televisión nacional contaron, pero el viaje oficioso fue a la República Democrática. Ironías de la historia. Con lo que pasó unos años después, imagínese si lo hubieran sabido. El presidente francés, sospechoso de todas las connivencias imaginables, visitando en secreto el campo de concentración estatal de la Stasi.

–No entiendo cómo se arriesgó a tanto.

–Siempre hay una razón para todo. A pesar de lo que yo mismo creía al principio, cuando me anunció a través de su secretario que contaba conmigo para una visita extraoficial al día siguiente, después del almuerzo previsto en el programa oficial. Pensaba que nos entrevistaríamos con líderes de la disidencia, o con mandatarios para pedirles que ablandaran la severidad del régimen sobre la población, cualquier cosa que estuviera entre las exigencias diplomáticas de aquella época.

–¿Y no fue así?

–Para nada. Cómo iba a imaginar yo, cuando nos subimos los dos en el coche oficial, sin otro acompañante que el chófer, lo que íbamos a hacer al otro lado del infame Muro de la vergüenza. El caso es que después de atravesar Berlín a toda velocidad y cruzar de incógnito el maldito Checkpoint Charlie, el puesto fronterizo que te conduce al otro lado del espejo, como se decía en no me acuerdo qué novela sobre los rigores de la guerra fría, y de despistar a los espías americanos que nos seguían como perros de presa sin entender qué hacía un coche con miembros de la legación francesa infiltrándose en suelo prohibido, nos encontramos de pronto en el corazón del infierno proletario, no exagero. Un barrio de edificios bajos y grises, alineados como soldados de una guerra perdida de antemano, todos vistiendo el mismo uniforme de tristeza y de malestar social, hasta el punto de que era imposible distinguir unos de otros excepto por la numeración caprichosa y el escandaloso deterioro de la pintura en las fachadas.

–En algunas urbanizaciones actuales pasa lo mismo. He financiado muchas, como sabe, y no dejo de asombrarme cada vez que las visito. Todas las calles parecen iguales, ¿no se ha fijado? En el fondo, no sé si el comunismo y el capitalismo son tan distintos, tengo mis dudas, ¿usted qué cree?

–No lo sé. Entonces sí lo sabía, estamos hablando de comienzos de los años ochenta. Qué gran época, todo estaba tan claro, tan definido, unos de un lado, otros del otro, sin confusión ideológica pese a las múltiples ambigüedades de la situación, con fronteras bien delimitadas e intraspasables en todos los órdenes de la vida. Hoy, sin embargo, tengo la sensación de que, al desaparecer del escenario con gran astucia, el comunismo ha logrado infiltrarse en la realidad capitalista y es como un huésped indeseado, un parásito si lo prefiere, pero no se esconde, al contrario, se hace visible en muchos aspectos de la realidad, aunque casi nadie sepa ya detectar sus signos. Cuando viajo por Estados Unidos, en especial, a menudo me acomete esa sensación irónica. Los rusos pasaron por aquí, me digo al atravesar ciertas ciudades o ciertos barrios, y nadie se dio cuenta de su presencia. El mismo sentido de planificación económica a escala ínfima, la miseria de las apariencias y los materiales y la morfología degradada de las cosas, la servidumbre absoluta al funcionalismo. Cada vez que me ocurre esta perversa especie de *déjà-vu* pienso en los viejos jerarcas soviéticos y en su inteligencia mefistofélica...

–No siga por ahí, se lo pido por favor.

–De acuerdo, disculpe. El caso es que yo no sabía dónde estábamos, pero era evidente que el chófer sí y FM también y por eso nos habíamos parado en el lugar exacto, frente a uno de esos tristes edificios de uniformidad militar donde debían de malvivir los excluidos del régimen de felicidad colectiva gobernado por Erich Honecker con envidiable filantropía. Sin dejarse impresionar lo más mínimo por el decorado deprimente, FM me tiende entonces un papel donde hay anotados, con una caligrafía que no es la suya, un nombre completo, una dirección y un número de piso. Me dice que ahí vive una mujer, TF, y que ha pagado mucho por saber eso. Una mujer mayor que él, me dice sin motivo alguno, por la que dice sentir algo que quizá yo no esté en condiciones de comprender. Ha esperado mucho tiempo esta ocasión, pero no quiere precipitarse y estropear el reencuentro con ella cometiendo algún error. Me pide que hable en su nombre con la mujer, mi alemán es decente, el suyo no tanto, así que confía en mí como embajador de sus deseos. Quiere que le explique a esta mujer quién quiere verla y para qué, nada más.

–Me tiene intrigado, conociendo el pasado del personaje me espero cualquier cosa.

–Ahora no me interrumpa. Recuerde que soy un hombre muy joven, hasta cierto punto inexperto, con una larga carrera por delante, según dicen mis amigos, y una corta carrera por detrás, según mis enemigos, y no tengo ninguna intención de fallarle a mi presidente y líder de mi partido, uno de mis posibles valedores. Así que llamo desde el primitivo interfono situado a la entrada del edificio, una mujer contesta enseguida, me identifico, le explico lo mejor que puedo las razones por las que estoy allí, me abre la puerta, me impresiona, una vez dentro, la sordidez funcional del edificio, en línea con la depresiva arquitectura exterior, la temperatura ártica, subo las escaleras, cinco pisos, sin ascensor, la mujer me está esperando con la puerta abierta. Es una mujer de más de sesenta años, no es fea, rubia, alta, delgada, tipo alemán logrado, pero demasiado mayor para mi gusto. Lleva puesta una bata vieja y desteñida y debajo nada, a pesar del frío, y entiendo que no debe de haber entendido muy bien mi mensaje porque, en cuanto me acerco a ella para saludarla con cortesía, se abre la bata y se me echa encima, cierra la puerta detrás de mí y me conduce del brazo a su dormitorio, donde hacemos cosas que no quiero contarle porque no vienen a cuento, usted se las podrá imaginar con facilidad. Esa mujer es ardiente y experta y yo, como usted sabe bien, nunca he sabido decir que no. Estaba sorprendido más que nada y me dejé hacer.

–Sí, casi mejor no entrar en detalles, por favor, a mi edad ya no es aconsejable estimular la imaginación del acto. No quiero obsesionarme con esto, me interesa más el lado humano de la historia. ¿Qué edad tenía usted entonces?

–Treinta y dos, si no me confundo. A veces me ocurre, sobre todo con el acoso que estoy padeciendo en estos últimos meses, que no soy capaz de calcular mi edad con exactitud. Fíjese lo que le digo. En fin, es triste. Cuando acabamos de hacerlo por segunda vez consecutiva, le cuento a mi veterana seductora a lo que he venido y quién me ha mandado y por qué. Se le cambia la cara de inmediato cuando le digo que él quiere verla, hablar con ella, tomar un té quizá, pero que sería recomendable que se arreglara y adecentara para hacerlo. Dice conocerlo por las imágenes de la televisión, pero no recuerda en absoluto haberlo conocido con anterioridad. Le digo que lo comprendo, que han pasado muchos años y ella debería hacer un esfuerzo para mostrarse a la altura de los recuerdos del presidente, que ha venido hasta aquí sólo para verla, le digo con mi mejor retórica diplomática, y no de la realidad, más bien miserable y desengañada, de todos estos años. No pretendo insultarla, al principio se lo toma a mal, como si la hubiera ofendido denigrando su apariencia descuidada y la del humilde piso en que sobrevive sola, con un ridículo subsidio estatal. Luego se calma y me dice que la deje ahora y vuelva en media hora acompañado por el presidente. Regreso al coche, FM está impaciente y me asalta a preguntas, quiere saberlo todo sobre ella, estado de conservación, modo de vida, detalles particulares del piso y del vestuario de la mujer. Le digo sólo lo que quiere oír, como un buen político, y guarda silencio, imagino que está muy emocionado con la idea de volver a ver a esa mujer que ocupa un lugar tan destacado en su memoria. Como es natural, no le cuento nada de lo sucedido y, sin embargo, siento una vergüenza que está a punto de arruinar mi disimulo cuando, durante el tiempo de tregua acordado con la mujer, FM me cuenta su aventura en el pasado con ella. O, más bien, su no aventura. Ella era una comunista alemana combatiente en Francia a la que conoció en Limoges cuando él era aún colaboracionista. Había intentado volar un tren de mercancías y la habían detenido unos milicianos. Esa noche él llevó al mismo cuartel a unos partisanos detenidos durante una escaramuza y allí se la encontró, mientras los milicianos la sometían a un humillante interrogatorio. Logró interrumpir éste, convenciendo a sus compañeros de militancia de que él tenía mejores recursos para sacarle la información que buscaban, y se pasó toda la noche en una celda, hablando con ella, fumando sin parar, acariciando sus manos finas y blancas y su pelo rubio de aria traidora a los propósitos de la raza superior a la que pertenecía por genética, conforme a los dictados de la propaganda nazi que tampoco a él le convencían del todo, como se encargó de decirle para tratar de ganarse su confianza. Según me confiesa FM, con lágrimas en los ojos, experimentó por ella de inmediato un sentimiento en que el amor, el deseo y los ideales se mezclaron a tal punto que cuando él pretendió consumar ese complejo sentimiento en el hermoso cuerpo de ella, aprovechando que sus colegas se habían ido a dormir confiándole la vigilancia de la prisionera, ella se negó radicalmente, pretextando que su virginidad estaba al servicio exclusivo del partido y no pensaba malgastarla con un jovenzuelo cualquiera y menos con un enemigo ideológico, por mucho que pretendiera abolir las distancias entre ellos postulando la identidad de fondo entre el socialismo revolucionario y el nacional-socialismo. Esa actitud bastó para convertir a TF en objeto absoluto del amor de FM, esa capacidad de entrega heroica a una causa más noble que la suya y esa resistencia tenaz en las circunstancias adversas que la hacían vulnerable a la violencia de los hombres, lo rindieron ante ella y, jugándose la vida, al día siguiente la ayudó a escapar de sus captores. A su vez, FM no tardaría en desertar, como es bien sabido, del bando petainista y sumarse a la resistencia antinazi, pero nunca volvió a ver a esta mujer mitificada, a pesar de haberla buscado sin cesar en todos los años posteriores, más que en el recuerdo y en la fantasía, convertida en la imagen combativa de la virgen comunista que lo sacrifica todo, hasta la propia felicidad, por la liberación de los pueblos. No pude evitar sonreírme ante FM al concluir su historia recordando el episodio de mi primer encuentro carnal con TF, hacía unos minutos, y sólo se me ocurrió decirle, mintiendo como un canalla, presidente, sepa que ella le está esperando en su piso, se acuerda perfectamente de usted y está dispuesta a hacerle olvidar todos estos años de separación. FM me pide entonces que lo acompañe hasta la entrada del edificio y me ocupe de llamar al interfono para que la mujer abra la puerta, una vez allí no sé lo que ocurrió realmente, sólo sé lo que él mismo me contó al volver, y puede que mintiera, como en tantas otras cosas su sentido de la realidad era peculiar y cuando se mezclaban el sexo y el comunismo llegaba a cegarse a tal extremo que los resultados podían ser confusos. Según me contó a su regreso, los dos solos metidos en el coche mientras el simpático chófer portugués a sueldo de la embajada se fumaba un cigarrillo tras otro en el gélido exterior, la mujer lo reconoció en cuanto le abrió la puerta, le tendió la mano en señal de camaradería y respeto y le hizo pasar con mucha amabilidad al interior de su modesta vivienda. Lo llevó al saloncito donde ya había una tetera humeante esperándolo y le sirvió una taza de un té venenoso que casi le hace vomitar todo lo que había ingerido en el almuerzo protocolario con la flor y nata de la banca alemana, pero lo peor de todo, en su opinión, fue el silencio impertinente de TF en los primeros minutos de la entrevista. Luego él se atrevió a preguntarle si se acordaba de él y ella, en su francés deficiente, le mintió y le dijo que sí, que no había dejado de pensar en él en todos esos años, su protector, su salvador, su benefactor, y luego hablaron de trivialidades políticas, intercambiaron pronósticos sobre el futuro del capitalismo y del comunismo, ella apostó, con terquedad, por la rápida caída del sistema capitalista, manejando estadísticas elaboradas por el partido, mientras él, para disgusto de ella, se atrevió a augurar el colapso inminente, industrial y económico, del sistema comunista, apelando a su información privilegiada, y llegado el momento, llorando los dos, al parecer, sin tocarse ni una vez durante el encuentro, se despidieron como sólo lo pueden hacer dos extraños que han creído reconocerse por un instante y una vez comprobado el error todos sus gestos sólo indican la urgencia de alejarse y no agravar más la situación creada por ese desagradable malentendido. FM decía sentirse muy emocionado con el reencuentro, pero también decepcionado. Me ha dicho algo terrible. Me ha asegurado que aún es virgen y que el partido le sigue exigiendo como lo hacía entonces, para la consecución de sus fines, ese sacrificio personal, y me ha parecido sincera al decirlo. La he creído. La compadezco. He pensado que un poco de dinero no le vendría mal, ¿has visto en qué condiciones vive? Y FM extrajo del bolsillo de su abrigo un grueso fajo de marcos de la República Democrática que, según me contó, se había molestado en adquirir esa misma mañana, levantando algunas sospechas, en la recepción del lujoso hotel del otro lado donde nos hospedábamos y me pidió que se lo entregara a la mujer de su parte. Como es tan susceptible, dile, si se le ocurre rechazar este donativo, que no se sienta insultada u ofendida por él. Que este gesto no va contra sus ideales, basta con mirar los billetes para saber que no es así. Es por el recuerdo. Sólo eso. Por el recuerdo de lo que ocurrió entre nosotros. Sí, era una evidencia para mí, mientras subía con parsimonia las escaleras hasta el quinto piso, tuve mucho tiempo para pensar, que esos billetes con la efigie desmelenada de Karl Marx impresa en el anverso pagarían por conservar un falso recuerdo, un recuerdo artificial de una época más real que la nuestra, por preservarlo de la amnesia histórica en que el mundo no tardaría en caer, y la mujer, esperándome en la puerta como la primera vez, debió de entenderlo así al recibirlos con una sonrisa maliciosa y estrecharlos entre sus manos sin molestarse en contarlos, antes de depositarlos en alguna parte que no alcancé a ver. Lo que no formaba parte del plan de FM, supongo, es que yo fuera la generosa propina en especie que TF volvió a cobrarse en la cama de sábanas heladas adonde me arrastró en cuanto acepté la proposición de tomar, para calentarme un poco, otra taza de ese mejunje marrón que llamaba té, con ironía aristocrática, y me aventuré a cruzar el umbral de la vivienda, como un ingenuo, dispuesto a cumplir hasta el final con mis obligaciones diplomáticas. Durante el accidentado viaje de regreso a Berlín Oeste, FM guardó un silencio sospechoso, o, si lo prefiere, una reserva inexplicable, y no me comentó nada más ni me preguntó por lo que me había dicho la mujer tras hacerle entrega del dinero. Como si, de algún retorcido modo relacionado con el tipo de relaciones que mantenía con sus colaboradores más cercanos, hubiera comprendido lo que había pasado entre nosotros sin necesidad de que nadie le informara sobre ello. No sé, nunca volvimos a hablar de aquella extraña visita, pero a mí siempre que la recuerdo, como he hecho hoy, me queda la duda de hasta qué punto FM era honesto. Hasta qué punto todo lo que me contó sobre la mujer era verdad, no sé si me explico. Si, en el fondo, FM no sabía, como yo intuí nada más verla, que la falsa virgen comunista se ganaba la vida como prostituta a domicilio y, sin entender nada de lo que le dije por el interfono, me tomó por un cliente extranjero y me hizo entrar en su piso de mala muerte y satisfizo mis baratos deseos sin preguntar cuáles eran, ni falta que hacía, y luego, entendiendo aún menos mis explicaciones posteriores, me siguió la corriente y tomó a FM por un jefe mío algo retraído y con necesidades especiales que se conformaba con hablar sin parar de cosas del pasado que carecían totalmente de sentido para ella. Imagine la cara que debió de poner cuando, nada más irme yo, contó el dinero que le había entregado. Cómo se debió de sentir, más que halagada, desde luego, al comprobar la cuantiosa suma de moneda nacional con que, al cabo de tantos años, se recompensaban sus servicios.

–Tal como lo veo, ese aspecto de la cuestión no tiene tanta relevancia en la historia como usted pretende atribuirle.

–¿Usted cree?

–No me negará que en el mundo en que usted y yo nos movemos eso, precisamente, suele ser lo de menos.

–Quizá tenga usted razón. Todo cambia tan aprisa. De todos modos, con el paso de los años sigo teniendo la persistente sensación de que ese día, tras nuestra grotesca visita a la vieja dama comunista, el Muro se resquebrajó aún más. Se le abrió alguna fisura imprevista en algún lugar de su estructura monolítica y que era en eso, en gran parte, en lo que pensaba FM en el largo camino de vuelta a la embajada. En cómo agrandarla hasta lograr que se derrumbara del todo.

–Esto podría ser una prueba de su idealismo, sobre el que no me canso de prevenirle. Le traerá muchas complicaciones, si no se las ha acarreado ya.

–Yo lo veo, más bien, como una inagotable lección de realismo. En esta como en otras materias nuestras discrepancias parecen profundas, a pesar de todo. En fin. Vayamos ahora a lo sustancial, no creerá que le he hecho venir para nada. Necesito gastarle una broma pesada a alguien.

–¿Cómo de pesada?

–Mucho. Una de esas bromas que sólo los banqueros de su nivel están en condiciones de gastar, ya me entiende.

–Mejor de lo que cree.

–Vayamos entonces al grano.

DK 33

El 18 Brumario del dios K

¿Es posible ser absolutamente racional en una situación de crisis como ésta? ¿Tendrían todas las crisis de la historia muchos elementos en común? ¿Aprenderían algo los participantes entre una crisis y otra? Cuestiones importantes sobre las que Axel Mann se interrogaba en su influyente blog *Expiación cósmica*, una y otra vez, en posts cada vez más obsesivos y polémicos, con cadenas de comentarios cada vez más provocativos e insultantes. Cuestiones determinantes sobre las que el dios K habría querido interrogarse de no estar enfrentado a uno de los desafíos más graves de su crisis personal. Una crisis psíquica, como es bien sabido, que se desarrollaba como un episodio privado de otra crisis más vasta, que afectaba a mucha gente en todo el mundo y, expandiendo sus círculos de devastación y ruina, amenazaba con acabar con el sistema en que el dios K había aprendido a creer, a pesar de sus innumerables defectos e iniquidades, con una fe a prueba de desgracias y catástrofes.

Para calmar su ansiedad, sometió a escrutinio la surtida biblioteca del apartamento y comenzó a arrojar al suelo, sin piedad alguna, los libros que había leído y estudiado durante sus años de formación universitaria para entender los misterios teológicos de la economía. ¿Por qué había tantos en esta casa? ¿Sería el propietario, o algunos de los inquilinos, un colega desconocido? Uno tras otro, los gruesos volúmenes iban precipitándose al suelo y acumulándose a los pies de un enfurecido DK. Cualquiera habría dicho que estaba expurgando la biblioteca universal del conocimiento, vengándose en los libros de las malas interpretaciones y los errores más frecuentes que se habían introducido como virus en el sistema y lo habían conducido a la situación actual de postración y bancarrota. Había vaciado ya la mitad de las estanterías y anaqueles cuando un pequeño libro de color verde cayó de improviso entre sus manos. Encuadernación en tapa dura al estilo antiguo, hojas amarillentas, picos doblados marcando páginas favoritas, pasajes subrayados, notas marginales, signos de exclamación o de interrogación inscritos en el cuerpo mismo del texto. El dios K revisaba las huellas de esa lectura apasionada del pasado recuperando el ánimo que creía perdido. Con el libro entre las manos fue a sentarse en el sillón solitario desde el que presidía las sesiones musicales y las excéntricas veladas y se sumió en la relectura frenética de su olvidado contenido y de las trazas del lector compulsivo que las había estigmatizado con sus cambios de humor o sus diferencias ideológicas.

Al llegar a la página cincuenta y uno le aguardaba una agradable sorpresa. Un fajo de papeles doblado en cuatro cayó en su regazo como una profecía procedente del pasado. No quiso distraerse con la fotografía en blanco y negro que apresaban las hojas dobladas, aunque el rostro y el cuerpo de la chica le fueran familiares, y se centró en la caligrafía juvenil, de una belleza estupefaciente. Era una especie de breve tratado político escrito en inglés corriente, con pasajes en alemán y en holandés que el dios K no acertó a desentrañar. No había ningún signo que permitiera adivinar cuándo fue escrito, aunque el tipo de reflexiones enunciadas, los indicios culturales del contexto y el estado de conservación del papel podían inducir a pensar que fuera redactado hacia los años sesenta del siglo pasado. El dios K no daba crédito a las cláusulas del panfleto. El texto adquiría a veces ese tono incendiario que es característico del género, sobre todo cuando abogaba por la sublevación de la chusma, ésta era la palabra usada, en contra del régimen oligárquico dominante. El misterioso autor del tratado (las siglas N. H. al final eran la única identificación existente) sostenía ideas que DK no dudó en caracterizar como de un anarquismo místico, en especial la creencia en el poder espontáneo de la masa y la multitud de los marginados para transformar de manera radical el estado de cosas y la organización social. La igualdad de los hombres no se conquistaría, decía el texto, ascendiendo a todo el mundo al estado de dignidad de la burguesía y la aristocracia, sino sumiendo a la mayoría de los ciudadanos en condiciones generales de miseria y depauperación. Una vez conseguido este fin político y económico, el paso más importante y, por tanto, el más difícil, se podría apelar a esa parte ínfima de la población, menesterosa, analfabeta y dispuesta a cualquier barbaridad, con objeto de invertir el orden social y establecer una verdadera democracia sin clases. Éstas habrían desaparecido por efecto de la insurrección de la chusma, asesinados sus representantes más eminentes o convertidos a la fuerza al nuevo credo social. El dios K leía estas reflexiones de formulación algo primitiva y las revisaba y repetía en su mente, con sus propias palabras, para entenderlas mejor. Experimentaba al hacerlo la misma excitación que otros experimentan con una novela policial, pornográfica o de terror. Una excitación que sugiere enfrentarse a los miedos y a las pasiones y deseos que nos definen primero ante nosotros mismos, se dijo con cierta altanería, y luego ante los otros. La revolución popular enunciada por N. H. era la más revolucionaria que se había concebido nunca y, aunque hubiera sido engendrada en la cabeza de su autor tras la lectura del opúsculo de Marx, no debía nada en absoluto a las ideas de éste ni de ninguno de sus más famosos discípulos. Todo lo contrario. Para recuperar lo que denominaba el estado paradisíaco de la condición humana, N. H. abogaba sin complejos por difundir la ignorancia, desprestigiar el saber, eliminar el estudio y la formación y regresar, en cierto modo, a formas de trato y relación más elementales, menos mediatizadas por la cultura y la educación, origen de todos los males. Cuando un contingente significativo de la población occidental hubiera alcanzado ese nivel de vida reducido a la mera subsistencia, se darían las condiciones objetivas para tomar el poder y luego abolirlo, aboliendo con él la economía, la política, la nación, la cultura, la propiedad, el comercio y cuantas instituciones, según el adánico autor o autora del panfleto, corrompían la naturaleza humana, ilimitada y múltiple, y la alejaban del infinito moral en que, por definición, debía vivir inmersa. Sólo una humanidad devuelta al origen prístino y despojada de toda adherencia histórica podría resolver los problemas a que la enfrentaban la masificación y la tecnología, las dos bestias negras de N. H., e imponer los valores de la vida sobre los de la petrificación y la muerte. La tesis final del diletante tratado podía resumirse en un lema subversivo que sumió al dios K en la perplejidad más absoluta y habría hecho estremecerse de terror a más de un político jacobino con ambiciones de líder revolucionario: «La chusma coronará a su rey sin perder la corona que la honra desde el principio de los tiempos.»

Al concluir la segunda relectura del libelo, el dios K se fijó en la fotografía en blanco y negro que lo acompañaba. Era difícil determinar a simple vista si el texto y la fotografía guardaban alguna relación estrecha, o sólo el azar los había puesto en comunicación a lo largo de los años. Cabía imaginar que la fotografía había sido incorporada al libro y al texto por alguno de los inquilinos del apartamento. Ésa había sido siempre la norma con las viviendas de alquiler. Los distintos habitantes van depositando en ellas pertenencias que legan de manera clandestina a sus sucesores y así hasta que es imposible saber qué es de quién, o quién lo dejó o puso ahí para el uso de los futuros inquilinos. Así pasa también, se dijo DK en un acceso de elocuencia, en el mundo, donde existen formas de herencia o de legado de posesiones y propiedades no reconocidas por la ley. Haría falta un nuevo Balzac para contar esta historia completa. Alguien había colocado ese libro en la estantería, con toda probabilidad el primer dueño, para rellenar el espacioso hueco de la biblioteca, quizá después de adquirirlo a bajo precio en alguna de las librerías de ocasión, tan abundantes, o de los mercadillos de la ciudad, con o sin el legajo de papeles ya incorporado. Y alguien, cierto tiempo después, había insertado la fotografía para recordar algo, marcar alguna de sus páginas por especial interés en su contenido, o como comentario a la lectura del vibrante análisis político de Marx y, quién sabe, de la llamada a una sublevación plebeya firmada por N. H., y luego había ido desplazándose por la extensión del libro como marcador siguiendo los gustos y las necesidades de los distintos lectores del libro. En cualquier caso, nada de todo esto aclararía de quién se trataba, qué relación mantenía con alguno de aquellos o con el autor o autora del tratado político revolucionario, por qué estaba allí esa intrigante fotografía tomada en una habitación corriente de la que apenas si se distinguían unas cortinas y una pared corriente y un trozo de cama detrás del rostro sonriente y luminoso situado en el centro de la imagen, como un camafeo. ¿Era ésta la musa voluptuosa que había inspirado las proclamas volcánicas del panfleto? Cabía incluso la hipótesis de que fuera una imagen de la propia autora de éste, con lo que se resolvía cualquier duda sobre su sexo aunque no sobre su identidad real o sus intenciones al redactarlo.

Por fortuna para DK, la visita inoportuna de Wendy vino a sacarlo de esas reflexiones abstractas y sumirlo en otro mundo, el mundo más concreto y seductor de la belleza y la moda, en el que el dios K, contradiciendo sus tendencias anteriores, empezaba a perder interés, cansado de su rutinaria explotación de las apariencias más artificiales. Wendy venía guapísima y muy contenta, acababa de comprarse unos cuantos vestidos preciosos en algunas tiendas de la Quinta Avenida y quería saber qué pensaba él de ellos. Al fin y al cabo, era el dios K quien financiaba sus caros caprichos vestimentarios. Aprovechando que Nicole había ido al cine, el dios K actuó durante una hora y media como testigo involuntario de uno de esos espectáculos encantadores que siempre lograban convencerlo de la superioridad evolutiva de la mujer. Wendy se llevó los vestidos al dormitorio principal, para estar más cómoda, según le dijo, y de allí salía cada vez con un nuevo vestido y posaba y pasaba y repasaba al lado de su dios financiero luciendo modelitos que no sólo la hacían más esbelta y atractiva sino que le confirmaban su poder sobre el mundo, un poder efectivo que se esmeraba en preservar mediante el sutil equilibrio entre la ocultación y la exhibición de su cuerpo. El dios

K disfrutaba, sin duda, con los indudables atractivos del desfile privado organizado por Wendy para distraerlo de sus preocupaciones y melancolía, pero no conseguía en todo el tiempo sacarse de la cabeza ni las ideas expuestas en el clásico texto de Marx sobre la farsa histórica y política, de gran vigencia en la era de la simulación, según pensaba DK, aunque en sentido contrario al analizado por el filósofo más realista de la historia, ni tampoco los argumentos sediciosos del *textículo* de N. H. sobre la degradación social como instrumento de la sublevación del populacho, con lo que la anómala conjunción de ambas series de acontecimientos, los intelectuales y los escenográficos y hasta cierto punto eróticos, amenazaba con sumirlo de un momento a otro en uno de esos episodios críticos que le estaban arruinando aún más, en opinión de Nicole, la salud mental.

El último pase con que Wendy agasajó a su patrocinador era de lencería, un sostén malva de encaje y unas braguitas idénticas, que causaron en el dios K, a pesar de su parálisis emocional, una viva impresión por su refinamiento textil y por el modo diabólico en que se ajustaban al ondulante cuerpo de la portadora. La incitante exuberancia de Wendy no podía sino resaltar en aquel ingenioso juego de prendas concebido para catapultar el busto prominente, contraviniendo las estrechas leyes de la física, hacia arriba y hacia delante, al mismo tiempo que reclamaba toda la atención, con la misma lógica publicitaria de tantas campañas, para el triángulo pubiano, reducido a dimensiones insostenibles sin un rasurado previsor de las ingles. No tardó mucho, sin embargo, la curvilínea Wendy en demostrarle a DK, con una elegancia sensual y una carencia total de inhibición que habrían conducido al manicomio a muchos gobernantes del presente y del pasado, que la naturaleza no debía sentir ningún complejo ante el artificio y se mostró tal cual aquélla la había diseñado, con sólo liberar una minúscula hebilla y ejecutar dos graciosas oscilaciones de pelvis, a fin de perturbar la racionalidad masculina, culpable de mantener la carne femenina sometida a sus perversos dictados y transformarla así en objeto del deseo y la mirada. La muy desvergonzada vino a sentarse poco después, totalmente desnuda, en las rodillas del dios K y a pedirle, con picardía, que le leyera algún fragmento de ese feo libro que tanto lo distraía durante el improvisado pase de modelos. Resolvió entonces el dios K, con gran inteligencia situacional, reservarse el panfleto insurgente de N. H. para su uso privado y no exacerbar aún más los instintos radicales de la pelirroja, y comenzó a leerle un farragoso fragmento donde el barbudo filósofo describía el momento de suprema conciencia histórica en que se traiciona desde el poder el mandato revolucionario de la plebe y se auspicia, además, un golpe de Estado estratégico para enderezar el desorden imperante.

–Es aburrido, ¿no? Esa gente lleva muerta mucho tiempo. Sé que es una tragedia y no me alegro por ello, pero de todos modos...

–Es más bien una farsa. Una terrible y grotesca farsa, querida. Fíjate en estas palabras del preámbulo y lo entenderás: «Yo, por el contrario, demuestro cómo la lucha de clases creó en Francia las circunstancias y las condiciones que permitieron a un personaje mediocre y grotesco representar el papel de héroe.»

–Eso es trágico, no grotesco.

–¿Eso crees? A mí lo que me parece grotesco es que Marx pudiera creer que el papel de héroe podría recaer en alguien que no fuera de antemano un personaje mediocre...

–¿Eso no es trágico? A mí me lo parece...

–Tienes razón, en parte es trágico porque demuestra lo que es la historia y lo que son los actores y protagonistas de la historia. Y en parte no es lo bastante grotesco, no llega a serlo en la medida suficiente que necesitaríamos para cambiar el orden de las cosas...

–Ahora no logro seguirte, discúlpame.

–Intentaré explicártelo lo mejor que pueda, aún estoy tratando de comprenderlo yo mismo. No es posible liderar una situación si no se tiene al lado al mayor número de gente afectada por esa situación y ese mayor número ya rebaja tus expectativas. Esa lección política me lleva a una conclusión terrible: la chusma es el sujeto revolucionario por excelencia. El problema es que no lo sabe y no sabe, por tanto, encarnar su papel en la historia más que poniéndose de parte de los demagogos y los tiranos que halagan sus bajos instintos y necesidades y les habla en el idioma que mejor conoce...

–¿Yo soy chusma para ti?

–No digas tonterías, cariño. Los discursos políticos deben dirigirse a la chusma, pero no en la lengua en que solemos hablar de política, no, debemos asumir el lenguaje de la chusma como el nuevo lenguaje de la política. Basta ya de jerga tecnocrática...

–Eso me suena a populismo. Papá, que como sabes era alcalde de la pequeña ciudad de Minnesota donde nací...

–Por cierto, sigo sin entender a qué están esperando en tu pueblo para hacerte un monumento...

–No seas malo, no te rías de mí. Papá siempre nos decía, a mis dos hermanas y a mi mamá, que el populismo era el mayor mal. Mira los nazis, me decía, mira los comunistas. Y aún lo dice. Mira Reagan, mira Bush...

–Las ocurrencias y la demagogia salvarán el mundo.

–Hablas como un libro y cuando te callas me das miedo.

–Créeme, Wendy, equivocarse de estrategia es grave, en la vida y en la política. Todos los movimientos que apuestan sólo por la liberación, la emancipación, la resurrección de un sujeto de la historia, del grupo, de la palabra, por una toma de conciencia de los sujetos y las masas, no logran ver que van en el mismo sentido que el sistema, cuyo imperativo es hoy, precisamente, de sobreproducción y regeneración del sentido y de la palabra.

–No sé adónde quieres ir a parar...

–Yo tampoco, tienes razón. Era una cita, acabo de leerla en este papel manuscrito, me la he aprendido de memoria de tanto releerla y todavía no estoy seguro de entenderla bien.

Cuando Nicole volvió, la noche ya había caído sobre la ciudad en la que el dios K vivía recluido como un prisionero de lujo acogido a una celda suntuosa decorada con privilegios y placeres prohibitivos. Wendy dormía desnuda en sus acogedores brazos, con la cabeza apoyada en su hombro derecho y los pies abrigados en su regazo, mientras el dios K seguía releyendo alternativamente el estudio histórico de Marx y la apostilla radical de N. H., tan fascinado con las discrepancias como con las coincidencias ideológicas entre ambos textos y autores. Nicole tuvo tiempo de ir al dormitorio a cambiarse y ponerse la mascarilla facial y el pijama de seda color nácar que la hacían parecer la versión femenina de un Pierrot y volver luego al salón para encontrarse a Wendy desperezándose y bostezando ya de pie, pero aún desnuda.

–Hola, Wendy, me alegro de verte.

–Lo mismo digo, Nicole. Me encanta tu pijama, ¿es nuevo?

Wendy se vistió sin prisa y recogió todas sus compras, diseminadas por el dormitorio y el salón, ante la atenta mirada de Nicole, que se había fijado con agrado en uno de los elegantes modelitos adquiridos por Wendy con el dinero de su generoso marido. Al acabar, Nicole la acompañó a la puerta y allí se despidieron intercambiando un par de diplomáticos besos en las mejillas. Nada más cerrar la puerta, Nicole se volvió hacia su marido, que no había levantado la mirada del libro y los papeles que sostenía entre las manos en todo ese tiempo, ni siquiera para despedirse de Wendy. Estuvo parada en la entrada unos minutos, contemplándolo perpleja desde la distancia, y, después de dudar mucho y sopesar la decisión hasta el último segundo, le anunció una novedad en su vida, que creía cargada de consecuencias.

–Tengo un amante.

–Me alegro por ti, cariño. Espero que te trate bien.

–Estoy muy cansada. Me voy a la cama.

–Hasta mañana, mi amor.

Esa misma noche, sobre las cuatro de la madrugada, la hora en que sólo algunos escritores trasnochadores tienen el valor de enfrentarse en soledad a los terrores y la oscuridad primigenia del planeta, el dios K salió a escondidas de su casa, burlando la vigilancia de los detectives y del portero del edificio, y caminó bajo el calor húmedo por las calles de una ciudad que ya no reconocía. ¿Era ésa la celda de cristal en que debía sufrir la condena de quince años que todo el mundo le auguraba por su crimen? ¿Era eso algo a lo que podía llamarse reclusión? ¿No vivían todos, sin saberlo, como él mismo, en el interior de una cárcel cuyas dimensiones se ajustaban con exactitud a las de la realidad circundante? No. No podía reconocerla porque esa que ahora veía con perspectiva insólita no era su ciudad ni la de nadie que él pudiera conocer. Era la ciudad de los indios a los que hacía cuatrocientos años se había despojado de sus derechos de propiedad sobre la isla en que se asentaba. La ciudad que atravesaban de norte a sur siguiendo esta misma avenida Broadway, que entonces, antes de la llegada sucesiva de los franceses, los holandeses y los ingleses que los habían estafado con abalorios de pacotilla y falsas promesas de riqueza, en una prefiguración rudimentaria de la futura sociedad de consumo, era una vía principal en sus peregrinaciones nómadas de cada estación en busca de alimentos, intercambios y protección. La ciudad parecía inmovilizada ahora en una imagen fija tomada años atrás por un visitante ocasional cuando el dios K llegó a Times Square y no había nadie allí, ningún testigo, ninguna cámara, que pudiera sorprenderse de su llegada y registrarla en algún soporte perdurable. Las pantallas ubicuas ya no emitían ninguna imagen digna de atención, como si la fuente de emisión se hubiera vaciado de repente, y el letrero del *New York Times* sólo transmitía una y otra vez, para todos y para nadie, datos bursátiles y titulares de noticias ya desfasados. La recorrió varias veces en círculo, rodeando su perímetro pegado al máximo a las fachadas, como había leído que hacían los indios nativos de la región en rituales mágicos que hoy en día sólo algunos antropólogos eran capaces de entender y explicar. Creyó haber localizado el centro geométrico de la plaza en la intersección de las sombras de los imponentes edificios que la fortificaban para defenderla de las invasiones aéreas y los enemigos invisibles. Allí parado, aprovechando el silencio y la inmovilidad que dominaban la escena, invocó a los poderes superiores, con los brazos alzados por encima de su cabeza y el rostro implorante vuelto hacia lo alto, y recibió de inmediato la acometida de la terrible epifanía que llevaba aguardando desde hacía meses. El sistema no tenía salvación, la alianza entre el sol y la tierra, en parte energética, en parte política y económica, había perdido la hegemonía en favor de peligrosos poderes telúricos confabulados para destronar y destruir a los espurios reyes de este mundo. El Emperador lo sabía y no pasaría mucho tiempo antes de que diera el golpe de Estado definitivo que le permitiría recuperar el control de la situación.

Mientras el dios K permanecía en esa posición incómoda, recibiendo en la cara los últimos signos del mensaje, el cielo se cubrió de repente y comenzó a llover en abundancia. Cuando intentó pronunciar en voz alta el nombre mitológico de esa revolución de la chusma (D... D... D...), temblando de pies a cabeza, como aquejado de un mal súbito y contagioso, cayó desplomado. Se arrastró por el pavimento encharcado, sin fuerzas en los brazos ni en las piernas, hasta un banco cercano, balbuceando aún ese nombre impronunciable para él, y, sin darse cuenta, pasó de las convulsiones corporales a sumirse en un sueño sin sueños del que, misteriosamente, no despertaría hasta dos días después. Estaba en su cama, postrado. Nicole cuidaba de él humedeciéndole la frente con un paño empapado para rebajar el ataque de fiebre intensa que padecía. Y murmuraba una y otra vez un eslogan que Nicole consideró producto de la demencia transitoria en que el dios K se había hundido como consecuencia de su escapada nocturna a la plaza de los tiempos. La respuesta de este recinto sagrado a su pregunta había sido intempestiva y fulminante como el rayo.

–Las ocurrencias y la demagogia salvarán el mundo.

DK 34

La violencia de la ley

Han invitado a todo el mundo a esta reconstrucción especial. Han querido darle un toque deportivo al caso para suavizar la violencia retórica de la disputa y el odio atávico de los litigantes. No falta nadie en esta noche mágica en el estadio y nadie en su sano juicio habría querido perderse el mayor espectáculo del mundo.

Nadie tampoco sabría decir con exactitud en qué momento del proceso se hizo evidente que no había otro remedio, ya que el establecimiento de la verdad de lo sucedido se revelaba cada vez más imposible, un horizonte cognitivo inalcanzable para todas las instancias implicadas en la resolución del caso. La reconstrucción de los hechos fuera del contexto judicial era el único medio de darle la vuelta a la difícil situación legal. Nadie podría objetar a esta ingeniosa idea, desde luego, dadas las dificultades halladas para dilucidar el papel respectivo de los dos actores principales en un entorno tan íntimo y reservado que excluía la presencia de testigos fiables. Ahí estuvo, por tanto, la clave de la decisión. Si la ausencia de testigos era el obstáculo mayor al que se había enfrentado la investigación, con la fiscalía al frente y el juez renqueando detrás, jadeando como un galgo pero con las fuerzas disminuidas por una opinión mediática más bien desfavorable a todo trato de favor al acusado, no cabía duda de que corregir esa deficiencia debía ser el primer paso del nuevo procedimiento a poner en marcha. La jurisprudencia americana tomaría buena nota de lo sucedido y, calificándolo de juicio espectacular, esto es, un juicio en el que la parte de espectáculo o divertimento de masas era tan importante o más que la parte judicial en sí, lo recomendaría en el futuro para casos similares, para casos, en suma, donde la relevancia social y política de uno de los encausados chocaba con la irrelevancia del otro haciendo inviable la consecución de un veredicto justo, mucho menos una sentencia, sin ganarse la enemistad del pueblo o de las más altas instancias, respectivamente. Muchos habían esperado en vano durante semanas, y habían presionado al juez Holmes con esa intención, para que decidiera lavarse las manos y se inhibiera del caso, cansado de no acertar con la solución a los problemas legales y políticos que le planteaba. Un gesto heroico, en opinión de algunos juristas interesados, un gesto vil, en opinión de otros y también de no pocos periodistas y comentaristas profesionales. No hay forma de contentar a todo el mundo, se dijo Holmes con una punta de ironía, haga lo que haga me juzgarán mal.

Así que el juez Holmes, examinadas en la moviola de la mente todas las posibilidades en un segundo de reflexión que pasmó al fiscal y dejó sin argumentos a la defensa, decidió proponer, en un alegato que aún se recuerda y comenta en los mentideros legales de la ciudad, que la reconstrucción de los hechos se llevara a cabo en un ring de lucha libre, a la que era aficionado desde sus años universitarios, ante una audiencia constituida por personalidades relevantes del mundo del espectáculo y la política pero también gente del común, ciudadanos corrientes, de todas las razas, sexos y credos, añadió el veterano juez con tono demagógico innecesario para que no hubiera lugar a engaño sobre sus pretensiones de impartir justicia a cualquier precio, incluido el de su propio prestigio o su dañado sentido de la realidad. ¿No era hábito corriente en el mundillo del cine, precisamente, el brindar a un público escogido la ocasión de emitir un juicio estético sobre la película presentada en primicia? ¿Por qué no emular esa costumbre tan democrática y ofrecer a los espectadores de la insólita velada la oportunidad de desenredar con su ayuda tan lioso asunto? ¿Por qué conformarse con la opinión de uno, él, el juez Holmes, por muy experto que fuera en los dilemas criminales del corazón humano, o, en su defecto, la de doce *don nadies* obligados a integrar un jurado para el que no tenían preparación alguna? ¿Por qué no invitar a todo el que quisiera, hombre o mujer de buena voluntad, a poner sus ojos y sus oídos al servicio de una causa tan noble como la de procurar un juicio justo a ambas partes? ¿No eran la infinita variedad de los testigos y la riqueza inagotable de sus puntos de vista garantía suficiente de que ningún detalle relevante escaparía al celo de su examen responsable y minucioso? Además, si era considerado necesario, concluía el juez Holmes agotando la paciencia de los presentes ese día en la sala del tribunal con sus interrogaciones retóricas y sus pomposas presuposiciones morales, pruebas de impotencia judicial más que de cualquier otra cosa más sofisticada, en opinión de muchos, con el inquieto fiscal en primera línea, podrían verse repetidas las jugadas más polémicas a través de pantallas LED de cuarenta pulgadas instaladas a tal fin en la cercanía de los puestos de venta de bebidas, bocadillos y chucherías...

La original propuesta fue un éxito multitudinario inmediato. Se vendieron de la noche a la mañana más de quince mil entradas y las restantes se sortearon en todas las radios y televisiones locales y nacionales y algunos privilegiados las obtuvieron tirando de influencias y privilegios, y durante los meses previos al evento no se pudo decir que en la ciudad o en los medios se hablara de otra cosa más interesante. Entre tanto, los dos contrincantes, con el asesoramiento de abogados y entrenadores contratados al efecto, diseñaban sus estrategias ofensivas y defensivas para no perder el combate a doce asaltos en los que la opinión popular, expresada en las papeletas que se entregarían a cada asistente al entrar en el Madison Square Garden, el estadio elegido por los patrocinadores de la velada por razones comerciales que no hacen al caso, daría por zanjada la denuncia en un sentido u otro.

La locura festiva se había normalizado esa noche, no era para menos, y la gente, desde todas las calles adyacentes y las estaciones de metro y de autobús, acudía en masa al estadio más conocido de la ciudad con la convicción de que después de esto, como escribió el cronista deportivo del *New York Times*, nada podría ser ya nunca lo mismo para nadie. Ya no era el delirio de los turistas en Times Square, rindiendo culto tribal a los tótems del capitalismo corporativo, sino algo mucho más íntimo y secreto, un sentido recuperado de la vida comunitaria, una vibración colectiva unida a los valores fundamentales. Al fin y al cabo, aunque el problema a dirimir afectaba a dos extranjeros, un francés notable y una paria guineana, era la institución americana de justicia la que se examinaba ante el mundo. Era este caso como podía haber sido cualquier otro, como se decía en algunas tertulias conservadoras (la FOX, sobre todo) para disminuir su importancia objetiva y una parte del riesgo de quedar desacreditados. Todos, a derecha e izquierda, estaban convencidos de que si no se resolvía el caso con prontitud y eficacia sería dañado gravemente el sistema de verdad y de autoridad en que se fundaba la institución del juicio y esta misma, con todo su historial democrático a la espalda, no podría sobrevivir por mucho más tiempo a esta puesta en cuestión. Muchos eran también los que acudían esta noche con la simple intención de ver en directo a sus ídolos más amados y admirados, las estrellas del cine y el deporte nacional que habían anunciado su presencia testimonial en el estadio. La mayor parte de los famosos interrogados se ponían de parte de la inmigrante africana, por razones humanitarias, y se habían encargado de airear su compromiso a través de revistas especializadas y diferentes canales de televisión para ganarse la simpatía de la gente, que también apoyaba al contrincante en apariencia más débil de los dos. El dios K, por el contrario, apenas si contaba, entre el rugido irracional de los espectadores, con algunos cientos de seguidores masculinos lo bastante avergonzados de serlo como para no ostentar sus preferencias ante los demás. La guerra fría había dañado el tejido cerebral de este país, se decía compungido DK, todo era confusión y estupidez desde entonces y nadie sabía reconocer ya a un libertador cuando lo tenía delante de las narices. A un héroe popular, una de esas figuras carismáticas que nacen para liderar grandes cambios históricos en nombre de la multitud que se limita a seguirle sin preguntar por su destino.

Nadie quería perderse el combate de la noche, por llamarlo de algún modo adecuado, aunque al final del mismo todos estuvieron de acuerdo en que el espectáculo había sido bastante aburrido y previsible, muy por debajo de las expectativas generadas en las semanas previas. Es verdad que todo el mundo se sabía el guión de memoria, durante meses había sido repetido y examinado hasta la saciedad en todos los medios. Y es verdad también que los abogados de la defensa, el juez Holmes, el inquisitivo fiscal y la acusación particular habían acordado la víspera del evento que la africana y su presunto violador se limitarían a repetir sobre el cuadrilátero lo que habían hecho el día de autos en la suite del hotel. Ni más, ni menos. Pero nadie se esperaba esa falta de convicción de ambos luchadores, esa desmotivación contagiosa, esa carencia de fe en sus posibilidades de victoria, como si la reconstrucción no fuera con ellos y los tuviera como actores cruciales del drama. Y eso que, cuando ella saltó al cuadrilátero ataviada sólo con el exiguo sostén de un bikini negro de diseño californiano y unos pantaloncitos de atleta ceñidos a los muslos, todos anticiparon un desenlace diferente, más espectacular, más teatral, más acorde con la relevancia mediática del caso. Se equivocaban todo el tiempo de estrategia, o de táctica, como si no supieran distinguirlas, usaban los miembros contrarios a los que decían haber usado en la escaramuza del hotel, y por si fuera poco lo hacían en una posición distinta de la declarada con anterioridad en el tribunal. Él le agarraba la cabeza con fuerza desproporcionada y trataba de obligarla a que mirara al suelo por razones que nadie entendía del todo, como si pretendiera forzarla a reflexionar sobre el calvario público que estaban atravesando por su culpa, mientras ella, con la mano derecha asida al cuello de él como si quisiera estrangularlo allí mismo, parecía querer practicarle una llave que lo tumbara boca abajo de una vez y le obligara a reconsiderar su actitud defensiva ante lo sucedido. Nadie podría haber dicho con claridad qué había pasado allí, nadie estaba en condiciones, ni siquiera repitiendo los lances una y otra vez en las pantallas habilitadas a tal efecto, de saber con exactitud si él mentía, o ella mentía, o, quizá lo más probable en opinión de casi todos los testigos, los dos mentían a conciencia. En cambio, como creía en solitario el juez Holmes, más benévolo que la mayoría con las motivaciones humanas de la conducta, tras escuchar las estrambóticas declaraciones de cada parte, también era muy posible que ambos se engañaran sobre su participación en los hechos, desconociendo realmente qué había ocurrido entre ellos.

Muchos espectadores achacaron a la pareja de vistosos dragones que ella llevaba tatuados en los hombros, uno rojo y otro negro, por recomendación de su astuto entrenador, el impacto negativo que causó en el dios K en cuanto los descubrió al tratar varias veces de inmovilizarla con los brazos tomándola por sorpresa desde atrás. Se sintió paralizado, sin fuerzas ni argumentos con que doblegarla. Uno setenta de estatura *versus* uno ochenta, parecía repetirse mentalmente el dios K como consuelo ante la imposibilidad reiterada de aplicarle con éxito ninguna llave planeada durante los duros entrenamientos. El vociferante público vio desde el principio, no sin razón, en cuanto ella saltó a la lona con impulso imparable, ávida de confirmar su inocencia y demostrar la culpabilidad de su atacante, que él se enfrentaba a una pantera negra de miembros elásticos y ágiles, una luchadora invulnerable que no estaba dispuesta a que se repitiera el abyecto suceso que la hizo famosa, a su pesar, en todos los hogares del planeta. Estaba decidida a convertirse en un modelo imitable, como mujer y como madre, para todas esas amas de casa que la habían odiado al principio sin molestarse en entender sus razones. Algunos espectadores de las primeras filas contaron a la salida del combate que creían haber visto a los dragones erguirse como dos gárgolas furiosas sobre los hombros desnudos de la africana, desplegando las alas, sacando la lengua bífida y emitiendo un bramido perturbador, con el fin de amedrentar al dios K. Otros, más incrédulos, reconocieron que éste se había comportado durante todo el combate como si eso hubiera ocurrido en realidad, como si hubiera visto, en el fragor de la lucha cuerpo a cuerpo, a las criaturas antediluvianas exhibiéndose con insolencia frente a él en formato 3D, cada una erguida en un hombro distinto de su adversaria, amenazando su integridad y desafiando sus intenciones de vencerla, y se habría mostrado medroso e inofensivo en todo momento, acobardado por la energía intimidatoria que despedían la felina antagonista de sus peores pesadillas y las peligrosas mascotas de fuego que la protegían contra su agresor en el ring y fuera de él. Aconsejada por sus abogados, ella había decidido aprovechar la ocasión para disipar cualquier sospecha sobre su actitud en la habitación del hotel. No era una puta, este escabroso punto estaba siendo probado con suficiente contundencia en el cuadrilátero ante quien albergara dudas respecto de sus motivos para denunciar al dios K. Su equívoco comportamiento, dentro y fuera del ring, no respondía a esa obscena aceptación del pacto más denigrante entre un hombre y una mujer, aquel en que mediaba dinero, según la vaga idea que se hacía Holmes del sucio asunto, en la satisfacción del deseo de una de las partes en el cuerpo o los genitales de la otra. Pero entonces, como se preguntaba con razón una parte del público, la más crítica quizá con la amañada disposición del combate, ¿por qué no usó la misma estrategia agresiva de hoy para invalidar las pretensiones sexuales de él? ¿O es que lo hizo, se defendió con uñas y dientes, como una leona africana aliada con dos dragones vietnamitas, y se negó a reconocerlo después por no debilitar su ventajosa posición de víctima en el litigio?

El juez Holmes se sentía ampliamente recompensado, como instigador de la velada y padre de la iniciativa, al ver cómo se ocupaban los espectadores en examinar al detalle todo lo que sucedía en el cuadrilátero y traducirlo tal cual al oscuro relato de lo sucedido en el hotel. Y había que observarlos con atención, como hacía él todo el tiempo, encerrado en su palco privado anexo al de autoridades, comportándose como escolares concentrados al máximo en la resolución de tareas asignadas, esforzándose más allá de lo razonable por comprender de una vez el sentido de los movimientos y las argucias de los dos luchadores en la lona. Pero nada, no había modo de sacar nada en claro de todo aquello. El falso combate parecía una coreografía demente concebida en un arranque de embriaguez por un demonio, o por un avatar de Satanás, para burlarse de las expectativas de esclarecimiento definitivo de la verdad y confundir todas las categorías morales que el buen Dios de los judíos les había inculcado desde el Génesis con el fin de preservar su influencia sobre ellos, como pueblo electo, y garantizar así su dominio sobre la realidad. ¿No era ella, en suma, la que había sido violada? ¿No era él quien había abusado de ella? ¿Qué estaba pasando aquí, entonces? ¿A qué venía esta inversión de papeles entre ellos, esta escenificación ambigua de sus actos y de sus gestos? ¿Alguien podía explicarlo, por favor, del modo más llano y escueto posible?

Las papeletas, una vez revisadas una a una por los mismos policías encargados de custodiarlas, no dejaron lugar a dudas. Nadie había entendido nada en la recreación deportiva del incidente, como tampoco en el testimonio oral de los implicados durante la vista previa. El juez Holmes, como tantos árbitros futbolísticos en condiciones similares de inferioridad cognoscitiva, respiró satisfecho al saberse exculpado por el público de la acusación de negligencia e incapacidad. Ni siquiera los diecinueve mil ochocientos noventa y cinco testigos de la velada en el célebre estadio habían podido dilucidar con un grado de aproximación suficiente, al cabo de dos horas y media de tedioso espectáculo, qué había pasado entre esos dos actores aquella dichosa tarde en la suite del céntrico hotel neoyorquino. No hubo forma de averiguarlo de ningún modo, de nada sirvieron tampoco las pantallas LED y sus recursos a la cámara lenta y la parada de imagen y la ampliación selectiva de detalles. Eso sí, por si acaso, la gran mayoría de los espectadores (un 98%) prefirió darle la razón a la aguerrida guineana, una amazona del cuadrilátero que los había cautivado con cuatro armas secretas: su potencia beligerante, su atuendo seductor, sus tatuajes draconianos y sus modales felinos. Más vale una inocente con las manos sucias, debieron de decirse con sabiduría aprendida en algún breviario bíblico de saldo, que un culpable con la mente inmaculada.

Nadie se extrañaría, por tanto, de que unas semanas después

el juez Holmes solicitara la jubilación anticipada y se retirara al rancho que poseía en Connecticut a meditar en solitario sobre las complejas enseñanzas del caso. Murió allí al poco tiempo, de un ataque al corazón, con lo que cabe conjeturar que todo lo aprendido en ese período se lo llevó a la tumba, como un buen hombre de otro tiempo menos confuso, para ponerlo en práctica al otro lado de la vida. Ese reino de ultramundo donde el amor y la justicia imperan, como asegura el padre Petroni, sin recurrir a la violencia de la ley.

DK 35

Cadáver político

Al revés de lo que se cree, un cadáver político es algo muy delicado y engorroso y hay que saber gestionar la situación con inteligencia. Para un hombre público, un individuo con una carrera política por delante o por detrás, o en ambas direcciones, el cadáver político es casi tan importante como un programa electoral. Cualquier candidato sabe que puede ganar unas elecciones incluso sin programa, bastan el carisma y la convicción, el poder comunicativo, la imaginación y la fantasía de la gente hacen el resto. Pero, siendo un cadáver político, como dijo un veterano mandatario, no ganarías ni aunque las elecciones fueran en el infierno y tú fueras el único candidato a regir los destinos de esa región apartada del submundo.

El dios K cuelga el teléfono con la amarga sensación de que su tiempo ha pasado. Las duras palabras del Emperador le han recordado esto cuando había vuelto a hacerse la ilusión de que un retorno a la política era aún posible para él. El caso se estaba resolviendo en su favor, la opinión pública no lo veía ya con tanto odio ni resentimiento, el trabajo de los abogados defensores y los publicistas del partido estaba funcionando, y él había creído recibir la señal de que podía volver. Es más, de que el regreso era algo más que un deseo privado. Una exigencia colectiva, un clamor popular, un imperativo histórico. ¿No era ése el mensaje que se le transmitió en Times Square unas noches atrás? El dios K creyó ingenuamente que era el propio Emperador el que se lo estaba haciendo llegar. Y en el curso de la tensa conversación que acaba de mantener con él, no ha dejado de recordárselo con insistencia, como si ahí se jugara su futuro. En vano. El Emperador lo niega. Jamás transmitiría un recado tan torpe y grosero a uno de sus servidores. Es entonces cuando aparece en la conversación por primera vez la expresión cadáver político, como una maldición que se infiltrara en la sangre del dios K y la corrompiera, separando sus componentes básicos, anulando sus funciones vitales, convirtiendo el cuerpo del afectado en un despojo apenas agonizante.

Un cadáver político, eso es lo que soy sin remedio, se dice el dios K levantándose del sillón y recorriendo el apartamento en busca de señales o signos de lo contrario. La música afroamericana ya no obra los milagros y transformaciones de antes. En el espejo no ve otra cosa reflejada que su imagen demacrada y alicaída, una copia desfigurada del radiante seductor que fue en otro tiempo. No tiene a Nicole a su lado para consolarse, desde que se echó uno o varios amantes apenas si pasa con él algunas horas al día, irritándose y protestando por todo. Ha decidido que ésa es la mejor forma de sobrellevar la situación. Así que no hay nadie en la casa para detener a la asistenta que, usando su propia llave, acaba de entrar en el apartamento como si no hubiera nadie en él. No es que DK se haya vuelto un cadáver político, como ha sentenciado el Emperador con autoridad histórica incuestionable, por lo visto se ha vuelto también invisible, imperceptible para los demás, otro efecto pernicioso de la maldición que ha caído sobre su vida. Todos sus esfuerzos para elaborar a conciencia, durante años, una imagen y una presencia mundanas que atrajeran y engatusaran a los electores y no sólo a ellos, e intimidaran a sus rivales potenciales, pero tampoco sólo a ellos, se han eclipsado de golpe, como un armamento obsoleto que ya no asustaría ni siquiera a un niño indefenso, y ya no posee ni imagen ni presencia ni tan siquiera voz propia para engañarse a sí mismo sobre sus virtudes y méritos.

La asistenta entra en el apartamento mientras el dios K estaba en el dormitorio arreglando el desorden de las sábanas, sus noches son cada vez más intranquilas y angustiosas y la cama revuelta o revolucionada así lo prueba. Va a su encuentro para saludarla y preguntarle quién la manda, sabiendo que es otra vez la misma agencia de empleo que había enviado a las anteriores una tras otra, para mofarse de él o para ponerlo a prueba. Una agencia de empleo no es una agencia de inteligencia, se dice el dios K, hasta que se demuestre lo contrario. Hasta que la inteligencia demuestre que puede ser otra cosa. Una conspiración en toda regla, un complot para arruinar su prestigio o agotar su paciencia y su sistema nervioso, como piensa ahora enfrentado a esta limpiadora robótica enviada de nuevo por la maligna agencia que pretende destruir su sentido de lo real y lo racional. Y es entonces, en pleno estupor, cuando descubre que esta nueva asistenta no lo ve, los gestos enfrente de su cara así lo demuestran, ni lo oye, por más que se empeñe en gritarle al oído, desde muy cerca, puta, eres una puta, ¿quién te envía esta vez? Pero nada, ni caso. La mujer, una hispana regordeta, de pelo corto teñido de rubio y estatura menuda, más joven de lo que aparenta en un principio, se muestra tan indiferente a su presencia en la casa como a las reglas de su trabajo. Los insultos no valen para nada en una situación doméstica como ésa. Conviene relajarse, desde luego, tomárselo con más calma, aunque la mujer se lo está poniendo difícil. El dios K, atónito, observa el ritual de la asistenta con la sensación de que, haga lo que haga para impedirlo, esta mujer se saldrá con la suya. Está acostumbrada a hacerlo. Eso se ve enseguida, se percibe de inmediato en los ademanes con que organiza su estancia y se adueña como una reina del espacio circundante. La proximidad entre ambos, aunque uno de ellos la desconozca, sería calificada en algunos juzgados especializados en esta clase de conductas de peligrosa y hasta de promiscua. El dios K, por si acaso, decide apartarse lo más posible del cuerpo de la chica. Nadie le obliga a vigilarla desde tan cerca, y así alejado de la posibilidad de delinquir podrá apreciar con mayor perspectiva todos y cada uno de sus gestos y actos.

Ella, entre tanto, sintiéndose como en su propia casa, se ha sentado en el sofá a descansar del ajetreo en el metro y la larga caminata hasta llegar aquí, se ha descalzado para estar más cómoda, ha comenzado a hurgar en el bolso que traía apretado contra el cuerpo y a extraer un montón de efectos personales que no son reconocibles a simple vista. A continuación, se ha echado en el sofá, con la espalda apoyada contra un cojín mullido y los pies bien aposentados en otro cojín igualmente mullido situado en el otro extremo del mueble, ha descolgado el teléfono y ha marcado varios números, colgando y descolgando cada vez, antes de que alguien le respondiera al otro lado. Ese alguien, sin duda, es su cómplice, piensa el dios K, sentado frente a ella en su sillón favorito, ese mismo individuo que debió de decirle que el apartamento estaba vacío a esa hora. Quizá sea otro empleado de la maldita agencia y los dos se hayan aliado en este plan diabólico para desposeerlo de sus pertenencias más queridas. Es verdad que de no ser por la llamada del Emperador, anunciada la víspera por las vías habituales, él no habría estado en casa esta tarde. El dios K no habla español, ni conoce los rudimentos de esa lengua de inmigrantes y parias de los dos continentes, como piensa, por lo que apenas si tiene tiempo de entender hasta qué punto son insustanciales los temas abordados en la conversación con su interlocutor antes de que la mujer cuelgue el teléfono. Después de estar un buen rato pensando en sus problemas, ya se sabe que esta gente está llena de ellos, soportan vidas melodramáticas, sobrecargadas de relaciones familiares tortuosas y carestía innata de medios y recursos, la mujer enciende un cigarrillo y se recuesta aún más en el sofá, apoyando ahora la cabeza contra el cojín para sentirse más cómoda, con la intención, imagina el dios K, de pensar también en lo que el otro le ha prometido al teléfono a cambio de su colaboración, o de introducir algo de indolencia en una vida que debe de carecer en exceso de ella, así como de confort y facilidades. O, por qué no, de hacer un rápido inventario mental de las cosas valiosas que pretende llevarse de la casa, aprovechando la ausencia de los inquilinos.

El estado del cadáver político es paradójico, como le ha dicho a las claras el Emperador hace un rato por teléfono, y se mide por grados, por deslizamientos, no es una condición en la que se irrumpa de buenas a primeras, con violencia. En eso se parecería, según le dice el Emperador, a lo que explican algunos tratados egipcios o tibetanos sobre el ingreso en los dominios de la muerte. Un abandono progresivo del cuerpo, una errancia insensible del alma, un sentimiento de desposesión, de no pertenencia, de desarraigo, de indiferencia, de impotencia, incluso. El retintín del Emperador al enfatizar esto último le pareció humillante, cómo podía saberlo, quién se lo había contado. ¿Era finalmente, como se decía, el hombre mejor informado del mundo, o sólo fue una casualidad, un comentario malintencionado y nada más? Pero no se lo reprochó por no parecerle aún más susceptible o paranoico. Te sientes desencarnado, sin asideros físicos, insistió el Emperador al teléfono, como si hubiera experimentado ese estado en carne propia y pudiera describirlo con la autoridad que da la experiencia. La realidad deja de concernirte, enajenado de cualquier atadura real a las cosas o las personas que te rodean, liberado de cualquier forma de dependencia, y, como consecuencia de ese estado de flotación casi gaseosa en el que te vas instalando, te vuelves transparente para los demás, imperceptible, traslúcido. Todo esto se daría antes, al parecer, como sensaciones premonitorias del nuevo estado al que se accede de manera escalonada, sin sobresaltos. ¿Por qué, entonces, habría comenzado a sentir un furor y una rabia inconcebibles hacia la asistenta instalada en el salón de su casa como si fuera el suyo propio? Ni toda su comprensión ni su condescendencia podían tolerar la actitud insolente de la intrusa. Después de fumarse cinco cigarrillos casi seguidos tumbada en el sofá, se apropia del mando a distancia de la cadena musical que le regaló Nicole para que pudiera escuchar sus discos afroamericanos y sintoniza a todo volumen un canal de música hispana. La maldición del dios K se cifra, en este momento, en una relación inversamente proporcional con ella, compuesta de elementos y rasgos más complejos de lo que se pensaría a simple vista, viéndolos a los dos uno enfrente del otro. La inexistencia de él es el rasgo más acusado, ya que eso le garantiza a ella una impunidad y una libertad insoportables para él. El peor, con todo, no es este rasgo obvio de la situación, sino el opuesto. Como consecuencia de su estado manifiesto de inexistencia, al dios K se le agudiza la sensibilidad hacia la mera existencia física de la mujer, su presencia corpórea en el mismo espacio del apartamento cobra una resonancia y una fuerza insufribles para él, condenado a percibir hasta la exasperación cada detalle referido a la mujer. La sugestiva imagen de su cuerpo mientras está tumbada en el sofá, con la falda recogida, la camisa desabotonada y los pies en alto, enfundados en medias negras de nailon, apoyados en el cojín con una negligencia que, en otro tiempo, no le habría dejado indiferente pero que hoy, con todo lo sucedido, le resulta un espectáculo deprimente. Para colmo, el timbre anuncia con insistencia una visita inesperada que no es para él, nadie podría saber que estaba en casa. Por cómo lo recibe ella al abrir la puerta, un festival de besos en la boca y abrazos ardientes, se diría que este tipo alto y delgado y bien vestido, traje blanco y zapatos negros, que entra por la puerta sin quitarse el sombrero, con una confianza en sí mismo a prueba de escollos, no es su marido, desde luego. Más bien parece un amante fogoso, uno de esos galanes raciales, por lo que el buen fisonomista que hay en DK deduce de sus rasgos exteriores, típico de los culebrones televisivos a los que suelen ser adictas estas mujeres incultas cuando se entregan al fantaseo romántico y al devaneo ocioso. A instancias de la mujer, que se ha hecho con el dominio del terreno antes de la llegada de su cómplice, se sientan los dos en el sofá, comienza el procedimiento habitual en estos casos, con los protocolos que conocemos y las rutinas de rigor, y, al cabo de un momento, la acción se precipita en la dirección prevista y los dos hispanos están desnudos en el salón, ella más sobrada de carnes y él más musculoso o fibroso, retozando en el sofá con naturalidad, y el dios K, hundido en el sillón frente a ellos, contemplando esta escena tan erótica como exótica con la distancia cinematográfica exacta que otorgan la veteranía y el conocimiento del mundo.

Es cierto, piensa el dios K, que él no haría así las primeras maniobras. No sería tan brusco ni tan insensible a las demandas del cuerpo de ella. Esta chica requiere otros mimos, más delicadeza y refinamiento, no un trato tan desconsiderado y grosero. En fin, la posición de superioridad moral que le concede el retiro, le hace pensar que quizá no sería una mala idea pasar el resto de su vida adiestrando a la gente en la práctica del amor como antesala necesaria de la tarea política más importante. Ya se lo ha explicado a Wendy otras veces, con todo lujo de detalles, y ahora con gusto se lo explicaría a sus dos nuevos alumnos, a poco que éstos le prestaran atención. Eso es, en definitiva, lo que le faltó al cristianismo, no una teoría del amor, ésa la tenían, la crearon los griegos y ellos se la apropiaron tal cual, lista para ponérsela encima como una túnica de moda recién adquirida en un mercado de Atenas o de Alejandría, pero apartaron al mismo tiempo la práctica del amor de los griegos, el inimitable eros pagano, y sin esa práctica carnal, sin ese amor consumado de los cuerpos que se atraen, como estos dos ahora, con la fuerza imparable del deseo, la teoría, por magníficos que fueran sus presupuestos y postulados, no valía para nada y acabó hundiéndose en el vacío, la sequedad y la abstracción más estériles al cabo de siglos de absurdas batallas teológicas y guerras de religión aún más absurdas para imponer, en nombre del falso principio del amor desinteresado al prójimo, sus valores doctrinales a un mundo que no los necesitaba para realizar sus fines. Así el dios K, sin quitar ojo de la pareja latina ensamblada en un baile horizontal de ritmo impetuoso y frenético en el que los amantes alternan sus posiciones, como en una alegoría de la vida social, unas veces la mujer arriba y otras debajo, manteniendo siempre la iniciativa, inagotable, vigorosa.

Un cadáver político, como lo es él con todas las consecuencias, está en condiciones de diagnosticar la defunción de otros congéneres, cadáveres institucionales y religiosos, ideológicos y culturales. Un cadáver político es experto en una ciencia nueva, conocida por muy pocos en el mundo actual, el Emperador había menospreciado ese aspecto de la cuestión al hablar con él hacía unas horas por teléfono. Un cadáver político, sólo por el hecho de serlo, sabe más de la muerte que de la vida, de los signos de la muerte y de la muerte misma que hay en la vida mucho más aún.

El Emperador, aunque nadie lo considere un cadáver en este sentido, hace mucho tiempo que huele a muerto. Tanto o más que el dios K. Y con él todo su difunto séquito de reliquias históricas y pervivencias nacionales rescatadas del abismo del tiempo. ¿Qué se creían, que podían condenarlo a un confinamiento peor que la muerte y esperar que no se vengara alguna vez del daño irreparable que le habían causado? La venganza de un cadáver político tiene muchas facetas y una de ellas, la más terrible y la más temible, era ésta, sin duda. La facultad de decretar la muerte funcional de tantas cosas que se dan por llenas de vida y que, en realidad, sólo están esperando al audaz forense que dictamine con mirada clínica los signos de la podredumbre terminal y el momento exacto de la historia en que el tinglado dejó de funcionar como había hecho hasta entonces. ¿Sabía el Emperador esto y se lo había ocultado para no poner a prueba o debilitar aún más sus mermadas dotes intelectuales? Del mismo modo que su pase temporal a la reserva como actor sexual le había revelado aspectos inéditos de la sexualidad y el erotismo, su conversión oficial en cadáver político hacía de él un analista prodigioso de las graves disfunciones intestinas y la necrosis galopante del sistema. Y así, mientras seguía distraído las actividades amatorias de los dos intrusos apareados, con objeciones parciales a su grado de pericia o eficacia momentánea, no se privó de examinar uno por uno los cadáveres que su condición diagnosticada de tal le permitía descubrir y sentenciar. La democracia burguesa, embalsamada y bien embalsamada, por sus mismos artífices y propagadores banales. El mercado capitalista, un cadáver indudable, un panteón invadido por las moscas y las alimañas. Los gobiernos, los grandes partidos y sus simulacros o sucedáneos ideológicos, cadáveres ambulantes, entregados a la ley de la supervivencia caníbal en el entorno más hostil. Europa y la Unión Europea, cuerpos pestilentes entregados a los gusanos de la codicia y el egoísmo patológico. Las iglesias, todas las iglesias y credos religiosos, cuerpos gangrenados y putrefactos, maduros para la incineración. Y así con todo y con todos, uno detrás de otro, los integrantes del mundo coetáneo fueron desfilando, como condenados a una muerte ritual, por el filo de la fosa común excavada en el subsuelo de la historia por la agudeza fúnebre del dios K. Cadáveres por todas partes, cementerios y tumbas a la espera de una epidemia de realismo que condujera a todos los muertos a su lugar asignado en la luctuosa representación del final de los tiempos. Sólo la propaganda persistente del sistema y sus ramificaciones mediáticas y desdoblamientos institucionales, simbólicos o corporativos lograban encubrir, con variadas estratagemas de distracción y entretenimiento del personal, el artificio vergonzante de una vitalidad asistida. El mundo necesita con urgencia un gran holocausto de sus fundamentos, un *reseteado* radical de sus creencias y valores, sentencia DK, sintiéndose de pronto exaltado y exultante con la fantasía de postularse como gran reformador de la especie humana. Attali estaría contento si pudiera verlo, su discípulo más amado...

Ah, sí, qué placer inconmensurable le procuraba al dios K estar ahí sentado ahora, sin otra cosa que hacer, relajado tras urdir esta refinada venganza contra sus enemigos, viendo a los amantes recuperar, después de esos instantes de desposesión, su condición de individuos, con sus pequeños fines y proyectos privados cargando a sus espaldas, algo encorvadas por el abusivo trabajo de las generaciones que los han precedido a uno y otro lado de la frontera. La mujer vuelve a quedarse sola cuando su amante, vistiéndose a toda prisa sin molestarse en mirarla ni dedicarle una despedida cariñosa, se va con gesto de enfado o de fastidio del apartamento. No se la ve contenta con la partida del hombre, quizá no la esperaba tan brusca, mientras ella misma se viste de mala gana, sin ninguna prisa, en una escena de una sensualidad involuntaria que, sin embargo, deja indiferente al petrificado dios K. La mujer derrama unas lágrimas repentinas, en nombre del malentendido del amor clandestino, ese rechazo ancestral que se interpone entre los amantes al concluir el apasionado encuentro, o de cualquier otra entelequia sentimental que haya podido reconocer en su relación traumática con el otro. No son tan amargas esas lágrimas que vierte como podrían serlo en otra cara menos maquillada y en otros ojos menos expresivos y vivaces. Logra calmarse al poco y se sienta en el sofá de nuevo, con actitud resignada, y fuma uno, dos, tres cigarrillos seguidos mientras sintoniza en la radio otra cadena hispana de música bailable que le devuelve enseguida la alegría y la vitalidad que, con todo, el amor se ha llevado muy lejos de allí al dejarla desamparada al frente de sus obligaciones laborales y de sus problemas matrimoniales. Para que luego digan, se dice DK, satisfecho al fin, al verla abandonar el apartamento cuatro horas y veinte minutos después, mucho antes del retorno de Nicole, que llega tarde otra vez esta noche, después de haber ordenado y limpiado a fondo la casa, mueble a mueble, habitación por habitación, sin descansar un segundo. El dios K puede decirlo, no se ha despegado de ella en ningún momento, al principio por instinto de protección, por temor a que le robara alguna cosa, o se pusiera a hurgar en sus pertenencias en busca de algún documento comprometedor, luego ya fascinado por la energía sobrehumana de esta mujer increíble a la que la agencia de contratación no recompensará nunca por todo lo que hace, bueno y malo, como se merece.

Qué dulce estado el de cadáver político, si era esto todo lo que significaba. Esto y nada más que esto, sin más responsabilidades ni preocupaciones ni agobios. Este bienestar, esta serenidad, esta indiferencia total. Y más ahora que sabía que Virginie vendría a visitarlo en unos días, así se lo había anunciado el misterioso texto («Niña encontrada. Pronto en casa») del telegrama urgente que había llegado esta misma mañana desde París. Aún recordaba el momento solemne en que Nicole, antes de salir al encuentro de su nuevo amante, se lo entregó en mano. Él notó que ella temblaba al hacerlo, temblaban sus manos y también sus labios cuando dijo:

–Estarás contento, ¿no? Lo he hecho por ti. Otra vez he hecho esto por ti, espero que sirva para algo.

Servirá, sin duda. El dios K sabe algo nuevo esta noche, esta noche en que se ha transfigurado en la imagen comercial de un cadáver político. Ha aprendido la lección y está dispuesto a explotarla en todos los foros mundiales que tengan la valentía de invitarlo a que dé una explicación convincente sobre lo sucedido. Algo nuevo y valioso. Le gustaría mucho que Nicole volviera temprano y poder hacerle el amor como hace tiempo que no lo hacen. Ha creído percibir una vibración nueva ahí mismo, el signo de una resurrección posible, de un retorno inesperado al viejo esplendor, y ella se ha ganado el derecho a ser la primera en conocer la buena noticia. Un cadáver político puede ser un amante magnífico.

DK 36

Sexta epístola del dios K
[A los grandes hombres (y mujeres) de la tierra]

NY, 14/07/2011

Querida Sra. Lagarde:

En las actuales circunstancias, como comprenderá, con usted al frente del FMI y yo al frente del caos creativo en que se ha convertido mi vida, la primera idea que me viene a la cabeza cuando pienso en usted es sólo ésta: que le den por el culo. No hay ninguna discriminación negativa hacia usted como mujer, no crea que me cebo en usted por misoginia, para vengarme de afrentas femeninas demasiado dolorosas como para discernir en ellas otra cosa que un destino aciago y no sólo una conjura transnacional de intereses creados e infamia colectiva. No. Cuando pienso en su colega Trichet pienso lo mismo: que le den por el culo. Cuando pienso en Bernanke también: que le den por el culo. Cuando pienso en muchos de mis amigos banqueros y financieros, los mismos que fabricaron de la nada una política económica basada en los productos derivativos y vendieron las hipotecas basura a todo el mundo como el nuevo oro mercantil e hicieron piruetas acrobáticas con el dinero de los demás y se hicieron millonarios a costa de los mismos clientes a los que habían arruinado, sumiendo al mundo en una espiral económica descendente, al clan de los keynesianos y los *idiócratas* del Nuevo Orden Mundial les deseo otro tanto, sí: que les den por el culo. Y no es un exabrupto, no. Es una recomendación, o un consejo. Les puedo proporcionar, si no la conocen todavía, hasta la dirección exacta del lugar donde hacerlo con total comodidad y discreción. Se lo explicaré y sé que usted, con la inteligencia que las estrellas y las galaxias le han concedido para beneficio de la humanidad, sabrá extraer la lección más provechosa para su carrera en vías de expansión ilimitada hacia las más altas instancias del poder solar.

Como teórico más que como practicante, cuando vine a Washington para encargarme de mi nuevo puesto, ese mismo que usted ocupa ahora tras mi destitución, quise hacerme una idea cabal de las costumbres de mis colegas antes de tomar ninguna decisión equivocada. Oía mucho hablar del *fist-fucking*, sobre todo a mis colaboradores más críticos. Acusaban a la institución y a sus líderes anteriores de haberlo practicado con muchos países. Me decidí entonces a probarlo en mi cuerpo con objeto de entender, si tal había de ser mi designio, qué podía sentirse al hacerlo. Mi amiga Wendy, que vive en Nueva York pero viene al DC a menudo, se prestó gustosa, a cambio del estipendio mensual que le pago por someterse a mis caprichos, a practicarlo, eso sí, empleando guantes de látex y una vaselina aromática que anula cualquier hedor intestinal. La primera vez no fue nada extraordinario. Wendy se mostró torpe y prejuiciada y mientras me revolvía las entrañas con su mano enguantada no tuve otra convicción que la de que esa práctica era el mejor antídoto imaginable a la erección. Lo cual no podía ser malo para alguien que como yo padece de eretismo y satiriasis desde la más tierna adolescencia. Así que reconozco que me aficioné, más que nada por efectos terapéuticos, a esa manipulación entrañable. Y la pelirroja Wendy fue ganando en pericia y recursos y supo hacer de cada ocasión un momento de ataraxia inigualable, pero nunca logré convencerla para que lo hiciera sin protección ni lubricante. Cada vez que las tensiones del cargo o la crítica situación mundial se arrojaban sobre mi sistema nervioso con objeto de devorarlo, llamaba a Wendy y la situación alcanzaba con rapidez portentosa una mejoría notable, una estabilidad emocional a prueba de infartos y malos pronósticos fiscales. En la repetición y en la disciplina está la clave del éxito y así fue como una de esas veces, contemplando la imagen de Wendy con la mano izquierda hundida en mi ano hasta más arriba de la muñeca mientras con la derecha sostenía un cigarrillo encendido que fumaba con absoluta indiferencia hacia mis sensaciones o sentimientos, tuve una intuición clara de lo que podía significar la intervención económica de un país. Pero, como siempre, yo quería más. Quería saber más, quería experimentar más, llegar más lejos aún. Le sugerí a Wendy algunas ideas que tenía en mente y ella, con su desparpajo habitual, las descartó enseguida por disparatadas. Ninguna lesbiana con conciencia de tal se prestaría a hacerle eso a un hombre, por más que éste se creyera el pináculo evolutivo de su género. Wendy me habló de ciertos bares neoyorquinos especializados en clientela homosexual y me aconsejó que probara ahí, a ver qué tal me iba con otros hombres. La muy golfa se reía sin parar, sabiendo lo poco que me atrae el sexo con otra cosa que no sean mujeres, y me repetía, sin dejar de reírse, qué te has creído, haz como nosotras, piensa que son animales y tómatelo como un safari o una cacería exótica. Y podrías, de paso, aprender algo de zoología. Piénsalo bien. La buena de Wendy conoce las entrañas de NY y del DC tan bien como las mías, así que imagínese lo que podría enseñarle sobre la historia secreta de esas dos grandes capitales del mundo. Recuérdeme, querida Christine, que se la presente algún día. No estará aquí por mucho tiempo, se lo garantizo, le conviene divertirse un poco y pasarlo bien, NY es única para eso, créame. No se asuste, no voy a contarle nada escandaloso o intolerable. Acompáñeme sin miedo en esta expedición en busca del sentido último de nuestro trabajo al frente de la principal institución económica del mundo.

Wendy se encargó en persona de comprarme un traje de cuero negro, muy estilizado y ajustado, y un taparrabos de látex a juego que aún guardo en uno de mis armarios más secretos y, sin temor ni temblor, como diría el clásico, me fui solo un viernes por la noche a visitar una de esas sucursales o franquicias de Sodoma, situada al extremo oeste de la calle 14. Feast of the Ass, así es como se llamaba el antro soez recomendado por Wendy. Pasaba por ser una de las paradas obligatorias en la «ruta de la carne», como se la conocía entre los entendidos. El ambiente en aquel subterráneo de exiguas dimensiones estaba caldeado, como una mina donde se ha estado trabajando duro todo el día y al llegar la noche los mineros, sucios, sudorosos y medio desnudos, se exhiben unos delante de los otros en un carnaval de deseo, agresividad y transgresión que me hizo sonreír todo el tiempo por sus grandilocuentes pretensiones. Como dice Wendy, comentando sus experiencias con hombres, incluido yo, su cliente más generoso, la falta manifiesta de deseo propicia la carcajada y la burla. Estos tíos necesitaban hacer tal afirmación de su rechazo a las mujeres y al coño de la mujer (disculpe mi vocabulario, tan grosero como el espectáculo desatado a mi alrededor), que estaban dispuestos a llegar todo lo lejos que hiciera falta con tal de que pareciera que habían dejado atrás su vinculación con ellas desde que abandonaron el útero materno. El hilo invisible, como decía aquel curilla inglés metido a detective, no sabrá de quién le hablo, no tiene usted pinta de leer mucho, querida Christine. No se lo he contado nunca porque apenas nos hemos tratado, a pesar de todo, pero sostengo la teoría de que las madres son el único coño que estos tíos han sacralizado y eso les impide desear los otros, más bien al contrario, cualquier vagina que no sea la materna les parece abyecta y asquerosa. En mi caso, como se imaginará, la imagen del coño de mi madre sólo consigue enternecerme, le tengo un gran cariño, y me entristece que haya envejecido hasta perder la capacidad de fascinar a los hombres como hizo en otro tiempo, incluyéndome a mí en el séquito de sus admiradores. Doy fe de ello. En cualquier caso, estoy bebiendo mi tercer gintónic pensando todo esto en presencia del festival felliniano de cuerpos desbocados que estos tíos montan aquí cada fin de semana para divertirse y excitarse a tope, rindiéndole culto a la testosterona que exudan por la piel como una nueva droga más adictiva que cualquier otro estupefaciente, casi podía inhalarla por la nariz, tal era su nivel de presencia en el aire irrespirable, un nuevo fármaco revitalizador de la virilidad mermada cuyas dosis se pagan en especie, con actos lúbricos y contactos innombrables, y me acuerdo de algunos diputados de mi partido y también de algún que otro demócrata cristiano que conocí en Bruselas y que se enfangaban cada noche en sórdidos clubes de este tipo y aún de peor categoría. Al final no sabes si iban a Bruselas a representar a sus electores y a los programas políticos de sus partidos, o todo no era más que una excusa y una farsa para poder mantener la erección superlativa que les provocaba el rollo sadomasoquista, la humillación y el vicio anal, el esfínter y sus enigmas y secretos inconfesables. A estas alturas, como comprenderá, me da igual, yo también me he perdido por una mala erección y aquí estoy, unos años atrás, en un templo consagrado a la erección, al mito de la erección fálica, al infundio de que eso es lo importante en la vida y lo que nos hace hombres ante las mujeres y ante los otros hombres, sobre todo ante éstos, ya lo sabe, querida Christine, es usted inteligente y ha pasado por muchas universidades y eso se lo han enseñado todos sus maestros, quizá de un modo desagradable, incluso violento, quién sabe. Me pierdo en mi laberinto, tenga paciencia conmigo, hasta mi estilo cambia al evocar esas escenas, se vuelve más sarcástico y desenfadado, como acaba de comprobar, es inevitable...

No paro de sudar en este caluroso local de alterne alternativo, rodeado de todos estos cuerpos masculinos en celo, y me alegra tener un gran pañuelo escarlata colgando del cuello en el que Wendy ha cosido con sus manos de costurera primorosa la inicial curvilínea de su nombre de niña imposible para que no me olvide de las formas voluptuosas de su cuerpo en estas circunstancias, una suerte de talismán erótico contra fantasmas indeseables. Me acuerdo de Wendy, sí, siempre tengo el mejor recuerdo para las mujeres que me han hecho feliz, en la cama y fuera de ella, y Wendy está la primera en mi lista, por delante de Nicole, qué se le va a hacer, y me imagino lo que le gustaría verme por un agujerito ahora que estos tíos han empezado a rondarme porque han entendido el mensaje de mi cuerpo acodado en la barra con la impertinencia de quien se sabe bien dotado o posee medios para financiar sus vicios, por depravados que sean. Soy un cincuentón aún potable y lo noto en las miradas que me echan los jovencitos. Cuando uno de éstos, con la cabeza rapada, se me acerca para que lo invite a una copa y le pregunto qué quiere, me dice a ti, con tono seductor, yo no estoy en venta le digo, entonces pídeme otro de ésos, me dice, sin cambiar el tono insinuante, señalando mi cuarto gintónic, y otro para ti, si te apetece compartirlo conmigo y no con otro. Brindamos a desgana por los malentendidos del deseo y cuando pretende besarme en la boca le planto el vaso en los labios para enfriar sus intenciones y le digo sin cortarme un pelo, no me gustan las mariconadas, tío, a mí me va la marcha dura de verdad. El chico se asusta como si le estuviera proponiendo asesinarlo y luego comerme sus partes, comenzando por la más jugosa, o que me mate y luego me devore pedazo a pedazo, dejando la principal para el último bocado, algún espantoso pacto caníbal de esa clase, y se larga de mi lado sin apenas beberse su copa, tomándome por un psicópata. Lo sigo con la mirada y veo que va a hablar con un tío rubio y musculoso que está al otro lado, en compañía de otros cuatro tíos macizos, como una banda de forajidos de gimnasio, con cadenas rodeándole el torso como si fuera el esclavo de algún deseo infamante, el deseo de otro que aspira a esclavizarnos a sus necesidades vitales. Conozco la sensación y he vivido esa experiencia con alguna mujer, no me imagino lo que debe de ser padecerla con otro hombre. El chico desaparece detrás de la cortina roja que separa este salón de otro contiguo y el tío encadenado se acerca a mí con aire desafiante, es bastante guapo y se ve que lo sabe, que sabe el efecto que causa en los tíos a los que impresiona la belleza de otros tíos, no a mí, que lo miro como se mira una estatua en un museo o un muñeco en una tienda de juguetes, sin que me diga nada que no sepa de antemano cuando me miro en el espejo cada mañana, la evolución no nos eligió a nosotros para completar su trabajo, somos un apéndice necesario, pero poco más, y el tío no para de mirarme de arriba abajo con cara de estreñimiento, como si tuviera el culo obstruido por una mierda mental que no sale ni con el desatascador más corrosivo, y luego me dice que me quiere invitar a una copa, vale, le digo, y acepto la mano amistosa que me tiende, una mano que huele mal, a polla y a culo, una mano que pasa demasiado tiempo en contacto con esas partes ocultas. Me dice que le han dicho que no me gustan las mariconadas, le digo que es cierto, entonces para qué has venido aquí, me pregunta justo cuando el camarero nos sirve los dos gintónics, aquí sólo hacemos mariconadas, aquí sólo venimos a hacer mariconadas, la verdadera marcha está en otro sitio. Esperaba otra cosa, le digo, algo más fuerte, no sé, más excitante. Brindamos, como con el otro, por las falsas expectativas y aprovecha un momento de descuido para lanzarse sobre mi boca con intención de besarla, me aparto enseguida y se lo repito, no me gustan las mariconadas, si quieres me agacho aquí mismo y te doy ese mismo beso en la boca del culo, con lengua, eso es lo que más me gusta hacer. Tío, ya te lo he dicho, busco otra cosa, con el puño a pelo me gustaría mucho más. Estás anticuado, me replica, eso sí que es una mariconada, no me jodas, creí que buscabas algo serio de verdad. Sin dejar de mirarme a la cara con gesto de estar pensando lo que yo daría por tirarme a este vejestorio y que encima me alquilara un piso en alguna zona de lujo de la ciudad, un puto piso adonde invitar a todos los amigos de la pandilla a disfrutar de las alucinantes vistas sobre los rascacielos y el parque central mientras nos hacemos unas pajas, se pone a rebuscar en sus bolsillos, tiene muchos y no demasiado bien repartidos, se ve que su traje no se lo ha diseñado una Wendy laboriosa y lista sino una friki resentida que lleva toda la vida esperando que se enamore de ella y se consuela cosiéndole y descosiéndole vestiditos de maricón para que se ligue a la infinita cadena de tíos que lo separan de ella y nunca le permitirán tenerlo en su cama para ella sola, como en realidad quiere, aunque se engañe sobre esto también. Ufff, dice al fin, creía que no la iba a encontrar nunca. Me tiende una tarjeta arrugada y mugrienta. Es la nueva moda, me anuncia, dándose aires de iniciado en este culto o secta de reciente implantación.

–Creo que es lo tuyo, por lo que veo, te pega mucho. Los tíos que conozco que lo han probado ya no quieren otra cosa. A mí no me va nada, pero me temo que por desgracia a ti sí. Como un guante de seda. Es lo tuyo, si me equivoco y no te gusta vuelve por aquí y te haré lo que quieras sin pedirte nada a cambio...

Imagínese, querida Christine, mi gran decepción, después del trabajo que me había tomado, el trajecito de Wendy, de diseño tan coqueto y seductor, la inmersión en las catacumbas del amor prohibido, el flirteo equívoco con los tíos, en fin, y ahora todo lo que tenía en mis manos era una tarjeta publicitaria sobre un establecimiento hípico y un criadero de caballos situado al norte del estado. VADEMEQUUS: una granja en las afueras de Catskill, a dos horas y pico del centro de Manhattan, un villorrio infame donde puedes acabar siendo secuestrado y asesinado de manera truculenta por una secta puritana con ramificaciones masónicas en todo el país. Así que me olvido del asunto y ni siquiera lo comparto con Wendy cuando, entre risas y aplausos, le cuento mi noche de ligue gay a esta pelirroja despampanante y cachonda por la que todos los tíos de ese sitio infecto perderían el culo, nunca mejor dicho, y se harían pajas sólo por haberle mirado el escote aunque fuera de reojo, sin hablar de las nalgas, espectaculares, y del peluche de color rubí que cultiva como un jardín privado para el viajero que busca un poco de descanso y de amor en este mundo hostil y se adentra entre los muslos de terciopelo sin imaginar la gratificación incomparable que le aguarda al final del viaje, como una iluminación tántrica, no exagero lo más mínimo. De verdad, querida Christine, no sabe cuánto le convendría conocerla. En fin, pasan meses, y comienzo a sospechar que mucha gente conoce ese sitio. Mucha más gente de lo que yo habría imaginado, escucho hablar de él por casualidad aquí y allá y me vuelvo paranoico, acechando las conversaciones y las charlas más triviales, en cualquier momento espero que alguien diga pasé el fin de semana en Catskill montando a caballo, o fui a ver cómo domaban una recua de caballos salvajes, o estuve a punto de comprarle un poni blanco a mi hija pequeña ayer por la tarde. Se lo pregunto a Wendy, ya desesperado, y no sabe nada y pone cara de irónica extrañeza, como preguntándose qué estará tramando éste, qué querrá otra vez. Se lo pregunto a Mildred, la secretaria eficiente que usted acaba de despedir de su puesto por mi culpa, y se encoge de hombros sin saber muy bien qué decirme. Tengo una reunión importante en mi despacho con algunos ejecutivos y financieros y, en mitad de una disertación sobre el reciclado de la plusvalía comercial china en bonos del tesoro estadounidense y los beneficios de esta práctica reiterada en el aumento de la competencia china y la disminución paralela de la inflación americana, dejo caer el nombre del lugar, como por casualidad, digo Catskill, nada más, Catskill. Pregunto a continuación si alguien ha estado allí, o ha oído hablar del sitio, y veo las caras de sorpresa y preocupación y los intercambios furtivos de miradas e intuyo lo que está pasando. Soy un experto en analizar los sentimientos colectivos. He de confesar, en cambio, sin pretender hacer ninguna alusión al incidente que le dio la ventaja a usted sobre mí en la institución, que no suelo ser tan perspicaz, es verdad, cuando se trata de interpretar los sentimientos individuales. La seriedad se apodera entonces de la reunión, hasta ese momento todos comentaban con humor e ironía los datos de la situación económica, las crecientes primas de riesgo de algunos países europeos y sus consecuencias políticas inmediatas, pero al mencionar el nombre de ese lugar (Catskill) todos han enmudecido de repente. Al cabo de un momento de tenso silencio, uno de mis colaboradores más estrechos toma la iniciativa en nombre de los otros. Señor, si me permite, ¿podría hablar con usted en privado?, me pregunta Mathias, un niñato inteligentísimo y recomendadísimo, ya se imagina por quién, recién salido de los altos estudios y que hace unos ocho meses aterrizó aquí, en las oficinas del Fondo, para hacer una estancia de dos años con la intención de comprender cuanto antes los mecanismos disfuncionales del sistema, eso me dijo en la primera entrevista, con seriedad impostada, y le digo que sí, que quiero hablar, que se marchen los otros, hemos terminado la reunión, y me quedo a solas con él en mi despacho. Es guapo también, así que no me extrañaría que fuera adicto a la testosterona en dosis variables y hubiera pasado alguna noche de amor loco o de relajación visceral en los sótanos de Sodoma. Me dice que no debo ir allí, que nada se me ha perdido en esa granja del demonio, eso dice literalmente, esa finca de Satanás, que una personalidad de mi nivel y de mi relevancia internacional no debería aparecer por allí nunca, por ninguna razón. Le miento, al verlo tan preocupado, y le digo que era una broma, que me la había gastado un amigo la noche anterior, durante una cena distendida con directivos de una corporación japonesa de visita en la ciudad, y que esperaba que todos los ejecutivos de la reunión fueran capaces de pillar el chiste y reírse conmigo como hicieron los japoneses, somos inteligentes, tenemos una buena formación y ganamos un sueldo acorde, todo el mundo debería estar a la altura de las expectativas y saber leer correctamente los matices de las palabras y las expresiones. Desde luego, me dice, algo avergonzado de su exagerada reacción de alarma. No estoy seguro, cuando se marcha de mi despacho, de que esté convencido de mi sinceridad cuando le he dicho que no sabía nada. El caso es que no sé nada, pero tengo la tarjeta guardada en mi cartera y con eso me basta. Le pido a Mildred que me alquile un coche para el día siguiente, quiero tenerlo a la puerta de mi casa en Georgetown a las ocho en punto de la mañana.

Y ahí está, aparcado en la acera a la hora convenida, un Toyota Fortuner gris metalizado. Pienso que Mildred ha debido de pensar que iba a hacer una excursión al campo o a la montaña y ha elegido para mí este elegante todoterreno diseñado para no echar de menos los encantos tecnológicos de la ciudad. No sé por qué no me sorprende que Mathias esté esperándome de pie junto al vehículo. Me tiende las llaves en cuanto me aproximo. No le pregunto, prefiero no saber cómo ha averiguado lo que me proponía hacer. Tenemos más de seis horas de viaje por delante, más vale que nos llevemos bien. Nos subimos al coche y salimos de la ciudad, a esa hora el tráfico es razonable, como los movimientos de la bolsa, todo se enreda a media mañana, como usted sabe bien, cuando los cierres de unas arrastran las transacciones que aún les restan a las otras para terminar al alza o a la baja sus gráficas de movimientos. Sueño con ese minuto mágico, que quizá alcancemos algún día, en que todas las bolsas del mundo se mantengan abiertas al mismo tiempo con independencia del huso horario. Ésa sería una buena solución a todos los problemas de los mercados. Sé que a usted, querida Christine, le fascina tanto como a mí esa posibilidad, no desespere de verla realizada un día u otro, esta crisis demoledora traerá muchos cambios, no todos negativos, no se deje dominar por el pánico. Se lo cuento a Mathias mientras no despego la vista del parabrisas, sin darme cuenta de que lleva puestos los auriculares de su MP3 y no puede oírme. Llamo su atención para que despeje los oídos y le explico mi teoría. Eso piensan también los caballos, me dice. ¿Te estás burlando de mí? No, ya verá. Hubiera sido mejor que no lo supiera, pero ya veo que su curiosidad es insaciable. Si tú supieras, muchacho, le digo, hasta dónde sería capaz de llegar con tal de saber algo. El conocimiento es un fuego que me abrasa las entrañas. Si no sé algo, mataría por saberlo antes que otro. Entonces no podía imaginar que esta conversación, querida Christine, resultaría profética además de patética. ¿Qué estás escuchando?, le pregunto por cambiar de tema. Schubert, *El viaje de invierno*. Ya veo, todo el mundo me decía que eras especial, no quise creerlo, después de esto podríamos ser grandes amigos. Por el momento, nos conformamos con estar sentados dentro del coche, acogidos a su confort insuperable, viendo desfilar las horas una detrás de otra como en una marcha militar, él escuchando a Schubert y yo la exuberancia de ideas que saturan mis redes neuronales, viajar acelera mis mecanismos de asociación y procesado de la información y disfruto de este tiempo de productividad libre que cuando vuelva a mi despacho sabré rentabilizar, como tantas otras veces. Nos guiamos sólo por el satélite que nos vigila como a terroristas o delincuentes transnacionales y estamos buscando, bajo la fuerte lluvia que ha empezado a bombardear la región hace unos momentos, la maldita granja, pasando Catskill a la derecha, un camino de tierra tras una valla metálica, dos kilómetros de carretera infame, una carretera que en África no usarían ni los perros. Se lo digo a Mathias, no sé por qué, me parece que hacerle reír es importante, quizá porque no lo hace nunca, y lo veo señalarme con el dedo un edificio fantasmal que destaca al pie de una colina poblada de árboles que parecen antenas parabólicas. Allí es, me dice, y me obliga a prometerle que no contaré nada de este viaje a nadie, así sea bajo presión. Me parece que este muchacho no ha aprendido nada en la vida y no sabe reírse del mundo, nada es tan dramático como él lo ve. Es verdad que uno puede saber cosas que enturbian el ánimo y lo que pasa en esta moderna factoría es una de ellas, como estoy a punto de comprobar.

Nada más entrar en el enorme atrio que hace de sala de recepción, con Mathias como diligente gestor de la visita, me doy cuenta de que no sé nada del mundo en el que vivo. Y tampoco me consuela, hoy, cuando han pasado tantas cosas en mi vida y en el mundo, constatar que es probable que usted, mi querida Christine, tampoco las conozca y que me deba a mí el gran favor de habérselas descubierto. Por su bien. Sí, porque hay cosas que merece la pena ignorar aunque uno sepa que existen y hay cosas que uno no querría ignorar aunque no sepa que existen. Pero hay un tipo de cosas, y éstas son las peores, créame, que uno ni llega a saber que existen ni llega a imaginar por qué tendrían que existir ni a comprender las razones por las que las ignoramos o hacemos como que las ignoramos. Suena enrevesado, pero es que aquello era bastante enrevesado en sí mismo y aún estábamos sentados en el vestíbulo de un edificio que parecía más una nave industrial que una granja de animales, desde luego, recopilando información para mí y terminando de rellenar un breve cuestionario que encuentro ridículo, punto por punto, pero que es, al parecer, el único medio de acceder al interior del establecimiento hípico. Para empezar, como me explica Mathias tendiéndome un folleto con el plano del edificio diseñado por no sé qué arquitecto islandés, hay cinco plantas.

–En cada una de ellas, en orden ascendente, los clientes reciben el tratamiento que requieren en función de sus antecedentes, deseos y necesidades. Está todo organizado de un modo muy lógico y eficiente, ya lo verá. En unos casos el tratamiento es más físico, más de choque, por así decir, y en otros de tipo más espiritual, por así decir, dependiendo de la gravedad y la urgencia de cada paciente, aunque luego puede cambiar, según la respuesta de cada uno.

–¿Paciente? –le pregunto sorprendido con la terminología clínica con que pretende describirme el funcionamiento interno del lugar.

–Sí, hágase a la idea, señor, de que esto es una clínica surgida en 2007 cuando se intuyeron los primeros signos de la hecatombe económica que se avecinaba. ¿Qué hacer con los financieros y los banqueros, los agentes de calificación y los ejecutivos y los auditores que perderían su empleo en cuanto estallara la crisis? A alguien que no estoy autorizado a nombrar se le ocurrió la genial idea de montar este centro de reeducación, rehabilitación o reprogramación de hábitos, como también se lo considera según cuáles sean los efectos terapéuticos sobre los pacientes, con el fin de encauzar las vidas corporativas de las víctimas colaterales del estropicio y asimismo las de los que habrían de sacarnos del atolladero, ¿me sigue, señor?...

Y lo seguí, vaya sí lo seguí, con una fidelidad impropia de mi edad y de mi temperamento, querida Christine, como usted me sigue a mí, en este momento, pendiente de mi relato porque ha empezado a reconocer en él cosas que le resultan familiares, bien porque las ha oído en algún pasillo de la institución que regenta desde hace apenas un mes, sin atreverse a preguntar por lo que significaban, bien por haberlas deducido de las intrigantes actitudes de algunos de sus colaboradores más estrechos. Todos hemos pasado por experiencias similares, no se inquiete, acabará acostumbrándose a ese clima de sigilo sacramental y falso misterio burocrático. Como le decía, seguí a Mathias hasta las entrañas del estrambótico edificio, en cuanto la guapa enfermera, vestida de pies a cabeza como una amazona ecuestre, dijo que mi solicitud de ingreso había sido aceptada, tras estudiar los resultados del test y las respuestas al cuestionario, todo en regla, y, sin embargo, estaba autorizado a ingresar de momento en el establecimiento sólo como visitante, no aún como cliente. Una formalidad temporal, no hay que darle más importancia, me comunica Mathias enseguida para tranquilizarme. De modo que decidí seguirlo, en efecto, como miembro más veterano del club no podía hacer otra cosa, en contra de lo que mi razón me aconsejaba en ese momento y a día de hoy me alegro de haberlo hecho, a pesar de todo. Tras esta experiencia he comprendido que los subordinados pueden enseñarle a uno cosas cuya ignorancia es perjudicial para sus intereses y aspiraciones. En puestos de tan alta responsabilidad se debe aprender a confiar ciegamente en el personal al servicio de uno. Con el tiempo, querida Christine, ya verá como me agradece este consejo.

Prefiero omitir ahora, por respeto a usted y a la institución que representa, así como por no ofender su sensibilidad más de lo debido, el relato pormenorizado de mi visita turística a las cuatro primeras plantas, donde los «pacientes» del centro recibían un tratamiento equino a la altura de la fortuna monetaria que les costaba cada sesión. Una terapia cuadrúpeda intensiva, encomendada por los cuidadores del establecimiento a sementales de primer rango. Los resultados, por lo que podía ver, eran altamente gratificantes y a buen seguro redundarían en el rendimiento de estos individuos en sus respectivas empresas y compañías. Tuve que despedirme de Mathias en la cuarta planta, donde el tratamiento, siendo parecido a los anteriores, según me dijo él mismo, introducía algunas variantes sofisticadas en las que no quiso ahondar por no tentarme a experimentarlos demasiado pronto.

–Ya tendrá ocasión de regresar, señor, si así le apetece, pero confórmese hoy con el conocimiento intelectual que nos proporciona la mera existencia de este laboratorio experimental donde los hombres y los caballos restablecen una intimidad que durante siglos se ha visto interrumpida por prejuicios absurdos. Al fin, gracias al desarrollo tecnológico de nuestras sociedades y a nuestros cambios de mentalidad, ese giro copernicano que nos permite mirar al animal, y en especial al caballo, como a un igual, hemos podido liberarnos de estereotipos estúpidos y recuperar una relación beneficiosa y saludable para ambas especies.

Cuesta separarse de un guía tan eficaz como Mathias, lo reconozco, es un pozo de ciencia en materias que uno ni se imaginaría que existen en ningún currículum académico reconocido y me alegro de que a la salida podamos volver a encontrarnos y proseguir la interesante conversación durante nuestro regreso al DC. De momento, me limito a seguir las indicaciones que me ha dado con el fin de no perderme en el laberinto de pasillos sin salida, dependencias clausuradas y cuartos privados. Tomo el ascensor para subir a la quinta planta y, una vez allí, de la mano de otra enfermera clónica, vestida de amazona ecuestre, como todas las demás enfermeras anónimas que he visto en el silencioso edificio, recorro un largo pasillo blanco flanqueado de puertas de madera sin barnizar con la rúbrica Dr. Houyhnhnm y un numeral latino inscrito en ellas. He contado quince doctores antes de que la atractiva amazona se detenga ante la número dieciséis, llame a la puerta y me haga entrar, quedándose, por desgracia, en el exterior, embutida en esa equipación femenina que me fascina desde la infancia, cuando veía montar a caballo a mi madre y a mis primas cada fin de semana en una finca familiar de Normandía. No me hubiera importado nada que ella me enseñara de nuevo los rudimentos de la equitación, primero como montura y luego como jinete, si hacía falta, cabalgando desnuda sobre mí con las botas puestas y el casco de montar y blandiendo la fusta para incitarme a terminar pronto, pero nada aquí, según me anuncia la sabia enfermera con una sonrisa de cortesía antes de cerrar la puerta detrás de ella, es tan vulgar como la fantasía pornográfica de un hombre que afronta ya sus últimas décadas de existencia con el sentimiento de no haber sabido explotar al máximo las posibilidades encerradas en cada minuto de la misma.

–El nuestro es un mundo para jóvenes impetuosos que buscan experiencias nuevas con las que atravesar el túnel del tiempo a toda velocidad y adentrarse en la morada de la muerte con la misma arrogancia con que vivieron sus días y sus noches. Éste ya no es su caso, por desgracia para usted, y necesita el tratamiento adecuado a sus debilidades y manías, de una senilidad galopante. Antes de administrárselo, sin embargo, es necesario hacerle un diagnóstico riguroso. Hable con el doctor, no tenga miedo, no es un dogmático ni un moralista. Muéstrese abierto, cuéntele sus problemas, sus dudas, sus temores, y él sabrá encontrarles una solución infalible al mejor precio.

Convencido de que todo esto, mi querida Christine, es una broma americana de muy mal gusto, una estafa para ingenuos estampada con el prestigioso sello de la Costa Este, como sus guerras de ultramar y esos tratados económicos con países vecinos o aliados cuya letra pequeña y cláusulas especiales usted se conoce de memoria, entro con prevención en este amplio aposento que pasa por consulta médica y lo primero que compruebo, mis sentidos siempre alerta, es que esto huele a humedad y está oscuro y parece despoblado.

–Siéntese, por favor.

La voz procede de alguna parte del fondo de la estancia, que no logro distinguir del todo a causa de la escasa iluminación, y me temo que la broma pesada esté llegando demasiado lejos cuando percibo un sonido identificable mientras me siento donde se me indica. Como cascos de caballo resonando contra el mármol. No tardo en comprobar que estoy en lo cierto por una vez. La borrosa silueta de un caballo, erguido sobre sus dos patas traseras, ha caminado hasta la puerta de entrada para cerrarla con llave desde dentro. El animal quiere intimidad y, por lo que veo, quiere mi amistad. Se acerca a saludarme, me tiende una de sus pezuñas herradas, me pide que lo acaricie en el hocico, al parecer es un signo de aceptación psicológica de su autoridad, y luego se vuelve para recuperar la posición distante de donde venía. Después de unos minutos de silencio, en los que puedo escuchar un roce apresurado de papeles y algunos nerviosos carraspeos, el doctor equino toma la palabra.

–Hablemos en francés, si le parece, imagino que le alegrará volver a cabalgar sobre su lengua natal.

–Desde luego, se lo agradezco, aunque no sé si encuentro el uso del verbo «cabalgar» del todo adecuado en este caso, sobre todo después de lo que he visto en los niveles inferiores.

–Es usted un *yahoo*, no me extraña que se sienta incómodo al principio.

–¿Un qué? Yo prefiero *google*, no sé por qué, tal vez me considere de gusto algo convencional, no me importa.

–Abra un poco su mente y relájese. Todos los otros *yahoos* que usted ha visto vienen aquí una vez al mes a recibir instrucciones sobre cómo gobernar mejor sus asuntos y negocios. Como su acompañante de hoy, ese tal Mathias, un asiduo a nuestras instalaciones. Tenga mucho cuidado con él, es un tipo ambicioso y solapado y tiene facilidad para hacer amistad con gente indigna con tal de medrar, no se fíe de él, es peligroso, un oportunista de la peor especie. Usted me gusta, por eso le advierto del riesgo de mantener a este individuo traicionero tan cerca de usted.

–¿Nos conocemos de algo?

–No me menosprecie. Leo a diario la prensa, toda la prensa, en inglés, francés, árabe, español y chino, sobre todo, por ver las tonterías que hacen, por enterarme de lo que están preparando, por seguirles la pista. No espere de mí una respuesta cabal a todas sus locuras. No me gusta la televisión, no me gusta el fútbol, no me gustan los negocios donde está implicado el dinero de mucha gente. Los problemas que ustedes han creado no los podría solucionar nadie, ni los ingenuos alienígenas, con toda su arrogancia tecnológica, ni nosotros, los humildes y filosóficos caballos. Ni siquiera esos coleópteros inteligentes que los entomólogos más avanzados anuncian como el futuro inminente de la evolución natural. Es una completa falacia. Nadie puede solucionar los problemas que no sería capaz de producir. Esto lo aprendí de las especies alienígenas, no sé si sabe que estamos en contacto con ellos desde hace siglos, nos eligieron a nosotros de entre todos los seres del universo para comunicarnos sus conocimientos y técnicas. Cómo decirlo sin ofenderle, nos prefirieron a ustedes como confidentes y aliados, sopesaron los pros y los contras y decidieron que nosotros, como especie, no sólo teníamos más futuro, un futuro garantizado que ustedes han perdido, sino que además, llegado el momento, sabríamos detener la proliferación de las bacterias, que es la mayor de sus preocupaciones desde siempre, no sé si lo sabía. La relación de los alienígenas con las bacterias es nefasta, se odian mutuamente, de un modo enconado, quizá porque proceden del mismo pozo infecto, nunca entendí bien las razones de este conflicto, y la idea de que ellas se multipliquen sin freno y acaben dominando la tierra por culpa de ustedes y sus torpezas ecológicas les preocupa mucho más de lo que parece. De modo que vieron en nosotros una posibilidad de salvación, ¿lo entiende? De ustedes no se fía nadie en el universo, sus corrupciones, su codicia infinita, sus manipulaciones, sus perversiones, sus vilezas, sus mentiras, todo el lote los hace muy impopulares en cualquier galaxia que visite y hay muchas más de las que se imagina. Nosotros, en cambio, somos únicos y muy apreciados en todas. Es verdad que nos vemos obligados aún a mantener con ustedes una relación humillante, pero cuán diferente de la que ha regido a lo largo de todos estos siglos. Esos colegas de usted que vienen con frecuencia, como adictos a las experiencias extremas, a que alguno de mis congéneres ponga a prueba con su miembro enhiesto la fortaleza y resistencia de sus intestinos, demuestran a qué clase inferior de seres pertenecen. Lo tienen todo, riqueza, posición, relaciones, y sin embargo vienen aquí en busca de algo que no encuentran allí, en su mundo de rutinas y privilegios. Eso nos ha hecho recuperar el tiempo perdido. Ahora somos nosotros los que nos estamos resarciendo de siglos de explotación y humillación. No le diré, como dicen algunos hermanos míos, que la locura de nuestros clientes se está trasladando al mundo entero. Sería absurdo pensarlo. Pero pretextar que visitan esta clínica para poner en claro sus ideas, rectificar errores y encontrar soluciones es tan disparatado que demuestra que son unas criaturas fallidas, como también creen nuestros amigos intergalácticos. No quiero aburrirle, pero sé que tenía una gran curiosidad por este sitio, sé también que usted no siente interés alguno por lo que pasa en las otras plantas de este centro, por eso le he hecho venir a mi despacho. No soy excepcional ni pretencioso, soy el vigesimosexto de una cadena de ciento treinta y cuatro consultores reconocidos, pero puedo ayudarle si lo necesita y usted me lo demanda. No dude en acudir a mí cada vez que tenga algún problema de la índole que sea. Por el precio que la enfermera le indicará al salir, le proporciono la respuesta que usted quiera tantas veces como quiera. No buscamos inmiscuirnos en sus asuntos, no queremos el poder, de algún modo ustedes nos lo están dando y no tardaremos en tenerlo del todo, como nuestros socios cósmicos profetizaron hace siglos. Mientras tanto, cuente con mi colaboración, vienen malos tiempos, la gente va a sufrir mucho, usted no saldrá indemne tampoco, le conviene refrenarse, controlar sus actos, hable conmigo, serénese, ya verá como todo se resuelve aunque sea para volver a complicarse de nuevo, en direcciones nuevas e imprevistas, siempre lo hace. Las crisis son pasajeras, periódicas, como dicen ustedes los economistas, pero sólo cambiarán el decorado y algunos actores, la acción, aunque lleve otro nombre o la llamen de otro modo para hacerla pasar por algo distinto, será siempre la misma. La autodestrucción sistemática y la extinción de cualquier otra forma de vida, ésa es la empresa letal a la que han estado dedicando toda su energía y recursos de modo preferente los miembros de su lamentable especie desde que se les cayó el pelo del cuerpo y se volvieron por ello melancólicos y posesivos. Al revés de lo que se cree, son los mismos fines los que llevan a recurrir una y otra vez a los mismos medios catastróficos para alcanzarlos. Es un tropismo simiesco inscrito en su código genético desde los orígenes. No lo olvide, aquí estaré esperándole. Si prefiere a otro, no lo dude, no soy competitivo ni celoso. Tiene un listín numérico a su disposición. Tenemos también un servicio telefónico para urgencias. Aunque no se lo recomiendo, no lo lleva un personal cualificado. Y recuerde siempre nuestro lema: *No es posible pensar hasta que uno descubre que la razón es el principal enemigo del pensar*. La razón, como es natural, gobierna nuestra vida, pero no nos sentimos más orgullosos de ello que de andar sobre dos patas unguladas, tener una cola larga con la que espantar insectos y unas orejas prominentes o un aparato reproductor encomiable. Sí, sé que estará pensando que algunos *yahoos* piensan o han pensado lo mismo que nosotros. No todos los caballos que hay en el mundo lo parecen. No lo olvide. Somos astutos, sabemos disimular, camuflarnos. Aprendimos a escapar a las obligaciones de la montura, odiábamos ser tomados por bestias cuadrúpedas, nos gustaba demasiado, como a ustedes, tener las manos libres para hacer lo que quisiéramos, jugar a las cartas, rascarnos la cabeza o acariciar el cuerpo de otros. Ya hemos visto lo que ustedes han hecho con sus manos. Nosotros somos diferentes. Nuestros aliados del universo no se cansan de repetirlo. Espero volver a verle pronto. Presiento que nos entenderemos bien. Cierre la puerta al salir, por favor.

Como comprenderá, querida Christine, apenas pude pronunciar una palabra en toda la entrevista, un monólogo didáctico del que he extractado sólo las partes que más podían interesarle, por la sencilla razón de que me quedé mudo mientras contemplaba la sombra del caballo que me hablaba desde el fondo de la estancia como un gurú o un chamán espiritual. Al salir, la enfermera me comunicó que la primera visita era siempre gratuita, generosidad equina, y me mostró las tarifas prohibitivas de las siguientes. Pagar cuantías elevadas constituye, al parecer, una parte fundamental de la terapia hípica. Le dije que la llamaría la semana próxima sin falta para concertar la primera visita. Mathias ya me estaba esperando en la planta baja, sentado otra vez en el vestíbulo, curioseando unos folletos publicitarios sobre nuevos tipos de tratamiento en oferta limitada. Parecía muy fatigado y nervioso y tenía la cara recubierta de erupciones cutáneas. La reacción alérgica es pasajera, no se preocupe, mañana no quedará ni rastro, me anuncia compungido. Apenas si nos dijimos algo más en el viaje de vuelta, no había nada que decirse, ni yo tenía intención de resumirle el enjundioso parlamento del doctor Houyhnhnm, ni él querría hacerme partícipe de su interacción bacteriana con algún primo semental de éste. Esa actitud reservada y fastidiosa se prolongó durante los meses que estuvimos en contacto en las oficinas del Fondo. Desapareció un día sin avisar y no volvimos a saber nada de él. Temí que le hubiera pasado algo grave pero un año después, cuando casi me había olvidado de Mathias, leí en una revista especializada que había sido nombrado director de recursos humanos de una industria petroquímica de Pittsburgh.

En cuanto a mis visitas a la clínica equina de Catskill, querida Christine, prefiero dejarle adivinar cuántas fueron y durante cuánto tiempo y con qué fines. De mis actos y decisiones de los últimos años podría extraer bastantes conclusiones. Espero que no se equivoque tanto como yo.

Atentamente,
El dios K

DK 37

Ese oscuro deseo de un objeto

Ahí estaba, sí. Había venido al fin. Tal y como el dios K la recordaba. Es verdad que el recuerdo se degrada menos con el tiempo que la persona que lo causó, pero en este caso el recuerdo se confundía y el tiempo, ah, el tiempo no había tratado bien a Virginie. La vida tampoco. Con dureza y crueldad, como una madre severa trataría a una hija descarriada. Así Virginie, desde la muerte de su madre todo en su vida había ido a peor. Tal vez por eso no se negó a venir. Por qué si no, para verlo a él, más de treinta años después del incidente. Cuánto costaba esta farsa, se preguntaba el dios K todo el tiempo. Cuánto habría pagado Nicole por devolverle la juventud perdida. Cuánto cuesta mantener vivo un recuerdo. ¿Y un deseo? Cuánto cuesta un deseo.

No venía sola, ésa era la sorpresa, la medida del recuerdo, la medida del deseo estaba en la acompañante. Los detectives de Nicole habían localizado a la madre y a la hija sobreviviendo en un barrio miserable, malviviendo a costa de las prestaciones sociales del Estado, sin marido, sin trabajo, sin posición, sin estudios, rodeada de inmigrantes que sólo se diferenciaban de ella por el color de la piel o las creencias y costumbres. Nada más. El lote restante era idéntico. No podía negarse a la proposición que se le hizo. Algo, sin embargo, como suele pasar, había hecho bien en esa vida desperdiciada que era la suya. Una sola cosa. Reproducirse. Sí, el dios K no daba crédito. Sus cinco sentidos recibían cinco veces más información de la que podían procesar a la vez.

La madre y la niña. Virginie I y Virginie II, como dos gotas de agua sucia extraídas de la misma alcantarilla, del mismo charco, del mismo fango. Ahí estaba la genuina Virginie, insolente y provocativa a pesar de su estado de postración vital, y ahí estaba su réplica, su doble adolescente, cogidas de la mano como dos hermanas pordioseras acogidas al mismo régimen caritativo de beneficencia pública. La niña, a los ojos del dios K, mostraba una inocencia calculada al agarrarse a la madre por cuya posesión, en ciertos círculos depravados, se habrían pagado fortunas incalculables. Una lubricidad apenas oculta bajo una apariencia candorosa. De modo que era eso y sólo eso. Una transacción corriente. Valor de cambio de los cuerpos y las relaciones. Los abogados de Nicole se habían ocupado de los detalles crematísticos. Virginie obtendría a cambio una cantidad de dinero que le permitiría, a partir de entonces, recuperar para ella y para su hija el tren de vida al que se había acostumbrado siendo joven. Recuperar también parte del estatus y las ilusiones perdidas estos últimos años. Ojalá no fuera tarde. El sacrificio de la hija en aras de la posición no era algo tan infrecuente ni tan innoble como la clase media, acostumbrada a vivir con sueldos de miseria y ahorros medianos, solía juzgar. Bien valía esa primicia lo que se pagaba por ella, si es que lo era de verdad. La garantía de que la niña fuera virgen no estaba asegurada ni por los detectives ni por los abogados. Al dios K, todo sea dicho, le parecía un aspecto menor de la cuestión, letra pequeña al pie de un contrato sustancioso. ¿Cómo se llamaba esta niña?, inquirió el dios K con zalamería de abuelo vicioso que se granjea la simpatía de la menor. A todos los efectos, le dijeron a coro, esta niña se llama Virginie. Su verdadero nombre no interesa a nadie, si la madre, una católica moderada, tuvo el mal gusto de no bautizarla con el nombre adecuado, era su problema. Nada debía estorbar los propósitos del encuentro. Dejadla que se acerque a mí, fue entonces la orden dada por el dios K. La pretensión inicial era desvincularla de la madre y crear en torno de ésta un vacío tal que hiciera incómoda su presencia. El dios K había comenzado a prodigarle sus mimos y caricias a la niña y no estaba dispuesto a tolerar por más tiempo la amargura de la madre. No allí, no ahora. Expresada además por todos los medios. Los ojos, la boca, las manos, los gestos. Un odio atávico, un resentimiento heredado de la madre muerta, pobre Sophie, nunca le perdonó lo sucedido en Praslin. Con un gesto escénico de una inteligencia digna de sus mejores momentos televisivos, Nicole obligó cortésmente a la incómoda visitante a abandonar el apartamento, recomendándole que no volviera ni llamara por teléfono. Su hija le sería devuelta, como estaba acordado, cuando todo hubiera acabado. Un taxi pagado hasta el hotel, eso era lo estipulado. ¿Qué pasó entonces en el salón una vez que Nicole, con la misma sutileza con que se había librado de la madre, se esfumó ella misma, dejando a solas como quería al dios K y a su rubia doncella? La imaginación de Nicole, hay que reconocerlo, es limitada y, al mismo tiempo, apoteósica. Creyó que la presencia de la niña, con su nombre encantador, reactivaría de golpe la libido de DK y éste, sin pérdida de tiempo, sometería a la Virginie segunda a toda suerte de rituales fálicos y liturgias obscenas. Esas mismas que la habían encandilado a ella desde la primera vez y la mantenían unida, a pesar de todo, a este hombre arruinado, a este marido en franca decrepitud y bancarrota como amante. Pero no fue así, exactamente. Nicole había pagado para recuperar ese poder venéreo y ponerlo de nuevo, con todas las licencias admitidas, a su íntimo servicio. Por eso tal vez su versión de los hechos sea algo sesgada. Demasiados intereses en juego como para admitir que la realidad nos lleva tenazmente la contraria. Por Dios, dirán algunos impacientes, por qué no va al grano de una vez. Por Dios, precisamente, por el dios K es imposible ir al grano de momento. ¿O es que viéndolo allí, escenificando una renovada versión de su retrato de salón, arrellanado en el sillón predilecto y acariciando sin fin el objeto de su pasión juvenil sentado ahora en sus rodillas, aquella niña esquiva que le había producido el único gatillazo de su feliz existencia, se podía pensar en algo distinto que en el deshojar interminable de una flor de infinitos pétalos y sépalos alternativos? Esto no es una maldita película de Rohmer, por desgracia, y el dios K se sentía reconciliado con la vida al tener la oportunidad de abrazar contra su cuerpo el cuerpo de esta nueva Virginie, duplicado juvenil y perfeccionado de la madre antipática. Así pues, lo que pasó es más difícil de contar que lo que no pasó. Conociendo las tendencias y hábitos de los últimos tiempos, esa conducta excéntrica y esas ideas extravagantes del dios K, podría decirse sin rodeos que lo sucedido en la intimidad del dormitorio, donde la condujo para hurtarla a la vigilancia del detective de la competencia, con la niña Virginie, nacida por azar el 18 de agosto de 1995 en Cajarc durante un verano loco en que su madre, persiguiendo a un hombre casado que era su amante entonces, había decidido emprender sola y embarazada el Camino de Santiago, nada de lo sucedido allí, salvo por unos pequeños detalles que luego quizá haya ocasión de mencionar, sería considerado delictivo en ningún tribunal del estado, ni por el más honesto e incorruptible de los jueces (el juez Holmes constituye un paradigma moral irreprochable), ni por el más puritano e inquisitorial de los jurados. Ese mismo, sin ir más lejos, que estaba terminando de constituirse para juzgar su caso a unas millas de allí y que se iba cerrando, día tras día, como un lazo alrededor de su grueso cuello.

Nada más encerrarse a solas con la niña en el dormitorio, viéndola desnudarse con una alegre sabiduría que no podía haber aprendido yendo al gimnasio, el dios K se preguntó por primera vez hasta dónde estaba informada Virginie, hasta dónde la habría informado su propia madre sobre los fines de todo aquello. Para poder apreciar el impacto de ese desnudo en los nervios y la sensibilidad del dios K habría que tener en cuenta lo que la niña Virginie llevaba puesto. Ese atuendo con el que V. expresaba la degeneración generacional de las de su clase y su raza, en opinión de uno de los detectives, que en uno de los informes ya había alertado sobre el escandaloso mal gusto de la niña vistiendo. A pesar de esta advertencia, el choque en la sensibilidad del dios K, experto en las últimas tendencias de la moda femenina, para mujer o para jovencita, todos los catálogos de las grandes marcas ocupaban un lugar destacado en esa memoria organizada como las estancias de un vasto palacio versallesco, al verla aparecer así vestida fue tremendo y casi arruinó las expectativas y pretensiones de la cita, o el reencuentro, de los dos modos se referían a él sus protagonistas. La niña iba muy mal vestida, todo sea dicho, y olía a perfume barato y no era sólo culpa de la madre, su afán vengativo y su deseo de escarnecer a su fallido amante de antaño no llegaban tan lejos. Como muchas compañeras de generación, el descuido vestimentario no hacía sino agravarse con la llegada del verano y el calor sofocante. Y el uniforme generacional de la chica no se distinguía apenas del disfraz de otras colegas de su misma edad. Una camiseta de tirantes con franjas azules y blancas, un minipantalón vaquero ajustado a los muslos y unas chanclas rojas de diseño utilitario. Es verdad que madre e hija no vivían en la abundancia, pero tanta vulgaridad sobrecogió al principio al dios K como los signos de una hecatombe cultural de secuelas impredecibles para la sensibilidad y el gusto. Había razones para ello, desde luego. De modo que ya mientras la acariciaba en el salón estaba pensando en la necesidad de que la niña se desvistiera con urgencia. Era depresivo contemplar ese cuerpo maravilloso, en pleno desarrollo, deformado por la fealdad degradante que procede del contacto con las cosas baratas. Ya podía Nicole, o en su defecto la vieja Virginie, haberse molestado en vestir y arreglar a la niña conforme a las necesidades especiales del encuentro, aunque no podía negar que esas pulseras de pedrería caleidoscópica que Virginie bis llevaba ceñidas a las muñecas y el cuello, a pesar de haberlas adquirido en un puesto de baratillo, sí le hacían tilín al viejo DK, con sus abalorios y gomillas de vivos colores como el rosa fuerte, el fucsia y el celeste. Y, antes de entrar en el dormitorio, ya la había instruido sobre la necesidad de librarse de ese disfraz de proletaria barriobajera que tanto deslucía su presencia y mortificaba al buen dios K, siempre tan preocupado con los avances cosméticos y vestuarios que embellecen la apariencia y refuerzan el poder sensual de la mujer. Así lo hizo Virginie sin rechistar, complaciendo las demandas del tío DK, un vicioso potentado que, como le había dicho su mamá, pagaría una buena pasta por verla desnuda y hacerle unas cuantas guarrerías a una niñata que, como tantas a su edad, lo sabía todo del sexo con chicos y hasta con chicas alguna vez pero nada de los entresijos del corazón y los complejos gustos y preferencias de un hombre mayor, perteneciente a otra época. El dilema de siempre, la incomunicación entre generaciones, cuántas veces le había hablado Nicole de lo mismo comentando el problemático caso de su propia hija. Sí, un desastre repetido generación tras generación para acabar aquí, al pie de esta cama matrimonial, con un hombre acabado contemplando el dudoso esplendor de una vida de la que ya siente en todo el cuerpo que va siendo hora de despedirse. El esplendor de un enigma, también. El enigma carnal que representaba ese cuerpo hermoso paseándose en ropa interior por la habitación, de aquí para allá, fisgándolo todo para distraerse del hecho de que el dios K no despegaba sus ojos de la piel aterciopelada y los miembros dorados de la niña adorada por la que estaba dispuesto, una vez más, a perderse en el laberinto de sus deseos. Ese mismo en el que se había extraviado durante y después del incidente con la africana en el hotel sin tener la sensación de haber encontrado aún la salida. La ropa interior no era de mejor calidad que el resto pero al menos podía obviarla sin esfuerzo. Le pidió que se la quitara de una vez, lo que la niña hizo enseguida, sin hacer un mundo del hecho de quedarse totalmente desnuda a unos metros tan sólo de él, y el dios K decidió entonces sentarse, por lo que pudiera pasar a continuación, en el mismo sillón en que, en las últimas semanas, asistía al espectáculo denigrante e instructivo de las múltiples infidelidades de Nicole, con hombres y con mujeres, elegantes como maniquíes en un escaparate de la Quinta Avenida. Había que reconocer que Nicole le había ganado la mano y dominaba como nadie el arte de elegir a sus compañeros y compañeras de cama, con el mismo criterio incuestionable con que unos y otras elegían sus trajes y vestidos, zapatos, lencería y complementos en tiendas de moda y últimas tendencias. En cierto modo, sí, ver a Virginie desnuda desde allí mismo era una suerte de reparación moral para él. Un resarcimiento de deuda marital. Y todo como consecuencia de que durante siglos los que organizaron el enrevesado asunto del matrimonio, el derecho canónico y demás ficciones paulinas en torno a la monogamia, como pensaba el dios K, no sabían nada de la vida. Eran gentes que nunca se casarían, hombres como Ratzinger, teólogos perversos que jamás renunciarían al voto de castidad y abstinencia, que preferían *asarse* en la soledad y el celibato, con la escapatoria ocasional de la pederastia o la sodomía, antes que casarse de por vida con los genitales de una mujer...

–¿Te importa si fumo?

Todo lo que veía en la niña le gustaba en exceso, lo apreciaba en su justo valor, sabía lo que había pagado por él y podía calcular incluso cuánto costaba cada kilo de esa carne esbelta y de ese hueso recio que la sostenía para hacerla parecer aún más vigorosa y seductora, como demostró en cuanto se avino a tumbarse en la cama para estar más cómoda y complacer su deseo de verla posar en posición yacente sin dejar de enarbolar ese cigarrillo humeante que prestaba a su imagen prohibida un toque de vicio aún más depravado. Todo era encantador en esa niña, mucho más que en su arisca madre. Esos brazos sinuosos, esos hombros satinados, esos pechos sobresalientes, esas piernas largas y moldeadas y, sobre todo, esa cara de gata enfurruñada en permanencia por no atraer toda la atención que creía merecer en todo momento a cambio de nada. Y los graciosos pies, sí, esos pies de dedos pequeños y uñas sin pintar que ahora veía reposando en un almohadón como dos encantadoras criaturas de una nueva especie terrestre, lampiña y grácil, con la celosa esclavina de plata apresando el tobillo derecho para que no escapara con otro, como una mascota cualquiera, aprovechando la falta de vigilancia materna. Esos dedos sinuosos diseñados para ser chupados durante horas con dedicación científica. Todo era delicioso y deseable, en efecto, incluso ese lunar rojo en el vientre, del tamaño de una judía mágica o de un embrión disecado, esa marca de nacimiento con que los templarios del camino compostelano debieron de estigmatizarla al nacer, como a una bruja, para que no tentara con sus encantos y sortilegios a los peregrinos más incautos. No recordaba nada parecido en la madre. Pero prefirió no preguntar para no arruinar el efecto pictórico o fotográfico de la pose, a medio camino entre ciertos cuadros de Wesselmann y ciertas fotografías veladas de Hamilton, dos artistas por los que el dios K se había interesado siempre, a veces ocultándolo ante sus conocidos, sobre todo el segundo, como un placer culpable, inconfesable. Ahora le gustaba más que antes, ahí quieta, posando con naturalidad, podía apreciar con más calma el verdadero valor de lo expuesto, el precio tasado de lo que se exhibía con el mismo candor y la misma lubricidad, como diría un viejo poeta, con que lo había hecho estando vestida era aún muy alto, pero, como él sabía, por elevado que pareciera ese precio no haría sino devaluarse con la posesión. Es la ley mercantil del deseo, en la que el dios K era un experto reconocido, a pesar de que cada vez se sentía más retirado del mercado de la carne y sus compromisos de cambio e intercambio constantes. Hoy no parecía que las cosas pudieran cambiar mucho, sin embargo. El efecto era impresionante. Sólo por esto, se dijo, valía la pena haberla hecho venir, pagando lo que hubiera que pagar. A quién le importa el dinero cuando se trata de realizar sus deseos. A él, desde luego, no. El dinero puede comprar todos los sueños y los deseos, propios y ajenos. Eso escenificaba el cuerpo de Virginie allí tendido encima de la cama con una actitud nada estudiada, eso declaraba sin tapujos para quien quisiera oír el mensaje que había venido a predicar entre bocanadas de humo. Y el dios K, con esa inteligencia situacional que le abría siempre las puertas más cerradas, le preguntó a la hermosa niña de sus sueños de eterna juventud qué quería ser de mayor, y ella contestó sin titubear que modelo. Sin especificar si de alta costura, de lencería o sólo de nalgas y pechos. Los suyos eran perfectos, desde luego, así como sus nalgas y muslos, pero su modo de vestir, pensó DK, dejaba mucho que desear y no auguraba un gran futuro en el mundo de la moda y las pasarelas. Modelo, repitió ella más alto como si se tratara de un puesto o cargo de gran responsabilidad. En cierto modo lo era, la civilización se lo jugaba todo, todo lo que es importante para la conservación de la vida y los valores de la especie, al encumbrar a las mujeres elegidas a la condición de diosas universales de la belleza y el deseo. Cómo no, pensó DK para sí, temiendo que la niña, achaques menstruales de la edad, poseyera el don de la telepatía, como había llegado a creer de la madre en otro tiempo más venturoso, y pudiera leerle el sucio pensamiento. Quién de su generación no soñaba con lo mismo. Más de lo mismo, en fin. Muy bien, le dijo en cambio, dando su aprobación condescendiente a la vocación de exposición pública del cuerpo de V. Es cierto que el dios K sentía por esa profesión una debilidad comprensible y por la mayoría de sus practicantes una devoción ilimitada, pero no es menos cierto que en aquel momento no le era nada grata la idea de compartir con otras miradas la belleza furtiva de la niña Virginie, de la que pretendía disfrutar en exclusiva hasta el fin de sus días, si fuera posible. Y más ahora que Virginie dos, mostrando un vicioso temperamento, tras apagar el enésimo cigarrillo en el cenicero, había comenzado a estimularse hundiendo las manos unidas entre los muslos ligeramente entreabiertos, a la busca quizá de un precioso talismán escondido en un pozo profundo por los crueles sacerdotes de una cultura desaparecida en un pasado remoto, y luego apretaba con fuerza el dorso de las manos con el interior de los muslos.

–Es una técnica increíble para tener muchos orgasmos seguidos. Me la enseñaron unas hermanas rusas que he conocido este año en el colegio. Son unas guarrillas de cuidado. Ni te imaginas las cosas que son capaces de hacer con los pies.

¿Qué hombre, de cualquier raza o edad, cultura o procedencia social, no había soñado alguna vez con una situación de privilegio similar? Sólo la hipocresía impedía incluir esta pregunta, u otra parecida, en las encuestas sociológicas donde la gente se ve forzada a opinar sobre lo que de antemano los encuestadores han decidido que se puede opinar para confirmar, uno tras otro, el catálogo de lugares comunes con que se gobierna y toman decisiones a diario sobre todos los aspectos de la vida. Si a la mayoría de los hombres les preguntaran por esto, alguna vez, en algún mundo alternativo donde otros valores rigieran la cosa pública y no los más estrechos, casi todos los encuestados, excepto los más puritanos, contestarían que sí sin dudarlo un instante. ¿Qué hombre no pagaría una fortuna por gozar en privado de la mujer de sus sueños, y más aún por la posibilidad de conocer y poseer, en todo su esplendor, si el acuerdo convenía a ambas partes, como es el caso, una versión rejuvenecida de la mujer más amada y deseada? Él no era, en absoluto, el peor de los hombres, ni hacía algo distinto de lo que muchos otros, de estar en su lugar, harían también. La fantasía estaba más extendida de lo que las encuestas permitían reconocer. ¿Qué otra cosa que esos fantasmas colectivos se veían una y otra vez en las revistas más tiradas y en los sitios más visitados de internet, ubicuas chicas desnudas y desconocidas que suplían ese deseo masculino indecente con opulencia infantil? El amor debía de ser eso. Cuando uno ama a una mujer, como él creía amar a Nicole y a la Virginie primigenia, la ama en todas las edades por las que su cuerpo ha transitado a lo largo de la vida. En el fondo, se decía el dios K sin apartar un momento la mirada del cuerpo electrizante que suscitaba todas estas reflexiones, ¿no había deseado él a Virginie como avatar de Sophie cuando el deseo por ésta comenzaba a declinar? ¿Y no era esta nueva Virginie, presa ahora de unas sacudidas de placer, unos espasmos y unos temblores tremendos que provocan terror y asombro en DK, un modo de volver a comunicarse, a través del intrincado ramaje de la genética matrilineal, con la Sophie ya desaparecida y no sólo con la Virginie de su juventud? El mito de la Mujer, con mayúsculas, creado para engrandecer e idealizar el poder recóndito de ese minúsculo aditamento anatómico con que la Virginie de sus sueños se entregaba ahora sin pudor al más dichoso y turbador de los desmayos. Técnicamente, se decía el dios K con sabiduría pagana aprendida en los burdeles y dormitorios de una vida plagada de ellos, la pederastia con la mujer es a todas luces imposible. Al acariciar a la niña ya estamos acariciando a la mujer y viceversa, cuando acariciamos a la mujer, aceptemos o no la idea, no hacemos sino acariciar a la niña. Ante esa cruda evidencia se rendía el dios K contemplando con avidez insaciable el atractivo cuerpo de Virginie poseído en ese momento no por él, como habría querido, sino por un frenesí dionisíaco de una obscenidad irresistible. El pubis rasurado, con su lustre perdurable y su brillo perverso, magnetizaba su mirada sin que viera en él, una vez más, otra cosa reflejada que el signo de un fracaso ontológico. Se levantó del sillón, azorado, y se acercó para escrutarlo de más cerca, como hizo en el pasado con el sexo de la madre en parecidas circunstancias. Halló en él la misma reticencia, la misma pasividad enfermiza, la misma interrogación muda, la misma renuncia inquietante a ser otra cosa que lo que se es, en todo momento. Una excusa calculada para ceder el control a la indolencia y olvidar las ambiciones, los sueños de conquista y la voluntad de poder que habían constituido el argumento contundente de su vida pública. Pagando siempre un precio muy alto por ello. Entonces y ahora. Hay un sadismo innato del hombre y un masoquismo adquirido de la mujer que cuando se encuentran, aunque sea sólo con la mirada, como ahora, tienden a intercambiar sus atributos vitales. Tal vez por eso la niña postrada en la cama ante él estalló en una risa tan natural, tan desarmante, tan deliciosa y encantadora, que uno, y más si posee la extrema sensibilidad para estas cosas del dios K, sólo acierta a preguntarse, a instancias del célebre escritor ruso, si es posible concebir alguna forma de arte o de conocimiento que pueda prescindir de esa explosión erótica de alegría juvenil sin perder una parte esencial de su poder de seducción. La respuesta, en caso de existir, no podría formularse en la lengua rutinaria de todos los intercambios convencionales.

–¿Qué pasa, tío? ¿Es que no te pongo?

Cuánto duele no poder responder como merece a esa llamada ancestral de la carne y quizá, quién sabe, de la sangre envenenada por siglos de una moralidad fallida, de una moralidad al servicio del fracaso flagrante de la vida. Qué daño le hace a un hombre de envergadura, imposibilitado como él para la acción determinante, no poder sostener esa visión a la altura de las expectativas generadas. Pagar con otra moneda menos endeble el precio de esa primicia carnal que se le ofrecía a domicilio, por una suma insignificante en comparación. La puntilla metálica clavada en el clítoris, como un aviso obsceno de las intenciones de la representación, era el detalle ostentoso que lo volvía todo aún más insoportable. No es justo, gritó, pasmando a Virginie con su expresiva mueca de frustración. Por qué profanar, entonces, ese momento sublime en que el dios K, liberado de la esclavitud de la carne, podía transformar la admiración por ésta, como enseñaban los viejos maestros del idealismo, en un motor de elevación intelectual y espiritual. Volaba, sí, volaba por encima del mundo, ese lugar despreciable, esa burbuja de fango, como la llamó el escritor ruso que tendría mucho que decir quizá sobre una escena humillante como ésta, y la vida le parecía ahora, en estas circenses circunstancias, más gratuita que nunca, un capricho insensato, un acto fortuito carente por entero de sentido y justificación. La suya y la cadena interminable de las otras. Esa niña malcriada, con su numerito de un sensacionalismo espectacular, le había devuelto intacto el pesimismo de la infancia, la idea detonante que hace que un buen día uno se levante de la cama, tras haberla mojado contra su voluntad con orina y semen por última vez, y piense que no hay otra salida, para escapar del mal atávico de la especie, que crecer y expandirse hasta donde sea posible, en todas direcciones, madurar y pudrirse al fin sin haber resuelto nada, ninguno de los enigmas y misterios que alguna vez se planteó para distraer su mente hiperactiva de la inutilidad y la intrascendencia de la vida material. Así es. Por qué, entonces, esa sumisión del entendimiento y el saber al poder del cuerpo y sus pasiones vulgares, esa necesidad de profanación inscrita en la carne y en el deseo vehemente de quien la codicia día y noche y la persigue sin descanso, como una maldición libidinal, por toda la tierra...

–¿No te gusta mi chumino sin pelo? No paras de mirarlo, tío. Se te está poniendo una cara de pirado que acojona.

Era indudable que la niña comenzaba a aburrirse. Le aburría el monólogo del dios K, bastante pesado y melancólico, empeñado en hablarle de la vida, sí, la vida, desde una perspectiva esotérica para ella, sin reparar en el fastidio creciente de su invitada, como si a ella pudiera interesarle otra cosa que terminar cuanto antes con esa farsa senil, una inmersión irrisoria en los decrépitos fantasmas de la masculinidad, como diría su profesora de literatura, y embolsarse el lucrativo porcentaje que se le había prometido para gastárselo después en discos de Rihanna, su estridente ídolo musical, en toneladas de cigarrillos rubios y prendas de ropa aún más barata, a la que él se mostraba tan aficionado, y más frascos de perfume barato para oler a lo que es y quiere ser de verdad, sin disimulos ni falsos afeites. Una putilla barata y orgullosa de serlo, sí, sin complejo alguno, una furcia adolescente de encanto voluptuoso, a pesar de todo, en cuanto se la despojaba de los ornamentos denigrantes de la edad, la barriada multicultural y la clase.

–¿Eso soy para ti? ¿Eso era mamá? No me extraña que te odie como te odia. Me das asco.

Sin que pudiera evitarlo, la niña descarada se le fue acercando en cuanto decidió volver a sentarse, fatigado por la experiencia frustrada, y empezó a bailotear a su alrededor y a acariciarlo con zalamería aprendida con otros tíos, poniéndole los redondos y firmes pechos, de duros pezones, ante los ojos, restregándoselos por la cara, una vez y otra, besuqueándole la boca después con los labios pintados de rojo con carmín barato, en eso también ahorraba, la muy pícara, para gastarlo en drogas y alcohol para la madre, besos que removían un pasado común que debía quedar olvidado, besos que no encendían ningún fuego que no apagaran al mismo tiempo con su indiferencia y repulsión, y luego bajándole la cremallera del pantalón y extrayendo un pene lacio, grande pero flácido, que no tardó en llevarse a la boca con gesto experimentado en cuanto se arrodilló ante él, demostrando estar acostumbrada a chantajear a los hombres en serio por medio de ese placer depravado. En vano. Siempre podría echarle la culpa del resultado obtenido a la ropa de mercadillo o a la fragancia infame o a las expresiones y los modales vulgares de la falsa niña. Media hora después, el dios K seguía ensimismado en sus visiones privadas de un mundo mejor, de un cambio posible de las circunstancias y condiciones que hacen de casi todos los hombres y las mujeres unos desgraciados que llevan vidas indignas hasta el fin de sus días y de sus noches, como dicen los viejos libros sagrados que los condenan de antemano a la infelicidad y muchos, sin embargo, veneran hasta el fanatismo. Como es comprensible, Virginie se hartó de chupar una golosina tan sosa y mustia, por lo que se volvió a la cama con gesto despectivo, encendió otro cigarrillo y descolgó el teléfono de la mesilla y llamó a un amigo o una amiga, el dios K no estaba ya en condiciones de distinguir, del barrio parisino donde la madre y la hija vivían en gozosa promiscuidad con la desdicha social, y le contó, con vívidos pormenores, dónde estaba y qué estaba haciendo y, en especial, quién estaba con ella. No debieron de creerla al principio porque tuvo que repetirlo varias veces, cada vez más alto. El dios K, absorto en sus fantasías utópicas de dudosa ideología, ni se inmutó al escuchar su nombre real en boca de la niñata insolente que había empezado a despreciarlo como le había enseñado a hacerlo, todos esos años, con previsión inaudita, su propia madre. Con la misma ordinariez y los mismos insultos plebeyos.

–Este tío se ha vuelto maricón, te lo digo yo, el cabrón ya no se empalma con las tías.

En este trance sentimental entre el teléfono impertinente y su misterioso interlocutor del otro lado, la nueva Virginie no era ya una copia adolescente de la madre, como se podría pensar, sino al revés, la niña parecía, más bien, la encarnación chillona y odiosa de la madre adulta, un avatar aún más grosero, prodigios de la reversibilidad del deseo y la identidad, el objeto y el sujeto, como diría el dios K si conservara un asomo de esa lucidez en el análisis de los factores de cualquier operación que reservaba para otras materias quizá menos escandalosas. ¿No le advirtió otro de los detectives, en uno de los informes confidenciales que no se había molestado en leer, pero sí Nicole, esa inconsciente, que la niña visitaba una vez por semana a un psiquiatra de la seguridad social, con el que además mantenía relaciones sexuales, porque padecía graves trastornos de personalidad, un síndrome de malhablada incorregible, y eso la convertía en una candidata peligrosa para encontrarse en la intimidad con un hombre de delicado estado anímico como DK? En definitiva, escuchándola dar su versión vulgar de lo sucedido por teléfono, el dios K podría preguntarse algo esencial, ¿por qué la grosería, como forma de comunicación, expresión o discurso, nos parece más real, o más auténtica, o más veraz, más apegada a la vida, en suma, que su antípoda la cursilería? ¿Será una cuestión de clase? ¿Una más en esta vida, como la educación, la salud o el dinero?...

Para cuando la niña Virginie abandonó el apartamento, el dios K parecía haber resuelto sin apenas esfuerzo dos de los problemas que más le preocupaban en estos momentos. La necesidad urgente de subir artificialmente la calificación de la deuda norteamericana para favorecer la recuperación europea y calcular el importe exacto de la misma, con porcentajes e intereses pormenorizados, de que son dueños los chinos y los saudíes. De haberlo sabido, el Emperador estaría contento de nuevo con él y hasta podría felicitarlo por teléfono. Había cumplido con sus obligaciones, con todas las consecuencias y asumiendo todos los riesgos, y no había nadie en el mundo, sin embargo, que quisiera o pudiera felicitarlo por ello. Se sentía, con toda razón, un hombre muy desgraciado.

DK 38

Pharmakon

Algunos de nuestros lectores nos han escrito para preguntarnos por qué el dios K no ha recurrido, dadas las circunstancias, a los milagros de la farmacopea para superar esa grave crisis de masculinidad que comienza ya a afectar, a la baja, a las cotizaciones bursátiles y los mercados financieros internacionales. Esos lectores inteligentes nos informan de fármacos (Viagra, Cialis, Levitra, Revatio y algunas otras marcas comercializadas en farmacias de todo el mundo civilizado) con los que han experimentado en sus cuerpos, sin prescripción médica, cosechando sorprendentes resultados, reacciones increíbles, y realizando proezas milagrosas, sintiendo cómo la carne en apariencia muerta o inanimada, gracias a la intervención de esas drogas sintéticas, resucita de repente en condiciones de vigor sobrehumano con el único propósito de procurar y recibir un placer ilimitado. Eso nos comunican los lectores más informados, sin avergonzarse de sus vivencias íntimas, y eso, sin duda, habría querido el dios K para sí con total seguridad. En especial desde que sabe que Nicole tiene amantes y no se priva, incluso, de traerlos al apartamento en su ausencia. Fue la misma Nicole, en el comienzo de todo, la que trató de solucionar el problema del bloqueo emocional de su marido recurriendo a la surtida variedad de productos de la industria farmacéutica contemporánea. Como sabe todo lector y todo ciudadano, nuestro tiempo abunda en maravillas bioquímicas que se proponen resolver todos nuestros problemas, incluidos los menos confesables. No se ha inventado aún, es cierto, la píldora para cambiar de sexo o de apariencia a voluntad, pero no es menos cierto que cualquier afección o padecimiento posee su tratamiento eficaz. El mal está en los mecanismos de control del Estado o en los intereses mezquinos de ciertos grupos corporativos, empeñados en limitar el potencial humano con restricciones inicuas, por no mencionar las arbitrariedades criminales del Emperador. Si no fuera por ello, la población podría suministrarse en todo momento la sustancia necesaria para vivir con alegría y satisfacción todos los días de la vida.

En el caso de DK, el problema no se demostró tan fácil de solucionar como se creía al principio. Todas las marcas existentes en el mercado fueron probadas, a indicación del médico de cabecera. Toda terapia farmacológica se intentó sin éxito. Para el dios K, por decirlo de un modo gráfico que los lectores menos informados puedan comprender sin dificultad, tomar cualquiera de esas pastillas que provocan en los demás miembros de su sexo pulsiones irrefrenables y ardores de semental no suponía para él una experiencia muy diferente de la de ingerir una aspirina con el primer café de la mañana. Notaba, sí, un grato cosquilleo en el glande, una urgente comezón en los testículos, quizá un subidón de la tensión muscular, una mayor fluidez circulatoria, sin duda, pero pocos efectos más dignos de reseñar. Nunca, en todo caso, esa ansiada erección por la que Nicole rezaba en secreto, cada noche antes de acostarse y cada mañana al levantarse, a su colega emérito el dios Príapo. Bien es verdad que el dios K no se sentía tan incómodo como su mujer con la nueva situación. La experimentaba como la posibilidad de observar el mundo desde una perspectiva única, no menos estimulante que aquella en la que la tumescencia y la excitación continuas se convertían, una y otra vez, en el único argumento de la obra a representar con obscena insistencia. El dios K se había instalado ya más allá del deseo, en un territorio inexplorado donde cada día encontraba nuevas y sugestivas razones para permanecer en él sin desear modificaciones ni cambios emocionales. Con independencia de lo que Nicole sintiera o pensara sobre el caso.

He aquí que un día de tantos, cuando ya la situación está instalada en la monotonía más rutinaria y la convivencia se mantiene en un *impasse* tolerado por ambos no sin contradicciones, al regresar al apartamento, el dios K sorprende a Nicole acostada con un hombre que podría ser su hijo. Ha pasado toda la tarde explorando de bar en bar los aledaños de Union Square a la busca de revelaciones sobre los extraños mensajes que está recibiendo desde que todo esto comenzó. Extraños mensajes que escucha por casualidad en la cola del autobús, o en un vagón de metro, o caminando por las calles y avenidas de la inmensa urbe, o en una conversación de sobremesa entre dos ejecutivos sentados en un banco del parque donde suelen almorzar, al pie del rascacielos en que trabajan a diario. Se refieren todos a la existencia de un mundo alternativo, otro mundo donde la historia habría tomado exactamente el sentido opuesto al que tomó en éste, ahorrándoles a los ciudadanos no pocas penalidades y miserias. En su opinión, la gente que habla de ello se muestra esperanzada con la posibilidad de cruzar al otro lado para vivir allí una vida muy distinta, o de lograr que se abra alguna vía de comunicación efectiva entre los dos mundos paralelos por la que pueda infiltrarse algo más de racionalidad o de cordura en este mundo, dominado por los peores instintos y sentimientos, la codicia, el interés, la mezquindad, la ambición, la supremacía, el poder, la indiferencia por el otro, y un largo etcétera. El dios K, después del incidente, se siente ya viviendo en otro mundo, viéndolo desde detrás del cristal de un acuario de aguas turbias, confuso pero regocijado, y entiende perfectamente lo que la gente cuenta, lo que la gente dice, lo que la gente quiere, los deseos y esperanzas de la gente, en suma, los entiende ahora muy bien, en toda su magnitud. Mucho más que antes, desde luego. Ahora que no tiene ninguna opción de materializar esas esperanzas y esos deseos colectivos, los comprende mucho mejor incluso que cuando se postulaba como candidato para imponer a la realidad, desde el poder, otro estado de cosas posible para la vida de la gente. Así se ha pasado la tarde el dios K, viajando de incógnito por las viejas calles de la ciudad, sentándose a la barra de bares que en su vida habría visitado si no llega a ser por lo que es. En uno de estos bares de ínfima categoría, un tugurio irlandés de nombre olvidable ubicado en una esquina entre Broadway y la calle Ocho, uno de los ruidosos borrachos adictos a la cerveza de barril que jugaban a los dardos ha creído reconocerlo y ha estado a punto de arruinarle la excursión por el submundo económico. Menos mal que se había sentado junto a la puerta, por precaución, y pudo salir por pies antes de que el borracho barbudo y grosero y la horda de mujeronas infames que lo acompañaban pudieran bloquearle el paso con las peores intenciones. ¿No es usted uno de esos hijos de puta que están hundiendo el mundo en la miseria? ¿Para quién trabaja, cabronazo? Ya le cogeremos, descuide, ya le llegará su hora. Tenemos una cita, no lo olvide. Ojalá, antes de darse a la fuga a toda velocidad sin tiempo para oír la amenaza, hubiera podido responder entonces, como hacía en otros tiempos con orgullo incomprensible, para el Emperador. Trabajo para el Emperador, ¿pasa algo? Esta respuesta le sonaría hoy a chiste. A él mismo, con lo que sabe ahora, le parecería una broma de pésimo gusto. Hace tiempo que no trabaja más que para sí mismo. Hace tiempo que sólo trabaja para hundirse aún más en su propia miseria. Excavando una tumba más profunda cada día.

Así se sentía, en efecto, el buen dios K al entrar en su casa y así sigue sintiéndose, a pesar de que su mujer, sin inmutarse por su presencia, está concediéndose la gratificación de follarse a un guapo jovencito con la misma pasión ciega con que solía hacerlo con él en los buenos tiempos de su matrimonio. No tiene sentido enojarse, él la ha descuidado mucho y ha cometido demasiados excesos y posee en la actualidad tantos defectos que, excepto la buena samaritana de Wendy, ninguna mujer en sus cabales querría saber nada de él como compañero de juegos, dentro y fuera de la cama. El chico está bien dotado, es apuesto y musculoso, quizá Nicole haya pagado por disfrutar de él como se disfruta de un artículo de lujo, nunca se sabe con esta mujer, es capaz de hacer gratis lo que nadie haría sino a cambio de una importante suma y, sin embargo, tiende a exigir remuneraciones abusivas por actividades que cualquiera, si tuviera la oportunidad, haría sin pedir nada a cambio. No le parece a DK, no obstante, que este experto seductor, que cuando llega el momento sabe lo que hay que hacer, es evidente, con eficacia profesional aprendida en muchos dormitorios en compañía de otras mujeres descuidadas por sus maridos, pueda haber pagado por acostarse con Nicole. Es cierto que aún se mantiene atractiva y sabe estimular en el hombre, con palabras y gestos, actitudes y modos de hablar, esa parte animal que se mueve sólo con miras a la posesión desenfrenada del cuerpo de la mujer. En otro tiempo, él mismo había aplaudido sus romances con otros hombres, asistiendo con visible placer a su representación de un adulterio planificado que sólo significaba para ella que no había otro hombre como él, aunque se acostara con ellos en reiteradas ocasiones, ninguno de sus amantes ocuparía nunca su lugar. Eso ya no es así, algo ha cambiado definitivamente en esto como en tantas otras cosas. Nada es lo mismo entre los dos, nada volverá a serlo, aunque ambos, al comienzo de la aventura neoyorquina, se agarraron con desesperación a la idea compartida de que podrían salvar su matrimonio del naufragio. Y lo han hecho, a pesar de todo, pero reduciéndolo a una pura formalidad racional, un puro protocolo, sin la molesta intrusión de las emociones o el sexo, como tantas otras parejas en las mismas circunstancias.

En fin, la melodía sinfónica del orgasmo múltiple de Nicole no es la música ideal para sus oídos en este momento melancólico que lo acomete al final del día, cada vez que llega la noche como un visitante inesperado venido de tierras lejanas, localizadas muy al norte, más allá del nacimiento del río Hudson, entre bosques salvajes y lagos helados y montañas escarpadas, y toda la ciudad se enciende de un extremo a otro como una gran pira de fuegos artificiales para oponerse a su siniestra influencia. Siente con nostalgia que no lo han invitado de nuevo a las fiestas más exclusivas que comienzan ahora en las avenidas y calles de la parte alta y durarán hasta el amanecer, y que mañana, cuando se levante, no habrá ninguna reunión temprana de ejecutivos aguardándolo ni ninguna comisión de gestores ni ninguna llamada urgente desde ningún despacho sobre un tema trascendente o banal. Como un desempleado más, desconectado de los centros de poder y decisión al igual que los millones de desempleados de este mundo entregado desde hace años a la demolición y la ruina sistemática de sus estructuras más antiguas. Nada cambiará, volverá a tener todo el tiempo del mundo, como ha hecho hoy, caminando por la ciudad como una sombra a la busca de un cuerpo, para malgastarlo en hallar una explicación a lo que no la tiene ni la tendrá nunca por más que se empeñe, para qué engañarse sobre esto. Podría pagar mucho a quien supiera proporcionársela, pero sabe lo bastante del mundo como para mostrarse escéptico sobre esa posibilidad ilusoria.

Abandona con sigilo el dormitorio, cierra la puerta y se encamina hacia el salón a servirse, como cada noche, un dedo de Lagavulin, sin hielo, sin agua, en un vaso cuadrado de cristal de cuarzo. Hay cosas por las que aún merece la pena vivir. No enciende las lámparas, no quiere alertar a nadie sobre su presencia, con la incierta luz del crepúsculo le basta por ahora. Esta decisión al cabo de un instante se revela más inteligente de lo que parecía en un principio. Le permite ver en la oscuridad sin ser visto. Mirar al edificio de enfrente sin esfuerzo y comprobar que en la ventana de la planta vigésima primera la luz encendida demuestra que el detective de la competencia está haciendo su trabajo como le encargaron. Sonreír en la oscuridad, piensa, es una forma de sonreírse a uno mismo. Sonreír para adentro, como una disciplina espiritual, sin molestos testigos ni justificaciones razonables. Enseguida lo atrae la nueva valla publicitaria que han instalado en la fachada de otro edificio colindante, junto a una de las terrazas más frondosas del vecindario. Acaban de encenderse los potentes focos que la iluminan desde arriba y el esplendor de la nueva imagen lo fascina no sólo por el tamaño, enorme en relación con la fachada donde está colgada, sino por lo que le sugiere en ese momento de relajación tardía, cuando se siente más receptivo a toda suerte de mensajes y signos emitidos por la apariencia de las cosas. Un solitario pie de mujer, seccionado a la altura del tobillo, calzado en un zapato azul de piel sintética de serpiente. Es un pie elegante pisando el suelo de asfalto de la ciudad en un día de lluvia torrencial. Los goterones de agua sucia se lanzan contra su ostentosa belleza como aerolitos de inmundicia con la intención de degradarlo. El talón está manchado de barro o de tierra seca y la piel de esa arrugada zona muestra estrías blancas y negras rozaduras. Las uñas pintadas de esmalte rojo establecen un contraste cromático con el empeine y los dedos sucios. Gotas de agua y gránulos de arena o de tierra depositados sobre la piel desnuda, como accesorios decorativos de su presencia mundana, hacen de este pie encantador el pie de una modelo de vuelta de una lujosa fiesta o camino de una sesión de posado o de un desfile estelar en una pasarela, un pie terrenal, un pie que pisa la tierra con firmeza y se enfanga al hacerlo. Los joyeles de cristal blanco y azul y las cadenillas de plata que adornan el zapato y fingen apresar el pie en una cárcel de seducción y refinamiento lo vuelven aún más hermoso y tentador a los ojos del dios K. Se siente atrapado durante mucho tiempo en la fascinación indefinible que emana de esa imagen artística que representa a la perfección muchas cosas que adora de esta ciudad y de este mundo. No sabe lo que significa con seguridad, ni qué producto pretende vender, desde luego no unos vistosos zapatos de piel artificial y tacón alto, sí quizá un modo de vida, un estilo de vivir en el mundo, una manera particular de habitarlo, quién sabe, de apoderarse de él, de ponerlo a sus pies. Ese pie representa para él, de un modo inconsciente, una imagen de su fallido destino. Todo lo que ha deseado en la vida, todo lo que la vida le ha dado en abundancia y luego le ha quitado con violencia y brusquedad, como a un mal jugador, con el mismo gesto equívoco, barajando mal las cartas en una partida tramposa.

Cuando se queda dormido en el sillón, ha terminado la segunda ración de whisky de cada noche y se ha descalzado para estar más cómodo, sueña que ese pie femenino gigantesco podría aplastarlo con facilidad, como a un insecto, contra la acera de la calle. Ese sueño masoquista, con el cambio onírico de perspectiva, no le produce ya ningún terror, todo lo contrario, le parece una forma justa y deliciosa de morir.

DK 39

La máquina del tiempo

Esa noche especial, sí, es verdad, nada de lo sucedido tendría el mismo sentido sin esa noche en particular. La de la fiesta multitudinaria en su apartamento que supuso la consagración del dios K como líder histórico de masas.

En mitad de la fiesta se la presentan al fin, tenía tantas ganas de conocerla en persona. El barbudo Hogg viene a buscarlo y le dice, esta tía es una adivina sensacional. Esta tía con sólo mirarte a los ojos y acariciarte la palma de la mano derecha primero y luego la palma de la mano izquierda, rozándote la piel con la punta de los dedos, te dirá lo que te espera. Si tendrás un juicio justo, si el programa de televisión será un fiasco o si te cabe concebir alguna esperanza de alcanzar la presidencia francesa en algún período del futuro.

El dios K y el gran Hogg, su mejor amigo del momento, han organizado una fiesta fantástica que, sin embargo, no dará que hablar en ningún medio porque a ella no asisten personajes importantes de la ciudad o del país. No cabe esperar que haya un solo medio, ya sea televisión, prensa, radio o internet, que destaque a ningún reportero o enviado especial para cubrir aunque sea la entrada de los distintos invitados. Un reportero inteligente habría sabido obtener una información preciosa entrevistando al portero del edificio, sin ir más lejos. La versión de este personaje sobre los asistentes no habría diferido mucho de la de un carcelero o el mismísimo cancerbero del infierno. La escoria de la ciudad. El lumpen, los parias, los pobres, los drogadictos, las putas, los chaperos, todo el que no tiene ninguna razón para estarle agradecido por su existencia a ningún dios, sea el de la mitología monoteísta de cristianos, judíos o musulmanes, como los de mitologías más paganas, esas en las que el dios K podría ingresar sin esfuerzo un día de éstos en razón de sus milagros acreditados y su existencia portentosa. Pero nadie le preguntó al desgraciado, con lo que el mundo se perdió esa crónica memorable de una fiesta que no se parecía tampoco a ninguna otra. Consumación mundana de una serie de cenas y escenas que habían tenido lugar desde el momento en que el dios K cayó en el convencimiento de que debía ampliar el círculo de sus conocidos y relaciones para hacer del mundo un aliado seguro y no un enemigo más. Es verdad que tampoco abundaron los cronistas de eventos similares a lo largo de la historia. Los medios de cada época decidieron por su cuenta qué mitin era relevante y cuál debía pasar al olvido. De ese modo, sólo las crónicas de algunos marginales, que apenas si sabían escribir con dificultad o pensaron alguna vez en hacerlo antes del acontecimiento que cambió sus vidas, se impusieron a la reescritura de la historia para ofrecer el testimonio engañoso de algunas noches faustas y otras infaustas que, en cierto modo, trastornaron también el curso de esa misma historia. Piénsese, por ejemplo, en abundantes episodios evangélicos donde sólo gracias al fervor del testigo o del discípulo, así sea remoto, conocemos la grandeza del personaje a quien la atención de los medios de su tiempo apenas si concedía relevancia. Es la ley dominante en la historia y en la escritura de la historia, la relatividad absoluta de las versiones de la realidad en pugna mediática, como diría otro cronista interesado en dar a conocer los rudimentos de su menospreciado oficio.

Por fortuna esa noche en concreto el dios K contó con la presencia de algunos testigos y observadores casuales a partir de cuyos relatos fragmentarios cabe reconstruir lo sucedido en el apartamento cuando, con la intención de celebrar la mera existencia del dios K, se dieron cita allí, en número difícil de precisar, los mismos que meses atrás se habían concitado alrededor de un televisor de pantalla plana en un sórdido tugurio neoyorquino para festejar su arresto y encarcelamiento provisional, regodeándose con crueldad en las imágenes de un hombre arruinado, de un monarca destronado, de un jerarca degradado, que todos los medios ofrecieron al mundo para complacer el sadomasoquismo innato de las masas. Eso fue lo que el dios K, convencido de la necesidad de comenzar de nuevo desde lo más bajo, se decía cada vez antes de tragar saliva y aceptar el saludo de los amigos de Hogg, uno detrás de otro, sus numerosos invitados de esta noche, los que podían traicionarlo en cualquier momento, si se descuidaba, pero los mismos de los que dependían sus planes políticos para el futuro. Así, por amor a su marido, lo entendió también Nicole, quien haciendo de tripas corazón y tapándose por momentos la nariz para no respirar el hedor agreste que emanaba de ciertos cuerpos humanos, demasiado humanos, se paseaba entre los invitados rellenando copas del mejor champán y sirviendo canapés como una anfitriona encantadora haría con sus invitados más distinguidos. No parecían caber todos en el salón de doscientos metros cuadrados y se tiraban en el suelo, como en una acampada en un parque de las afueras, para poder deglutir mejor el alimento y la bebida que se les servía con generosidad y abundancia.

Uno de los más listos camellos de Brooklyn, de nombre Lester, trajo una nueva droga de síntesis que estaba triunfando en las aceras de todo el país como una epidemia de realismo social, según decía sin entender del todo el concepto. La «máquina del tiempo», como la llamaban de broma sus vendedores y distribuidores, transportaba mentalmente al que la ingería a episodios del pasado que no se parecían a ninguno de los que los manuales de historia suelen reconocer como acontecidos, pero que, con todo, mientras el consumidor participa en ellos con un grado extremo de compromiso personal, tiene la convicción de que tuvieron lugar de ese modo descrito y no de otro diferente. Según la atrevida interpretación del propio Lester, que la vendía y consumía, transgrediendo las normas vigentes en el negocio, lo que la revolucionaria droga lograba transmitir a sus consumidores era la versión de la historia vivida por los pobres y humillados de todos los tiempos, destacando los hechos y los datos que a ellos les parecían importantes y no los que se lo parecieron a los diversos señores y amos de cada época y lugar. Más que una droga, como se creía, algún consumidor de cierto nivel académico, profesores asociados y estudiantes de doctorado en situación de paro técnico por culpa de la grave crisis económica, había llegado a considerarla en serio como un psicótropo ideológico que producía una mutación profunda en las convicciones y el modo de comprender la historia y el mundo, la realidad y la cultura. Fuera lo que fuera, una leyenda urbana capitalista o un invento publicitario de dudosa finalidad política, el caso es que el camello Lester, para promocionar el consumo del nuevo producto entre los suyos y aprovecharse de la oportunidad que le procuraba el dios K al reunirlos en su apartamento, mezcló altas dosis de la «máquina del tiempo» con las bebidas y licores que se estaban tomando en la fiesta y al cabo de un tiempo casi todos los invitados se encontraban aislados unos de otros, echados en el suelo o en algún mueble confortable, experimentando con intensidad acontecimientos radicalmente distintos de las versiones oficiales de la historia.

El dios K, que se había vuelto abstemio no hacía mucho tras un desagradable incidente relacionado con el abuso de Lagavulin, constatando cuán manipulable se vuelve uno al ingerir cualquier especie de droga, aprovechó la ventaja que le confería la sobriedad para pasearse por el suntuoso salón, ocupado en su totalidad por las tropas del submundo, prestando atención a los disparates históricos, algunos francamente divertidos, otros simplemente curiosos, que cada uno de los invitados de la noche estaba alucinando por su cuenta y riesgo. Encontraba elocuente el hecho de que, por un prurito comunicativo inexplicable, todos ellos se sintieran obligados a compartir sus visiones más íntimas con otros, sintiéndose creadores de la experiencia imaginativa y exasperando, según los casos, las descripciones paisajísticas y los detalles de vestuario y ambientación, perdiéndose en digresiones sin sentido sobre aspectos secundarios del suceso, o atribuyéndose un protagonismo excepcional en el curso de la acción.

Fue mientras escuchaba ya sin interés el desenlace de una de las patrañas más absurdas de todas, la truculenta historia de un melancólico asesino en serie de niños y niñas en la Grecia de Pericles que resultaba ser un tragediante fracasado, cuando Hogg, otro abstemio militante, vino a buscarlo para que conociera a la pitonisa cubana de la que tanto le había hablado en estas últimas semanas, desde que la conoció en otra fiesta de adictos y drogatas en el Bronx. Sí, no era casualidad, como le explicó, que procediera del Bronx, un barrio de la ciudad donde un fermento religioso insólito estaba agitando las conciencias de sus habitantes y generando de la noche a la mañana toda suerte de fenómenos paranormales, cultos místicos y creencias esotéricas vinculados al consumo de nuevos estupefacientes y fármacos experimentales puestos en circulación, respectivamente, por la mafia reaccionaria y por agencias gubernamentales corruptas. Esta venerable mujer se hacía llamar por sus innumerables seguidores santa Juanita de Arco del Bronx y era comprensible, por tanto, que cuando Hogg se la presentó aquella noche confesara estar en comunicación directa con la santa homónima y, en particular, con el momento estelar de su vida en que fue violada repetidas veces por el mariscal Gilles de Rais. En realidad, según le cuenta la santa francesa en confianza y la médium cubana se encarga a su vez de transmitir a sus interlocutores de este lado, con su pésimo acento inglés, no fue tanto violada como forzada a aceptar los términos de un pacto diabólico, urdido por la Iglesia oficial para oponerse a la monarquía borgoñona y establecer una dinastía única a los dos lados del Canal de la Mancha, por el que el mariscal más importante de Francia engendraría en el vientre de la futura santa y mártir al gran emperador que acabaría con la influencia vaticinada de la casa de Borbón en la historia de Francia e Inglaterra. Como se sabe, nada de esto tuvo lugar y esa violación reiterada y ese pacto tenebroso fueron silenciados tras la caída en desgracia de los dos personajes, hermanados en eso como en tantas otras cosas, la santidad y la depravación, la luz y la oscuridad, cara y cruz de la misma moneda intemporal.

Al suspender por un tiempo su viaje alucinante al medievo

francés y situarse de vuelta en la realidad del apartamento neoyorquino, la santa Juanita de Arco del Bronx se estremece al reconocer a DK como a un hermano maldito y prófugo de otra época. Algo en él le resulta muy familiar, reconoce entre ellos un oscuro parentesco espiritual y comienza a acariciarle la cabeza y también las manos y a murmurar palabras de un conjuro provenzal que, según ella, le está comunicando su homóloga heroica del siglo quince. No tarda entonces en llevar el reconocimiento a los lugares *non sanctos* de la anatomía del dios K y comienza a palpar con las dos manos a través del pantalón la masa de carne inerte que allí se cobija esperando despertar a la vida y luego, no contenta con ese primer contacto mediatizado por la gruesa tela, baja la cremallera e introduce su mano derecha, con cierta dificultad, en el sanctasanctórum de la intimidad del dios K y se apodera del pene y los testículos encerrándolos en su puño calloso. En ese momento, la santa Juanita de Arco del Bronx cierra los ojos, entra en trance y su boca balbucea otro conjuro, en latín macarrónico esta vez. Sin dejar de pronunciar el ensalmo con que se comunica con la Juana de Arco de la intrahistoria, con la mano izquierda abate los párpados de DK y mantiene esa mano interpuesta ante los ojos con la intención, según dice, de neutralizar su agudo poder de visión. Pasan quince minutos exactos en esa posición incómoda en la que la santera cubana y médium medievalizante, agotando el repertorio canónico, pronuncia un ensalmo tras otro, un conjuro detrás de otro, unas veces en latín eclesiástico y otras en lengua occitana y otras en dialecto yoruba y otras aún en lo que parecen extractos en *langue d'oïl*. El mensaje de la doncella de Orléans se hace menos enigmático poco después, cuando al volver del trance milenario la santa Juanita de Arco del Bronx le dice en su nombre al dios K, con la mano derecha aún en contacto con sus genitales y tapándole los ojos con la otra mano para que su mirada no entorpezca la profundidad de su juicio:

–Serás rey y padre de reyes. Oh tú, más grande que otros y más pequeño también. Yo soy la mujer que esperabas para renacer.

Al escuchar la ambigua profecía, el dios K siente que las energías primigenias de la vida se renuevan en su cuerpo como había sido anunciado tantas veces. Siente que su miembro late al fin con fuerza y vigor en manos de la vieja pitonisa afrocaribeña. El pacto con la matriz del tiempo y la historia está firmado con sangre menstrual. El lugar para consumarlo no es otro que el dormitorio, como sucede siempre que una dinastía regia se juega su futuro en la sucesión al trono, ante testigos acreditados. El gran Hogg y algunos de sus amigos en mejor estado mental se prestan, por amistad y solidaridad con DK, a verificar lo que ocurra entre él y la embajadora cubana de la santa francesa. Nicole da su consentimiento a regañadientes y prefiere marcharse a dar un paseo por la ciudad del que ya no volverá en toda la noche. Los dados están lanzados, las apuestas aún abiertas. El dios K está desnudo una vez más, nadie diría lo contrario viéndolo ahora en esa actitud de arrogancia priápica, y los testigos le alientan para que tenga éxito en su empresa como desea. La santa Juanita de Arco del Bronx se tumba en la cama boca arriba, con profesionalidad mal recompensada, y levanta sus largas faldas para encubrir el rostro ojeroso y arrugado y descubrir un pubis fragante de jovencita que aguarda desde hace años su consagración definitiva en la cama de algún magnate dispuesto a pagar por ella todo lo que vale en realidad. El dios K, por un milagro afrodisíaco que sólo cabe achacar a los ensalmos babélicos de la médium, emite unos signos de vida que causan envidia en muchos de los presentes, empezando por Hogg, y cuando se dispone a penetrar a la sacerdotisa exiliada de Guanabacoa un destello de luz antinatural, proyectada desde el cielo o desde el infierno, nunca se sabe con estas cosas, bendice el glande del dios K, henchido como cabeza de halcón con las alas extendidas sobre campo de gules. No obstante, al llegar la hora de la verdad, el instante supremo de hacer realidad la promesa, a pesar de todas las ilusiones depositadas en él, la carcajada siniestra de la bruja africana irrumpe en el cuarto a través de los labios ocultos de la santa Juanita de Arco del Bronx y todos se estremecen al reconocer el timbre de su voz cavernaria renovando la maldición venérea del dios K.

–Irás a la cárcel. Pagarás por lo que me hiciste. Estás enfermo.

En ese momento, el dios K comprende con clarividencia que su pequeña historia será olvidada como tantas otras. Como todas esas que mantienen aún embelesados a sus invitados de la noche, adictos a la sustancia mágica denominada la «máquina del tiempo». El dios K sabe ya, con tristeza, que nunca formará parte de la versión de la historia que contarán los futuros habitantes de la tierra por más drogas que tomen o se inventen para fomentar la comunicación entre épocas que no tienen en realidad nada que decirse, ni nada en común, por más que digan los que tienen algún interés en afirmar lo contrario.

No vale la pena extenderse sobre lo que ocurrió a continuación. El apartamento se vació a la velocidad de la luz en cuanto todos los que estaban inmersos en los sueños psicodélicos de una historia alternativa escucharon los primeros alaridos del dios K procedentes del dormitorio donde acababa de comprobar de nuevo que no era tan fácil como pretendía escapar a la fatalidad de la historia. Como un loco furioso, así apareció en el salón para echar a todos los que se resistían aún a marcharse. En compensación, les comunicó, sin dejar de gritar como un predicador energúmeno, que podían llevarse del apartamento lo que quisieran. Las alfombras, los jarrones, la vajilla, los libros, las lámparas, los cuadros, las sillas y los sillones. Todo lo que pudieran o quisieran cargar con ellos sin entretenerse más de lo necesario. Ninguno de ellos desperdició la oportunidad de arramblar con algo de utilidad o valor por lo que, llegado el caso y demostrando su procedencia, quizá pagarían un buen precio en los mercados de segunda mano de la ciudad. Mañana mismo el dios K, en connivencia con la compañía de seguros del propietario, se encargaría de la renovación completa del mobiliario del apartamento.

Si alguien, aquella noche, le hubiera pedido al guardia de seguridad que redactara un informe detallado sobre lo sucedido, éste no habría dudado, con el desprecio habitual en esa clase de profesiones hacia los individuos de inferior rango y posición en la escala social, en calificar el tropel de desarrapados que salió corriendo del ascensor, en varias tandas y dando tumbos, transportando cada uno un valioso objeto de su elección entre los brazos, como en una subasta pública, de banda carnavalesca de facinerosos y delincuentes. La Corte de los Milagros, en palabras de otro testigo aventajado de aquella noche, uno de los ilustres vecinos que regresaba ebrio a casa y se asustó y casi decide llamar a la policía al cruzarse con la grotesca comitiva que salía a esa hora de la madrugada por la puerta principal del edificio cargada de tesoros y trofeos. Un tétrico ejército de pesadilla donde los muertos vivientes y los espectros desahuciados, según contaría al día siguiente en el vecindario, se codeaban con los maleantes, los rufianes, las putas y los pandilleros. Es inevitable acabar así. Los que escriben la historia, grande o pequeña, siempre tienen el poder de deformar los hechos y la identidad de sus protagonistas.

DK 40

La detective cantante

–La cama es un abismo vertiginoso.

¿Quién ha dicho esta provocativa barbaridad? No, no ha sido el asesor de imagen del dios K, hace tiempo que dimitió por incompatibilidad de puntos de vista con su cliente, ni tampoco el estrambótico dúo de cirujanos plásticos que vino ayer a ofrecerle sus servicios a precio de ganga en caso de que se confirmen las peores sospechas sobre la sentencia del jurado. Ya se sabe cómo son los hombres y las mujeres normales, le dijeron guiñándole un ojo, uno distinto cada uno, el más arrogante y guapo el izquierdo y el mejor profesional, pero menos carismático, el derecho, como está mandado. Menuda pareja de pícaros de alto nivel, cada uno en su género, pensó el dios K al despedirse de ellos con la sensación de que no podía descartar esa opción, la huida estética, el refugio en una vida de falsas apariencias donde el tiempo no fluye más que en función del placer y la carne alcanza la inmortalidad del artificio. No, este truismo oracular, un insulto en toda regla a la inteligencia del interlocutor, lo acaba de pronunciar, con voz susurrante además, una mujer sentada en el sofá de su salón de doscientos metros cuadrados. Pero no una mujer cualquiera, no, lo ha dicho una detective de la policía de Nueva York. La teniente Dorothy...

–¿Mayo?

–Sí, Mayo. Mi bisabuelo Archie, un tarambana, era director de cine, según decía mi madre, nadie lo recuerda hoy, por eso me hice policía. No te haces famosa, o no tanto, pero la jubilación está garantizada.

Esta Dorothy Mayo es una auténtica experta nacional, por lo visto, en crímenes sexuales cometidos entre los miembros de la clase alta. Abusos y violaciones VIP, como los llama sin una pizca de ironía en el tono. Viene de la gélida Pittsburgh y, según consta en su notorio currículum, entiende como pocos policías los entresijos psíquicos y emocionales de las pasiones humanas y los crímenes cometidos en su nombre. Su olfato instintivo y su sensibilidad paranormal para detectar móviles insospechados en la conducta de la élite económica le han permitido resolver casos de una dificultad sobrehumana en todo el país. Ha venido a interrogar una vez más al dios K, no se fía de la opinión sesgada de sus colegas masculinos, unos envidiosos de cuidado, según le dice con un inquietante brillo en los ojos, y ha tenido el valor de venir sola a entrevistarse con el peligroso acusado al que los medios y gran parte del público consideran culpable sin apelación posible. El enemigo público número uno del género femenino y la raza negra, en este preciso momento, a ambas orillas del océano que las lame a todas horas con dedicación sospechosa.

–Son unos brutos sin escrúpulos. Le pido disculpas por el comportamiento de esos bestias de la comisaría del distrito. Lo de las esposas no son maneras, créame, hay muchos modos de llegar a la verdad y la violencia no es, ni de lejos, mi instrumento preferido...

–No se preocupe. No fue para tanto, casi lo he olvidado. Siéntese, por favor.

Uno ochenta y cinco de estatura, en torno a treinta años, cabello moreno y rizado, suelto pero no enredado, de piel cetrina, rostro de facciones agradables pero no guapa en el sentido apolíneo convencional, barbilla puntiaguda, ojos un poco saltones quizá, vestida con un traje de chaqueta azul con una camisa blanca de lino debajo y unos zapatos negros de tacón de aguja que impresionan de inmediato a DK por su vertiginosa elevación sobre el suelo y, cómo no, sus posibilidades eróticas.

–¿Piensa torturarme con ellos?

–No necesito recurrir a la violencia, ¿verdad? Ya le he dicho que no me va. No es mi estilo.

–Me temo que no tendré esa suerte. ¿Qué quiere saber?

–Todo. ¿Qué pasó realmente en aquella suite?

La imaginación del dios K es lo único que está despierto desde hace mucho tiempo en ese cuerpo envarado. Nicole se ha marchado muy temprano, a visitar a unos amigos en un rancho de Connecticut, y el dios K apenas si ha podido ponerse la bata y salir a recibir a la investigadora recién levantado de la cama, sin tiempo para ducharse ni afeitarse, y se siente algo cohibido e incómodo en su posición de inferioridad. Ahora están sentados en el sofá del salón, uno al lado del otro. La teniente Mayo cruza y descruza las piernas cada vez que una pregunta sale de sus labios, como si ese gesto anticipara el sesgo mismo de la pregunta, mientras el dios K teme que la bata de terciopelo verde bajo la que sólo lleva un escueto slip blanco de Calvin Klein no lo proteja de los sortilegios mentales de esta detective de maneras estilizadas y sibilina estrategia psicológica.

–¿Quiere que le diga que la africana miente?

–No, eso ya lo sé, no lo necesito para eso.

–¿Entonces?

–Quiero que reconozca que usted también miente.

–¿Los dos mentimos, entonces?

–Podría decirse así. No me malinterprete, pero este caso es más complicado de lo que parece. Por eso me he hecho cargo yo, mis compañeros tanteaban a ciegas, igual que el fiscal. Se me considera una experta cualificada en este tipo de situaciones equívocas.

–No me extraña, viéndola actuar uno tiene la sensación de que no se le escapa nada.

–¿Y bien?

La detective toma nota en su bloc tamaño folio de papel cuadriculado de todo lo que está pasando en ese momento entre ellos, incluidas reacciones imperceptibles para el ojo y el oído. El dios K se pone nervioso, intuye que la teniente posee poderes especiales y está dotada de percepción extrasensorial, como otras mujeres que ha padecido en la intimidad, y comienza a sudar con profusión, temiendo reacciones histéricas de secuelas análogas.

–¿Es necesario? ¿No podríamos grabar la conversación?

–No, lo siento, es mi método de trabajo desde hace años, no querrá que lo cambie ahora, ¿verdad? Sé que crispa, me lo han dicho otras veces, pero eso ayuda, predispone al otro a sincerarse, no entiendo por qué, a ser más honesto, de un modo más voluntarioso, menos forzado, no sabría lograrlo de otro modo. Es la magia milagrosa de la escritura manual. Hace años leí un reportaje en alguna revista sobre el tema...

El dios K se refiere a la exasperación nerviosa que le causa, tan temprano por la mañana, el paso a gran velocidad, como un tornado o un ciclón, de las hojas del cuaderno donde la teniente Mayo anota con letra frenética todo lo que se le ocurre mientras lo mira todo el tiempo como si le estuviera radiografiando el alma y no sólo el cuerpo. Tardará horas esta misma noche en poner toda esa cantidad de información en orden, en analizarla y clasificarla, con gran derroche de paciencia, pero valdrá la pena. Habrá resuelto el caso y podrá dormir tranquila una vez más en su vida, sin ayuda farmacológica.

–En efecto, lo hice.

–¿Dígame qué exactamente?

–Todo lo que ella dice, tal cual.

–No puede ser. Ella miente y usted lo sabe. ¿Qué pretende?

–Ya no soy el que era. He cambiado, soy otro. Creo que me irá mejor si me declaro culpable, mi conciencia me aconseja un cambio de estrategia...

–No le entiendo.

–Nicole, mi mujer, me dijo algo anoche que aún me tiene preocupado. Bueno, en realidad, lo que me preocupa es mi respuesta a lo que ella me dijo...

–¿Se siente autorizado a compartirlo conmigo?

–Sí, claro. Estábamos a punto de apagar la luz para dormir, algo que últimamente no ocurre con la frecuencia deseada, quiero decir que los dos nos acostemos a la vez con la intención de dormir, y se volvió hacia mí en ese momento y me dijo, casi me susurró, aún recuerdo la impresión que me causó, poniéndome la piel de gallina, no me esperaba algo así y fue estremecedor, me dijo esto, lo recuerdo íntegro, como si lo estuviera oyendo ahora otra vez: Amor mío, ¿sabes lo que creo? Llevo todo el día dándole vueltas a la idea. Escúchame bien. Creo que deberías despedir a tus abogados cuanto antes, declararte culpable, aceptar la sentencia sin rechistar, como un buen chico, ir a la cárcel a cumplir la condena que te impongan y ahorrarnos todo este sufrimiento inútil y este escándalo vergonzoso. Yo te estaré esperando el tiempo que sea necesario. Eso es lo que creo más conveniente. Ahora lo sabes.

–Vaya, a eso lo llamo yo un buen ejemplo de sinceridad adulta.

–Sí, no cabe duda. El problema es que me he pasado toda la noche dándole vueltas a la magna estupidez de mi respuesta. Por desgracia, no he podido aún disculparme ante Nicole, quizá por eso me encuentra usted algo alterado esta mañana, o afectado, ya me entiende, con este aspecto desaseado, impropio de mí...

–Desde luego, desde luego. No se preocupe. ¿Puedo saber exactamente qué le respondió usted? Verá, no soy curiosa, no de ese modo morboso en que otros suelen serlo, no es mi caso, pero encuentro esto de gran interés para la investigación.

–Lo comprendo. Antes de apagar la luz, hasta cierto punto enfadado, o perplejo, sólo supe decir esto, sin pensarlo mucho: Lo tendré en cuenta, cariño. Muchas gracias por pensar en mí.

–Hmmm. Ya comprendo, sí. Le agradezco mucho la confianza.

–¿Muchas gracias por pensar en mí? Se da cuenta del grado de imbecilidad que puedo llegar a alcanzar en el trato con mis seres queridos, imagínese con el resto de la humanidad. No me lo perdono, no puedo...

Fue entonces cuando ella, la teniente Mayo, sin dejar de garrapatear comentarios inextricables en su cuaderno y de pasar hojas rayadas de signos a una velocidad asombrosa, pronunció, sin pensar, la sentencia que condenaría al dios K a la locura si no estuviera ya navegando en solitario y a la deriva por ella desde hacía semanas.

–La cama es un abismo vertiginoso.

–...

–He visto a muchos hombres y a muchas mujeres de buena posición, como usted, hundirse en esa peligrosa sima sin ser conscientes del peligro que corrían. Como si estuvieran en mitad de una tempestad o una niebla tan espesa que les impidiera ver sus actos y, aún peor, las consecuencias remotas de sus actos más inmediatos. Ya no me escandaliza nada, como comprenderá. Estoy curada de espanto. He visto tanto, pero tanto, dentro y fuera de ese terrible escenario.

El paso acelerado de las hojas de papel y el rasgueo del bolígrafo, en medio del silencio que se ha instalado ahora entre ellos, son como un sismógrafo disparado que tratara de predecir un terremoto o un cataclismo con fracciones de segundo de adelanto. Los temblores musculares o nerviosos que se desatan en la agraciada cara de la teniente Mayo, pendiente hasta ese momento de cada palabra pronunciada como si encerrara el anuncio de algo importante, la inminencia de alguna revelación dramática, el dios K los entiende, con su sagacidad habitual, como simples muestras de la alta concentración y el rigor con que la detective se entrega a la recopilación de información en vivo sobre el caso. Venas tensas, arrugas nuevas, estrías impensadas. Las primeras gotas de sudor orlan la suave piel de la frente de esta mujer admirable. Es entonces, con un gesto mecánico, cuando decide quitarse de pronto la chaqueta y desabrocharse el primer botón de la blusa, introduciendo una alteración en las circunstancias que no pasa desapercibida a un hombre siempre alerta al menor cambio en su entorno como DK.

–Hace mucho calor a esta hora, ¿no cree?

–Pondré el aire acondicionado si quiere.

Cuando el dios K vuelve con el mando a distancia del climatizador sostenido con fuerza en la mano y desde el sofá comienza a graduarlo hasta los dieciocho grados, la temperatura perfecta en verano, digan lo que digan los ecologistas y sus estrafalarias teorías sobre el clima continental y la radiación térmica de la atmósfera, la inquisitiva mirada de Dorothy, desentendiéndose de las palabras de DK, no hace sino escrutar el menor signo de su comportamiento y transcribirlo a ese apasionado código con que desde hace años transforma la realidad delictiva y sus aledaños sensoriales en taquigrafías dementes y en jeroglíficos patológicos que sólo ella acaba entendiendo, estableciendo a través de esa modalidad de escritura una comunicación efectiva, como suele explicar a quien le pregunta por el peculiar procedimiento, entre su pequeño inconsciente individual y el gran inconsciente colectivo del crimen. Al cruzar y descruzar las piernas con tanta frecuencia mientras escribe sin cesar, la falda se le ha ido subiendo hasta desnudar la carne de los muslos, no lleva medias, y, al ver la mirada esquinada del dios K a sus esculturales extremidades, interrumpe la redacción de las notas y se toma su tiempo en restituir la falda a una posición más decente o recatada.

–Quiero que sepa que hice lo que hice porque estaba contento, como lo estoy ahora, en cierto modo. Me sentía liberado, no imagina hasta qué punto. Tenía un plan perfecto para salvar la economía europea. Me volvía a París. Había estado con mi hija. Ya le digo, estaba satisfecho, alegre, vital. Vi a esa mujer y no pude refrenarme. Quería llevarme un buen recuerdo de Nueva York. Qué hay de malo en ello...

–Nada, supongo.

–Hoy no lo haría. No soy la misma persona, pero entonces era hasta lógico, desde muchos puntos de vista, actuar como lo hice. No había motivos para despreciar una oportunidad como ésa, no estoy acostumbrado a decir que no, a rechazar ofrecimientos, no sé si me explico.

–Como un mapa de carreteras. No me diga más. Y, sin embargo, usted insiste en sus declaraciones en que ella miente. Yo también lo creo, pero no por la misma razón. Explíqueme por qué debo creerle a usted.

–Lo que ella dice que hicimos no es lo que hicimos en realidad. Es lo que le conviene decir ante los medios y la opinión pública. Lo que pasó entre nosotros no es eso. No se reduce a eso.

–De modo que, según su punto de vista, ella se prestó.

–Tampoco es eso. ¿No se cansa nunca de anotar? ¿Le apetece beber algo?

–No, preferiría acabar pronto, si no le importa.

La falda ha vuelto a replegarse más allá del límite en que podría mantenerse sin atraer de modo obsesivo la mirada profana del dios K, pero ahora la teniente Mayo, sin perder de vista al acusado, no se molesta en ajustársela de nuevo. Tiene otras cosas en que pensar, está llegando a conclusiones que apenas tiene tiempo de transcribir con precisión en el orden en que las recibe, como señales de inculpación procedentes del subconsciente del hombre que tiene sentado enfrente de ella. Ella conoce por experiencia esta clase de casos en que el sujeto consciente asume un crimen, o lo rechaza, mientras todo en él declara su culpabilidad, o su inocencia. La mente del criminal puede transformarse en un laberinto hasta para sí mismo.

–Digamos entonces que ustedes fueron cómplices. O usted creyó que ella actuaba como si fuera su cómplice. ¿Es eso lo que cree?

–Algo así.

–Ya. Eso me recuerda la paradoja del prisionero. ¿La conoce?

–No.

–Cada uno de ustedes está encerrado en una celda distinta sin saber lo que el otro está diciendo, con lo que la versión que proporcionan responde a la ignorancia de lo que el otro ha dicho más que a la verdad de lo sucedido. Eso les garantiza no perder más que el otro, aunque al final los dos puedan perderlo todo, ¿me explico?

–No veo la coincidencia en este caso.

–Cuando usted dice que hizo lo que hizo, en realidad no sabe lo que ella dice que hizo con usted, forzada por usted. El juez mantiene el secreto del sumario, usted sólo conoce una parte. Yo he tenido acceso a lo que ella declaró desde el primer momento y le aseguro que usted no sale muy bien parado...

–Ya le he dicho antes que estoy dispuesto a asumir que lo hice, aunque no sepa de verdad lo que hice.

–¿No querrá jugar conmigo a la bipolaridad del juicio? Es

un truco muy viejo entre los de su clase, casi tanto como la enfermedad diagnosticada por primera vez como psicosis maníacodepresiva y luego ya como trastorno afectivo bipolar.

–No pretendo engañarla. A estas alturas podría acusarme de todo lo que usted quisiera, teniente. De sodomizar a la africana...

–No siga, por favor. Piense lo que va a decir antes de hacerlo, no sea loco...

–Y de violar a Marie Jo, hace un año, y a Bénédicte, hace dos, y a Isabelle y a Christine, hace cinco, y a Bérangère, no me acuerdo cuándo, y a Micheline y a Geneviève, sí, a Geneviève también, hace muchos años, ya ni me acuerdo, y a...

–Tiempo muerto. Deme un respiro, hombre. Como siga así se remontará a la prehistoria. Todos los crímenes sexuales de la historia los ha cometido usted, por lo que veo. Seguro que fue usted también el que violó a mi prima Mary O. en 1987, al salir de la iglesia anabaptista, en Detroit, un lluvioso domingo de noviembre que la pobre no ha olvidado en todos estos años, nunca cogieron al cabrón que lo hizo, o el que me violó a mí, ya puestos, en la fría primavera de 1994, en un apartamento del campus de la Universidad Carnegie Mellon, ¿no fue usted también?

–No me acuerdo de haber estado allí, pero tampoco lo descarto. Será como usted dice, asumo todos mis crímenes, están en mi naturaleza, no se hable más...

Desesperada con el curso hasta cierto punto predecible de la entrevista, la teniente Mayo deja a un lado la libreta emborronada de símbolos herméticos, indescifrables para una mente burocrática, no adiestrada en técnicas de inscripción paleográfica, y de algunos dibujos fálicos, realizados de un solo trazo esquemático, de una obscenidad digna de los grafitos de los retretes públicos masculinos, y coge la cabeza del dios K entre sus manos fuertes, para sorpresa del acusado, que la había agachado un minuto antes y comenzaba a llorar ahora sin poder contenerse por más tiempo, y la sostiene frente a ella con gesto enérgico, mirando fijamente a esos ojos acuosos, de una claridad inusual, que están dispuestos a claudicar ante la presión psicológica y reconocer sin tardanza todo lo que han visto, como testigos privilegiados, a lo largo de una vida no exenta de alicientes visuales de todo tipo, pero también de iniquidades sin cuento y abuso de poder reiterado.

–No sabe cómo siento lo que hice. Cómo me arrepiento de todo.

–No sea hipócrita, por favor. No he venido aquí para ver cómo se derrumba por una tontería sentimental. No sienta lástima de sí mismo. No hay razones. Nadie va a permitir que un hombre como usted vaya a la cárcel. Sería un desperdicio...

–¿De verdad?

Dorothy aprieta la cabeza cuadrada del dios K entre sus maternales manos mientras le susurra palabras de serenidad y calma, como se haría con un bebé irritado por falta de sueño o de hambre, y luego se le acerca hasta casi rozarle la nariz con la suya, la punta respingona de una contra el garfio alicaído del otro. La teniente Mayo aprovecha ese grado de intimidad entre ellos para sacar la lengua en un gesto que, en un principio, podría interpretarse como de burla a la actitud de debilidad vergonzante del dios K pero que luego se revela una prueba de afecto y simpatía hacia él. Con esa lengua felina lame con delicadeza el rastro de lágrimas que humedece las mejillas del rostro de DK, primero el de la derecha y después el de la izquierda, de arriba abajo y de abajo arriba. El dios K cierra los ojos, complacido con la sensación de alivio y la comezón placentera que le procuran los cálidos lengüetazos, y se deja hacer sin oponer resistencia, como un niño enfermo visitado en el hospital por una estrella musical. Es víctima de la ternura infinita de esta mujer. Víctima de su cariño y su devoción culpable. La teniente Mayo sorbe las lágrimas y lame la piel de las mejillas como si fueran heridas del alma afligida del dios K, motivos de mortificación insufrible. Dorothy le aporta con su gesto inesperado un consuelo moral que no es de este mundo ni, por lo que sabe, tampoco del otro. Un amor que traspasa los límites de los sentimientos comunes y lo sumerge en el amor al prójimo tal como alguna vez fue predicado en remotos desiertos y montañas peladas. Ese amor intransferible de la mujer policía establece una nueva alianza con el dios K, un pacto fraterno en tiempos de asechanza, sellado con un beso reconfortante en los fríos labios del hijo del hombre.

–¿Tiene usted equipo musical en casa?

–Sí, justo ahí detrás.

La teniente Mayo cree haber resuelto el caso sin mucho esfuerzo y, al mismo tiempo, este éxito profesional sin precedentes se ha vuelto irrelevante ahora para ella. Ha pasado a segundo plano desde el momento en que Dorothy se ha puesto en pie con una alegría y una vitalidad renovadas, quitándose antes, con insinuante coquetería, los zapatos de tacón de aguja, para que no hubiera dudas sobre sus sentimientos e intenciones, y entregándolos a la custodia fetichista del dios K con el fin de que éste tuviera alguna prenda atractiva con la que entretenerse durante los prolegómenos.

–Verá, tengo dos canciones favoritas para situaciones como esta en que la comunicación con el acusado desborda el marco previsible de relación establecido en la ley. A ver cuál prefiere usted. No es casualidad que las dos sean de Irene Cara, mi heroína de los ochenta, un modelo para mí de creatividad y empuje vital desde que era muy joven. Una es «Fame», pero no nos veo a usted y a mí, ahora mismo, la verdad, asumiendo ese papel de profetas populares y poniéndonos a cantar y a bailar en la calle con este calor. Seamos discretos, seamos reservados, eso nos conviene mucho, ¿no le parece la estrategia más inteligente?...

El dios K se ha quedado también sin palabras con las que articular una respuesta racional a lo que está viendo desde hace unos minutos, un insólito despliegue de energía viril en marcha en todo el salón, como el zafarrancho de un día de limpieza general, con todo el bagaje reciente de malos recuerdos asociado a esto. El rostro y el cuerpo transfigurados de la teniente de detectives Dorothy Mayo lo tienen embelesado como a un colegial mientras desplaza los muebles de sitio y aparta todo lo que pueda suponer un obstáculo para la libertad de movimientos, lámparas, mesas, sillas, sillones, sí, el revistero abarrotado de periódicos financieros y revistas porno, eso también, fingiendo cara de asco ante unos y otras, como si encubrieran tras una portada vistosa la misma clase de porquería.

–La otra canción es «What a Feeling». Creo que ésta será la más adecuada para lo que usted y yo sentimos en este momento, el uno por el otro y los dos por el mundo que nos acoge en su seno con infinita benevolencia. ¿Qué le parece? La versión extendida es conmovedora, no sé si habrá tenido tiempo de verla en internet...

La teniente Mayo extrajo entonces de su bonito bolso Vuitton un CD de grandes éxitos del cine musical, de carátula chillona y vulgar, y lo colocó en la pletina de la minicadena y al cabo de unos segundos los melódicos compases de la canción prometida comenzaron a sonar, en Dolby Estéreo Digital, en el vasto espacio acústico del apartamento, atronando los oídos de los vecinos como en las olvidadas sesiones raperas del dios K.

–No sé si se acuerda. Es la historia de una chica proletaria que tiene que abrirse camino con su cuerpo serrano en un mundo hecho de acero y de piedra. Es mi historia, en cierto modo, así se la cuento a todos los que quieren conocerme mejor en la intimidad, espero que no le importe...

En ese mismo instante, tomándolo a él por árbitro cualificado de sus singulares dotes para el baile moderno, la teniente Mayo se ha desprendido con brusquedad de la blusa, la falda y la camiseta que impedían hasta ese momento hacerse una idea exacta del tipo de cuerpo que ocultaban esas prendas de un pudor fuera de lugar ahora que la danza y el movimiento están a punto de acaparar toda la atención del dios K.

–He soñado toda la vida con poder hacer esto algún día ante un hombre como usted y ahora estoy a punto de conseguirlo, parece mentira, todo llega...

Como prueba de que sigue creyendo, como cuando era una niña piadosa, en el pecado original y la maldad innata de los italoamericanos, la teniente Mayo ha decidido conservar el negro sujetador elástico de Nike, adherido al robusto contorno del pecho, y la insinuante braguita a juego de la misma marca, diseñada en algodón para ceñirse estrictamente al pubis. El atuendo deportivo la vuelve una figura fascinante para el dios K, incluso con los ojos abiertos esas prendas íntimas le parecen fantásticos accesorios dignos de una muñeca de colección, la princesa morena de las pistas de tenis, una campeona mundial de ensueño y fantasía. Su entusiasmo sobrevenido por la chica se empareja con el ritmo incontrolable de la música y el karaoke delirante al que se entrega Dorothy como poseída por una fuerza de origen diabólico que la impele a gesticular y agitar los brazos en todas direcciones mientras sus musculosas y trabajadas piernas recorren el dilatado perímetro del salón a una velocidad sobrecogedora.

–Escucho la música, cierro los ojos, siento el ritmo...

Qué saltos de un extremo al otro del extenso salón, qué piruetas, qué volatines en el aire y en el borde de algunos muebles, qué carreras y tirabuzones, qué brincos hasta tocar el techo, cómo se desliza y rueda por el suelo, sin dejar de repetir la emotiva letra de la canción. El dios K, acompañando el ritmo arrebatador con las manos y con los pies, sólo tiene ojos para el espectáculo de esta mujer feliz, de esta joven luchadora que aspira a conquistar su lugar, como canta la teniente Dorothy Mayo, en un mundo masculino repleto de obstáculos que salvar y trampas que eludir y trabas que vencer y listones que superar con agilidad y constancia. Esta coreografía es una locura total, a quién se le habrá ocurrido la idea, piensa el dios K cuando la ve sobrevolando por encima de su cabeza y, al volverse al otro lado para no perderse nada, aterrizando sobre la espalda en el pulido parqué, sin hacerse ningún daño, para luego recuperar de un salto gimnástico la posición erguida, entonando en todo momento este himno exultante que al dios K se le antoja, por una vez, de un feminismo levemente trasnochado y encantador.

–... le entrego mi corazón, qué sentimiento, ver para creer, puedo tenerlo todo...

El dios K comienza a sospechar que esta alegría pletórica es fingida, una impostura, que es imposible tanta felicidad en el mundo, que se trata de otra trampa televisiva, otro truco mediático de algún canal en bancarrota, ya le pasó hace unos días con el reencuentro fallido con Virginie, donde se sintió estafado por todos, incluida Nicole, y empieza a preguntarse al poco, sin perder de vista las sugestivas evoluciones de la bailarina espontánea, dónde están las cámaras, dónde las han colocado esta vez, cuándo las instalaron en el apartamento sin que nadie consiguiera reparar en ellas hasta ahora. Se siente espiado, vigilado por todos sus enemigos, y, al mismo tiempo, deleitado sin remedio con el espectáculo desbocado de esta bacante sorprendida en pleno trance dionisíaco en el corazón palpitante de su apartamento.

–Las imágenes reviven, puedes bailar toda la vida, ahora escucho la música, cierro los ojos, soy un ritmo.

O será otra vez Nicole, se interroga DK, la pobre e infeliz Nicole, montando otra farsa sexual con una cómplice inesperada, otra tentativa de recuperación acelerada de su estado paradisíaco, anterior a la caída tras el incidente en el hotel. Es evidente que Nicole ha terminado cansándose de que ninguno de los espectáculos teatrales organizados por el dios K, por audaces y obsesivos que parecieran a un espectador distante, haya surtido el efecto apetecido sobre su ánimo, y después de sus misteriosas palabras de anoche cabe esperar cualquier cosa de ella. Cualquier cosa, sí. Hasta este simulacro de musical cinematográfico montado quizá a fin de forzar su confesión fehaciente de una maldita vez.

–Puedo tenerlo todo, puedo realmente tenerlo todo, qué sentimiento, tenerlo todo...

Qué le importa ahora todo esto, este cálculo mediocre, esta prosa cotidiana, esta grisura existencial, cuando, entusiasmado con el festivo espectáculo improvisado a domicilio por la seductora Dorothy, el dios K no puede impedir que sus torpes pies marquen sin descanso el ritmo febril de la música y los arreglos tecno de Moroder, y sus manos temblorosas aplaudan sin parar, por primera vez en mucho tiempo, las proezas acrobáticas de la bailarina, una artista consumada del vitalismo a ultranza de la clase media.

–Toma tu pasión y haz que algo ocurra.

Sí, es un buen eslogan para empezar una nueva vida, aquí o en cualquier otra parte, el problema es que nada ocurre, nada cambia, nada digno de reseñar, se entiende. Por más que todos se empeñen en lo contrario, la felicidad no puede durar más de seis minutos y dieciocho segundos, se dice el dios K entristecido al intuir ya el final precipitado de la canción, la tensa gravedad del aire imponiendo otra vez su ley inexorable sobre los vivos y sobre los muertos. En cuanto suena en el desorganizado espacio del salón la última nota estridente del sintetizador, la teniente Mayo recupera, algo avergonzada ahora por el estéril desenlace de la performance, su ropa y sus zapatos, se seca el copioso sudor que baña todo su cuerpo y se viste en silencio, de espaldas a la mirada intensa del dios K, sorprendido con la negativa reacción de la detective. Cuando acaba, recoge sus pertenencias, el bolso, el cuaderno de notas y el bolígrafo mágico, y se marcha a toda prisa del apartamento despidiéndose apenas con una frase que sume al dios K en una desolación difícil de calibrar con medidas terrestres de tan escasa precisión emocional.

–Tendrá noticias mías antes de lo que cree.

DK 41

La monja sangrienta

Esa misma noche el dios K se acuesta intranquilo, inquieto. No es para menos. Después de lo que ha vivido, la ausencia de Nicole otra noche más sólo le parece una secuela lógica. Las dos pastillas de melatonina que ha ingerido apenas pasada la medianoche lo sumergen enseguida en un sueño trepidante del que sólo un dibujo animado japonés, con sus colores alucinógenos y su fantasía mítica, podría dar cuenta con un mínimo de fidelidad sensorial. Respira fuerte, parece ansioso, desesperado. Al cabo de una hora abre los ojos, con sorpresa. Algo ha cambiado en las circunstancias. A su lado hay un cuerpo roncando. Es Nicole. Inconfundible el problema nasal que afecta a su respiración y la hace parecer un animal acezante extraviado de noche en un bosque frondoso. No sabe por qué pero ya no se alegra de saber que ha vuelto. Más le preocupa sentir las manos atadas. El traumático recuerdo de su detención reciente le permite saber lo que ocurre. Está esposado, con las manos a la espalda. Al estar tumbado boca arriba la posición se hace más incómoda y desagradable. Trataría de ponerse en pie si no hubiera descubierto, aterrorizado, que hay alguien más en la habitación. Al principio es sólo un ruido, o una serie de ruidos encadenados. No puede ver mucho en la oscuridad en que está sumido el dormitorio para favorecer el sueño de Nicole y el suyo propio, desde hace unas semanas ni siquiera durante el día se levantan las persianas para no alertar a los nuevos detectives que vigilan el apartamento desde el edificio lateral. Poco a poco, haciendo un esfuerzo, tensando el cuello, pero sin perder la inmovilidad, le conviene pasar desapercibido, el dios K distingue en la oscuridad una presencia amenazante moviéndose por la habitación con una destreza inexplicable. ¿Cómo ha podido entrar? ¿Por dónde? Y, tratando de incorporar la peor sospecha de todas, la de un cómplice, ¿quién lo ha dejado entrar?, se pregunta el dios K, cada vez más paranoico y asustado.

Se diría que el intruso va envuelto en un hábito oscuro o un mantón de camuflaje que lo cubre de la cabeza a los pies y lo vuelve casi invisible. Ahora lo ve acercarse hacia la posición de Nicole, que ha debido de tomarse los somníferos de siempre y no se entera de nada. El intruso levanta la sábana por el lado donde ella duerme y comienza a desnudarla. El dios K está paralizado, no puede hacer nada, aparte de seguir mirando, las manos a la espalda le hacen daño, como las cervicales, y también los hombros se resienten cada vez que intenta liberarse de la atadura. Una tormenta eléctrica se desata en su nuca. Cierra los ojos y una luz blanca lo ilumina desde el interior. Entrevé el cuerpo desnudo de Nicole y entrevé algo más, aparte de la figura indefinida que está parada junto a ella. El intruso lleva un cuchillo de carnicero en la mano. Un gran cuchillo con mango en forma de cruz con el que podría destripar a Nicole de un solo tajo si quisiera, aunque no parezca ésa su intención por ahora, ya que se limita a pasear el filo del arma por la piel sin causarle ninguna herida, acariciando con la hoja metálica los pechos y el vientre, con morbosa insistencia. El dios K trata de gritar y es cuando se da cuenta, al fin, de que no puede hacerlo. El intruso encapuchado ha sellado su boca con cinta aislante y apenas si puede pensar en separar los labios sin notar la presión dolorosa alrededor de la boca. Despavorido e inerme, se limita a mirar con horror mientras el intruso amordaza también a Nicole y luego ata sus muñecas al cabecero de la cama. No entiende cómo Nicole sigue sin despertarse a pesar de todo. Cuando ha terminado de atarla y de comprobar las ligaduras, el intruso se da la vuelta, rodea la cama y se queda parado a los pies, mirando alternativamente a los dos cuerpos a los que ha logrado inmovilizar sin apenas esfuerzo, una vez que se ha abierto camino en el apartamento usando una llave maestra, la hipótesis más probable. El dios K lo observa y se engaña pensando que el intruso no lo ha descubierto. Suda en abundancia, por todo el cuerpo, y está cada vez más aterrado, la impotencia de sus gestos lo sume en un estado de rendición intolerable para su conciencia alerta. Como comprueba de nuevo al tenerlo más cerca, el intruso parece vestido con un disfraz que, después de mucho pensar, se diría un hábito de monja, un subproducto vestimentario de esas siniestras concesiones católicas a la estética medieval, como escribió una vez el dios K en un ensayo académico sobre la desamortización eclesiástica como instrumento del progreso económico y social en el siglo diecinueve. Pero eso ahora no viene a cuento, el intruso ataviado de religiosa no ha venido en mitad de la noche a vengarse de sus excesos ideológicos ni de sus postulados ateos. Como si estuviera echando a suertes con cuál de los dos cuerpos acaba primero, el intruso se toma su tiempo, sin abandonar su posición a los pies de la cama, en mirar a Nicole con detenimiento y en mirarlo a él después, creyéndolo quizá dormido.

Al cabo de unos minutos, ha decidido lo que hará. Como temía, no es contra Nicole contra quien se dirige este vengador disfrazado de novia de Cristo. Es contra él, el Anticristo. En cuanto llega junto a su posición en la cama ya sabe que es una monja, o una mujer que simula ser una monja, pues a una mirada avezada como la del dios K no se le puede escapar el abultado contorno tensando la parte frontal del hábito de una orden desconocida. Si el tamaño de los pechos confiriera algún privilegio en la jerarquía monástica, pensaría DK en caso de tener el cerebro menos dominado por el pánico que le infunde esa figura inquietante, esta monja gótica ocuparía sin duda el rango de madre superiora o abadesa en el convento fantasma del que proviene para hacerle pagar por sus muchos pecados. La intrusa levanta la sábana para inspeccionar de nuevo el estado del cuerpo. El pijama a rayas del dios K, empapado en sudor, es una indudable molestia para lo que se propone y no tarda en desprenderlo del cuerpo inmovilizado ayudándose del cuchillo para desgarrarlo cuando se resiste a despegarse de él. Viendo las peligrosas intenciones de la monja, el dios K comienza a patalear, único recurso que le queda para defenderse de la agresora. La religiosa debe de estar sonriendo bajo la capucha del hábito, el dios K no puede penetrar tan adentro como para averiguarlo, al ver que su víctima está despierta y va a poder asistir en directo a la cirugía elemental que se prepara para realizar sin paliativos. El dios K no es para la monja vengadora, por lo visto, más que un macho desnudo y rijoso, otro vampiro de la condición femenina, que podría violentar su preciosa intimidad y sorberle el jugo vital en cuanto lo liberara de la merecida prisión. Y así se comporta con él, sin consideración alguna. El dios K prefiere no cerrar los ojos para no perder detalle de lo que está pasando. Las manos enguantadas de la monja comienzan entonces a masturbarlo con malsana destreza. Tras todas estas semanas de miseria sexual, el dios K se siente rejuvenecer y ve erguirse su miembro entre las manos alternas de la monja con un empuje que llamaría arbóreo si aún conservara el humor o la ironía que antes hacían de él, además de un burlador de mujeres, un exquisito hombre de mundo. A pesar de todo, la monja es una experta manipuladora, por eso la habrá designado su viejo enemigo Ratzinger para esta delicada misión salvífica en la tierra de los infieles, y sabe guiar con deliciosa pericia los afectos viriles, así que el efecto deseado no se hace esperar. Una hinchazón sanguínea que colma con creces el cuenco de la mano izquierda y luego una vigorosa emisión seminal que ella no puede desperdiciar bajo amenaza de excomunión fulminante. Ha traído un vaso de plástico que acerca al glande en el ápice climático con la mano desocupada. Un bote en que se propone almacenar íntegro el plasma genético del dios K, más abundante de lo previsto. Va a ser la última vez, no puede cometer ningún error, debe de decirse mientras rebaña con celo profesional las copiosas gotas que, tras desbordar los límites del recipiente clínico, permanecen adheridas a la pared externa y estaban a punto de perderse para siempre en la nada. A continuación, ajusta la tapa hasta oír el clic que señala el cierre hermético del bote y lo introduce con cuidado en uno de los innumerables pliegues del hábito, donde uno puede imaginar sin esfuerzo que custodia no sólo el cuchillo-crucifijo para matar vampiros y un rosario de cuentas enormes, como huevos de gallina, sino también un ejemplar de la Biblia políglota de Amberes y una traducción al polaco de los Evangelios y uno o dos tratados latinos del teólogo Tertuliano sobre la carne, el pecado, la resurrección y el matrimonio santo del hombre y la mujer.

Ese cuchillo tremendo, y no otro instrumento de tortura, es lo que enarbola ahora la monja sangrienta sobre el cuerpo postrado e indefenso del dios K. Para qué necesita anestesia quien pretende causar todo el dolor que es capaz de soportar una criatura, pecadora o inocente, en esto no hay diferencias teológicas que puedan aportarse al caso. El dios K había oído hablar en alguna parte de tráfico de testículos y semen en relación con la fabricación de cremas rejuvenecedoras del cutis femenino. El dios K, un incrédulo por definición, como todos antes de que el artista o el demiurgo nos fuercen a suspender la incredulidad a través del terror y la magia de sus respectivos poderes creativos, comienza a creer en la realidad traumática de la experiencia cuando siente cómo una lámina gélida le desgarra a dentelladas los tendones de los testículos, milímetro a milímetro, con una sensación aguda que sólo podría describirse como despersonalización radical, y comienza a desangrarse a chorros de un realismo visceral, como un cerdo degollado en una matanza pueblerina. Si no se hubiera desmayado en el momento cumbre, habría sentido que esa misma cuchilla afilada por el aciago demonio que duerme en los sótanos del Vaticano, después de sajar el bolsón testicular, la ha emprendido sin piedad con el pene, ese villano infame de todos los escenarios feministas y matriarcales. Esta monja no sabe nada de feminismo, sin embargo, y sólo cree en el matriarcado espiritual de la Iglesia, no se engañe nadie sobre esto, ni siquiera el forense, que una vez más en su carrera podría llegar a erróneas conclusiones. Esta monja es devota y piadosa como pocas y por eso hace lo que hace, con pulcritud quirúrgica. Esta fanática religiosa, hermana de algún convento decrépito del gueto neoyorquino, debe de mantener una conexión paranormal con la santa Juanita de Arco del Bronx y representa un modelo de economía distinto. Un modelo sacrificial, donde la gratuidad y el don se transforman en sacramento imprescriptible del culto, encarnado en un modo de producción e intercambio menos materialista y pragmático. Al fin y al cabo, ella misma sacrificó su virginidad por un puñado de creencias irracionales, por qué no va a inmolar un aparato impío y maloliente como éste para ponerlo al servicio de una causa superior. Estos pirados exhiben otra lógica menos aristotélica, como le enseñó al dios K la doncella de Orléans a través de la médium del Bronx hace unas cuantas noches, y eso es lo que pretende la monja emasculándolo, apoderarse de su semilla germinativa para engendrar algún aborto infernal que imponga en la tierra el reino paradójico del Espíritu Santo. El Paráclito profetizado en el apéndice secreto del cuarto Evangelio custodiado en la cripta subterránea del santuario de Lourdes. El dios K, a raíz de lo sucedido, ha comenzado a tener entre los creyentes del nuevo milenio su culto exaltado, a disfrutar de una veneración mística en ciertos círculos heterodoxos, y ésta es una de las primeras ocasiones en que su carne de pecador irredento ha podido comprender el canibalismo sacramental que muchas veces ha guiado en la historia a los espíritus más refinados, desde las ménades furiosas hasta las fieles parroquianas que sacrifican el cuerpo sagrado del ídolo y luego lo devoran para hacerlo suyo, carne de su carne, hijo de su vientre, sí, eso también, vástago de la imagen divina. El dios K sabría entender todo esto y mucho más si no hubiera perdido la conciencia mientras la monja cirujana se dedicaba a guardar las palpitantes reliquias extirpadas de su cuerpo en otro recipiente de plástico, de tamaño mediano, donde, a pesar de la chapuza sanguinolenta de la sección final de la carnicería, han cabido todas apretujadas sin demasiados problemas. Para cuando la religiosa castradora se ha esfumado de la habitación, el dios K sigue durmiendo como un bendito, es un decir, y Nicole a su lado, que no ha visto nada, respira con pesadez como hace siempre, como si estuviera a punto de abandonar su cuerpo por una vida mejor, idea que volvió a tentarla al acostarse en su cama esta misma noche viendo dormir al dios K como un bellaco irresponsable. Milagros del amor en el matrimonio canónico. Cómo he podido casarme con esta puta, con esta guarra, con este saco de repugnancia, como declaraba el dogmático Tertuliano a su manera misógina y autoritaria. Cómo he podido casarme con esta bestia nauseabunda, con este cabrón asqueroso, con este monstruo repulsivo, como declaraban las novicias de Cristo antes de ingresar en la vida conventual con el voto de castidad y abstinencia como ideal excluyente de cualquier contacto lujurioso con el enemigo de la creencia cristiana. Esos dilemas morales los desconoce la monja sangrienta, una iluminada de la fe que abandona el apartamento de los DK con el sigilo y la discreción que su esotérica orden le encomienda y luego se desvanece en el aire, sin que nadie, ni siquiera el vigilante de seguridad del edificio, la vea. Como si fuera un ente imaginario creado para realizar un propósito inconfesable.

Al despertar ya es de día, la luz cenicienta que penetra por las rendijas lo delata, y el dios K lo primero que hace, por precaución terapéutica, es comprobar la integridad y la salud de sus genitales. Está desnudo, así que eso sí era verdad, se debió de quitar el pijama durante alguno de los agitados sueños que ha padecido durante la noche, no debe cenar tanto y tan tarde, se está cebando como un cerdo en el matadero de la historia y está engordando por días, Nicole se lo dice cada mañana, igual que le dice que el jurado lo odiará más por verlo tan seboso y querrá sacrificarlo a la diosa de la justicia, y él no le hace ningún caso, despreciándola por su falta de tacto, nunca ha tenido sensibilidad para los problemas de las minorías. Y para colmo el olor apestoso que emana de allí mismo, cuando introduce la cabeza bajo las sábanas para hacer la comprobación desde más cerca, le proporciona otra mala información sobre la escasa higiene en la que incurre últimamente por descuido personal o por imitación de sus nuevos amigos de la calle, sin saber muy bien por qué, encuentra cada vez más placer en remedar sus malas costumbres de parias e indigentes. Pero también era verdad lo otro, por desgracia, ya que en la entrepierna todo sigue igual de adormecido, todo sigue en su sitio, en el estado de inutilidad y postración flagrante que Nicole habría ratificado si al menos se hubiera molestado en volver esta noche. Su ausencia esta mañana, después de lo sucedido, le causa un dolor lacerante. Es evidente que ha preferido quedarse a dormir en otra parte donde es más feliz, con alguno de sus seductores amantes de la avenida Madison y de algunas de las bulliciosas oficinas de los alrededores.

El sueño, o los componentes terribles del mismo, le han dado una idea, sin embargo. El dios K es un hombre de ideas no de sueños, desde luego, pero esas categorías no rigen ahora en su vida. Está decidido. No sabe cuánto tiempo tardará en realizar esa idea ingeniosa para resolver de manera definitiva todos sus problemas. En qué plazos podrá llevarla a cabo y con la colaboración de quién. Por primera vez en mucho tiempo, tiene una erección.

DK 42

La nueva ciencia

Termino peor que empecé. Es una evidencia dolorosa. Estoy aquí sentado en el salón, leyendo libros científicos que esta misma mañana me trajo un mensajero de UPS, los había encargado en Amazon unos días atrás. Es tarde, las dos de la mañana, no tengo sueño ni me siento cansado, apenas si he bebido esta noche. Nicole y Wendy están en la terraza, metiéndose mano, jugueteando con sus bonitos cuerpos como si fueran nuevas adquisiciones de ropa de temporada o de objetos decorativos. Hace una noche muy agradable, con una brisa fresca que recorre la ciudad como un ventilador natural, y no quieren desperdiciar la oportunidad de conocerse mejor en la intimidad. Se han divertido mucho esta noche, están contentas de haber encontrado la compañía adecuada para celebrar el hecho de estar vivas y prolongar las gratificantes experiencias más allá de lo razonable. Por si fuera poco, se sienten bien con ellas mismas y con el mundo que les ofrece, por arriba y por abajo, un decorado espectacular para realizar sus inofensivos escarceos eróticos. La terraza es elevada y tienen todo el cielo estrellado por encima de sus cabezas y todas las calles y las fachadas iluminadas a sus pies. Las veo desde el sillón, abrazándose pegadas a la barandilla, sin miedo a la altura. Se están besando, cuerpo contra cuerpo. Wendy está desnuda de cintura para arriba y Nicole se ha quitado la chaqueta y el sujetador y tiene la camisa abierta y sacada, veo mecerse al viento los blancos faldones de la camisa. Imagino que, mientras se besan, los blandos pechos de Nicole se frotan con los opulentos pechos de Wendy, producto de costosas operaciones, en una tentativa, placentera pero fallida, de apropiarse de sus exorbitantes cualidades a través del roce incesante. No creo que hagan esto sólo por mí, para excitarme como a un viejo voyeur, un libertino fuera de juego, para halagar mi instinto retiniano de macho inapetente. Espero que les guste también a ellas y sepan disfrutarlo. Vuelvo a concentrarme en la lectura y subrayo en rojo, como suelo hacer, las ideas que más me llaman la atención.

> El Régimen de Computación proporciona, entonces, una narrativa que toma en consideración la evolución del universo, la vida, la mente, y la mente reflejando a la mente al conectar estas emergencias con procesos computacionales que operan tanto en las simulaciones creadas por el ser humano como en el universo entendido como el programa que hace funcionar el «Computador Universal» que llamamos realidad. Éste es el más amplio contexto en el cual el código adquiere un significado especial, incluso universal. En el Régimen Computacional, el código es concebido como el sistema de discurso que refleja lo que sucede en la naturaleza y que genera la naturaleza misma.

Esta misma noche, hace sólo unas horas, hemos ido a la inauguración de una nueva discoteca. Galileo 62, en la calle Spruce, en la torre de Babel diseñada por Frank Gehry como contribución al proyecto de revitalizar el barrio financiero. El gran Hogg me había invitado y me siento honrado al sentirme tan bien recibido. Lo han contratado como encargado de la entrada, al parecer, y aunque se inaugura esta noche, la sala lleva funcionando algunas semanas sin publicidad. Me alegro por él. Necesitaba ganar dinero. Le propongo a Wendy que me acompañe y Nicole se apunta en el último minuto. Wendy se ha encargado de contratar la limusina. Estamos los tres en ella camino de la discoteca. He decidido no beber nada esta noche, se está acabando mi larga relación con el alcohol como con tantas otras cosas, y rechazo la oferta de Wendy de servirme un whisky. Nicole y Wendy se meten un par de rayas de cocaína cada una y me da miedo mientras las veo hacerlo, no sé cómo puede terminar la velada. Hogg viene a abrirnos la puerta en cuanto llegamos. Se le ve contento. Al principio no lo reconozco, se ha afeitado las pobladas barbas de profeta y exhibe un rostro afilado, de rasgos más juveniles de lo que pensaba. Saluda a Wendy como si la conociera de toda la vida y a Nicole como si la hubiera visto la noche anterior. El ambiente entre nosotros es alegre y festivo. Como me conoce bien, Hogg me mira un momento temiendo que vaya a cometer alguna tontería o a decir alguna impertinencia. Lo tranquilizo, esta noche vengo dispuesto a divertirme. Hogg nos conduce adentro saltándonos la cola inmensa de gente jovencísima que se acumula en la entrada esperando su turno para entrar. Recorremos un pasillo de moqueta blanca y paredes pintadas de negro y nos plantamos ante la caja transparente del ascensor. Hay otra gente esperando para subir, pegada a la pared formando una cola no muy larga. La discoteca está en la planta 40 del edificio. Por alguna razón que no comprendo, Hogg me gasta una broma sobre lo que voy a ver ahí arriba. Le digo que no tengo vocación de astrónomo. Se ríe. Cuando llega el ascensor y se baja la gente que venía en él, Hogg se acerca al encargado del mismo para hacerle saber que debe dejarnos pasar por delante de los que llevan esperando más tiempo. Entramos primero y la gente nos mira con mala cara, no creo que ninguno me reconozca en estas circunstancias. Vengo vestido como un turista de vacaciones, o un artista cotizado de SoHo, como dice Wendy, con un polo azul oscuro de manga corta y unos vaqueros blancos y unos mocasines negros sin calcetines. Nicole y Wendy, una con su escotado vestido granate de Dior y la otra con su traje sastre gris y negro de Versace, suplen la cuota de elegancia y formalidad que se requiere para ser tomado en serio como cliente en estos locales de moda. Después de nosotros, entran los demás, el ascensor está abarrotado y me da algo de angustia al principio. Estamos al fondo del ascensor y tengo la sensación de que nos van a aplastar para vengarse. No soporto estar encerrado con toda esta gente a la que no conozco en un sitio tan angosto, me recuerda la cárcel, me entran sudores repentinos. Wendy y Nicole, en cambio, están empezando a divertirse de lo lindo. Me dan la espalda y se entusiasman viendo cómo el ascensor se eleva a toda velocidad despegando del suelo como un cohete en dirección a las estrellas. Les da vértigo, como a mí, pero se ríen sin parar. Las encuentro encantadoras. Las vistas sobre Brooklyn y el puente de Brooklyn, ascendiendo en vertical a esa velocidad, son increíbles. Nicole le dice algo al oído a Wendy y luego le da un beso en la mejilla. Wendy se vuelve y me mira de reojo y me guiña un ojo. Todo va bien entre ellas. Parece que la noche va a ser divertida. Sin embargo, cuando la puerta del ascensor se abre y la tromba de música nos inunda y los otros pasajeros salen y, al salir nosotros del artefacto, tenemos que atravesar la cola de gente que espera para bajar, vuelvo a sentir lo viejo que soy y lo cansado que estoy y lo poco que me gusta trasnochar en la calle. Es como si me echaran encima cuarenta años más de los que ya tengo. La edad media en la discoteca, por lo que veo, no pasa de treinta y cinco. Me asusta un poco. Menos mal que el bueno de Hogg ha avisado a uno de sus colegas jóvenes de arriba, que viene a hacerse cargo de nosotros y nos conduce a un palco situado tres niveles por encima de las dos pistas donde la gente está bailando como loca. Toda esa energía, todo esa transpiración, toda esa actividad desperdiciadas en un baile sin sentido. Es la vida, me digo. Parece que al decirlo en voz alta, para que lo oyeran Wendy y Nicole y supieran así que me lo estaba pasando bien, he rejuvenecido una década de golpe.

> El habla y la escritura no deben ser vistas, sin embargo, como predecesoras del código que desaparecerán sino como socios vitales en muchos niveles de la escala en la evolución de la complejidad. El habla y la escritura aparecen entonces como escalones de piedra necesarios para elevar al *Homo sapiens* hasta el punto en que los humanos puedan comprender la naturaleza computacional de la realidad y usar sus principios para crear tecnologías que simulen las simulaciones que circulan en el Computador Universal.

Cuando me siento veo que la discoteca está diseñada como un viejo teatro de ópera a la italiana, con cortinajes de terciopelo azul ocultando una parte de la sala, y las pistas ocupando el lugar del escenario. Hay palcos y asientos por todas partes, muchos vacíos, la gente abarrota la barra, una larga lámina de cromo y cristal iridiscente, situada al fondo, a la derecha de nuestro palco. El amigo de Hogg me pregunta qué queremos beber. Cada uno elige su brebaje preferido y esboza una sonrisa, no sé por qué, al hacerlo. Yo he pedido un botellín de agua de Evian, para sorpresa de Nicole, así quizá pueda recordar con cada sorbo mis maravillosas vacaciones de infancia allí, hasta los quince años. El amigo de Hogg también es afroamericano, pero mucho más joven. Se llama Ralph. Cuando vuelve con las bebidas, entablamos una fugaz conversación sobre Hogg, sobre mí, sobre él, en la que no descubro nada que no supiera ya. Todo parece muy amistoso y cordial hasta que una nueva canción empieza a atronar las pistas y los que están en ellas comienzan a gritar y la gente salta de sus asientos para unirse a éstos. La conversación se interrumpe porque Wendy dice que le encanta esta canción que acaba de empezar a sonar en todos los altavoces de la sala. Wendy me dice que es nada menos que la gran sacerdotisa Britney Spears la que está cantando y esto que suena en todos los altavoces es su nuevo tema, con el que espera recuperar el éxito de su carrera, y por lo que a ella respecta no está dispuesta a perder más tiempo en sumarse a la fiesta para celebrar el regreso triunfal de la diva. Arrastra a Nicole, que no se ha resistido. Veo en las pantallas que rodean las pistas, y donde a veces se proyectan imágenes de la gente bailando, que es una cantante rubia y flaca y algo chillona la que desata esta pasión colectiva. El videoclip no está mal, me gusta la pirotecnia de las imágenes, la chica es mona. Veo desde lejos cómo Nicole y Wendy aterrizan en la pista más lejana cogidas de la mano y se lanzan a bailar con la misma efusión que los otros. Me alegro por Nicole. Le hacía falta un tratamiento de choque de este tipo para sacarla de la atonía en que se muestra a menudo. Por culpa mía. El amigo de Hogg se siente incómodo de pie a mi lado y le pido que se siente, me dice que lo tiene prohibido. Le pregunto si el nombre de la discoteca tiene algún sentido, yo siempre con el mismo tipo de cuestiones estúpidas, a mi edad ya debería haber aprendido que nada responde a su nombre, nada es como dice ser. Nada es, en el fondo. Ni yo soy lo que soy, no todo el tiempo al menos, ni lo es Nicole, como es evidente cuando la veo bailar frente a Wendy, ni quizá lo sea Wendy, que tiene muy bien aprendido su papel de alegre profesional. Ralph sí parece ser lo que es, o así me lo parece mientras se molesta en enseñarme algo situado a mi espalda en lo que no había reparado. Un ventanal donde se proyecta una imagen del cosmos y, a unos metros de él, una réplica a escala del telescopio Hubble. ¿Qué es esto?, le digo a Ralph, que me sonríe con amabilidad. Me invita a seguirlo. Me cae bien este Ralph, no sé por qué, pero me da la sensación de que es alguien en quien se puede confiar. Se me ocurre la estúpida idea de que los afroamericanos desconocen la ironía, ése es su mayor encanto personal. Todo es directo con ellos. Es posible que sea una cuestión cultural, no sé. Soy sólo un viejo europeo, malhumorado y quizá resentido con la vida. Un europeo viejo, como el vino, una especie amenazada, y a lo mejor hay matices lingüísticos que se me escapan, pero Hogg y Ralph me parecen dos ejemplos de mi tesis. El hecho de que sean amigos no me parece nada casual. Me fijo en las zapatillas de deporte de Ralph, me gustan mucho, tan blancas y ligeras, y le pregunto por la marca. Reebok, me dice. Mañana mismo me las compraré, debe de ser muy cómodo pasear con ellas por el mundo, te hacen sentirte más liviano y flexible, como si flotaras sobre el suelo, se lo noto en el modo de andar y, en especial, al pararse.

> Cuanto más la dinámica de ocultar y revelar se convierte en parte cotidiana de la vida y una estrategia ubicua en todos los ámbitos, desde los dominios comerciales de Internet a las obras de arte digitales, más plausible se vuelve la visión de que el universo genera realidad a través de una estructura jerárquica similar de niveles correlacionados procesando códigos de manera incesante y perdurable.

La vista es impresionante, desde luego. No se ve la ciudad, no se ven los otros edificios, no se ve el río, no se ve la fisonomía nocturna que causa tanto éxtasis en los turistas que suben a los restaurantes giratorios para contemplarla desde una posición privilegiada. Es una simulación perfecta del cosmos. Se ven planetas del sistema solar y galaxias más lejanas y nebulosas y miles de estrellas, pero no como en una fotografía fija. De algún modo muy logrado se percibe el movimiento de todo, el movimiento que anima la representación para que no parezca muerta. Para que no parezca un simulacro del universo y todo brille al mismo tiempo reclamando la atención del observador. Ralph me dice que se ve todo aquello por lo que Galileo habría dado su vida por ver con ese grado de definición. Me hace gracia el comentario. Podría tenerse la sensación, si no fuera por la música y por la gente que se mueve sin parar de un lado a otro por la discoteca y abarrota las pistas y baila como poseída por las canciones, que estamos viajando a la velocidad de la luz por el espacio sideral en una extraña nave transparente decorada como un decimonónico teatro de la ópera. No entiendo el motivo de esto último. Se lo digo a Ralph. Me mira con cierta perplejidad y me dice que fue idea de los dueños, unos italoamericanos de Brooklyn, y del arquitecto, un judío canadiense, todos apasionados de la ópera y de la astrofísica. Querían sacar a la gente del pequeño contexto. Sumir a los clientes en una experiencia sublime que les hiciera olvidar de dónde vienen. El ascensor es el primer paso para situarlos fuera de las coordenadas terrestres a las que están tan habituados. Los arranca del suelo sin violencia y los propulsa en un mundo ingrávido donde no hay asideros, excepto los que proporciona el mismo edificio y, por supuesto, la música, sonando a todas horas en todas partes. Me señala el telescopio, es la pieza clave del montaje, me dice. Vamos hacia él. Me invita a que acerque el ojo derecho al objetivo. Lo hago. La experiencia es grandiosa. Al principio cuesta acostumbrarse. Siento vértigo otra vez y me mareo un poco. Aparto el ojo y miro a Ralph con la misma cara con que lo miraría si al otro lado, en vez de una sección del cosmos, estuviera una mujer desnuda o desnudándose o alguna otra clase de acto obsceno. Es la Vía Láctea, le digo, nada más y nada menos. Una de las grandes señoras del universo. Ralph me sonríe de nuevo, con esos dientes blancos que prometen la paz definitiva de los sentimientos y las intenciones y, sobre todo, la tranquilidad eterna. No tiene prisa, puedo tomarme el tiempo que quiera hasta que mis ojos se acostumbren a la contemplación. No puedo creer lo que veo. No creo que haya palabras capaces de transmitirlo con exactitud. Es una simulación tridimensional, imagino, por el modo en que la percepción de los cuerpos de los planetas y las estrellas se me impone. Cuando me ve confundido con el uso del dispositivo, Ralph me enseña que puedo desplazar el telescopio en todas direcciones, arriba y abajo, a derecha y a izquierda, y luego graduar con la mano el nivel de aproximación que quiera apretando el botón situado a la derecha del objetivo. Enfoco Marte y con el mando recorro la superficie palmo a palmo, como si estuviera allí, y Júpiter, sus anillos de asteroides y sus lunas crepusculares no guardan ningún secreto para mí. Y luego atravieso la espiral de la galaxia de un extremo al otro de su eje de rotación, localizando nuevos planetas, nuevas estrellas separadas por años luz de distancia. Sin darme cuenta, voy cada vez más lejos, adentrándome en la profundidad de un espacio que es infinito pero que va desplegando en cada nivel sorpresas distintas, nuevos sistemas que no sabría nombrar desfilan ante mí. La contemplación se expande en todas direcciones, sin límites. Me asombra descubrir un cometa cruzando el cielo y poder atravesarlo con la vista, las capas de gas y material suspendido, la cola, y más allá, donde siempre encuentro algo, más cuerpos celestes a los que mirar con detenimiento antes de pasar a otros no tan lejanos. En esta representación del universo, si es que lo es, me digo, el vacío ha sido excluido. Interrumpo la trayectoria por un momento, me siento extraviado, había una estrella solitaria y exultante que me atraía desde lejos con su luz naranja, pero a medio camino la pierdo de vista y vuelvo hacia atrás para encontrarla de nuevo, nada, no la veo más, galaxias y estrellas retrocediendo o avanzando en fuga, según la perspectiva, simples manchas de luz, planetas familiares, satélites, reconozco el sistema solar, he regresado al hogar sin pretenderlo, sonrío y enfoco el objetivo hasta localizar el sol en el centro coreográfico de todas las órbitas circulares de los planetas. Me adentro en su masa de gas, en la oscuridad de las manchas, avanzo y avanzo y no encuentro nada sólido, no encuentro nada, no encuentro... Me detengo un momento para descansar. Estoy mareado otra vez. Pasan innumerables años luz mientras cambio la perspectiva de un ojo a otro. El sol ha dejado su lugar a un agujero negro gigantesco sobre el que todo gira, un vórtice excéntrico de materia oscura que en su decadencia lo absorbe todo, energía o materia, devorando como un cáncer cuanto se encuentra a su alrededor en la galaxia. Cierro los ojos y los vuelvo a abrir. La simulación es de una complejidad sorprendente, como un dibujo animado que cobrara vida con la mirada anímica del observador. Cada cosa está ahí tal como la vemos o la conocemos y, al mismo tiempo, está íntegra, sin que al acercarnos al máximo perdamos nitidez o consistencia en la visión de sus características. No sé cuánto tiempo he pasado ahí encorvado, mirando por el objetivo como un voyeur galáctico, pero cuando me siento agotado del viaje celestial y me separo del telescopio y me incorporo, noto molestias en la espalda y en el cuello, ha sido un esfuerzo considerable, Ralph ya no está ahí, esperándome, ha desaparecido, debí de agotar su tiempo y su paciencia. Vuelvo a mirar el ventanal y pienso en la astronave en la que estamos viajando a los confines del tiempo y en toda esa gente que sólo piensa en bailar y en beber y en hablar por hablar y ni siquiera se ha molestado en mirar qué pasa fuera de la discoteca. Fuera quizá no sea la palabra exacta, es obvio que esa simulación no está en ningún exterior que podamos localizar sin instrumentos. Es un viaje interior y he tenido que venir aquí para descubrirla. Estoy seguro de que Hogg lo había planeado así. Quería que lo viera y me hace sentir por él, en este momento, mientras camino de vuelta hacia el palco que nos han asignado, una infinita simpatía. Mi amigo Hogg. El gran Hogg, mi cómplice, mi hermano. En el camino encuentro a Wendy y a Nicole volviendo de la barra con nuevas bebidas en las manos. Creían que me había ido. Que me aburría con la música y el baile. Me he divertido mucho viéndoos bailar. Las dos están acaloradas y sudan bastante, pero no me da asco ese sudor, no me repugna ese calor, esos cuerpos me fascinan con su vitalidad desmedida, hasta cierto punto vulgar, ya no me importa. Quizá porque el frío del espacio me ha vuelto más complaciente con la vida en todas sus modalidades. No lo sé. Nos sentamos los tres en el palco y sigo sin beber. Sólo de vez en cuando doy un sorbo alterno al gintónic de Nicole y al Bloody Mary de Wendy. No hablamos de nada, no tengo ganas de contarles mi descubrimiento estelar, ellas tampoco parecen tener muchas ganas de hablar, están descansando un rato y se limitan a mirar a la pista a la que no tardarán en regresar con la mirada nostálgica con que un exiliado debe de mirar a su país al abandonarlo para siempre. La mirada con que yo, hoy, podría mirar a mi país y a mi casa y a mis posesiones. Esa mirada no dice nada que no sepamos de antemano. Está prescrita en el guión de nuestras vidas. Sabroso gintónic. Sabroso Bloody Mary. Bebidas para una alianza femenina que aún no tiene nombre. Un pacto de complicidad nocturna. Nicole y Wendy, juntas, cuando se marchan de nuevo camino de la pista me parecen las mujeres más deseables que he conocido en mi vida. Después de todo lo que he vivido creo que dos mujeres me hacen más feliz que una sola y me alegra ver que Wendy y Nicole, con tanto en común, a pesar de todo, han terminado cayéndose bien.

> De ahí se sigue el impulso para construir un marco en el que los animales, los humanos y las máquinas puedan encuadrarse. Con la creciente importancia y el poder incrementado de los medios computacionales, ese marco ha tendido a ser visto no sólo como un flujo de información sino como procesos computacionales específicos. El universo es un computador gigantesco que genera de manera incesante la realidad física por medio de los procesos computacionales que al mismo tiempo encarna y representa. Ese postulado tiene importantes implicaciones para la naturaleza de la realidad. Incluso el espacio y el tiempo forman parte de esos procesos computacionales.

El ruido es demasiado insoportable en estos momentos. La música es atronadora, pero por alguna razón el movimiento frenético de la multitud que se aglomera en las dos pistas, una por encima de la otra, me mantiene ocupado y me hace pensar. Se me ocurre la idea de que no hay mejor imagen del sistema de producción capitalista que esta de ahora. Hombres y mujeres entregando sin límites la energía de sus cuerpos estimulados por las promesas publicitarias del sistema del mismo modo que estos cuerpos se entregan al flujo de la música y diseñan agotadoras coreografías por un motivo que me resulta difícil entender. Del todo, al menos. Wendy y Nicole bailan juntas con una insinuación creciente, sin preocuparse por lo que puedan pensar los demás. Imagino que habrá más de un jovencito en la pista que se habrá fijado en ellas. Sí, ya veo ahí a uno y a otro un poco más allá, veo dibujada en sus caras la obscena expresión de lo que están fantaseando en ese momento sobre esas dos mujeres, una algo mayor para sus gustos y la otra inaugurando la treintena, bailando juntas como si conocieran la intimidad más recóndita del cuerpo de la otra. Es un milagro ese acoplamiento de los cuerpos. Siempre me lo ha parecido, no soy el único. Tanto como el de las estrellas y los planetas, que siguen obsesionándome. Me impaciento con lo que está pasando en la pista, aquí abajo es todo tan banal, tan previsible. Vuelvo al telescopio, allí me aguardan aún algunas preguntas sin respuesta. Esta vez me toca esperar. Hay una pareja compartiendo la visión, imagino que esa experiencia absoluta podrían traducirla después, cuando se encuentren a solas en algún cuarto de algún apartamento u hotel de la ciudad, en una experiencia de reconocimiento del otro aún más conmovedora. De momento, me armo de paciencia viéndolos alternarse en el objetivo y riéndose de todo como si estuvieran viendo algún programa cómico en televisión en vez de un espectáculo de esa impactante naturaleza científica. No me importa lo que hagan, lo que quiero es que terminen cuanto antes. Mientras espero veo desde lejos que Wendy y Nicole han vuelto a la mesa a terminar sus copas y están hablando sin parar. Por un estúpido reflejo, deduzco que están hablando de mí, aunque en ningún momento las veo buscándome por la discoteca. No soy fácil de localizar, pero ellas tampoco se esfuerzan mucho en hacerlo. Me alegra descubrir que no me echan de menos, están bien sin mí, es un alivio. Por fin la pareja de necios enamorados termina su extraño ritual de cortejo y deja libre el telescopio. Vuelvo a hundir mi ojo derecho, el que mejor ve de los dos, y descubro que todo ha cambiado en el panorama. Ya no reconozco nada de lo que estaba viendo antes en esa pantalla que simula ser un ventanal con vistas al corazón del cosmos. Ha cambiado el escenario. Planetas que no identifico, galaxias enredadas en espirales incompletas, largas tiras errantes de masa estelar que me recuerdan las tiras de material genético de algunos anfibios o peces. Diría que se trata de un nuevo universo, o de una perspectiva inédita sobre el antiguo. En ese momento me causa terror pensar que en ninguna de mis visiones anteriores he conseguido ver una sola forma de vida. Ya sé que hay quien atribuye vida a la piedra, a la roca y al cristal. Pero este diorama tridimensional se me antoja ahora una perversa representación de un universo sin vida, un escenario de pureza abstracta concebido sólo para venerar la aridez y la esterilidad de la materia inerte. Nada de lo que veo contradice esta idea. Siento que toda la vejez del mundo y toda la vejez del universo se abaten sobre mí. Se apoderan de mi cuerpo como un germen infeccioso, o un virus paralizante, y me hacen sentir una pesadez insoportable en los brazos, las piernas y el cuello. Mis ojos están casi ciegos, no veo más que formas borrosas, y mi piel se agrieta y se siente como anestesiada, sólo capaz de registrar ya su propio proceso de agrietamiento e insensibilización. No puedo soportarlo más. Acumulo millones de años luz en cada arteria. El peso muerto de los eones se transforma en el único líquido que circula por mis venas con una lentitud exasperante, como si fueran granos de arena atascados en un tubo de plástico de dimensiones exiguas. Siento los pies de plomo y no puedo despegarlos del suelo. El universo se contrae a una velocidad incalculable. El tiempo se acaba, todo se precipita sobre mí y aparto horrorizado el ojo del objetivo. La rigidez y la esclerosis me dominan ahora, impidiéndome caminar, mientras intento volver, paso a paso, apartando a la multitud que obstaculiza la inercia fatal de mi avance, con Wendy y Nicole, dos especímenes de un sexo que amo y admiro y de una especie que ya no me produce horror ni desprecio, quizá sí compasión, pero sólo por momentos, sólo cuando los veo sufrir o torturarse unos a otros más de lo debido. La pesadilla universal que acabo de experimentar me aterroriza y en cuanto me siento de nuevo con ellas en el palco y me dejo arrastrar por su conversación despreocupada y chispeante empiezo a sentirme mejor. Todo ese despliegue ocioso de música y de cuerpos bailando, todo ese espectáculo indescriptible, con luces y efectos especiales envolviendo la pista en una atmósfera onírica, como el del capitalismo totalitario que rige en este país y se expande fuera de sus fronteras sin que nadie lo frene, me digo sin dejar de sonreír hacia el exterior para disimular ante ellas el curso de mi pensamiento, sólo conducirán a esto con el tiempo. A un mundo devastado y desertizado donde cualquier forma de vida será residual, una reliquia o un vestigio de un tiempo anterior considerado más primitivo, más caótico e inhabitable, como imaginamos hoy esas eras de la tierra, como el jurásico o el triásico, donde la vida se manifestaba con tal depredadora exuberancia que aún puebla, con sus garras y colmillos y fauces ubicuas, nuestras peores pesadillas antediluvianas.

> En este punto, la ficción mantiene sólo una tenue conexión con la realidad, pues ninguna simulación ha logrado nunca escapar de los límites del programa que la creó, sin mencionar la posibilidad de catapultarse fuera del computador que regula la misma plataforma que produce nuestra realidad. Como se ha argumentado, sin embargo, la condición humana, aunque pueda contener elementos computacionales, incluye una conciencia análoga que no puede ser interpretada simplemente, o de manera primaria, como computación digital.

Wendy y Nicole han terminado sus nuevas copas sin dejar de hablar de flamantes tiendas de moda que han descubierto no hace mucho, vagando por calles adyacentes a las grandes avenidas, tiendas donde se ofrece ropa magnífica a un precio excelente, y también de tiendas maravillosas que ambas frecuentaban y, por desgracia, han sido víctimas de la crisis, cerrando de la noche a la mañana sin apenas tiempo para liquidar existencias. Les pregunto si quieren tomar algo más y me dicen que no las dos a la vez, como si se hubieran puesto de acuerdo previamente. Ya no les gusta la música y quieren irse a un lugar más íntimo y silencioso. No las culpo. El nuevo DJ sólo pincha una música electrónica que ambas, con risa sarcástica, desautorizan como horrible. Estridente, dice Wendy. Insufrible, añade Nicole. Irritante, insiste Wendy. Les digo que se equivocan, no saben de lo que hablan, no han visto lo que yo he visto mientras ellas perdían el tiempo bailando y bebiendo. Esa música es la música perfecta para el modelo económico de organización del universo que he visto representado hace un momento gracias al mendaz telescopio. Es la música ideal del capitalismo del mañana. Me miran con cara de no entender nada. Es demasiado tarde para dar explicaciones inútiles, así que los tres críticos musicales improvisados en que nos hemos convertido deciden marcharse a la vez de este lugar consagrado al padre de la astronomía y la observación astral. El viejo Galileo Galilei, si le dejaran hablar por su cuenta y la ciencia oficial no lo mantuviera secuestrado para sus retorcidos fines, nos daría la razón sin discutir. Caminamos decididos hacia el ascensor, veo al simpático Ralph atendiendo a otro grupo en una de las mesas más cercanas a la pista inferior y le hago un gesto de despedida desde la distancia. Creo que no me ha visto. Hacemos cola hasta que llegue el ascensor y volvemos a pasar, al entrar en la cápsula astronáutica de plexiglás, por el ritual de opresión y estrechez de unos cuerpos contra otros que parece obligatorio si uno quiere salir de la nave espacial antes de que nos transporte sonámbulos al borde exterior de la galaxia y luego nos abandone a nuestra desgracia en alguno de los planetas muertos donde no hay agua ni flora ni fauna alguna, nada excepto rocas de cristal de todos los colores y gamas del espectro, conocido o desconocido, y cráteres enormes rebosantes de un gas tóxico letal para la vida celular. Abrazo a Hogg nada más salir por la gran entrada del zigurat babilónico, he perdido cincuenta años al atravesarla y he recuperado la vitalidad adolescente de otro tiempo, respiro aliviado el aire limpio y caluroso de la noche y la calle y le agradezco la invitación, a pesar de todo, la velada ha sido muy instructiva, le digo con seriedad impostada. Hogg me conoce como pocos y sabe a lo que me refiero. Wendy y Nicole, las dos a la vez, estampan sendos besos de agradecimiento en una distinta de las lustrosas mejillas del amigo Hogg para expresarle en el lenguaje más simple lo bien que se lo han pasado. Estos besos afectuosos deben de parecerle bendiciones celestiales al viejo Hogg. Sé que el de Nicole le habrá gustado en especial, significa también que no le guarda ningún rencor por nada de lo que pudo pasar entre ellos la última vez que se vieron en el apartamento. Supongo que es una forma de agradecerle a su manera lo que está haciendo por mí. El gran Hogg dormirá más contento esta noche sabiendo que mi mujer aprueba con gusto sus relaciones conmigo. Ya en la limusina, Wendy y Nicole se sientan juntas, rodilla contra rodilla, como en un escenario porno para vejestorios adinerados, yo estoy sentado enfrente, como si fuera uno de ellos, y al principio no me divierte pero luego me resigno a ver cómo empiezan a coquetear la una con la otra, a acariciarse y tontear, haciendo comentarios cada vez más provocativos sobre sus pechos, sus piernas o la lencería que cada una lleva puesta y la está mortificando en una parte distinta de su anatomía, besuqueándose en los labios como un juego de colegialas traviesas y luego dándose un beso con lengua que consigue estremecerme por su duración. Pero no de placer esta vez, esta noche no me siento preparado para estas cosas. Me obligan a apartar la mirada con su actitud falsamente provocativa. Quieren escandalizarme, pero no lo van a conseguir. Se han puesto de acuerdo para burlarse de mí. Enciendo la pequeña televisión. Sintonizo el canal Bloomberg y me paso todo el viaje de vuelta a casa pendiente de las bandas de cotización bursátil que pasan al pie de la pantalla y de las malas noticias económicas del día. Los índices financieros bailan como los cuerpos en la pista de la discoteca al son de los mercados y sus caprichosos operadores. Las fluctuaciones me alarman, demasiada inestabilidad. El Dow Jones ha conseguido salvar el tipo, sin embargo, aunque algunas acciones se pagan a un interés bajísimo. Estos americanos se defienden con uñas y dientes de la recesión, tienen experiencia y saben cómo atajar las pérdidas. No se puede negar, han aprendido a achicar agua cuando el barco se inunda y la línea de flotación amenaza con hundirse. Las bolsas europeas, en cambio, por lo que dice la lúgubre locutora, maquillada como si estuviera invitada a su propio entierro, o al funeral inesperado de su jefe supremo, quién sabe, están pasando por un mal momento. Tensión e indecisión, son las palabras que más repite esta fúnebre muñeca de cera a las órdenes de los mercados financieros de la Costa Este. Ver después al viejo brujo Trichet dando una siniestra conferencia de prensa más para explicar el desastre a que sus nefastas políticas monetaristas están arrastrando a la eurozona me crispa los nervios y logra sumirme en la depresión. Cada mañana se encomienda a los dioses pornográficos de los druidas para salvar las apariencias, como hacen en estos momentos todos los directores de bancos nacionales europeos, y ni por ésas engaña a nadie con sus estratagemas de estafador barato. Ahora sale en pantalla el aprendiz de brujo francés, ese enano de los castillos del Loira, con su cinismo de baja estofa y sus maneras de caporal chusquero, abrazando en público a la horrible bruja de la selva negra, esa valquiria matronil que pasa por canciller alemana, como si se felicitaran por sus logros y sus progresos en el combate contra la crisis económica que devasta Europa, y luego, para colmo de males, dando juntos explicaciones a lo que no las tiene, o tiene sólo una razón, que no se puede hacer pública, exigencias de Bilderberg, o muchas causas, pero no todas conocidas, no todas achacables sólo a la economía o las finanzas o el estado de las deudas soberanas de los países, y me dan ganas, viéndolos montar una vez más su teatro demagógico electoral ante las cámaras, de decirle al chófer, un jamaicano de complexión atlética, que pare la limusina para que pueda vomitar en paz, sin deberle nada a nadie por una vez. Apenas si he cenado esta noche, me asquea cada vez más la comida del *catering* y estoy perdiendo gradualmente el apetito, así que lo único que podría expulsar, en caso de hacerlo, serían líquidos estomacales y bilis y un licor negro, espeso como el engrudo, que no tiene procedencia fisiológica conocida. Emana directamente de mi alma emponzoñada, como un pozo de aguas pútridas, pero eso no lo sabe nadie, ni siquiera Nicole. Ahí adentro todos los deseos sin realizar y todos los realizados, sin distinción de clases, se han convertido con el tiempo en petróleo sin refinar, un día todo ese líquido almacenado me saldrá por la boca a chorros, como un géiser, e inundará el mundo. El nuevo combustible de la realidad. Es deprimente. No quiero estropear la velada a las señoras, por lo que me retengo de exteriorizar mis reacciones viscerales delante de ellas. Están tan radiantes y felices esta noche, no quiero amargarles la fiesta con mis problemas de estómago. Le pido al chófer que nos lleve de paseo por Broadway y por Times Square y sigo mirando Bloomberg, donde ahora, acabado el luctuoso informativo con la presentadora cadáver, se emite un reportaje sobre las nuevas industrias productivas de Taiwán que me relaja bastante al recordarme lo bien que lo pasé en mi última visita a Taipéi y que no todo es ruina o devastación en el mundo, como pretenden hacernos creer estos mercachifles de la información.

> En este escenario, el Computador Universal persiste computando, computando y computando a través de los eones evolutivos hasta que finalmente pueda crear la conciencia capaz de reconocer los mecanismos naturales del propio Computador Universal y recrearlos entonces en medios artificiales. Los humanos son, desde esta perspectiva, el modo para el computador de construir más computadores. Este escenario, sin ninguna duda, favorece la idea de que la reflexividad es una característica importante de la visión computacional del universo.

Cuando llegamos a casa, me bajo el primero de la limusina y, sin esperarlas, subo al apartamento a toda prisa, me pongo cómodo, me quito la ropa, apunto la marca de las zapatillas de Ralph en mi cuaderno, tomo algunas notas sobre lo que he escuchado en Bloomberg para recordarlas mañana, me pongo la bata verde de terciopelo y voy al salón a leer un rato antes de acostarme. Wendy y Nicole ya están en la terraza, tomando una última copa y disfrutando de las vistas y la compañía. Se han descalzado y han depositado sus preciosos zapatos de princesas de la noche junto a mi sillón, una a cada lado, para que no me olvide de ellas. Me apetecen mucho estos tres libros científicos que acabo de comprar, responden a mis necesidades de esta noche. Comienzo con el primero, leo a saltos unas cincuenta páginas, no puedo con la prosa, no en este momento. Paso al segundo, hago lo mismo, me entretengo algo más, su escritura es más seductora. Del tercero sólo leo el prólogo, me da una idea aproximada de lo que contiene, no está mal para empezar. Elijo el segundo, postergando así la lectura completa de los otros, es el más atractivo desde un punto de vista intelectual y no por casualidad está escrito por una mujer, de una inteligencia analítica admirable. Me sumerjo en la lectura con curiosidad, apuntando comentarios en los márgenes todo el tiempo y subrayando párrafos enteros con mi rotulador rojo de punta fina. Como continúe así, en este estado de excitación mental, dudo que consiga dormir mucho esta noche. Sigo leyendo con entusiasmo cuando Wendy y Nicole se presentan ante mí, cogidas de la mano, para comunicarme que se van juntas a la cama. Están cansadas de estar de pie. Están cansadas de esperarme. Las miro de arriba abajo. El maquillaje ha comenzado a descomponerse, los labios ya no conservan ese brillo vitalista que tenían hace unas horas, los ojos de Nicole parecen hinchados y su cara algo demacrada. La despampanante Wendy trae alborotada la melena pelirroja y no se avergüenza de mostrarse ante mí con el torso desnudo, tiene motivos para estar orgullosa. Nicole tampoco se avergüenza de su estado, su melena negra está igual de revuelta, lleva el sujetador negro colgando del hombro izquierdo como un trofeo de caza y lo que veo a través del revuelo de la camisa me devuelve una parte del amor que siempre profesé por ella. Confirmo mi impresión anterior. A pesar de la diferencia de edad perceptible en sus cuerpos respectivos, son las criaturas más deseables y encantadoras con que uno podría soñar en esta vida. Por lo menos para mí lo son. Cuando me preguntan si pienso acompañarlas les miento diciéndoles que iré al dormitorio en cuanto termine el capítulo del libro que estoy leyendo y me tiene absorbido con sus fascinantes argumentos. No se reprimen en nada, es el signo libertario de la noche, y bostezan a dúo, las aburro con mis excusas de perdedor. Que empiecen sin mí, sabré encontrar el modo de incorporarme a la sesión. Esta vez no parece importarles mucho mi reticencia. Estoy seguro de que me lo han pedido por educación. Por cortesía. Creyendo que me hacían un favor. Es lógico que no insistan. Prosigo la lectura sin poder despegar la vista de las líneas y las palabras, como hipnotizado por ellas. Para no molestarlas, esta noche, cuando acabe de leer, me quedaré a dormir en el sofá.

> El universo es un computador cuántico: la vida, el sexo, el cerebro y la sociedad humana surgen de la habilidad del universo para procesar información al nivel de los átomos, los fotones y las partículas elementales. Nada de todo ello, sin embargo, permite pensar que la realidad sea reducible a formalizaciones matemáticas como las ecuaciones o los logaritmos.

Llegado un cierto punto, según los parámetros de la nueva ciencia, es imposible distinguir la realidad de la fantasía.

DK 43

Dionisos K

El dios K tiene una cita con la muerte en Times Square.

Él mismo la ha concertado. Ha elegido morir así. Los tiempos también lo han designado como la víctima propicia para el sacrificio humano que necesita esta convulsa época. Quizá, como piensan algunos de los que acuden esta noche a la cita, un gesto ancestral de este tipo logre calmar el alboroto y el frenesí de los mercados, o les proporcione la sangre que necesitan para no perecer de sed e inanición. Los mercados vampiro. Los mercados parásitos. Los mercados chupasangre. Sí, el dios K se ha cansado de imposturas televisivas y judiciales, se ha cansado de simulaciones y artificios. Sabe que la realidad es un ente vampírico y se alimenta de carne y de sangre. Sabe que la realidad es real y no un simulacro abstracto para monjas y financieros. Sabe que el mundo está hecho de acero y de piedra, tuvo una buena maestra que le enseñó la lección como hacen las buenas maestras, con música y baile, y en ese contexto de nada valen paripés ni conjuras de salón. Hay que coger el toro por los cuernos, afrontar la verdad. El dios K, como un torero, quiere la verdad, quiere la vida, quiere la verdad de la vida y por eso quiere la muerte. Quiere morir. ¿Dónde mejor, hoy por hoy, que en Times Square? ¿No ha sido ahí, durante los últimos meses, donde ha tenido muchas de sus epifanías históricas y algunas metafísicas? Ese enclave visionario, ese ombligo terrestre donde pasado, presente y futuro entrelazan sus memorias estelares y sus líneas de fuga hacia los límites del universo inflacionario.

Ha pasado la última semana, desde que escapó del apartamento vigilado, viviendo a la intemperie, en la calle, como un perro balduendo, conviviendo con la basura humana, la basura en que se pueden convertir los seres humanos cuando les falta todo para serlo, y los desperdicios de los otros, sí, los mismos. Antes de esto, estaba prisionero. Recluido, de nuevo, por orden judicial. Con internet, con televisión por cable, con acceso a todas las emisoras de radio del país, con *catering* a domicilio para el desayuno, el almuerzo y la cena, pero confinado en la suntuosa celda de su apartamento. Todos los lujos a su alcance, excepto la libertad, la libertad de movimientos y de acción. Un juez nuevo, el juez Hughes, a cargo del caso desde la retirada del senil juez Holmes, había dictado el arresto domiciliario del dios K como medida preventiva. Alguien había comenzado a sospechar que se proponía abandonar el país y pedir asilo en Canadá, ahora que el caso, tras las últimas revelaciones, cobraba un valor distinto ante la opinión pública. El dios K planeaba fugarse a Canadá, como insinuaban con malicia algunos comentaristas de tertulias nacionales de radio y televisión, atraído por los rumores sobre la generosidad proverbial de las prostitutas canadienses y la bisexualidad notoria de sus mujeres. Un rastreo rápido de llamadas y números permitiría saber enseguida que, antes de dictar esa orden taxativa, el juez Hughes había recibido en su despacho una llamada proveniente de un teléfono que no está en ninguna guía conocida, un número que no consta en ningún listín oficial. Otro rastreo similar, entrecruzando números y siguiendo la estela de las líneas telefónicas, daría como resultado el descubrimiento de que otra llamada anterior, procedente esta vez del otro lado del Atlántico, había precedido por unas horas a la llamada que recibió el juez Hughes para comunicarle la necesidad de que se hiciera cargo del caso en las condiciones menos complacientes para el acusado. Una llamada anterior, por tanto, desde otro teléfono que tampoco se encuentra en ninguna guía ni listín público, una fuente que confió el mensaje al secreto de los cables submarinos. Infinita melancolía de los cables submarinos de larga distancia, obligados a guardar secretos inconfesables y silencios cómplices en un panorama de algas y rocas y criaturas innombrables.

Todo se precipitó poco después y dos agentes del FBI, nadie se fiaba ya de la policía del estado, se presentaron en su apartamento portando la orden de arresto domiciliario. Dos tipos clásicos de la agencia, dos estereotipos andantes, con sus locuaces pinganillos y sus trajes negros impecables y sus zapatos de charol abrillantado por manos expertas. Se había vuelto un hombre peligroso, incómodo para todos, de un lado y de otro, aún más peligroso e incómodo en este momento crítico que en los meses transcurridos desde el incidente. Por todo lo que sabía y no decía y por todo lo que decía sin saber. Por todo lo que sabía y no sabía y todo lo que no sabía que sabía, eso también. Por todo lo que podía decir y todo lo que no podía decir y que, al callar, se volvía aún más elocuente, más expresivo para la audiencia. Por todo lo que callaba, con motivo o sin motivo. Un hombre muy peligroso, en suma, para todo el mundo. Un hombre incómodo para los intereses del mundo. No había otra solución que encerrarlo donde no pudiera ver a nadie ni hablar con nadie ni tratar con nadie hasta que se tomara la decisión definitiva sobre qué hacer con un hombre de estas características. Todo esto, y mucho más que queda en el secreto de los informes confidenciales, le comunicaron en persona los agentes federales con una prosa que podía resultar contagiosa para otro pero no para el dios K, que se mantenía en un silencio religioso, enfundado en su bata sempiterna de terciopelo verde, mientras los agentes le explicaban la gravedad de la situación, paso a paso, como paso a paso el dios K se explicaba a sí mismo, de nuevo, con la lucidez habitual de sus análisis, el designio de la verdadera situación y el medio infalible para escapar de ella. Nicole ya no constituía un problema. No aparecía por el apartamento desde hacía semanas, había decidido abandonarlo en el mejor momento para sus intereses. Y Wendy tampoco contestaba sus llamadas desde hacía días, como si se la hubiera tragado la tierra, o ella misma se hubiera tragado toda la propaganda calumniosa e infamante que los medios vertían a diario, en nombre de sus enemigos, contra él. Se sentía un apestado, ahora sí, más que al principio de todo el proceso, un ser solitario, un filósofo precursor de una nueva era, uno de esos profetas versátiles que viven en las más altas cumbres no para curarse los pulmones sino la enfermedad malsana del mundo y el contagio patológico derivado de las relaciones humanas. Los primeros días de su nuevo encierro se los pasó cavilando, perfeccionando el plan de evasión que había diseñado unas semanas atrás, desde la desaparición de Nicole. Especulando también sobre la situación, ya que tenía acceso a la televisión y a internet, se mantenía informado sobre el curso de los acontecimientos, sobre el devenir del mundo. Le quedaban muchas cartas por escribir a los gobernantes a los que pretendía hacer llegar la buena nueva del cambio de rumbo de la realidad, pero ya tenía la sensación de que no podría completar su proyecto político de instrucción de mandamases y mandatarios globales. La última misiva, inacabada, se la había dirigido a Steve Jobs antes de su muerte, explicándole lo que significaba para él la información, ahora que él, además de procesarla, formaba parte de los circuitos de la gran máquina, se había transformado en un personaje binario, dígitos parpadeando en una pantalla de cristal líquido antes de que alguien venga a apagarla.

Se acababa su tiempo, sí, se consumían las horas y los días del plazo concedido, en cualquier momento el juez Hughes podía ordenar otra vez su comparecencia para declarar, y no quería pasar de nuevo por las humillaciones de otra exposición pública, otro linchamiento mediático, esta vez con la prisión incondicional como horizonte ineludible. Así que la decisión estaba tomada. Con la ayuda del imprescindible Hogg, una noche de octubre llevó a cabo la primera fase de su plan aprovechando el turno de *catering* de la cena. Haciéndose pasar por limpiador del edificio, Hogg entretuvo a los agentes federales apostados en la puerta principal contándoles una increíble noticia que no aparecía aún en los medios y acababa de producirse. Un tiroteo con muertos en un rascacielos del barrio financiero, según le había contado aterrorizado hacía sólo unos minutos por el móvil un primo suyo que trabajaba de limpiador en el edificio en cuestión. Grupos de vigilantes de seguridad que trabajaban para distintas corporaciones se habían enfrentado a tiros en un pasillo de la planta treinta y cinco. Al parecer, por un error de información referido al programa de seguridad del edificio, uno de los grupos de vigilantes había tomado al otro por asaltantes malintencionados y habían abierto fuego sin exigirles previamente una identificación válida. Los agentes federales estaban encantados con la anécdota truculenta. Todo el mundo sabe que no hay nada que más divierta a un federal que las historias sobre los errores de los *seguratas*, como los llaman con desprecio apenas encubierto, esos profesionales del ridículo y la irrisión, según la opinión dominante en las oficinas de la agencia. Con espectacular despliegue de recursos y profusión de detalles, Hogg se complacía en contar la noticia para mantenerlos entretenidos mientras el dios K preparaba la huida con discreción. El estruendo de las risas se oía desde la puerta de servicio, al otro lado del pasillo, y la entrada principal del apartamento, por la que el dios K salía ahora confundido con los dos empleados del *catering*. Había tenido la precaución de guardarse en uno de los bolsillos de la chaqueta un rollo de carne de ternera asada de tres kilos y un gran trozo de queso Cheddar como sustento para el futuro. Tenía dos horas para desaparecer antes de que el cambio de turno de los agentes, previsto para las once en punto, les obligara a comprobar que seguía retenido en el interior del apartamento.

Cuando salió a la calle, tenebrosa y desierta como siempre a esas horas de la noche, percibió en la piel y los músculos de la cara el brusco descenso de temperatura con que el invierno incipiente anunciaba ya su presencia. Hogg le había indicado con precisión el lugar adonde tenía que encaminarse, un viejo muelle abandonado lleno de cadáveres de barcos desahuciados. En uno de éstos, al que se accedía por un orificio en la popa, había una habitación preparada, con mantas del ejército de salvación, un colchón raído y un anticuado televisor aguardándolo para ponerse en marcha. Como le dijo Hogg, que había pasado alguna temporada refugiado en ese agujero para ratas pensantes, ésa era la televisión de los pobres, un canal local donde uno podía aprender todo lo que necesitaba para abrirse paso en el submundo de la marginación urbana. Ahí no se hablaba de él, no hacía falta, lo sabían todo, bastaba con conectar la información disponible. Durante los días siguientes paseó por las calles, observando a sus antiguos colegas de ambos sexos, los amos del mundo, como los veía ahora, con esa ridícula pomposidad de todo el que cree participar de modo privilegiado en el curso de los acontecimientos, mientras deglutían perritos calientes o comidas preparadas en parques y plazas, acogidos a los atrios de los rascacielos para tomar café, la sustancia con la que el mundo conseguía no morirse de aburrimiento, no sucumbir al tedio y el sopor de sus obligaciones y ocupaciones prioritarias. Para imitarlos, el dios K se sentaba en el suelo como un pordiosero, no muy alejado de algunos de ellos, sacaba su piltrafa de carne y su queso inglés de mala calidad y se ponía a mordisquearlos, alternándolos, primero un bocado de carne negra y luego un pastoso mordisco de queso naranja, con la intención de llamar su atención. No lo reconocían, lo trataban como a un vagabundo roñoso, un inmundo rastreador de las cloacas, a pesar de la calidad de la ropa de marca que llevaba puesta, la suciedad adherida a ella por dormir en el refugio y vagar a la deriva por las calles todo el día, arrastrándose a menudo para recoger trozos de alimentos o escarbando en las papeleras y contenedores de basura, les resultaba sospechosa y se alejaban de él con aprensión y miedo. Al verlo día tras día rondando sus lugares de distracción con el mismo atuendo mugriento, acabaron tomándolo por un colega condenado a la pobreza y el desempleo por algún injusto plan corporativo de reajuste de personal. Alguien, por tanto, que sólo podría acarrearles desgracias y mala suerte. El dios K se divertía ridiculizándolos, le quedaban unos pocos días para concluir su viaje por el inframundo, con lo que se sentía el hombre más libre y desprejuiciado de la tierra. Había llegado a convertirse en lo que siempre quiso ser, aunque no sabía cómo, el Paria del Universo. Y no podía sino sentirse realizado por haberlo logrado al fin. Así que cada noche volvía al refugio contento de ser lo que era, de vivir como vivía, sin lujos y sin estrecheces, liberado de toda preocupación material, y, después de cenar sin hambre lo mismo de siempre, carne roída hasta la saciedad y queso enriquecido con una capa de moho blanco, o cualquier otro manjar indigesto que el azar hubiera puesto ese día en sus manos, consumía en el desfasado televisor su ración de información sobre la existencia menesterosa de los otros, sus nuevos hermanos de raza, los excluidos de la tribu como él. Cada noche, con asombro creciente, descubría un aspecto nuevo sobre esa forma de vida indigente que, si se confirmaban los vaticinios menos optimistas, no tardaría en extenderse e incluso en ponerse de moda entre mucha gente que hoy ni siquiera lo sospechaba. No estaba tan mal, si uno se paraba a pensarlo con detenimiento. Sobrevivir así era mucho más cómodo que vivir como vivía la mayoría, privada de casi todo lo que él había considerado básico para llevar una vida digna de ser vivida. Éste era un mundo de extremos, o lo tienes todo, el lujo y el placer, todo el lujo y todo el placer, se entiende, o más vale no tener nada. Pero nada. Nada de nada. Ésa es la nueva libertad. Un nuevo ideal de vida. La mendicidad total. Sin paliativos.

Una noche de éstas, la quinta o la sexta de su nueva vida, ya no se acordaba de cuándo empezó todo, la verdad, todo se confunde ahora en su cabeza, Hogg vino a verlo de improviso para concretar los últimos detalles del plan. Todo se había calmado tras su desaparición, según le dijo. Ni siquiera se molestaban en buscarlo o en preguntar por él a los que lo habían conocido. Sólo la teniente Mayo, al parecer, se había quedado contrariada con su fuga inexplicable, cuando todos los signos, según decía esta pesada insufrible, apuntaban en la buena dirección, hacia la resolución favorable del caso y la libertad incondicional. En fin, no merecía la pena perder más tiempo preguntándose por qué el mundo es como es y la gente está tan contenta de conocerse y de pertenecer a ese club privado en el que sólo se integran los que creen a pies juntillas en el montón de patrañas intelectuales e indecencias morales que constituyen sus estatutos de fundación. Así que el dios K, con el ánimo más sereno y calmado tras escuchar el sermón de Hogg, se decidió al fin a fijar la hora y las circunstancias en que se realizaría su plan final. El lugar, como se ha dicho, no admitía dudas. Y Hogg, su cómplice más cercano, su camarada, su compañero de lucha, lo puso en marcha esa misma noche, comunicándolo así a sus conocidos, sin perder un tiempo que a la postre resultaría precioso. A las dos horas, la información sobre el plan circulaba ya como una infección venérea entre la multitud de los interesados. Los integrantes de la Corte de los Milagros, recordando con agrado la movida velada en que le hicieron un favor al propietario vaciando el lujoso apartamento del dios K, recibieron la noticia con entusiasmo, por fin se les daba la oportunidad que llevaban esperando desde que fueron barridos de la ciudad y ésta fue entregada al poder destructivo de la policía y los promotores inmobiliarios. Los clanes del Bronx, los primeros fuera de Manhattan en conocer la noticia, se encargaron de transmitirla, por las vías habituales, a Brooklyn y a Queens, donde, por razones evidentes, fue recibida con una mezcla de salvaje nostalgia y alegría moderada, y al revés, salvaje alegría y moderada nostalgia, así son de complejos a veces los sentimientos colectivos cuando se traducen al lenguaje más limitado de los individuos. Con la fuerza de lo clandestino, así fue como llegó, en menos de seis horas, hasta el confín planetario de los edificios Pelham, ya en las afueras de la realidad, donde Hogg había tenido una novia toxicómana que se encargó de difundirla en el curso de la madrugada más allá del perímetro del estado, hacia zonas insospechadas de la región, donde también la recibieron con exaltación ferviente y ardor guerrero.

La última noche el dios K quiso hacer algo especial. Estaba contento, a pesar de todo. Su plan ocupaba la mayor parte de los informativos de la televisión de los pobres y lo consideraba un triunfo propagandístico. Hogg le trajo al final de la tarde una puta vestida de monja, como le había pedido. El dios K era agradecido y no podía olvidar que una hermana fanática le había entregado una noche, con su visita onírica, el plan que estaba a punto de realizar para resolver la situación de parálisis en que se encontraba y acabar de una vez con las calumnias y las difamaciones. Tuvo una erección colosal, como hacía años que no conocía, y se pasó la mayor parte de la noche follando como un animal con la puta que iba desnuda bajo el hábito y luego resultó que no era una puta sino una religiosa. Una monja pelirroja y tetona como Wendy. Cuando le metió el dedo en el culo y la monja le dijo al oído, muy bajito, para que nadie más la oyera, ni siquiera, eso dijo, el Dios lameculos de Ratzinger, le dijo Ave María purísima, con el dedo clavado ahí, el dios K supo entonces que su amigo Hogg le había gastado la broma de su vida trayéndole una monja católica de verdad para copular con él haciéndolo pasar por un lobo estepario de las aceras y los vertederos, un profeta de la caridad municipal, un gladiador de los albañales necesitado de un poco de amor y de cariño sinceros. Y Hogg, con gran sentido histórico, le había traído una monja perversa que se pirraba por los derrelictos y los circuncidados, como las alocadas damas de alcurnia publicitaria de Manhattan, y perdía la cabeza y los cinco sentidos de un cuerpo hermoso, aunque no tan joven como sería deseable, por los prójimos de otras etnias y credos y costumbres, como una misionera vocacional con unos métodos nada ortodoxos para difundir la fe evangélica entre los proscritos. De haber tenido tiempo, DK habría completado su misiva a Ratzinger con una posdata sobre este personaje singular, la hermana Berenice, digna de ser beatificada de inmediato, sin esperar a su tránsito mortal. Loca por las aspersiones de la bendita picha del dios K, en un momento de arrebato, subida a horcajadas sobre él, llegó a confesarle a gritos que buscaba quedarse embarazada desde hacía muchos años, pero que no había manera de conseguirlo, aseguraba, con algún renegrido hijo del demonio para sacarlo del gueto y darle un hogar cristiano y una buena educación católica de las de antes. Y si todo iba bien y las influencias eran las adecuadas, remató mientras el dios K vertía su semilla en tan angosto recipiente por séptima u octava vez consecutiva, había perdido la cuenta ya, su hijo llegaría a presidente como lo ha hecho este mulatito medio mahometano que manda ahora en la Casa Blanca. Después de su experiencia con la santa Juanita de Arco del Bronx al dios K ya no le sorprendía nada de lo que se ocultaba tras la pantalla de la fe religiosa o el sentimiento trascendente de la vida. Se estaba acostumbrando, ya en las postrimerías de su vida en la tierra, a los delirios locales de todo tipo, incluidos el financiero y el deportivo.

Por la mañana, mientras el dios K se reponía de la tumultuosa batalla de la noche con la monja poseída por el afán de reproducirse, el bueno de Hogg, sin abandonar por un instante la sonrisa bondadosa, le comunicó que todo estaba dispuesto para esa misma noche como había ordenado. Volvió el dios K, para despedirse de ellos, a los lugares del barrio financiero donde los ejecutivos y los contables de las corporaciones y los grandes bancos se reunían para almorzar y allí terminó, en presencia de sus enemigos, lo que le quedaba todavía de su podrido trozo de carne y su queso maloliente como en un banquete eucarístico de signo pagano. La gente vivía engañada todo el tiempo, así era, y lo confundían todo. Estos tipos aparentemente normales que comen al aire libre una comida sana, calculada con cuidado para no engordar ni perjudicar la salud, son los que manejan las finanzas y los mercados del mundo. La cara visible de los mercados son ellos. Estas legiones de tipos clónicos que se pasan la jornada de trabajo pulsando teclas y siguiendo índices bursátiles y dígitos en una pantalla de ordenador. Ellos son, se dijo el dios K, los que deciden el destino económico de los pueblos y no sólo sus jefes. Ellos son los guardianes del campo de concentración, los dueños de las llaves de los hornos y las cámaras de gas, los gestores directos del exterminio y la muerte. Estos gilipollas y caraculos de apariencia inofensiva, que tienen familia, mujer e hijos, que cantan villancicos en Navidad, celebran el día del presidente comprando todo lo que se pone a tiro y follan, como mucho, una vez a la semana con sus mujeres o sus maridos y se reúnen a tomar el puto pavo sacrificado en noviembre, no importa el día, lo que importa es la normalidad, la flagrante normalidad de estos tarados que, jugando a sentirse dioses sin siquiera saberlo o, aún peor, sabiéndolo, conociendo su poder de hacer daño y destruir la vida de los demás, pulsan una tecla para hundir el presente de un país en la mierda y condenar a la pobreza y la miseria a generaciones enteras, y ganar con ello qué, sí, qué ganan en definitiva esos idiotas por hacer lo que le hacen al mundo, se preguntaba el dios K, un sobresueldo mensual quizá, una prima a final de año, una falsa promesa de un paquete de acciones de la empresa cuando se jubilen, una cantidad deleznable en comparación que no les dará para pagar de golpe la hipoteca a veinte y treinta años o sufragar los gastos de un modo de vida cada vez más costoso e inasequible, con seguros médicos privativos y gastos familiares imposibles. Eso es todo lo que consiguen ganar estos esclavos por participar en la farsa en la que otros sí se hacen multimillonarios. Por fortuna, mientras se zampaba el bocado postrero, el más suculento, de su reseco rosbif y su queso incoloro y viscoso como el rostro de esos imbéciles, el dios K supo con alegría infinita que serían sus últimas horas en este condenado planeta, sí, como diría esa misma noche ante un público muy diferente:

–Este planeta entregado al control de una banda de descerebrados, empollones y tecnócratas de medio pelo.

DK 44

La doble muerte del dios K

Los dioses de este mundo mueren cuando la gente deja de creer en ellos o en su poder benéfico. Primero languidecen durante un tiempo, arrastrando una existencia al borde de la risa, perdiendo gradualmente el favor de los más crédulos, y luego ya se debilitan y perecen, desapareciendo incluso el recuerdo de los que alguna vez creyeron en ellos. Ha sucedido tantas veces en la historia que no representa nada nuevo ver a un dios borrarse de la conciencia pública como una bombilla que se funde o una estrella que de repente se sale de la órbita y se esfuma en el espacio sin dejar rastro. Así el dios K. Pero morir, en su caso, significa también recuperar la condición humana, esa misma que el dios K había abandonado, siendo aún muy joven, para poder adentrarse invulnerable y desafiante en las esferas más elevadas de la actividad profesional y los círculos más encumbrados de la vida social. Es verdad que todos los crímenes cometidos en su nombre en el último decenio han intentado preservar la raíz psíquica de su culto, arraigada tanto en el terror como en la admiración. Pero la abundante sangre de esos asesinatos en serie no ha servido para nada en un mundo repleto de actos atroces que se disputan la caprichosa atención de los medios. Tampoco su muerte, todo sea dicho, ha logrado concitar un gran interés informativo.

El dios K está sentado a la mesa, solo, en el comedor de su casa. Está a punto de comenzar a cenar. Ha pedido que dejaran abierto el balcón que da a la hermosa plaza de Los Vosgos. Demacrado y parsimonioso, se agacha con dolor para sorber la sopa de la cuchara que hunde cada poco en el plato. Una sirvienta vigila sus ralentizados movimientos de pie, desde la puerta, sin moverse, esperando alguna instrucción. De pronto se queda quieto, levanta la cabeza y comienza a gritar como si hubiera visto algo entrar por la ventana, algo que sólo él puede ver. Poco después sigue tomando la sopa, a desgana, con cucharadas cíclicas, con la espalda encorvada y la cabeza a un palmo del plato. Al cabo de un rato, se detiene de nuevo, con la cuchara llena de sopa y la cara escudriñando el contenido del plato, como si algo en el fondo del mismo lo inquietara con su presencia. Se mantiene en esa posición de inmovilidad durante cinco minutos. Luego, como enfadado, golpea la cuchara en el plato y la deja caer después, con estruendo de porcelana y metal, salpicando el mantel y parte de la ropa. Trata entonces de levantarse de la silla. El gesto es inútil. Tras intentarlo en vano varias veces seguidas, se queda absorto mirando el balcón abierto por el que se ve la sombría arboleda, agitada por un viento repentino, y por el que penetra un silencio sobrecogedor, la voz del vacío que invade la plaza a esta hora de la noche, y vuelve a gritar, como si se sintiera amenazado. Con uno de los brazos barre la mesa, sin dejar de gritar, y arroja todo el contenido al suelo, el plato lleno de sopa, el vaso de agua, el tenedor y el cuchillo y la servilleta. Sólo ha conservado un trozo de pan en la otra mano. La sirvienta no se atreve a dar un paso mientras él no se lo pida y se limita a observar, con la mayor seriedad, las acciones seniles del señor. Éste se ha inclinado ahora en la silla hacia el lado donde ha caído el plato hace un momento y lo mira fijamente, el plato volcado boca abajo y la sopa expandiéndose hasta formar un charco repulsivo en el suelo. Mientras permanece vigilando el estancamiento del líquido, comienza a arrancar, de manera automática, pedazos de pan y a tirarlos dentro del charco. Después de un rato se aburre de hacerlo y se queda ensimismado mirando el charco donde flotan las migas antes de volver a la posición anterior. Echa hacia atrás la cabeza y cierra los ojos. Pasa una hora y no se mueve y la sirvienta tampoco se atreve a hacerlo, con el miedo de que se despierte y al no encontrarla allí la regañe y quizá la despida. Pasa otra hora y nada cambia en la habitación. Cuando despierta, mira el reloj y comprueba que la criada se ha ido sin su permiso. Descubre, sin sorpresa ya, las huellas de los pies descalzos de una pequeña criatura que salen del charco de sopa y dejan en el suelo de parqué oscuro del salón un rastro diminuto de pasos que se pierde en una de las paredes del fondo, como si la atravesara hacia la habituación contigua. Grita aterrorizado, una vez más, y se lleva las manos al pecho antes de derrumbarse sobre la mesa despejada con la cara vuelta hacia la pared donde se interrumpen las pisadas.

El dios K murió discretamente unos meses después, acompañado de una enfermera joven y, como siempre, de su fiel Nicole, quien mantuvo asida la mano derecha del dios K mientras una agonía más violenta de lo anunciado por los médicos torturaba con sadismo los patológicos restos de vida que subsistían en ese cuerpo devastado hasta el último segundo de aliento, aquel en que su cuerpo sucumbió a la inmovilidad definitiva. La versión oficial mencionaba la parada cardíaca como causa eficiente de la muerte. No obstante, los meses de sufrimiento de ese cuerpo se habían traducido en una descomposición interior de tales proporciones que resultaba difícil establecer una causa única de la defunción. Antes de morir, el dios K vio proyectarse en su cerebro la película de su vida. Una película más larga de lo habitual, más parecida, en efecto, a una serie de televisión en varios episodios que a un largometraje de exhibición corriente. Toda esa vida, habrá pensado el celoso montador, no podía resumirse así como así en unos cuantos sucesos y anécdotas intrascendentes. Y tomó la decisión de hacérsela pasar íntegra, sin escatimar ningún detalle. Hasta para el dios K, en sus últimos momentos, fue excesivo el peso de su vida. El peso de los episodios de su vida. Los amorosos tanto como los profesionales. Las mujeres, una tras otra, poseídas o sólo deseadas, entregándose sin rechistar o resistiéndose al principio para luego claudicar de mala gana a sus imposiciones. Era agotador. Esa proyección lo estaba rematando. Qué absurdo, qué sentido podía tener revivir todo eso en la memoria y, aún peor, vivirlo de nuevo, si la gracia del retorno, como a todos los dioses de la historia, le fuera concedida. Pero también estaban las otras, por desgracia, las mujeres muertas, asesinadas por el psicópata que usurpaba su imagen y la degradaba aún más ante la opinión pública. Ahora podía verlo, consumando sus crímenes con una frialdad y una apatía inhumanas, encarnizándose con sus víctimas con la misma crueldad con que la muerte se ensañaba con su maltrecha anatomía, quién era este carnicero despiadado, el perfecto reverso del gran seductor, el gran conquistador de la muerte, el tenebroso semental de los cadáveres destripados o descuartizados. Veía su rostro con nitidez y no parecía reconocerlo al principio, la fiebre y el malestar no le permitían recuperar esa imagen con la misma facilidad con que lo hacía con otras. La gloria de esas mujeres, toda una galería de cuerpos rendidos al servicio de la belleza y el placer de los sentidos, poseída por el dios K en la intimidad más gozosa de los dormitorios como alimento básico de su divinidad, se veía ahora ensombrecida por los crímenes satánicos del doble siniestro que también se proyectaban en su cabeza con exactitud forense y realismo escabroso, superponiéndose por momentos en una amalgama que habría deleitado a muchos cineastas morbosos, más enamorados del chorro de sangre manando del cuerpo mutilado que del chorro de semen y flujos que celebra con su profusión un encuentro carnal. Se es libertino hasta la muerte, y el dios K, un glande con cerebro, como lo llamó con descaro una de esas mujeres seducidas o forzadas a la seducción por su insistencia, lo es sin ninguna duda, hasta el límite de sus fuerzas, pero las imágenes abyectas de los sacrificios de las mujeres le estaban amargando los últimos segundos de vida, aquellos con que pretendía despedirse de este mundo llevándose un gratificante álbum de recuerdos eróticos con que solazarse en el otro mundo, tan descarnado y aséptico. Vio por última vez la cara amorfa del asesino, esa cara bestial, ese rostro odioso y abominable, y la reconoció enseguida, a pesar del velo borroso o el desenfoque intencionado que la difuminaba hasta feminizarla. Antes de expirar, pidió un papel para poder anotar el nombre del culpable. Sería la expresión de su última voluntad en la tierra. Denunciar al asesino de mujeres más sanguinario de la última década, un degenerado exterminador del género. Con pulso torpe y mano temblorosa, en medio de los estertores más angustiosos, anotó el negro garabato de un nombre impronunciable en el papel amarillo y luego dejó caer la estilográfica al tiempo que cerraba los ojos y cesaba la respiración y su cuerpo, ya en avanzado estado de putrefacción interna, se encogía y comenzaba a descomponerse en el exterior de manera acelerada hasta quedar reducido, con el transcurso de los minutos y las horas, a una masa repugnante y fétida donde apenas si se distinguían los rasgos faciales o la conformación somática. La enfermera, horrorizada y asqueada por la fulminante descomposición del cuerpo del enfermo, se persignó antes de abandonar corriendo la habitación para ir a vomitar y tratar de serenarse en una habitación vecina. Impávida, Nicole, a solas con el cadáver irreconocible de quien había sido su marido, entendió la nota manuscrita, al principio, como una muestra característica de la locura del dios K. Un despropósito irónico que le provocó una sonrisa involuntaria que se transformó de pronto en una mueca de espanto. Una broma póstuma del destino, eso es lo que era en realidad esa nota. Consignado en el papel, con caligrafía demente, el nombre del autor de todos los crímenes. El Emperador. No podía ser otro. Su viejo aliado.

DK 45

Dionisos K en el ombligo del mundo

–Este planeta entregado al control de una banda de descerebrados, empollones y tecnócratas de medio pelo.

Sí, esto mismo y otras cosas parecidas, con tono sosegado a pesar de la indignación, le dice a su pueblo, al ejército del pueblo reunido aquí, en Times Square, pasada la medianoche, desde la tarima improvisada que le han preparado para impartir la bendición de sus últimas palabras a todo el orbe congregado a su alrededor para oírle despotricar contra el mundo.

–El pesimismo endémico es el medio de toda revolución. ¡Qué digo el medio! El instrumento, el arma para cambiar las cosas. No desesperéis ni en los peores momentos. El enemigo lo sabe. El optimismo endémico es el medio del enemigo para mantener las cosas como están. ¡Qué digo el medio! El arma, el instrumento para preservar el estado de las cosas. Así que no desesperéis, por mal que pinten las cosas, no os volváis locos, no llaméis blanco al negro y negro al blanco. Siempre hay una esperanza para todos. Un mañana. Un futuro. Cuanto peor, mejor. No lo olvidéis nunca.

Su amigo Hogg los había convocado y todos sin excepción han acudido a la cita. Ahí están. Sus amigos y sus enemigos, son los mismos en su caso. La Corte de los Milagros en pleno, con el viejo Hogg encabezando, con su bastón de mariscal en jefe, la marcha de los miserables y los descontentos. Vienen por todas las calles que confluyen en la plaza. Los letreros electrónicos y las pantallas guardan silencio, sólo por una hora, se mantienen en blanco, sin mensajes publicitarios, sin anuncios, sin noticias, sin películas ni vídeos promocionales. Es como si el mundo se hubiera detenido, enmudecido, para concederle al dios K el protagonismo absoluto en la muerte sacrificial que desea con tanto ardor como sentido de la justicia. La muerte con la que espera ofrecer un testimonio válido en este mundo y quién sabe si en el otro, aunque nada de lo que sabe le permita asegurar la existencia de ese otro mundo, más bien al contrario, la inexistencia de alternativas. No hay otro mundo donde su gesto tenga algún sentido, ya no, no hay otro mundo que entienda un gesto así si no participa, de un modo u otro, del sistema capitalista, de su gestión mezquina de los recursos y las personas. Así es. De modo que esa ruidosa multitud de fieles lo espera en Times Square para dar cuenta de su carne y de su sangre, hacerla carne y sangre de la masa, de la multitud que aguarda una nueva oportunidad, un mundo posible. Ha querido que la riqueza se distribuya mejor y no ha logrado sino multiplicar la pobreza y la miseria. Ha querido que la economía se ponga al servicio de la gente y la economía ha aprovechado la oportunidad para oprimir más a la gente. Es el signo de los tiempos, todo es un malentendido tremendo, todo sale al contrario de lo que se pensaba. Un signo eficiente de que gobierna la estulticia y no sólo la maldad. La estupidez y la locura y no sólo la perversidad. Ha querido que el dinero fluya entre la gente como fluyen los ríos hacia el mar. Ha querido marcar un rumbo en el mar, indicar que un buen piloto se limita a gobernar la nave, dice ahora, más exaltado, desde la tarima, como un predicador de la plebe, a saber de dónde sopla el viento y conocer las corrientes que lo agitan, evitar el naufragio, pero poco más, a un buen piloto no se le debe pedir más. Ha querido todo eso y ha fracasado, el mundo se hunde en la catástrofe y en el desastre y él debe pagar su parte de culpa. Ha sido cómplice de la catástrofe y también ha querido salvar al mundo del desastre. En vano. Ahora no le queda otra salida que entregar su cuerpo, parte a parte, miembro a miembro, a la multitud que desborda el acotado perímetro de Times Square. Sus amigos y sus enemigos, reunidos aquí, en este emplazamiento mítico, para practicar el antiguo rito del ágape con el amigo y el enemigo más querido. Ah, la multitud, cuánta prosopopeya para describir una masa de cuerpos confundidos, un amasijo de partes y de partes de partes. Ha soñado tantas veces con ella. Ha soñado tantas veces con las posibilidades cifradas en el ser de la multitud. Ha creído tanto en la posibilidad de liderar ese cuerpo agregado que es como el mercurio infinitamente separable e infinitamente compacto. Ese cuerpo revolucionario, sí, pero cómo ponerlo en marcha. Cómo arrancarlo de la inercia. Ésa es la ciencia, la nueva ciencia de la realidad. El movimiento de la multitud. La multitud, sí. Los pobres, los indigentes, los descontentos, los indignados, los harapientos, los miserables, las putas, los enfermos, los lisiados, el lumpen, los okupas, los yonquis, los descamisados, los analfabetos, los parias, los vagabundos, los parados, los marginales, los bohemios, los locos, los artesanos, los enfermos, los trabajadores, los perdedores de todos los oficios y profesiones, los que lo han perdido todo y no esperan ganar nada en la vida. Los artistas, sí, también ellos, y los escritores, cómo no. Ahí están todos, abriéndole paso al dios K para que ocupe su lugar central en la plaza. Los mismos que lo odiaban y acabaron amándolo, así de reversibles son los sentimientos de la multitud. Los mismos que lo amaban y acabaron odiándolo en cuanto deja de hablar y el silencio se instala en la plaza de los tiempos como una suerte de sentencia contra él. Los mismos y otros muchos que no lo conocen de nada, invitados como comensales a este banquete inesperado donde todos esperan comer del mismo, alimentarse de él y fundirse con él por los siglos de los siglos. Eso les han prometido sus líderes. Han venido porque los han convocado. Algunos desde muy lejos, por todos los medios de transporte disponibles. Y no pueden esperar más. Están impacientes, ansiosos, hambrientos. Lo van a trocear, lo están troceando. Lo van a devorar, lo están devorando. Entre todos. Se lo reparten como un botín, como un tesoro o una recompensa, como el oro o el alimento, así el dios K en poder del populacho que lo ha alzado en el aire, como a un pelele, antes de abatirlo al suelo y abalanzarse sobre él. La canalla que pretendía liderar para recuperar la dignidad y el orgullo, para cambiar el orden de cosas, lo está despedazando sin piedad, por imperativos históricos, no puede negarse a asumir su destino en estas difíciles circunstancias del mundo. La realidad necesitaba un sacrificio de ese nivel simbólico. Y el dios K, despedazado, pasa de mano en mano, perdiendo peso y masa, trozo a trozo, aquí va un pie, de mano en mano, y una mano, de boca en boca, y un brazo, y una pierna, y las nalgas, descarnadas, y la cabeza, sí, vaciada del cerebro prodigioso, el rostro desfigurado, sin nariz, sin orejas, y los genitales, arrancados de cuajo por alguna beata desgreñada, éstos circulan ahora a toda prisa entre la gente, como reliquias venerables, nadie puede retenerlos demasiado tiempo, todas las manos y las bocas reclaman el derecho a tocarlos y a poseerlos así sea por un segundo, concibiendo la ilusión de que de ese contacto ínfimo nacerá algo nuevo, una nueva vida se engendrará, nadie quiere perderse su parte, por minúscula que sea, con tal de participar en el acontecimiento, ingerir una porción de sustancia divina, apoderarse de ella y hacerla suya para siempre. En un momento determinado, con la escasa conciencia conservada en mitad del suplicio, entre tanto dolor infligido, tanto sufrimiento que no cree haber hecho nada para merecer, como otros líderes que pasaron en su tiempo por la mano vengativa de la multitud, cree haber reconocido un rostro familiar, una cara amiga, incongruente en este contexto hostil, las palabras salen apenas de la boca entre burbujas de sangre y de saliva y nadie las escucha:

–¿Wendy? ¿Eres tú, Wendy?

Pasado un tiempo, el festín se vuelve orgía desenfrenada y ya nadie reconoce la forma o la función de los trozos sanguinolentos que circulan a toda prisa y devoran con avidez insaciable, podrían pertenecer a cualquier parte del cuerpo, a cualquier miembro, a cualquier víscera, a cualquier órgano, con lo que la parte más preciada antes de la bancarrota consigue pasar desapercibida, confundida ahora con otros pedazos inservibles, restos de restos, residuos reducidos a la ínfima expresión, porciones insignificantes. Otra economía del gasto es posible, sin duda, otro modelo productivo, otra mitología del consumo y la consumación de la materia y los cuerpos en movimiento incesante hacia la nada. No, no parecía haber otra salida. No había otra solución al problema planteado por la existencia paradójica del dios en un mundo que no acepta dobleces ni ambigüedades morales. La realidad nunca es tan generosa como se pretende. Ni los mercados diabólicos, los amos del mundo, ellos tampoco. El dios K, en sus últimos días sobre la tierra, ha acabado siendo el enemigo de la realidad, el enemigo de los mercados, el enemigo de todos los señores y los amos de la realidad, les ha dado todo lo que tenía a todos los que no tenían nada, contra la opinión de Nicole, una desagradecida que quería poseerlo todo para ella, parte a parte, en exclusiva. Toda la carne y la sangre con la que podrán alimentarse durante el largo invierno que se avecina. Un invierno de años. Un invierno de décadas. Con el viento septentrional, ya se sienten las primeras ráfagas desecando el paisaje y aplastando todo cuanto contiene, flora y fauna, congelándolo a su paso y sumiendo la vida en un aletargamiento devastador. El dios cartesiano, el dios de todos y de nadie, el dios cualquiera, les ha dado al final una parte significativa de lo que deseaban. Una pequeña parte, mejor que nada, aunque como gesto su valor equivalga a cero en la estimación de las agencias. No sirve para mucho, es cierto. La tristeza y la desolación con que, acabado el suculento banquete, la multitud abandona la plaza y se disuelve no permite albergar muchas esperanzas en el futuro. La gente va desapareciendo, tal como llegó, en las calles adyacentes a la plaza. Como si nada, como si no fueran nada, sin dejar otro rastro o huella de su presencia y su paso por esta plaza que la basura acumulada que nadie recogerá antes del amanecer y quizá nunca, nadie querría reciclarla ya. No vale para nada, ni el viento se la querrá llevar. Regresan a sus arruinadas existencias con la sensación de haber olvidado enseguida todo lo que significaba lo que han vivido esta noche. Es un fracaso insuperable. El final se aleja, se hace cada vez más inaccesible, remoto. Como un punto minúsculo en la distancia.

Los letreros electrónicos, las terminales mediáticas y las

pantallas se han encendido de repente al quedar la plaza vacía como antes de que todo empezara esta noche. Como si el programa que las controla se hubiera reactivado tras los incidentes a una orden de sus operadores ocultos. Ya pasó, podemos volver a la normalidad, parecerían decir. Desde todas las fachadas de los rascacielos, con el esplendor espectacular de todos los días del año, los medios proclaman la gran noticia histórica del momento. El proyecto del Nuevo Orden Secular ha conseguido salvarse otra vez. Dentro de unas horas lo anunciarán todos los titulares de prensa, encabezará todos los noticiarios de televisión y radio, circulará como un reguero de pólvora incendiaria por los dominios insurgentes de internet y también, como una bendición eclesiástica, por los más conformistas. Con su habitual astucia, el Doctor Edison ha vuelto a ganar la partida y, según declara en un escueto comunicado, se siente hoy más contento que nunca.

Urge buscar refugio. El invierno promete ser interminable.

DK 46

Epílogo para niños inteligentes

Y entonces el Emperador envió a sus servidores a la Plaza de los Tiempos para recoger los restos del dios K. Quedaban algunos, a pesar de todo, aunque fuera difícil localizarlos entre las toneladas de basura que la multitud había abandonado en la plaza antes de desaparecer por donde vino. Los hizo conducir a su laboratorio y allí los recompuso como pudo, recurriendo a ciencias y técnicas inimaginables, combinándolos con partes de otros seres, de otras especies, incluso con piezas mecánicas o artificiales. La criatura que compuso con sus manipulaciones se parecía tanto al dios K como una rana a una lombriz. No obstante, habría que aguardar tiempos mejores para lanzarla al mundo con la misma oportunidad histórica con que el Emperador, en todos estos siglos, había nombrado líderes a todos y cada uno de sus seguidores.

ÍNDICE

KARNAVAL 1
EL DIOS K 13

DK 1 La mirada científica 15
DK 2 Wendy 18
DK 3 Rosa y negro 21
DK 4 Examen de conciencia 25
DK 5 Pornografía ancestral 30
DK 6 El infierno de las mujeres 34
DK 7 Ecce Homo [Cómo se llega a ser lo que se es] 42
DK 8 Epifanía en Tiffany's 51
DK 9 Animal político 65
DK 10 Theatrum Philosophicum 69
DK 11 Primera epístola del dios K [A los grandes hombres (y mujeres) de la tierra 82
DK 12 La mirada asesina 92
DK 13 La estrategia fatal 100
DK 14 Cuento de verano 111
DK 15 La gran sinfonía 133
DK 16 Masaje revolucionario 138
DK 17 Segunda epístola del dios K [A los grandes hombres (y mujeres) de la tierra] 147
DK 18 Informe clínico 155
DK 19 Nuevo tratado de los maniquíes (1) 161
DK 20 Tercera epístola del dios K [A los grandes hombres (y mujeres) de la tierra] 171
DK 21 Nuevo tratado de las maniquíes (2) 179
DK 22 El ángel exterminador 189
DK 23 El maravilloso mago de Omaha 196

EL AGUJERO Y EL GUSANO 213

KARNAVAL 2

EL DIOS K EN EL OMBLIGO DEL MUNDO 277

DK 24 La maravillosa tierra de Hoz 279
DK 25 Testimonio oral 290
DK 26 Inside Job 301
DK 27 Cuarta epístola del dios K [A los grandes hombres (y mujeres) de la tierra] 319
DK 28 El fantasma de la libertad 328
DK 29 La última cena de un condenado 338
DK 30 Quinta epístola del dios K [A los grandes hombres (y mujeres) de la tierra] 358
DK 31 Venus Negra 366
DK 32 La caída del Muro 373
DK 33 El 18 Brumario del dios K 383
DK 34 La violencia de la ley 394
DK 35 Cadáver político 403
DK 36 Sexta epístola del dios K [A los grandes hombres (y mujeres) de la tierra] 414
DK 37 Ese oscuro deseo de un objeto 434
DK 38 Pharmakon 449
DK 39 La máquina del tiempo 456
DK 40 La detective cantante 465
DK 41 La monja sangrienta 480
DK 42 La nueva ciencia 488
DK 43 Dionisos K 507
DK 44 La doble muerte del dios K 518
DK 45 Dionisos K en el ombligo del mundo 523
DK 46 Epílogo para niños inteligentes 529